FESTINS SECRETS

PIERRE JOURDE

FESTINS SECRETS

L'ESPRIT DES PÉNINSULES

© L'Esprit des péninsules, 2005.

ISBN : 978-2-266-16645-4

Pour Hélène

Il renaît des efforts qu'on fait pour le détruire
Et le cœur même qu'il déchire
Est d'intelligence avec lui

Leclerc de la Bruère,
livret du *Dardanus* de Rameau

I

Il faut que tu parviennes à te souvenir. Remémore-toi ce que tu as vécu depuis ton arrivée à Logres. Allons, fais un effort. Ça vient. Ça commence.

D'abord, tu dors profondément. Tu as oublié, dans ton sommeil, que tu as pris à la gare de l'Est le direct de 16 h 22, arrivée à 20 h 37. Plus de quatre heures pour couvrir les trois cents et quelques kilomètres depuis la capitale jusqu'à Logres. Tu es monté dans ce compartiment vide, tu t'es installé, presque immédiatement tu as sombré. Tu n'as pas dormi la nuit dernière : l'angoisse de ta première vraie rentrée scolaire, dans une ville inconnue et lointaine, seulement desservie par de vieux trains s'arrêtant à toutes les gares. Qui a jamais mis les pieds à Logres, obscure sous-préfecture d'un département de forêts et de mines désaffectées ?

Personne dans le compartiment. Rien à voir par la vitre. Y défilent de plates campagnes noyées dans une lumière basse. Par moments passe un bouquet d'arbres ennuyeux, entraîné par un courant régulier. Une couche de clarté poussiéreuse se dépose sur les photographies jaunes de villes d'eaux qui ornent les cloisons. Cela sent la sueur vieille et le métal. La voiture est d'un modèle démodé. Les sièges de moleskine orange et les

cloisons ont été couverts au feutre de caractères indéchiffrables.

Lorsque tu es monté, tu avais froid, alors que l'été
n'est pas officiellement terminé. Tu es encore engoncé
dans ta veste et ton pardessus qui te donnent l'air d'un
paquet de vêtements oublié par un voyageur contre la
fenêtre. Mais tu ne te vois pas. Sans doute l'anxiété
accroissait-elle cette sensation de froid. À présent, la
chaufferie du train fonctionne à plein régime. Des filets
de transpiration s'étirent le long de ton visage. Tu
rêves.

Dans ce songe, tu es déjà arrivé à Logres. Son architecture rêvée emprunte aux villes thermales dont les
images te font face. Longs mails solennels et déserts
entre de hauts bâtiments blancs un peu fanés. Tes deux
valises à la main, tu cherches la maison de la veuve
qui a accepté de te louer une chambre chez elle. Personne pour te renseigner. Il est tard et il devrait faire
nuit, pourtant une lumière inexorable baigne toute la
ville. Tu ne t'en étonnes pas : tu sais que cette clarté
d'après-midi estival est en fait la vraie nuit, dans l'éclat
de sa plus grande profondeur.

Ensuite, un hôtel vide, des couloirs, des portes. Tu
en ouvres une. Elle donne sur un étroit cabinet. Le côté
droit, sur toute la longueur, est dissimulé par un rideau
de chintz à fleurs roses, aux couleurs passées, accroché
à une tringle de cuivre. Plusieurs paires de chaussures
dépassent sous l'étoffe. Quelque chose t'enjoint de tirer
le rideau, et en même temps cette idée te terrifie. Ta
main écarte la tenture. Des fripes démodées pendent
aux cintres, dans lesquelles tu fouilles. Tu t'apprêtes à
pousser un vieux costume. Tu réalises que le costume
contient un homme. Un vieillard maigre, réduit à la
peau. Le visage s'engloutit dans les rides. Son regard
fixe reste posé sur toi sans que tu saches s'il te voit.
La terreur t'éveille d'un coup.

Le compartiment est plongé dans un demi-jour gris. Le brouillard qui comble le bout de monde extérieur affiché à la fenêtre ne permet pas d'évaluer la vitesse du train. Le même vieillard que celui de ton rêve te fait face, avec les mêmes prunelles très claires posées à la surface des rides. Des plis identiques ondulent sur ses mains, comme si on l'avait glissé dans une peau mal ajustée. On sent chaque centimètre de peau décoller de la chair. Peut-être as-tu crié, ou sursauté dans les affres du cauchemar, car il te dévisage avec une insistance gênante.

Tu te redresses. Tentes de jeter un coup d'œil par la fenêtre. Impossible de rien voir. Consultes ta montre, mais elle s'est arrêtée à cinq heures moins cinq, heure approximative à laquelle tu t'es endormi. Il fait une chaleur d'étuve. Le vieillard porte un costume trois pièces noir, désuet, épuisé, trop large pour lui, un pardessus noir qu'il ne fait pas mine d'enlever en dépit de la chaleur. Le tout coiffé d'un vieux chapeau mou. On hésite entre le clochard et le bibliophile maniaque. Une sacoche noire obèse repose à côté de lui sur la banquette.

Il faudrait lire. Cela signifierait se lever, fouiller dans ta valise, écarter des chaussettes. Il fait trop cotonneux, tu reposes au creux d'une main tiède qui ne te lâchera pas ainsi. Au moment même où tu décides de te lever, tu te rendors.

En te réveillant, tu doutes de t'être assoupi, tant l'intervalle fut bref. Tu ignores que tu as poursuivi le rêve entamé tout à l'heure. À présent, il y a de la lumière. D'une étrange substance. On dirait qu'elle t'attendait, recueillie dans son ampoule comme le sang d'un antique martyr. Son épaisseur jaune sent le passé, mais un passé que tu ne pourrais pas situer, un temps précédant tous les temps. Les heures passent, épaisses, de sommeils imperceptibles en éveils comateux s'entretissant. Le même rêve pénible enchaîne ses épisodes. Ils te mènent toujours plus loin dans cette ville que tu ne connais pas encore. Inexorable, ta montre indique moins cinq. Tu te nommes Gilles Saurat, tu es dans un train qui t'emmène à Logres, première affectation.

Le petit vieux est toujours en face de toi. La position de son corps n'a pas varié d'un millimètre, ni l'angle de son regard. Il suit tes mouvements des yeux, comme s'il s'apprêtait à lier conversation. Tu n'en as guère envie. Tu prends ton livre. Tu ne le lis pas beaucoup plus. Dehors, les champs ont fait place aux forêts. Le convoi roule au milieu des sapinières. D'abord de jeunes arbres plantés très serrés, de sorte qu'on ne distingue qu'un enchevêtrement d'épines, puis de hauts épicéas, en longues avenues rectilignes, dont les troncs ébranchés rayent l'obscurité de taches couleur d'os tandis que les frondaisons se confondent à présent avec la nuit définitive. Ces chemins parallèles, toujours répétés, tous identiques, se perdent dans le même noir. Rien n'y pousse et rien n'en sortira jamais, inutile d'attendre, à l'extrémité de ces trouées stériles, l'apparition du Grand Veneur ou du cerf à la croix dressée entre les cornes.

Ces déserts engendrent cependant, après de longues périodes de gestation, des gares. Le convoi ralentit encore plus, porteur d'inépuisables réserves de lenteur. De longs quais humides s'extraient interminablement de la nuit, sous la fixité des lampes, entre des brouillards qui n'en finissent pas de se déchirer. Quelques voyageurs attendent, silhouettes emmitouflées. Ils ont l'air en bois. Le train ne s'arrête pas, comme si des tâches plus urgentes l'accaparaient. Il replonge dans les arbres à usine. Tu te prends à attendre la prochaine naissance de gare, la prochaine attraction morne, une gabardine sous un lampadaire, le passage d'un regard comme deux poissons se suivant dans l'eau.

De station en station, les bâtiments de service paraissent à chaque fois un peu plus lézardés, un peu plus sales. La lueur des lampadaires se fait plus vacillante et les ordures plus envahissantes. Sur les quais, de moins en moins de voyageurs attendent. S'agit-il d'une illusion, ou leurs vêtements sont-ils à chaque fois plus pauvres, plus démodés, comme si, en s'avançant vers Logres, le convoi remontait aussi dans le temps, roulait vers quelque après-guerre aux étoffes grises, aux robes découragées ? Au bout du trajet, Logres est peut-être restée figée à cette époque. Principauté périmée où règne une administration morne dirigée par de petits chauves grassouillets à lunettes d'écaille.

Souviens-toi du moment où tu as annoncé ta nomination à tes amis et à Marielle. Professeur de français au collège de Logres. Vous aviez ri. Le nom signifie quelque chose dans la géographie symbolique du pays. Il résume la frontière du nord-est, ses champs de betterave sous une pluie constante, ses interminables cités de maisons identiques, remplies de chômeurs. Ah, elle ne t'a pas loupé, avais-tu proclamé en plaisantant, elle t'avait réservé Logres rien que pour toi, l'Administration Centrale du Système Éducatif. Logres avait fini par avoir l'air d'une fiction. L'administration expédiait dans le nord et dans l'est des milliers de jeunes gens sortis des grandes écoles et des concours, avec en principe obligation de résidence, donc sans logement ni remboursement des frais de voyage : la jeune femme venue du fin fond du sud-est où son mari vient de créer une petite entreprise et où elle laisse ses deux enfants dans leur maison récemment acquise. Le célibataire monté du sud-ouest (mille kilomètres, deux lignes de train) où réside sa mère impotente.

Ou alors il s'agissait d'une farce. Voilà sans doute ce qui t'a évité de sombrer dans l'angoisse : jusqu'à ce compartiment surchauffé, tu organisais ton départ vers une ville inventée. Tu n'y croyais pas. Et à présent que d'ici une heure ou deux, tu te trouveras sur le quai de la gare de Logres, tes valises à la main, tu n'y crois toujours pas.

Cette nomination t'a donné un prétexte pour t'éloigner de Marielle. Tu n'aurais pas eu le courage de rompre franchement. Le courage et la décision ne font pas partie de tes vertus, elles impliquent de prendre la réalité de front. Dans les derniers temps, sans que vous vous le soyez dit en termes explicites, votre relation avait cessé d'être vivable. Pour toi plus que pour elle. Elle sentait que tu ne pourrais pas la suivre où elle allait. Peut-être l'eût-elle souhaité.

Tu t'assoupis derechef, sur l'image d'une gare de carton où t'accueillent, déguisés en clowns, soufflant dans de petites trompettes, tes amis, ta famille, ou ce qui en reste. À l'arrière, hilares et discrets à la fois, se tenant par le bras, arborant un nez rouge, ton père et ta mère, qui ont tenu, pour toi, à participer à la blague, bien que ton père soit mort depuis onze ans.

Un soubresaut du train te tire de ta torpeur. Ce doit être la cinquième station. Une fin de jour grisâtre éclaire les quais où le train s'éternise. Quelques dizaines de personnes attendent sur le quai. Le panneau indique *Ravion*.

Tu en mets, un temps, pour prendre conscience de ce qu'il y a de bizarre sur ce quai. Tu ne vois pas ? Regarde mieux. Des voyageurs d'apparence normale, et, agglutinés parmi eux en petits paquets, ces démarches hésitantes, ces têtes minuscules, ces fronts bas, ces lèvres pendantes. Ils se pressent vers les portières, embarquent. Le train repart. Au bout de quelques secondes, tu les vois défiler dans le couloir. Certains s'arrêtent devant ton compartiment, collent de gros doigts sur la vitre, scrutent l'intérieur, repartent, comme s'ils cherchaient quelque chose qui ne s'y trouvait pas. D'autres s'attardent, fixent dans le vitrage une molle tête de grenouille. Mais non, ne détourne pas le regard. Tu ne verras pas cette face de faune grimaçante qui te tire la langue. Lorsque à nouveau tu te tournes vers la vitre, plus personne.

— C'est Ravion, dit une voix.

Le petit vieux te regarde de ses yeux transparents.

— L'Institut pour handicapés de Ravion. Ils en laissent filer dans la nature.

L'homme parle avec la douceur d'un migraineux, en continuant à te fixer comme s'il prononçait des paroles lourdes de sens.

— Il fait bien sombre. Sûrement, le train a pris encore du retard. C'est toujours pareil. Vous avez l'heure ? Non ? Moi aussi, j'omets sans cesse de remonter ma montre.

Il farfouille dans sa sacoche noire, et en extrait une petite fiasque de métal. Il boit quelques gorgées. Est-ce que tu en veux un peu ? Mais si, mais si, ça fait du bien. Pas moyen d'y échapper. Allez. Qu'est-ce que tu en dis ? Plutôt fort, assez répugnant. Va savoir avec quoi on a fabriqué ça. Il s'en remet une rasade. « Comme ça je connaîtrai vos pensées. »

— Vous allez à Logres ?

Logres, il connaît très bien, c'est là qu'il vit. Enfin à nouveau. Il a dû s'absenter des années, pour raisons de santé, et tu te mets à craindre la longue narration des petits maux du bonhomme. Ne t'inquiète pas, il ne s'agira pas de ça.

Il enchaîne, tandis que le train bouge sans hâte.

Logres le rend intarissable, il connaît tout, mœurs locales, histoire, politique, ragots de cette incertaine localité où le Système a décidé que tu passerais une partie de ta vie.

Ton interlocuteur commence par déclarer qu'il y a passé, quant à lui, vingt ans, comme professeur dans un collège de la ville. Professeur de français. Et puis il est tombé malade. Un beau jour, le trou. Il ne sait même plus ce qui lui est arrivé entre le moment où il a quitté Logres et celui où il s'est retrouvé ailleurs, où on l'a soigné, où il s'est reposé. Des années pour récupérer. Et depuis quelques mois, Logres à nouveau. Où irait-il ? Mais il se sent perdu dans cette ville, tant elle a changé depuis le temps où il y enseignait. Il ne connaît plus personne.

La chimérique épave, penchée comme pour mieux te glisser ses confidences, enveloppée dans les nœuds funèbres du lourd pardessus, dans la chaleur égyptienne du compartiment, souviens-toi, tu en connais l'espèce, tu as eu l'occasion d'en croiser quelques représentants dans tes dernières années d'études. Le débris typique du Système : le vieux prof, quelque chose comme le vieux domestique ou le vieux laboureur d'autrefois, le travailleur usé qui appelle la condescendance. Tu entends ? l'éducation, la culture, dans les mots, la voix ? Elles y sont encore, mais déformées par les années d'asservissement, à jamais enrhumées. L'idée de parler littérature avec lui te terrorise, comme de parler femmes avec un représentant de commerce apoplectique, taches de transpiration aux aisselles de la chemise blanche professionnelle. Heureusement, il ne songe pas à te demander qui tu es, où tu vas. Il a trop à dire sur Logres.

— Logres, monsieur, c'est un pays banal, si vous voulez. Autrefois ça restait une banalité ordinaire, vivable. Aujourd'hui elle m'effraie. Loin de moi l'idée de vous décourager, mais à votre place, je fuirais tout de suite. Moi, je ne peux pas. Je colle à mon épouvante. J'adore mon écœurement. Je me nourris de mes déjections, comme les gens de Logres. Je suis abject. Je tourne en rond. Je ne sais plus où je suis. Un jouet mécanique. Je suis à Logres, et je ne sais pas où je suis. L'après-midi, je sors. Je regarde une vitrine dans le centre-ville et je tremble. Je rentre chez moi, le soir, je regarde mon évier et je tremble. Je ne sors pas de mon cercle tremblotant. Je ne sais pas si j'ai froid ou si j'ai peur, quel séisme loge en moi. Je suis prisonnier de Logres, quelque chose m'empêche d'en partir, j'ignore ce que c'est. J'ai beau m'éloigner, j'y reviens toujours.

Il faudrait vous dire à quoi ça ressemble, Logres. La campagne ? Il n'y en a pas. Des champs de patates, de betteraves, de blé, et des plantations d'épicéas. Sur des milliers d'hectares, des armées d'arbres calibrés, en rangs serrés, alignés en files bien droites, tous de la même taille, de la même couleur. Rien qui dépasse. Machines à pousser. Impossible de pénétrer là-dedans. Tout est mort sur ce sol brûlé par l'acide des conifères. De temps en temps, des engins viennent et coupent la totalité. Le pays se compose de cette alternance de labours gluants, de plantations standardisées et de terrains rasés comme après un bombardement.

Les vraies forêts survivantes occupent des vallons encaissés qui entaillent le plateau crayeux. Elles fournissent le cadre bucolique pour les saucissonnages dominicaux des Logrois. Il y pousse en outre du fait divers crapuleux ou cynégétique, assurant ainsi le bifteck aux pigistes de *La République du Nord-Est*. Disparitions mystérieuses, meurtres jamais élucidés. Ici et là, pour couper la monotonie des platitudes agricoles, un long bâtiment en parpaing chapeauté de tôle. À peine on l'a aperçu qu'on sursaute, assailli de remugles noirs qui évoquent les flatulences d'un mauvais ange.

Là, le vieux s'interrompt d'un coup, sans cesser de te fixer, croisant sur ses cuisses ses deux mains couvertes d'innombrables rides.

— Vous avez entendu ça ?

Entendu quoi ? Difficile de distinguer un bruit particulier dans le bouquet de fracas d'un vieux train qui s'efforce vers sa destination. Mais le vieux n'insiste pas, le voilà reparti.

— Ces bâtiments, ce sont des camps de concentration. Ils y agglomèrent des milliers de poulets aveugles, des centaines de porcs impotents. Les bestiaux mangent sans cesse, et puis on les abat. Le nocher des viandes les accueille dans ses barquettes de polystyrène et de plastique. Leurs dépouilles bouffies y suent leur angoisse dernière, avant consommation. Dans les supermarchés de la périphérie logroise, les cadavres de poulets proposent aux chalands leurs charmes faisandés, en dépit d'habiles substitutions d'étiquettes, tentant de faire accroire que la morne tragédie de leur décès n'était pas une histoire si ancienne, que la veille encore le défunt, bon pied bon œil, gambadait dans les verts prés du Logrois. Ainsi le pays de Logres boit à longs traits les pesticides, les insecticides et le lisier, se gave d'excréments et de curare industriel.

Pas l'ombre d'un paysan. Des épaves titubantes dans les bistrots de campagne représentent l'espèce en voie de disparition des ouvriers agricoles. Ils mangent des saucisses grasses fabriquées avec les mêmes cochons qu'ils ont torturés durant leur vie active. Ça bouche leurs artères. Les cancers et l'éthylisme les achèvent. Leurs patrons, eux, se portent à merveille. Sur eux se déverse la manne ininterrompue des subventions agricoles. Avec ça, ils s'achètent de gros tracteurs. Ils sillonnent le pays, le soir, dans des machines monstrueuses traînant des remorques bondées de betteraves. La silhouette de leurs attelages se détache sur des couchers de soleil couleur betterave. Je ne sais pas à quoi sert la betterave, excepté à fabriquer du sucre et des accidents de la route. Le sucre a le mérite de tuer plus lentement. Le Logrois se gave tout bébé de confiseries chimiques et de sodas, devient obèse à huit ans, en meurt à quarante-cinq. L'accident de la route, à côté de ce destin, fait figure d'épopée. Les agriculteurs entassent aussi du grain dans des cylindres en béton. On en fait des farines pour les porcs industriels. Cochons malades à leur tour transformés en farines, en granulés, en n'importe quoi. Chut.

Il se tait à nouveau. Si l'injonction vaut pour toi aussi, elle ne manque pas d'humour, non ? Tu n'as pas dit un mot depuis dix minutes, soumis à son bavardage. Cette fois, la main s'est soulevée de cinq centimètres au-dessus des cuisses, comme pour maintenir la consigne de silence. De toute façon, on n'entend, encore et toujours, que les martèlements et les grincements du métal. Et le vieux regard toujours fixé sur toi, comme si c'étaient des voix gargouillant dans ton ventre qu'il entendait.

— C'est bizarre. Enfin. On ne sait pas ce qui est en cochon logrois, monsieur, dans ce qu'on achète. Les éleveurs de cochons logrois sont puissants, ils s'achètent toutes sortes de passe-droits, de labels de qualité, le papier officiel ne leur coûte rien, ils ont des introductions dans toutes les administrations. Leur cochon pourri se glisse partout, par fragments infimes, on ne le reconnaît même plus. On mange, on s'habille, on cire ses chaussures, on se maquille avec de petits bouts de cochon logrois, des femmes désirables s'enduisent les lèvres avec de la graisse de porc infirme. Le trafic du porc permet aux éleveurs d'acquérir des 4 × 4 climatisés et des canapés qu'ils vont chercher dans des

Cuir Center à la périphérie de Logres. Leurs enfants roulent en voiture de sport. Ils ont quelques années devant eux pour se saouler en boîte de nuit, passer des cassettes pornographiques sur leurs magnétoscopes et regarder des jeux télévisés. Ensuite ils se tuent sur la route. Les 4 × 4 peuvent aussi servir à être garés en bord de départementale, au mois d'octobre, par groupes de huit ou dix. Les patrons sont dans les labours, déguisés en commandos parachutistes. Ils restent là longtemps, en file. On dirait des pelotons d'exécution. On leur lâche des oiseaux qui titubent quelques secondes dans les mottes brumeuses, avant d'être hachés par la mitraille.

On ne sait plus quoi faire avec tout ce blé, toutes ces betteraves, tous ces poulets et tous ces cochons. Parfois, comme on ne les leur achète pas assez cher, ils en lâchent sur les routes. Les voitures les écrasent, tartinent sur des centaines de mètres des entrailles de volaille. On finit par payer les agriculteurs pour arrêter leurs élevages, démonter leurs porcheries en parpaing, arracher leurs betteraves. Certains ont bâti leur fortune là-dessus. Ils vivent de l'exploitation de fermes fantomatiques et de l'élevage d'un néant de cochons. C'est devenu une industrie logroise, monsieur, le porc spectral, l'engraissement par l'ectoplasme. Et la ville connaît bien d'autres manières de faire juter le simulacre. Spécialité locale, comme d'autres ont le nougat ou la bergamote. Ici c'est le rien. Et ça va beaucoup plus loin que le cochon imaginaire, vous savez. Vous aurez peut-être l'occasion de vous en apercevoir.

Reste la ville : Logres. Vous n'en verrez d'abord pas grand-chose, parce que nous arriverons la nuit. Cette cité se compose principalement d'une périphérie. Plusieurs guerres l'ont détruite. On a reconstruit autour du peu d'espace calciné de la vieille ville, en attendant de refaire celle-ci à l'identique. Ceinture de supermarchés, centres commerciaux, stations-service, solderies, fast-foods, bowlings, *Joujouland*, *Bricomarket*, et leur caco-phonie de panonceaux en couleurs fluorescentes qui hurlent en chœur leurs slogans hérissés de points d'exclamation.

J'y suis allé une fois, monsieur, dans un de ces cen-tres commerciaux, parce que ça venait d'ouvrir, c'était une curiosité, à l'époque, voyez-vous. La musique vous y poursuit partout. Des chants martelés, des onomato-pées de jouissance ou de douleur. Entre les morceaux de musique, des gens parlent, mais on ne comprend jamais ce qu'ils disent. Des publicités et des blagues, je suppose. Ces voix pressées débitent très vite des choses ironiques. C'est ce qui m'a surtout frappé, dans les voix de la radio qui me traquaient dans les galeries, l'ironie. Comme si on se moquait de moi, personnel-lement. Une impression que j'ai souvent ressentie à Logres. C'est une ville, monsieur, qui ressemble au décor d'une blague monstrueuse, vous verrez.

Là-dedans, une foule que bombardent ces paro-xysmes, que chauffe cette exaltation. Des familles pro-menant des enfants en bas âge croisent des bandes d'adolescents excités. Ils y passent des heures, ils font toute la longueur, aller et retour, entre les vitrines. Je suis entré dans un magasin pour regarder quelques che-mises. Dans les haut-parleurs, des chœurs de voix mâles scandaient des phrases où il était question de niquer, de salopes, de thunes. Le vendeur m'a reçu courtoisement, j'ai acheté une chemise à carreaux, nous nous sommes remerciés mutuellement tandis que les haut-parleurs hurlaient des ordures. En sortant, il m'a semblé que ce centre commercial, ces parkings, ces hangars à vêtements, tout ça était une farce. Nous étions dans la même ignominie, nous acceptions tout, la débauche des fringues à vendre et les saletés des radios, nous étions grotesques, des bouffons, comme disaient les groupes de gamins qui nous bousculaient et crachaient à nos pieds, et ils avaient raison.

Il faut dire qu'à Logres, monsieur, on élève les gamins sans limites et sans interdits. Alors, bien sûr, ils ont fini par devenir les vrais rois de la cité. Ils tyrannisent leurs parents dans les supermarchés pour obtenir l'objet ou le vêtement de marque convoité ; ils font beugler partout le son de leurs baladeurs, autoradios, *ghetto-blasters* ; ils tournent en rond des dimanches entiers dans une rue, sur des mobylettes hurlantes ; ils sont présents dès deux ans, jusqu'à minuit passé, dans les dîners entre adultes où ils monopolisent la parole et l'attention. Vous verrez : impossible d'échapper à l'enfant logrois, et plus encore à l'adolescent logrois. La plupart des futaies survivantes sont transformées en « Parcours écologiques » sillonnés tous les jours par des pédagogues débordés. La Maison de la Culture donne des interprétations audacieuses de grandes pièces. Les lycées remplissent la salle. Les répliques de *La Cerisaie* sont couvertes par le bruit des rires, des conversations ou des téléphones portables.

Mais rassurez-vous, il y a bien d'autres activités culturelles. Le festival du hip hop, en juillet. Des grappes de jeunes gens au crâne rasé hurlent et sautent dans la boue en rotant leur bière. La généreuse pluviométrie de Logres dispense, jusqu'au cœur de l'été, la matière première indispensable à ces dérapages glaireux. « Il faut donner aux jeunes un peu de rêve », déclare annuellement l'adjoint à la culture. Le reflux de ces rêveries abandonne sur l'ensemble du territoire municipal une écume de canettes, de papiers gras, de préservatifs et de slips. Vous vous intéressez au football ? Non ? Moi non plus. C'est dommage, car le Racing Club de Logres s'enorgueillit d'une place en deuxième division. Les derbys disputés contre l'éternel rival, le FC Mauville, suscitent de fervents pugilats.

Autour des centres commerciaux, les barres de béton des cités, entre lesquelles se maintiennent des fragments de quartiers pavillonnaires. Quant au centre-ville, monsieur, il ne diffère pas beaucoup du reste. Il se résume à une rue piétonne avec les mêmes magasins de vêtements, et le samedi les mêmes familles croisant les mêmes adolescents en survêtement, la nuque rasée, les mêmes clochards retenant les mêmes chiens tueurs. Tout au bout, le beffroi. Ils en sont fiers, à Logres, de leur beffroi du XVe siècle. Seul vestige d'un hôtel de ville détruit pendant la guerre de succession d'Espagne. Le beffroi d'origine a lui-même été rasé par les bombardements allemands en 1916, puis reconstruit à l'identique. Les travaux n'étaient pas tout à fait achevés en 44. Là-dessus, un malencontreux pilonnage américain n'en laisse plus une pierre debout. On l'a refait une seconde fois. Il abrite le musée des arts populaires. On y trouve de la dentelle, d'incroyables quantités de dentelles, de toutes tailles, de toutes provenances, sans compter les outils agricoles et les authentiques costumes régionaux. Les collégiens y défilent par classes entières. On leur fait toucher des outils anciens, souffler dans des binious.

Pas moyen d'arrêter le petit vieux. Il se perd dans des récriminations compliquées. Tu ne l'écoutes plus qu'à peine. Ton regard cherche discrètement des échappatoires à droite ou à gauche, mais le sien te poursuit, secondé par la voix insistante et basse, t'intime de mesurer l'intérêt vital de ses révélations. Dehors, le brouillard s'est humidifié. La buée envahit les fenêtres, se condense en gouttes circonspectes qui explorent la surface vitrée. Un arrêt brutal te fournit le prétexte d'une diversion. Sixième station. Tu feins, pour tenter de stopper la machine à logorrhée, de chercher à repérer un panneau indicateur. Du bout des doigts, tu nettoies un petit cercle de buée. Il fait nuit. La lumière de réverbères éloignés se diffracte dans les infimes gouttelettes qui ponctuent ton hublot. Dans le brouillard, on ne discerne que des voies parallèles qui se succèdent jusqu'à des masses d'ombre indistinctes, sans doute des entrepôts. Le peu qu'on en distingue indique la ruine.

— Au fond, tout ça doit vous paraître banal. Ça ne fait de Logres qu'une ville de province comme n'importe quelle ville de province. Mais on ne connaît vraiment Logres que lorsqu'on y vit, monsieur. Ça ne s'exprime pas par des mots. Elle a quelque chose de spécial. Je ne voudrais pas vous décourager, d'ailleurs vous êtes jeune, vous n'y resterez pas toute votre vie, mais cette ville est, comment dirais-je, délétère. Intimement, elle pue. Une fois qu'on y est plongé, elle vous ronge, elle vous dissout. Tenez, en ce qui me concerne...

La conscience d'un mouvement attire à nouveau ton œil du côté de la vitre. La buée y entoure un étroit hublot de visibilité. Sur une des voies les plus éloignées, un convoi passe doucement en sens inverse. Les lampes éclairent des compartiments qui paraissent vides, mais à cette distance, et dans cette brume, il serait difficile de l'affirmer. Tu luttes contre le sommeil. Juste à la surface de ton niveau de conscience, la voix du petit vieux continue à bourdonner. Le reste de ta personne est plongé dans un bain de torpeur. Tu as manqué plusieurs épisodes du récit, sa vie et ses malheurs dans l'extraordinaire ville de Logres. Ahurissant à quel point il ne l'aime pas, sa ville.

— Ni plus ni moins. Avouez qu'il y aurait de quoi rendre fou. Et vous n'avez pas entendu le pire. Que je ne reconnaisse plus rien à mon retour, encore, c'était normal. Ça faisait bien des années. Je ne sais plus combien. Donc, je me perds, les rues ont changé, à croire qu'il s'agissait d'une autre ville. Je finis tout de même par tomber sur mon ancienne avenue. J'avais en poche la clé de la maison où je logeais. Une grande maison ancienne. Bien sûr, après tout ce temps, je me demandais dans quel état.

L'autre train défile de plus en plus lentement, s'approche de l'arrêt complet. On dirait que des mouvements se produisent dans les compartiments. Tant pis pour le vieux. Élargis le hublot avec un mouchoir en papier. Le brouillard a l'air de s'écouler au ralenti, ou bien c'est une illusion due au mouvement de l'autre train. À moins que ce dernier ne soit l'hallucination, un reflet du vôtre, mirage suscité par une combinaison particulière de la lumière et de l'air. Tu dois lutter aussi contre ton propre reflet qui ne cesse de s'interposer entre toi et la scène éloignée de quelques mètres, à laquelle tu tentes de donner un sens.

— Vous y voyez ? fait le vieux. Qu'est-ce que vous voyez ?

Tu vois, découpé contre la fenêtre, le torse d'une femme. Sa chair nue, dont le brouillard rend les contours incertains, est d'une couleur trop rouge. Par accès, des secousses électriques, des tortillements de serpent traversent ce corps cramoisi. Les bras sont écartés, levés, les rideaux à demi tirés masquent les avant-bras. Pas de visage distinct dans la masse sombre et mouvante des cheveux. Derrière, tu perçois une agitation. Pour autant que tu puisses y voir, des hommes gesticulent là-dedans, approchent tour à tour de la vitre des masques grimaçants.

— Qu'est-ce que vous voyez ?

D'un coup, la femme disparaît, comme escamotée. Des faces convulsionnées apparaissent un bref instant à sa place. La vision coulisse vers la droite. Un premier carré lumineux est absorbé par les cloisons de ton compartiment, comme si une machinerie de théâtre tirait le tableau hors scène. Et puis l'illusion se dissipe : c'est votre train qui s'est remis en mouvement. Il ne reste que les masses opaques de wagons plongés dans le noir. Le convoi glisse, semblable au corps interminable d'un animal marin dans des profondeurs troubles.

— On repart. Pas trop tôt. Je me demande quelle heure il est. Vous avez vu le nom de la gare ? Non ? Je suis bien certain que nous avons pris du retard. À se demander si une seule fois ce train est arrivé à l'heure.

À se demander si le train arrive jamais à Logres. S'il ne fait pas qu'en approcher indéfiniment, selon une asymptote temporelle. On resterait pour une éternité léthargique dans le train. Les arrêts seraient toujours plus sordides. Qu'est-ce qui arriverait encore ? Peut-être, à la station suivante, un congrès de monstres de foire s'emparerait du wagon : l'homme à deux têtes, la femme sans bras, le cyclope, l'enfant-araignée, l'hermaphrodite et le nain hydrocéphale y feraient la fête, souilleraient tout de leurs agapes, racketteraient les voyageurs avant de s'enfuir en ricanant dans la nuit, au prochain arrêt.

— Le jour de mon retour aussi, poursuit le vieux, le train était en retard. Je finis par retrouver ma maison. D'abord, je ne l'ai pas reconnue. Tout autour, on avait construit, démoli, ouvert des routes, ça ne se ressemblait plus. Quant à la maison, des arbres abattus, une aile récemment construite, elle avait l'air d'un autre bâtiment. Je n'ai pas eu besoin de ma clé, il y avait des gens dedans, que je ne connaissais pas. Ils ont eu le temps de me dire qu'ils étaient chez eux, depuis dix ans, avant de me fermer la porte au nez. Vous vous rendez compte ? Depuis, rien à faire. Je me suis perdu dans des procédures interminables. J'y suis encore. Les administrations se renvoient la balle. Des années que ça dure. On se fiche de moi, ou on m'ignore. C'est fantastique. C'est bien simple, je suis à Logres comme si je n'existais pas. Vous verrez, vous aussi. On vous marche sur les pieds, on vous bouscule. On vous crache sous le nez. Personne ne paraît vous voir, personne ne vous parle. Quant à leurs maisons, monsieur, des huîtres. Chacune un petit monde bien claquemuré. On n'y entre jamais. Ils ont leurs codes, leurs histoires, ils ont formé leurs confréries, leurs réseaux, et tout fonctionne avec ça. Vous ignorerez toujours les causes réelles de ce qui vous arrive à Logres. Tout cela se décide dans des cercles auxquels nous n'avons pas accès. On croit y avoir accès, je l'ai cru. Mais c'est une illusion, ils vous leurrent sciemment. Plus on croit être dedans, plus on est dehors, loin du cœur, de là où ça se passe vraiment. Vous n'êtes pas des leurs.

Moi, c'est comme si j'étais mort. Mais je ne le suis pas encore, même si j'ai mon âge. J'ai encore de quoi leur montrer longtemps que j'existe, et que je ne me laisserai plus prendre à leurs artifices. Il y a très longtemps, monsieur, j'ai traversé la forêt obscure. J'en suis ressorti. Je suis un autre, et je distingue à travers les apparences qu'ils disposent devant moi. Ils me méprisent, ils cherchent à ce que je me convainque de mon néant. Ils ignorent que dans les limbes où ils me laissent errer, j'ai appris à développer certaines facultés, à utiliser certains sens.

Regardez-moi, monsieur. Je ne pèse presque rien, je suis l'ombre de l'homme que j'ai été. Je me suis tellement allégé que tout me pénètre, tout me traverse. Je perçois certaines vibrations qui m'étaient inaudibles autrefois. Souvent, je ne sais même pas ce que c'est. Je m'approche d'une fenêtre à midi, en plein soleil. Je longe un jardin public à la tombée du jour. Quelque chose m'arrête, et je tremble, je tremble. J'ai froid, je suis terrorisé. C'est un froid qui vous empoigne les entrailles, monsieur. Je ne peux plus me décoller, il faut attendre que ça passe. Je ne peux pas me décoller de Logres. Je dois y revenir, y tourner, je dois épuiser Logres, c'est plus fort que moi.

Là-dessus, il laisse passer un long moment de silence. Mais il ne bouge pas d'un centimètre, son regard ne se déplace pas, comme s'il poursuivait la conversation en te fixant.

— Encore. Ce bruit. À côté, vous avez entendu ? Ça prend des proportions inquiétantes. Mais qu'est-ce qu'ils fabriquent ? J'ai peur que ça n'aille trop loin. Est-ce qu'on ne pourrait pas nous considérer comme responsables s'il arrive quelque chose ? Une drôle de ligne, vous savez. Des agressions sans arrêt, des saccages de wagons. Des disparitions jamais élucidées. Qu'est-ce qu'on devrait faire, d'après vous ? Vous entendez comme moi. Je ne dis pas tirer le signal d'alarme, mais au moins aller voir. D'un autre côté, c'est risqué. Après tout, il vaut mieux ne pas bouger. Ou alors, chercher un contrôleur. On n'en voit pas souvent, ils ont peur, ils se cachent, mais il y en a bien un quelque part, en principe.

Le prétexte idéal pour échapper au radotage, non ? Il fait moins chaud dans le couloir, mais ça sent la fumée de cigarette et l'humidité. Tu réussis à baisser de dix centimètres une vitre récalcitrante, à boire un peu d'air froid du dehors. Au-delà de la fuite des câbles électriques, on devine des étendues de campagnes plates. Par moments un flux de lueurs dessine une route humide. Pas d'autres lumières, pas signe d'habitation. Les deux compartiments voisins du vôtre ? Rideaux tirés. De toute façon, le fracas du train empêche de percevoir le moindre bruit bizarre, même en approchant l'oreille de la porte. Tu peux toujours faire semblant d'aller chercher le contrôleur.

Tu longes des compartiments déserts. Dans deux d'entre eux, tout au bout du wagon, on dirait qu'une bande de supporters de football a séjourné pendant trois heures. C'est un dépotoir de canettes et de paquets de chips. Les rideaux ont été arrachés et roulés en boule par terre, les cloisons bombées de signes noirs ou rouges. Dans les wagons suivants, le même vide. Tu n'as plus qu'à regagner ta place et dire que tu n'as vu personne, en espérant qu'entre-temps le vieux aura pu s'apaiser.

La secousse t'oblige à faire un grand pas en avant pour rétablir ton équilibre. Cette fois, le conducteur n'a pas accosté en souplesse. Septième station. Non, ça ne compte pas : le train semble à l'arrêt en rase campagne. Pas trace de gare. Une route étroite longe la voie, s'en écarte, se perd après un virage dans des bosquets presque entièrement digérés par le brouillard.

Du couloir, tu vois le vieux debout, dos tourné, qui regarde par la fenêtre, toujours le chapeau sur la tête, emmitouflé dans son pardessus noir. Au moment où tu entres, il se retourne brusquement. Ses yeux sont presque blancs.

— Vous avez vu ça ? Vous avez vu ? C'est répugnant. Je savais bien que ce n'était pas normal. Et le contrôleur ? Pas de contrôleur ? J'y vais, il doit bien être quelque part.

Et le voilà qui file dans le couloir, en laissant la sacoche, tandis que le train est à nouveau ébranlé par un signe de départ. La pellicule de buée s'est refermée sur la cicatrice de la fenêtre. Le manque de sommeil, la gnôle du vieux et l'atmosphère d'étuve se coalisent pour alourdir ta tête, qui repose contre le rideau. Tu préférerais ne pas t'endormir. Il doit être tard, et d'arrêt en ralentissement, le train fantôme doit tout de même approcher du but. Mais tu peux bien te laisser aller, va,

31

le vieux reviendra récupérer sa sacoche et vous descendrez ensemble.

S'il y avait quelqu'un, il verrait tes lèvres remuer en silence, les gouttes de sueur reprendre leurs parcours hésitants. Par moments, un bruit, un changement de rythme rompt quelques secondes le sommeil. Tu ouvres un œil, le temps d'apercevoir les forêts interminables qui obstruent la vitre de leur masse noire. Tu te rendors. Tu t'éveilles à nouveau, elles sont encore là, identiques, comme si le convoi n'avait pas bougé, et pourtant il continue à se glisser dans l'étroite trouée qui lui est ménagée. Rien d'autre que les troncs serrés, les feuillages denses comme l'eau, pas une lumière qui signale une habitation. Parfois, seulement, une maigre clairière, bloquée entre les arbres et la voie, sans issue apparente, disparue en un instant, comme une illusion.

Tu replonges dans la léthargie avec l'image d'un lieu perdu, fermé, que personne ne peut atteindre et dont il est impossible de sortir. Il te semble pourtant, entre deux assoupissements, avoir vu quelque chose d'autre, mais si vite que tu te demandes s'il ne s'agit pas de la persistance d'une image venue de l'un des rêves fragmentaires qui se brisent et se reconstruisent entre deux interruptions. Ou bien une illusion créée par les silhouettes des grands arbres. Qu'as-tu cru voir ? Une clairière noire, au fond de laquelle palpitait la tache rouge d'un feu. La flamme éclairait par en dessous les grandes pendaisons de branches et d'épines. Autour du feu, des silhouettes formaient cercle. La tête voilée par des capuchons, accroupies, elles se recroquevillaient dans des tas de hardes, ou bien, debout, penchaient vers le foyer une tête étrangement volumineuse, comme si on l'avait affublée d'un masque de bête compliqué de cornes et d'andouillers.

*
**

De l'intérieur de ton sommeil, tu éprouves péniblement la nécessité d'en sortir. Tu arrives à te hisser jusqu'au seuil de la conscience. Tu peux même ouvrir les yeux, accueillir quelques sensations. Mais impossible d'aller plus loin. Une invincible léthargie ne cesse de te tirer en arrière, de peser sur tes paupières, ta langue, tes membres. Du fond du rêve où tu restes plongé, tu vois le compartiment : ton champ de vision se réduit à un cercle étroit où n'entrent que le bas de la banquette qui te fait face et l'angle inférieur droit de la fenêtre, dans lequel s'accumulent des nodules de pluie grelottant comme une gelée grise. Par moments, un paquet translucide s'étire, se détache, file hors de ta vue à la vitesse d'une comète. Tu te demandes quelle sorte de dessein anime ces formes mouvantes, quelles lois régissent le petit chaos au sein duquel naissent ces corps errants.

Le bruit t'arrache à ces questions cosmologiques. Un composé de sons dont il est difficile d'imaginer ce qui pourrait les produire. Des chocs lourds, des coups portés avec on ne sait quoi, comme si on cherchait à démolir le compartiment voisin. Par moments, on dirait même qu'ils font vibrer la cloison à laquelle tu es adossé. De courtes plages de silence leur succèdent. Puis des voix, plusieurs voix différentes dirait-on, tantôt suraiguës, tantôt graves, qui se lancent dans des modulations bruyantes, avec des grelottements, des roucoulements, des expectorations brusques, suivies de trilles plus basses. Impossible de donner sens à ces vociférations à la fois outrancières et mécaniques : est-ce qu'on rit, est-ce qu'on se plaint, est-ce qu'on chante ? Est-ce une gorge humaine ou une radio dont on s'amuserait à pousser le son qui produit de tels bruits ? Ce qui les rend si douloureux à entendre tient moins à leur niveau sonore qu'à leur caractère parodique. On dirait une pantalonnade pleine de souffrance et de méchanceté. Cela infecte ta somnolence comme une digestion oppressante. Dans le coin de la fenêtre, chaque boule de liqueur envenimée filant sur sa trajectoire est un vagissement. Et puis cela cesse.

Du fond de ta léthargie, tu perçois le chuintement de la porte qui s'ouvre. Tu songes au retour du vieux. Mais tu sens un corps lourd s'effondrer sur la banquette où tu reposes. Tu n'as pas la force de te tourner pour vérifier qu'il s'agit bien du vieil homme.

Te parviennent, comme de très loin, des séries de ricanements étouffés, des jurons, des odeurs écœurantes de parfum et de nourriture mêlés. L'agitation de ton voisin secoue la banquette. Une épaule te bouscule. Quelque chose vient atterrir sur le lopin de moleskine orange qui occupe ton champ de vision. Un tortillon brunâtre dans lequel tu identifies une peau de saucisson. Le vacarme affairé se poursuit, au milieu duquel se détachent des sanglots. Le bruit, les coups d'épaule persistants commencent à avoir raison de ta léthargie. Tu parviens à tourner la tête vers la gauche.

Il y a trois personnes sur la banquette. Contre toi, un homme efflanqué en blouson de cuir râpé. Son maigre visage s'arrondit aux joues, autour du paquet de nourriture qu'il malaxe. De temps à autre, il aspire une gorgée à une boîte de bière, puis se remet à mâcher. Ses cheveux noirs gominés, plaqués en arrière, lui donnent l'air d'un vieux rocker. Il n'est pas assez épais pour masquer la grosse femme assise côté couloir. Tu en vois surtout le bas d'une minijupe en cuir et des cuisses épaisses saucissonnées dans des bas résille. Ils ont étalé leur casse-croûte à même un journal ouvert posé sur la banquette : camembert, boîtes de bière, tranches de pâté, chips, barquette de museau vinaigrette, viande froide, tubes de sauces diverses. D'un paquet en plastique crevé sortent quelques filets de hareng huileux. Une bouteille de rouge repose dans le pli de la banquette. Le tout répand d'atroces remugles de cochonnailles et de fromages chauffés dans l'étuve du compartiment. La femme se confectionne, dans un gros pain à hamburger, un échafaudage de pâté, de chips et de viande froide qu'elle arrose de mayonnaise et de ketchup.

L'homme jette sur le plancher la boîte de bière vide, se penche à son tour pour en prendre une autre et te révèle fugitivement un troisième personnage. Tu as le temps, avant que ton voisin ne s'effondre sur le siège en te bousculant à nouveau, d'apercevoir une petite fille. Ou plutôt une adolescente. Elle semblerait très jolie si elle n'était si pâle et si maigre.

Les deux adultes doivent avoir plus de cinquante ans. Difficile à préciser étant donné leur apparence malsaine. Quel âge a la jeune fille ? On l'a affublée d'une robe enfantine, trop courte pour elle, blanche et rose, avec des volants. Cette défroque à la fois mièvre et sale s'agrémente de socquettes dans des sandales blanches, alors qu'elle approche sans doute de l'adolescence. Sa maigreur même doit la faire paraître plus jeune qu'elle n'est. En revanche, elle porte aux oreilles une paire de lourds pendentifs en métal et en fausses pierres qui conviendrait plutôt à une femme mûre.

La grosse dame allume un transistor posé à côté du paquet de mangeaille. La musique de variété débitée par l'engin achève de te réveiller. Qu'est-ce que tu vas faire, à présent ? Protester ? Bien entendu, tu cherches d'abord des excuses à ton manque de courage. Logres ne doit pas être bien loin, inutile de réagir, à présent. De toute façon, ce qui se passe suffit à différer tes projets d'intervention. L'homme s'est levé. Il oblige la fillette à ingurgiter des bouts de hareng qu'il coupe avec son opinel. Puis c'est du saucisson à l'ail, du camembert. La petite essaie de recracher avec des hoquets de dégoût ce qu'il s'évertue à lui glisser entre les lèvres en riant. Il finit par la gifler. Après quoi, il débouche la bouteille de rouge, la colle aux lèvres de la gamine. Elle déglutit péniblement. Une grosse larme roule sur sa joue cramoisie. C'est juste à ce moment que ses yeux se tournent vers toi.

Et toi, tu ignores ce regard suppliant, tu colles ton nez à la vitre. Mais tu as beau essayer de t'abstraire des bruits et des odeurs, de te concentrer sur le maigre paysage qui passe à l'extérieur, rien à faire, les paquets de forêts et de champs emmaillotés de brume noire se fondent dans le reflet impérieux de la scène qui vient te prendre jusque-là. Ils la moquent et la martyrisent, avec par moments, au coin des yeux, cette fine lame de regard qui glisse vers toi, dont tu ne peux pas ne pas éprouver le tranchant. Dans le froid miroir, entourée comme d'un halo par la buée qui en conquiert les bords, tu la vois aussi, la petite, avec son visage de cire gagné d'ombres crasseuses, ses vêtements de poupée, bas crème et robe candide, flanquée de leurs visages grimaçants, comme s'ils ne l'avaient déguisée en princesse dérisoire qu'afin de mieux outrager cette blancheur déjà salie, par avance à eux livrée.

Vas-tu les laisser la gifler ainsi à tour de bras à nouveau ? Tu te détestes de cette lâcheté. Mais que faire ? Tu te lances, sur un mode diplomatique.

— Peut-être qu'elle n'a pas faim.

Les deux te dévisagent : la femme assise, mâchonnant sa préparation, lui debout, kil de rouge au poing. La petite fille ne te regarde plus. Elle reste assise, tête basse, mains dans la robe, pleurant en silence. La chansonnette continue à se déverser de la radio. La femme se tourne vers le rocker gominé : « Qu'est-ce qu'il dit ? »

— Qu'est-ce tu dis ? fait l'homme.

— Je pensais qu'elle n'avait pas très faim.

« De qui il parle ? », demande la femme, toujours

sans te regarder. L'homme fait un pas dans ta direction, comme si tu avais besoin de bien entendre.

— De qui tu parles ? Qui ça qui n'a plus faim ? te demande-t-il, l'air sincèrement perplexe.

La grosse femme rigole dans son sandwich. Tu t'efforces d'afficher un sourire bienveillant. Tu sens bien que le résultat n'est pas très convaincant.

— La petite, elle a l'air malade, non ? Avec cette chaleur, elle n'a peut-être pas envie de rien avaler.

— La petite ? Où il voit une petite, lui ? articule la femme la bouche pleine.

Tu prends conscience que ton sourire stagne bêtement sur ta bouche. Allez, essaie encore, accepte la blague.

— C'est vrai qu'elle a l'air grande pour son âge.

— C'est surtout qu'elle existe pas, fait l'homme, et son sourire découvre d'un coup une bouche garnie de trous et de dents jaunes.

La réplique fait pouffer la femme, dont l'hilarité projette quelques miettes de nourriture sur le sol.

— Elle existe pas, tu comprends ? Elle est pas là.

Tout cela paraît les égayer comme une grosse plaisanterie. Ils se rasseyent, reprennent leurs agapes. De temps à autre, le rire les prend sans prévenir, les tord l'un après l'autre, en alternance, tandis qu'ils glissent des regards vers toi. La diversion a eu pour effet de relâcher leur attention envers l'enfant. Parfois, l'homme la force tout de même à avaler des morceaux de ce qu'il mange.

Tu décides de les ignorer, de remettre le nez sur ton coin de vitre. L'image à nouveau t'y suit, et dans l'agitation incessante de l'homme, des échappées sur la petite qui te regarde, atteint tes yeux jusque dans les étendues incertaines de la vitre obscure noyée de buée.

Tu as trouvé là ton enfer. Pour l'éternité, fixer dans le froid miroir la scène à laquelle tu tournes le dos, deux êtres écrasant des fragments de hareng sur la bouche d'un enfant qui n'existe pas. C'est cette inexistence, curieusement, qui te fait souffrir le plus, et qui donne à la scène son achèvement, plus que ta lâcheté et plus que les outrages, comme si elle était pour l'enfant une punition de plus, une ultime faiblesse à bafouer.

Tu ne peux plus y tenir. Tu rassembles maladroitement tes affaires, en essayant de ne pas toucher l'homme, qui se moque de tes efforts pour atteindre ta valise dans le filet. Tu contournes les ordures, tu sors, au son des chansonnettes et des ricanements. Le train ralentit à nouveau, huitième station. Logres, enfin ?

Personne sur le quai. La gare elle-même semble à l'abandon : aucune lampe allumée, tous les carreaux des bâtiments cassés. Vieilles canettes, papiers et débris de verre jonchent le sol. Des feuilles de journal froissées vont et viennent, poussées par le vent. De l'une des fenêtres sans vitres du premier étage jaillissent, en régulières pulsations, deux longues choses en lambeaux qui esquissent de rapides signes avant de se replier à l'intérieur. Des rideaux déchirés. Une lueur vacille-t-elle au fond de cette pièce noire ? Non, le reflet du plafonnier dans la vitre du train. Tu cherches vainement un panneau. Il faudrait que tu ailles jusqu'à la portière, que tu descendes une seconde pour mieux voir.

Le temps que tu y arrives, trop tard, le train s'ébranle. Tu as le temps d'apercevoir, pendu à une potence en bout de quai, un panonceau indiquant le nom de la gare, mais dépourvu d'éclairage suffisant. Ça commence bien par *Lo*... Lorde-lès-fossés. La gare disparaît. L'image te reste de ces rideaux comme des bras se tendant hors d'une pièce obscure.

II

Est-ce que ton cœur ne bat pas plus fort alors que tu te tiens à présent, seul, devant Logres ? L'horloge de la gare, en panne, affiche minuit dix. Ou bien elle fonctionne et le train a pris un retard exorbitant. Une longue avenue s'étend devant toi, entre les enseignes jaunes ou rouges des cafés. Trois jeunes gens aux cheveux hérissés boivent des bières, accroupis dans un coin. Un grand chien dort près d'eux. Tu n'as pas envie de leur demander l'heure. La lumière aveuglante du hall se défait sur le parvis et semble s'y enfoncer. Des ombres te frôlent. Des voix te demandent un euro ou une cigarette.

Et puis, à peine as-tu le temps de les reconnaître qu'ils ont déjà disparu au coin de la gare, l'absurde famille du compartiment, la grosse femme traînant la petite qui trébuche dans ses sandalettes blanches.

L'avenue enfonce sa tige dure dans la chair d'un espace qui n'a pas encore pris sa forme. Respire les effluves humides de pluie, d'urine et de gaz. Jouis encore un peu de cette sensation d'inconnu. Le fragment de ville que tu aperçois a l'intensité d'une impression d'enfance, l'étrangeté de ce qui se détache sur le fond d'une étendue inexplorée. Bientôt cela se dissipera, les avenues et les maisons viendront se ranger selon un ordre précis, tu ne les considéreras plus qu'en fonction de ce qui suit, dans l'enchaînement prévu des points de repère. Logres sera devenue rassurante et indifférente.

Il pleut. Prends ce taxi. Il n'est que 21 heures, t'annonce le chauffeur. Tu aperçois, sous la continuité de l'averse, comme sur un écran mal réglé, les lumières multicolores des zones d'activité, les panneaux des centres commerciaux, les feux irisant la brume humide. Au moment où le taxi franchit le portail de la propriété où tu vas loger, tu entres dans le noir. Les phares éclairent des troncs. Tu pénètres dans la maison sans l'avoir vue.

Dans l'éclairage avare du vestibule, Mme Van Reeth, qui a accepté de te louer une chambre, t'en indique brièvement l'emplacement. Vous vous verrez plus longuement demain, elle te fera visiter, il est tard.

Une partie du premier étage t'est réservée. Cela signifie, en haut de l'escalier, une portion de couloir sur un des côtés duquel donnent trois portes : celle de ta chambre, où tu poses ta valise. La seconde porte livre accès à une pièce étroite dont la seule autre ouverture consiste en une lucarne placée assez haut. Tout le côté de ce cagibi est dissimulé par des rideaux d'aspect désuet. Une penderie. La dernière porte donne sur une salle de bains babylonienne et glacée : carreaux blancs, robinetterie d'avant-guerre, baignoire à pieds, comme un gros animal creux, dans le ventre duquel le tartre a déposé des traînées vertes. Au fond du couloir, une quatrième porte, verrouillée. Le reste du premier étage ne peut être atteint, t'expliquera-t-on plus tard, que par un autre escalier, dans la partie de la maison que se réserve ta logeuse.

Tu poses ton sac sur la moquette douteuse. Chambre profonde, où lorsqu'on entre le lit semble s'éloigner. La poussière occupe le terrain et des toiles d'araignée ornent les coins des hauts plafonds. Tu crains l'idée de ces bêtes patientes travaillant pendant ton sommeil. Des livres encombrent les rayonnages qui ne laissent nul répit aux murs. L'idée seule de ces paroles enfermées, de ce grouillement de signes noirs t'épuise. Tu entends la rumeur des cauchemars qui se mobilisent au cœur des choses. Un verre contenant un fond de liquide sombre traîne sur le bureau. Et ce chuchotement inaudible des paroles recluses, ce chevrotement chagrin contre les cloisons. Dans la bousculade de meubles dépareillés, un peu de papier peint glisse un œil entre deux planches. D'un rouge lointain. Le motif de fleurs en corbeille dessine un écorché. Sur un corps minuscule aux muscles longilignes, séparés et mis à nu (les tiges), une énorme tête, une bouche en cul de poule, et sur le tout, coquette, une perruque Louis XV (la corolle). Cela livide, sur le fond nuance de sang sec, comme une galanterie macabre.

Il faudrait te coucher. Plus que trois jours avant la rentrée. Faire des réserves de sommeil. Tu dors mal depuis plus d'une semaine, agité par la perspective de ces adolescents face à qui tu vas te retrouver, seul, des journées entières. Des dizaines de regards vont te détailler, te scruter, te juger, plusieurs heures par jour. Et cela durera presque tout le reste de ta vie, jusqu'à ce que tu sois vieux et fatigué. Alors allonge-toi un peu, en attendant.

Dormir. Tu n'as fait que ça, dans le train. Le sommeil ne veut plus de toi. Tu songes à la petite fille, à son visage sublime, blafard dans le miroir obscur de la fenêtre. À la goutte de vin rouge coulant au coin de ses lèvres. Tu devrais te demander quelle dose de lâcheté tu peux t'accorder avant de perdre ta propre estime. Tu ne te connais pas encore assez bien, Gilles. Lorsque tu t'es reproché une faute, tu as tendance à croire que tes regrets valent réparation. Tu prends tes pensées pour des actes. Cela te passera. Lorsque tu t'en seras aperçu, il se pourrait aussi qu'il n'y ait plus de limites à ta haine de toi-même.

Si tu t'endors, ton corps sera livré à cet espace dont tu n'as encore qu'une idée fragmentaire. Pourquoi ne pas jeter un coup d'œil par la fenêtre de ta chambre ?

Elle donne sur une émeute d'arbres. Un grillage sépare le fond du jardin de Mme Van Reeth et la forêt. Par endroits, le treillis s'effondre et se déchire sous le poids du chaos qu'il paraît s'efforcer de retenir. Pose ton front contre le carreau. Souviens-toi : tu le faisais enfant, sans savoir pourquoi. Tu laissais monter en toi le sentiment fade du désœuvrement. Absence d'objet. Le monde derrière la vitre te retient d'autant plus qu'il est vide. Et si, sans le savoir, tu étais resté le front contre le carreau, enlacé par des arbres impalpables ?

Que vois-tu ? Un réseau inextricable qui commence et qui se perd dans l'obscurité. Se divisant et se complexifiant pour rien, vers rien. C'est à cause de cela que tu ne parviens pas à décoller ton front de la vitre. Où trouver un motif de s'arracher à ce qui prive de tout motif ? Regarde encore : quelque chose prend forme, se tend vers toi. Les arbres esquissent le corps maigre de la petite fille du train. Ils le répètent, le multiplient, indéfiniment. Tu sais qu'elle se trouve quelque part dans la ville. Son martyre n'a pas de fin.

Couche-toi. Tu as besoin de noir. Plus que trois jours pour t'installer, préparer quelques cours, apprivoiser cette ville, procéder aux acquisitions indispensables. Une voiture, surtout. Tu pensais n'avoir jamais besoin de ce genre d'engin, mais le collège est à l'autre bout de la ville, à trois kilomètres, en pleine ZAC. Aucune ligne de bus directe, bien sûr. De toute façon, une voiture, il t'en faudra bien une, si tu veux t'échapper de Logres, le week-end.

Tu ignores à quoi ressemble, de l'extérieur, ce dans quoi tu te trouves. Tu n'as pas vu, ce sera pour demain, lorsque tu pourras te promener au matin dans le vaste jardin, la villa fin de siècle, deux ailes disposées en angle, toitures et pignons compliqués. Le tout un peu délabré, avec une adjonction plus récente d'un côté.

Allongé dans le noir, dans une maison inconnue, tu retrouves cette sensation revenue te visiter un instant à la gare alors qu'elle t'avait quitté depuis l'enfance : chaque lieu alors ouvrait de toutes parts sur une étendue illimitée d'inconnu. Elle formait le fond sur lequel se détachaient les lignes de ton lit, le dessin familier des jouets. Elle remplissait l'ampoule de la lampe, les armoires, donnait leur épaisseur aux objets. Ta chambre, dans sa quiétude intime, était faite d'une matière paradoxale, à la fois elle-même et autre, étrangère et connue, angoissante, inépuisable. Ton cœur battait, alors, de sentir en chaque point cette profondeur ouverte. C'était le goût du réel. Tu avais oublié.

Une tache blême se forme sur le fond de l'obscurité. Le visage de Mme Van Reeth, entrevu à ton arrivée. Le maquillage marqué de signes rouges et bleus la face longue, un peu funèbre dans sa maigreur, dessine un masque inexpressif, aveugle, un trophée barbare promené au bout du long cou comme à la pointe d'une pique, effrayant et superbe.

Tu as froid entre ces draps humides, où stagne une odeur de moisi. D'invisibles tuyaux échangent des confidences. On sanglote au plafond. On s'alarme des remuements de langues, des froides insinuations du sol. Tu ignores qui.

*
**

Trois jours se passent. Tu explores Logres. La maison de Mme Van Reeth est la survivance d'un ancien quartier de folies bourgeoises, toutes démolies depuis quelques années. Elle demeure seule, au bout de la route où se succèdent les cubes de béton de la zone artisanale, à l'extrême limite de Logres. Le fond du parc touche à la forêt.

La maison ? Lumière avare, vacillante. Couleurs mortes. Ombres vertes. Sur toute surface, toujours une mouche en auscultation. Troupeaux de chaises de multiples espèces, du formica au Renaissance. Abondance d'objets, rares ou banals, sur grande variété de meubles. Leurs corps aveugles embarrassent les déplacements. Livres, vieux journaux enrobés de poussière, paquets de photographies, boîtes et pots, médicaments. Murs intranquilles, portant le poids d'images si enfoncées dans leurs cadres proliférants qu'on a l'impression de ne jamais parvenir à les atteindre. Elles s'éloignent interminablement.

Tu t'accoutumes aux lieux, tu pratiques la vaste cuisine du bas, le hall, et Mme Van Reeth, le lendemain du soir de ton arrivée, te reçoit dans le salon. Mais la moitié de l'espace te reste fermé. Lorsqu'il t'arrive de vouloir te représenter cette maison, tu n'y parviens jamais. Tu ne sais pas où tu habites, tu ignores où se tient toute la journée la propriétaire, ce qu'elle fait de son temps.

Mme Van Reeth, par la suite, t'avouera qu'elle loue pour gagner un peu d'argent, certes, mais aussi parce qu'elle a peur, toute seule, dans sa grande maison. Comme toutes les veuves. Les grandes maisons remplies de recoins et de vieilleries recèlent quelques provisions d'effroi. Mais ce sont plutôt les choses, ici, qui ont peur. Elles se rétractent au passage. Dans le pli d'un chiffon, un vêtement qui traîne, un dessin compliqué dans le carrelage, t'est indiquée, à voix très basse, une fuite. Les fentes entre les pages des livres attirent tes regards. Tu ne peux te retenir de suivre des yeux les lézardes des murs et les rainures du parquet. Tu déambules au milieu de ce qui se dissimule et se retire. Tu ignores que la maison assure ainsi sur toi son empire. On ne sait, dans cette multiplication de traces, ce qui vient du mari de Mme Van Reeth. Un bol repose dans un coin de la cuisine. Un vêtement dans le vestibule, des chaussures ailleurs. Des livres, des stylos, des journaux. On en oublie qu'il est mort. Est-ce la crainte de son retour qui inquiète l'espace ? Une humeur d'angoisse suinte au coin des murs. Le papier, jaune et moite, fait semblant de rien. Tel miroir semble détourner le regard. Une serviette pendant benoîtement à son porte-serviettes, si tu la regardes bien, frissonne imperceptiblement. On entend pleuvoir. Quelque chose d'obscène paraît toujours ramper, sous la lumière incertaine, ou vouloir jaillir sur ton passage, agitation spasmodique de loques crasseuses à une fenêtre ouverte comme une bouche noire.

Le hasard a voulu que tu tombes dans la seule maison de Logres qui puisse t'intéresser. La collection de feu Georges Van Reeth est connue parmi les érudits. En revanche, le défunt n'avait pas bonne réputation. Tu as entendu parler une fois ou deux de ses bizarreries et de son effroyable caractère. Puisqu'il est mort, c'est l'occasion rêvée. Il n'est pas exclu que tu puisses tirer quelque chose de sa collection pour ta thèse sur le XVIIIe siècle, si la veuve se laisse circonvenir.

Il faudra te montrer diplomate. Comme la maison, Mme Van Reeth est en proie au retrait. Évanouie dès qu'apparue. Attentive par moments, elle te fixe de ses beaux yeux gris comme si tes paroles, ou simplement ton visage, dispensaient des révélations, dont tu ignorerais toi-même la teneur. Une gêne alors te saisit de voir si précieusement recueillies les prudentes banalités que tu délivres. Tu ne te décides toujours pas à aborder la question de la collection. Et puis, très vite, elle ne semble plus te voir ni t'entendre. Elle est lasse, bien élevée, impeccable et distraite, les sourcils trop épilés, le chignon trop tiré. Tu te retires et la laisses, poupée cireuse, au bord de sa fenêtre. Des arbres s'y agitent, qui absorbent la lumière.

*
**

En cherchant Jacques Prévert, dans ta 106 d'occasion, tu as longé des rues identiques entre des géométries identiques. À plusieurs reprises, tu as cru être revenu au même point, tu ne savais plus comment en sortir. Ici et là, à des angles, tassés dans des entrées d'immeuble ou sous des abris d'autobus, des groupes de jeunes garçons, capuchons baissés sur le visage. Tirés parfois par des molosses noirs. Patrouilles du Grand Veneur dans ces sylves durcies, pistant leur gibier hypothétique. Te voici dans la forêt des âges farouches. Partout dans ces cubes, imagine, des êtres et des chiens, la longue chasse secrète, des dévorations ignorées, dans des caves. Si tu t'arrêtes, les pisteurs et leurs chiens froids t'ignorent comme un fantôme ou te regardent comme un suspect. Ils t'indiquent des voies dans un idiome lourd que tu déchiffres mal. Par hasard, tu trouves l'issue.

Prévert. Tu as dépassé la loge du gardien et garé la 106 sur le parking. Debout sous le ciel encore sali de nuit, tu cherches à repérer le meilleur chemin dans le no man's land au milieu duquel se dresse le temple de béton. Tu sinues entre les voitures et les flaques où se distribue du ciel. Une pluie tombe, administrative, réglant ses gouttes, versant son salaire de liquide froid à chacun. La zone a l'air d'avoir été longuement bombardée. Tu distingues mieux, en approchant du monument noir qui te barre l'horizon, les carreaux brisés, les coulures grises, les lézardes et l'entrelacs des tags. L'affaire a été chaude. Subsiste-t-il, terrés dans ses couloirs incendiés par le chahut, en embuscade au fond

46

des salles noircies par l'ennui, d'ultimes partisans de la Cause Pédagogique ? Le subjonctif au poing ? Prêts à dégoupiller le théorème ?

Tu pousses des portes battantes. Pénètres, comme dans l'immeuble du Comité Central après la dernière bataille, au cœur de la Cité héroïque. Tes pas résonnent sur le carrelage gris, se répercutent au long des couloirs sonores. Tu finis par trouver des formes vivantes, qui s'agglutinent sous forme de réunion.

Des professeurs, sagement assis aux places de leurs élèves, écoutent le discours du directeur. Imitant les élèves, ils se sont entassés à bonne distance des autorités administratives. Que faire ? Imposer à tes nouveaux collègues une complicité qu'ils ne t'ont pas accordée, ou bien te placer au premier rang, au risque que ta discrétion passe pour du mépris ? Au second rang, seul, tout près de la porte par laquelle tu es entré, est assis un grand type maigre. Sa tenue, costume cravate, tranche avec celle de la plupart des occupants de la salle, qui arborent le négligé jeune, ou des uniformes ternes à base de bleu marine et de marron campagnard. Il te donne la solution pour l'entrée la plus neutre possible : tu te glisses à ses côtés. Vous ne tardez pas à vous chuchoter des présentations. Il s'appelle Zablanski, il enseigne l'histoire.

Le directeur exprime son bonheur de vous retrouver après des vacances qu'il espère avoir été reposantes. Il souhaite la bienvenue aux nouveaux collègues au nom de tous les ACE (ton obligeant voisin te souffle dans l'oreille que cela veut dire Animateurs de la Communauté Éducative, nouvelle appellation des administratifs. Il en profite pour t'indiquer qu'on ne dit plus professeur, mais CIF, pour Conseiller d'Itinéraire de Formation). Il ressemble à un roi barbu de tragédie, à un ténor ventru et tonitruant. À ses côtés, assis à une petite table, se tient son envers exact, maigre, pâle, lunettes rondes. On le verrait plutôt jouer le rôle du confident ou du traître. Ce couple, te glisse Zablanski, se compose de Castans, qui tient le rôle du directeur (ou plutôt Animateur Général de Vie Éducative), et de Musse, qui assure celui du CPE ou Conseiller Principal d'Éducation.

Castans interprète son discours. C'est son grand air, son morceau de bravoure. Le même, paraît-il, à chaque rentrée, compte tenu des légères modifications apportées par la succession annuelle des réformes. Musse, quant à lui, reste imperturbable. Pas un trait de son visage ne se déplace tandis que le ténor gesticule et transpire.

« ... *Un nouvel AE est affecté cette année au CDI. Il s'agit de Mlle Ledru. Bienvenue mademoiselle. Par ailleurs, une nouveauté doit figurer à l'ordre du jour du prochain CE : l'aménagement d'un lieu de vie pour les élèves. C'est une mesure que réclament depuis longtemps la FFPEP et l'UPE. Reste à trouver le local convenable.*

Vous le savez, la réforme initiée l'année dernière par le ministre a été finalisée. Elle entre cette année dans sa phase de mise en œuvre. Cela impliquera un plus grand investissement de la part de tous les acteurs de la communauté éducative. Les ACE ont travaillé jusqu'au début du mois d'août pour réfléchir aux modalités d'application de ce projet qui doit permettre un suivi supérieur et une réussite accrue des Apprenants. À court terme, l'objectif fixé par le ministre est de 90 % de réussite au TFEG. L'école ne doit pas être une machine à exclure. L'échec scolaire est pour l'essentiel le résultat de méthodes éducatives non adaptées aux possibilités et aux savoirs de l'Apprenant. À nous de savoir travailler ensemble, de créer des interfaces, de mobiliser les énergies pour finaliser ce pro-

gramme. La démocratisation de l'enseignement en dépend.

Compte tenu de l'ambition de la réforme, qui se substitue à la réforme Maudrut et à la réforme Langman, le Ministère a chargé les ACE d'en résumer les grandes lignes le jour de la rentrée, pour compléter les initiatives d'information qui ont été prises l'an dernier. La philosophie de la réforme peut se condenser en une formule simple : l'Apprenant au centre du Système. La bataille de la réforme sera gagnée lorsque les CIF sauront être à l'écoute des Apprenants. Ils ont beaucoup à nous apprendre. Ils doivent devenir des acteurs à part entière de leur formation, gérer leur Parcours Éducatif, élaborer leur Projet d'Apprentissage Personnalisé. On en aura alors terminé avec l'entassement de savoirs coupés de la vie réelle. Il ne s'agit plus, pour l'enseignant, de se crisper sur des contenus. Il faut oser l'ouverture, oser la liberté... »

Au bout d'un moment, tu ne parviens plus à écouter. Tu tentes de garder un air concerné. Zablanski, lui, s'en fout ostensiblement. Autour de vous, on prend des notes. La voix de stentor résonne entre les murs fatigués, accompagnée par le pizzicato obsédant de la pluie.

« Voici les nouvelles mesures qui vont se mettre en place dès cette rentrée : Évaluation Trimestrielle du CIF par l'Apprenant. Ces ETCIFA se substituent aux EAEA (Évaluations Annuelles de l'Enseignant par l'Apprenant), instituées dans la réforme précédente. Cette fois, le Ministère requiert une effectuation des ETCIFA dès la fin du mois de novembre. Les fiches d'évaluation doivent être transmises au Rectorat début décembre. Dans le cas où un CIF connaîtrait des problèmes d'évaluation, il revient à l'ACE principal, c'est-à-dire à moi, de saisir une Commission Paritaire de Soutien et de Conseil. La CPSC se compose de repré-

sentants des Apprenants, des Parents, des CIF et des ACE. Le CIF en situation de sous-évaluation se verra proposer des stages intensifs de recyclage en ISFP au cours desquels il apprendra à mieux questionner sa pratique didactique.

L'un des points essentiels de la nouvelle réforme concerne les évaluations de l'Apprenant. Il s'agit de rompre avec les vieilles épreuves élitistes et traumatisantes. Désormais, l'évaluation reposera sur trois critères : une note trimestrielle de participation, un dossier annuel constitué par un groupe de trois à quatre élèves sur un sujet de leur choix. Il importe d'ouvrir l'école à toutes les formes de culture, sans exclusion, à toute la richesse du monde contemporain : il peut s'agir, d'après les suggestions du ministère, d'un dossier sur le Rap, ou sur l'art du tag, ou encore d'une enquête sur les magazines pour la jeunesse. Enfin, à chaque trimestre, le CIF fera remplir un QCM à ses Apprenants. Sur cette dernière épreuve, je vous renvoie aux trois volumes du Précis d'Évaluation Pédagogique, disponible au CDI. Toute note inférieure à cinq sur vingt devra faire l'objet d'un rapport circonstancié, transmis à l'Inspection Générale et à la CPSC. Après examen, la CPSC pourra suggérer une réévaluation de la note. Enfin, toute sanction devra également faire l'objet d'un rapport, qui sera remis le jour même des faits à l'ACE principal. Je vous rappelle que dans les cas très graves, le recours à la commission de discipline a lui aussi été modifié. Désormais, et pour que l'école ne soit plus le lieu d'une justice d'exception, mais se conforme aux règles de la justice démocratique, l'Apprenant mis en examen, après enquête, sera défendu devant la commission de discipline par deux avocats : un délégué des Apprenants et l'assistante sociale du collège. Il aura toujours la possibilité de faire appel. Au terme de cet appel, il encourt un blâme. Au bout de trois blâmes, il peut, selon la gravité des faits, être placé une semaine dans la Classe d'Aide et de Soutien prévue dans chaque établissement, puis réintégré dans sa classe habituelle. En tout état de cause, le ministère souhaite que ces procédures restent exceptionnelles. Il incombe avant tout au CIF, par la négociation, la compréhension et la parole, de régler les éventuels conflits. Il est prévu de réunir chaque mois les acteurs éducatifs, parents, ACE, CIF, Apprenants, afin qu'ils interrogent leur relation à la situation éducative et qu'ils pointent les éventuels dysfonctionnements. Chacune de ces réunions fera l'objet d'un rapport.

Désormais, une grande place sera accordée, dans le Parcours de Formation, aux sorties éducatives. Cette année, les sorties éducatives suivantes sont programmées : la ferme biologique de Chambray, le champ de bataille des Écargues, la sucrerie Schutz, les locaux de L'Avenir du Logrois, le musée des traditions rurales, l'usine d'emballage de Vermondois. Chacune de ces sorties devra être préparée dans un esprit d'interdisciplinarité par les différents enseignants concernés.

Enfin, autre nouveauté non négligeable, le collège devra élaborer chaque année un Projet Éducatif d'Établissement. Les discussions ont été très enrichissantes au cours des vingt-quatre réunions des commissions consultatives. Au terme de ces réflexions, le thème retenu pour cette année, comme certains d'entre vous le savent déjà, est l'emballage. Je ne peux, personnellement, qu'approuver le choix de ce thème fédérateur. Certains collègues ont d'ores et déjà émis des suggestions d'activité et de recherche autour de l'emballage : surface d'emballage et géométrie, écologie de l'emballage, décoration de l'emballage en arts plastiques, les matériaux d'emballage en physique, place de l'emballage dans la civilisation américaine en langues. Nous *attendons de nouvelles suggestions, notamment en EPS et en français. »*

Le directeur et quelques professeurs se lancent dans un débat dont l'enjeu, à en juger par leurs mines sérieuses, compétentes, semble d'une importance extrême. Des termes tels que « projet d'établissement » ou « équipe pédagogique » reviennent à intervalles rapprochés. Tu peux toujours essayer de suivre ; tu n'y comprendras rien. Ils semblent trouver de la jouissance dans l'emploi de ce langage codé. Même si tu adoptes inconsciemment, toi aussi, un air concerné, même si tu refuses de te l'avouer, déjà t'écrase un irrépressible et noir ennui.

La cérémonie de la prérentrée s'achève. Zablanski te prend en main, protecteur, visiblement heureux de te faire découvrir le Système. Là-dessus, il se montre intarissable. Le Système Éducatif, qui a absorbé toute son existence, est devenu son ennemi intime, et aussi, dirait-on, son dernier plaisir. Car c'est le Système qui lui fournit toutes les confiseries, toutes les crèmes de ses sombres délectations.

Tous se lèvent et se jettent en désordre sur Musse. Ton mentor t'explique qu'il s'agit de la remise des emplois du temps. Les plus rapides repartent déjà avec leur bout de papier, pareils à des enfants qui ont gagné un bonbon. Ils le scrutent, écarquillent les yeux, dispensent les signes de l'allégresse ou de la détresse. Tu n'oses pas te jeter comme les autres sur les petits papiers verts. Zablanski se refuse ostensiblement à le faire. Contrairement à tous ceux qui t'ont salué, il n'emploie pas le tutoiement enseignant de rigueur.

— Vous avez raison de ne pas vous précipiter. Vous êtes nouveau, vous débutez. Vous aurez donc les classes que personne ne veut. Vous voyez Castans, le proviseur, avec sa carrure de catcheur ? On se figure un brave homme, direct, franc, parce qu'il a une barbe et une grosse voix. Vous connaîtrez bientôt la lâcheté de ce colosse, sa peur des hautes instances du Système, la priorité absolue qu'il accorde à la « réputation de l'établissement ». Il boit, tout seul, dans son bureau, et le soir, dans son logement de fonction, il boit, pour noyer sa couardise et son ennui. Il ne sera jamais là si on vous insulte, si on vous frappe. Il saura les voies pour que tout recours se perde dans le labyrinthe des commissions et des lois élaboré par le Système.

Zablanski a vu juste. Comme le veut ta qualité de stagiaire, tu n'as la responsabilité que de deux classes. Dont l'une des plus féroces, la quatrième E. On t'entoure, on te renseigne. Ta liste d'élèves constitue une anthologie. Chaque nom suscite des variantes d'ironie désolée. C'est une de ces excroissances difformes comme il en pousse par centaines sur la masse démesurée du Système. Zablanski l'a aussi obtenue. L'autre classe, la troisième D, semble plus dans la norme de la médiocrité ordinaire de Prévert.

Zablanski te guide jusqu'aux services administratifs, où tu dois signer divers papiers, et où l'on te remet une liste fournie de documents à rendre prochainement, dont ceux qui serviront à te faire verser ton salaire. Après un quart d'heure d'attente, l'intendante consent à te recevoir. Elle s'adresse à toi tout en compulsant divers papiers, sur le ton las de qui tente d'expliquer des règles élémentaires à un benêt. Debout devant son bureau, tu finis par saisir : l'intendance ne peut pas procéder à la mise en paiement tant qu'elle n'aura pas reçu l'avis de nomination délivré par le Rectorat, avis que tu dois te procurer par toi-même, contresigner et rapporter le plus vite possible. Cela aurait déjà dû être fait, les stagiaires ne comprennent malheureusement jamais la démarche, à présent veuillez m'excuser, mais avec la rentrée j'ai beaucoup à faire.

À Zablanski qui te reconduit en salle de réunion, où doit avoir lieu le traditionnel « pot de rentrée », tu confies ces contrariétés. Il te rassure : la situation est courante. Le Système éducatif est devenu ingérable : « Un peu de solennité. De ce jour, vous faites partie du Système. Une structure d'une complexité inimaginable. Dans les hautes instances dirigeantes du Système grouillent les dignitaires anonymes qui exercent des fonctions mystérieuses, et vous ne comprendrez pas l'articulation enchevêtrée de leurs services, bureaux, directions. Vous passerez des jours entiers à tenter d'obtenir en vain au téléphone le bon service. Vous écrirez et on ne vous répondra pas. Quant à pénétrer en personne dans les bureaux du Système, n'y songez même pas. »

Dans la salle à présent dévolue aux bombances de cacahuètes et de Gros Plant, tu tentes d'échapper à l'encombrant Zablanski, de nouer quelques relations plus encourageantes. Tu as du mal à croire à ce qu'il raconte. Son cynisme te paraît trop entaché de complaisance. Il fait son petit Cioran des collèges. Jouit de son apocalypse miniature.

Zablanski t'escorte jusqu'au parking. Il rejoint sa minuscule Triumph rouge qui fait tache parmi les Citroën et les Peugeot. Le grand corps se plie dans la petite voiture comme pour un numéro de cirque. Le véhicule cahote à travers le terrain vague, et toi aussi, à ton tour, tu laisses derrière toi le bunker pisseux, comme au sortir d'un colloque de vieux espions.

Comment expliques-tu la séduction que Zablanski, avec sa cravate et son ironie, a malgré tes réticences exercée sur toi ? Est-ce l'envoûtement de l'esprit qui toujours nie ? Ses incantations résonnent encore, ses prophéties. Inexorable, immense, efflanqué, raide, planté au milieu de la salle, sans la moindre discrétion ni souci d'être entendu, engloutissant verre sur verre, il te parlait comme il aurait parlé à n'importe qui, il ne paraissait même plus te voir. Les autres affectaient pour la plupart de l'ignorer. Certains lui jetaient des coups d'œil ironiques. Quelques-uns paraissaient scandalisés. Il articulait bien nettement, comme s'il faisait cours.

« Pourquoi êtes-vous ici ? Pour délivrer un savoir ? Détrompez-vous. Vous êtes ici pour féconder le monstre, vous aussi, et pour engendrer quelques couches supplémentaires d'illusion. Pour transmettre du savoir il vous faudrait beaucoup de temps, d'attention, de silence. Il faudrait que les élèves respectent ce savoir. Vous n'aurez rien de tout cela. L'idée même de transmission d'un savoir, le mot "autorité", autant d'hérésies dans la doctrine du Système. Renoncez à ces pensées mauvaises. Vos jeunes disciples continueront leur parcours automatique dans le Système sans connaître le passé des hommes, sans savoir comment le monde est fait, sans pouvoir comprendre un texte, sans maîtrise d'aucun langage, pas même le leur. Du moins c'est ce que vous croirez avoir vu. Mais on vous expliquera que ce n'est pas la réalité. Et vous arriverez peut-être à le croire, comme bon nombre de ceux qui sont ici. Cette croyance représente une condition de survie. Ils préfèrent ne pas voir la bouffonnerie atroce de leurs vies, tout entières passées à tenter de délivrer, dans des lieux sordides, un savoir durement acquis à des êtres qui n'en veulent pas, le raillent et le méprisent. La plupart de nos collègues ne songent qu'à fuir ou à partir à la retraite, après avoir *fait construire*.

Nous acceptons tout. Nos petites révoltes appartiennent depuis toujours à la logique du Système. Parfois, nous lui demandons plus de "moyens". C'est ainsi que l'on dit *argent* parmi nous. Les gens qui font un travail brutal emploient des mots brutaux. Il leur faut cette dureté de la langue pour que ce qui les écrase chaque jour devienne aussi leur chose, et leur force. Nos chers camarades vivent dans la brutalité en se servant de la langue la plus édulcorée, la plus prudente qui soit. L'argent, pour nous, pauvres agents de l'Illusion, c'est un peu comme le Réel absolu. Nous en obtiendrons. Nos supplications n'auront en fin de compte servi qu'à étendre encore le Système et sa puissance. Il dévore tout, produisant toujours plus de chiffres, de diplômes, de services, de circulaires, de réunions, de rapports, de dossiers, de projets, et, par-dessus tout, d'ombres et de fantômes.

Regardez les vieux agents du Système. Il y en a quelques-uns autour de vous. Bientôt vous les connaîtrez mieux. Leurs silhouettes incertaines, leurs corps recroquevillés, leurs peaux grises : avez-vous déjà vu êtres vivants aussi peu réels, aussi peu composés de chair ? Le monde extérieur les atteint de moins en moins, les chahuts et les insultes glissent sur eux, ils n'entendent plus. Leurs cerveaux se sont racornis dans le rabâchage et la correction de milliers de pages écrites en galimatias. Ils ne savent plus où ils se trouvent, comme certains vieillards dans leurs maisons de retraite. Des professionnels de l'ennui. La vocation les a pris tous jeunes. Ils s'ennuient dans leur vie. Ils incarnent l'ennui culturel pour des générations de jeunes gens. Il ne s'agit pas de la même variété d'ennui que celle que savaient distiller les vieux maîtres, dans les salles d'études silencieuses, ou agitées par les chahuts rituels qui ne constituaient que l'autre face du silence ; plus l'ennui respectable qu'ils ont connu jeunes, lorsqu'il s'agissait encore de redire, de régurgiter, d'apprendre par cœur ; plus l'ennui des après-midi d'étude calme où l'on dépérit en toute quiétude sur une version des *Vies des douze Césars*.

Le Système, lui, avance vers son objectif final : la

transformation définitive de la réalité en simulacre. On doit survivre là-dedans, ou partir. Moi, je ne sais rien faire d'autre, et je suis trop vieux. Il faut du courage pour sortir du Système, après qu'on a sacrifié sa jeunesse à vouloir y entrer.

Vous voyez cette jeune femme, là-bas, avec son joli sourire ? Mylène Garcia. Songez à ce qu'elle est. À ce qu'il a fallu de civilisation pour produire un individu comme elle. À ses parents dont elle doit faire la fierté, pour qui elle représente l'aboutissement de la lente ascension sociale d'immigrés espagnols. Imaginez les sacrifices consentis, les efforts quotidiens d'éducation, la tendresse et l'amour. Son visage est encore plein d'enfance. Là, devant nous, debout, son petit verre de piquette à la main après avoir attendu sagement son tour pour connaître son emploi du temps, elle est belle, un peu naïve, fière, polie, respectueuse, travailleuse, vive, gaie, dévouée, généreuse, débordante de savoir et d'intelligence. Comme moi, comme vous, elle a connu les nuits de travail, les loisirs sacrifiés, l'angoisse des concours cruellement sélectifs, les marathons de dissertations de huit heures, et à présent, comme vous, le premier poste à des heures de train de chez elle. Elle est payée 1 200 euros par mois.

On peut se faire une idée de son avenir. D'abord les années d'enthousiasme. Elle donnera tout. Le savoir qu'on lui a remis, au lieu d'en tirer une fierté stérile, elle tentera par tous les moyens d'en transmettre une parcelle aux adolescents que leurs parents la chargent d'éduquer à leur place. Rien ne rebutera son activité joyeuse, ni le mépris ostentatoire des enfants, ni les insultes des parents, ni les tracasseries incessantes des représentants du Système. Elle se plongera dans les textes toujours plus complexes et toujours modifiés décrivant le fonctionnement des programmes, du tutorat, la mission éducative, l'évaluation, l'orientation, l'organigramme administratif, le fonctionnement des réunions de concertation, des conseils, le rôle du professeur principal, l'animation culturelle, le suivi pédagogique, la formation continue. Elle passera ses nuits en préparation et ses dimanches en correction, ses soirées en animation du club théâtre ou en réunions. En se couchant, épuisée, le crâne plein de cris, elle ne songera pas à son absence de vie amoureuse. Elle prendra tout de même le temps de lire, surtout pendant les vacances. Elle commencera une thèse qu'elle n'aura jamais le temps d'achever. Elle se mariera avec un collègue. Ils parleront de leur métier. Ils souriront d'un air gêné aux électriciens et aux employés de banque qui plaisanteront sur la fainéantise des enseignants et leurs éternelles vacances. Ils auront honte de leurs privilèges. Ils emmèneront leurs élèves au théâtre, en voyage organisé. Parmi ceux-ci, leur enthousiasme, leur humour, leur culture susciteront quelques passions, un vague intérêt et beaucoup d'indifférence. Ils vieilliront. Deviendront des professeurs usés. Se laisseront glisser, amers, jusqu'à la retraite, comme de vieux acteurs oubliés par leur public. Leurs conversations obsédantes sur les élèves fatigueront leurs amis. Leur peau sera plus grise dans le miroir. Ils auront plus souvent froid. »

Avec ce vacarme zablanskien dans le crâne, il faudrait éviter de se perdre à nouveau. Tu aurais dû passer déjà devant l'hypermarché. Il fait nuit noire. Par hasard, tu te retrouves à la gare, d'où tu réussis à rejoindre le long boulevard qui mène chez Mme Van Reeth. Au moment où tu t'y engages, tu as le temps d'apercevoir, un bref instant, une silhouette qui te fait signe.

Repasse-toi la brève image. Est-ce que tu ne l'identifies pas ? Le vieux du train. Il se tenait là, il y a trois secondes, à ce carrefour. Ses vêtements ruisselaient, les cheveux collaient à son front. Il t'a fait signe, mais t'a-t-il reconnu ? Peut-être fait-il partie de ces échappés d'hôpitaux psychiatriques qui déambulent dans un autre monde. À quel inconnu s'adressait son geste ?

*
**

La silhouette de Mme Van Reeth se découpe derrière les voilages, à la fenêtre du premier. Le bras droit levé, légèrement plié, comme pour prendre appui au cadre, elle ne modifie pas la pose tandis que tu descends de la voiture. Les deux marronniers qui flanquent l'extrémité de l'aile entourent la fenêtre de ramures quasi désertées. Leurs branches lâchent de temps à autre un vol de feuilles. L'héroïne d'un théâtre d'ombres recueillant les inaudibles applaudissements de mains aériennes.

La baignoire émaillée repose sur ses quatre pieds comme une bête creuse. Le ventre blanc te reçoit, strié de marbrures. Tu hésites à te baigner dans ce vase douteux. Les tuyaux rétifs lâchent en tremblant une eau d'abord brune, qui s'éclaircit progressivement. Rasage devant la glace enneigée de noir, traversée du haut en bas par un bras de foudre statique. Ton visage a gagné des taches et des ombres. Tu sortiras de ces lieux avec le sentiment d'être plus sale qu'en y entrant. Tu vois un inconnu, dont une balafre fulgurante sépare la face en deux moitiés égales. Voilà au moins qui te change du flasque fantôme habituel qui hante tes miroirs avec l'énigme de son insignifiance, l'indétermination de sa face de poisson mou pris dans un sac en plastique.

En sortant de la salle de bains, tu crois entendre une lointaine trémulation. Cela ne paraît pas venir du couloir, ni monter du rez-de-chaussée. Tu mets un petit moment à localiser l'origine du bruit : derrière la porte verrouillée qui, au fond du couloir, donne accès à l'autre partie de la maison. Coupé de courts silences, le bruit continue à résonner, en rapides cascades. Grincement d'une petite machinerie. Derrière la porte, quelqu'un est en train de rire. Non pas un rire franc, plutôt un gloussement, ou un ricanement bas, qui semble se poursuivre machinalement. Tu essaies de regarder par le trou de la serrure, mais tu ne vois rien, pas de lumière. Tu laisses le rire à lui-même, tu descends.

III

Tu es allongé dans la pénombre. Il fait tiède. Un instant tu hésites encore avant d'identifier le lieu et le moment. Tu ignores qui tu es. Bienheureuse ignorance. Tu t'y reposes. Autour de toi s'étend l'espace rassurant de la maison de ta mère. Tu sens l'odeur du café. Dans un instant tu descendras, tu t'assiéras à la table familière.

Et d'un coup tu sais qu'il n'y a ni mère ni petit déjeuner, mais un reliquat de nuit avant ta première rentrée scolaire à Logres. Demain matin. Le poids de l'espace inconnu qui t'entoure pèse encore sur toi comme une eau opaque sur le plongeur. Tu es chez Mme Van Reeth. Non loin la forêt, où erre l'ombre sanglotante de la petite fille du train. Ces sifflements et ces grincements, comme d'une langue inconnue, que paraissent receler les tuyauteries vétustes de la maison. Et cette voix à nouveau qui résonne en toi. Est-ce bien Logres la réalité ? Vas-tu, sortant de ce cauchemar, revenir à la chambre de ton enfance ?

Tu avances d'année en année, accumulant des images qui se mêlent à l'amas fragmenté des rêves. Souvenirs, songes, récits, relus, retouchés, reclassés. De quoi pourrais-tu être certain ? Tu avances en rejetant derrière toi, comme des peaux translucides, ces fantômes successifs que tu as cru être toi-même, et tu n'es,

61

en ce moment, que le fantôme abandonné d'un futur fantôme.

L'apéritif avec Mme Van Reeth, il y a quelques heures, ressemblait aussi à un rêve. Mme Van Reeth a l'air de ce qu'elle est : une veuve de province, une bourgeoise discrète, qui s'ennuie. Du modèle standard, elle ne diffère que par l'excès burlesque du maquillage. Le rouge, le blanc, le bleu humilient sa beauté réelle comme des marques infamantes. Tu as tenté de détailler son corps, ce que tu pouvais en apercevoir sous les vêtements neutres, corsage crème et jupe de tailleur. Mme Van Reeth ne fait pas partie des objets officiellement désirables par toi. Tu ne t'avoues pas encore que ses défauts même te troublent, dans cette obscurité où sa silhouette se découpe. Son chic désuet. La fatigue de son corps, cette beauté qui s'abandonne et se défait avant de disparaître. Sa froideur. Toi qui as toujours choisi les beautés nettes et fermes, les corps lisses et sans ombre.

Sa carnation très blanche et ses gestes parfaits appellent le mutisme. Tu attends le moment propice pour placer une allusion à la collection. L'obscurité s'accroche aux épaisseurs d'huile sèche des petits tableaux anciens qui flottent autour de la pièce, s'y insinue, en gonfle les formes. Portraits solennels, architectures rêvées, kermesses paysannes. Des eaux-fortes. On voit sur l'une caracoler des cavaliers en costume Louis XV, rassemblés autour d'on ne sait quel spectacle solennel ou atroce, carrousel ou démembrement. D'une autre, que tu distingues à peine, Mme Van Reeth te précise : « C'est une gravure d'après *Le Supplice de Marsyas* du Titien. » Dans un coin du salon, trônant sur une table basse, un grand bronze, sans doute du XIXe. Chèvrepied, la face fendue jusqu'aux oreilles par la blessure d'un sarcastique et douloureux sourire. Il avance ses sabots de bête, tend son bras humain vers on ne sait quelles délices dissimulées dans le capharnaüm artistique du salon.

Avec des prévenances distraites, des regards mélancoliques et des trouées entre deux phrases, Mme Van Reeth a manifesté quelque intérêt pour ta personne. Comme on tend une main secourable vers une blessure répugnante. Donc, a-t-elle dit après un silence, vous êtes à Prévert ? Exécrable réputation. On raconte des choses. Et encore. Il paraît qu'on ne sait pas tout. Le Principal a maintes fois refusé de faire appel à la police. Rixes au couteau, intrusions de bandes armées, racket, trafics de toutes sortes. Un ami, conseiller municipal, lui a raconté quelques histoires édifiantes. Un système féodal, organisé et hiérarchisé, exercerait le véritable pouvoir au collège : seigneurs de la guerre, vassaux, hommes de main, serfs, esclaves sexuels. Tout cela faisant fonctionner une économie parallèle. Les viols collectifs seraient devenus courants, manière de maintenir quelques jeunes filles dans la soumission. Il y a deux ans, une jeune enseignante aurait subi les sévices collectifs de toute une bande. Là encore, pas la moindre enquête. Pourtant il ne serait sans doute pas difficile de retrouver les coupables, d'après le commissaire, que Mme Van Reeth connaît aussi très bien, mais il n'y a jamais de plainte, le directeur étouffe, réputation de l'établissement oblige.

Toi, collé au fauteuil rouge comme à une langue gluante, tu te rassemblais dans la demi-pénombre, protégé encore par les gravures silencieuses du salon, partagé entre l'incrédulité et la trouille. Le quotidien d'un collège de ce que l'on appelle une zone difficile ajoutait Mme Van Reeth. Mais pas seulement. À Prévert il se passe autre chose. Difficile de dire nettement en quoi cela consiste. Le mal du collège se diffuse, contamine la ville. L'agitation ne serait pas aussi spontanée que certains le prétendent. Quant aux seigneurs de la guerre, ils ne seraient pas les vrais chefs. Il y aurait une organisation. La police disposerait d'éléments. Sous des dehors incontrôlables, beaucoup de jeunes seraient en fait étroitement encadrés dans le trafic de drogue, de cigarettes, la prostitution, le racket, l'élevage de molosses, le pillage organisé. Quant à savoir par qui... On parle aussi de *snuff movies* tournés dans des caves d'immeubles. Tous ces mots, *viol*, *snuff movie*, prononcés avec la même indifférence polie de qui parlerait opéra ou pâtisserie.

Les enfants de la bourgeoisie locale avaient depuis plusieurs années déserté l'enceinte laïque et républicaine du Lycée Prévert pour aller se réfugier à l'Institution Sainte-Marie, chez les Frères des écoles chrétiennes. Là, en dépit de la médiocrité générale des enseignants, le calme des lieux et le silence des cours permettaient aux plus nuls rejetons de médecins et de notaires d'obtenir le saint viatique du baccalauréat. Les élus socialistes, les professeurs communistes, ou vice versa, avaient bien tenté de résister un peu, au nom de leurs idéaux, mais devant le spectacle désastreux de leur progéniture laïque et républicaine rançonnée, ahurie d'injures, tuméfiée de coups et quasi analphabète, ils avaient fini par se résoudre, eux aussi, à expédier honteusement fils et filles chez les bons pères, loin du pandemonium où eux-mêmes ne pouvaient faire autrement que d'enseigner.

Et Mme Van Reeth de s'enquérir poliment des antécédents de son locataire, de ses études. Que dirais-tu de toi-même, Gilles Saurat ? Une Mylène Garcia au masculin. L'humanité est sur la voie du progrès, la bonne volonté des hommes aura raison de l'obscurité, de la haine, de la misère. Tu entres dans le Système comme on entre en chevalerie, plein de zèle et d'ardeur à dispenser le savoir. Tu ne crois pas rester longtemps à Logres, comme tu l'as laissé entendre à Mme Van

Reeth. Tu comptes avancer rapidement ta thèse, dont tu t'es empressé de donner le sujet à ta logeuse : *Libelles et pamphlets au XVIIIᵉ siècle, la rhétorique de la destruction.* Tu nourris des ambitions raisonnables. Tu espères avoir le courage d'affronter Prévert, tu penses que ce doit être possible. Pour te donner de l'importance, tu ne résistes pas à t'étendre sur les quelques articles d'humeur que tu as placés dans divers magazines culturels. Tu t'y alarmes de la montée des pensées populistes ou réactionnaires, tu y compares les critiques adressées aux artistes contemporains à la politique culturelle fasciste. Ce n'est pas très malin, mon petit Gilles, tu ne connais pas les opinions de ta logeuse. Heureusement, elle n'avait pas l'air d'écouter.

En revanche, le XVIIIᵉ siècle lui permet d'évoquer l'ombre de feu son mari, sa collection de manuscrits et de livres rares, célèbre chez les libraires et les chercheurs. D'aucuns donneraient très cher pour acquérir certaines pièces. Elle en vient à raconter sa mort, survenue deux ans auparavant, en septembre. Georges Van Reeth se trouvait en Écosse pour une huitaine de jours, sur la côte, au-dessus de Glasgow. Un vieil ami anglais venait de mourir, universitaire retraité et collectionneur fou comme lui. Son fils semblait disposé à céder à Van Reeth un certain nombre de pièces en priorité, à des prix intéressants, en échange d'une expertise. Le séjour se passait bien. Le matin, voile ou golf. L'après-midi, bibliothèque. Deux ou trois marchands parmi les plus rapaces s'étaient déjà vus éconduire, avait raconté Van Reeth à sa femme. Il téléphonait tous les soirs.

Le matin du sixième jour, il était sorti seul en bateau, par mer calme. Il n'était pas rentré pour le déjeuner. On n'avait retrouvé le voilier que le lendemain, échoué sur une rive rocheuse de l'île de Mull. Pas trace de Georges Van Reeth. C'était plutôt un bon navigateur, et à part le brouillard tombé en fin de matinée, le temps ne posait pas de problème. Les recherches pour retrouver son corps s'étaient poursuivies pendant des semaines. On avait fini par abandonner.

— Je sais bien qu'il s'est noyé. Mais le fait qu'on ne l'ait jamais retrouvé laisse un doute. Il m'arrive d'imaginer qu'un soir il ouvrira la porte et pendra son pardessus dans l'entrée, comme d'habitude. D'ailleurs je n'ai pas été capable de toucher à ses affaires, elles sont toutes là, comme il les avait laissées.

Tu t'agites dans ton lit. Il est très tard. Les peuples de la nuit t'oppriment, la tyrannie sans merci des pensées. L'obscurité est encore une sorte de lumière, aucune idée, aucun visage n'y a cette douceur et cette incertitude de la vraie nuit, qui accueille et mêle tout.

Tu entends ton souffle, qui paraît s'élever à distance de ton corps, comme si, debout dans l'ombre, tu te regardais dormir. Mais ce n'est pas ton souffle. Il y a quelqu'un dans ta chambre, tout près. Le cœur affolé, tu retiens ta respiration, tu écoutes, pour te convaincre que la fatigue n'a pas engendré l'hallucination. Cela respire toujours, tout près, une haleine lente, un peu sifflante. En essayant de ne pas faire de bruit, tu avances la main du côté où tu crois te souvenir que se trouve l'interrupteur de la lampe de chevet. Un fracas annonce que tu viens de réussir à la faire tomber. À quatre pattes dans le noir, tu finis par trouver le bouton. Bien sûr, la chambre est vide.

Tu ne te résous pas à éteindre. De toute façon, tu ne dormiras plus. Concentrant le sucre de l'insomnie, la lumière t'en poisse. Les objets atteignent douloureusement la rétine. La luminosité du milieu de la nuit les rend froids et lointains, pendant comme des vêtements vides dans l'absence vertigineuse, habitée de fatigue.

Tu songes à la rentrée. À ces dizaines de regards qui ne cesseront plus de s'accrocher à toi. Les discours de Zablanski résonnent encore. Le fracas va entrer dans ta tête. Plus de repos, même après les cours, même la nuit. Ils seront toujours là, avec leurs yeux, leurs cris. Tu seras seul. Tes collègues se réjouiront de tes humiliations. Depuis des années, ils subissent quatre jours par semaine le mépris de jeunes gens qui ricanent à leur simple vue, les abreuvent de saluts caricaturalement respectueux, comme on bafoue le Christ d'une couronne parodique. La plupart d'entre eux ont subi les insultes ordurières, les crachats, ont retrouvé leurs voitures bariolées de graffitis, leurs pneus crevés. Quelques-uns ont été frappés. Toute une vie passée à inspirer une haine féroce du savoir. Ils préfèrent croire que personne n'échappe à sa condition.

Secrètement, d'après Zablanski, ils se convainquent de mériter leur sort. Présentent humblement leurs blancs derrières de cuistres aux verges de l'inspecteur, du censeur, du directeur, du parent, du journaliste, les reçoivent le cœur plein de contrition, et cherchent les moyens de mieux s'accuser. Périodiquement, des voix autorisées, des éditorialistes respectés, des chercheurs en sciences de l'éducation, des pontifes du Système stigmatisent leur conservatisme. Ceux qui, en toute occasion, les assurent qu'ils fourrent leurs mères et enculent leurs sœurs, ceux-là sont des victimes, leurs victimes. On leur explique qu'on exerce une contrainte traumatisante sur ces enfants en les excluant de la réussite, en les regroupant dans des classes difficiles, en leur décernant des notes décourageantes. Les pédagogues aiment leurs insulteurs, ou tentent de les aimer, ou se reprochent de n'y pas parvenir. Ils acceptent, exténués, honteux, d'être considérés comme des fainéants par leurs voisins, comme de vieux enfants par ceux qui font des métiers d'hommes. Chaque soir ils s'endorment pour rejoindre des rêves agités qui les laissent sans force le matin, où la lumière les reprend, les emmène vers d'autres jours semblables, vers la retraite et la maison enfin payée, vers le bienheureux ennui succédant à la fatigue et à l'inquiétude.

Dépourvue d'ombre leur vie, et à jamais. Ils s'avancent nus dans la clarté inflexible des temps modernes, ses nuits rouges et sans étoiles. Certains d'entre eux se souviennent d'une époque de fraîcheur et d'obscurité. Il existait dans les maisons des salons ombreux et des coins inexplorés. Les nuits s'ouvraient plus profondes. En lisant, le soir, ils s'y enfonçaient, le sommeil entrait, vapeur ténébreuse, dans les cavités de leur corps, dans les alvéoles de leur mémoire. Connus, pénétrés, inspectés, exhibés, analysés, ils vivent dans la lumière constante, braqués par les flashes infatigables des journalistes, les magnétophones des sociologues, les sondages des statisticiens, les interrogatoires des policiers, les fichiers des fonctionnaires, les appareils radiologiques et les spéculums des médecins. Comme les poissons sortirent des marécages pour vivre sous le soleil, ils appartiennent aux premières générations de ces amphibiens qui se traînent hors du noir, apprenant à ne plus vivre que dans la chaleur des regards et des objectifs. Et toi aussi. Quinze heures par semaine sous l'acide des regards. Tu voudrais te recroqueviller dans le ventre d'une ombre définitive. Ta voix, tes vêtements, ton corps, tes gestes, ils scruteront tout, tout alimentera leurs railleries. Ouvrir la porte, prendre la parole, ordonner, conseiller, réprimander, savoir répondre aux demandes sincères, aux questions hypocrites, aux lazzis, calmer le brouhaha, faire cesser les bavardages, apaiser les colères, faire un cours, tu devras mener tout cela, cela devra sonner juste, quand tu te sens si vide, si démuni. Que ce calice s'éloigne de moi.

Ils feront de moi un roi dérisoire, ils me fustigeront de quolibets.

Dans les arènes que le Système a fait construire à grands frais, on livre aux fauves ce que le pays a de meilleur. Des jeunes gens engraissés à la science, aux lettres et aux arts, pleins de délicatesse et d'abnégation. En dehors de quelques vieilles épaves pédagogiques, on trouve surtout à Prévert des débutants : grands dadais nourris à la théorie pédagogique des ISFP, rougissantes jeunes filles relâchées des grandes écoles, à qui la nation confie la tâche d'apprendre le commentaire en trois parties d'un poème de Baudelaire à des troupeaux de trafiquants de drogues, racketteurs analphabètes, masturbateurs sournois, apprentis maquereaux, putains précoces, filles violées par pères et oncles, grenouilles de mosquée voilées jusqu'aux sourcils, prosélytes islamistes et champions de boxe thaï. Les Romains flanquaient les Chrétiennes à poil au milieu du cirque. On les fouettait, on les faisait saillir par des ânes avant de faire rôtir ce qui restait. Au moins les martyres avaient-elles la consolation de croire au Paradis. Pas les profs. Les profs sont là pour se faire enculer par les ânes, sous les huées de la foule. Tout le système a pour seule fonction de profaner le savoir. Ainsi l'homme démocratique peut-il s'en défaire et se consacrer sans remords à des choses plus importantes, des choses réelles, faire construire sa maison pour y regarder la télévision tranquille.

Le sommeil te prend par surprise, au moment même où le ciel s'éclaircit. Les épisodes de tes rêves se suivent, de nuit en nuit. Ils dessinent un univers noir, travaillé de feux lointains, troué d'alvéoles, qui progressivement s'approfondit. Tu ne le comprends ni ne le maîtrises. Comme un mal, il se creuse en toi. Tu vis presque la moitié de ton existence dans ce monde semblable aux enfers de Bosch. Ne dirait-on pas l'assurance secrète d'une damnation ? Tu ne crois pas à la damnation. Tu as tort. Si une vérité intime t'était donnée à lire dans ces fragments atroces ? Le Saurat diurne substitut du vrai Saurat, citoyen de ces cris et de ces supplices. Tu es en train d'oublier que tu as vu le corps décomposé du collectionneur qui s'arrachait avec lenteur aux algues, émergeait sur une côte déserte et se mettait en route, lourd et maladroit, recouvert encore de poulpes et d'animalcules des abysses. Réveille-toi, à présent, sors du cauchemar tout trempé d'une sueur venimeuse, nouveau-né englué dans le placenta d'une mère abjecte.

*
**

Matin de rentrée, froid et gris. L'intimité de tes viscères se constitue de ce froid, leur palpitation est ce tressaillement de l'éternel petit matin où l'on s'apprête à être livré. Franchissant pas à pas l'espace de terre grise creusé de fondrières du parking, dans ton pardessus noir, tu ressembles au fonctionnaire d'une administration qui continuerait à rédiger ses rapports en cinq exemplaires après l'apocalypse.

Du monde partout, sur le parking, sur les pelouses, dans les couloirs trop étroits. Tu traverses à grand-peine des groupes d'adolescents indifférents, qui ne te regardent même pas. Tu vois, pour eux non plus, tu n'as pas l'air d'exister. Beaucoup te dépassent de vingt centimètres. Envergures d'athlètes, corps énormes, jetés en vrac dans des survêtements, des parkas, des pantalons-sacs, des tenues de combat. Casquettes, capuches, bonnets enfoncés jusqu'aux yeux. Tu n'avances plus dans la jungle de chair, personne ne s'écarte.

Des tags courent comme des iules sur les murs où la peinture se défait. Des bruits sans fin résonnent. On ne sait pas d'où ils proviennent, ce qu'ils sont, ce qu'ils disent. La grande boîte en béton, on dirait qu'elle recueille l'écho d'anciennes clameurs, obstinées à vivre et à grouiller comme la vermine. Tollés spectraux, inflexibles, acharnés dans le hurlement. Tu vivras dans ce monde, recru de vacarme, jusqu'à ce que les temps soient accomplis. C'est ton château à toi, on ne cesse d'y dévaler des escaliers, d'y ébranler des murs, d'y secouer des portes.

Le monde autour du collège devient le collège. Il s'effondre sur son propre fracas comme une étoile mourante. Des textes occupent les murs des gares et des maisons, on en suit le déroulement le long des trains, des rues, des escaliers, ils ne cessent de surgir pour ne rien dire. Imagine l'émergence de tous les textes invisibles et provisoires, envahissant toutes les surfaces, les lignes machinales tracées par la main distraite sur le formica des bistrots, les injures crayonnées, les blagues esquissées sur la buée et sur la neige, tout cela, conservé dans l'invisible, réapparaîtra. Ce sera notre festin de Balthazar, l'assourdissant galimatias, le Grand Babil babylonien, la mêlée des jambages, le dernier fracas. Les murs et les vitrages en trembleront sans discontinuer. Et puis viendront le débordement des vieilles variétés, la marée des affiches, des panneaux, et le retour, depuis les cavernes de résonance du temps, de la totalité des échos, les clameurs, les huées, les jurons, les slogans, les chansonnettes, toujours plus fugaces les images, les sons, les textes omniprésents, se chevauchant, défilant à un rythme accéléré, jusqu'à l'insoutenable. Le monde demeurera immobile dans l'infinitésimal instant d'une pétarade. Ce sera notre apocalypse : l'explosante fixe de l'éternelle insignifiance.

Dans le carré de la salle des professeurs, où tu pénètres enfin, on rassemble déjà les feuilles dans les sacoches. Les lampes déposent des pellicules de lumière froide sur les murs. La pièce, à force d'être travaillée d'irréalité, a fini par échapper aux lois de l'optique qui régissent le monde ordinaire. Elle se recroqueville et rentre en elle-même, avec ses cendriers, ses tasses de café sales, ses affiches syndicales, ses placards administratifs où se déploient des phrases précautionneuses. Par un trou invisible au centre de la salle s'écoule et se perd le sens des mots.

Corps tristes des vieux soutiers de la pédagogie. Ce qu'ils ont pu traverser comme avanies, essuyer de huées, en amers paquets, plein la gueule. La plupart sont allés d'escale en escale avant d'échouer là, un peu tremblants dans le ressac des griefs. Il y a les tendres aussi, et les pimpants, dopés à la psychologie de l'adolescent. Ça ne les empêche pas d'avoir le trac, de se serrer comme les autres autour de la chaleur du café. Ils tentent de se reconstituer au lait de la tendresse humaine. Il fait vert. De l'ennui encrasse les trous mal rebouchés, et de la peur, en suspension dans la lumière morne.

Cris, voix tonitruantes autour de la cabine close de la salle des profs. Pas seulement des appels ou des rires : hurlements modulés, phrases psalmodiées sur un ton suraigu, hululements, parodies d'on ne sait quoi. On dirait que tout le bâtiment, dont les portes battent à présent en permanence, dont les murs résonnent de coups sourds, est le théâtre d'une vaste bouffonnerie. Et puis, la sonnerie.

Il faut monter les deux étages, jusqu'à la salle 207. Une masse indistincte de garçons stationne dans le couloir. La 3e B. Quelques spécimens particulièrement énormes s'agglutinent autour de la porte. Ils n'ont pas l'air conscients de ta présence. Tu as l'air d'un rongeur tentant de se faufiler parmi de grands carnassiers. Un Noir immense intervient dans de grandes démonstrations de politesse, c'est m'sieur le professeur, laissez passer m'sieur le professeur, excusez-les, hein, m'sieur le professeur, excusez-les, c'est des vrais sauvages, des cailleras. On l'avait pas vu, quoi, il est pas très gros, on croyait qu'ils nous en enverraient un plus gros, cette fois-ci. Des cailleras, m'sieur, des cailleras, faut pas faire attention.

La serrure ne réagit pas. Ça dure. La transpiration coule dans ton cou. Autour de toi, les hypothèses farfelues, les conseils se multiplient, donnés sur un ton exagérément serviable, ou beaucoup trop sérieux. Parfois, dans la masse, part une métaphore obscène (putain, mais faut la lui mettre jusqu'au fond, allez m'sieur, enfoncez-lui bien votre machin – des cailleras, m'sieur, je vous l'avais dit, faites pas attention). Enfin, au prix d'une poussée plus brutale, ça fonctionne. Triomphe, compliments clownesques. Tu es une bête, un vrai cador, sache-le.

Entrer, poser son sac. Avec la conscience aiguë, douloureuse de chaque geste. Chacun d'entre eux révélant l'intime maladresse. Et puis regarder, prendre conscience de ce qui se trouve là, dans la chaleur excessive de la salle vibrante et close, qui fait glisser un reptile de sueur amère entre tes épaules. Son incongru de ta voix au milieu du bruissement ininterrompu des rires, des conversations, des chocs d'objets sur le carrelage. On te laissera là pour le moment, débrouille-toi un peu, après tout.

IV

Chaque soir, tu regagnes épuisé la haute maison de briques. La nuit s'approche à présent quand tu rentres, et presque toujours il pleut. De la voiture tu aperçois, entre les arbres, la lueur des fenêtres du salon. Est-ce toi qu'elle attend ? Mais la silhouette ne bouge pas, ne t'adresse aucun signe de la main. Tu ne distingues même pas les traits du visage, pris dans la brume des voilages où se disperse la lumière insuffisante des lampes basses. Ce pourrait aussi bien être une sidonie, un mannequin, de vieilles robes épinglées sur son corps mou, une perruque sur sa tête grise dépourvue de visage. On la placerait là pour faire croire à une présence permanente, Mme Van Reeth craint les voleurs. La silhouette ne réagit toujours pas alors que tu te hâtes, serviette en main, à travers l'esplanade de gravier, sous la pluie lourde qui dégage des odeurs de terre. Les herbes s'insinuent entre les graviers, entre les pierres fendues du perron.

Tu te procures le nécessaire pour maintenir quelques liens avec le monde extérieur, celui qui n'est pas Logres, son humidité et ses veuves. Tu découvres le téléphone portable et les joies du courrier électronique. Mais tu ne sais pas quoi dire aux anciens camarades qui t'expédient des messages sans intérêt, sur leur carrière, leur travail, moi ça va, et toi comment tu vas, pas trop difficile la première rentrée dans ton bled, ma thèse avance et la tienne. La fiction d'une sympathie les occupe encore, et tout le reste, fiction de leurs amours, de leur profession, de leurs centres de recherches, de leurs opinions, à tout cela, ils croient qu'ils croient. Il n'est pas certain que tu aies toi-même cessé d'y croire. Mais toi, Gilles Saurat, quelque chose d'autre s'est insinué en toi, qui te travaille.

Deux ou trois appels de Marielle ne te font guère plus d'effet. Officiellement, vous n'avez pas totalement rompu. Vous prenez du recul, comme on dit, comme ils disent tous pour ne pas avouer qu'ils ne s'aiment pas, qu'ils ne se sont jamais aimés. Au lieu de perdre ton temps en rêveries stériles, tâche de comprendre ce qui s'est passé, où s'est glissée l'erreur. Pour quelles raisons l'avais-tu choisie ? En quoi l'aimais-tu ?

Vous vous êtes rencontrés à l'École supérieure, comme les autres. Elle appartenait à ton milieu et parlait ton langage. Assez intelligente pour suggérer une profondeur désirable, assez ironique pour en imposer, assez tendre pour compenser son ironie, pas assez brillante pour écraser ta vanité. L'équilibre idéal. Son intelligence permettait d'assurer un certain standing social. Son aspect physique en faisait un objet qu'il était flatteur d'arborer. Belle mais sans excès, comme pour ne déranger personne. La touche de métissage permettant d'échapper au regrettable modèle occidental. En fait, son air arabe lui venait d'une grand-mère limousine. Cheveux bruns ondulés, yeux noirs en amande, petit nez arqué, lèvres pulpeuses, peau ambrée. Maquillage discret. Coiffure mi-longue, cheveux détachés. Mince, bien entendu. Peu de fesses. Des seins, il en fallait, mais ronds, fermes, dressés. Pas trop de poil, et de toute façon elle s'épilait le pubis en un triangle bien net. Sa couleur chaude recouvrait régulièrement sa nudité lisse. Sur une plage, elle était parfaite.

Côté vestimentaire, rien à dire non plus. Elle savait éviter tous les écueils, comme la plupart de ses condisciples de l'École : pas de tailleur, de jupe plissée, de kilt, de bas blancs. Pas non plus de minijupe et résille pétasse, de caleçon léopard, de cuir et chaînes punk, de falbalas babas. Le bon goût : jean et chemise blanche, parfois jupe de cuir, au-dessus du genou, avec collants noirs et petit pull noir, les jours où elle voulait paraître sexy.

Tu l'as tout de suite désirée. Un jour tu t'es dit que tu l'aimais. Qu'est-ce que ça voulait dire ? Tu le sais ? Toujours une paresse te retient de vraiment penser à ces choses. Tu emploies des mots qui te dispensent d'y réfléchir, comme *amour*. Voilà, *amour*, tout est dit, pas la peine d'aller voir plus loin. Tu as besoin de fétichiser les sentiments, comme tout le monde. De les intellectualiser, au lieu de t'y affronter, c'est-à-dire de les défaire. D'où le succès des magazines *people*, où l'amour est une vue de l'esprit, un réseau de signes, non une réalité charnelle. Le peuple est intellectuel, Saurat, et idéaliste, comme toi.

Comment est-ce que c'est venu, l'amour avec Marielle ? Avant de la rencontrer, tu avais, sans bien le savoir, souffert d'irréalité. Ni toi ni le monde ne te semblaient bien déterminés. Les relations sexuelles que tu avais eues jusqu'alors tenaient plus de la représentation théâtrale que de la rencontre de l'âme sœur. Lorsque Marielle est apparue, tu as éprouvé la certitude éblouie de la consistance. Elle seule pouvait te la donner. Elle te tirerait des limbes où tu errais. Par elle tu accéderais à un cercle inconnu où les êtres ne fuient pas, où la chair ne se dérobe pas. Tu entrerais dans la réalité.

Elle paraissait s'ignorer. À toi de la réveiller. Le salut deviendrait possible. Mais tu ne savais pas comment t'y prendre pour l'Annonciation. Je vous salue Marielle pleine de grâce ? Il t'aurait fallu de grandes ailes et une robe aux plis compliqués.

Comment sortir des limbes de l'irréel ? Comment fait-on pour rejoindre l'état glorieux de l'amour ? Pour les autres, les choses avaient l'air de se passer naturellement. À toi, franchir le pas paraissait insurmontable. Marielle et toi entreteniez de cordiales relations de condisciples. L'idée seule d'amour semblait incongrue. Il aurait fallu faire ce qu'on fait toujours dans ces cas-là : prononcer quelques mots tendres à double entente, risquer un geste qui, se tenant encore du côté de l'amitié, introduise la possibilité de l'amour, en apprivoise l'idée. Mais amitié et amour persistaient à t'apparaître comme des absolus. Qu'il y ait transition, gestes intermédiaires, paroles allusives, manœuvres, volonté même suffisait à tes yeux à en compromettre la nature. L'amour excluait les demi-mesures et les approches. On y était ou pas. Comment y entrer alors, sinon par mégarde ? Y entrer, c'est toujours en sortir. Si l'amour est possible depuis le non-amour, c'est qu'il n'existe pas.

Que faire, parole ou geste, qui ne fût répertorié ? Comment dès lors prétendre à l'unique qualité de ce qui allait se passer entre deux personnes tout aussi sublimement uniques ? Accomplir le geste attendu ne consisterait pas à se jeter dans l'incroyable amour, mais à prolonger l'ensemble des faits prévisibles dont se compose la vie ordinaire. Ton erreur, déjà, était de te donner ce but absurde qu'on nomme amour.

Tu te désespérais de ta timidité. Ce n'en était pas. Encore un de ces mots qui te servaient à ne pas penser. Il fallait que l'amour avec Marielle arrivât de lui-même, comme en dépit de toi. Vous passiez des soirées ensemble, avec quelques camarades de promotion. Plus tu reculais le moment d'agir et plus cela s'avérait difficile, car s'accumulait le poids des heures ordinaires et des habitudes. Son regard te disait qu'il était temps, que peut-être, le lendemain, le quotidien serait devenu trop lourd pour être soulevé. Une paralysie te retenait. Le vide du quotidien te paraissait seul convenir au sentiment intime que tu avais de toi-même : un être sans particularité.

Bien entendu, elle a fait le premier geste.

Parfois aussi, tu reçois un appel de ta mère. Vous n'avez jamais très bien su quoi vous dire. Tu vas bien. La rentrée se passe bien. De vagues nouvelles d'une grand-tante quelconque, d'une voisine. Quand penses-tu passer la voir ? Tu ne sais pas. Il faudrait attendre les vacances d'automne. Quant à elle, ça va. Un peu de fatigue, voilà tout.

Tu ne vois guère la veuve froide. Pas même à la cuisine, qu'elle t'a quasiment abandonnée. Tu y prends tes repas, mais seule ta nourriture occupe le réfrigérateur, seule ta vaisselle sèche à l'égouttoir. Les placards contiennent antiques boîtes de conserve, paquets de gâteaux et pâtes hors d'âge. Une vieille femme de ménage vient déplacer la poussière. Tu la croises parfois, à des heures irrégulières. On ne sait jamais quand elle est là ou pas. Il t'arrive de passer plusieurs semaines sans la voir. Et puis, subitement, la voilà à genoux dans l'escalier, fourrageant au fond d'un placard, émergeant de la cave. Elle traverse le vestibule, traînant les pieds, un chiffon à la main, en modulant des plaintes incompréhensibles. La maison reste tenue avec soin dans un état d'honorable crasse.

Trop de propreté, sans doute, heurterait ce rapport intime que semble entretenir Mme Van Reeth entre la noblesse et le négligé. Ce pourquoi, peut-être, elle tient à légèrement rater son maquillage. Certains jours, on dirait qu'elle grime un visage placé quelques millimètres à côté du sien. Cela ne parvient pas à entamer sa beauté lasse, mais cela lui donne un air bizarre, un dédoublement à la fois burlesque et inquiétant auquel, il serait temps d'en prendre plus nettement conscience, tu n'es pas insensible. Mais non, rien à faire avec toi. Tu n'es pas de ceux qui se disent ce qu'ils pensent. Tu dors, Saurat. Que te faudrait-il, quelles mises en scènes, quelles sollicitations appuyées, pour que tu saches ce que tu es ?

Un jour, tu as trouvé la femme de ménage dans ta chambre, penchée sur ton bureau, le dos voûté, pesant sur un chiffon, comme si elle reprenait souffle. À ton entrée, elle est sortie sans dire un mot, sans te regarder. Elle ne s'adresse jamais à toi. Elle marmonne, par accès, un charabia incompréhensible d'où émergent quelques mots de français. Tu as essayé d'identifier la langue : peine perdue. Russe ? Arabe ? Dialecte germanique ? Est-ce un langage nomade, un patchwork d'emprunts ? Un pidgin ? Du basque ? Une espèce de yiddish ? Cela fait penser à ces crises polyglottes des possédés de jadis, auxquels le démon octroyait le don des langues. Toutes sortes de voix participent à la plainte qu'elle module, un chœur invisible monte obstinément à sa bouche de vieux griefs, tandis qu'elle fait semblant de balayer ou d'essuyer.

Ce soir, tu as pris un peu de retard, l'heure prévue pour l'apéritif auquel t'a convié Mme Van Reeth est passée depuis dix bonnes minutes. Contrairement à l'usage, la porte du salon, dans le hall, est grande ouverte. Pas de Mme Van Reeth debout contre la fenêtre, immobile, romantiquement occupée à contempler le soir et la pluie. Pas de mannequin non plus. Personne. Et si tu entrais ?

Au moment où tu pénètres dans le salon, le téléphone sonne, comme une alarme qui retentirait pour signaler ton intrusion. Ce qui a pour effet de te figer au beau milieu de la pièce, où tu as l'air, il faut bien le dire, assez idiot.

Seules deux lampes basses forent la pénombre de la vaste pièce. Une veuve se dissimule dans ce paysage. Sauras-tu la trouver ? Regarde bien, les ombres du plafond ne dessinent-elles pas son chignon, la courbe de son sein sous le corsage, et ces deux taches de lumière ses prunelles attachées sur toi ?

Le téléphone ne se lasse pas de carillonner. Sur un ton impérieux, suraigu, insupportable. On doit l'entendre jusqu'au fond des galeries désaffectées des vieilles houillères de Logres. Où se trouve-t-il ? Sa sonnerie semble partir de tous les coins. Est-ce le fantôme d'un téléphone depuis longtemps défunt ? Il appellerait des morts, dans ce cas. Dans la fosse la plus profonde des mines de Logres, un humérus s'extrait difficilement de la glaise où il se trouvait enchâssé. Des phalanges tâtonnent, cherchant à décrocher.

Tiens non, il est là, noir crustacé tapi sur la cheminée de marbre, entre un miroir ancien et un tas de boîtes à cigares qui ne doivent guère servir à Mme Van Reeth. Un téléphone à l'ancienne, avec la double crosse du combiné reposant sur le thorax trapu. Drôle d'endroit pour un téléphone.

Approche-toi, n'aie pas peur. Et si tu décrochais ? Non ? À qui sinon toi s'adresserait cet appel autoritaire ? Personne d'autre ici ne se sent concerné. Et si tu prenais la peine de t'examiner, tu saurais que tu l'attends, depuis plus longtemps que tu ne saurais en garder mémoire, le coup de téléphone définitif.

Tu fixes le combiné acharné dans son appel, tout près maintenant. En te rapprochant, tu as modifié ton angle de vision. Il y a, non loin de la deuxième fenêtre, un petit miroir ovale au-dessus d'un guéridon. Un paravent dissimule en partie ce coin du salon. Les yeux, le nez, la bouche de la veuve froide reposent dans cette liqueur trouble. Le cadre de la glace remplace comme une prothèse les contours du visage. Que fait là-dedans ce visage dépourvu de sa veuve ?

Tu finis par comprendre que Mme Van Reeth doit être assise derrière le paravent et se regarde en ce moment même dans le miroir, sans doute occupée à se remaquiller en t'attendant, comme elle le fait vingt fois par jour.

Pourquoi ne décroche-t-elle pas ce téléphone ?

En réalité elle ne fait rien du tout, et son visage ne bouge pas du miroir. Deux sphères minuscules se forment au coin de ses paupières, grossissent, puis roulent de chaque côté de son nez, laissant derrière elles un sillage noirâtre. L'humidité et la gangue de matière noire qui les cimentent donnent à ses yeux un éclat, des dimensions presque surnaturels. Ils restent fixes dans leur écarquillement, médusés par une terreur.

Qu'est-il recommandé de faire en de telles circonstances ?

Le temps que tu reviennes de ton embarras, elle s'est levée, a traversé toute la pièce sans paraître te voir, est allée à l'autre bout, là où criaille le petit engin noir. Elle décroche, ne dit rien durant quelques secondes, raccroche, se retourne, se décide à te voir. Recueille dans un mouchoir un peu de ses traits dévastés.

Mme Van Reeth t'offre un étrange muscat, presque noir, qui fleure la vase et le silure, s'abandonne sur la langue et s'y installe. Elle te présente ses excuses, désolée de ne pas disposer d'assez de loisirs pour profiter du plaisir de ta présence et de ta conversation, qui la distrairaient des lourdes responsabilités qu'elle assume.

Elle prévient ta question. L'œuvre de son mari. Une complexité incroyable. Il faut classer notes, carnets, journal, répartis en feuilles et cahiers dispersés, un travail titanesque, des milliers de pages, qui recèlent des informations capitales sur les ouvrages rares et les manuscrits de la collection. Il amassait et ne trouvait guère le temps de mettre de l'ordre. Des centaines de cartons à inventorier. Les jours n'y suffisent pas. Elle se surprend encore, la nuit, à se relever, à remuer tout ça. Parfois ça tourne à l'obsession. Elle se sent coupable. Parfois même, elle se dit qu'il doit lui en vouloir. Seule dans sa chambre, certaines nuits où l'insomnie ne la lâche pas, elle jurerait l'entendre. Le son de sa voix résonne encore en elle. Il murmure, il lui demande ce qu'elle attend, il semble infiniment las.

Elle te regarde, ses yeux très clairs ne trouvent pas d'obstacle à l'endroit où tu es censé te trouver, se frayent un chemin facile dans ta transparence. Les silences sont traversés de frôlements comme d'êtres empennés. À moins que l'antédiluvienne domestique – au fait, n'as-tu pas aperçu en rentrant son ombre plaintive glisser entre deux portes, à ton retour du lycée – ne poursuive son ménage ectoplasmique, susurrant aux plinthes et aux lattes son langage babélien, laissant glisser contre les cloisons l'aile vieillie du chiffon que toujours elle agite au bout de son bras sec.

— Mon mari ne dormait jamais. Il avait voulu que notre bureau donne directement dans notre chambre. Au milieu de la nuit il se levait, allait y travailler jusqu'à l'aube. Je ne sais pas au juste ce qu'il faisait. Il rédigeait son journal, relisait des pièces de sa collection, je suppose. Toute son énergie y passait. Tout son argent. Je n'ai jamais songé à le lui reprocher.

Tu devrais en prendre note : dans cette dernière phrase elle articule à la perfection les *j*, en lesquels paraît se recueillir la substance précieuse de sa personne, l'âme volatile et chantante tendrement enclose dans la pulpe charnelle. Quelle heure peut-il être ? Depuis combien de temps es-tu ici, à ne pas te décider à finir le cacochyme muscat qui te lorgne sous son verre ? Regarde ses mains. Les doigts sont fins, légèrement potelés à la base, très minces au bout que prolongent des ongles longs, pointus, peints en vermillon. Des doigts plus jeunes que leur propriétaire, comme étrangers. Leurs mouvements ne suivent pas le sens des paroles prononcées par Mme Van Reeth. Parfois ils se livrent à de petites tâches indifférentes, saisir le verre, replacer un bibelot. En cette extrémité de sa chair où s'effile la corne de l'ongle, Mme Van Reeth se glisse hors d'elle-même, s'insinue dans le monde, touche des objets, qui à leur tour deviennent son corps. En chaque doigt naît un petit être aveugle comme les vers qui se tordent au fond des océans sans lumière. Imagine ces doigts refermés autour de ton sexe. Tant de délicatesse empoignant la viande sexuelle. Le paquet d'obscénité brute, l'idole grossière honorée par ces êtres de chair déliée en lesquels Mme Van Reeth accède à la grâce. Les petites flammes rouges des ongles soumises à l'informe incarnation du désir.

— C'est une passion exclusive. Une obsession qui ne le quitte pas une seconde. Il m'effraie, et je l'admire. La chose est difficile à comprendre pour qui n'a pas la ferveur des manuscrits et des livres rares. Oui, je sais bien qu'ils vous intéressent, M. Saurat, mais vous n'êtes pas collectionneur. En un sens, mon mari est devenu sa collection. Certaines passions survivent à ceux qui les ont éprouvées. La mort du corps ne les affecte pas. En la prenant en charge à mon tour, si maladroitement hélas, avec tous les faibles moyens dont je dispose, j'éprouve la joie d'être encore avec lui. Pourtant, parfois, c'est bien lourd, croyez-moi. Et je suis dans l'obligation d'en sacrifier une partie, pour sauvegarder l'essentiel. Je vends les pièces les moins rares.

Le saint des saints, c'est ce qu'il appelle son petit Enfer. Comme celui qui existait autrefois à la Bibliothèque nationale. Il se vante de posséder des *curiosa*, des ouvrages pleins des imaginations les plus bizarres. Certains d'entre eux, il ne les a jamais montrés à personne. Il leur cherche un principe de classement. Je n'ai pas les connaissances nécessaires pour achever ce classement, il me faudrait l'aide d'un spécialiste rien que pour le petit Enfer.

Cela représente un travail à temps complet. Il ne s'agit pas que de mettre de l'ordre, il faut contacter des marchands, des libraires, des commissaires-priseurs. Et je suis persécutée par d'autres collectionneurs, qui voudraient que je leur cède des pièces, par des chercheurs qui voudraient consulter, recopier, photographier. J'ai fini par céder. J'attends un de ces chercheurs vendredi de la semaine prochaine. Il vient spécialement de je ne sais quelle université, très loin en tout cas. Celui-là s'est particulièrement accroché, il a bien dû m'écrire cinq ou six lettres. Enfin il a l'air d'un homme très bien. Autant commencer par lui. Au fait, j'y pense, le vendredi de la semaine prochaine est le dernier du mois. Ce monsieur m'a dit qu'il arriverait par le train de dix-huit heures douze. Or la réunion du cercle tombe justement chez moi ce jour-là. J'aurais dû l'ajourner. Enfin tant pis, qu'il vienne. Mon mari a fondé avec quelques amis un petit cercle culturel. Disons un noyau de gens curieux de littérature, d'art, d'histoire, de politique, d'un peu tout. On se réunit, on grignote, on boit un verre, on parle de choses et d'autres. Parfois on organise une conférence privée. Puisque vous logez ici, pourquoi ne pas vous joindre à nous ? Il nous arrive de recevoir des invités qui n'appartiennent pas formellement au cercle. Mes amis seraient enchantés, vous nous ferez profiter de votre savoir littéraire. De toute façon j'aurais scrupule à vous laisser seul alors que nous dînons tous ici. Je compte sur vous ?

Là-dessus, comme pour marquer la fin de la conversation, le téléphone sonne, encore une fois. Elle décroche à nouveau, sans émettre un *allô*, sans modifier la mise au point de son regard sur toi. Elle ne dit rien. Le temps passe. On dirait que l'interminable discours de Mme Van Reeth, débordant d'un coup la norme laconique de vos relations verbales, a engendré en contrepartie, comme un écho négatif, cette parole fantomatique venant réinstaller le silence. Tu tentes d'émettre des signes vagues de possibilité de départ. Enfin tu te lèves, quittes la pièce. Rien ne paraît capable d'entamer la fixité sérieuse de Mme Van Reeth, dans sa pénombre, parmi ses lampes, ses photographies et ses jades. Parmi sa poussière.

V

— La noyade de Georges Van Reeth ? Elle est arrivée au moment opportun, fait Zablanski.

— Qu'est-ce que vous voulez dire ?

— Vous n'avez donc jamais entendu parler des histoires de la maison Van Reeth. Il y a pas mal de personnages douteux dans la bourgeoisie logrienne. Mais difficile de traîner plus de casseroles que Georges Van Reeth.

— C'est-à-dire ?

— Van Reeth connaissait tout le monde à Logres : politiques, patrons, juges. Le préfet. Je crois que pas un seul notable important ne devait manquer à son carnet d'adresses. Lui, en revanche, peu de gens le connaissaient. Je veux dire dans le grand public.

— Mais vous, si.

— Je connaissais l'existence de sa collection. Et il m'est arrivé de parler avec plusieurs personnes qui l'ont rencontré. C'était un type secret, Van Reeth. On ne parlait pas de lui dans les journaux, on ne le voyait jamais dans les machins officiels. Mais des gens importants venaient de loin pour le voir, de l'étranger parfois. Des gens qui n'avaient rien à voir avec Logres, et dont l'influence allait bien au-delà d'une petite ville de province. Ce qui explique pourquoi les Van Reeth ont conservé cette vieille bonne plus ou moins idiote. Question de discrétion. Vous l'avez vue, vous avez de la chance. Une légende, à Logres. Très peu l'ont aperçue. Quoi qu'il en soit, les relations de Van Reeth ont dû servir au moment opportun.

Le restaurant scolaire est d'une laideur triste et terne. Zablanski t'y cherche toujours, t'y trouve, avide, on ne sait pourquoi, de t'accabler d'informations, d'analyses et de conseils. Les autres vous évitent. Ont-ils été épuisés par Zablanski, écœurés dans leurs convictions syndicalistes, républicaines et optimistes par son cynisme incurable ?

Les murs sans épaisseur renvoient et démultiplient le brouhaha des conversations, le bruit des couverts. Zablanski et toi, tout en causant, vous introduisez dans le corps des apparences de nourriture. Des tomates parfaitement sphériques, lisses, bien rouges, ont été choisies pour recevoir une garniture de macédoine où petits pois, haricots verts, maïs et fayots, dûment costumés, tiennent avec professionnalisme leurs rôles de légumes. Vous ingérez ces représentations. Elles se dissipent immédiatement dans votre bouche, comme du coton gonflé d'eau. Zablanski, imperturbable, continue à émettre doutes et questions sur le collectionneur.

Qu'est-ce qu'ils allaient tous faire, régulièrement, chez les Van Reeth ? Parler musique, peinture et littérature autour de cailles au foie gras ? Déguster un Château Branaire 82 ? Admirer les manuscrits et les livres rares que le maître de maison sortait avec précautions ? Oui, sans doute. C'est ce qu'ils disent. C'est ce que raconte Spilliaert, le maire, qui s'est extasié pendant une heure sur les mets et les vins le jour où Zablanski a eu l'honneur de le rencontrer, lors d'une visite de la municipalité au collège. Toujours est-il qu'il n'y met plus les pieds, aux réunions. Il est notoire que Spilliaert ne fréquente plus Mme Van Reeth. Les soirées ont perdu de leur éclat d'antan. Les bourgeois de Logres y vont moins. Est-ce parce qu'ils ont eu peur, ou parce qu'il ne s'y passe plus rien d'intéressant ?

Il faut savoir que, environ six mois avant sa disparition, Georges Van Reeth a dû faire quelques allers et retours dans une ville assez éloignée. Jusque-là, rien d'extraordinaire, il voyageait souvent. Pour ses collections, disait-il. Mais cette fois, il s'agissait d'aller voir la police, et puis un juge. Oh, rien de déshonorant *a priori*, il était interrogé comme témoin. Mais ici, témoin, ça signifie à peu près que l'on est compromis.

On a appris de quoi il retournait par les journaux. L'affaire des disparues de la Côte du Soleil. On n'en parlait plus depuis des années, mais des éléments nouveaux avaient permis de relancer l'enquête, les flics avaient mis la main sur des cassettes et des photographies, opéré quelques descentes dans des soirées bizarres. On ne disait pas grand-chose de consistant. C'est encore retombé, on n'en parle plus. Quant à Georges Van Reeth, il a fait ses petits voyages, et puis on l'a laissé tranquille, ça s'est arrêté là pour lui. Quelques mois après, il se noie en Écosse. Un accident idiot.

Quand on a su, pour les convocations chez le juge, certains ont commencé à s'interroger sur ce qu'on trouvait dans sa collection. Quel genre de livres ? Seulement des livres ? On s'est souvenu qu'il avait autrefois fréquenté Massard, le romancier qui avait acheté un manoir à Morion, pas très loin d'ici. On en racontait, sur ce qui se passait dans le château de Morion. Les fantasmes s'en donnaient à cœur joie. Massard est mort dans des conditions douteuses, au moment où son nom venait d'être mentionné dans l'affaire des jeunes disparues. Ensuite, il n'en a plus été question.

Sans compter une vieille rumeur qui traîne à Logres depuis longtemps, à propos de certaines disparitions. Personne ne sait au juste qui a disparu, ni où, ni comment. Mais tout le monde a son histoire, des centaines de gens jureront qu'ils disent vrai, ils connaissent des gens dont les plus proches amis ont perdu une fille, un fils. Il devait arriver par le train, il n'en est jamais descendu. Elle faisait du stop. Elle rentrait à vélo par la forêt. Plus de nouvelles depuis un an, cinq ans.

Ce qui alimente les racontars et les soupçons, ce n'est pas seulement la bizarrerie des Van Reeth, les convocations chez le juge, c'est le train que menait Georges Van Reeth, les réceptions babyloniennes, les collections. On sait qu'il achetait dans des ventes publiques des ouvrages rarissimes, hors de prix. Saviez-vous que le mari de votre logeuse n'avait aucune ressource identifiée ? Juste un capital de relations. Le trafiquant idéal, quoi. Pour les gens qui savent, ou qui prétendent savoir, Georges Van Reeth était le cœur secret de toutes les histoires de Logres, le mauvais génie de la ville, le Grand Manipulateur. Quand ils en parlent, on dirait qu'ils évoquent un nécromancien. Pour eux, Van Reeth tenait les notables à la gorge. Contrôlait même certains éléments de la pègre locale. Tenait commerce de marchandises sombres, de denrées abominables. Donnant dans ses caves des fêtes noires qui métamorphosaient à jamais ceux qui y auraient assisté. On cite des noms. Dubet, le notaire. Après avoir commencé à fréquenter la maison Van Reeth, il a changé. Il est devenu mélancolique, taciturne. À l'heure actuelle, il est en maison de repos. Complètement cintré. Leleu, le roi de la betterave sucrière, la plus grosse fortune du département. Un vrai rapace, malin, sans pitié. Un pilier des soirées culturelles Van Reeth. Il a sombré dans l'alcool, presque du jour au lendemain. Il a dû vendre son affaire. Maintenant, il traîne les cures de désintoxication. Ses principaux concurrents, les Schutz, en ont bien profité. Ils ont racheté les sucreries Leleu. Ils se retrouvent seuls sur le marché.

Les gens informés haussent les épaules quand on parle d'accident à propos de la noyade de Van Reeth. Une fois qu'ils ont expliqué à quel point il faudrait être naïf pour gober ça, les thèses divergent. Les plus nombreux penchent pour le suicide. Van Reeth aurait cherché à échapper au scandale. Classique. D'autres croient au meurtre déguisé. Van Reeth en savait beaucoup trop sur les notables de Logres. Il n'aura pas résisté à la tentation d'en faire chanter quelques-uns. En tout cas, on l'aurait suicidé pour être tranquille. Ou pour dettes. Ou bien même, qui sait, parce qu'il aurait piqué le marché de l'abject à des gens plus forts que lui.

Quelques-uns en tiennent pour la disparition volontaire. Après tout, on n'a jamais retrouvé le corps. Van Reeth ne serait pas le premier à se volatiliser au moment de rendre des comptes. Pour ceux-là, la police commençait à se rapprocher sérieusement de la maison Van Reeth. Il a préféré mettre en scène sa mort. Autre possibilité : il n'aurait pas voulu disparaître pour chercher à échapper à la justice, mais plutôt à des gens qui ne plaisantent pas, capables de vous scier les jambes pour non-remboursement de dettes. À l'heure actuelle, il doit se planquer aux Bahamas, à Édimbourg, à Hong Kong, sous un faux nom, avec l'argent. À la veuve, ou prétendue telle, de se dépatouiller avec la justice. Pour certains, il ne serait pas si loin que ça, il se dissimulerait dans le pays, on l'aurait aperçu à tel ou tel endroit. Caché, il aurait les mains plus libres. Il continuerait à manipuler les notables de Logres, à les faire chanter. Même pas caché : pourvu d'un autre visage. La chirurgie esthétique peut faire des miracles. Il est là, qui sait, nous le voyons, mais nous ne savons pas que c'est lui. Hypothèse séduisante : toute la ville serait entre les mains d'un fantôme. Pour des raisons purement esthétiques, Zablanski propose de l'adopter provisoirement.

Ou alors rien, un rentier collectionneur de livres rares s'est noyé accidentellement en Écosse. Plutôt rien, non ? Est-ce que ça n'est pas ça, au fond, la réalité : rien ?

*
**

Le blanc de dindonneau, lui aussi, se presse de se déliter pour rejoindre à tire-d'aile l'indistinction. Au fond de vos entrailles, sa chair livide se mêle à vous.

— Vous vous en apercevrez, reprend Zablanski, Logres est une ville qui se nourrit de fiction. Tous, des bourgeois aux chômeurs des cités, carburent au mensonge, aux chimères, aux fantasmes, aux racontars. Et ceux qui sont incapables d'y croire donnent dans l'alcool ou les drogues dures. Régulièrement des émeutes éclatent dans les ghettos de la périphérie. Quand on regarde ça de près, pourquoi tout un quartier s'est soulevé, pourquoi des bandes de jeunes ont attaqué un commissariat ou se sont massacrés avec une bande d'un autre quartier, on n'en revient pas : de pures fictions, des récits de paranoïaques, colportés, déformés, à partir de presque rien, suffisent à les jeter dans les rues, arme au poing.

Un soir, il y a quatre ou cinq ans, les femmes de ménage du collège ont retrouvé un type dans les toilettes de la salle de gym, attaché au radiateur, un chiffon enfoncé dans la bouche. Il respirait encore. Il avait été torturé, avec application, façon Moyen Âge ou Gestapo. Brûlé à la lampe à souder, tabassé à la batte de base-ball, travaillé au cutter. Il ne ressemblait plus à grand-chose. Il a fallu du temps pour mettre la main sur ceux qui avaient fait ça. Pure embrouille, malentendu. Ils avaient cru que, on leur avait raconté que, des salades ahurissantes, aucun fait. Ils sont encore en taule. Ils n'ont pas vraiment compris, d'ailleurs. Je me souviens du procès, ça a failli tourner à l'émeute, avec les familles et les copains qui hurlaient au déni de justice. Pour eux, c'est comme si rien n'était arrivé, ou presque. Une blague. Le type en morceaux appartenait à peine au monde réel. Après leur inculpation, la tension est devenue presque insupportable au collège. Il faut dire que ces types étaient probablement des vassaux des Hellequin. Je ne vous ai jamais parlé des Hellequin ? Il faudra. Grandes figures locales.

Zablanski attaque le dessert sans s'en apercevoir. Les fraises terminales ont été peintes avec un souci de réalisme qui force l'admiration. Leur intérieur a le goût de l'extérieur.

— À l'autre extrémité sociale, dans un genre différent, phénomène identique. Il m'est arrivé d'assister à des séances du conseil municipal. Je vous rassure, cela ne date pas d'hier, j'avais encore un reste de naïveté. Le maire et ses adjoints vivent dans les statistiques et les rapports. Ils les consultent avec un sérieux absolu, ils en débattent pendant des heures. Ils s'imaginent que c'est la réalité. Là-dessus ils votent des décrets, toujours plus de décrets. Convaincus que la réalité en tient compte. Lorsqu'ils s'aperçoivent que rien ne s'est passé, que le problème n'a pas changé, ils amendent le décret précédent, et ils en ajoutent un ou deux. Ils ont l'impression d'avoir agi.

Mais le plus beau cas, ce sont les Schutz. Yvonne et Maurice Schutz : la plus grosse fortune du département, sans doute même de la région. Des épiciers à l'origine. Ils ont ouvert des succursales. C'est devenu la chaîne des magasins *Novomarché*. À force d'étrangler leurs fournisseurs, ils ont fini par les ruiner et les ont rachetés à bas prix. Les voilà rois de l'agroalimentaire, sucres, charcuteries, conserves, farines, aliments pour le bétail. Sans oublier trois ou quatre usines à cochons, et quelques milliers d'hectares de blé, tout ça dûment subventionné. Monsieur dirige, madame vérifie la comptabilité, harcèle les secrétaires et continue à mitonner des blanquettes. Enfin, c'est ce qui se dit. Spilliaert les voit de temps à autre, il est l'un des rares à savoir quelque chose. Ils habitent le château de Bersart, à dix kilomètres. Une forteresse, gardée jour et nuit par des domestiques et des chiens. Ils reçoivent peu, ne sortent jamais, n'ont pas d'enfants. On dit que les vieux Schutz, les parents de monsieur, végètent dans un coin de la maison, centenaires, aveugles, cloués dans leurs fauteuils, sans que personne les ait vus depuis vingt ans. Il a dit à Spilliaert qu'ils étaient morts il y a longtemps.

Les Schutz sont terrifiés par le monde extérieur. En outre, ils ne font confiance à personne. Persuadés que les comptables et les gérants les trompent, les volent. Il paraît qu'un jour, Spilliaert a vu un couple sortir du *Géant Novomarché* de Logres-sud. Lui, gabardine mastic et casquette à carreaux sur calvitie. Elle, jupe de laine grise et gilet marron. Un fichu sur la tête. Comme si on portait encore des fichus. Ils devaient se figurer que c'était ça, l'habit du peuple, un peu comme les Dupont convaincus de passer inaperçus à Shanghaï costumés en Chinois d'opérette. Ils poussaient un chariot plein de leurs achats. Ils ont commencé à entasser ça dans le coffre d'une vieille Peugeot 504 beige, qu'ils avaient dû conserver depuis le temps où ils tenaient leur épicerie de quartier.

Pourquoi est-ce que les Schutz vont faire leurs courses en gabardine beige au *Novomarché* ? Pour faire des économies *incognito* ? Contrôler le fonctionnement de leurs magasins ? Parce qu'ils ont honte de leur richesse ? Ils me font penser à ce calife de Bagdad qui sortait la nuit de son palais déguisé en Irakien de base. Ils veulent sortir de leur palais, toucher la réalité, comme avant, à l'épicerie. Mais ils sont enfermés dans leurs souvenirs. Vous les imaginez, tous les deux, écumer Logres, ses rades et ses supermarchés, fantômes en gabardine et jupe grise, et puis garer le soir la Peugeot beige devant le château de Bersart, tout frémissants de leur plongée dans le monde réel ?

Les conversations avec Zablanski se prolongent ainsi après le repas, autour d'un café, dans la salle des professeurs. Il en ressort, en ce qui te concerne, qu'il importe de filer au plus vite : quitter Prévert, quitter Logres.

— Si vous restez ici, vous êtes foutu. Terminez votre thèse et foutez le camp. Je sais, vous êtes convaincu de la noblesse de notre tâche. Nous faisons un métier difficile, mais c'est le plus beau métier, etc. Des gamins attachants, ils ne sont pas responsables de ce qu'ils sont, c'est la faute à la société, c'est à nous de les aider, qui le fera sinon, et tout le tremblement. Moi aussi j'ai cru à tout ça. Si si. Et puis je me suis aperçu que c'était toujours pire, d'année en année. Que nous en sauvions très peu, mais que nos vies à nous, nous les perdions bel et bien. Nos grandes idées, c'est ce qui permet au Système de nous utiliser. Il faut fuir.

Si on reste, on doit survivre. Cela signifie : être le plus normal possible. Nous devons incarner la norme pour eux, la loi, le comportement correct, le bon langage, la raison, la gauche progressiste, l'amour de l'Autre, le syndicalisme, l'éducation, la civilité, l'épanouissement hétérosexuel. Si on dévie, c'est foutu. Ils ne nous aiment pas normaux, nous incarnons tout ce qu'ils détestent. Mais si quiconque s'écarte à peine de ce modèle, laisse paraître des tendances bizarres, homosexuelles, droitières, misanthropes, ils n'auront de cesse qu'ils l'aient détruit.

Vous n'êtes pas seulement, Gilles, ce grand garçon sain, dynamique et dévoué dont vous vous donnez l'air. Sans doute croyez-vous l'être. Mais vous vous figurez que je passerais tout ce temps à parler avec vous si je ne vous sentais pas plus compliqué que ça ? En fait, je ne sais pas pourquoi je vous parle. Moi, je n'ai aucune envie de devenir normal. Mais une espèce de normalité a fini par me rattraper quand même. Je suis le pittoresque, l'excentrique de l'établissement. Personne ne me croit aussi cynique et méchant que mes propos le laisseraient penser. On se figure que je me donne un genre, que je provoque. Les élèves aussi. J'arrive à les amuser un peu. C'est mon mode de survie. Ça me fait du bien, mais ça n'empêche rien. Je porte ma croix comme les autres, j'essuie les crachats, j'avale les insultes, je fais semblant de ne pas entendre les menaces, je répare les pneus crevés de ma voiture. Mais je ne serai pas, comme les autres, un Christ douloureux et soumis. Je ne changerai pas mes pneus avec un sourire céleste et un nimbe autour de mon front sanglant. Jamais. Je serai un Christ ricaneur et sardonique. Pendant qu'ils me briseront les jambes, je les couvrirai des quolibets et de plaisanteries noires. Le ciel s'obscurcira, le voile du Temple se déchirera, je blasphémerai jusqu'au bout, je mourrai la bouche tordue sur un sourire mauvais, et ils ne sauront pas si mes yeux révulsés expriment la souffrance ou une intense rigolade.

Je ne nie pas y prendre un certain plaisir. Il est trop tard pour que je parte à présent. Et je n'ai jamais cru qu'ailleurs soit beaucoup mieux. La folie particulière de Logres me convient, finalement. Je m'y suis habitué. Pourquoi s'adapter à une autre folie ? Travail inutile. On goûte une jouissance amère, Gilles, à se trouver au cœur du Système, à le regarder fonctionner, à écouter les discours interminables de ses prêtres, à observer leur air interloqué lorsqu'on leur glisse une remarque que leur langage ritualisé ne leur permet pas de bien comprendre. Vous avez commencé vos stages à l'Institut Supérieur de Formation Pédagogique ? La semaine prochaine ? Vous comprendrez mieux ce que je veux dire. Vous allez pénétrer dans le Temple, approcher du Saint des Saints, Gilles. Douze heures par semaine, vous apprendrez les rites et les répons, les prières, les dogmes, vous connaîtrez les gloses. Vous serez un petit prêtre du Système, ou vous foutrez le camp. En attendant, je vous recommande de rester chez la délicieuse veuve Van Reeth. On ne saurait mieux déguster la saveur délicatement faisandée de Logres.

Vous m'écoutez, cela vous intéresse peut-être un peu, vous vous dites que je vous saoule avec mon flot de paroles et mon cynisme affiché. Mais si. Et, même si vous vous en défendez, vous me rangez dans la catégorie des ratés. Pas la peine de chercher à nier, ça ne prend pas mon petit Gilles, et d'ailleurs je le sais, je le revendique, moi, au moins, je suis un raté. Fiasco total que ma carrière (ma carrière !) : Antoine Zablanski, ancien élève de l'École Supérieure, finira dans un dépotoir du Système. Foirade bouffonne que ma vie. Mais ça me va comme ça. Là est ma jouissance, aller bien au fond. Plus noble que de chercher à surnager, et en définitive moins douloureux. Vous ne voulez pas être mon disciple en naufrage, Gilles ? Devenir un conseiller culturel alcoolo-mélancolique, élégant et désespéré ? Cela irait parfaitement à votre genre de noblesse. Successeur et fils spirituel de Zablanski Antoine, le philosophe inconnu, tombé pour l'éternité dans les noirs précipices de l'oubli.

Etc., on ne l'arrête plus. Ces poussées de confidences ne vous rendent pas plus intimes. Parfois, dans la salle des professeurs, il paraît te voir à peine, et répond à ton salut d'un air ironique et distant. Les jours mêmes de grands discours, il arrive que vous vous croisiez, au soir, sur le parking. Il te salue d'un signe de tête imperceptible et file aussitôt à bord de sa vieille Triumph cabossée.

Le cœur de tes nuits est gagné par le tumulte. Des épouvantes inconnues te dressent sur ton lit, en pleine obscurité. Tu te rendors à l'aube. Tu sortiras en sursaut de ta seconde nuit, la tête lourde, pour t'apercevoir que tu es en retard, que tu as à peine le temps de t'habiller, sans prendre de petit déjeuner, de sauter dans la voiture froide, encore poisseux de ta nuit épuisante.

Où serait le repos ? Existe-t-il une forêt où il t'attendrait ? Il faudrait descendre loin, par des chemins de plus en plus perdus, là où personne ne pourrait te suivre. Au plus profond, tu trouverais une fontaine obscure. Elle coulerait entre les bras de pierre d'une déesse au visage rongé. Si effacé, si ténébreux, avec son sourire aux limites du visible, que la trace en lui de ce qui pourrait encore engendrer l'effroi se perdrait dans la compassion. Tu boirais cette eau glacée, entre ses bras repliés, et tu t'étendrais sur la mousse, dans la pénombre ancienne recueillie entre les arbres. Tu oublierais tout ce qui ne serait pas ce moment, le murmure de l'eau, l'image du sourire persistant.

Il n'existe plus de forêts, de noirceur ni de chemins perdus. On abandonne des boîtes de soda et de vieux mouchoirs sur la poitrine des déesses inconnues. Rien qui ne soit parcouru, épuisé, et les derniers lambeaux de repos ont été arrachés depuis longtemps aux dernières profondeurs.

Pendant ces veilles, les images du jour ne cessent d'entrer en toi, par inépuisables colonnes. Têtes rasées d'élèves. Vêtements paramilitaires. Lourdes chaussures. Tu te repasses les mêmes scènes. Crois-tu qu'il y a quelque chose que tu aurais dû dire, ou faire, pour vaincre les ricanements, faire cesser les provocations ?

Ou penses-tu parvenir à en épuiser la force corrosive à force de les réitérer, pour toi seul, de nuit en nuit ?

Autrefois tes pareils s'appelaient des maîtres. Il n'y a plus guère de maîtrise dans l'esclavage où tu te trouves réduit, mais eux, tes disciples pour rire, ont besoin par moments de raviver la vieille fiction de ta maîtrise, pour mieux la bafouer. Ils aiment jouer. Et, par-dessus tout, au maître et à l'élève. Et c'est un jeu auquel ils prennent de plus en plus de plaisir, un théâtre de dérision dont ils perfectionnent les scènes, travaillent les répliques.

La scène d'ouverture, immuable, est celle du déshabillage. Tu revois, dans tes insomnies, leurs grands corps effondrés sur les tables qui peinent à contenir leurs carrures. De longues négociations sont nécessaires pour obtenir que les bonnets enfoncés jusqu'aux sourcils soient ôtés. Ceux qui ont pénétré dans la salle avec les écouteurs de leurs baladeurs sur les oreilles continuent de déguster, assis à leur table, des raps dont le martèlement forme une basse continue aux raclements de chaises et aux bruyantes interpellations des retrouvailles. Ils font les sourds un certain temps, marquent le rythme de la tête et du buste avant d'éteindre l'instrument, comme si l'idée venait d'eux, et non pas d'une soumission à la demande que tu leur as présentée.

Scène deux, celle des affaires à sortir. Ceux qui finissent par s'exécuter, d'un air excédé, ouvrent avec une lenteur ostentatoire des sacs informes, en extraient des cahiers en lambeaux sur lesquels ils n'écriront rien. À ceux qui ont tout oublié une nouvelle fois, une demande d'explication finit par arracher le récit de quelque épisode grotesque qui provoque la joie bruyante des autres. D'autres font tomber par terre le contenu de leur sac, se mettent à le rassembler à quatre pattes, très affairés, exagérant leurs gestes, bousculant les tables, sous les rires forcés et les protestations factices.

Les scènes suivantes sont consacrées aux retardataires. Chaque jour, deux ou trois font irruption à des intervalles qu'on dirait calculés, ouvrant théâtralement la porte branlante dont le fracas contre le mur résonne dans tous les couloirs. C'est l'entrée de vaudeville, de celles qui soulèvent les rires et les applaudissements. Les épisodes s'enchaînent : le retardataire négocie son admission, lui aussi a son histoire à raconter, où il est question de mères, de petits frères, d'autobus, de sœurs. D'autres dans la salle, censés bien connaître la vie privée du demandeur, feignant de venir à son secours, jouant l'appel à l'indulgence du maître tout en laissant entendre qu'il ne s'agit encore que de s'amuser d'un pouvoir qu'il n'a pas, reprennent l'exposé complexe de l'alibi, l'enrichissent de détails, y ajoutent parfois des formules obscènes saluées par des explosions de rire.

Mais il faut un billet de retard délivré par un surveillant. Le contrevenant résiste un moment encore, se bute, sa carrure d'athlète obstruant le chambranle de la porte, jusqu'à la limite du conflit ouvert, et déjà quelques voix s'élèvent dans la salle pour pousser les adversaires au combat. C'est alors que le fautif hausse les épaules, renonce, part chercher son billet de retard. Le brouhaha s'apaise un peu, le cours va enfin commencer. Retour à grand fracas de l'exclu, qui pose sur le bureau le billet de retard dûment tamponné par le surveillant, un petit sourire vainqueur au coin de la lèvre. La saynète se répète jusqu'à ce que tous les retardataires soient là.

Pour la scène suivante, il faut un accessoire, le recueil de textes au programme. Un intermède est consacré à la distribution des ouvrages, de manière à ce que ceux qui ont oublié le leur puissent suivre. Échanges et négociations se prolongent. On se serre à trois ou quatre autour d'un volume, et la lecture peut commencer. Au bout de quelques secondes, la plupart s'en désintéressent, regardent par la fenêtre ou au plafond, entament des conversations avec leurs voisins.

Les rappels à l'ordre suscitent deux réactions. Tantôt, avec une indifférence hautaine, semblant n'avoir rien entendu, tout en jouant à se plier dérisoirement à une exigence dérisoire, le garçon interpellé, comme dérangé dans une méditation profonde par un zonzonnement d'insecte, tourne, de manière quasi imperceptible, le buste en direction du livre qu'il est censé lire, les yeux toujours fixés vers d'autres horizons, qui n'embrassent ni l'ouvrage ni le professeur. Tantôt, à l'inverse, la remarque déclenche un flot de passion argumentative gonflé jusqu'à la pitrerie. L'orateur démontre d'abord avec conviction le peu d'intérêt du texte proposé à son attention, littérature morte sans rapport avec le monde moderne et la vraie vie. Ce qui compte, c'est d'avoir son opinion, et de l'exprimer. Invité à proposer des références culturelles différentes, et plus en rapport avec le monde réel, l'orateur hilare se fait un plaisir d'énumérer toutes sortes de publications ou d'émissions télévisées connues, souvent obscènes. De là des rafales d'interpellations, de lazzis, de contre-propositions toujours plus graveleuses, de là également quelques morceaux de bravoure attendus de la part d'un ou deux autres comédiens, celui du défenseur de la morale offensée, celui du gardien de la nécessaire culture, dont les interventions relancent l'orateur et généralisent le débat jusqu'au hourvari général. Plus rarement, dans le but de proposer un exemple de création contemporaine, l'orateur esquisse un rap.

Lorsque le tumulte s'est apaisé, la lecture reprend, coupée d'incessantes questions portant sur le sens des mots, de remarques jouant à la perfection la spontanéité joyeuse, et qui mettent en doute la normalité sexuelle ou intellectuelle de l'auteur du passage.

La grande scène n'est pas toujours au programme. Elle n'a été interprétée que deux fois jusqu'à présent. Elle intervient brutalement, et, dirait-on, sans relation très claire avec les pitreries habituelles qui monopolisent les heures de cours. Irruption de la violence tragique au beau milieu de la farce. On n'a rien vu, et deux masses impressionnantes tout à coup collées l'une à l'autre basculent dans un fracas de chaises et de jurons, menaçant d'extermination leurs races respectives, comme dans les grands combats archaïques où le vainqueur passait tous les mâles du peuple vaincu au fil de l'épée avant de déporter femmes et enfants réduits en esclavage. Les interventions diplomatiques d'un ou deux chefs influents ont jusqu'alors permis d'éviter le carnage. Dans cette étrange pièce chaque jour donnée, pantalonnade et tragédie s'unissent, obéissent à une même poussée obscure.

Tu comprends vite que tu ne parviendras à rien enseigner, ou presque rien. Il importe seulement de tenter de conserver ta dignité. Faire en sorte que cela n'en vienne pas aux insultes, ni aux menaces trop directes.

À intervalles réguliers, des sonneries de téléphone portable stridulent ici et là. Toutes les vingt secondes, quelqu'un se lève, interpelle un voisin, lance une remarque, éclate de rire, siffle, s'exclame, fait tomber quelque chose, s'effondre de sa chaise. Si tu fais une remarque, lances des appels au calme, le cours tout entier passe en négociations ou en lutte. Si tu ne dis rien et tentes de poursuivre la leçon, le vacarme montera et plus personne ne t'écoutera. Tu es coincé. Selon ton état de fatigue ou d'angoisse, tu oscilles entre les deux méthodes qui produisent l'une et l'autre la même impression de ruine. Chaque cours est à vivre comme l'écroulement infini du savoir, de l'intelligence et de l'ordre. Mais chaque cours aura eu lieu. C'est tout ce que demandent ceux qui t'emploient.

Si tu parles à tous, personne ne t'écoute. Si tu parles à l'un d'entre eux, tous les autres t'échappent. Tu ne cesses d'aller de l'un à l'autre, tâchant de fixer du regard ou de la parole un chaos sur lequel tu ne peux rien. Lorsque tu cherches à exercer un peu d'autorité, tu te heurtes d'abord à la surdité, puis à des parodies d'effroi qui moquent ta pitoyable tentative de fermeté. Ces parodies glissent parfois vers la menace. Que feras-tu si, comme cela arrive régulièrement à tes collègues, on en vient à l'insulte frontale, à l'agression physique ?

Si tu essaies de faire preuve à ton tour d'ironie, tu recueilles des félicitations clownesques, des compliments boursouflés. Ils se plaisent à bafouer les idées que tu émets, à saccager toute dignité culturelle. Sur ces décombres enfin ils peuvent éprouver le sentiment d'une supériorité.

Quelques-uns, plus discrets, tentent de conserver une indépendance farouche. Ils travaillent vaguement, rendent quelques torchons, mais se dérobent à toute complicité, même à tout échange, comme s'il était dégradant de frayer avec toi. Tu es aussi stigmatisé, aussi ignominieux que les bouffons d'autrefois.

Telle est la 4e E, de loin la plus difficile à manier. L'atmosphère de la 3e D est sensiblement différente. Pas moins de retards, et plus de mauvaise volonté encore, si possible, à prendre livres, stylos et à se mettre au travail. Un bon tiers des élèves n'a pas de matériel, ou l'a oublié. Mais guère d'agitation. Un rituel s'est installé, une sorte d'ordre dans le désordre.

Une personnalité domine la classe : Arslan. Ni son nom, ni son aspect ne permettent de lui attribuer une origine bien déterminée. Dans sa laideur expressive, mobile, se dégage une espèce de beauté faite d'esprit et de grâce animale. Tout en lui est affûté, aiguisé, souple, habile, le corps et la parole. Escamoteur et acrobate, aigrefin et séducteur, il laisse paraître tour à tour ruse et sincérité, douceur et brutalité. Il t'a laissé croire une ou deux fois qu'il pouvait se prêter à la comédie de vos petites célébrations pédagogiques. Souviens-toi : au début, tu t'es laissé abuser par ce jeu. Tu as cru pouvoir exercer une autorité réelle, obtenir autre chose qu'une docilité formelle. Alors tu as senti la dureté, et très vite la menace, aimable, voilée, mais sans équivoque. Arslan est le seul à pouvoir s'interposer dans des conflits entre élèves, ou entre un élève et toi, en général avec succès, à plusieurs reprises tout s'est passé comme s'il te délivrait une espèce d'autorisation de faire cours, il paraît au centre de la plupart des conciliabules, négociations, trafics, il ne fait jamais l'objet d'agressions ou de moqueries, beaucoup, même deux fois plus gros que lui, paraissent le craindre – l'hypothèse se formule logiquement, dans ton esprit qui ne peut plus cesser de combiner, de calculer, de recouper : au moins dans la 3ᵉ D, il est le vrai patron.

À côté des trois castes principales, guerriers, prêtres et commerçants, trois élèves forment un petit groupe très minoritaire d'intouchables : eux s'efforcent de travailler et de suivre le cours. En 4ᵉ E, un élève de la même sorte, Guellec, a tenté, lui aussi, de t'écouter, de te rendre des copies. Accablé de moqueries et de persécutions, il a renoncé, s'est rangé du côté des dominants. Tu as observé le changement en trois ou quatre semaines. Les maîtres ont accepté le repenti. Comme tous les convertis, Guellec s'est mis à faire du zèle, avec la honte et le ressentiment des anciens collaborateurs qui s'empressent d'effacer leur passé. Il t'en veut à présent d'incarner ce passé, il brûle de profaner votre ancienne complicité.

Dans l'atmosphère de la 3e D, où on les ignore – en apparence, en tout cas – les travailleurs ont quelque chance de s'en tirer. Malheureusement, tous trois sont stupides. Tu t'efforces de récompenser leur zèle, mais rien à faire, leurs désespérantes productions écrites n'arrivent même pas au niveau des loques bâclées par quelques lascars plus malins qui se foutent de ce qu'ils font. Impossible de débrouiller la signification des quelques formules péniblement tracées sur leurs feuilles. Tu les lis, tu les relis, peinant à chaque fois pour saisir quelque chose, la trace d'une idée parmi les décombres de la logique, l'orthographe délirante, l'enchevêtrement de phrases informes, de poncifs mal compris empruntés à quelque émission télévisée. Ils reçoivent leurs notes accablantes sans protester, sans comprendre, résignés d'avance à l'inéluctable désastre de leur scolarité. Il ne leur échappe, tout au plus, que des plaintes et des regards de détresse qui s'adressent plus à l'injustice de l'univers qu'à toi personnellement : à quoi bon tant d'efforts et de bonne volonté ?

Dans ce trio se détache un personnage curieux. Tu le vois nettement, il est là, debout dans la chambre, juste derrière tes paupières fermées. C'est un garçon très brun, frêle, le visage enfoui dans une épaisse chevelure bouclée. Son aspect enfantin encore détone parmi ces colosses. Ses grands yeux noirs, ses longs cils lui donnent une allure de fille. Comme pour mériter son prénom de Ravi, il t'écoute avec une inébranlable confiance, reçoit avec respect les trois sur vingt que tu lui décernes. Il ne parle jamais, et personne ne semble s'intéresser à son existence. La classe terminée, il se faufile parmi les grands prédateurs et disparaît. La grâce de cette figure contredit de manière incompréhensible l'épaisse bêtise des copies sur lesquelles, tu t'en doutes, il doit s'acharner pendant des heures.

La langue qu'il emploie, dans cette régression vers

le bredouillement, a quelque chose de rampant, de contrefait, d'abject, de désespérant. Une caricature démoniaque du *logos*. L'image même de la chute de l'esprit. Tu pourrais te demander, avec angoisse, quel monde a pu produire ce monstre, cette fusion d'Ariel physique et de Caliban mental. Mais tu ne sais rien. Tu en es encore à leur bonne vieille sociologie. Il te faut apprendre une autre manière de connaître, d'autres explications. Un jour tu sauras flairer d'instinct l'odeur calcinée que laissent certaines présences.

Tu pourrais aussi, avec plus d'attention, relever leur griffe dans le monde visible. Les corps et les visages rassemblés dans cette salle sont parfois beaux, pleins de force et de santé. Pourtant, des détails corrompent cette beauté. Une manière de regarder, de parler, un pli des traits la rendent inquiétante ou délétère, comme la splendeur avariée des mauvais anges. D'autres n'ont jamais été beaux, ou ont perdu toute trace d'une hypo-thétique grâce enfantine. Leurs visages tournés vers toi, l'expression de leurs yeux installent dans les lieux un fond de puanteur visuelle. Observe-les mieux, détaille leurs têtes rabougries ou leurs faciès bouffis, leurs regards biaisés, leurs sourires faux révélant des dents déjà pourries, la vieillesse précoce qui les décompose à même l'enfance. Leur esprit est constitué d'un ricanement. Leur chair est modelée par la perversité, cariée jusqu'à l'os, jusqu'à l'âme. Tu refuses encore de croire qu'ils sont perdus. Mais ils le sont, à seize ans. À jamais.

Tu te vois, debout dans la lumière électrique qui s'éraille aux accrocs des murs crevassés, scarifiés au couteau. Dans ces moments, la vérité te demeure opaque, tu ne connais qu'une espèce de malaise. Tu l'attribues à l'atmosphère de fausseté de la classe, à quelque chose aussi de plus impalpable qui passe dans l'air, stagne dans les branches des quelques platanes dénudés qu'on aperçoit dans la cour, voile les couleurs qui vont s'estompant dans le cadre morose des fenêtres, aux heures crépusculaires où tu déroules, dans la salle embrumée de moiteur et de lassitude, le fil d'un discours qui te paraît, à toi-même, provenir d'une voix lointaine, atone, étouffée par un poids incompréhensible. Dors.

VI

Le vendredi est consacré, toute la journée, au stage de formation à l'ISFP, l'Institut Supérieur de Formation Pédagogique. Tu vas enfin apprendre à apprendre. L'Institut est situé à la périphérie, en pleine zone d'activité. Dans ta voiture, tu songes encore au visage d'Arslan, à son espèce de beauté. Les mots de Zablanski semblent remodeler cette face, donner une autre signification à ce qui lie ses différentes parties.

Il faut, d'après lui, que tu fasses attention avec Arslan. Ne pas se laisser prendre à son air coopératif. Il n'est arrivé à Prévert qu'au début de l'année dernière. On l'avait renvoyé d'un autre établissement. Une agression contre un professeur, une affaire assez grave, semble-t-il. Ici, il a entrepris de donner des gages de bonne conduite. En tout cas, on n'a jamais réussi à le prendre. Il est généralement très prudent, très malin. Il n'y a eu qu'une incartade, à la fin de l'année dernière, quelques jours avant les vacances : une bagarre avec Boualem, un redoublant de 3e, la plaie de l'établissement à l'époque, un violent, un quintal de viande, le vrai mastodonte. On les a trouvés à la pause de midi, derrière le réfectoire. Arslan était amoché, mais rien à côté de Boualem. Il a fallu le lui arracher, il l'aurait massacré. Ou plus exactement achevé. On n'a jamais réussi à connaître les raisons de la bagarre. Le proviseur a laissé tomber. À trois jours de la fin des cours, pas la peine d'enclencher la machine à sanctions, et de toute façon, elles ne sont guère que symboliques. Boualem partait, bon débarras.

Arslan a ses satellites, toute une troupe de séides qui travaillent pour lui et se chargent en général de la bagarre. Ceux qui ont été pris dans l'histoire de l'élève torturé en faisaient partie, mais à son sujet, on n'a rien pu prouver. Deux ou trois autres épisodes ont eu lieu, agressions ou rackets, auxquels on le soupçonnait d'être mêlé, mais les victimes ont refusé de témoigner contre lui. Donc, pas de conflit avec lui. Prends-le avec précautions. Il préfère éviter les histoires, mais tu en auras si tu le cherches. Lui-même, d'ailleurs, n'est sans doute qu'un chef local. Il trempe dans des affaires qui dépassent le cadre de Prévert. On l'a vu à plusieurs reprises, en ville, avec l'aîné des Hellequin. Ceux-là ne sont pas des collégiens, mais de vrais voyous, des dangereux. Je n'en sais guère à leur sujet, sauf qu'il vaut mieux ne pas les croiser.

Est-ce que tu as peur, Saurat ? Oui, sans doute. Pas seulement. Es-tu capable de savoir exactement ce que tu ressens ? En ce qui concerne les élèves, une partie de toi croit toujours éprouver les sentiments convenables, ceux qu'à l'ISFP on compte bien que tu éprouves : compassion sociale, sollicitude pédagogique, soif de comprendre l'autre. Mais tu ne peux pas t'empêcher de les mépriser. Tu as beau t'obliger à leur trouver de l'intérêt, une richesse cachée, et toutes les excuses du monde, tu les tiens presque tous pour des barbares incultes, grossiers, la bouche toujours pleine d'ordures et de ricanements, incapables de parler autrement qu'en aboyant, abrutis de télévision et de musique pesante, l'argent, les voitures, les montres et les vêtements de marque en guise d'idéal, avides de faire le plus de mal possible, cherchant, pour compenser leur infériorité sociale, ou plus simplement par instinct de petites brutes inéduquées, toutes les façons de dominer plus faible qu'eux. Ils baisent les filles pour s'en vanter et parce que baiser, pour eux, n'est qu'une manière de marquer sa supériorité. Ils frappent, insultent et rient pour les mêmes raisons. Le respect qu'ils exigent, et à l'ISFP on insistera bien sur le fait que tu le leur dois, ils ne songent pas un instant te le devoir en retour.

Tu les hais, Gilles, il serait temps que tu l'admettes. Tu les envies, aussi. Tu désires leur assurance, leur violence, l'épaisseur de leurs esprits et de leur chair. Leur bêtise plus forte que toute ta culture, que toute ton intelligence. C'est elle que tu voudrais, comme si elle te permettait de rejoindre la certitude tranquille des animaux et des choses. Au fond, tu les hais moins d'être différents de toi que de te ressembler. Toi aussi, tu veux dominer, trouver l'amour de toi-même dans l'infériorité des autres. Mais eux y parviennent plus simplement que toi. Ils ne te reconnaissent pas, mais ils savent t'obliger à les reconnaître.

Que ta sollicitude n'est que le masque de ta haine, que ta haine est en réalité de l'envie, tu ne le sais pas encore, mais tu sens bien aussi que ces êtres qui te répugnent finissent par t'appartenir un peu. Tu les connais, tu leur parles, tu essaies de leur tenir tête. Tu deviens celui qui a porté à ses lèvres le sang du monstre. Dès lors, tu as quelque chose du monstre en toi, un fragment de sa puissance. Les obscures perspectives qui se dessinent derrière la silhouette d'Arslan ne te sont plus si étrangères. Elles s'ouvrent en toi. Tout au fond, très loin, dans un lieu qu'on ne peut atteindre, il y a Hellequin. Hellequin est cette figure voilée, cet inconnu atroce que tu cherchais. Même invisible, presque impossible à atteindre, sache qu'il est là, celui que tu désires.

*
**

Marielle, aussi, occupe tes nuits. Non que tu la regrettes vraiment. Essaie de réfléchir un peu, si tu en es capable. Tu n'y mets pas beaucoup de bonne volonté. Il faut toujours t'aider, te mettre sur la voie, parfois te dire carrément qui tu es, tellement tu as pris l'habitude de te raconter des sornettes sur toi-même.

Tu ne comprends toujours pas pourquoi vos relations sexuelles, objectivement satisfaisantes, ont débouché sur une impasse. Remémore-toi comme vous faisiez l'amour. Vous n'omettiez rien des étapes indispensables, le déshabillage, les préliminaires, le coït, la suite du coït.

Après quelques baisers prolongés, le déshabillage. Déboutonnage progressif de l'autre, tirages partiels de pantalons. Opération réciproque aboutissant à un état à peu près égal de débraillé. Il ne restait plus à chacun qu'à effectuer de son côté le reste du travail, en évitant à la fois le strip-tease (de mauvais goût) et les hésitations maladroites (ridicules).

Il existait des variantes. Par exemple, tu déshabillais Marielle jusqu'au bout. Tu le faisais en t'efforçant de donner assez de liant à tes gestes pour que chaque moment de l'opération parût déboucher nécessairement sur le suivant. Les sous-vêtements, presque immatériels, constituaient la limite impalpable où l'habit et le corps semblaient ne faire qu'un, le passage entre la chair et l'esprit. Un peu de la conscience de Marielle s'y déposait, sur la poitrine, les hanches, dans un demi-sommeil tiède. Ôtant enfin ces derniers vêtements, tu dévoilais ce que tes gestes avaient constitué, non pas la simple chair brute de Marielle, qui n'aurait rien eu de désirable, mais son corps spirituel.

Tu n'ignorais pas que tu avais à caresser d'une certaine manière et pendant un certain temps, pour que les préliminaires fussent ce qu'ils avaient à être selon un contrat implicite que vous considériez l'un et l'autre comme garantie d'un coït satisfaisant. Chaque caresse était une idée, avec son expression particulière, s'articulant à la suivante selon une syntaxe correcte ou incorrecte. Une caresse qui, partant d'un point quelconque, se serait précipitée vers un objectif sexuel précis aurait semblé hâtive et dédaigneuse de la zone sur laquelle elle s'exerçait d'abord. Une caresse lente, tournant en rond, dépourvue d'orientation, se serait enlisée dans l'insignifiance.

Les caresses dans leur parcours suivaient le dessin du corps de Marielle, dans un mouvement général qui en épousait la longueur. Elles dégageaient des relations latentes, elles lui donnaient forme, elles rhabillaient sa nudité d'un réseau de signes.

L'amour cessait de n'être que la relation entre deux corps : il devenait l'ensemble complexe de signes manifestant que vous faisiez l'amour, et sans lesquels vous n'auriez pas cru l'avoir fait. Mais le langage des caresses cherchait aussi à remonter la chair au jour avec son absurdité, sa violence, sa noirceur. À nier son sens. Plus il s'affirmait dans le rituel de son déroulement, plus vous sentiez, sans vous l'avouer, que le sexe vous fuyait. Tes caresses se perdaient dans le vide.

Vous alliez au coït aussi bien par exacerbation du désir que par impuissance à aller plus loin. Il y avait parfois une fellation. Cela faisait partie des accessoires indispensables de l'amour moderne. On passait à la pénétration, qui impliquait le choix d'une position. Certaines venaient tout naturellement, celle du missionnaire par exemple. Mais le cahier des charges en gros identique que vous aviez en tête impliquait de ne pas toujours s'en tenir là. Il fallait quelques variantes, chacune détenant une valeur imaginaire particulière. Une levrette, par exemple, conférait à l'amour un peu d'indispensable animalité, tout comme le 69, où les visages s'appliquaient sur les culs comme on revêt un masque de bête. Venait le moment opportun pour la jouissance, dont les signes avaient fini, à force de répétition, par vous sembler indispensables, le repos heureux, l'abandon entre les bras l'un de l'autre. La cigarette eût été trop cliché tout de même. Vous la remplaciez parfois par un scotch. Vous pouviez prétendre que vous jouissiez d'une sexualité complète, satisfaisante, équilibrée, et cela vous suffisait. Et, en réalité, inconsciemment, vous ennuyait.

Au bout de quelques mois, Marielle a donné les premiers signes d'insatisfaction. Elle a commencé à manifester des refus, des fuites, des prostrations, à défaut des désirs bizarres ou grotesques, qui lui passaient très vite. Tu ne comprenais pas. Elle ne parvenait pas à s'expliquer. Elle disait qu'elle ne supportait plus son corps, ce qui te paraissait bien entendu absurde, tant elle incarnait la beauté sans défaut et sans excès. Elle s'est mise à manquer des rendez-vous. Tu ne savais pas, ces soirs-là, où elle était, ce qu'elle faisait. Elle refusait d'en parler. Par la suite, elle a parlé, mais elle était déjà loin de toi, et tu ne pouvais pas comprendre. À présent, peut-être, tu pourrais comprendre. Il te faudra du temps. Il faudra tout reprendre. Mais tu dois y venir par toi-même. Profite de la confiscation du sommeil, tourne un peu en rond autour des souvenirs.

Les objets connaissent d'étranges et constantes migrations dans la maison, jusque dans ta chambre. Des verres apparaissent et disparaissent, des lampes, des stylos. Tu attribues ces valses agaçantes aux fantaisies de la bonne. Personne ne semble se soucier des appels intermittents du téléphone, dont les convois sonores traversent les larges espaces de la maison, et t'atteignent, où que tu sois, dînant seul dans la cuisine ou corrigeant des copies dans ta chambre.

Le soir de la réception à laquelle tu es convié, un bruit inaccoutumé t'arrête le cartable à la main, au milieu du hall. Un gémissement. La bonne ? Tu n'as pas même allumé. Avant que tu puisses situer l'origine de la plainte, la sonnerie du téléphone se déclenche. Trémulation qui intensifie le froid du lieu. Puis le léger déclic du combiné que l'on décroche, de l'autre côté de la porte close du salon. Mais pas la voix de Mme Van Reeth. Tu l'imagines comme lors de votre dernière conversation, lèvres closes, fétiche noir contre l'oreille, écoutant d'inaudibles et interminables divulgations. Pourquoi rester dans cette pénombre, contre les pardessus de M. Van Reeth, dont l'aile te frôle ? Dans le silence tendu, aucun déclic ne se fait entendre, on ne raccroche pas.

Une autre sonnerie redouble celle du téléphone, juste derrière toi. Cela ressemble à une épidémie : contamination d'appels, contagion d'alarmes. Cette fois, c'est la porte d'entrée. Tu prends la liberté d'ouvrir.

Le battant s'écarte sur un quadragénaire élégant, pourvu d'une paire de lunettes et d'un sourire cordial. Olivier Blancpain, professeur à l'université de Villefranche. Bonjour. Mme Van Reeth ? Ah, je vais voir si, je crois qu'elle est occupée, mais peut-être...

Tu frappes discrètement à la porte du salon, puis, en l'absence de réponse, entrebâilles la porte. Au fond de la pièce, dans une partie mal éclairée, la veuve froide, immobile et debout, te tourne le dos. Le combiné du téléphone adhère à son visage. On n'entend aucun bruit.

Navré, Mme Van Reeth est au téléphone, ce n'est pas grave, j'attendrai, etc. Présentations, Blancpain, poli et légèrement condescendant (hiérarchie, forcément), révèle qu'il mène des recherches sur la littéra-

115

ture du XVIIIe siècle, notamment les érotiques, le XVIIIe, quelle coïncidence, s'intéresse à ta thèse, s'informe de ton directeur. Vous savez, bien entendu, pour les trésors de la collection de feu Georges Van Reeth. Vous n'ignorez pas dans quelle caverne d'Ali Baba du document littéraire vous habitez. Il a toujours refusé d'en faire profiter la recherche, et voilà, il a la chance, lui, Olivier Blancpain, d'accéder enfin à ces éditions rares, ces manuscrits jamais exploités, ces gravures. Ah, ça n'a pas été sans mal, des années de correspondance, de demandes, de supplications même, tout un déploiement diplomatique, en vain, il a fallu la mort de Georges Van Reeth, malheureusement, pour que. Après un coup d'œil, une estimation générale, il espère obtenir l'autorisation de revenir les jours suivants pour effectuer des copies. Il faudra beaucoup de temps. La rentrée universitaire n'a pas encore eu lieu. Il y a bien les innombrables réunions de ceci et de cela, la session de septembre, les jurys, il en passe, mais enfin la recherche, tout de même, il a pu dégager huit jours, huit jours à l'hôtel *Formula*, dans la Zone d'activité, quel bonheur, hein, mais enfin la recherche, et encore, huit jours c'est un minimum, il faudra revenir, des dix heures par jour de copie ne suffiront pas. Vous verrez, quand vous aurez soutenu, la recherche.

Enfin, après une nouvelle tentative, Blancpain peut entrer et se présenter. La veuve froide le considère un instant, l'œil fixe et vague, comme si elle peinait à s'extraire d'une crise de somnambulisme.

— M. Blancpain, oui, certainement. Que puis-je pour vous ?

L'universitaire en reste un instant pétrifié, la sacoche vissée à la main, le pli de la gabardine sculpté dans le carrare, arrêt sur sourire. Mais il ne se laisse pas démonter longtemps, le sourire reprend vie et Blancpain entreprend de rafraîchir la mémoire de Mme Van

Reeth au moyen de circonlocutions habiles, de souples articulations rhétoriques. Toutefois, ayant pris le parti de démarrer *ab ovo*, il n'en est encore qu'à l'exorde que la veuve le coupe d'une interjection, fracassant le bel édifice d'éloquence en pleine construction. Bien entendu, est-elle étourdie, elle a tant à faire aussi ce jour précisément, M. Blancpain voudra bien l'excuser. C'est le moment, mon petit Gilles, de t'éclipser. La porte se referme sur les espoirs enfin réalisés de Olivier Blancpain. Le voici dans l'antichambre de l'extase, tout frémissant de poser ses doigts sur les textes depuis si longtemps et par tant d'autres convoités, et que lui seul, Blancpain, aura le privilège de déflorer.

À peine as-tu entamé l'ascension de l'escalier que la porte du salon se rouvre et se referme, laissant le professeur Blancpain sur le seuil. Son air désemparé te pousse à redescendre l'escalier pour t'informer de la situation. Tout s'est bien passé ?

Elle tiendra sa promesse, sans aucun problème, mais ce soir, pas possible. Elle reçoit, elle a déjà pris beaucoup de retard. Une femme étrange, non ? Elle s'excusait d'une manière un peu automatique, à peine si elle regardait, la fenêtre semblait beaucoup plus l'intéresser. Il a tenté de lui représenter qu'il ne la dérangerait pas, qu'il lui suffisait de s'installer dans un coin et de travailler, rien à faire, pas question de laisser quiconque seul dans le cabinet de travail de Georges, d'ailleurs, d'un point de vue pratique, elle n'avait pas tort en ce qui concerne la première fois, il fallait bien qu'elle soit là pour l'orienter, il n'avait pas insisté. Mais, plus déconcertant, elle avait refusé tout accès à la collection pour le lendemain, et même pour les deux semaines à venir au moins, où elle allait être accaparée par des tâches urgentes, pourquoi diable alors l'avoir laissé venir de si loin.

Blancpain prend congé sur un sourire résigné, c'est ainsi, tels sont les collectionneurs, gens bizarres, fantasques, il a l'habitude. Ils inventent des ruses infinies pour ne pas montrer leurs trésors, même lorsqu'ils ont fini par céder aux chercheurs qui, au prix de ruses non moins retorses, ont réussi à leur extorquer une promesse de consultation, cela les déchire. Elle finira bien par céder (Blancpain glisse un regard équivoque), il en sera quitte pour un autre voyage. Il y a des lignes de train plus gaies, soit dit entre parenthèses, la recherche est un sacerdoce.

Il descend le perron et s'éloigne sous la petite pluie.

Dans la salle à manger qui jouxte le salon, la table est parfaitement mise lorsque tu y pénètres une heure plus tard, sans que la veuve ait paru s'agiter beaucoup plus qu'avant l'arrivée de Blancpain. Tu découvres le petit cercle culturel de Mme Van Reeth.

VII

Par goût de la pénombre, sans doute aussi pour dissimuler la déchéance de la maison, comme on brouille à la télévision le visage corrompu des vieilles vedettes, la veuve froide a pris le parti d'éclairer le moins possible. Tentures défraîchies, papiers peints décollés, taches d'humidité disparaissent dans la confusion chaste de l'obscurité. Elle, au bout de la grande table, s'expose plus cruellement peinte que jamais. Lorsque les bouchées atteignent ses lèvres noires, elle a l'air de les baiser avant de les déposer, bien à l'abri, à l'intérieur d'elle-même, avec des douceurs navrées. Ce que la veuve consomme amoureusement, c'est un peu comme la chair qui manque à son visage, avalée par l'ombre, ne laissant que ces traces somptueuses, ces souvenirs animés de ce que furent ses traits et qui ne font qu'en signaler l'emplacement, ovale fuligineux de la bouche, double déploiement livide du front et des joues, semblable à une radiographie pelvienne. Sous cette apparition, le décolleté ouvre des richesses solitaires, approfondies par les ombres. A-t-elle jamais paru si belle, Mme Van Reeth, mascaron tragique et poitrine abandonnée ?

Elle t'a demandé de faire l'homme de la maison. Tu assures le service du vin, tu proposes les plats, troublé d'occuper la place de l'absent, et de ce que ce jeu présuppose d'intimité en réalité inexistante. Est-ce qu'on ne te regarde pas d'un air interrogateur, voire entendu ?

Autour de la table, une dizaine de personnes, et deux places vides. On s'est lassé d'attendre les deux retardataires, qui sans doute ne viendront plus. À peine le premier mollusque est-il détaché de sa coquille que la sonnerie de la porte d'entrée retentit. Pas de bonne en vue, aussi, fidèle à ton rôle d'hôte par procuration, te proposes-tu pour aller ouvrir.

Debout sur le seuil, figée sans doute par la surprise de se voir accueillie par un homme jeune et inconnu, se tient une paire d'êtres empaquetés dans des choses humides. On s'attend aux rires et aux applaudissements signalant une nouvelle entrée dans le vaudeville. Lui, gabardine beige et casquette à carreaux. Elle, anorak kaki agrémenté au col de fausse fourrure, jupe de laine vert foncé mouchetée de brun, fichu en plastique et chaussures fourrées. Deux visages minuscules et comme repliés, identiquement privés de toute trace de lèvres. L'homme te considère au moyen de deux organes gris et morts, d'où semble provenir le léger parfum de vase qui a pénétré dans le vestibule à leur entrée. Sans plus s'intéresser à ta personne, les organes examinent divers points du corridor d'un air soupçonneux, comme si on avait piégé les lieux. Après cet examen, et tandis qu'ils entreprennent de se défaire, tu entends une sorte d'onomatopée, entre le jappement de chiot et le spasme de l'enrhumé. Tu réalises, alors que tu pénètres dans la salle à manger derrière leurs dos, ce que signifiait ce signifiant : Schutz. Ils ont dit Schutz. Ce sont les Schutz.

Tout de suite après avoir expédié les politesses nécessaires, ils se mettent à manger terriblement, comme des miséreux invités par charité et qui auraient à cœur de s'en mettre plein la lampe en prévision des jours maigres. Toute pudeur abandonnée, ils se bourrent systématiquement, sans trêve ni repos, oignant de beurre leurs tranches de pain de seigle, aspirant les huîtres, amoncelant les coquilles, constituant des provisions, tandis que la conversation se poursuit sans autre contribution de leur part que des bruits de succion, et parfois un regard de bête débusquée. Leur acharnement est d'autant plus effrayant à voir qu'eux-mêmes donnent tous les signes de la terreur, comme si l'ombre autour de la grande table était peuplée de présences menaçantes, de dévoreurs d'huîtres et de détrousseurs de casquettes à carreaux.

Parmi les invités, Drossart se montre le plus disert. Mme Van Reeth l'a présenté comme un grand avocat. Tu ne te souviens pas d'avoir déjà vu cette figure dans les postes de télévision, il y a quelques années ? Il manipule une belle tête de chérubin rose, un peu soufflée, entre des cheveux bouclés trop longs. Son derrière, lorsqu'il s'est levé pour passer à table, soulevait le pan de son blazer bleu marine à boutons dorés. Il parle des articles qu'il publie dans une revue d'histoire locale, fournit des preuves d'intelligence et de savoir, mais on ne peut pas s'empêcher de se demander quel genre de textes pourraient être écrits par ce derrière.

Toute l'acuité de son esprit s'exerce à soulever des dessous. Aux yeux de Drossart, il n'y a que des dessous. Les affaires publiques de Logres, l'économie, la criminalité, la politique contemporaine, les guerres, l'histoire universelle se réduisent à des symptômes ou à des effets, monstrueusement développés, de détails domestiques, d'anecdotes secrètes, de désirs microscopiques. Avec ce matériau, il improvise des récits ironiques et maniérés. Son érudition minutieuse met en scène hommes politiques, généraux, artistes, chanteurs de variété dans leurs existences intimes. Il décèle, là où l'on s'y attendait le moins, des liens occultes et des amitiés cachées. De vieux clowns y servent d'entremetteurs à des philosophes influents, des truands célèbres y sont coupés en menus morceaux sur l'ordre d'archevêques véreux. Il raconte des montages politiques complexes, des intrigues où des intérêts planétaires se mêlent à des histoires privées, des affaires étouffées, des tares, des perversions. Il a assisté à certaines cérémonies secrètes où se réunissent les confréries inconnues qui détiennent la réalité du pouvoir. Toute chose, telle qu'il la décrit, est autre que ce que l'on croit, le monde est un décor de théâtre.

Une grande femme plaintive en robe blanche et col de dentelle flanque Drossart. As-tu déjà remarqué comme l'excès de dentelles et d'étoffes vaporeuses signifie de manière presque obscène la gémissante nostalgie du désir, nostalgie qui malheureusement a aussi pour effet de le décourager ? À certains récits trop violents de son époux, elle se plaint avec indulgence, s'attirant aussitôt de Drossart une raillerie qui semble engendrer dans l'assistance une discrète satisfaction. Elle reçoit cela d'un sourire résigné accompagné d'un tortillement des hanches, puis cherche d'autres moyens de se faire fustiger.

Il y a aussi le docteur Lecorre, un obstétricien réputé. À certaines allusions, on comprend qu'il se livre également à d'autres activités médicales. Il lui arrive par exemple de pratiquer, pour des clients privilégiés, des opérations de chirurgie plastique. Il détient des éléments qui lui permettent, ici et là, de compléter les histoires de Drossart. Mais il prétexte du secret médical pour ne pas trop s'avancer et presque tout son discours finit par entrelacer sous-entendus et insinuations. Lecorre était un des rares intimes de Georges Van Reeth, avec qui il partageait le goût des collections. Mais celles de Lecorre, telles qu'il les évoque, semblent tenir surtout du cabinet de curiosités : instruments médicaux anciens, préparations anatomiques, pièces de tératologie. Lecorre est un petit homme sec et chauve à lunettes fines. Il parle d'une voix assez haut perchée, s'exprime avec des finesses et des précautions. Il manipule la langue comme un instrument avec lequel il opérerait une ablation délicate. Comme Drossart, mais sur un mode différent, avec un esprit encore plus acéré, il s'emploie à introduire l'équivoque partout. Ce qui passe par sa bouche en garde des traces. On ne peut plus le voir que douteux, imperceptiblement sali.

Drossart ébauche un portrait apocalyptique de la politique municipale. La réplique lui est donnée par ta voisine de gauche, que tout le monde appelle Marie-Astrid. Assaut de faconde, Marie-Astrid sur un mode acerbe et glacé, Drossart dans l'exagération parodique et le spectacle. Elle ne ressemble pas à son prénom de randonneuse suisse récurée. Marie-Astrid est une effrayante petite chose noire et sèche ; calcinée dans quels feux ? Elle traîne autour d'elle, comme des excroissances, des lambeaux de téguments nécrosés, toutes sortes de dentelles compliquées, à la quantité indéterminée et à la propreté incertaine.

Tu n'aurais vraiment pas dû lui demander, pour l'amadouer, à quelles activités elle se livrait. Elle a tourné vers toi son visage bouilli, très semblable à une portion de blanquette de veau oubliée au fond du réfrigérateur, puis extraite de son séjour glacial pour être couverte d'épaisses couches de pommades et de teintures. De ses sourcils épilés ne subsistaient que deux minces traits de crayon dessinant un arc très large à grande distance des yeux, ainsi écarquillés sur un ébahissement perpétuel et factice, comme si ton existence constituait une incongruité, ton langage quelque chose de contraire aux lois de la vie sociale. Chacun des cils est détaché des autres, figé dans sa gangue de mascara, mais le débordement du khôl donne l'illusion paniquante que les immenses prunelles noires ont commencé à se déverser sur le bord des paupières et que les sérosités noires dont elles sont constituées ne tarderont pas à s'insinuer, en filets visqueux, le long de sa poitrine et de ses bras.

D'une voix râpeuse et virile de vieux colonel amateur de cigares, la créature t'a annoncé, l'œil toujours collé à toi, qu'elle est *écrivaine*. Poétesse, pour être plus précis. Poétesse érotique, pour l'être tout à fait. Après quoi elle s'est livrée à un éloge de « l'écriture-femme », d'où il ressortait (tu n'as pas suivi avec toute l'attention requise, fasciné par les deux gros yeux que retient leur grille de cils, inquiet de leur débordement) que la nature de l'orgasme féminin déterminait un type d'écriture, un autre rapport au corps du langage – de quoi révolutionner la vieille métaphysique occidentale. Que le phénomène des menstrues, par ailleurs, quoique abordé par les écrivaines des années soixante-dix, restait encore occulté parce que bien trop dérangeant, pour les femmes comme pour les hommes. Beaucoup de gens avaient intérêt à n'en pas parler. Or les menstrues, dans l'écriture-femme, c'étaient les règles de l'art (elle avait ri longuement, comme on tousse). Elle avait ensuite détaillé quelques dysfonctionnements corporels dont elle était atteinte, et à partir desquels elle se promettait de composer un brûlot pornographique qui pourrait bien faire du tort au système libéralo-mondialiste, si on ne l'étouffait pas. La diatribe a paru gêner Lecorre et Drossart, visiblement peu portés sur le féminisme.

Il avait ensuite été question du puritanisme américain, qui ne valait pas mieux aux yeux de Marie-Astrid que la bigoterie musulmane. Par l'intermédiaire de l'absurde machin qui s'appelait Israël, les capitalistes protestants, ces vieux gamins moralisateurs et frustrés, fabriquaient un nouvel Ennemi, le Satan islamiste, pour mieux dominer le monde. Cet Ennemi n'était autre que leur reflet inversé. Sur ces iniquités, elle s'apprêtait à déverser les cataclysmes vengeurs de ses plaies et de ses humeurs. Tout cela dans un énigmatique mélange de sérieux et de douloureuse ironie. Après quoi, les plaidoiries de Drossart ont retenu toute son attention, et elle a semblé t'oublier.

On se moque des prétentions du maire à faire de Logres une ville au-dessus de sa catégorie. Le budget a explosé, les impôts locaux ont triplé en dix ans. La ville se couvre de monuments babyloniens : palais omnisports, palais des congrès, base de loisirs, nouvel hôtel de ville, opéra, piscine olympique, centre commercial géant, autant de monstres ruineux, généralement déserts, sauf événements exceptionnels. On n'appelle plus Spilliaert que « Le Pharaon ».

— Mais le meilleur de Logres, cher monsieur, ce sont les Écargues.

Drossart décrit une parcelle boueuse, consacrée à la betterave, en bordure des bois de Cherves, en allant vers Mauville. Sans intérêt spécial à première vue. Mais elle a eu son heure de célébrité, pendant la Grande Guerre, dans les premiers moments de la contre-offensive Rivelin. Elle était occupée par l'ennemi, la ligne de front s'était stabilisée en contrebas, dans les bois. Pour d'obscures raisons, le général Rivelin tenait à s'emparer de la cote 334. Pour le moral, sans doute. Ils ont dégringolé dans les bois de Cherves. On s'y est longuement étripé. Puis ils ont remonté les pentes d'en face, et ils ont tenté, jour après jour, mètre par mètre, de déloger l'ennemi des Écargues. Vingt mille fantassins dispersés en menus fragments par les mitrailleuses et les obus, en huit jours. Ceux d'en face ont également pâti, mais beaucoup moins. Ce sont les joies de l'offensive. Des plaisirs d'hommes. Une déconfiture.

Reste des Écargues un plateau nu et bouleversé, fouaillé en profondeur par des milliers d'obus de tous calibres. La terre saturée de viande humaine jusque dans ses couches profondes. Aujourd'hui encore, elle rend de l'os. Tous les jours depuis quatre-vingts ans : tantôt un crâne, avec ou sans casque, tantôt un fémur ou un thorax. Elle régurgite aussi des obus et des balles, des morceaux d'uniformes et de barbelés, tout un moût englouti qui remonte doucement à la surface de la gadoue. Il en sort même à des endroits tout à fait inattendus, loin des Écargues. La dérive des morts les emmène toujours plus loin, on ne sait pas bien où. Ils tracent leur route, là-dessous. Il pleut tellement à Logres. On pourrait croire qu'il pleut un peu plus chaque année.

Des collectionneurs viennent aux Écargues ramasser leur provende. Des gamins vont s'y disséminer la physionomie en jouant avec les mines. Dans le musée-mémorial construit à l'entrée, on peut admirer un plan en relief de la bataille, et des photographies sur lesquelles des haillons de viande humaine pendent à des arbres nus comme des bois de justice. On y convoie des cars de visiteurs, lycéens et collégiens principalement. Parfois, au son des tam-tams militaires, un ministre pressé décore sur le théâtre de ses exploits un petit vieillard incomplet et tremblant, qui ne se souvient même plus, dans la débâcle de ses idées, d'avoir autrefois souillé de diarrhée ses culottes réglementaires.

Tout cela n'est encore que de l'ordinaire. Là où ça devient drôle, paraît-il, c'est avec Mauville. Parce qu'en fait, le champ de bataille ne se situe pas sur le territoire de Logres, bien qu'il soit tout proche. Il appartient à la commune voisine de Mauville. Avant-guerre, il était à Logres. Le désastre des Écargues, combiné avec quelques autres glorieux échecs, avait permis à l'ennemi d'entamer à son tour, quelques semaines plus tard, sa fameuse contre-offensive d'octobre, qui, elle, avait balayé rapidement, sur presque tout le front, des régiments décimés. On connaît la suite, l'avancée de deux cents kilomètres, les forces adverses stoppées *in extremis* à une journée de marche de la capitale, les longues années de guerre de tranchées durant lesquelles les provinces du Nord et de l'Est étaient restées occupées, et, pour certaines d'entre elles, annexées. Ironie du sort, l'ennemi avait inclus dans les annexions le champ de bataille des Écargues, attribué du coup à Mauville, devenue ville étrangère. Logres était restée administrativement de l'autre côté, quoique occupée par les troupes ennemies. La nouvelle frontière, qui suivait le cours d'un ruisseau encaissé, passait tout près des faubourgs de Logres. Après la victoire finale, et la récupération des territoires annexés, on avait négligé de revenir à l'ancien tracé des frontières communales, d'autant plus que le sénateur-maire de Mauville était un homme influent dans le parti au pouvoir, alors que le bourgmestre de Logres appartenait à l'opposition. Des années de chicanes et de procédures administratives n'y ont rien fait : Mauville s'accroche à son charnier, Logres en reste privée. À Mauville donc, bourgade de moindre importance, même pas chef-lieu de canton, la gloire, le Mémorial et l'essentiel des cérémonies.

Désespérant de rien récupérer par la voie administrative, les maires de Logres ont fini par s'inventer leur massacre à eux. Il y a une dizaine d'années, on a déniché, parmi les péripéties oubliées de la Grande Guerre, un accrochage qui a précédé de quelques jours les Écargues. Deux compagnies avaient échangé des coups de feu dans un champ. Il y avait eu un soutien d'artillerie. Le bois avait souffert. Spilliaert a appelé ça « bataille du Ravier », du nom du champ. Il a encouragé les recherches des érudits locaux, mobilisé les écoles. Les classes de Logres sont invitées à aller visiter le Ravier plutôt que les Écargues. Rien à voir : contrairement aux Écargues, trouées de cratères, retournées en profondeur par les obus, figées dans l'apocalypse, le Ravier n'est qu'un champ comme des centaines d'autres dans le département. On l'a bombardé « Lieu de Mémoire ». Les engins municipaux l'ont suffisamment retourné, en cherchant des baïonnettes, des grenades et des crânes, pour qu'il finisse par ressembler au chaos des Écargues. On n'a pas trouvé grand-chose, mais le massacre du champ constitue un premier résultat. On peut même soupçonner la mairie, dépitée par l'insuccès des fouilles, d'avoir fini par fabriquer ses vestiges, et par se lancer dans l'industrie du mort héroïque. Des histoires ont circulé quelque temps, que ceux qui les colportaient tenaient de source sûre, conseil municipal, voirie ou pompes funèbres. Les restes humains sortis des caveaux qui n'avaient plus de propriétaires n'étaient pas perdus pour tout le monde. Pas mal de vieux cadavres dépourvus de domicile avaient trouvé accueil dans les patates du Ravier, équipés en prime d'un casque et d'un fusil de récupération. Le maire les a eus, au bout du compte, ses soldats inconnus.

Les coquilles s'accumulent dans les assiettes, vieilles pagodes baignant dans des marigots. Le Muscadet te paraît sévère, malgré la réputation de la cave Van Reeth. En face de toi est assise une jeune femme blonde, très grande et très belle. Personne ne l'a présentée, elle ne parle pas. Cela te pousse à lui adresser la parole. Elle formule des réponses courtoises et brèves, t'écoute, avec un sourire réservé, parler de ta thèse. Le début d'une cicatrice très fine marque sa poitrine. Le chandail en masque la suite.

Tu en viens au collège. Tu n'ignores pas que ta profession a quelque chose de honteux, comme autrefois les vidangeurs ou les prostituées, aussi tu éprouves le besoin d'en rajouter, de te recouvrir de la peau du monstre, d'évoquer Arslan, de faire allusion à ses liens supposés avec les Hellequin. Insensiblement, ton aparté avec la jeune femme a fini par capter l'attention générale. Drossart connaît bien les Hellequin, pour avoir défendu certaines de leurs victimes autrefois.

— Les Hellequin, dit l'avocat, nous ont fait l'honneur de voir le nom de Logres figurer dans la presse nationale. Mais ils ne négligent pas pour autant *La Liberté du Nord-Est*, dont ils nourrissent de temps à autre la rubrique faits divers.

— Vous n'auriez jamais dû prononcer le nom de Hellequin, remarque la poétesse. Les Hellequin, c'est la grande affaire de notre ami Drossart. Il est leur barde. Il est intarissable. On dirait qu'il les aime. Il les connaît si bien qu'on pourrait les croire intimes.

Drossart sourit :

— J'aimerais que ce soit vrai. Quel honneur pour moi que l'intimité de ces créatures mythiques. Mais c'est sans doute exagéré. Je les ai connus il y a vingt ans. Je défendais une de leurs victimes. Le tout-venant, pour les Hellequin, quoique cela tende à se faire rare, car les gens n'osent même plus porter plainte contre eux.

Ils habitent à Saint-Barthélémy. Vous n'avez sans doute pas encore assez pratiqué Logres pour connaître Saint-Barthélémy, monsieur Saurat. Un quartier de pavillons qui s'est construit le long de la voie ferrée, dans les années soixante. À l'époque, les employés, les petits fonctionnaires voulaient accéder à la propriété individuelle. On a gagné sur les jardins de maraîchers, les terrains vagues. Il en reste encore un peu. Dix ans après, ils ont été rattrapés par les solderies et les bowlings, et puis on a bâti les barres du Val Fleuri, à trois cents mètres. Les gamins du Val Fleuri se sont abattus sur Saint-Barthélémy comme des criquets. Maraude, graffitis, déprédations, cambriolages. Les petits employés ont vu disparaître les mobylettes des enfants, les fruits des arbres, et leurs espoirs de tranquillité. Le vote nationaliste est monté d'un coup. Cela a intéressé la presse de gauche. Les petits employés de Saint-Barthélémy s'y sont fait traiter de racistes. Ils ont commencé à partir. Les plus vieux sont restés. Ils y sont encore. Les pavillons libérés ont été rachetés à bas prix par des ouvriers, par des gens du Val Fleuri qui voulaient échapper à leurs barres, et au nom de leur quartier, synonyme d'infamie. Vous devriez aller y faire un tour, c'est instructif. Des antennes paraboliques, des chiens, des barbecues en briques. Une image du bonheur.

Et Drossart, là-dessus, de se lancer dans la grande saga des Hellequin. Ils ont débarqué à Logres une vingtaine d'années auparavant, se sont installés à un bout de Saint-Barthélémy. Ils ont entouré leur domaine d'un mur en parpaing. On y accédait, à l'époque, par un haut portail en tôle fermée par une chaîne. Pas de sonnette, pas de cloche, rien. Pas de raison pour que ça ait changé. Drossart a voulu les rencontrer. Le seul résultat a été d'attirer à la grille deux molosses. De ceux qui n'aboient pas. On apercevait juste dans les interstices de la grille leurs mufles baveux. Personne n'est venu ouvrir. Drossart s'excuse donc de ne pouvoir donner qu'une idée très partielle de la maison Hellequin, vue entre des tôles rouillées.

Impossible de décrire l'architecture de cette maison. Une sorte de manoir en parpaings bruts, avec des rajoutis, des ailes, des bouts d'étages, des terrasses inachevées, des balcons embryonnaires hérissés d'armatures métalliques, diverses dépendances en tôle ou en planches. Ce qu'on aperçoit du terrain alentour, c'est une lande tavelée de plaques d'herbe résiduelles. Sur presque toute la surface sévit un fracas d'objets brutaux. Carcasses de voitures, remorques, monticules de pneus, chariots de supermarché, une caravane. Des bâches en plastique noir recouvrent des amas d'on ne sait quoi. Aperçu en plein soleil, une après-midi, entre les mufles jumeaux de deux molosses d'où pendent deux filets de bave parallèles, le spectacle est décourageant.

Si on y ajoute le son, c'est pire. Quand on n'a pas entendu ça, on ne peut pas imaginer pareille bacchanale de clameurs. C'est sans doute de la musique, mais distordue, martelée, saccagée, grimaçante, qui tient de l'émeute, du bombardement, des cris de haine et de douleur poussés par les réprouvés du fond des bouillons du Styx. Le cœur palpite, on est pris de panique, comme devant les signes avant-coureurs d'un cataclysme, on éprouve une pressante envie de détaler. Et l'ahurissante machine à chambard ne désempare pas une seconde, elle continue à débiter ses rythmes totalitaires, à distribuer ses volées de coups plombés pour camps de travaux forcés. Par moments, au cœur de la déflagration, on distingue des voix, des litanies d'interjections indistinctes, expectorées comme des crachats, lancées comme des insultes.

Les voisins les plus proches sont deux petits vieux, les seuls qui se soient risqués à porter plainte à l'époque. Tous les autres étaient terrorisés. Ils ont déversé leur sanglot une heure durant. Ils tournaient en boucle dans leur lamento, tentaient de décrire le vacarme nidoreux qu'on entendait beaucoup mieux que leurs phrases, comme il obsédait l'air, polluait les heures, saccageait l'âme, décomposait jusqu'aux nuits. Comme ils avaient l'impression, en permanence, d'être passés à tabac. Ils en sont venus à la poésie élégiaque, à la petite musique des regrets, au temps jadis, aux gentils oiseaux. Ils tentaient de décrire le calme, d'y goûter rétrospectivement. Ils accomplissaient des efforts pénibles, accablants à écouter, pour reconstituer des instants de trêve, se disputaient pour en établir la datation, comme des érudits autour d'un vieux manuscrit. C'était à périr. Drossart essayait de les aiguiller sur la plainte, les faits, mais ils dérivaient sur leurs vieux dimanches, sur les inexplicables plages de silence qui ranimaient douloureusement une tranquillité devenue mythique. Un jour, une nuit bénie, le sabbat s'interrompt. Un silence frileux se déplie. On aime les mouches. Un petit oiseau roule déjà dans son gésier la première note d'une roucoulade. Et paf, un fracas dément le submerge, lui, son innocence, son duvet et sa note. Ceux qui connaissent parfois le silence n'imaginent plus à quel point cette denrée est devenue précieuse, presque autant que l'argent, pour les malheureux qui en sont privés, c'est-à-dire pour la majorité de la population.

D'autres voisins tentent de réagir par de petites contre-attaques à la tondeuse. Les Gregory et les Jennifer, dans la chambre du haut, passent leurs disques à fond les gamelles. Rien à faire, ils n'ont pas l'armement suffisant. L'atroce charivari les poursuit au fond de la salle de bains, les extermine aux toilettes, les accompagne dans l'amour où ils ne peuvent pas s'empêcher d'en suivre le rythme. Il les ahurit, il les rend sots.

Ceux qui jadis se sont aventurés à protester ont connu l'enfer : pendant des semaines, les voitures longuement filées par les bolides des fils, à dix centimètres du pare-chocs, les queues de poisson, les menaces, les coups de pied dans la carrosserie, les crachats sur le pare-brise, et puis les coups de téléphone incessants en pleine nuit, les morceaux de verre devant la porte, l'essence sur les rosiers, les pneus crevés, les graffiti sur le portail, le chat retrouvé écorché et pendu à la grille, et parfois la pure et simple raclée. Rien ne les fait reculer. Leur haine se déclenche immédiatement, sans étapes intermédiaires, et ne connaît pas de fin. On raconte toutes sortes d'histoires sur leur compte. Depuis vingt ans, ils laissent une traînée de désolation dans les écoles de Logres, terrorisent les bowlings, les fêtes et les supermarchés, hantent les bois de Cherves et d'autres avec leurs bêtes de cauchemar, fabriquent on ne sait quoi dans les vieux bunkers des Écargues, sèment la panique sur les routes et les parkings.

Tentatives de conciliation, médiations, supplications, bassesses, menaces, appels de la police sont sans espoir. Les Hellequin ne répondent jamais aux convocations de la police, quant à la justice, il faut bien avouer que la plupart du temps, cela ne donne rien. Des condamnations de pure forme, jamais exécutées. Quelques amendes, voire de la prison avec sursis. Parfois même, c'est arrivé, un ou deux mois en maison d'arrêt. Ils s'en moquent. Les deux aînés ont purgé dix ans pour un viol. Ils sont sortis il y a cinq ou six ans. Drossart a consulté le dossier. Il ne donnera pas de détails, ils sont assez immondes. Il faut un esprit dégénéré pour inventer cela. Et bien entendu, Spilliaert dispense les bonnes paroles aux habitants du quartier, mais il ne fait rien. À présent tout le monde se tait. Les Hellequin suscitent une terreur sacrée.

Ta voisine te confie, pendant que Drossart reprend sa harangue, qu'il appartient à l'opposition de droite au conseil municipal.

— Mais je croyais que Spilliaert était de droite ?

— Oui, enfin centre, centre droit. Drossart est plutôt un indépendant de droite.

L'avocat déplore l'impossibilité d'une généalogie des monstres, surgis de nulle part, comme si de tels êtres ne pouvaient naître que de la moisissure des caves ou du crachat des trottoirs, par génération spontanée.

Au centre, la mère. Il faut l'avoir aperçue une fois. Elle augmente toujours de volume, s'amplifie comme un soleil. Chaque jour elle se lève sur Logres, monstrueuse, hérissée de protubérances oxygénées. Son orbite passe par tous les centres commerciaux, où elle charrie des caddies débordants de boîtes de bière, pille les rayons, renverse les étals, insulte les gérants, éructante, incandescente. Elle a satellisé une espèce de vieux rocker gominé, avec chaînes et santiags. C'est le mari le plus récent. Toujours l'air de dormir, de cuver son dernier litron, et puis comme ça, sans prévenir, il vous met sous le nez son cran d'arrêt. Il ne reste plus alors qu'à changer de région avec célérité.

Elle a mis bas de successives portées. On ignore qui est qui, dans la tribu. On les confond. Combien sont-ils ? Difficile à dire dans l'essaim de cousins et de vassaux qui tournent autour de la maison, entrent et sortent à toute heure. On connaît surtout les deux aînés, à cause du procès et de la prison, même si on ne les voit plus beaucoup. Le plus grand, Eddy, doit avoir dans les trente-cinq ans. Un mufle de cauchemar. Une masse de muscles gigantesque, dépourvue de cerveau. Il faudrait des chevrotines pour l'arrêter. L'autre est un peu moins gros et un peu plus malin.

Le service dure étrangement. La bonne de Mme Van Reeth fait quelques apparitions, remue de la vaisselle avec des gestes désarticulés. Les huîtres ont disparu, puis de vastes poissons, dont les arêtes ont longtemps servi de décor aux grandes plongées narratives de Drossart. À présent, la bonne dépose dans les assiettes des fragments noirs, difficiles à identifier, fondus dans une sauce mucilagineuse. La veuve annonce du sanglier. Une odeur cadavérique s'empare aussitôt des lieux, tyrannise les sens. Les morceaux de gibier se décomposent sous la fourchette. Tu te demandes comment les convives vont réagir, il va y avoir un moment de gêne, on sera obligé de faire remporter ça. Eh bien pas du tout. Les Schutz engloutissent leurs portions mortuaires avec une ferveur intacte. Les autres ne semblent pas incommodés, trouvent la force d'adresser les rituelles politesses à la maîtresse de maison.

On boit énormément. La cave de feu Georges Van Reeth semble inépuisable. Drossart arrose ses anecdotes sinistres de généreuses quantités de châteauneuf-du-pape. Le vin te donne le courage nécessaire pour accomplir, lentement, ton devoir de civilité nécrophage. Presque tout occupé à cette lutte héroïque, le reliquat de ton attention mobilisé pour lutter contre les effets de l'alcool et ne pas laisser paraître les premiers vacillements de ta lucidité, tu n'entends plus distinctement les discours de Drossart. Ils semblent avoir pris une nouvelle tournure, qui suscite autour de la table des signes d'approbation. Que dit-il ? Tu as déjà du mal, sur le moment, à en percevoir la cohérence, alors pour ce qui est de t'en souvenir... Pourtant, tu devrais faire un effort d'attention. Tu sens, à certains signes, que l'atmosphère de la soirée est en train de se modifier, et qu'on est en train de pénétrer au cœur de la question.

On en est venu au surnaturel. D'après Drossart, des êtres comme les Hellequin ne sont pas explicables selon les lois de la simple nature.

— La société non plus.

C'est la veuve froide qui a glissé cette remarque. Avec sa voix somnambulique, elle parle du besoin de surnaturel, et de la vérité que manifeste ce besoin. La vie ne prend toute sa profondeur, toute son intensité que dans l'humble acceptation du surnaturel. La présence des choses cachées. On la sent, n'est-ce pas ? La trace de l'obscur. Pauvreté que ces vies sans mystère et sans étrangeté. Tout entières aplaties par le visible, le normal, le bon.

Et la veuve froide repart dans son rêve, tu aperçois, comme du fond d'un marécage, à la surface duquel glisseraient des ombres et des algues, des corps furtifs et des larves, ses yeux qui se retirent et s'opacifient, tandis que la conversation se diffuse, sans hâte, dans une résonance tout autre, comme si les mots montaient de gorges pleines de liquides lourds. À partir de là, tu ne saisis plus très distinctement de quoi il est question. Les plus volubiles et les plus compétents sur ces questions sont Lecorre et ta voisine de gauche, qui prend l'ascendant sur Drossart.

Les Hellequin ? C'est le Mal. Ils ont pris sur eux tout le Mal que l'on tente désespérément d'évacuer partout ailleurs. Et comme tels ils sont précieux. (D'où vient cela ? Ah oui, du Dr Lecorre. Drôle de remarque pour un docteur. Langage de thaumaturge, non ?)

La dame rauque à ta gauche en profite pour se lancer dans une improvisation. *Grosso modo*, il s'agit pour elle de présenter les Hellequin comme des anges de l'apocalypse. Non, ce n'est pas exactement ça. La première génération dans la généalogie de l'Antéchrist. C'est d'eux que finira par sortir la Bête. D'accord, ils sont immondes. Mais justement, c'est de cela qu'il importe de se réjouir. Ce sont les rejetons d'un monde ignominieux et dégradé qui finira de ses œuvres. C'est le bien qui a fait les Hellequin. Sans culte de la tolérance, sans victimisation à outrance, les monstres n'auraient pas vu le jour. Il faut les voir, les représentants du bien, fait la dame. Les troupeaux terrorisants de la tolérance et de l'amour. Les zélateurs du sympa. Entendre leurs bêlements répugnants. Goûter à la fadeur ignoble de leur pensée précuite. Ils vous écœurent à jamais de la bonté.

— Ce qu'il faudrait, dit une voix, c'est réintroduire le mal.

— Le dresser, le cultiver.

— Labourer d'abominables jardins.

— Sans le mal, le bien est pire que le mal.

— Il est le mal absolu, vous voulez dire.

Un débat métaphysique, à cette heure, entre ces notables de province ? En tout cas, de la métaphysique pour rire, car presque à chaque réplique, on entend les petits gloussements secs de ta voisine de gauche. En contrepoint, par moments, le rire nerveux de Mme Drossart. Tous s'amusent froidement, méticuleusement, jusqu'à la veuve, dont un demi-sourire a gagné la bouche. Lecorre te fixe. Va savoir pourquoi tu l'intéresses tant. Il te dévisage comme s'il cherchait à reconnaître quelque chose en toi.

— Qu'en pensez-vous, M. Saurat, vous qui êtes philosophe ? Dans une société dont le mal a été évacué, celui qui aurait la connaissance profonde du mal ne pourrait-il pas, comment dire, accomplir de grandes choses ? Ou, du moins, trouver de réelles chances d'agir en profondeur sur le monde ? Cette idée ne vous paraît-elle pas séduisante ?

Tu bois encore un verre, histoire de te donner la contenance de qui réfléchit.

— Séduisante comme le diable.

— Bravo. Bien dit.

— Cela ne paraît pas très réalisable.

— Ah, sait-on jamais ? Cela ne vous intéresserait pas d'essayer ?

Tu fais le malin, c'est le cas de le dire, tu prétends que pourquoi pas, cela vaudrait la peine. Mais que, d'après ce qu'en disent les contes et les romans, ceux qui ont essayé s'en sont invariablement mal sortis.

Sur le même ton de plaisanterie, Drossart développe divers paradoxes que tu ne saisis qu'à moitié, sur l'histoire comme propagande du Bien. Sur les triomphes secrets du Mal. Son érudition exhume des histoires de manipulateurs en magie noire qui auraient réussi. Il y en aurait même de très célèbres.

La conversation continue à courir sur son erre, dérive, tu ne suis plus. Là où tu te trouves, les mots ne t'atteignent plus, comme la douleur semble à un ivrogne une sensation qui affecte quelqu'un d'autre. Tu te souviens tout de même qu'on parle de choses bizarres. Ainsi délire-t-on progressivement en abordant les zones pâles des soirées qui rejoignent le matin. Il est question de prélever du Hellequin, d'extraire l'essence noire de la tribu, avec laquelle on ne manquerait pas de fabriquer maints philtres, et force mirobolants remèdes. Et puis des déchiquetages de psychanalyse, des découpes d'anthropologie, des équarrissages de biologie, ouvrant des perspectives mentales où se perdent des chemins, où tremblent d'étranges pendaisons dans des brumes.

Aucune société, disent-ils, qui tienne sans sacrifice. Les voilà partis sur la nécessité d'un sacrifice. De qui ? De quoi ? Comment ? Va savoir. Les Schutz, à présent, honorent les fromages, qui empestent avec abondance. Drossart a allumé un barreau de chaise, Mme Drossart, la belle blonde et ta voisine de gauche des cigarettes. Une nuée enveloppe la table, atténue encore les lumières basses. Tu ne sens plus la puissance du vin.

Lecorre signale, comme une monstruosité supplémentaire à l'actif des Hellequin, l'existence d'une petite dernière, une fille. Il a eu à l'examiner il y a un an. C'est l'assistante sociale de l'école qui la lui avait amenée, inquiète de la voir si maigre, si fatiguée, et surtout des marques de coups ou de brûlures qu'on lui signalait régulièrement. De fait, Lecorre avait constaté des contusions suspectes, mais la gamine, après avoir balbutié une histoire de chute, s'était enfermée dans un mutisme complet. Rien à en tirer. Un air de martyre souffreteuse et butée. Peut-être était-elle idiote. Ses résultats scolaires, d'après l'assistante sociale, approchaient du néant pur. Il y avait plus bizarre : la gamine, à l'époque, était en CM2. Vêtue comme une petite fille. Mais d'après l'assistante sociale, elle avait treize ans. Une adolescente. Petite pour son âge, fluette, à peine formée, mais bien une adolescente. Et Lecorre d'esquisser une description louangeuse de son corps, description dont l'obscénité ne paraît choquer personne. Tu es, en ce moment précis, pénétré de deux certitudes : Lecorre est un individu trouble ; tu as déjà rencontré les Hellequin.

L'histoire de la petite dernière des Hellequin se termine en queue de poisson. Peu de temps après, elle a disparu de l'école. Quelques suggestions bizarres épuisent le sujet. Et si la petite était, justement, la pire des Hellequin ? Si de ce corps malingre, travaillé par le mal, devaient sortir des choses étonnantes ? Qui sait ce qu'un être élevé dans ces géhennes peut engendrer. La quintessence du mal dans un corps gracile, d'apparence innocente. Idée pleine de séduction. Non ?

— Encore faudrait-il qu'elle vive encore, ajoute Lecorre. Rien ne prouve qu'elle ne soit pas enterrée dans un coin du jardin, et que les Hellequin ne touchent pas pour elle des allocations fictives.

De profundis.

— Et quand cela serait ? (Qui dit cela ?) qui sait si ce n'est pas morte qu'elle atteindrait la perfection ?

— Je suis comme eux, déclare ta voisine, de sa voix éraflée de fumeuse.

— Comment cela ?

— Je suis une porteuse du mal. Ça ne se voit pas ? On s'amuse. On prolonge la plaisanterie.

— Des œuvres de quel démon êtes-vous gravide ?

— Un incube sans doute ?

139

— Ah, fait-elle, en bouffonnant d'invraisemblables minauderies, permettez-moi de garder le secret. On a droit au respect de la vie privée, il me semble.

Puis, à toi, parodiant la confidence, comme si tu étais le seul réceptacle possible de l'aveu :

— Le mal me travaille au corps. Il a pondu son œuf, très profond, je ne saurais dire où, mais il ne cesse plus d'engendrer. Si le docteur Lecorre pouvait trouver l'œuf...

— Que ne tirerait-on pas d'un tel œuf, chère amie.

Tu ne t'étonnes même plus. Et la femme à l'œuf d'entreprendre le long et terrifiant tableau de ses maladies successives ou superposées, comme si de la lente ténébreuse accrochée à ses entrailles surgissait sans désemparer d'innombrables générations de vermine. Comment se retrouver dans toutes les infirmités, les plaies, les infections et les maux dont elle déclare fièrement avoir été le vase d'élection ? Ses paroles tournent en rond dans un labyrinthe de sanies, jonché d'anthrax, de kystes, d'os brisés, de métastases, semé d'arthroses et d'infections, enduit d'hémorragies.

Les Schutz bâfrent sans en perdre un mot, consentent à insérer quelques annotations très informées en marge du grand in-folio de son calvaire. Visiblement, rien de ce qui est médical ne leur est étranger. Ni à aucun des convives. Il s'avère que Lecorre a soigné la martyre à la voix brisée, efficacement d'ailleurs, ainsi que la plupart des dames présentes.

Depuis un certain temps, quelque chose d'anormal se déroule dans ce repas. Tu le sens, mais le brouillage éthylique ne te permet pas d'en prendre une conscience absolument claire. Tu le vois clairement lorsque Lecorre glisse une allusion salace sur le corps de la jeune femme blonde en face de toi. C'est à peu près aussi brutal que s'il s'était permis d'écarter son décolleté pour donner à voir la fine cicatrice dans toute sa longueur. À présent, tu as tout le loisir d'observer l'attention spéciale dont elle fait l'objet de la part des convives.

Comme dans les cantines où le bouc émissaire doit subir les petites brimades de ses congénères, on ne peut pas lui servir de vin sans faire déborder le verre. Remplir son assiette sans en mettre beaucoup trop, jusque sur la nappe. S'excuser sans ironie. Personne ne semble entendre ses requêtes de pain ou de condiments. On lui lance, de temps à autre, des remarques équivoques, comme celle de Lecorre, de petites piques qu'elle reçoit de bonne grâce. Elle ne dit rien, se contente d'un sourire infime. De temps à autre, elle te lance un regard que tu ne parviens pas à déchiffrer. Ce n'est pas de la honte, ni une demande de secours. Quoi ? Qu'est-ce qu'elle veut ?

Au milieu de la table repose une grande carafe d'eau en cristal. La bonne marmottante vient de la rapporter pleine. Des reflets y dérivent, des lumières décomposées. Tu avances la main pour resservir du vin (comme si tu n'en avais pas assez bu), mais dans l'ivresse, en dépit ou à cause du contrôle que tu t'efforces de garder, tes gestes sont trop brusques. Tu renverses la carafe pleine, dont le contenu vient tremper la nappe autour du couvert de la jeune femme, et se répandre sur sa robe. Ton exploit est accueilli avec une retenue méditative par la jeune femme, par les autres avec une gaieté ironique, voire un brin de considération.

Tu peux toujours tenter de te convaincre que tu ne l'as pas fait exprès. Tu peux également supposer avoir mal interprété la petite scène qui a lieu ensuite, au moment où toute la table s'extasie sur le dessert, une inquiétante tarte au chocolat nappée d'une crème crépusculaire. Drossart est assis entre la jeune femme et la veuve froide. Il a pris dans sa main droite la fourchette à dessert. La main glisse sur la nappe et disparaît sous la table. Le bras, ensuite, décrit un discret mouvement. Est-ce que tu as vu, à ce moment, la jeune femme blonde se raidir, ou es-tu définitivement saoul ?

Les choses ont l'air de subir une déformation monstrueuse. Les visages s'effondrent ou s'étirent comme des pâtes. Les yeux agrandis, écarquillés, presque désorbités, prennent leur indépendance. Les lèvres s'avancent, s'ouvrent anormalement, comme prêtes à déployer hors de la poitrine quelque organe inédit. La transpiration graisse les peaux. Les objets immobiles sont pris de vibrations. Des plis courent sur les verres et les assiettes, des frissons affectent les boiseries, les lointains plafonds se déchirent avec douceur. L'ombre accueille les mouvantes colonnes de vermine qui sourdent de ces plaies entrouvertes, et que tu aperçois dans un angle de ton regard. Tu sais que des paroles atroces sont prononcées, mais tu ne les comprends plus du tout. La langue te semble cryptée, lointaine, et pourtant elle n'a pas changé, c'est bien toujours du français. Il y a des phrases compliquées, cérémonieuses, incantatoires. De quoi parle-t-on ? On rit beaucoup. On chuchote aussi. Tous les tons, toutes les inflexions semblent convoqués. On dirait que plus de voix s'élèvent qu'il n'y a de personnes autour de la table.

Tu comprends, à un moment, qu'on parle de toi. Que dit-on ? Ils te regardent avec curiosité. Tu voudrais fuir mais tu ne peux pas, une torpeur te maintient sur ta chaise. Un envoûtement lie ta langue. Quelqu'un évoque une ressemblance troublante. Du moins c'est ce que tu crois avoir entendu. On t'invite. À quoi ?

La veuve froide s'est levée. Elle parle d'aller prendre les liqueurs et le café au salon. Quelle heure est-il ? Tu as l'impression qu'on mange et qu'on boit depuis des heures. Le matin ne viendra jamais. Tout ton corps est plein de malaise. Des poissons morts y affrontent les charges d'un sanglier dépecé. Dans son coin, la crème distille des venins subtils.

Dans un sursaut de volonté, tu parviens à t'édifier sur le tapis de la salle à manger, et à annoncer, sans trop bafouiller, ton intention de te retirer, la fatigue, etc. Mais tu n'en seras pas quitte pour autant. Pendant que les convives passent au salon, Lecorre s'attarde, tient à t'entourer de prévenances, de marques de sympathie engluées d'insinuations indéchiffrables, de questions bienveillantes. Tu restes debout à grand-peine, affecté d'une légère oscillation, comme une algue dans l'eau. L'alcool seul a-t-il pu te mettre dans un tel état ? La conversation d'arrière-garde de Lecorre ressemble à une torture raffinée qui prendrait les apparences de l'aménité.

Aux membres du cercle de Mme Van Reeth, explique-t-il, il est réservé d'assister parfois à des expériences très instructives. C'est une de leurs prérogatives que d'avoir accès à certains secrets. De petits mystères d'Éleusis. Mais les mystères d'aujourd'hui sont moins de l'esprit que du corps. Qui ne rêve de tout voir ? Que tout lui soit enfin montré ? Bien entendu, M. Saurat n'est pas encore un adhérent à part entière de ce cercle fondé par Georges Van Reeth, mais depuis ce soir il en est membre d'honneur. La participation à certaines petites cérémonies vaut examen d'entrée. Pourquoi ne pas se joindre, ne serait-ce que par curiosité ? Si M. Saurat est intéressé, on lui en dira plus. Lecorre se fera une joie de l'accueillir, en toute simplicité, dans le local où se déroulent les expériences qu'il organise au profit de quelques amis. On n'exige qu'un peu de discrétion, et une participation modique aux frais.

Oui, bien sûr, pourquoi pas, comment donc, trop aimable. Ne pas chercher à discuter ou approfondir, opiner à tout pour se désincruster du docteur Lecorre.

Lequel, finalement satisfait, semble-t-il, s'éloigne en direction du salon.

Tu files, enfin. Te réfugies d'abord dans la salle de bains, où tu essaies de disperser l'ivresse et le malaise à coups d'eau froide. Rien à faire. Tu es corrompu au plus intime de tes viscères, des fluides venimeux circulent dans ton sang, infectent ton cerveau. Tu tentes de vomir, courbé au-dessus de la cuvette des toilettes comme pour une prière. Tu éprouves physiquement le vide où baigne la grande salle glacée. En te relevant, à peine soulagé, tu tentes d'ouvrir la petite fenêtre aux carreaux de verre dépoli d'un genre démodé. Ce n'est pas seulement le besoin de respirer de l'air frais. Tu sais que la fenêtre donne au-dessus du salon de Mme Van Reeth, qui se trouve dans la partie de la maison disposée à angle droit par rapport à l'aile de ta salle de bains. Est-ce que tu ne sens pas l'impossibilité de te défaire complètement d'eux, sous l'envie de les espionner ? Ils t'écœurent, bien sûr, les bons bourgeois de Logres aux rêves salaces. Il faut pourtant que tu ne puisses pas te désengluer d'eux, puisque tu es là, à forcer sur la vieille espagnolette bloquée, alors que tu tiens à peine debout.

La fenêtre cède d'un coup. Un peu de pluie entre avec le froid. Tu l'accueilles avec soulagement. La densité de l'averse brouille les contours de l'aile d'en face. Quelque chose ne va pas dans ce que tu vois, de l'autre côté, à quelques mètres. Dans l'état de confusion où se trouve ton esprit, tu mets un certain temps à t'en apercevoir. À l'exception d'une petite fenêtre isolée, au premier étage, la façade est entièrement noire. Or, dix personnes environ sont censées se trouver au salon. Tu les as vues y pénétrer, pendant que Lecorre te maintenait dans l'embrasure de la porte de la salle à manger. Chose bizarre, aux deux grandes baies du salon qui donnent de ce côté, les doubles rideaux rouges sont tirés. Mais cela ne devrait pas suffire à masquer la lumière. La pièce était abondamment éclairée lorsque tu les as quittés, il n'y a pas un quart d'heure. Ils ne peuvent pas tous être partis, comme ça, d'un coup ; d'ailleurs tu aurais entendu les voitures. Peut-être, en regardant mieux – mais la pluie mouille ton visage, dissout les images – percevrais-tu, à travers l'épaisseur des doubles rideaux, une faible radiance, une lueur instable et rougeâtre.

Une autre anomalie devrait retenir ton attention. Elle concerne la petite fenêtre du premier étage. Tu finis par le remarquer, ton regard remonte deux mètres de façade, s'arrête. Tu bénéficies des circonstances atténuantes : ton esprit abruti de fatigue, sonné par l'alcool fonctionne dans un temps ralenti.

Tu ne comprends pas ce que tu vois, ce que cela signifie, pourtant (ou à cause de cela) tu ne peux pas en détacher tes yeux. La fenêtre est du même type que celle depuis laquelle tu l'observes : étroite, avec des carreaux de verre dépoli qui empêchent de distinguer nettement l'intérieur de la pièce. Il doit s'agir d'une autre salle de bains, dans la partie de l'étage à laquelle tu ne peux pas accéder. Elle baigne dans une lueur jaunâtre et froide, qui doit provenir d'un néon identique à celui qui t'éclaire. Une silhouette humaine s'encadre dans la fenêtre.

A priori, la présence de quelqu'un dans une salle de bains n'a rien de surprenant. Mais si tu considères le fait avec plus d'attention (c'est difficile, certes, tu raisonnes en ce moment avec la même obstination lourde, titubante que les ivrognes, mais tu devrais y arriver), tu en arrives à cette conclusion : personne ne devrait se trouver là, en ce moment. Comme elle te l'a dit,

Mme Van Reeth ne laisse personne pénétrer dans les pièces du premier étage, qui constituaient le domaine de son mari. Et il n'y a aucune raison pour qu'elle fasse une exception à cette loi afin de laisser un de ses amis se servir de la salle de bains, puisqu'au rez-de-chaussée, un cabinet de toilette donne directement dans le hall. D'autre part, la silhouette, que tu distingues avec difficulté, ne bouge absolument pas. Comme l'ombre de Mme Van Reeth, parfois, aux fenêtres du rez-de-chaussée, lorsque tu rentres tard du collège. Mais ce n'est pas Mme Van Reeth. Tu vois une forme massive, de couleur claire, alors qu'elle porte une robe noire.

Certes, il existe des bonnes raisons pour demeurer immobile dans une salle de bains. Mais aussi longtemps ? Car cela dure : toi, planté tremblant et mouillé de pluie à la fenêtre de la salle de bains, devant la figure indécise qui là-bas, de l'autre côté du trou noir où s'agite du vent, paraît te répéter comme dans un miroir. Tu es bien incapable de te rendre compte du temps passé ainsi, ni de savoir pourquoi tu ne refermes pas la fenêtre pour aller te coucher. Comme, sous l'emprise d'un stupéfiant, on admet des idées absurdes, tu supposes que l'aile d'en face redouble avec exactitude celle que tu occupes, et que c'est cette identité tout à coup révélée qui empêche tout de bouger, toi, ton reflet, le reste du monde, comme si le temps venait de se gripper. Une sueur rampe le long de ton dos, tu sens que ton esprit ne t'appartient plus tout à fait, mais tu ne peux pas remuer.

VIII

En quelques semaines, la tension a monté au collège, nourrie de rumeurs sur des rackets à la sortie du lycée, des règlements de comptes entre bandes dans l'enceinte de l'établissement, de récits de professeurs agressés. Dans les derniers jours d'octobre, il a cessé de pleuvoir, un été tardif s'est installé. Devant les grilles du lycée, l'après-midi, des groupes s'agglutinent, les yeux traînant, cherchant quelque chose. Ils obstruent la sortie, font bloc autour des véhicules qui essaient de se faufiler, des élèves qui cherchent à rejoindre l'arrêt de l'autobus. Lorsque tu sors au ralenti, ils affectent de ne pas te voir, s'écartent lentement, te dévisagent, le regard touchant presque les vitres de la voiture. Des crachats frôlent le pare-brise. L'atteignent, parfois. Des mains glissent sur la carrosserie. Un soir, un coup de pied l'a fait trembler. Tu as voulu croire que rien ne s'était passé : faux mouvement, bousculade. Mais tu sais bien que ce n'est pas vrai.

Une réunion a encore eu lieu chez Mme Van Reeth, assortie d'un dîner. Quelques convives nouveaux, mais toujours la poétesse érotique, la silencieuse blonde, Drossart et sa femme, Lecorre. Pas trace des Schutz, en revanche. Eux, tu les as croisés un soir, aux commandes d'un caddie plein, à la caisse d'un supermarché sordide. Ils ont fait semblant de ne pas te recon-

147

naître, et puis se sont éloignés, suivant au plus près la ligne des ombres, indistincts et confus, gabardine et jupe grise, parmi les vieux paquets de cigarettes, les trognons et les papiers gras, l'odeur du gas-oil et de la poussière, allant diminuant jusqu'à la disparition, infinitésimaux.

Les conversations du dîner ont été plus obscures encore que la première fois, plus inquiétantes aussi. Tu les détestes ? Alors pourquoi restes-tu ? Tu n'oses pas refuser à Mme Van Reeth ? Peur de froisser ? Allons donc. Quand arriveras-tu à t'avouer qu'ils t'attirent ? Tu ne veux pas aller jusqu'au bout, tu minaudes, tu te joues intérieurement le jeune homme propre. Tu fais des mines devant le balthazar de charogne qu'ils disposent devant toi, alors que tu voudrais t'y vautrer comme un porc.

Ces messieurs dames se sont racontés, sauf Lecorre, toujours discret sur ses antécédents. Ils se connaissent, mais creusent les vieilles anecdotes, enrichissent leurs exploits. Drossart vient de l'extrême gauche. Il a fait partie de groupuscules radicaux dans les années soixante-dix. Il se vante de quelques séquelles physiques, glorieuses blessures reçues au cours d'affrontements avec les gros bras de la CGT ou les étudiants du Mouvement National. Ses rondeurs présentes donnent à l'épopée des allures mythiques. Folle jeunesse. Puis, avocat. Voyages au Liban et en Jordanie, entrevues avec des chefs de l'OLP, manifestations de soutien au peuple palestinien opprimé. Rencontres à Beyrouth avec des émirs pétrolifères. Il rit encore d'avoir réussi à faire soutenir financièrement un journal d'extrême gauche par des nababs mahométans. Un coup superbe.

Drossart s'est fait ensuite une réputation en défendant des militants de la Cause Prolétarienne, des tueurs des Brigades Révolutionnaires ou des terroristes palestiniens. On l'a vu figurer dans des procès à sensation, parmi le staff d'avocats chargés de défendre de vieux collaborateurs dénichés dans des ministères, des bourreaux nazis extradés d'Amérique du Sud, des purificateurs ethniques des Balkans. Tout ce qui pouvait contribuer à ébranler la bonne conscience libéralo-droit-de-l'hommiste lui était bon. Mais il déclare s'être calmé, aspirer à une vie tranquille. On lui cite quelques affaires assez récentes où il s'est illustré, n'hésitant pas à défendre l'antisémite, l'incestueux ou le pédophile. Il sourit modestement.

La poétesse à dentelles et cigarettes déborde d'anecdotes sur le milieu littéraire de la capitale, qu'elle a bien connu à une époque qu'on devine reculée. Pas d'écrivain ou d'éditeur à propos duquel elle ne relève une petitesse ou une laideur. Un seul trouve grâce à ses yeux, le fameux Jean Bijoux. Drossart l'a bien connu aussi, et se flatte d'avoir figuré deux ou trois fois à sa table. Est-ce que ce n'est pas une de tes idoles, à toi aussi, mon Gilles ? Tu as au moins Bijoux en commun avec eux. Lycéen, déjà, tu idéalisais le théoricien de l'avant-garde, l'homme qui pouvait publier des romans sans ponctuation, le pourfendeur de l'idéologie bourgeoise. Certes, Bijoux a changé, reconnaît la poétesse. Il a oublié l'avant-garde et l'extrême gauche. Mais cela prouve son intelligence, son habileté stratégique. Voilà un homme qui a une vraie pensée stratégique sur la société et la littérature.

Mme Drossart remarque, timide, qu'on le voit beaucoup à la télévision, et parfois, elle a honte de l'avouer, elle regarde des émissions de variété idiotes. Immanquablement, un jour ou l'autre, on voit Bijoux y apparaître, avec son éternel fume-cigarettes. Drossart la rembarre sèchement. Elle n'y comprend rien. Ce qu'elle voit, ce n'est qu'une image. Le vrai Bijoux est tout autre. Il utilise la force médiatique pour la subvertir. Mme Drossart, bien sûr, n'y avait pas pensé. On sent, à la voir retourner soumise dans le silence, à quel point elle admire l'intelligence de Drossart.

La société, déclare la poétesse, est l'enfer des artistes et des créateurs. On ne voit d'eux que des images sociales. Commode pour évacuer la puissance dérangeante de certains de leurs textes. La société complote pour empêcher qu'on lise vraiment des gens comme Bijoux. Alors bien sûr, on raconte que c'est un homme de réseaux et d'influence, qu'il se sert de son pouvoir dans la presse et l'édition pour faire encenser ses amis et lui-même, et faire taire les rares critiques. On connaît tout ce discours. En fait, c'est encore un bon exemple des ravages de l'image sociale. Bijoux est une victime. Victime de son image sociale. On le fait passer pour un tyranneau littéraire, un mafieux, afin de contrer sa force subversive. Il faut le lire, le connaître en profondeur. Alors on découvre le penseur. Quelqu'un qui pense ce que personne n'a pensé avant lui. Au moins un écrivain qui ne parle pas que de lui. Tenez, ouvrez la revue qu'il dirige, *L'Absolu*. Bonne façon de mieux le connaître. On y trouve des biographie de Bijoux, des textes sur l'œuvre de Bijoux ou des rééditions d'anciens articles de lui, parfois aussi des articles de sa femme, Kirinova, vous savez, la psychanalyste. C'est absolument passionnant. Vous savez que le pape lui a écrit ? Enfin, le secrétariat du pape. Bijoux a fait figurer un fac-similé de la lettre dans *L'Absolu*.

Drossart, qui ne veut pas être en reste, renchérit. On ne comprend pas l'ascétisme de Bijoux. Il a le courage de se faire prendre pour tout ce qu'il déteste, il se sacrifie aux apparences pour mieux se protéger. Son apparente obsession de lui-même, ses rodomontades qu'on croit puériles sont une manière pour lui de flageller sa modestie. Une ruse pour mieux tromper le clergé du bien.

La poétesse a une anecdote sur Bijoux, qui la fait rire d'avance. C'était une bonne dizaine d'années auparavant, on donnait un cocktail chez l'éditeur de Bijoux pour la sortie de son dernier roman, *Planète des amours*. Il y avait là une pauvre fille, une libraire de je ne sais quelle banlieue, ou plutôt une vendeuse de librairie. Elle s'approche de lui alors qu'on ne lui demandait rien, commence à vouloir discuter. Le genre vulgaire. Elle se permet de dire à Bijoux qu'elle a été déçue par *Planète des amours*. Déçue. Une libraire de banlieue, par un livre qui est à lui seul une petite révolution, un bouleversement métaphysique. Bijoux ne dit rien. Il glisse deux mots à son éditrice, et quitte les lieux. Voilà comment il est. Un pur. L'éditrice tombe sur le dos de la fille. Une engueulade soignée. Froide, maîtrisée, mais définitive. Soit elle s'excusait, soit la maison d'édition interviendrait auprès de sa librairie pour qu'on la vire. Gueule de la fille. Blême. Elle a capitulé en rase campagne. La petite conne a envoyé une lettre d'excuses à Bijoux. Il faut être radical, ne rien laisser passer. Nous sommes en guerre.

À partir d'un certain point de la soirée, tout a paru se répéter. Tu as encore bu. La jolie blonde t'a encore fixé de son regard perdu. Elle a de nouveau fait l'objet d'allusions obscènes ou insultantes qu'elle a prises avec la même humilité. Drossart et Marie-Astrid ont de nouveau joué à se lancer la balle de propos ethniques douteux et de racontars politiques crapuleux.

Une illumination t'a saisi. La certitude que le temps était pris dans une spirale. Cela tournait, sans fin, se perdant dans l'obscurité. Tu connaissais tout cela, tu l'avais toujours connu : la maison de Mme Van Reeth, ses ombres, l'abandon obscène des objets en voie d'effondrement dans les coins, les repas du petit cercle, tu n'avais pas d'autre vie, et ce que tu croyais être ton existence n'était qu'une illusion. Tu voyais remonter les souvenirs d'un passé qui n'était pas celui de Gilles Saurat. Tu allais savoir qui tu étais vraiment. Et puis l'impression s'est dissipée.

Tu as reculé, encore, au moment d'entrer au salon pour le café et les liqueurs, mais plus difficilement. Tout te commandait de te laisser aller, de t'abandonner. Tu t'es arraché, tu es monté, et cette fois tu n'as pas osé vérifier si la silhouette était à nouveau là, dans la salle de bains qui, dans l'autre aile de la maison, redouble la tienne. Mais l'idée de la silhouette immobile t'a longtemps empêché de t'endormir, avant d'entrer dans tes rêves.

Encore une fois, à l'issue du repas, Lecorre t'a proposé d'assister à la petite expérience privée, qui vaudrait en même temps intronisation définitive dans le cercle. Il a bien fallu prendre rendez-vous, n'est-ce pas, depuis le début tu le sais bien, et tu te laisseras faire, alors pourquoi ces inutiles débats, pourquoi ces contorsions mentales, on se le demande, ça ne sert à rien. Il t'a remis une adresse, assortie d'explications obscures. Pour diverses raisons, ces petites cérémonies n'ont pas lieu dans son cabinet, mais chez un ancien collègue qui a pris sa retraite, qui fréquente moins le cercle pour des raisons de santé, etc., M. Huine.

Il est seize heures, et c'est ton dernier cours.

La 3ᵉ D, d'habitude manœuvrable, grouille d'agitation et de bruit. Un phénomène inhabituel paraît les exciter. Le vendredi, tu arrives tard au collège, tu vois peu de monde, pas les collègues habituels. Tu ne parles pas. Tu ne peux donc pas savoir si l'énervement des élèves proviennent d'un événement particulier. Ce n'est peut-être que la fatigue, la fin de journée. Ou alors des « embrouilles » de cité ou de cour de récréation, un peu plus compliquées que d'habitude.

La nuit tombe tôt à présent, on doit allumer les lampes en fin d'après-midi. Souviens-toi de cette heure, lorsque le travail te penchait sur le cahier, dans la petite ville où tu as fait tes études. La lumière électrique isolait le lieu et le moment dans un cercle de silence. Un grincement de stylo, un raclement de gorge rendaient sensible l'attention. Dans ce moment se condensait quelque chose qui n'appartenait tout à fait ni aux corps ni aux pensées s'exerçant ensemble, quelque chose d'essentiel et de banal à la fois, qui étreignait le cœur. Comme une brume, un tremblement perçu de côté par l'attention se consacrant à un autre objet. Tu avais l'impression de toucher le fond, le creux de l'heure, la commune texture de l'intime et du dehors, tu en avais le goût en bouche, la lueur dans les yeux, le murmure dans les oreilles. Cela donnait sens au travail et le justifiait. Cela faisait écrire et penser. Est-ce que cela, qui ne pouvait être senti que dans ce silence, ces moments de soumission à l'heure, se manifestera de nouveau, ou demeurera oublié, sous le fracas ?

Impossible de relâcher ton attention, tu le sais bien.

— On peut savoir ce qui vous excite comme ça ?

Personne ne consent à répondre. Arslan et sa garde rapprochée continuent à te dévisager tranquillement. Tu es au milieu de l'allée centrale. Tu entends ricaner, à gauche, à droite, derrière toi. Tu sens que quelque chose, dans cette 3e D vivable, est en train de glisser. Un embryon de panique s'agite en toi. Il faut que tu le réprimes. Si Arslan ou un des siens attaque, tu devras réagir, et tu ne sais pas comment. Il faudrait que tu ajoutes un mot. Tu restes là, devant le visage indéterminé d'Arslan, ses traits étrangement déformés où stagne un déchet de beauté, comme un échassier fasciné par un serpent.

Gobert, un des légumes laborieux du premier rang, rompt le charme. Tu entends derrière toi sa voix épaisse, qui bute sur les mots : « C'est Allouche, m'sieur, qui nous fait marrer. »

Tu manœuvres pour te retrouver à ton bureau, face à l'ensemble de la classe, derechef surexcitée par la mention d'Allouche. Tous prennent la parole en même temps, impatients de t'expliquer pourquoi, tout à coup, le discret Allouche fait l'objet d'un tel intérêt, de sorte que tu ne comprends rien.

Allouche est un jeune professeur d'anglais qui enseigne avec toi en 4e E, mais pas en 3e D. Un dévoué, presque un militant à sa façon. Petit format maigre et fiévreux, rempli d'énergie. Il croit à sa mission, à l'école démocratique, à tout le bazar. L'un des seuls qui se risque à contrer Zablanski, à tenter de démonter pied à pied ses arguments et ses paradoxes. Zablanski le raille, mais tu sens qu'il le respecte.

Pour Allouche, la racaille de 4e E est composée de pauvres gosses qui souffrent, déformés par la pauvreté et l'abandon. L'école est leur dernière chance. Il fait tout ce qu'il peut, se dépense en activités pédagogiques incessantes, en sorties et en animations, essaie de leur faire pratiquer théâtre, vidéo, chanson, poésie. Tente de voir des parents invisibles, rencontre l'assistante sociale, suit les orientations. Sa vie est là. Il dit parfois que si on en sauve un seul, tout est justifié. Qu'est-ce que tu en penses, au fond, d'Allouche ? Tu l'estimes, tu te sens d'accord avec lui, on ne peut pas vivre dans le cynisme désespéré de Zablanski ou la lassitude des anciens. Mais son côté curé t'agace, tout le verbiage pieux qui sévit dans le Système, ce progressisme niais où tu es bien obligé de reconnaître le tien, caricaturé.

Dans la confusion des explications rigolardes, tu parviens à comprendre : Allouche, l'impeccable Allouche a « pété les plombs ». Il a craqué, la veille, en plein cours avec les 4ᵉ E, en fin de journée. Tu ne pouvais pas le savoir puisque tu n'es pas revenu au collège depuis. Craqué comment, craqué pourquoi ? Une gifle. Ça lui a échappé. Encaissée par qui ? Djibril.

Djibril Elmalek. Un garnement joufflu à qui on donnerait douze ans, des sucettes et une caresse protectrice sur son crâne rasé. Il en a quatorze et tu as appris à connaître ses coups en douce, ses petits harcèlements sournois par le bruit, les jets d'objets divers, les insolences exaspérantes. Une authentique tête à claques, heureusement de format réduit. Le problème c'est qu'Elmalek a des grands frères. Ce ne serait encore rien. Mais les grands frères traînent sans arrêt avec les Hellequin. Djibril a juré de les faire intervenir pour faire payer Allouche. À partir de là, chacun a sa version, ceux qui ont entendu des rumeurs, ceux qui connaissent le frère d'Elmalek ou qui ont un cousin qui le connaît, mais en gros ils s'accordent pour affirmer que les Hellequin vont venir, c'est une chose décidée, et Allouche va en prendre plein la gueule. Cette perspective relance encore l'excitation, mais la fin du cours jette tout le monde dehors, dans un joyeux bazar.

Les derniers n'ont pas eu le temps de quitter la salle que tu entends, dans le couloir, se détachant du brouhaha : « Après Allouche, ce sera ton tour, Saurat. » Rien à voir avec les cris orduriers qui éclatent de temps à autre dans les couloirs, les injures obscènes adressées à la sauvette à tel ou tel professeur. Non, quelque chose de posé, d'articulé. Inutile de chercher à repérer le responsable. Mieux vaut affecter le mépris.

Dernier à sortir, Ravi te regarde à la dérobée, avec l'air habituel de martyr qui éclaire son visage sombre et parfait. On dirait Enak, ce qui a le don, aujourd'hui, de t'énerver. Qu'est-ce qu'il fout là ? Son véritable emploi, c'est de porter une jupette trop courte dans une bande dessinée fade, pour éveiller, avec ses éternelles mésaventures de victime, l'homosexualité latente des garçons.

— Qu'est-ce qu'il y a, Ravi ?

— M. Allouche, monsieur.

— Eh bien, quoi, M. Allouche ?

— Il avait cours cet après-midi, monsieur. En 4e. En même temps que nous.

— Eh bien ?

— Si les autres rigolaient, c'est parce qu'ils savaient.

— Savaient quoi ? Essaie de t'expliquer clairement.

— Ils ne vous ont pas dit. Les frères de Djibril, ils étaient déjà là cet après-midi. Les trois grands frères. On les a tous vus. Elmalek leur a expliqué où il avait cours.

Tu ne sais pas dans quelle partie du bâtiment, à quel étage Allouche a cours. Ravi non plus. Tu te précipites en salle des profs. Il y traîne encore Mylène Garcia, et un vieux barbichu mathématicien que tu ne connais que de vue. Tu leur expliques l'urgence. Le barbichu croit savoir où Allouche se trouve, mais ne cherche pas à abandonner le rangement de sa sacoche. Tu te jettes dans l'escalier avec Mylène Garcia.

Lorsque vous arrivez dans la salle d'Allouche, il reste encore trois ou quatre élèves, tassés devant la porte, regardant vers l'intérieur. Tu les écartes. Allouche est assis à sa chaise, derrière le bureau. Il remue quelques papiers épars, comme s'il les classait avant de les ranger. Il ne lève pas la tête à votre entrée, continue à s'affairer sur ses papiers. Livide. Les élèves regardent, à bonne distance, comme si Allouche était porteur de quelque maladie contagieuse. Vous restez quelques instants silencieux, Mylène Garcia et toi. Et puis vous vous décidez à interroger un des élèves qui s'obstinent à traîner devant la porte : Diop, un des plus redoutables tchatcheurs de la 4e E. Il explique.

Trois types ont fait irruption dans la classe au beau milieu du cours. Un foulard sur le bas du visage. Ils ont envoyé valser la sacoche de Allouche. Il s'est levé, mais une gifle l'a cueilli. Deux des agresseurs l'ont empoigné par le col tandis que le troisième sortait une lame. Ils l'ont forcé à s'agenouiller dans l'allée centrale, juste en face de la place où Djibril était assis. Ils l'ont traité de *sale feuj*. Ensuite, Allouche a dû demander pardon. Ça n'est pas venu tout seul, mais il l'a fait. La phrase est sortie de sa bouche, pendant que les types pesaient sur ses épaules, le secouaient de bourrades, et qu'un autre maintenait la pression de la lame sur sa gorge. Et c'était tout. Ils étaient partis. Allouche s'était relevé, avait regagné le bureau, ramassé sa sacoche pendant que tout le monde sortait.

Allouche ne veut pas de votre aide. Il n'ouvre pas la bouche. Il attend que vous partiez. Il reste seul, dans la salle déserte.

Assieds-toi dans la voiture, roule au ralenti vers la grille du collège : le souvenir de ces heures de travail d'autrefois ne te quitte pas. Laisse-le t'envelopper : les images du monde autour de toi, le terrain désolé du parking, les silhouettes des immeubles, te parviennent étouffées, comme les sons par temps de neige. Presque toute ton enfance s'est passée le visage penché sur une copie. Tout au fond de l'heure, il y avait une attente. Peut-être t'es-tu trompé sur cette attente. Peut-être, depuis le début, n'as-tu fait que t'éloigner de ce qui demeurait là, à portée de la main, à l'angle de ton attention. Tu as pensé que cela t'attendait dehors, dans le monde, et qu'il fallait aller chercher toujours plus loin.

Toutes ces heures sur les copies de ton enfance n'ont servi qu'à te jeter dans le chaos où tu te débats à présent, dans cet univers de bruit et de dure clarté. Qu'est-ce qui t'appelait, dans l'heure suspendue ? Tu ne pourras plus jamais y revenir. Tu voudrais pouvoir encore lui être fidèle. N'espère rien.

Voici le faubourg et l'angle de la rue qui mène chez Mme Van Reeth. Tu le dépasses. Sais-tu où tu vas, exactement ? Tu roules un peu. Tu tournes à gauche, sur la départementale qui, à travers le Bois de Cherves, conduit à Mauville. *Dieux que ne suis-je assise à l'ombre des forêts* : tu te redis le vers de *Phèdre* avec le sentiment d'ouvrir en lui, syllabe après syllabe, un refuge. Ah que ne suis-je assis à l'ombre des forêts, que ne suis-je enfin au centre du secret, dans le creux dernier sans issue ni accès, perdu. Se glisser dans des tunnels aveugles, jusqu'au fond, ne plus voir ni entendre, ni être entendu, reposer recueilli dans le noir, âme ayant trouvé son lieu.

Gare-toi au bord de la forêt. À cette heure, les arbres ne sont que des ramifications de la nuit. La carrosserie de deux voitures luit dans l'obscurité. Tu sais que ces lieux sont parfois fréquentés après la tombée du jour. Crois-tu trouver là ce qui te manque ? Crois-tu vraiment qu'ici tu pourrais revenir en arrière de toi-même ?

Y entrer ? Croiser des joggers en survêtement. Se faire suivre d'arbre en arbre par quelque pervers obstiné et zigzaguant comme une petite bête suceuse de sang. Rencontrer des adolescents, en cercle autour d'un poste radio poussé à fond, levant des regards vides ou ricanants, balançant derrière eux des boîtes de coca et de gâteaux industriels ; ou des quidams le visage avalé par l'ombre du capuchon rabattu, retenant au bout d'une chaîne des molosses camards comme la mort, et qui passent sans paraître te voir, surgis de rien. Toutes les peuplades du monde infernal. Pourquoi ne pas te glisser parmi eux ? Ah que ne suis-je assis à l'ombre des forêts, que ne suis-je dans cette obscurité grouillante, à croupetons autour d'un feu asthmatique, dans lequel je saupoudrerais des herbes et de menues choses mortes, bientôt rejoint par les autres, les sorcières et les boucs, et nous accomplirions des actes dégradants, qu'agréeraient les puissances obscures. Je sais : il te suffit d'en avoir éprouvé le frisson, pour te persuader d'en être quitte.

Ou bien au contraire : entrer dans la forêt tranquille comme on va chercher la pureté au sein de la sauvagerie accueillante, du pas du marcheur qui revient à l'essentiel, à la relation nue entre l'homme et la nature. Vas-y, va donc t'y promener empli de l'impératif d'avoir à contempler, d'avoir à humer les bonnes odeurs de feuille et de terre humide, d'avoir à jouir du silence. Tout à ces obligations, tu ne verras et ne sentiras rien, comme d'habitude. Où est, dans la forêt, ce qu'il y a à sentir et à voir ? On a beau gonfler les poumons, écarquiller les yeux, rien n'entre de la forêt, les arbres s'effondrent dans leur vide d'arbre et le ciel dans son absence de ciel, répétant dans un bredouillement à peine audible leur évidence sans intérêt : je suis arbre, je suis ciel. On reste seul avec soi, à se voir et à se respirer, on avance toujours dans le même incolore désert, et rien n'arrive. Mais on te connaît, va, tu sortirais de la forêt convaincu d'avoir bien réellement vu, tout à fait senti, et te félicitant d'une expérience où tu aurais recueilli un peu de vérité.

Tu fais comme d'habitude : rien.

Tu descends les paliers du sommeil, conscient d'abord des ombres qui obscurcissent fugitivement les vitres de la voiture, puis de rien.

Tu rêves de Marielle.

Un serpent s'est glissé hors de la forêt. Tu savais que c'était elle. Son visage humain s'est approché. Elle a cogné à la vitre de la voiture. Tout en dormant, tu as baissé la vitre. Elle s'est glissée en ondulant dans l'habitacle, a approché sa bouche de ton oreille. Elle t'a expliqué ce que tu n'avais jamais compris.

*
**

Réveille-toi. L'horloge de la 106 indique minuit. Sors de l'habitacle, va te désengourdir, frissonner dans la fraîcheur nocturne. Une lame éloignée de lumière indique l'imminence d'une voiture. Elle défriche les ténèbres, élargit un tunnel, se saisit de toi aussi, tout à coup aveugle, levé au-dessus du sol comme un lapin, puis t'abandonne, disparaît. L'obscurité replie ses membres, les végétations de la nuit se restaurent en silence.

Pourquoi, la tête vide, le torse froid dans ta veste légère, t'avancer vers les arbres, pourquoi te laisser saisir par la cécité, et ce léger vertige qui naît de la disparition de tous les repères ? Tu t'avances et laisses le noir t'entourer, emplir tes yeux et tes oreilles comme une eau, travaillé par un désir sans objet.

On ne voit rien. On distingue seulement, en levant la tête, le noir absolu se diviser et s'effilocher contre le noir plus mitigé de ce qui doit être le ciel. On déplace ses membres sans avoir l'impression de progresser. On ignore si on monte ou descend, si l'on va droit ou si l'on tourne. On ne se trouve plus quelque part, comme si tous les quelque part s'étaient effondrés.

Progressivement, l'œil s'accoutume, on y voit un peu mieux. Tu suis une allée rectiligne couverte de feuilles mortes, entre de hautes futaies. Le bruit de tes pas se confond avec d'autres bruits, minimes et complexes. Arrête. Tu entends ? Ce craquement, ce souffle, ces traces de gestes lointains. Parmi eux, les tiens. Ton souffle et ton pas, aussi étrangers que ces froissements sans origine, soupirs de la matière qui se replie sur elle-même et s'agite dans son sommeil. Des pieds marchent très au-dessous de toi, une bouche inhale de l'air en avant de toi. Tu crois ne pas savoir localiser ces fuites et ces approches, ces appels dont l'indifférence t'atteint. Mais n'éprouves-tu pas une identique difficulté à les situer dans le temps ? L'imminence d'un cri a déjà eu lieu. Ce qui se glisse là-bas sort d'un très lointain passé, vient résonner ici, bruit fossile d'une bête morte, depuis un temps d'avant sa vie.

Emprunte à ta droite ce sentier sablonneux plus étroit, plus difficile à suivre. Il descend par de larges lacets. Il y a des bifurcations, mais sans doute en as-tu pris déjà plusieurs sans t'en rendre compte. Tu trébuches sur des pierres, tu te retiens à des troncs invisibles. Et partout, tantôt derrière toi, tantôt sur le côté, tu crois percevoir, presque confondus avec tes pas, d'autres pas, identiquement rythmés, comme si ta descente dans la forêt levait une foule d'ombres semblables, fascinées par ta marche. Et l'illusion de la pénombre, la redite des troncs qui lève, au coin de l'œil, des silhouettes furtives.

Où es-tu ? Tu n'as pas cessé de descendre après avoir pris à droite de l'allée centrale. Rappelle-toi : Mme Van Reeth parle souvent de ses promenades en forêt. Tout en bas, dit-elle, à une demi-heure de la route, non loin des Écargues, on trouve un creux marécageux, le val Gérion. Là poussent les arbres les plus gros, les plus anciens, qui ont survécu aux combats de la Grande Guerre. Elle le décrit comme un replat ouvert d'étroites clairières où des mares redoublent la complication des ramures, où de vieilles brumes moisissent entre les branches comme des linges déchirés. Un des sentiers principaux, à mi-pente, longe le val, le contourne au nord et remonte de l'autre côté, dans la partie de la forêt qui se trouve sur le territoire de la commune de Mauville. Tu as besoin d'aller jusqu'au fond.

Il fait absolument noir à présent. Le bois est étranger, froid, profond comme le monde. Tu n'es plus une forme dans l'espace. Tu t'avances à l'intérieur d'une carcasse de bruits, une articulation claquante d'ossements, d'empennages, de jointures sèches. Un échassier de sons arpente la forêt. Cela sent l'aile morte, le thorax vide et le creux. Des choses indistinctes cèdent sous tes doigts, des filaments s'esquivent, des fragments s'effritent, des fibrilles fuient. Il y a des passages dans tes cheveux. La réalité se compose de ces glissements et de ces cliquetis, elle n'est pas animale ni végétale, mais étrangère et intime.

Parfois tu t'arrêtes, convaincu que, depuis que tu es entré sous les arbres, quelqu'un te suit, tout près, de tronc en tronc. Mais tu sais bien que les bruits de la forêt t'accompagnent. Cela ne descend plus. Tu ne sens plus les irrégularités sèches du chemin sous tes chaussures. Une substance moelleuse cède sous tes pas. Il est possible que tu sois au fond. Tu t'arrêtes un instant. Tu reprends ta marche, une main levée devant toi. À une ou deux reprises, une forme plus obscure se détache de l'obscurité devant toi. Un arbre. Il y en a moins. Ce doit être une clairière. Tu avances très lentement, pour le simple plaisir de sentir la mousse enrober tes pas.

Quelque chose de noir grandit devant toi, puis t'entoure. Tu entres dans ce noir. Les formes qui subsistaient encore autour de toi disparaissent tout à fait. Ta main, à droite, glisse sur une paroi rugueuse qui n'est pas un tronc. Sous tes pieds, ce n'est plus le moelleux de la mousse, mais une autre substance, plus silencieuse encore. Tu dois avoir pénétré dans une grotte, ou une anfractuosité rocheuse. Ici tu peux t'asseoir, sentir le sable se conformer à tes membres. Ici, sans doute, tu pourrais dormir. Logres n'existe plus.

L'échassier du bruit a disparu. Une autre bête l'a remplacé, toute en reptations lentes, en déplis soyeux de membranes. Celle-ci engendre un nouvel animal dont la configuration se détache avec une croissante netteté de son grand corps indistinct : un frémissement plus continu, qui s'articule à son tour, se caparaçonne de crissements et grandit. On dirait qu'une bête bien réelle s'approche, peut-être attirée par ton odeur. Puis le bruit cesse, et tu distingues un souffle régulier, au-dessus de toi, tout près, tu ne saurais dire où. Tu te relèves.

Quelqu'un est là.

Tu crois distinguer la forme d'une silhouette humaine dans l'obscurité.

C'est curieux, tu n'éprouves le besoin de rien dire, pas de « Qui est là ? ». Est-ce parce que cela te paraîtrait ridicule, est-ce parce qu'une peur superstitieuse te tient la bouche close, ou bien parce que cette présence, dans l'obscurité, te paraît trop irréelle pour que tu prennes le risque de l'installer dans la réalité par la parole ?

Approche-toi, doucement. Tends le bras.

Ta main rencontre un obstacle. De la chair, nue. Un corps plus près que tu ne l'aurais cru. Le geste était trop fort, du coup, et l'obstacle s'évanouit dans une plainte légère. Tu t'immobilises. Après un moment de silence, de nouveau le frôlement membraneux, le souffle, l'ombre qui se dégage du noir. Tu sens une pression sur ta poitrine, qui disparaît presque, pas tout à fait, et puis revient. La sensation donne naissance à une main.

La main s'attarde. Tu la laisses faire. Au bout d'un temps assez long, elle bouge un peu, glisse vers le haut. Tu restes immobile comme lorsqu'on essaie de ne pas effaroucher un insecte posé sur soi. En fait, mais tu ne le sais pas, c'est ta conscience de la réalité de ce qui est en train de se passer que tu ne veux pas effaroucher, et qu'il faut apprivoiser.

*
**

Tu te réveilles dans la voiture, recroquevillé sur les sièges avant. Il fait froid, il fait nuit. L'horloge du tableau de bord indique cinq heures du matin. Mets le contact, manœuvre, reprends la route, rentre. Tout cela sans penser, en automate. Demain pas de cours.

Le froid t'accompagne jusqu'entre les draps où tu t'endors enfin.

Plus tard, le nez plongé dans les fumées qui montent de ton bol de café, comme si c'est par cette voie que le monde devait pénétrer ton cerveau, dans la cuisine qui fut verte de Mme Van Reeth, tu n'as pas l'air très malin. Pourtant, tu es le héros. Il t'est arrivé quelque chose, à toi, Saurat. Une aventure, une vraie, dans les forêts, genre Perceval ou Galaad avec la fée. As-tu été à la hauteur de l'aventure ? Est-elle même arrivée ? Est-ce qu'il peut arriver quoi que ce soit à qui prend un café assis sur cette chaise en formica ?

Réfléchissons un peu. Ce matin, c'est sans doute beaucoup te demander. Il s'est passé cinq heures entre tes deux réveils dans la voiture. Le contenu de ces cinq heures ? As-tu oublié ? Cinq heures, un trou comme trois secondes, ton temps est perturbé, ta vie se passe sans que tu le saches, bientôt tu croiras t'asseoir une heure à ta table de travail, corriger dix copies, tu te lèveras vieux, oublieux d'une existence. Direction la maison de retraite et la fatale belote.

Laisse-le venir, ce moment, tout englué d'irréel, d'entre les deux bords de tes deux sommeils, de part et d'autre de cette nuit. Déplie-le comme une image froissée. Tu n'as pas rêvé, même si cela a eu la prégnance et l'intensité du rêve.

164

Tes méditations bourbeuses sont interrompues par la sonnerie de l'entrée. Personne ne semble aller ouvrir. Le visiteur s'obstine. À ta montre, onze heures passées, heure à laquelle, un samedi, il semble peu vraisemblable que la veuve froide ne soit pas là. Mais que faire, face à la persistance de la sonnerie, sinon aller ouvrir ?

C'est Blancpain. Blancpain tout fringant, avec sa sacoche et son pardessus, aux lèvres un sourire léger, genre je-vous-l'avais-bien-dit-jeune-homme. Il proclame que Mme Van Reeth l'attend, il vient d'arriver par le 10 h 43, levé bien avant le jour, certes, mais ça en vaut la peine. À lui les secrets et les pièces rares de la collection, à lui les bonnes heures de travail, les trouvailles dont on fait les articles érudits et les éditions annotées. Devant tant d'énergie et de confiance, devant une telle concupiscence de savoir, tu as honte de tes joues mal rasées, de tes mules et de ta chemise flapie. Tu dois sans doute aussi sentir le café et, pire encore, l'humidité spéciale de la maison Van Reeth. Tu te rends douloureusement compte qu'avec vingt ans de moins que Blancpain, tu ne fais rien, absolument rien, pas un mot sur ta thèse, pas une recherche depuis la rentrée.

La porte du salon s'ouvre, la veuve froide fait une apparition, vous salue, vous invite tous deux à pénétrer, s'esquive dans les parties interdites, précisant, bien sûr, qu'elle revient tout de suite. Tu en profites pour soulager ta conscience. Tu confies à Blancpain tes difficultés pour avancer ta thèse. Tu crains de ne jamais y arriver. Il te plaint de l'excès de travail. Et puis, quelle bibliothèque où travailler, dans un trou comme Logres ? Il n'y en a que pour les bowlings et les complexes multisalles. La bibliothèque municipale de Logres, tu t'y es risqué une fois : bourrée d'autofictions ou de gros romans historiques à couvertures bariolées, empruntés par des retraités.

Blancpain, qui semble d'excellente humeur, te donne quelques conseils : en attendant les vacances, où tu pourras rejoindre les bibliothèques de la capitale, il existe d'excellents sites internet où l'on trouve quantités de textes rares, qui peuvent provisoirement nourrir une recherche. Il est bien possible en outre que les collections de Georges Van Reeth contiennent des textes pamphlétaires du XVIIIe siècle. C'est une période qui l'intéressait. Puisque lui, Blancpain, va avoir accès dès aujourd'hui à la bibliothèque du défunt, il te signalera, bien entendu, tout ce qui pourrait t'intéresser. Mme Van Reeth se laissera sans doute fléchir, et te permettra de les consulter.

Mais la revoici : « Écoutez, M. Blancpain, pour combien de temps êtes-vous à Logres ? »

Il a pris quatre jours, cette fois, calés entre ses journées de cours à l'université. Bon, tant mieux. C'est extrêmement gênant, elle s'en veut beaucoup, mais ce ne sera pas possible là, maintenant, tout de suite.

Le sourire de courtoisie ne quitte pas le visage de Blancpain. Une fine goutte de sueur passe le nez à la racine de ses cheveux et descend, précautionneuse, le long de son front.

Non, pas possible hélas, elle fait appel à sa compréhension. Elle s'est couchée très tard, elle est à peine levée, elle voulait mettre un peu d'ordre dans tout cela, et rien n'a été possible. Elle ne peut pas le laisser rentrer dans une bibliothèque remplie de poussière, même pas nettoyée. Et puis il faudrait traverser sa chambre, qui est ce matin dans un honteux désordre. Demain matin la femme de ménage vient, elle en aura pour un petit moment, qu'il passe après-demain matin, il n'y aura aucun problème.

Et, avec beaucoup d'excellentes paroles, prononcées de cet air distrait que tu connais bien, la veuve froide, oignant avec une indifférence polie la plaie rouverte de

Blancpain, raccompagne le grand blessé jusqu'à la porte. Il te serre la main, te lance en s'éloignant un pauvre sourire, qui voudrait dire on connaît ça, rien de grave, c'est le métier, on finira par y arriver, et puis se glisse dans l'ombre des arbres. À ce moment, tu éprouves une grande pitié pour le dos mastic de Olivier Blancpain, petite tache fragile qu'absorbe le décor, comme dans un film triste. Olivier Blancpain, professeur d'université connu, bien payé, fier de ses travaux, sans doute pourvu d'une femme dévouée, voire admirative, incarne en ce moment précis toute la misère du monde. Tu te souviens ? Enfant tu éprouvais une bien plus grande compassion pour les gamins replets qui se gavaient férocement d'éclairs au chocolat dans les boulangeries que pour les clochards qui tendaient la main vers ta mère, lorsque tu l'accompagnais au marché. Pourquoi est-ce le désir des autres qui te serrait si fort le cœur ? Leur désir dans ce qu'il a de plus puéril, de plus caricatural. Dans ses formes les plus égoïstes. Est-ce la mort que tu voyais dans la pâte noire dont se barbouillait le gosse à la boulangerie, dans les invisibles paperasses dont l'absence fait transpirer Blancpain ? Tu as pitié de l'égoïsme irrémédiable d'Olivier Blancpain.

Mais rien que de stérile dans tout cela. Le genre de complaisance facile dont tu as le secret. Tu n'aideras personne, Saurat. Toujours, tu goûteras la saveur délicate de la compassion. Savoir que tu l'éprouves te suffit. N'est-ce pas ? Songer au bien te convainc que tu l'as fait, et c'est assez ; tu es constitué ainsi. Si cela peut te rassurer, tu n'es pas le seul. Tu progresses en esprit vers la sagesse, tu te racontes ta vie intérieure. Ta sagesse n'est faite que de cette fiction. Pourquoi ne pas en finir ? Tu devrais te demander si le bien n'est pas cette faiblesse à laquelle savent renoncer les forts. Ce sera pour plus tard, tu n'es pas encore fini, Saurat.

IX

Tu n'écris rien, ou presque. Les journées où tu n'enseignes pas, ne corriges pas, ne prépares pas, ne photocopies pas sont consacrées à des réunions au collège, à d'interminables errances épistolaires, téléphoniques ou physiques dans l'intendance du collège, le secrétariat de l'ISFP, les incompréhensibles structures administratives du rectorat, afin d'obtenir la décision de mise en paiement de ton salaire. Personne ne semble en mesure de la prendre. C'est toujours l'autre bureau qui est compétent. En tant que débutant dans la carrière, le système t'accorde royalement 1 300 euros par mois. Ce traitement récompense cinq années de dur travail après le bac, courbé sur les livres jusqu'à deux heures du matin, la réussite au concours d'entrée à l'École supérieure (10 % d'admis), puis à l'agrégation (5 % de reçus). Mais rassure-toi : dans quarante ans, tu gagneras sans doute le double. En attendant, tu as demandé à ta mère de t'envoyer un chèque.

À l'ISFP, tu partages tes journées du vendredi entre expression corporelle, psychopédagogie et didactique. Tu dois apprendre à te servir de ton corps, comprendre le fonctionnement mental du jeune et connaître les théories de l'enseignement.

Toutes ces activités s'accompagnent d'une grande quantité de papiers à remplir : didacticiels, contrats de formation pédagogique, fiches d'évaluation. De nombreux conseillers pédagogiques de l'ISFP ont pour activité à peu près exclusive de penser, de rédiger, de mettre en forme sur des logiciels informatiques, de photocopier et de distribuer ces fiches et ces dossiers. Ils consacrent aussi de nombreuses heures à en présenter la *philosophie* aux stagiaires et à leur en expliquer le fonctionnement complexe. De leur côté, les stagiaires, une fois pénétrés de l'importance et de la nécessaire complexité de ces documents, consacrent de nombreuses heures à les remplir, puis à commenter avec les conseillers les résultats de ces remplissages, qui permettent de suivre l'évolution de leur activité pédagogique, de savoir jusqu'à quel point ils ont réussi à approfondir la philosophie de la didactique disciplinaire, dans quelle mesure ils parviennent à mettre en question leur pratique professionnelle, et autres points fondamentaux.

Ces documents sont rédigés en une langue particulière, celle des ISFP, dont le lexique et les idiotismes n'ont qu'un rapport lointain avec le français courant. Il faut une fréquentation assidue des ISFP pour commencer à les comprendre. Elle reste hermétique aux stagiaires un peu trop verts, comme toi. Mais ceux-ci demeurent pénétrés de respect devant l'idiome sacré de l'ISFP. Les cours sont également donnés en langage liturgique. Tu n'écoutes rien de ce qui s'y dit, tant est profond l'ennui qui s'en dégage. Tu consacres ces heures interminables de la cérémonie pédagogique à observer les officiants. Tu apprends vite à les connaître.

Pour la plupart, on devine aisément qu'ils se sont tournés vers le sacerdoce de l'ISFP par incapacité à faire autre chose. Au cours de séances où la morosité et la grisaille prennent la profondeur insidieuse d'une torture, ils vous apprennent à ne pas ennuyer les élèves. En ânonnant d'une voix de crécelle des formules rituelles à l'intérieur desquelles ils tournent sans fin, et qu'ils réitèrent implacablement si l'on commet l'erreur de leur poser une question, ils vous apprennent à parler et à « communiquer ». En repoussant toute critique sur les cours qu'ils donnent, mises sur le compte d'une mentalité rétrograde, ils vous apprennent à écouter et à vous remettre en question.

Les quinquagénaires dominent. Ils ont dû enseigner quelques années, il y a longtemps, à l'époque où on pouvait le faire sans trop de risques, mais ce devait encore être trop difficile pour eux. Incapables de professer ou de se consacrer à la recherche fondamentale, mais doués pour la bureaucratie, soumis à la hiérarchie et pleins de zèle envers la religion pédagogique, ils n'ont eu de cesse qu'ils se faufilent dans les ISFP lorsque le Système les a créés. Ils ont compris quel langage le Système souhaitait entendre, et ils ont su l'employer. Pour la plupart issus de cette génération qui a érigé la jeunesse en valeur absolue, et pour laquelle tout magistère était un abus de pouvoir. Protégés du monde, enfermés dans leur représentation idyllique de la jeunesse, ils vous obligent, vous que rien ne protège, vous qu'on injurie, à écouter leurs généreux discours sur les adolescents et à les reproduire. Au nom de la démocratie et de l'égalité, ils vous contraignent à ne plus rien apprendre aux enfants des pauvres et vous démontrent à quel point vous êtes des réactionnaires barricadés dans votre égoïsme de caste si vous prétendez essayer tout de même. Ils s'accrochent à ce qui les justifie. La compétence leur est suspecte parce qu'ils n'ont jamais été compétents en rien. Ils ont remplacé le savoir par un formalisme vétilleux, les connaissances par d'infinis discours sur les moyens de les acquérir. Et c'est ainsi que, pour jamais à l'abri des réalités concrètes de l'école, n'en ayant plus la moindre expérience directe, ils vous forment à les affronter.

Mme Lamolle, formatrice en didactique, consacre aujourd'hui sa troisième heure de cours aux problèmes de l'*évaluation* (la première chose qu'elle vous a apprise, c'est qu'on ne dit plus *notation*). L'évaluation, c'est très compliqué. Il y faut des grilles et des barèmes. Surtout, il faut (comme d'habitude) *en interroger la pratique et en questionner la philosophie*. La séance du jour est plus spécialement consacrée aux problèmes de la ci-devant annotation en marge des copies. Car il ne s'agit plus de corriger les copies (le vocable renvoie de fâcheux échos obscurantistes, sadiques et victoriens), mais bien *d'émettre des suggestions pédagogiques non directives*. Quelle couleur doit-on employer de préférence ? Le rouge est à proscrire, bien entendu, car *connoté négativement*. Couleur de l'interdiction dans le code de la route. Couleur violente. Pour *dédramatiser l'évaluation*, l'enseignant choisira de préférence un violet tendre, un bleu ciel, un vert optimiste. Intarissable sur les valeurs respectives de ces couleurs, leur histoire, leur signification symbolique, Mme Lamolle retarde le grand développement qu'elle promet depuis le début du stage sur l'importance des formules de suggestion en marge des copies, et la méthode pour les rédiger de manière *positive et désinhibante*. C'est sa spécialité, et elle a publié sur la question, aux éditions du Centre Régional d'Information, d'Apprentissage et de Recherche Didactique, un livre assez fameux qui, paraît-il, a bouleversé la réflexion sur la pratique de l'annotation des copies : *Évaluation, annotation et contrat pédagogique — pour un questionnement du métalangage enseignant au service de l'apprenant*. Aucun stagiaire ne peut d'ailleurs ignorer l'existence de cet ouvrage, car elle s'y réfère scrupuleusement.

D'après le programme du cours qui vous a été distribué, Mme Lamolle devrait aborder en décembre la question des *espaces interstitiels de détente* (un condisciple t'a expliqué qu'il s'agissait des ci-devant récréations), de leur gestion et de leur rôle pédagogique dans le parcours de l'apprenant, mais il n'est pas sûr que le planning soit respecté, tant le programme est riche.

*
**

La voix stridente, légèrement teintée d'hystérie, de Mme Lamolle n'atteint plus ton centre de compréhension. Tu songes à la nuit passée dans la forêt. C'était il y a quelques jours. Au fond c'est une histoire banale, presque idiote. Rencontre de hasard et baise silencieuse, comme dans un vulgaire *backroom*. Quelque chose comme un *backroom* agricole. Pourtant, dans ton esprit, l'épisode ressemble plutôt à un souvenir très lointain ou à un rêve. Il ne trouve pas sa place dans la réalité. Mais qu'est-ce qui appartient à la réalité ? La passion ? La souffrance déchirante de celui qui a perdu son enfant ? Le suicide du vieux paysan tout seul dans son village ? L'exaltation mystique ? Rien de tout ça ne fait partie de ton monde. Tu ne le sais pas, mais tu le sens. Tout cela, au fond, est grotesque.

À moins que ce ne soit le contraire. C'est Zablanski, alors, qui aurait raison. Le Système éducatif et la télévision, les supermarchés et le Trésor Public auraient entrepris de fabriquer un leurre qui progressivement se substituerait au monde. Lorsque tous les esprits seront gagnés, à ce moment-là, le leurre sera devenu le réel. Quant au reste, la passion, la souffrance, la terreur, on fera croire qu'elles existent toujours, mais ce ne seront que des simulacres spectaculaires, des mots et des images privés de chair. Les hommes croiront vivre, aimer, ils seront convaincus d'avoir un corps de chair. Ils ne seront que de douloureux fantômes errant dans un monde impalpable. Leur douleur viendra de ce qu'inconsciemment, leur manque de substance les travaillera, hantera leurs rêves et leurs moments de loisirs. Ils voudront revenir, mais rien à faire. Leur vie aura été un lent dépouillement de la viande et de l'os, une consomption du réel à la flamme des télévisions. Ils l'auront choisi. Il ne leur restera plus qu'à errer dans ces limbes, tentant d'articuler des mots avec leur absence de voix, d'esquisser des gestes avec leur absence de muscles.

Tu appartiens déjà peut-être à ces limbes. Souviens-toi de ton ancienne impression d'irréalité. Des soirées devant la télé avec ta mère, lorsque tu rentrais la voir, le samedi. Elle regardait toujours les mêmes émissions de variétés. Dans l'une d'elles hurlaient des couleurs violentes, des feux et des lueurs. Nulle ombre. Au milieu de ces flammes, on voyait s'agiter en tous sens un homme chauve en costume rouge. Un cérémonial se déroulait, dont tu ne comprenais pas exactement les règles. Tout était d'une stupidité mystérieuse, dont la profondeur semblait infinie.

L'homme en costume rouge interrogeait un candidat. Il s'agissait de gagner de l'argent. Une foule y assistait, dont on entendait les cris, les applaudissements. Par moments, du fond d'un autre espace, surgissait un monstre bleuâtre, hideux, qui prononçait des paroles sibyllines en exécutant force grimaces. Le postulant à la fortune se prêtait à tout ce que lui demandait l'homme en costume rouge. Le comportement de ce dernier était étrange : tout en encourageant le postulant, on voyait bien qu'il le moquait. Il se moquait aussi de lui-même. Il singeait. Mais que singeait-il ? Son demi-sourire permanent n'évoquait ni la bonté, ni l'humour. Il tenait du ricanement.

L'homme en rouge ne cessait de singer l'esprit. Sur ses traits humains, il laissait apparaître le mufle de la Bête. Le *Logos* est bêtise, semblait insinuer en permanence l'homme en rouge. L'enthousiasme est bêtise.

La critique est bêtise. Bêtise la question. Bêtise la réponse. Nous sommes bêtes. L'univers est bête. Il n'y a pas de sens. Il n'y a rien, rien que la divine, que la terrifiante bêtise du Spectacle. À lui il faut tout sacrifier. Le Spectacle ne montre rien, sinon le sacrifice qu'on lui fait. Le Spectacle, ricane l'homme en rouge, se montre. Voici le Vide en quoi vous vous êtes jetés. Adorez-vous en lui.

La foule obéissait servilement à toutes les sollicitations. Des hourvaris automatiques la secouaient. Est-ce qu'elle acclamait ? Est-ce qu'elle huait ? Cela paraissait la même chose. Elle criait qu'elle adorait sa honte. Le positif était aussi du négatif. Tel était le sens du ricanement.

Comprends-tu, à présent, à moitié endormi sur ta chaise de l'ISFP, alors que te reviennent les vieilles images de télé qui n'ont pas cessé de t'habiter ? Comprends-tu le sens du Cérémonial ? Il est le ricanement en soi, celui qu'engendre la chute infinie dans le gouffre de sa propre bêtise, et son acceptation. Le rire sans fin du renoncement à l'esprit, à la part divine. L'homme rouge et le postulant, le monstre bleu et les gens dans la foule se rassemblaient, se rassembleront jusqu'à la fin des temps dans ce seul but, proclamer leur renoncement, s'y encourager mutuellement. Toute la fête, avec ses lumières brûlantes, ses couleurs incandescentes et ses explosions de rires, n'est, sous prétexte d'argent, que cela. Il n'est rien qui ne puisse se défaire dans ce rire. Il n'est rien qu'il ne puisse dévorer : il avale tout, il est universel, et à chaque être il souffle, au plus intime : tu m'appartiens, tu n'es, toi aussi, que cela.

Ta mère éprouvait une dilection particulière pour une autre émission, où l'on recevait des invités, écrivains, acteurs ou chanteurs (tu y as aperçu Bijoux, imperturbable, avec son sourire gourmand et son fume-cigarettes). Cette émission était d'autant plus monstrueuse que, pour mieux montrer que l'esprit n'est rien, pour en faire le contraire de lui-même, les officiants portaient le masque de l'intelligence, du savoir, de l'humour, de l'audace. Les invités vendaient leur âme pour leurs cinq minutes de parole, tenaillés par le désir obscène de devenir intégralement publics. Se donnaient à voir, afin de montrer qu'ils se donnaient à voir.

L'un des animateurs portait le titre de « Psychanalyste ». Il présentait l'aspect inquiétant d'un vieil enfant quêtant l'approbation de sa mère. Sa fonction consistait à prostituer le savoir et à bouffonner l'intelligence. Il se tordait, il cherchait des mimiques et des accents. D'une voix aiguë, grinçante, il tranchait dans le vivant, il le malaxait dans les banalités avec les contorsions de qui cherchait d'impalpables subtilités, il l'ingurgitait. Il faisait effort encore, sa parole devenait plus nasillarde, sa bouche se serrait, ses yeux se réduisaient à une fente. Ça y est enfin, cela sort, voilà. Il brandissait le résultat de ses analyses au nez du public, qui applaudissait : voilà, j'ai avalé de l'être, je l'ai digéré pour vous, voyez, ce n'est que cela, cette pauvre chose.

Autour de lui, d'autres créatures s'agitaient, dans des couleurs criardes. La plus effrayante : une vieille femme qui tournait vers l'écran le visage même de Méduse, avec sa bouche sanglante et les serpents de cheveux blancs qui s'enroulaient sur son crâne. Celle-là exerçait un haut magistère. Comme le psychanalyste, gonflée de la pensée dominante, qui jaillissait d'elle sans interruption. Elle avait pour fonction de donner le masque de l'audace aux idées les plus convenues, de faire passer les poncifs pour des paradoxes et la plus basse vulgarité pour de l'originalité.

Et puis une pléthore d'émissions, à peu près semblables, et dont ta mère se repaissait sans trêve, qui consistaient à scruter l'intimité d'individus quelconques. La plus épaisse sottise devait à tout prix être révélée, il fallait que rien n'en échappe, afin que les réprouvés pussent se persuader que les autres aussi avaient signé le pacte, renoncé à l'esprit. Quel que soit le programme, la rage de l'exhibition y était toujours plus forte, les vagissements obscènes toujours plus sonores. À présent, tu devrais mieux comprendre les fresques peintes par les vieux maîtres sur les murs des églises. Des démons ricanant y fouaillent les damnés dans des décors aux couleurs agressives. La bouche démesurément écartée de Lucifer avale tout. Les hommes ont réalisé très exactement l'enfer. Il est là, au fond de l'abîme incandescent des écrans. Il est universel. Nul ne peut plus échapper au ricanement sans joie de ses suppôts, à ses grimaces. Il ne nous attend pas dans un autre monde. Nous y sommes plongés. Les vieux péchés capitaux, luxure, avarice, y sont devenus vertus. Par-dessus tout on exalte l'orgueil. Chacun s'y fait gloire d'être soi-même, soi-même comme objet de spectacle. Dans les eaux gluantes du Styx, des myriades d'êtres baignent jusqu'au cou. C'est en eux-mêmes qu'ils barbotent. On les entend vagir sans discontinuer : *je suis moi, je suis moi, moi, moi.* Cette musique est celle que désire par-dessus tout l'enfer. Il apprend à ses enfants à faire les beaux, comme les bébés font des mines pour que l'on s'extasie. La géhenne télévisée veut des enfants à dévorer, des enfants adultes, des enfants vieillards, fiers et heureux d'être comme ils sont, adorateurs de leur ombilic. Cette ignorance de l'infini, cette certitude qu'il n'y a rien en soi à changer, à détruire, à sauver, cela s'appelle la damnation.

Et toi, Saurat, tu refuses encore de croire à l'Esprit du mal ? Est-ce que tu ne sens pas, partout autour de toi, sa présence ? Notre enfer est pire encore que celui des vieilles églises, car on ignore qu'il est l'enfer. Il a compris qu'il pouvait étendre sans fin sa puissance en proclamant son insignifiance. Ce n'est rien, disent les démons, cela n'a pas d'importance, juste un jeu. On s'amuse. On rigole. Les théologiens n'avaient pas prévu cela : ceux qui sont au fond de la géhenne sont contents de leur sort. Leurs rires et leurs cris ne s'éteindront jamais, ni la musique obsédante, ni l'éclat des feux qui les illuminent. L'enfer sera universel. Comme dans les imaginations qui torturaient l'âme des puritains, personne ne pourra lui échapper, il n'y aura aucun élu. L'univers tout entier sera une immense émission de variétés, aux décors roses, violets, dorés. L'humanité sera un public applaudissant au dévoilement de son néant spectaculaire. Applaudissant à ses chagrins, à ses crimes, à ses envies, à ses turpitudes, à ses habitudes, à ses opinions parce qu'elle se les montre. L'histoire cessera enfin. Le spectacle brûlera pour l'éternité.

Si Zablanski a raison, la réalité, en supposant qu'elle subsiste, doit se maintenir dans des creux, des recoins d'ombre, comme l'eau déposée par l'ultime averse avant la sécheresse définitive. La réalité ne peut être que secrète. Drossart, lui aussi, serait dans le vrai, lorsqu'il laisse entendre qu'un principe occulte régit les apparences, dont la connaissance est réservée à quelques initiés. Et dans ce cas, Saurat, pourquoi ne pas en faire partie, puisque, par hasard, l'occasion t'en est offerte ? Pourquoi ne pas aller jusqu'au fond, pour savoir s'il y a un fond ? De toute façon, tu ne peux aller si loin que tu ne puisses en revenir. Qu'as-tu à perdre ? Il faut que tu saches. Tu dois parcourir ce chemin, jusqu'au plus sombre, parce que c'est ta vocation.

Invraisemblable histoire : te promenant en pleine nuit au cœur d'une forêt, tu y as aimé une femme, que tu n'as pas vue, ou à peine. Vous n'avez pas dit un mot. Invraisemblable, voire. Peut-être voudrais-tu que cela reste dans une marge, pas tout à fait irréel, mais à côté de la réalité, dans une dimension voisine, à laquelle on n'accède qu'à certaines heures, par certains chemins étroits. Songe à ceci : la nuit dans la forêt t'apparaît comme dans un miroir ; l'irréalité qui s'y attache est l'image inversée, piégée, de ce qu'est réellement cette nuit. L'habitude d'un monde faux l'éloigne de toi, l'encercle dans l'un de ces cadres à l'intérieur desquels nous quittent les portraits effacés.

C'est là, peut-être, dans cette nuit de hasard au fond d'un bois crapoteux, dans cette parodie d'union romantique que gisait la solution. Cela ne reviendra jamais. Tu refais ton parcours de la nuit, tu tentes de reconstituer en esprit les gestes, de revivre les sensations : ce visage et ce corps explorés à l'aveuglette, l'image incertaine que tu t'en es formée, les choses invisibles de la forêt contre ta peau. La musique du souffle de l'autre. Qu'est-ce que cela veut dire ? Rien de tout cela ne parle. La nuit ne livre rien. Tu as beau te la remémorer indéfiniment jusqu'à l'épuiser (cependant que, par-delà cinq rangées de têtes studieuses et pédagogiques, Mme Lamolle, tournant en boucle, dresse un bilan de la supériorité du vert sur le rouge en marge des copies), elle demeure obstinément close. Plus tu la refais, plus elle s'éloigne et s'efface, ne te laissant qu'une dépouille absurde, sans nom, sans rapport avec rien.

C'est lorsque tu négliges un instant ta nuit, pour tenter de revenir aux démonstrations méticuleuses de Mme Lamolle, qu'à nouveau tu pressens, quelque part en toi, hors de ta claire conscience, ce qu'elle t'a laissé. Comme si elle se refusait à tout regard direct, à tout éclairage trop fort, te demandait un peu de distraction ou d'abandon pour te revenir.

Tu te reposes en elle. Tu comprends que c'est cela, par-dessus tout, qu'elle t'a laissé : l'impression pénétrante d'un loisir. Un sommeil profond. Il te semble à présent qu'elle a besoin de toi. Comme les morts ont besoin de notre mémoire, comme ils s'agitent au cours de nos rêves, se meuvent dans notre subconscient, en poussées lentes, en mouvements malhabiles, la nuit désire que tu la portes, elle veut survivre grâce à toi. Mais si rien d'autre ne se passe, que cette année à Logres, et puis d'autres, ta thèse, la réussite de ta carrière, puis des années encore, elle se retirera de toi. Pendant quelque temps tu dormiras encore en elle. Elle reviendra dans tes rêves. Et un jour il ne restera rien. Jusqu'à la fin, tu ne sauras plus ce qui t'attendait là, ni ce qu'on t'y intimait.

*
**

Tu t'égares dans tes rêves, où tu cherches à rejoindre le lieu et le moment exacts de la nuit dans la forêt ; mais toujours tu te perds, toujours tu es en retard. Tu vas plus loin, tu entres dans des maisons désertes, tu peines à revenir de régions reculées, où les hommes sont rares et silencieux, les bêtes furtives, où le soleil se dissimule dans des catafalques de nuages. Tu te fatigues, tu vieillis, ton visage succombe sous les rides ; tu deviens chauve. Et l'angoisse te dit que d'aller si loin t'empêchera un jour de revenir du fond du rêve. Tu y resteras, définitivement onirique, livré à ces chemins pénibles. Aussitôt, cette angoisse te réveille.

Les arbres commencent à quelques mètres, de l'autre côté d'un grillage partiellement écroulé. Une brume blanchâtre se prend aux branches, dessinant très lentement des illusions, modelant des nudités. La nuit déploie ses peaux. Est-ce ici ? Ou bien était-ce là-bas ?

À un moment, tu distingues la tache blême d'un corps entre les arbres. La brume l'absorbe à nouveau. Était-ce une femme ? Tu doutes d'avoir vu. Cela, encore pris dans l'ombre, comme une statue inachevée, te regardait intensément. Tu reconstitues l'éclair d'une face, fixé quand il a cessé d'exister, et c'est aussi difficile que de réentendre des voix mortes. Tu t'imagines, debout, à ta fenêtre, vu depuis cet univers d'entrelacs et de torsion. L'idée suscite un frisson dans tes reins. Des yeux à nouveau t'ont regardé, puis ils ont rejoint leur retrait, comme un crustacé, un insecte se rétracte dans sa fissure en une fraction de seconde.

La forêt, sous ton visage fixe, s'enfonce dans l'obscène. Depuis toujours, Saurat, quelqu'un en toi est figé par l'obscène. Autour de toi, il y a les livres, avec leurs entrelacs noirs, leurs lignes de fuite. La forêt sous toi n'a pas moins de feuilles et de déliés que les ouvrages dans ton dos. Peut-être si tu les fouillais patiemment, si de page en page tu les dénudais, pris de la fièvre des obsessions, alors, l'objet enfin obscène, dense et noir dans sa torsion de serpent, tu le trouverais ? Mais va t'allonger, et tenter de dormir.

Bien sûr, tu n'y parviens pas. Dès que tu fermes les yeux, Marielle revient te visiter.

Une relation saine, que l'on gère à deux : l'idéal de l'amour moderne. La petite entreprise, comptabilité bien tenue. De cela, il devenait clair qu'elle ne voulait plus. Mais que voulait-elle ? Elle l'ignorait. Elle dormait de moins en moins, passait des nuits à lire, ou à ne rien faire, dans la petite chambre près de l'École où elle venait te retrouver. Tu t'es demandé un moment si elle voulait du pittoresque et du dépaysement, fantasme et perversion. En désespoir de cause – car à ce moment-là tu étais encore bien convaincu de l'aimer – tu as risqué quelques propositions.

L'idée l'a accablée. Tout est déjà prévu, disait-elle, tout répertorié, montré, mon pauvre Gilles. Ce sera mardi gras, fatalement. Tu pourrais aussi bien nous offrir huit jours à Marrakech, un week-end à Disney-world. Il n'y a plus d'ailleurs, plus de poésie, plus d'étrangeté. Quel dépaysement veux-tu trouver dans une telle clarté ? Quelle grandeur ? Grandeur ! Tu sens comme ce mot est grotesque, aujourd'hui ? On pourra aller dans des soirées sado ou faire de l'échangisme, on sait déjà à quoi s'attendre, la même médiocrité partout. Tout est normal, tout est gai, tout est tellement chouette, les godemichés, les fouets et les chaînes, pas une zone d'ombre dans tout ça. La *sado pride* est pour demain. Bientôt on pourra aller en acheter chez Ikea tous les deux, on les mettra dans notre petit chariot. Rien que de la bonne hygiène. En dehors de ça, il n'y a que quelques rebuts, quelques parias, masturbateurs honteux, pédophiles criminels.

Tu te souviens, Gilles, des *Mémoires* de Casanova ? Tu connais ça par cœur, non ? À un moment, il se trouve sur un balcon avec quelques personnes, pour assister au supplice de Damiens. L'un de ses amis soulève la robe de la dame placée devant lui, et il la baise, tranquillement, pendant qu'on grille, qu'on tenaille et qu'on démembre le régicide. C'est ce qui n'existe plus, ce mélange de naturel, d'art, d'insolence et de cruauté, et cela n'existera plus jamais. J'aurais aimé être cette femme. Il m'aurait foutue, à grands coups dans le cul, et j'aurais maté les membres dispersés du condamné, le tronc encore vivant qu'on jette dans le feu, en gémissant de plaisir.

C'était la première fois qu'elle parlait de cette façon. Prudent comme tu étais, tu t'es demandé s'il valait mieux ne pas éviter le sujet désormais. Elle n'y est d'ailleurs pas revenue pendant une longue période, au cours de laquelle tu as espéré une rémission. Vous demeuriez côte à côte, la nuit, plusieurs heures parfois, avant de trouver le sommeil. Dans le silence, tu entendais son souffle, sans la voir. Parfois, vous échangiez quelques mots, à voix basse. Sa parole ne paraissait alors qu'un prolongement de son souffle, à peine plus sonore, à peine plus pourvu de sens, émanant paisiblement du fond de sa poitrine. Elle parlait comme en rêve. Le souffle n'était pas localisé, tu l'entendais aussi bien en toi qu'à côté de toi ou en dessous, et parfois tu n'aurais pas pu distinguer sa respiration de la tienne. Le monde aurait pu se réduire à cela, le rythme de deux respirations dans le noir, sans espace, sans durée. Une intimité pure.

Ces moments l'apaisaient. Tu sentais que vous vous trouviez là très près de ce qu'elle cherchait. Mais tu n'avais pas tout compris, mon petit Gilles, et tu ne comprends pas encore grand-chose. On fait ce qu'on peut pour t'aider. Tu n'étais pas capable d'admettre ceci : justement parce qu'elle aurait voulu demeurer toujours plongée dans l'intimité sans lieu, Marielle est allée chercher le contraire, trop loin pour que tu puisses la suivre.

Le concours terminait votre dernière année à l'École. Vous étiez l'élite, vous étiez censés réussir. Ensuite, c'était l'enseignement. Mais les pénibles carrières en lycée et collège étaient réservées aux médiocres, issus de l'université. Pour vous, sortis d'un grande école, ce serait, dans le pire des cas, si vous n'obteniez pas un très bon classement, un ou deux ans de purgatoire chez les sauvages, dans une quelconque province, et puis la voie royale, succession de détachements, allocations de recherche, affectations temporaires prioritaires conduisant au poste universitaire définitif que vous saviez vous être réservé depuis l'origine.

Mais Marielle ne faisait plus rien, sortit beaucoup, se mit à fréquenter des gens hors de votre petit milieu étudiant. Elle mettait des jupes trop courtes, se maquillait trop, riait trop fort en secouant trop les cheveux. Tu savais qu'autour de vous, on disait qu'elle devenait insupportable et vulgaire. Elle putassait auprès de publicitaires et de journalistes, parvenait à décrocher des piges et des interviews de rockers dans des magazines en vogue, faisait des photos de mode, posait pour de jeunes peintres, parlait beaucoup d'elle-même et des gens importants qu'elle rencontrait, ce qui ne lui arrivait jamais auparavant.

Tu la voyais moins souvent. Parfois, tard dans la nuit, tu sentais qu'elle était rentrée, à son poids sur le matelas, à son souffle qui à nouveau habitait l'ombre comme un feu. Elle parlait, sans chercher à savoir si tu étais réveillé. C'était une tout autre Marielle que la Marielle diurne.

Tu ne sais pas ce que c'est, disait-elle, que d'être rongé par la mélancolie. Quelque chose est noir, et jamais tu ne parviens à t'en défaire. Un jour tu as compris que le soleil ne brillera plus jamais avec tout son éclat, que toute chaleur recèle son froid. Les objets et les êtres que tu aimes sont là, autour de toi, mais ils ne produisent plus assez de chaleur pour te réchauffer. Ils semblent se retirer de toi. Ils sont là, mais ils s'éloignent dans l'espace, tu les perds. Le pire arrive quand tu te sens te quitter toi-même. Tu te regardes t'en aller et tu ne peux rien faire. Les sourires s'effacent, et c'est à cause de toi. Toute la joie est détruite. Tu pleures. Tu n'auras jamais assez de larmes.

*
**

Tu retournes dans la forêt. C'est idiot, mais tu ne peux pas t'en empêcher. Il te faut retrouver cette grotte, t'y allonger à nouveau, pour retrouver ce repos que tu sens très lentement refluer de toi.

N'importe quand, dès que tu as un moment de libre, tu gares la voiture sur le petit parking. Dans la journée, il y a des mères de familles avec gamins, des retraités pimpants avec bandeaux dans les cheveux et survêtements mode, qui s'enfoncent en trottinant sous les arbres. À la nuit tombante, de petits groupes de jeunes se rassemblent autour de scooters qu'ils laissent tourner, la radio à fond. Ils te dévisagent tandis que tu te gares. Tu passes devant eux, te réfugies rapidement sous les arbres. Une ou deux fois, tu as reconnu des élèves du collège.

Tu sais que tu dois rejoindre le fond du val, mais tu ignores à quel endroit exact. Comment retrouver un chemin parcouru la nuit, au hasard ? Qu'est-ce que tu vas faire dans ces fonds humides ?

L'offensive a commencé comme ça, des fantassins qui descendent la pente, sinuent entre les troncs, glissent sur les feuilles humides, en même temps que toi. Ils espèrent surprendre l'ennemi, ne savent pas trop ce qui les attend au fond, et puis de l'autre côté. Ils ont à peine dépassé l'adolescence. Ils songent à leur ventre qu'atteint à travers la capote le froid de la terre, à la fragilité de la peau et des organes que des balles vont rechercher, obstinées. C'est un jour de brume, avait précisé Zablanski, c'est pour cela que l'état-major s'est décidé. Tu descends péniblement avec eux, tu entends leurs pas s'enfoncer dans l'humus.

Après la guerre on avait bien été récupérer des bouts de soldats là-dedans, mais la plupart sont encore sous la terre et les feuilles du val Gérion, qui rend de temps en temps un casque, une plaque ou un fémur. Moins qu'aux Écargues, mais d'après Zablanski, en y farfouillant, on trouve des vestiges intéressants, un couteau de baïonnette, un obus de mortier et divers autres végétaux de fer ou d'os poussés dans le val Gérion.

Au fond, on distingue des fragments de surfaces brillantes dans l'obscurité, instables, oscillants : les deux ou trois mares qui font office de petit Styx immobile. Comment des restes enfouis reviennent-ils affleurer à la surface ? Poussés par quelle force ? Qui a jamais observé l'émergence d'un crâne hors de la boue, comme l'éclosion d'un champignon ? Est-ce qu'on verrait d'abord sortir un petit œuf blanc, ou plutôt un bout de coquille, qui irait grossissant, s'arrondissant, et puis tout le globe, avec ses trous et ses fêlures, reposant sur ses racines de dents ? Ces mouvements secrets, est-ce l'effort des parties de tous ces corps dispersés, privés de sépulture, qui, la nuit, cherchent maladroitement à se rassembler, et, depuis près d'un siècle, rampent sans conscience, portés par la seule force centrifuge de ce qui autrefois les avait fait tenir ensemble ?

Tu t'assois sur un tronc mort. Tu t'imagines sentir, dans les galeries qui pénètrent le tronc, sur l'écorce, couverte de plaques de mousse qui ressemblent sous les doigts à une toison pubienne, le grouillement des insectes et des iules, la progression des araignées.

Tu reprends ta marche. Le val Gérion est très long, d'autres petites vallées plus étroites y débouchent. Par moments, des falaises rocheuses le bordent, coupées d'anfractuosités. Mais pas de grotte.

Et puis, un mercredi après-midi, tu finis par la trouver, dans un angle écarté du val, que masque un groupe de gros hêtres. Une caverne assez profonde et régulière, peut-être une ancienne mine. À l'orée, des traces de foyer, deux ou trois canettes de bière vide. Le sol est fait de sable nu. Au bout d'une vingtaine de mètres, la cavité se rétrécit, puis se termine en cul-de-sac. Sur la droite part un boyau assez étroit, dans lequel tu ne pourrais t'avancer que courbé. Dans la pénombre, on n'en distingue pas le fond. En faisant très attention, on voit peut-être luire un pan de roche, qui suggère un coude. C'est tout.

Tu t'allonges là, le sable gris t'accueille et referme sur ton dos une main fraîche.

X

Au milieu de l'automne tombe rituellement l'anniversaire de la grande boucherie. Défilés, déposes de gerbes et discours. On va interroger les ultimes survivants en les engluant d'une révérence douceâtre, comme font les infirmières dans les maisons de retraite. On organise des « événements ». On trimballe dans des autocars ceux qui sont encore valides, on les interviewe sur l'un des sites du carnage, on les pousse dans des salles de classe où des marmots les assaillent de questions, on leur fait écouter le discours d'un ministre qui parfois les décore, on les abreuve de champagne, on les ramène chez eux et on les laisse, honorés, médaillés, transportés, rincés, tout seuls avec leur boîte de sardines à l'huile, leurs charentaises et leur télévision. Télévision qui leur apprend, grave, que la journée qu'ils viennent de vivre *s'inscrit dans le cadre du devoir de mémoire*. Ça les laisse épatés.

Il n'est pas déraisonnable de penser, estime Zablanski, que d'ici quatre ou cinq ans, lorsqu'il ne subsistera pratiquement plus de vétérans (on a ses pudeurs, tout de même), on se décide à y aller franco. Pourquoi pas des reconstitutions à grand spectacle, auxquelles viendraient assister des familles ravies ? Ce sont les maires qui seraient contents ! Des milliers d'emplois locaux à la clé, tous ces figurants payés pour manger des rats grillés, écrire à leur promise, ramper dans la boue, couper des barbelés avec des cisailles, s'écrouler touchés par un éclat d'obus, s'éventrer à coups de baïonnette, tenir entre leurs mains le paquet glissant et facétieux de leurs entrailles, sous les applaudissements.

En attendant, le ministère des Anciens Combattants a lancé pour cette année l'opération *Bichonnons les vétérans*, à grand renfort de *communication*. On va te les aimer, les cacochymes héros. Et que je te les fais soutenir par des dames bénévoles, et que je te leur fais offrir des dessins et des œuvres d'art en pâte à modeler par les enfants des écoles, et que je te leur mitonne des banquets. L'interview d'une infirmière passe en boucle sur les radios depuis huit jours, comme un beau cas de bonté et de solidarité spontanée par les temps égoïstes qui courent :

— Et *bichonner les vétérans*, en pratique, qu'est-ce que cela implique ?

— Oh, pas mal de petites choses, de petits détails à prévoir. Surtout, il faudra des couches, parce que bon, c'est sûr qu'à l'âge qu'ils ont, on aura des petites fuites.

Tout cela tombe excellemment pour justifier une sortie, c'est-à-dire une après-midi sans cours. Malheureusement, une des innombrables brochures distribuées aux stagiaires par l'ISFP recommande *des sorties pédagogiques trimestrielles organisées sur une base interdisciplinaire, en cohérence avec le projet d'établissement et donnant lieu à un dossier établi par les apprenants par groupes de cinq à huit. Le dossier devrait comporter un compte rendu de la sortie, sous forme par exemple de réponses à un QCM établi par l'enseignant, et diverses informations complémentaires, photographies, documents, qui pourraient être recueillies sur internet, avec l'aide d'un enseignant d'informatique. Une fois finalisé, ce dossier devrait compter*

de manière substantielle dans la moyenne du trimestre,
pour 20 ou 30 % par exemple.

Zablanski et toi, l'historien et le littéraire, aimeriez bien tout de même une petite visite du champ de bataille des Écargues, avec une classe à peu près tranquille. Il a fallu évidemment quelque habileté rhétorique pour relier la sortie au projet d'établissement (l'emballage), mais enfin, au terme de deux ou trois réunions, vous y êtes arrivés. Le professeur d'arts plastiques a proposé son aide. Il fera réaliser à vos apprenants des emballages à partir de documents concernant les Écargues (emballages de cartes, de photographies du champ de bataille, de reproductions des drapeaux des belligérants, etc.).

La visite aux Écargues a lieu par un jour de soleil frais. Le champ de bataille y prend une allure primesautière. Comment croire qu'on s'est un jour étripé là ? Les élèves de la 6e D écoutent les explications stratégiques de Zablanski, ses descriptions de la vie quotidienne des soldats. Beaucoup ont apporté un petit appareil photo. Ils prennent consciencieusement des images pour leur dossier. Vous traversez d'abord les salles pédagogiques du petit musée, avec les armes, les uniformes, les lettres de soldats, les tableaux explicatifs. Il n'y a pas grand monde, quelques retraités, des obsédés solitaires. Ils viennent une trentième fois reconstituer des mouvements de troupe, observer des uniformes dont ils connaissent par cœur tous les boutons, tous les ornements réglementaires (ils collectionnent des figurines peintes par leurs soins dans la vitrine du salon) comme si la réitération infinie et l'accumulation pouvaient leur donner accès à une réalité qui obstinément se refuse à eux alors même qu'ils espèrent, dans leur précaution maniaque, n'en pas laisser échapper la moindre bribe.

Zablanski te laisse le commentaire du terrain. Vous traversez un désert chaotique semé de cratères. Les élèves t'écoutent, distraitement, raconter les cinquante mille morts des Écargues, mués en pulvérulence de sang par les explosions, dissous du dehors et du dedans par les gaz, hachés par les balles de mitrailleuses, découpés en pièces de boucherie par les éclats qui tranchent les membres, arrachent les mâchoires, ouvrent les ventres. Tu décris les étranges vendanges de cet automne-là, les demi-chevaux accrochés haut dans les branches des hêtres, pégases foudroyés, les troncs humains posés contre une pierre, en proie à une inaccessible sieste, les pendaisons d'entrailles aux frondaisons noires, où il fallait reconnaître l'ami avec qui on partageait un verre quelques minutes auparavant.

Ta gorge vibre un peu comme si tu t'abandonnais à l'émotion suscitée par ton discours. Est-elle seulement humanitaire, cette émotion ? Est-ce qu'on ne pourrait pas y déceler aussi un bon vieux fond de patriotisme, les campagnes françaises, le Boche, la reconquête, la république des petits vignerons contre l'empire des grands buveurs de bière ? Patriotisme, c'est un mot qui n'a plus de sens pour toi, ni pour personne dans ton pays. On est nationaliste, c'est-à-dire de droite, ou rien. Cela représente tout ce que tu as toujours exécré. Quant aux élèves, ils s'en foutent. Alors qu'est-ce que ça vient faire, cette vibration parasite ? Est-ce que l'atmosphère chargée des Écargues retient encore une trace des émotions de tous ces soldats morts, la peur, le chagrin, et le patriotisme, oui, qui t'infecterait plusieurs décennies après ? Ne te fais pas trop d'illusions. Tu es comme tout le monde, tu as besoin d'émotions, alors tu t'en fabriques. Le discours sur les pauvres morts de la guerre, qui profondément te sont indifférents, n'est qu'un petit spectacle que tu te donnes. Tu es comme tout le monde, tu as besoin de te jeter dans un passé, une identité, d'en être fier, d'y trouver de quoi verser des larmes. Et ce besoin chez toi se renforce encore de l'exotisme d'une manière de pensée à laquelle tu te croyais tout à fait étranger. Les ancêtres, les héros, les guerriers, les martyrs, tout de même, ça avait de la gueule. Cela rend intéressant, de ne pas penser comme tu supposerais devoir penser. Toi, l'intellectuel, tu as les moyens pour être patriote sans l'être tout à fait. Tu en reviens quand tu veux, de tes grandeurs, tu redeviens Saurat le lucide, le critique, celui à qui on ne la fait pas. Un luxe. Tu peux emprunter un moment la grandeur des autres et te l'accorder, te puiser un peu d'être dans les destructions collectives, t'émouvoir sans frais de toute cette gloire qui te gonfle la poitrine, et t'en savoir gré. Regarde-toi, sur ton tertre, au-dessus du trou dans lequel ils ne sont pas morts pour de rire : tu vibres de snobisme.

Au collège, le hourvari des couloirs prend par moments des formes curieuses. On ne sait plus quel sens a ce que l'on entend, pendant les cours, de l'autre côté des minces cloisons. Langue inconnue, hurlements rituels. Parfois tu sors, pour surprendre les perturbateurs. Personne. Tu ne peux plus traverser le terrain vague qui fait office de cour sans avoir le sentiment d'être suivi des yeux. Parfois des silhouettes se détachent des groupes d'élèves. D'abord, tu as l'impression qu'elles prennent d'autres directions que toi. En réalité, les trajectoires se rapprochent de la tienne, convergent vers un point où elles couperont ta route, et puis à nouveau s'écartent, se perdent. Vas-tu te convaincre que tu t'es trompé ? Ou admettras-tu qu'il s'agit de te signifier quelque chose ?

L'affaire Allouche n'a pas eu de conséquences immédiates. Il y a une enquête. Cela dure. On n'en

193

entend plus guère parler. Les grands frères de Djibril Elmalek seraient introuvables. Quant aux Hellequin, la rumeur leur prête tellement... Allouche n'a pas reparu au collège. On finit par apprendre qu'il a été placé à Morion-la-forêt, dans une de ces maisons réservées aux professeurs qui deviennent fous, ou dépressifs. Il ne donne pas de nouvelles. Mylène Garcia, seule, a eu le courage d'aller lui rendre visite un dimanche. Il ne dit plus rien. Il ressemble à un petit vieux. D'ailleurs, tout l'établissement, selon Mylène Garcia, ressemble à un asile de vieillards. On entend la télévision qui fonctionne dans la chambre voisine. Les repas ont lieu à 18 h 30.

Djibril Elmalek a été convoqué par le directeur. On l'aurait sermonné. Il a été question un moment de réunir un conseil de discipline, mais le directeur a écarté cette éventualité. Il a montré que la raison et l'intérêt de l'établissement s'opposaient à cette décision. Ses arguments étaient sans réplique. Il a pris sur lui, en revanche, d'infliger un blâme à Elmalek et de convoquer ses parents. Ils ne sont jamais venus. Aux faibles protestations résiduelles (c'est surtout Mylène Garcia qui s'acharne), il ne prend plus la peine de répondre. Il n'a pas le temps, des tâches plus urgentes l'accaparent, le projet d'établissement, la nouvelle réforme des collèges. Il ne sort même plus des bâtiments de l'administration.

Comme d'habitude, Musse se charge d'expliquer. Il y va de l'avenir d'Elmalek. On ne peut pas gâcher sa vie pour une peccadille d'adolescent, dans une affaire où l'on ne sait pas bien s'il est victime ou coupable. Le blâme présente tous les avantages : il constitue un avertissement salutaire, dont on doit espérer qu'il suffira, et il ne figurera pas sur le livret scolaire. Il faut savoir laisser leur chance aux jeunes.

Le blâme d'Elmalek a été immédiatement vécu comme un déni de justice. De mini-émeutes ont éclaté dans les salles de classe, comme d'habitude entre l'exagération parodique et la révolte sincère. Cela s'est calmé, mais quelque chose a lâché d'un coup. Réprimandes ou mauvaises notes sont accueillies par divers noms d'oiseaux où reviennent fréquemment tantôt les « sale raciste », tantôt les « sale blanc de ta race ». Les tags se sont mis à proliférer. Des svastikas constellent les murs des couloirs, envahissent même les toilettes réservées aux professeurs. On lit parfois *Mort aux juifs*, ou *Vive Hitler*. Blumenstein, le prof de maths, ne parvient plus à faire cours, accablé de quolibets où il est question de l'utilité des chambres à gaz et des malheurs de la Palestine. Zablanski est tous les jours un peu plus gai, un peu plus sarcastique. Il relève les graffitis les plus orduriers avec une sorte de joie étonnée, comme s'il trouvait des champignons dans une forêt. « Et maintenant, comment vas-tu t'y prendre, pour la visite du mémorial de la déportation des enfants juifs de Logres ? », te répète-t-il, « c'est ça qui risque d'être intéressant, et pédagogique. » Et tu as beau rétorquer que précisément, ce sera là l'occasion d'une mise au point salutaire, il te connaît, il sait que tu vois approcher cette échéance avec d'autant plus d'angoisse que le pacte tacite conclu avec Arslan a tout l'air d'être rompu.

Parmi les professeurs, les conversations se sont presque taries. On se regarde peu, on reste le moins possible. On tire des photocopies, on boit du café, on corrige des copies comme si on jouait avec application des saynètes sur l'école. En général, tu ne prêtes guère attention aux faits et gestes de tes collègues. Mais si ton regard s'arrêtait sur certains d'entre eux, tu pourrais constater un phénomène curieux. Celui-ci, tiens, par exemple, occupé à punaiser on ne sait quel papier syndical sur le panneau prévu à cet effet, pendant que tu rassembles les copies que tu avais laissées là, avant de donner ton dernier cours, en 4ᵉ E, et de quitter, enfin, le collège. Tu ne te souviens jamais de son nom. Tu le vois de trois quarts arrière. Ses cheveux un peu trop longs, en couronne autour d'une vaste calvitie centrale, tombent sur le col de sa chemise. Son doigt enfonce la punaise. Il fixe le papier à travers ses lunettes. Et il ne bouge pas du tout. La punaise est plantée, son pouce repose dessus, son visage est juste en face du papier qu'il connaît par cœur, puisqu'il rédige lui-même ses tracts, il ne bouge pas. Est-ce qu'il est en train de le relire, pris d'un scrupule sur une phrase ? On dirait simplement que l'énergie qui l'anime d'ordinaire s'est épuisée. C'est une enveloppe vide. Ou bien un court-circuit, quelque part, a bloqué le fonctionnement. Le spectacle a quelque chose de répugnant. Si tu les regardais bien, tous, tu ne pourrais pas éviter de te rendre à l'évidence : un vide les habite, qui par moments reprend le dessus. Peut-être l'évidence qu'ils ne sont rien impose-t-elle à ce point sa puissance, par instants, que plus rien en eux ne parvient à lui résister.

Tu détournes la tête, et tu essaies de glisser dans ta sacoche le paquet de copies que tu dois rendre dans l'heure qui vient. Tu dois, pour cela, écarter le gros manuel scolaire dont tu te sers couramment en 4ᵉ E. Il prend tellement de place que tu y arriveras mieux en l'enlevant d'abord de la sacoche. En sortant, le livre s'ouvre et laisse échapper un objet qu'il contenait. C'est une revue. Elle tombe mollement sur la table, et s'y étale comme une huile. Il ne faut pas longtemps pour comprendre de quel genre de revue il s'agit.

Vautrée sur le plastique blanc de la table, parmi les paquets de copies et les cendriers, une blonde tient à pleines mains ses deux seins considérables, tout en te souriant. Elle n'est vêtue que d'un porte-jarretelles et d'une paire de bas. La surprise te laisse un instant figé. C'est idiot. Tu jettes un coup d'œil au collègue syndicaliste. Il est toujours devant son affiche, dans la même position, mais la tête tournée vers toi affiche un léger sourire. À l'autre bout de la salle, Mylène Garcia vient d'entrer. Elle te regarde, regarde la table, te regarde à nouveau, puis s'assoit près de la machine à café. Tu peux toujours supposer qu'à cette distance elle a mal vu, n'a pas eu le temps de comprendre ce qu'elle voyait. Tu peux toujours. Ce qui ne t'empêche pas de devenir très rouge. Tu entasses maladroitement le magazine pornographique, le manuel, les copies, et tu files en cours.

Tu n'as vraiment le temps de te demander ce que signifie exactement la présence de cette revue dans ta sacoche qu'une fois dans la voiture. Tu files directement, valise dans le coffre, pour un week-end dans la capitale, loin des brumes délétères de Logres.

Comment la revue a-t-elle pu se trouver là ? À quel moment quelqu'un aurait-il pu la glisser sans que tu t'en aperçoives ? Et surtout, pourquoi se livrer à ce genre de plaisanterie ? Tu frémis à l'idée de ce qui aurait pu se passer si tu ne l'avais pas trouvée avant le cours de 4e E : tu aurais saisi le manuel, la revue serait venue avec et, au lieu de s'étaler sur la table de la salle des professeurs, elle aurait fait son apparition sur le bureau à la vue de vingt-huit élèves.

À aucun moment la sacoche n'est restée hors de ta vue, tu l'as eue toute la journée à portée de main, en salle des professeurs ou en classe. Si tu réfléchis bien, en fait, si. Durant le premier cours du matin, avec les 3e D, une altercation violente a éclaté dans le couloir. Tu es sorti. Deux élèves que tu ne connaissais pas se battaient, sans conviction. Ils avaient l'air de jouer la comédie. Le temps de les séparer, de se livrer aux négociations habituelles, de subir les excuses tellement parodiques qu'elles en deviennent insultantes, puis de faire regagner la salle au paquet d'élèves hilares qui observent la scène agglomérés à la porte, il s'est bien passé cinq minutes. C'est un 3e D qui t'a fait cette petite blague.

Alors que la voiture s'engage dans l'allée de la propriété, tu réalises que tu devrais être sur la nationale. Avant même d'avoir pu t'en apercevoir, et comme si quelqu'un d'autre avait décidé à ta place, tu viens de renoncer à ce départ en week-end que tu avais toi-même annoncé à Mme Van Reeth.

Tu vas être seul dans la maison, pendant trois jours. Tu as failli l'oublier. Pour quelle destination la veuve froide a-t-elle bien pu partir, très tôt le matin, avant même que tu descendes à la cuisine, elle qui sort le moins possible ? Elle ne t'avait rien dit jusqu'à la veille de son départ. Aucune précision, rien : *Je m'absente trois jours à partir de demain*, c'est tout. A-t-elle filé à pied ? Est-on venu la chercher ? Ce matin, lorsque tu es parti, la maison était noire, les volets du rez-de-chaussée fermés. La cuisine verte n'avait jamais autant senti l'humidité. Les pardessus de Georges Van Reeth, dans l'entrée, s'étaient mis eux aussi à dégager un parfum de pluie et de terre, comme s'ils vivaient avec les saisons, semblables à une curieuse espèce de végétaux.

Tu désires cette solitude parmi les deux ailes jumelles, la cave, la babylonienne salle de bains avec les longs jambages verts inscrits sur l'émail étoilé, parmi l'espace du salon piégé par les fauteuils, les paravents et les miroirs. La maison Van Reeth t'appartiendra, pour trois jours, d'ici quelques secondes. Un vendredi, suivi de deux jours de week-end, où tu pourras y rester tout à ton aise. Pas de femme de ménage babélienne, qu'une maladie non identifiée retient, paraît-il, chez elle pour plusieurs semaines. À toi les portes verrouillées, les couloirs qui ne mènent nulle part. À toi les doubles rideaux raidis dans la poussière, l'usure des tapis rouges dans les escaliers. À toi les écorchés dont la tête sanglante apparaît sur le dessin du papier peint, la bouche arrondie par le travail des muscles nus pour former cette syllabe qui ne sort jamais. À toi les longues phrases bégayantes, perpétuellement inachevées, que tentent d'articuler souffles et grincements. Les réserves de plis. Le chuintement des voix croupissantes au fond des bondes et des tuyaux. La reptation des plinthes. La rétention de la goutte et le bruit de sa chute, quelque part, on ne sait jamais où, comme la résonance d'une minuscule fatalité. Le déclenchement sénile des pendules, obstinées dans leurs décomptes chagrins. Les lourds vêtements de Georges Van Reeth pesant aux patères comme des peaux arrachées. Les fenêtres fertiles en illusions, exsudant en permanence leurs humeurs froides.

Et tu seras, toi aussi, tout à eux.

À toi, si tu le désires, les collections de feu Georges Van Reeth.

Non, ne te fais pas croire que tu n'y as pas pensé. Tu ne penses même qu'à cela. Certes, tu n'es pas de ceux qui osent ce genre de choses. Mais c'est la maison qui te dira ce que tu dois faire d'elle. Est-ce que tu crois pouvoir te dérober ? Tu n'as rien osé demander encore. Il n'y a guère de chance que la veuve froide t'ouvre un jour le saint des saints. Qui sait ce qu'en trois jours tu pourrais accumuler de documents précieux pour ta thèse ? Ce n'est pas Mme Van Reeth qui ira vérifier les sources d'une thèse que tu soutiendras, si tout va bien, dans trois ou quatre ans, n'est-ce pas ? Et penser au pauvre Blancpain, dansant ses valses désolées devant le buffet, Blancpain qui n'en saura jamais rien, qui ne pourra, au mieux, que soupçonner, est-ce que ce ne serait pas là une grande occasion de réjouissance ? Tu t'imagines, seul dans les parties interdites, contemplant tes fenêtres des lieux d'où Mme Van

Reeth les contemple ? Son intimité tout entière à toi, les tiroirs et les armoires, les vêtements et les papiers repliés sur eux-mêmes, toute cette machinerie secrète et ténue qui actionne le cou fragile, les yeux endeuillés, le corps perplexe de la veuve froide. Qui en recueille le principe substantiel.

La voiture débouche de l'allée, devant la masse compacte de la maison, et tu sais que quelque chose ne va pas. Quoi ? Tout est pourtant comme d'habitude. Comme d'habitude, justement, voilà le problème. Deux des fenêtres de la maison sont allumées. Comme d'habitude ou presque : ce ne sont pas les fenêtres du rez-de-chaussée, auxquelles adhère sempiternellement la silhouette de Mme Van Reeth, mais celles qui, à l'étage, correspondent au domaine de son défunt mari.

Cela pourrait être un jour ordinaire. C'est dans un autre univers que Mme Van Reeth s'est absentée. Tu as failli l'y rejoindre, mais un tout petit saut dans la spirale des possibles t'a permis de retrouver le circuit initial. Oui. À moins plus simplement que tu ne te sois trompé en partant ce matin, avant le jour. Non, tu ne t'en souviens très bien. Tu as noté les volets fermés au rez-de-chaussée, pour décourager les intrusions, mais ouverts à l'étage, et tu aurais forcément remarqué la lumière. Alors, il faut supposer que Mme Van Reeth a dû rentrer plus tôt que prévu.

Mais comme la porte est fermée à clef, que te reste-t-il à supposer ?

Que Blancpain, ayant trouvé un passage secret, s'est introduit par un souterrain débouchant dans un placard, derrière les costumes de Georges Van Reeth conservés dans leur housse, et dépouille frénétiquement, en ce moment même, manuscrits autographes, éditions rares avec dédicaces, yeux exorbités, mains tremblantes, une sueur de convoitise lui collant la chemise au dos, compulsant, étalant, bousculant, comme on écarte une écume de lingeries pour dénuder l'objet du désir.

Peu vraisemblable.

Qui donc se trouve en ce moment dans les appartements de feu Georges Van Reeth – si vraiment il y a quelqu'un ?

L'interrupteur du salon est d'un vieux modèle. Il cède avec un claquement sec. Les meubles, d'un coup, se raidissent dans la lumière. Les vieux tableaux se résorbent dans leur substance bitumeuse. Leurs cadres festonnés les entourent comme une fraise Henri IV un col décapité. Il paraîtrait naturel que la veuve approche et te salue à mi-voix. Elle tournerait vers toi ses yeux englués de pâtes. Sa présence, d'abord, se décèlera à un signe infime dans le paysage bouleversé du salon. Son chignon dépassera du dossier d'un fauteuil. Sa bouche flottera à la surface d'un miroir.

Pour monter à l'étage, tu sais qu'il te suffit de passer dans le salon et de gravir les marches de la galerie. La traversée de toute la vaste pièce a quelque chose de pénible, et tu l'effectues dans un temps infini de rêve. Le petit escalier en hélice s'enroule vicieusement sur lui-même. Dans la boule de verre qui orne la rampe s'abîme un univers composé d'un escalier infini, à la torsion nauséeuse. Les degrés tanguent un peu sous tes pas. Pas de trace de commutateur sur la galerie. Les rangées de livres amassent des blocs de mutisme. À une extrémité de la galerie, il y a une porte.

XI

À présent, tu reposes dans le ventre de la baignoire aux pieds de batracien. L'espace froid de la salle de bains se creuse autour de toi. Une buée chaude brouille les miroirs et les fenêtres, comme voilés de gaze. Tu es au cœur de la maison vide et tu baignes dans le liquide, petit démon impotent régnant dans son cercle. Ton corps t'apparaît comme une chose blême et contrefaite, dont un lent mouvement anime parfois un membre. Tu es vulnérable. Chacune de tes parties semble pouvoir sans trop de mal être détachée de l'ensemble.

Dis, qu'as-tu commis, qu'as-tu vu qui vaille ce long nettoyage ?

L'eau entoure exactement ton corps, s'instille dans tes orifices, mais tu ignores ce qui la compose. Avant de te parvenir, elle a traversé les tuyauteries secrètes de la maison Van Reeth. Au fond de la baignoire, le signe vert touche ta peau.

La porte de la galerie, bien entendu, était fermée. Tu n'imaginais tout de même pas que Mme Van Reeth t'aurait laissé la moindre chance de te livrer à de petites explorations pendant ton absence. Tu as écouté, l'oreille collée à la porte. Aucun bruit. Un trait de lumière soulignait le bas du chambranle.

Tu as d'abord essayé de vérifier si on pouvait voir à travers les fenêtres éclairées. L'une des deux, qui jouxte la petite ouverture à laquelle, le soir de la première réception, tu as cru apercevoir une ombre, s'ouvre dans la face interne de l'aile, celle qui donne sur la fenêtre de ta salle de bains. Tu es monté jusqu'ici, tu as mis le nez au carreau. Tu as regardé longtemps. On ne devinait rien de la pièce, plongée dans un éclairage bas et rougeâtre. Aucune ombre, cette fois, n'est passée derrière les rideaux.

Tu as alors songé au panneau de céramique qui se trouve dans l'entrée. On y accroche des clés. Aucune d'entre elles n'ouvrait la porte de la galerie. En les remettant en place, tu as écarté le pan d'un veston de Georges Van Reeth. Une idée idiote, même pas, un réflexe idiot t'a pris et tu as fait les poches du veston. Un portefeuille et un trousseau de clés. Dans le portefeuille, pas mal d'argent, quelques cartes de crédit, mais pas de papiers. L'une des clés ouvrait la porte de la galerie.

De l'autre côté de la porte, une vaste chambre, éclairée par une lampe basse. Tapis d'Orient, objets de toutes provenances, sur des consoles, des tables basses. Les murs, tendus de toile de Jouy, accueillaient une cohue de tableaux. En face du lit, une petite aquarelle. Elle représente une femme nue, renversée, dos contre un linge ensanglanté étendu sur un autel de pierre. Des nuées sombres filent dans le ciel. À l'arrière-plan, quelques échappées sur un paysage morne, couleur anthracite. La femme fixe, les yeux exorbités, une créature qui se tient en lévitation au-dessus d'elle. Cet être grotesquement composite est fait d'un crâne de bouc barbu muni de bras humains, surmonté d'une tête d'homme chauve aux traits effacés, sans regard, sans bouche. Deux fémurs de squelette font office de jambes. Sous la barbe du bouc se déplie une espèce d'énorme serpent livide qui s'entortille et s'allonge démesurément jusqu'à une tête obscène, énorme, cherchant à forcer l'étroite entrée de la vulve.

Tu as ouvert les tiroirs de la commode Louis XV, plongé les mains dans le linge de Mme Van Reeth. Lingerie compliquée, immatérielle, obsolète, qui écumait entre tes mains. Pendant ce temps, un petit attroupement de photographies, qui couvrait la surface de la commode, t'observait. Des tirages en noir et blanc, groupes, visages inconnus, où l'on croisait la veuve froide, plus jeune, excessivement belle, souriante même. Déjà cette brume dans ses yeux gris, cet air de ne pas fixer les choses. Souvent, voitures et costumes suggéraient une époque ancienne, la guerre. Rien qui permît d'identifier Georges Van Reeth. Il aurait pu être plusieurs des personnages photographiés.

La chambre donnait dans un vaste cabinet de travail. Lui aussi plongé dans une lumière atténuée, comme retenue. En dehors d'une unique fenêtre, les cloisons étaient recouvertes de rayonnages chargés de livres, qui atteignaient presque le plafond. Une échelle mobile permettait d'atteindre les régions les plus élevées. En entrant, on ne pouvait voir que la moitié de la pièce. Un muret composé de bibliothèques vitrées et d'armoires basses isolait l'autre partie, d'où provenait la lumière. De l'autre côté, un immense bureau à tiroirs, supportant une lampe de cuivre allumée, une table basse, le tout recouvert d'un fatras de papiers, de livres, de dossiers, en colonnes branlantes, qui laissaient, sur le bureau, à peine l'espace d'un petit sous-main et d'un vieil ordinateur, un Mac rescapé des temps héroïques de l'informatique individuelle. Les piles de papier avaient aussi colonisé les environs immédiats du parquet. Encore une porte.

Elle livrait accès à un couloir. À nouveau des portes. Cinq. Trois verrouillées, dont une, tout au bout du corridor, devait être celle dont tu connais l'autre face, dans la partie du premier étage qui t'est affectée. Deux s'ouvraient. L'une sur un cagibi identique à celui qui jouxte ta chambre.

Dans la baignoire, tu te revois, debout dans l'embrasure de l'étroite pièce, perplexe. Puis tu repasses le film, tu rouvres la pièce, tu l'inspectes quelques instants, sans comprendre ce qui, dans ce lieu anodin, te fait une si curieuse impression. Comme on se souvient d'abord, parfois, du seul effet produit par un fait, une personne ou un objet, d'un vague sentiment d'agrément ou de désagrément avant que ne s'impose l'identité rebelle à la mémoire, l'image du cagibi te remplit encore de malaise. Tu as beau chercher, tu n'en trouves pas la cause. Le mur de droite est d'un blanc jauni, craquelé. À gauche, un tissu passé qui pend à une longue tringle dissimule une penderie. On voit la pointe de plusieurs paires de chaussures dépasser sous l'étoffe. Pourquoi la couleur du tissu irradie-t-elle d'aussi répugnante façon ? Pourquoi le cuir empoussiéré des chaussures fait-il courir un frisson sur la peau nue de tes épaules plongées dans l'eau chaude ?

La deuxième porte donnait sur une salle de bains rigoureusement identique à la tienne. Au fond de la baignoire couraient aussi des jambages verdâtres, formant un signe dont tu n'eusses pas su dire dans quelle mesure il se différenciait de celui sur lequel tu reposes en ce moment. Tu t'es approché de l'étroite fenêtre, comme tu l'avais fait la nuit du repas du cercle. À ce moment, tu avais fait le tour de toutes les parties accessibles de l'étage. Personne. Pas de Georges Van Reeth, examinant sous la lampe de cuivre une édition rare.

La pluie s'était remise à tomber depuis un moment déjà. Tu n'en avais pas pris conscience d'abord. Dans la salle de bains des Van Reeth, tu l'as entendue glisser le long des gouttières, emplir l'espace extérieur d'un chuintement confus. Activité sourde, souffle dans des alvéoles cachées. Plutôt qu'une chute, une circulation, une respiration régulière. Debout dans le bain de lumière grasse, tu ne bougeais plus, comme englué dans un miroir. Tu étais arrivé à une sorte d'extrémité : presqu'île froide et carrelée, déserte. Une serviette inerte pendait près du lavabo. Sur des étagères, des flacons empoussiérés, des instruments de toilette. Là aussi, une faille s'ouvrait dans la grande glace. À la lèvre du robinet de la baignoire, une goutte presque parfaitement sphérique s'était formée, qui ne se décidait pas à tomber. Cette chute suspendue avait quelque chose d'hypnotisant, comme la descente sans fin de l'escalier en spirale dans la boule de verre.

Reviens à cette image à présent, toi dans la salle de bains jumelle de celle dans laquelle tu te trouves en ce moment, reprends-la. Est-ce que tu ne vois pas maintenant ? La nuit dans sa douceur humide, le vent secouant des feuilles, tout cela était rigoureusement identique à cette autre nuit, quelques jours auparavant, où tu avais cru apercevoir la silhouette de quelqu'un debout, derrière le carreau dépoli de la salle de bains. À présent tu y étais, debout, immobile, occupant la place de l'ombre, ne sachant plus que faire, inquiet à l'idée de ces chambres à retraverser, de ces portes à refermer, de ces espaces à laisser, seuls, derrière toi, dans la lumière.

Il y avait sans doute une autre raison à ton incapacité à faire un geste. Était-ce le pressentiment que, de l'autre côté du vide noir qui séparait les deux moitiés de la maison, et dans lequel passait le souffle régulier de la pluie, il fallait bien que quelqu'un, en ce moment précis, te regarde ? Tu te trouvais, en même temps, de l'autre côté, dans la salle de bains de ton appartement, occupé à tenter de reconnaître une silhouette qui était toi. Si un tel moment était possible, s'il se pouvait que tu l'aies rejoint, où exactement se situerait-il ? Peut-être nulle part. Faille, défaut où se prendrait le temps, et où il lui faudrait sans cesse revenir.

Tu as fini par t'arracher à la salle de bains, tourné entre les rayonnages. Dans diverses armoires vitrées se trouvaient dispersées les pièces d'un cabinet de curiosités, boîtes à musique, automates, bocaux d'avortons, oiseaux empaillés. La fonction et même l'identité de certains objets demeuraient obscures. Une série d'outils de métal rangés dans trois coffrets doublés de satin pourpre ne se prêtait à aucun usage évident. Leurs formes compliquées pouvaient évoquer d'anciens instruments de chirurgie.

Tu es allé t'asseoir au bureau du collectionneur. Tu as ouvert quelques dossiers. Ils contenaient des chemises pleines de pièces variées, vieux factums, cartes postales, actes notariés, lettres ou poèmes manuscrits, comptes, factures, coupures de presse. Cela concernait parfois quelque personnage historique, un écrivain, une ville. Mme Van Reeth a raison, mettre de l'ordre dans tout cela représente un travail monstrueux. Qu'est-ce que Blancpain pourrait tirer de ça en quelques jours ? Rien, dans le fouillis du bureau, qui ressemble à un quelconque catalogue.

Tu as feuilleté les ouvrages entassés sur le bureau. Tu es allé fouiller aussi dans les rayonnages. Aucun classement très clair ne semblait régir le monceau de livres. Des pans de chronologie rencontraient des espèces de thèmes. Il y avait des éditions originales de pastorales du XVIe et du XVIIe siècle. Des traités ethnographiques du XVIIIe et du XIXe consacrés au cannibalisme. Des insulaires. Des utopies. Des bibles de toutes les époques. De la poésie symboliste. De bizarres récits grotesques du début du XVIIe siècle. Des romans gothiques. Quantité d'ouvrages alchimiques. Beaucoup de livres historiques anciens.

Un rayonnage, en face du bureau, était consacré aux érotiques. On en trouvait de toutes sortes, dans ce petit Enfer : des libertins du XVIIIᵉ siècle, évidemment, mais aussi d'étranges pornographies de l'époque romantique, beaucoup de modernes, japonais et allemands, des éditions originales de Sacher Masoch et de Bataille, de Sade et de Pierre Louÿs. De grands classiques, *Les Onze Mille Verges*, *Histoire d'O*. Dans le bas, une série de petits volumes revêtus de la même reliure noire très simple.

Dans le premier volume se trouvaient rassemblés divers tirés à part d'articles dédicacés à Van Reeth par leurs auteurs. Le plus ancien avait paru avant-guerre dans la revue *Minotaure*. L'auteur avait imaginé un dialogue entre Sade, Jack l'éventreur, et un troisième personnage, inventeur d'un abominable enfer personnel où un bourreau à masque de démon torturait les victimes qu'il s'était choisies. Article illustré de photographies empruntées à des revues de médecine légale montrant les cadavres de victimes de crimes sadiques, des organes arrachés, des restes humains retirés des incendies : troncs carbonisés, moitiés de têtes, visages découpés, thorax ouverts de haut en bas, os jaillissant des chairs.

Ce premier volume constituait une sorte d'entrée en matière théorique. C'est en ouvrant les autres que tu as compris. Il y avait là encore des érotiques, de diverses époques, mais surtout des textes très contemporains. Certains d'entre eux comportaient des dates et des mentions d'éditeur visiblement fantaisistes. Quelques-uns se réduisaient à des feuillets dactylographiés et grossièrement massicotés. Il fallait les feuilleter pour se rendre compte de ce qui les différenciait des ouvrages classés dans les étagères du haut. Certains d'entre eux s'ornaient de gravures, voire de photographies en noir et blanc, qui permettaient de comprendre plus rapidement de quoi il s'agissait.

A priori, feu Georges Van Reeth avait recueilli là l'enfer de son Enfer. Un peu plus que le rayon spécialités. Sadisme, nécropholie, coprophilie ou zoophilie eussent été de tranquilles euphémismes pour désigner le contenu de ces textes, qui souvent, d'ailleurs, les associaient, mais les exacerbaient jusqu'à l'insoutenable. C'était un pandémonium, une ménagerie de monstres fabriqués pour satisfaire des appétits qui ne pouvaient naître que dans des cerveaux arrivés au dernier degré de la dépravation. Ces inventions soulevaient le cœur. L'ingéniosité déployée dans la manière de créer des souffrances et des humiliations dont on puisse tirer jouissance dépassait tout ce que tu as jamais pu imaginer. La concupiscence de quelques auteurs exigeait des morts, dans des états variés. Dans certains textes, ou sur certaines gravures, le travail opéré sur la viande humaine lui faisait perdre toute forme reconnaissable, toute unité. On ne savait plus ce qui était là, qui palpitait encore, ou qui pourrissait, ou qui, uni par d'atroces opérations, palpitait ici et pourrissait là, en partie mort et en partie vivant, en partie humain et en partie animal, mutilé, écorché, greffé, calciné, ouvert, écartelé, pendu, plongé dans des déjections infectes. La forme humaine, mêlée à n'importe quoi, dissoute dans les outrages, se perdait, en effet, mais jamais tout à fait. Il en restait toujours une trace. Et c'est cela qui devait provoquer la jouissance. Les textes décrivaient méticuleusement les opérations obsessionnelles censées engendrer cette jouissance.

Et puis les gravures, les photographies. Souvent de très mauvaise qualité, peu contrastées, floues, obscures. On voyait, cependant. La première série que tu as vue devait comporter une douzaine de clichés, assez anciens. Tu n'as pas pu aller jusqu'au bout. Tu as refermé le petit livre, pris de nausée, le cœur battant. Il t'a semblé, sur le moment, que les images te polluaient l'âme définitivement, que tu ne parviendrais jamais plus à te défaire de leur emprise.

Encore à présent elles sont là, avec toi. Tu flottes dans l'eau. Tu n'as pas envie de bouger. Depuis combien de temps es-tu là-dedans ? Ta peau se fripe comme celle d'un vieillard. Tu somnoles. Tu es en train de te dissoudre doucement dans l'acidité des sels de bain. Ta conscience flottera encore un moment, telle une vapeur, au-dessus de l'eau tiède. De toi il ne restera qu'un mince sac chiffonné. Tu demeureras bloqué dans la bibliothèque de Georges Van Reeth, le doigt sur les feuilles.

Tu es revenu au bureau, sur lequel trônait le vieux Mac de l'époque héroïque. Le classement, peut-être, se trouvait là. Tu as allumé. Cliqué sur le dossier intitulé *Mes Documents*. Ce dernier a déployé une immense arborescence de dossiers secondaires. Tu en as ouvert quelques-uns au hasard, qui eux-mêmes déployaient leur propres ramifications. Tu n'en sortirais jamais. L'esprit malin de feu Georges Van Reeth s'est plu à ensevelir ses petits secrets dans leur inextricable prolifération.

En descendant les arborescences, en passant en revue leur contenu par ordre alphabétique, dans l'espoir d'y trouver *Catalogue*, tu as été arrêté par la conscience d'avoir passé trop vite un intitulé qui te disait quelque chose. Tu es revenu en arrière. C'était dans les G. C'est cela. Il y a un dossier *Gerion*. Tu cliques. Le dossier contient une trentaine de documents texte, certains temporaires, la plupart vides, sans titre particulier. Les dates sont aberrantes (3 novembre 1972, 24 novembre 2008). L'un d'entre eux, intitulé comme les autres

Document word, daté de 2010, contient quelques lignes, comme des notes pour un récit :

Va la nuit dans la forêt. Y trouve la sirène. Ignore qui elle est. Ne la voit pas. Ils s'accouplent à l'aveugle. La retrouver ? Comment faire ?

*
**

La nuit, comme d'habitude, ne veut pas finir et le sommeil ne t'accueille que par brefs intervalles. Comment reposer, inconscient, dans cette maison trop attentive ? Tu pourrais toujours t'occuper en feuilletant la revue pornographique. Obscénité bon marché, mais pourquoi pas ?

De fait, ceux qui t'en ont gratifié n'ont pas cherché la qualité artistique. Les filles sont laides, salement maquillées. Corps abîmés. Elles s'exhibent avec des sourires tellement faux qu'ils en deviennent inquiétants. Mais après le musée privé de Van Reeth, cette épaisse vulgarité pourrait passer pour de la fraîcheur. Regarde celle-ci, la brune à cheveux très courts. Est-ce qu'elle n'est pas plus belle que les autres ? Belle jusque dans les efforts pathétiques pour adopter des postures qui révéleront le plus crûment ses parties intimes. Tu ne la reconnais pas ? Allons. Bien sûr elle portait les cheveux très longs, et le maquillage la masque, mais tu ne peux pas t'y tromper, c'est elle, Marielle.

Zablanski cite souvent une phrase de Théophile Gautier : « L'amour est un sentiment ridicule accompagné de mouvements malpropres. » On n'aime jamais que soi, oui, voilà ce qu'il disait. Et comme on déteste cette idée, on trouve des détours compliqués pour ne pas trop voir que c'est soi-même. On s'entoure de leurres auxquels on voue des affections désintéressées et des sentiments élevés. Dans le meilleur des cas, on cherche toute sa vie sa maman, ou son papa. Assez malpropre, en effet. Personne n'aimerait personne si depuis des millénaires on ne nous servait pas la rengaine de l'amour, toujours la même sous des présentations variées. Et comme c'est beau, et comme c'est indispensable à la vie. L'amour est une invention des histoires d'amour. Un personnage des contes, comme les sorcières et les dragons. Tout ça est infantile. L'idée de s'aimer à travers un autre me répugne. J'évite.

Qu'est-ce que ça donne, l'amour, dans la réalité ? Beaucoup d'excitation d'abord, et puis, inéluctablement, une fois le malentendu levé, la séparation, ou l'ennui à deux. Montrez-moi de l'amour qui ait résisté au temps, à l'enlaidissement, de l'amour qui ne soit pas de l'habitude et du confort. De l'amour qui ne soit pas plaisir de s'exalter ou plaisir de se croire capable de s'intéresser à autre chose qu'à soi, pour les plus raffinés.

L'idée d'un sentiment quelconque me répugne. C'est un peu comme les odeurs corporelles. Dans tout sentiment, y compris le plus noble, notez-le, il y a toujours de l'indiscret, du relâché. Je ne veux pas qu'on s'intéresse à moi, ça me gêne. Je ne veux pas qu'on m'aime, qu'on m'estime, qu'on m'admire, qu'on ait pitié de moi, qu'on me trouve sympathique ou antipathique ou curieux. Je ne veux rien être pour personne, et encore moins pour moi. Le sentiment n'a rien à voir avec son objet, il existe pour lui-même, il se fait son petit cinéma. Aucun sentiment qui ne contienne sa part de comédie. Même les mères éplorées jouent à la mère éplorée. Et quand tu es l'objet d'un sentiment, tu as beau faire, tu tiens toi aussi ton rôle dans la petite comédie. Tu ne t'appartiens plus.

Est-ce que vous n'avez jamais senti, à propos d'un sentiment quelconque, sans vous l'avouer tout à fait : « C'est trop » ? « Il y a là quelque chose en trop » ? Je parlais de comédie, mais cette idée n'est pas encore adéquate. Tout en nous est de trop. Tout. Le sentiment est la manière dont nous nous défendons contre cette idée. Un moyen de survie, si vous voulez.

Si l'amour existait, nous serions beaucoup trop petits pour lui. Aucun de nous ne mérite l'amour, Gilles. Si je croyais pouvoir être aimé, je serais un pauvre type, un sale petit gamin narcissique. Voilà pourquoi je veux qu'on me laisse tranquille. J'aurais honte qu'on m'aime. Et quand il m'arrive de songer aux rares occurrences où j'ai pu être aimé, c'est avec un sentiment de gêne, parfois de répugnance.

— Mais vous me parlez, et vous désirez que je vous écoute. Peut-être désirez-vous aussi que je réponde. Cela suppose quelque intérêt.

Voilà ce que tu répliquais à Zablanski. Et lui disait qu'il avait encore cette faiblesse, en effet. Mais ça ne durerait pas, ajoutait-il en souriant. Bientôt il cesserait de te parler. Il ne faudrait pas t'en formaliser : il aurait simplement réussi à se défaire de cette dernière forme d'auto-complaisance. Pourquoi te parler à toi, tu devais te le demander. Sans doute avait-il senti en toi la même tension. On devrait toujours éviter de parler, bien sûr, mais aussi suspecte que soit la parole, elle aide à produire un peu de vérité. En même temps nous sommes si attachés au mensonge que nous ne pouvons pas engendrer du vrai sans l'enfouir aussitôt dans la parole. Quelle est la seule chose vraie, en nous ? Quelle évidence vous saisit, la nuit, éveillé dans l'obscurité, seul, dépouillé des occupations du jour ? Il n'y a que l'ennui, Gilles. Je ne suis pas encore tout à fait capable de m'y abandonner. Alors je parle de l'ennui. Dès que j'en parle, je m'éloigne de sa vérité. Mais un moment viendra où je n'aurai plus besoin d'en parler. Je serai tout entier à mon propre vide.

Marielle aussi parlait moins, vers la fin, avant que tu rejoignes ton poste à Logres. Quatre ou cinq coups de téléphone après ton départ, avec une impression de distance grandissante, et puis rien, depuis des semaines.

Elle te regarde avec indifférence. Son corps t'est plus visible, ses linéaments et ses détails plus clairement exposés en ce moment qu'ils ne l'ont jamais été durant les trois années de votre relation. Que ressens-tu, à présent, devant ce corps que tu as aimé ?

Une sensation de froid, d'abord. Tu contemples les photographies de Marielle nue comme un pur agencement mathématique. On peut s'en réjouir comme devant la beauté des nombres.

Tu as un début d'érection, certes.

Mais cette érection ressemble à la résolution d'une équation.

Regarde-la bien. Elle a, sur ces images où elle s'évertue à exhiber son anatomie, un peu le même regard inexpressif que Zablanski lorsqu'il déclare que ses sentiments sont en trop. On dirait une martyre brandissant le corps du supplice, les organes amputés par les bourreaux, seins posés sur un plat comme deux pâtisseries de crème rose ornées d'une cerise pourpre, mains aux extrémités piquetées de gouttes sanglantes, yeux emprisonnés entre les épines aiguës des cils enduits de graisses noires.

Cependant le supplice n'est pas encore suffisant pour sa convoitise de calvaire. Elle aussi voudrait qu'on lui enlève tout, elle s'offre aux pinces et aux couteaux, aux scies et aux tranchoirs. Tout ce dont elle est faite est en trop. Qu'on la démembre, qu'on arrache toute sa peau, de la racine des ongles à la plante des pieds, qu'on l'ouvre infiniment plus que ce qu'elle fait sur les images, qu'on retire les organes par les plaies béantes, qu'on arrache les muscles, qu'on dénude les os et qu'on les désarticule, mais sa soif ne sera pas encore apaisée.

Les postures d'ascète de la pornographie qu'elle adopte visent à une sorte d'exhaustivité. Il faut que le plus possible d'elle soit visible sur la même image, qu'elle soit présente à la fois de face et de dos. Sur l'une des photos, on voit à la fois les talons des chaussures noires qui constituent son seul vêtement et les ongles de ses doigts posés sur la peau de ses cuisses, à la fois ses fesses et sa poitrine, ses épaules et son visage qui se retourne vers l'observateur, avec les yeux englués dans le maquillage. Les cuisses regardent, les reins regardent, la chair ouvre les yeux.

Et pourtant, tu peux la regarder des heures, cela ne servira à rien. Tu scrutes les zones érotiques, tu cherches la certitude exaltante de leur existence, l'exacte exposition de leur forme, sa nudité ne cesse de te fuir. Il faudrait que chacune des parties de ce corps livre tout le corps, et le corps de Marielle même. Superposer ces trois plans en un moment précis, en avoir la perception évidente et claire, ce serait voir Dieu.

Mais Marielle nue ressemble à une vieille image pieuse trouvée entre les pages d'un missel. Aucune ferveur ne naîtra plus de sa contemplation. Reconnais-le, elle avait raison : c'est en se livrant en pleine lumière qu'on trouve sa part d'invisibilité. Marielle montre qu'elle est invisible. Mais elle ne le sera jamais assez. Même en démultipliant à l'infini ses images, même en se livrant à des obscénités inédites dans un show permanent diffusé sur toutes les chaînes de la planète, elle ne parviendra pas à disparaître tout à fait.

Réfléchis : on n'a pas pu choisir le magazine par hasard. Ou ce serait vraiment une étrange coïncidence. Quelqu'un qui était au courant de vos relations l'a sciemment placé dans ta sacoche. Reste à savoir ce que cela signifie. S'il s'agit d'un avertissement, d'une menace, d'un jeu. Qui connaît l'existence de Marielle ? À qui en as-tu parlé ?

Une fois seulement. Souviens-toi : c'était au cours du second repas du cercle. Tu avais encore trop bu. Qui, déjà, parlait de Villefranche ? Lecorre. Il y a exercé autrefois, il y possède encore une maison. Tu as évoqué celle dont Marielle a hérité, sur le port, et où vous avez passé ensemble tout un été. Lecorre connaissait, et le nom de Marielle lui disait quelque chose. Il n'a pas trouvé quoi, ou il a fait semblant de ne pas trouver. Les membres du cercle sont les seuls habitants de Logres à connaître l'existence de Marielle, son nom, ce qu'elle a été pour toi. Mais c'est au collège que le magazine a été glissé dans ta sacoche. Ce qui impliquerait, si tu écartes la coïncidence, un lien entre le cercle bourgeois de Mme Van Reeth et les petites crapules du collège.

cela m'suffit. S'il s'agit d'un agrandissement d'une
terrasse, d'accord. Qui connaît l'existence de Manuelle ?
Qui en sait quelque...

Une fois seulement, Sourdon lui-même lui donna
de secrète leçon du genre. Tu avais encore trop bu,
Qui, petit Pedro de Villeneuve ? Laporte, il... a
expédié un pion. Il y a eu de rares anges une fois,
La source de la mort hautaine a peine sur le point
... plusieurs pays ensemble, tout en eût, il Laure
connaissait et le nom de Martelle lui disait quelque
chose, il n'a pas trouvé quoi car il a fait semblant de
ne pas trouver. Les membres du cercle sont les seuls
habitués de l'opéra à connaître l'existence de Manuelle,
sornettes qu'elle a eu pour petit, Marc, c'est un collègue
que je cherchais à dé glissé dans la chambre. C'est
maintenant, un ... cela va continuer à débrouiller, un lien avec
le cercle bonheurs de Martelle von Breth, et les petites
attaques du château.

XII

Tu rentres. Tu as essayé de partir. Le goût t'en est vite passé, tu as rebroussé chemin au bout de vingt kilomètres. Cette fois, pas de lumière aux fenêtres du salon, pas de silhouette immobile. La maison est un bloc d'obscurité. Tu effectues la manœuvre habituelle en débouchant de l'allée qui mène à la rue : tourner devant l'aile gauche pour te diriger vers l'emplacement, devant les marronniers, où tu as l'habitude de te garer. Les phares de la voiture découpent une silhouette assise sur les marches du perron. Une fois descendu, il te faut t'approcher de quelques mètres pour l'identifier. Le professeur Blancpain.

La désinvolture de la posture ne lui va pas très bien. Elle a quelque chose d'un peu affecté, avec sa gabardine, son veston et sa cravate. À moins qu'il ne s'agisse de l'ultime lassitude, avant que le malheureux Blancpain n'aille se pendre à une branche de l'un des marronniers, victime de la littérature, éternel reproche à la mesquinerie du collectionneur.

— M. Blancpain ?

Il te répond par un « bonsoir » assez audible. Faut-il considérer cela comme rassurant quant à l'espérance de vie prochaine de l'universitaire ?

— Vous vouliez voir Mme Van Reeth ?

— Mais... Oui. Nous avions rendez-vous.

219

— Rendez-vous ?

— C'est vrai, vous n'étiez pas là, quand je suis repassé, la dernière fois. Elle ne vous a rien dit ?

— Comment ça ?

— Elle m'a encore fait faux bond.

— Oh.

— Oui. Je suis arrivé le jour convenu. Elle m'a reçu très aimablement, pas d'oubli, pas de femme de ménage malade, aucune raison pour que ça ne marche pas. Nous avons pris un porto dans le salon, parlé de choses et d'autres. Ça durait bien un petit peu à mon goût. Elle a fini son verre, j'ai vu le moment où elle allait se lever et m'inviter à la suivre dans la bibliothèque. Et alors...

À mesure qu'il avance dans son récit, la voix ferme de Blancpain est devenue insensiblement plaintive. On sent qu'un gros chagrin s'apprête à lui secouer les épaules. Mais il se reprend.

— Et alors ?

— Le téléphone a sonné.

— Évidemment.

— Quoi, évidemment ?

— Non, rien. Donc, le téléphone a sonné.

— Oui. Mais elle m'a regardé avec une grande gentillesse, et elle a poursuivi la conversation, elle me parlait de son mari, de leur vie, de ses manies de collectionneur, comme si elle était bien décidée, par courtoisie, à ne pas répondre. La sonnerie continuait, continuait. Finalement elle s'est levée. Moi aussi. Elle a pris la direction de la galerie, je m'apprêtais à la suivre...

Blancpain éprouve quelque difficulté à sortir son histoire, il lui faut s'interrompre, comme le mourant qui dans les westerns mélodramatiques raconte d'une voix entrecoupée la catastrophe. Toi, compagnon à son chevet, tente de recueillir la vérité à ses lèvres brûlantes.

— Et ?

— Elle a fait un crochet, et elle est allée cueillir le téléphone je ne sais où. Elle n'a pas dit un mot. Elle s'est contentée d'écouter, pendant cinq bonnes minutes. Je ne voyais que son dos. Elle a raccroché. Elle s'est retournée. À son air désolé j'avais déjà compris, mais je ne voulais pas y croire. Une urgence, une amie qui venait d'avoir un accident. Grave. Il fallait qu'elle y aille, tout de suite. Elle savait que mon séjour à Logres était terminé, alors elle m'a demandé quand j'étais de nouveau disponible. Elle m'a fixé rendez-vous aujourd'hui, à dix-sept heures. Avec toutes les assurances possibles et imaginables. Et la promesse de pouvoir revenir demain, toute la journée. Il est six heures moins dix. Vous savez si elle rentre bientôt ?

— C'est-à-dire ?

— Quoi ? Ne me dites pas qu'elle se décommande encore ?

Comment dire au grand blessé toute la vérité ? Elle pourrait l'achever. Il y faut de grandes précautions, beaucoup de douceur.

— Ce n'est pas exactement qu'elle se décommande. Elle m'en aurait certainement chargé si elle avait décidé de reporter votre rendez-vous.

— Bon, tant mieux. Mais une heure de retard, tout de même... j'espère qu'il ne lui est rien arrivé.

Mieux vaut parfois porter le fer dans la plaie. Les faux espoirs ne font qu'aviver la douleur.

— En fait, Mme Van Reeth est absente. Elle ne reviendra qu'après-demain. Et, euh, elle n'a pas laissé de message.

La métamorphose des traits de Blancpain est impressionnante, pour autant qu'on puisse en juger dans l'obscurité. Le visage calme, empreint de courtoisie du professeur, a cédé la place à un faciès de bête. Des gouttes de sueur perlent à la racine de ses cheveux hérissés. Un rictus découvre ses canines. Un râle sort de sa gorge. Après quoi, il laisse échapper quelques mots sans suite : « C'est pas vrai », « Mais quelle », « Non mais ça, alors ». Et puis le professeur réapparaît.

Je sais bien que tu t'interroges sur le degré de vérité de ce qu'il te raconte ensuite. Même s'il a recouvré une apparence civile, toute bienveillance l'a abandonné. Les consonnes sifflent entre ses lèvres lorsqu'il te refait le récit de sa dernière entrevue avec Mme Van Reeth. Les allusions salaces qu'elle se serait plu à laisser glisser en lui racontant ses relations avec son ex-mari. La manière suggestive dont elle ondulait sur son canapé en évoquant certaines gravures très particulières de sa collection. Elle l'allumait, oui, non contente de l'émoustiller depuis des semaines avec les précieuses pièces enfouies là-haut, dans la bibliothèque.

Cela devient embarrassant. Mais Blancpain continue, pris dans une rage qui ne peut plus s'arrêter.

— Par moments je ne comprenais pas où elle voulait en venir, elle parlait par détours interminables. Mais j'ai bien compris. Elle se moque du monde, cette femme, avec ses allures de bourgeoise impeccable. Tiens, on a parlé de vous, aussi.

— De moi ?

— Oui, hé hé, à sa manière, le venin dans l'éloge. Elle vous apprécie beaucoup, c'est entendu, n'est-ce pas, vous êtes un hôte charmant, mais, mais, on ne sait pas, il y a quelque chose, allez savoir, des manipulations, des machins pas clairs.

— Des machins pas clairs ?

— Oh, ne vous en faites pas, apparemment cette brave dame s'est fait une spécialité du discours crypté. Mais elle ne va pas me rouler dans la farine comme ça jusqu'à la consommation des siècles. J'en ai vu de plus coriaces, des collectionneurs. Des comme elle, qui vous aguichent pour bien vous en faire baver, par pur sadisme, et par avarice aussi. Je les ai toujours eus. Elle finira par me la montrer, sa collection.

Là-dessus, il repart sur le gravier que ses semelles connaissent bien, le pas ferme, la sacoche agitée de soubresauts d'indignation, et le tournant de l'allée le gobe.

Tu travailles à ta thèse, jusque tard dans la nuit. Cela n'avance guère. Parfois, tu entends, venant du bas de la maison, un vagissement insistant, celui du téléphone. À chaque fois ça recommence, tu te déconcentres, t'énerves, il te faut plusieurs minutes pour rassembler ton attention.

Tu penses à l'ordinateur de Van Reeth et à ce qu'il doit contenir, que tu as à peine exploré.

Profites-en, tu ne pourras pas y avoir accès tous les jours.

Il est deux heures du matin. Tu revois les pièces point par point, la chambre, la bibliothèque, le dressing, la salle de bains. Elles te répugnent. Mais l'ordinateur, songes-y, contient peut-être tout ce dont tu as besoin. Les matériaux inédits pour ta thèse. Des révélations sur le sens de la nuit dans la forêt. Plus encore. Il suffit de reprendre la clé dans la poche de la veste. Allons, ce n'est pas grand-chose.

Voilà, descends dans les arborescences, toujours plus profond, ouvre ici ou là. Et tu finis par trouver ce que tu cherchais, dans un autre petit fichier qui ne contient que ces quelques mots :

Il faut qu'il retourne dans la forêt. Le même jour de chaque semaine, à la même heure, au même endroit. Tantôt il trouve, tantôt non. Il n'y a pas d'autre moment. Il ne pourra pas s'empêcher de revenir. Cela durera indéfiniment.

*
**

223

C'est exactement ce qui se passe. Chaque vendredi soir, tu gares ta voiture en bordure de la forêt. Tu n'es jamais seul. Tu croises, toutes les semaines, les mêmes ombres indistinctes qui se cherchent, se croisent, se suivent, aux confins de la route et du sous-bois. Il arrive que certaines d'entre elles cherchent à t'approcher, te frôlent. On te suit, tu entends les pas, le souffle, et puis on t'abandonne. Ou bien, devant toi, tu perçois un mouvement. Quelque chose qui se forme, se condense, se déploie. Une silhouette se détache, à peine, des troncs et des buissons, comme le corps d'un sylphe dont une partie demeurerait mêlée au bois de l'arbre, l'autre luttant pour se dégager, se désengourdir, progressivement animée de la souplesse de la chair, de la vivacité du sang. On murmure tout près de ton oreille. Tu ne comprends pas toujours bien les mots prononcés par les bouches invisibles, et l'on dirait que la langue, elle aussi, peine à se désengluer. Des consonnes sifflent, des voyelles naissent à peine. Peu importe : invites, supplications. Tu comprends. Parfois menaçantes, parfois mélancoliques. Tu les laisses derrière toi et, tandis que tu vas plus profond, elles te suivent un instant, et puis, très vite, se perdent, comme trop faibles pour résister à l'aspiration de l'ombre qui les reprend et les enfouit.

Tu descends à l'aveuglette, comme la première fois. Trois fois, quatre fois, tu te perds, incapable de retrouver dans le noir le chemin de la grotte. Presque toute une nuit passera à cette errance, jusqu'à ce qu'un début de jour te trouve à quelques dizaines de mètres de ce que tu cherchais.

Tu apprends à te repérer. Tu vas tout droit où l'on t'attend. Parfois il n'y a personne, parfois elle vient. Tu t'assieds dans le noir, tu l'attends. Tu écoutes. On entend sans cesse des craquements. Tu crois reconnaître le bruit de ses pas. Cela s'arrête. Reprend.

S'éloigne. Qu'est-ce que c'était ? Tu crains toujours que l'on te suive, que l'on vous ait repérés. Ou bien c'était elle, qui s'est approchée, et puis a renoncé. Trois fois sur quatre, ton attente est inutile. Tu perds l'idée de l'heure. Tu t'endors là, lové contre la paroi rocheuse. Des bêtes parcourent ton sommeil, s'insinuent entre les vêtements, se logent dans les replis de la peau. Tu te réveilles dans la lumière assourdie du sous-bois. Il a plu, comme toujours. Les chemins sont trempés, des brouillards égarent les formes. Tu as peine à savoir où tu es, qui tu es. Tu n'as plus dormi comme cela depuis des années, dans un demi-éveil creusé de lourds puits de coma.

Au retour, la voiture est toujours plus glacée. Souvent, tes vêtements sont humides, trempés même, couverts de terre, de débris d'herbe et de feuilles. Tes mains noires. Tu devrais te voir. Mort échappé de sa sépulture. Tu conduis, tu rentres dans la maison en essayant de faire le moins de bruit possible. Tu ne penses à rien. Tu essaies de recomposer les caresses secrètes, les étreintes qu'exaltait le sentiment de leur impossibilité – de leur inexistence. Rien ne revient. La fatigue t'a ôté la mémoire – ou bien l'obscurité, qui retient tout, les gestes, le temps. Il ne reste d'à peu près net dans ton esprit que ce que tu sens encore, le contact et la trace des choses inconnues qui se sont enfoncées dans ta peau, coquilles, insectes, comme les fossiles témoignant d'une période infiniment reculée, avant même la lumière. Et les bêtes qui t'ont peuplé continuent à sortir de toi longtemps après que tu es remonté de la forêt. Tu les surprends, infimes parfois, parfois inidentifiables, qui affleurent à un pli, à quelque partie secrète et tentent de disparaître. Tu ne sais plus combien de bêtes microscopiques te colonisent.

Dans l'obscurité totale où vous vous retrouvez tu occupes la peau d'un aveugle. Le silence enchevêtré de craquements et de souffles y ajoute une presque surdité. Là, tu trouves le repos. Tu descends au fond de cette forêt comme on dévale les degrés du sommeil. Lente spirale, légèrement étourdissante. Tu agis comme un dormeur, avec la même évidence des gestes, le même poids en eux. Tu ne savais pas qu'on pouvait vivre comme on dort. Cette vie ressemble à un souvenir. À chacune de ces nuits tu te retrouves un peu en deçà de toi, dans cette atmosphère des lieux mal identifiés de la mémoire, où l'atmosphère est plus dense, les substances plus épaisses, où des êtres demeurent, comme des échos d'eux-mêmes, attachés à des postures, à des gestes dont l'intensité muette étreint le cœur. Mme Van Reeth s'étonne parfois de te voir revenir dans le matin, baigné d'humidité et de mucus, squameux, indécis, sourd. Elle ne t'en dit rien.

Aveugle, sourd : cela ne rend pas ta main plus apte à donner sens aux formes. Un visage visible a une sorte de signification. Un visage invisible n'a pas de sens. Mais cette signification du visage visible, qui en donne l'identité, est aussi ce qui permet de l'oublier. Il ne reste de lui que le signe de sa présence. Il a disparu dans sa visibilité.

Parce que tu ne l'as jamais tout entier sous la main, le visage invisible que tes doigts forment certaines nuits s'assemble et se désassemble à chaque fois. À peine crois-tu comprendre la logique qui lie ces joues et ces lèvres, ce nez et ce front, déjà des trous d'obscurité percent la peau, le front, les paupières, des fragments de joues flottent encore, lambeaux blancs, dans ton imagination, puis se perdent. Tu n'en finiras pas de refaire ce visage, jamais il ne prendra sens, et c'est pour cela que tu ne peux pas t'en débarrasser.

*
**

Ta thèse n'avance pas. On ne voit pas comment elle avancerait, tu passes tes jours épuisé, relié à tes nuits humides par un cordon ombilical qui t'alimente de torpeur.

Avant de te replier vers l'enseignement et l'université, tu avais tenté de faire l'écrivain, comme tout le monde. Tu te souviens ? Cela n'avait pas été bien loin. Tu n'as jamais dépassé les quinze pages. Tu as dû commencer, comme cela, entre seize et vingt-deux ans, une bonne dizaine de « textes ». Pourquoi n'arrivais-tu jamais à les terminer ? Qu'est-ce qui n'allait pas ? Est-ce que tu te l'es jamais demandé ?

Tu n'avais pas encore admis l'idée que la littérature n'est plus possible. Ce que tu barbouillais n'avait rien de réel, tout simplement. Ça ne correspondait à rien, ça n'entrait pas dans le monde. À chaque fois que tu te mettais à écrire, tu sentais douloureusement à quel point toi, assis devant ton écran d'ordinateur, alignant des mots, tu n'accrochais plus à rien. Ça tournait à vide.

Que faire avec ce vide de ton esprit ? Il n'y avait rien, il n'y a toujours rien en toi, un peu de froid, des passages nuageux, des pluies fines. Eh oui, il n'y a rien à dire, il n'y a jamais rien à dire. Le monde est là, tout autour, neutre. On mange et l'on s'habille. On est toujours avec soi-même. On fait les courses à la supérette. On dort. Tout est normal. Que faire avec tout ça, en fait de littérature ? La littérature n'a aucune place dans ce monde. Comment ne pas mentir ? Comment écrire sur un écran des mots qui ignorent la banalité de cette pièce, le poids des viandes dans le ventre, la grande indifférence en soi qui digère tout ? Il faudrait dire ce froid et cette indifférence. Mais avec quels mots ? Prendre les choses, les choses bêtes, les choses plates, et les rendre transparentes comme l'esprit.

Tu te disais : ces choses banales et qui sont à n'importe qui, elles vont devenir moi. Ils verront, tous,

227

ceux qui l'ignorent, à quel point je suis malin. Je passe pour intelligent, oui, mais toute intelligence est hypothétique. On ne sait pas où elle est, on ne l'a jamais sous les yeux. Avec le livre, elle deviendra visible, indubitable. Ce sera l'intelligence absolue, celle qu'on peut toucher, celle pour laquelle on fait un chèque au libraire. Le problème, bien sûr, c'est qu'à vouloir paraître malin, on l'est moins. Or toute la ruse est là : je ne serai pas mon livre. Il se sera produit malgré moi, je me serai montré intelligent sans le faire exprès. L'auteur d'un livre est innocent de son propre génie. Voilà ce à quoi il faut parvenir : être justifié par le livre, et en même temps rester au-dessus de ça. Aussi tu t'évertuais devant ton écran à être et à n'être pas ton livre, à l'écrire sans l'écrire. Avec cette technique, il n'avançait pas beaucoup.

Tu en avais pourtant besoin. Ces longues stations à ton clavier t'évitaient de devoir admettre que tu n'étais que toi. Tu n'imaginais pas qu'on puisse ne pas vivre un pied dans l'éternité, dans ce monde comme si on n'était pas déjà, en partie, hors du monde. Aussi demeurais-tu incapable de comprendre les réactions et les motivations de tous ceux qui ne pouvaient pas, au prix de ces heures à frapper sur des touches, se racheter de leur vie.

Rien n'a changé. Le monde réel, c'est la fadeur du quotidien, ce flux impalpable, incolore qui constitue le fond de ta conscience et des objets. Le monde réel, c'est trois heures de l'après-midi : l'heure qui ne va nulle part, où désirer, où faire un geste n'a pas de sens, où le temps demeure seul et te traverse sans direction. Tout semble faux en regard de cela, outré, théâtral, bouffon. Comment voudrais-tu, Saurat, écrire un livre qui appréhende cette fadeur ? Comment veux-tu dire quoi que ce soit ? Tu donneras toujours de l'importance aux choses, et la seule réalité est ce qui n'a pas d'importance.

Il serait bon d'agir. Tu es Gilles Saurat, tu es très intelligent, tu seras un grand universitaire, un chercheur respecté, tu vas t'arracher à Logres. Plus tard, tu en parleras comme de l'époque héroïque où tu écrivais ta thèse dans un trou sinistre. N'oublie pas : c'est cela que tu veux.

Si tu ne peux pas être un grand écrivain, sois au moins un grand intellectuel. La glose est tout ce qui reste possible en matière de littérature. Une fois ta thèse brillamment soutenue, tu pourras entrer à l'université. Une fois à l'université, tu écriras de gros livres savants, tu dirigeras des thèses, tu auras des disciples, tu seras connu, tu passeras dans des émissions culturelles. Bref, la gloire. Pas une gloire de mauvais aloi, de celles qui échoient à n'importe quel imbécile qui a de la chance, ou un peu d'habileté. Ces gloires-là, que la télévision confère en quelques semaines, ne durent pas. Le chanteur ou l'acteur célèbre suscitent plus la familiarité que le respect. Au fond, leurs admirateurs se disent qu'ils pourraient en faire autant. Rien de leur idole ne leur est obscur ou lointain, ils comprennent tout, savent tout à l'avance, la vie privée, les manies, les secrets de réussite.

Ce que tu veux, toi, Gilles Saurat, c'est une gloire lointaine. Devenir quelque chose d'évident et d'incompréhensible. Une star, certes, un phénomène céleste, mais plutôt un trou noir. On connaîtra ton œuvre, par pans, par morceaux, mais elle sera si vaste et si complexe que personne ne pourra prétendre la comprendre vraiment. Cette masse engendrera toute une faune microscopique. Les exégètes proliféreront. Le volume du commentaire ne cessera plus de croître. Ta mort, en escamotant l'origine de ton œuvre, donnera à celle-ci son poids définitif d'obscurité. Elle deviendra le noyau d'un second univers, qui redoublera et reflétera l'autre. En pénétrant à l'intérieur de la masse ténébreuse, les lecteurs et les commentateurs de l'avenir commenceront le travail interminable qui leur permettra de te connaître sans t'épuiser jamais. Ils sauront, avec inquiétude, qu'en te prenant pour objet, en disséquant tes phrases, en reconstituant minutieusement tous les épisodes de ta vie, jour par jour, en te psychanalysant, en t'imitant, en scrutant tes thèmes de prédilection, en publiant ta correspondance, tes manuscrits, tes fragments, en les annotant, ils ne font jamais de toi, en réalité, un objet dans leur conscience, mais, pris dans ce qui excède leur conscience et l'englobe, te pensent moins que tu ne les penses.

Ils te connaîtront, mais comme dans un miroir obscur. Tu seras mort, depuis très longtemps, mais cette noire ondulation de mots aura plus de puissance et de vie qu'une simple existence individuelle, avec sa conscience délimitée et ses pensées insuffisantes.

Bon, il faudra vivre assez longtemps pour que ton œuvre fonctionne comme si tu étais mort. Au fond, c'est cela que tu vises : produire une œuvre telle que tu deviennes un mort par rapport à elle. Être mort, en un sens, c'est flatteur. Position intéressante. Même le mort banal, le premier venu du décès, accède à une espèce de gloire. Il jouit d'un statut inaccessible au reste de l'humanité. Peut-on rêver manière d'être plus intense que celle qui consiste à ne plus être du tout ? On ne mange plus, on ne fait plus pipi, on ne ronfle plus, on ne s'enrhume plus, on ne regarde plus la télévision, on n'achète plus de biscottes et de brosses à dents, on ne compare plus les mérites du charmes-chambertin et de l'aloxe-corton, on cesse définitivement de faire du vélo, on arrive enfin à s'arrêter de fumer, on n'a plus de papa, de maman, de beau-frère, plus de maison à l'île d'Oléron, on n'enfile plus son pantalon. Finis les petitesses et les à-peu-près. On laisse tout derrière soi. On s'en est allé vers l'horizon, pour ne jamais revenir. On est absolu. On est un héros. Dans la mort, il y a tous les ingrédients de la vraie gloire, suprême dessert, sucrerie totale : c'est exotique, inquiétant, mystérieux et solennel. Et puis c'est définitif. Personne ne parviendra jamais à ôter au mort sa qualité de mort. Et il se trouve encore des journalistes pour s'interroger sur les raisons du regain des sectes sataniques chez les jeunes, sur les violations de cimetière, la vogue du folklore macabre dans le rock, au cinéma, partout. Tout le monde voudrait être mort. Parce que tout le monde voudrait être absolu.

Le problème c'est que leur mort sent encore trop la vie. Elle pue la volonté de mourir. Le vrai mort, en général, ne le fait pas exprès, c'est là qu'est la beauté de la chose. Ça lui est venu de loin, de profond. La mort est montée d'un lieu qui lui appartient si intimement que ce n'est plus lui du tout. Quand on meurt, on est extrêmement soi-même (c'est ce Fernand-là qu'on regrette et qu'on pleure, pas n'importe quel Fernand, il importe de ne pas se tromper, sinon quel intérêt, autant aller gémir sur une tombe au hasard) et on n'est plus personne. Voilà ce qu'il faut essayer d'obtenir par l'œuvre qui fera ta gloire. Tu l'auras voulue, cette œuvre, elle sera le produit de ce que tu désires et de ce que tu es, mais en fait tu ne l'auras pas fait exprès, elle t'aura échappé. Pense à ça, et travaille, un peu. Travaille à faire en sorte que tu n'aies plus besoin de travailler pour que ça vienne.

Donc, ayant écrit cette œuvre, tu seras mort, mais pendant un certain nombre d'années tu seras encore de ce monde pour jouir de ta mort. Cette œuvre qui ne sera personne, c'est toi, Gilles Saurat, en personne, qui en recueilleras les bénéfices. Tu as déjà envisagé comment il faudra t'y prendre pour en parler. Tu seras assis sur un siège futuriste, dans un studio télévisé. Ce sera une émission littéraire à laquelle tu auras exceptionnellement accepté de participer. Tu ne vas pas n'importe où. Tu sors rarement de ta retraite. Cette émission, quoique assez regardée, est d'un niveau respectable. Pour une fois, il n'y a qu'un seul invité, toi. Le présentateur est assez gourmé, très culture. Deux énormes piles devant lui concrétisent ton œuvre, qui va des recherches les plus érudites à de vastes synthèses culturelles qui ont bouleversé le savoir. L'animateur commence par des flagorneries démesurées. Un peu agacé, tu les écartes d'un mot. Qu'importe tout cela. Qu'importe ta personne. Tu n'es pas là pour parler de toi. Ce qui compte, c'est le travail effectué. Gilles Saurat n'est qu'un individu sans intérêt particulier. Doit-on, d'ailleurs, se faire gloire d'une œuvre ? Lorsqu'elle entre dans le monde, elle n'appartient plus à son auteur, elle vit de sa vie propre. Au fond, si on y regarde bien, la personne de l'auteur entre-t-elle pour une si grande part dans l'œuvre ? Est-ce que les œuvres ne se font pas un peu toutes seules, en passant par tel ou tel qui les aura accueillies, les aura laissées se développer ? Non, laissons là toute idée de mérite et de gloire personnelle, passons aux choses sérieuses.

Ce sera bon. Tu seras si détaché, si loin. Tellement mort. Un spectre. Plus tu renonceras à toute propriété de ton œuvre, plus il y aura gloire, intense et profonde, à en être l'auteur, jouissance intime.

Seulement, mon Gilles, avant d'en arriver à l'émission exclusive où tu pourras proclamer que tu n'es pas l'auteur de ton œuvre, avant ta grande et glorieuse mise à mort, il faut passer par certaines étapes. Il est question de vivre. Une grande thèse, publiée chez un éditeur qui compte, ne suffira pas. C'est bien pour ça que tu fais un peu de journalisme par-ci par-là, des articles sur la littérature contemporaine dans des revues mi-branchées, mi-intellos. Qu'il t'arrive d'écrire des lettres flatteuses à des écrivains et des universitaires auxquels il arrive de te répondre. Bref, tu gagnes doucement ta place. Et ce n'est pas parce que tu es nommé dans un trou que tu vas y renoncer. Au contraire. Un soupçon d'exil ne nuit pas, pourvu qu'il ne dure pas trop. On y gagne une aura, comme les marins et les soldats. Tu seras celui qui s'est noirci les mains dans sa jeunesse, qui est allé délivrer la parole progressiste aux pauvres, voire aux pauvres dangereux. C'est un peu dégoûtant, bien sûr, mais avec de l'astuce, mon petit Gilles, on arrive à retourner le dégoût en fascination. Plus tard, tu auras des gens importants dans tes relations, tu rendras des services, tu seras invité à des cocktails et à des dîners où l'on médira délicieusement des confrères. Car il faut, pour être mort un jour, en passer par toutes les fanfreluches grotesques qui sont la vie. C'est pour un jour être très loin du monde qu'il est nécessaire d'y patauger d'abord.

Cela te rebute bien un peu. Tu te sens des paresses. Tu crains que la gloire ainsi gagnée, comme on bâtit sa fortune sou par sou, n'ait jamais aucun goût. Il faudrait que cela vienne sans rien faire, comme par surprise. Il y a des moments où tu te dis que la vraie gloire n'a peut-être jamais été goûtée que par des fainéants inconnus, rêvassant stérilement, dans des après-midi vides. Alors tu sens ton destin s'infléchir dans ce sens. Ce sont des faiblesses. Tu dois y mettre fin.

Toute volonté paraît t'avoir abandonné. De temps à autre, tu t'efforces d'avancer un article promis, tu manipules un peu les disquettes de ta thèse. Tu ouvres, tu relis. Tu modifies un mot. Tu restes figé devant le clavier. Le seul poids des nuits t'empêche-t-il de bouger ? Ce n'est pas sûr. Quoi d'autre ? Toujours ce vieux recul devant le médiat, l'indirect. Oui, pour obtenir le livre, il faut aller de chapitre en chapitre. Pour obtenir le chapitre, de phrase en phrase. La phrase, de mot en mot. Jamais tu n'auras directement ton livre, tout entier rassemblé, avec toutes ses idées en une idée, tous ses mots devant toi comme on embrasse un tableau d'un seul regard. Construisant ton livre, progressivement, tu le perds, et le dernier mot écrit, tu demeureras avec cette impression décevante, mélancolique, d'avoir, à grands efforts, cru produire un objet alors que tu le détruisais. Et, bien entendu, on peut tout envisager de cette façon. Alors, pourquoi ne pas demeurer là à ne rien faire, à jouir en pensée de ce qui n'adviendra pas ? On connaît, va. Tu dois apprendre à dominer cela. N'est-ce pas cela, justement, qu'ont ranimé en toi les nuits dans la forêt ?

*
**

Au collège, Ravi ne te lâche plus. Tu le trouves partout sur ton chemin, trébuches sur lui au détour des couloirs. Quand toute la classe s'est précipitée dehors, lui reste, à glisser ses affaires dans son sac informe avec une lenteur sans vraisemblance, te regardant du coin de l'œil serrer les tiennes. Il sort sur tes pas, te suit dans les couloirs. Il traîne sur le parking quand tu y récupères ta voiture, ou à proximité de la salle des profs lorsque tu en sors. Il affiche toujours le même regard soumis, buté. Vous parlez. Il accueille avec une approbation fataliste tes commentaires sur ses résultats désastreux, il sait bien qu'il est nul, il a toujours été nul. Désolant, oui, d'être mauvais à ce point-là. Tu as parfois du mal à le comprendre, parce qu'il emploie la langue particulière de ses condisciples, dans laquelle revient sans cesse un petit nombre de termes imagés, ou retournés en verlan. Ces mots stéréotypés dessinent un univers étroit, formé de configurations toujours identiques, très simples, et qui n'a que peu d'espaces communs avec le tien. Il débite ces quelques mots sur un tempo précipité, soulignant certaines syllabes avec une affectation agressive, caricaturale, comme les chanteurs de rap, ce qui rend ses discours encore plus difficiles à suivre. Tu as tellement l'habitude d'entendre cette langue employée pour insulter, menacer, moquer ou réclamer que tu restes d'abord décontenancé par l'écart entre la musique et les paroles. Dans son langage de petite brute, la plainte, d'abord, peine à se faire entendre. Elle n'a l'air de ne survivre qu'avec peine en milieu hostile.

Il semble toujours plus maladif, plus chétif. Il se déplace avec une telle lenteur qu'on pourrait la soupçonner d'être affectée. Regarde peu en face, plutôt en dessous, de côté, comme si l'inquiétaient en permanence les masses d'espace du collège, aussi noyées de sons superposés que si les jours amassaient du bruit qui ne se retirait pas. Et puis, il finit par te fixer avec ses grands yeux noirs, et vides. Ravi est aussi beau qu'il est bête. C'est ce qui le rend attirant : petit amas de matière noire et douloureuse, qui regarde sans comprendre.

À force d'être gluant, il n'est pas seulement encombrant, mais compromettant. Si les autres élèves vous voient trop souvent ensemble, les allusions graveleuses finiront par fleurir. Pourtant, tu t'abandonnes à cette affection de chien. Ravi, d'abord, parle peu de sa vie dehors (tu sais, par les collègues, qu'il habite la Cité des Bleuets, ruines en béton infestées de bandes). Il déborde en revanche d'anecdotes et de commérages sur le collège. Il psalmodie une saga d'embrouilles et de rivalités à laquelle, la plupart du temps, tu ne comprends rien. Il en ressort tout de même un certain nombre de choses inquiétantes.

Le collège, essaie d'expliquer Ravi, n'est pas le simple foutoir qu'il a l'air d'être. Il existe un ordre, au moins partiel, invisible pour les professeurs. Des hiérarchies. Certains événements, certains gestes ont des significations obscures pour les adultes. En somme (Ravi avance difficilement, tu dois le soutenir presque phrase par phrase) il y a dans ce chaos des signes cryptés. Et tout dépend, en réalité, de l'extérieur du collège.

Dans ces ordres invisibles, Ravi a sa place, tout en bas. Autrefois, explique-t-il, il était en dehors. Mais, à de rares exceptions près, quand on vit aux Bleuets et qu'on étudie à Prévert, on ne peut pas rester en dehors. L'existence des hors castes devient vite un enfer. On est racketté, battu, persécuté. C'est ce qui lui est arrivé d'abord. Il n'avait pas de solution. Il ne pouvait pas quitter le collège ni la cité. Se plaindre ? Ravi hausse les épaules avec un sourire. Il s'est soumis. La vie est plus tranquille. Il est devenu un esclave. Il y en a beaucoup comme lui. Plus encore des filles que des garçons.

C'est lui qui a employé le mot d'« esclave ». Qu'est-ce qu'il faut entendre par là ? Quelle soumission exige-t-on des gens de cette sorte ? Ravi reste évasif sur ce point, on rend des services, on sert, en contrepartie on est moins battu. Battu quand même, c'est vrai, moqué, rudoyé, humilié, mais, en même temps, d'une certaine manière, protégé. Jamais on ne cesse d'être esclave. Impossible. Il faut accepter cette vie-là. Par moments, c'est difficile, mais on se console en se disant qu'on a moins à craindre que si on était resté en dehors. Ce qui lui fait vraiment peur, c'est qu'on le repasse à d'autres. Mais ça n'arrive pas souvent.

Tu ne lui demandes pas ce qu'il te veut. Tu comprends qu'il ne désire pas être aidé. Lui et toi savez que c'est impossible. Il exhale sa plainte. Il l'exhale même trop souvent, trop longuement. Vous trouvez cet accord : lui, lamentation ; toi, intérêt plein de compassion. Personne n'écoute ce pauvre Ravi, il a trouvé en toi de quoi se soulager, exister un peu aux yeux de quelqu'un. Voilà ce que tu te dis. Mais est-ce qu'on ne pourrait pas, à de minuscules réactions, dans son ton, dans son œil, lorsqu'il glisse vers toi son beau regard de biche, est-ce qu'on ne pourrait pas se demander s'il ne cherche pas aussi ton plaisir ?

Ravi, aussi bête qu'il soit, a sans doute compris instinctivement quelque chose qui ne te vient pas tout de suite, mais enfin ça y est : l'idée de sa souffrance te fait plaisir. D'un coup, l'image de la petite fille du train te revient, et toi, dos tourné, dans le miroir, en train de contempler les deux bourreaux attentifs à forcer sa bouche avec des nourritures amères. Ravi aussi est juste à côté de toi, mais tu le vois dos tourné, dans un miroir. Tu dors et tu regardes. Tu ne peux pas bouger.

Oui, cette idée t'a déjà traversé. Il n'y a pas d'autre vie que celle des nuits dans la forêt. Le reste de tes jours est un long cauchemar. Tu les passes en songeant à ces nuits, comme, depuis le cauchemar, on aspire à revenir à la conscience. Elles sont là à chaque instant. Tu as ta réserve d'obscurité.

Sous les paroles de Ravi, tu entends, comme une rumeur de fond, l'annonce de la catastrophe. Il ressemble à l'enfant qui rapporte les prophéties, transcrit sans les comprendre les signes de l'avenir qui lui ont été livrés dans une vision. Tu en éprouves de la crainte et de la joie. L'odeur du malheur t'excite, même si cela devait être ton propre malheur. Le servage et l'humiliation de Ravi te plaisent. En fait, ils te semblent insuffisants. Tu as soif d'une bassesse infinie, à l'intérieur du miroir embrumé de la vitre. Tu veux que le train s'enfonce toujours plus profond, regarder la chair meur-

237

trie et les flammes qui émergent. Et bien sûr tu veux aussi, tout aussi fort, te recroqueviller dans la forêt humide, que quelqu'un, dont tu ne sais rien, se love autour de ton corps comme un serpent. Est-ce cela, vraiment, que tu désires ? Les deux ?

Les murs du lycée se couvrent de signes. Ils montent, de même que des marées de plus en plus hautes abandonneraient des fragments de coquillages, des algues, des animalcules et des membres de bêtes marines arrachés à des fonds inconnus par un raz de marée. Les symboles nazis s'accompagnent de sigles et de hiéroglyphes indéchiffrables. On trouve aussi des dessins, tantôt peints, tantôt gravés, partout, sur le bois des portes, les vitres, le revêtement plastique des tables, en zébrures ou en tortillements, comme si certaines vies larvaires, flagelliformes, serpentines, méduséennes, remontées du fond des matières sous l'instinct de quelque bouleversement, y croisaient les traces calcinées d'une tourmente.

De grosses voitures noires aux vitres opaques stationnent souvent à la sortie. Le moteur tourne. On ignore ce qui est attendu. Dans l'enceinte même de l'établissement, les visages inconnus se multiplient. Sur le terrain de sport, les professeurs de gymnastique aperçoivent des groupes, à bonne distance. Ce ne sont pas des élèves. Parmi eux, il semble y avoir des adultes. Parfois, ils jettent un coup d'œil sur le cours, mais autre chose semble les intéresser, qui se passe entre eux. Ils ne se laissent pas approcher. Ils portent des bonnets, des capuches baissées sur les yeux. Ils fument, dans la pluie fine, ou sous le ciel blanc, uniforme, qui s'installe à la fin d'octobre. Certains professeurs commencent leur cours avant de s'apercevoir que des inconnus, au fond de la salle, les regardent fixement. Interrogés, ils ne répondent pas, ne partent pas, même menacés, paraissent ailleurs, ou sourient. Lorsque arrive Musse alerté, ils ont disparu.

Arslan, dit Ravi, te garde rancune depuis la dernière fois. Tu n'avais pas besoin de lui pour t'en apercevoir. Depuis l'histoire d'Allouche, il s'est mis à tenir ouvertement des propos racistes. La race, dit Ravi, compte beaucoup dans les hiérarchies du collège, ou dans la formation des groupes. On ne se mélange pas facilement entre certains groupes. En tout cas, on conserve une conscience très nette de la race à laquelle on appartient. Chacune a sa valeur. On méprise les Blancs. Tout en bas, les Juifs. On ne sait pas toujours qui est juif, parce qu'à présent ils se cachent, mais Arslan a des trucs pour les reconnaître. Le repérage des Juifs est l'une des activités à la mode dans le collège. Beaucoup d'informations circulent sur l'origine de certains professeurs ou de certains élèves. Il y a eu des tabassages sur la base de rumeurs. Quelques-uns, dont Arslan, racontent des histoires sur l'infiltration du collège par des militants sionistes extrémistes. Cela expliquerait les injustices dont souffrent certains élèves arabes. D'ailleurs, tente d'expliquer Ravi, il n'est pas nécessaire d'être juif pour devenir un Juif dans certains clans.

Tu ignorais que le paradoxe métaphysique fût à la portée de ce cerveau. Laborieusement, il finit par s'expliquer : certains esclaves, certains individus qui se sont rendus coupables d'une faute contre le clan, ou que l'on désire réduire à un état de particulière humiliation, sont décrétés juifs. On les affecte aux basses besognes, et ils servent pour l'essentiel à essuyer coups et avanies. Ils sont souvent obligés de se dénoncer pour les mauvais coups commis au collège par leurs maîtres. Il est généralement impossible d'échapper à la condition de Juif.

*
**

239

Le cours sur la Seconde Guerre mondiale et l'extermination des Juifs doit avoir lieu à la rentrée des vacances d'automne.

Un jour, à la dernière heure de cours, quand les élèves se sont égaillés et que leurs hurlements résonnent déjà dans les étages inférieurs, tu descends lentement, derrière eux, épuisé, les degrés du troisième étage. Au palier du dessous, la double porte battante qui sépare l'escalier du couloir, vient à peine de se refermer. Une vibration l'agite encore, qui dure, provoquée sans doute par un de ces courants d'air, porteurs de rumeurs, qui parcourent inlassablement la bâtisse. La pulsation attire ton regard, tu ne sais pas pourquoi. Ce sont des portes décourageantes, peintes d'un vert pisseux. Les deux battants se joignent mal, par deux lèvres brunâtres et déchiquetées, émettant de temps à autre un léger bruit de succion. Les ornent des initiales, des tags et quelques aphorismes bien orduriers. Mais un dessin, isolé dans le bas du panneau de gauche, attire ton regard.

C'est une image d'environ trente centimètres sur vingt, gravée profondément dans le bois de la porte, sans doute avec un couteau. On a repassé au feutre noir dans les entailles. L'éclairage avare du couloir la laisse dans l'ombre. Tu t'accroupis pour mieux voir. Tu ne distingues d'abord qu'une série de signes verticaux. Ce sont des arbres, représentés avec soin, un peu à la manière des enfants : un trait droit pour les troncs, puis des ramures, nombreuses, enveloppées dans une espèce de cocon, ou de nuage, qui figure le feuillage. Au milieu des arbres, un bonhomme. On le voit de profil. Quelque chose lui sort du ventre, une énorme excroissance, presque aussi grosse que le reste du bonhomme, et qui lui ressemble vaguement, avec sa tête chauve. Un pénis. Tout près de la figurine, reliée à elle par le pénis, une autre créature, féminine à en juger par les longs tortillons de cheveux qui entourent sa tête en étoile, et par les deux cercles de la poitrine. Le corps se termine par une queue de poisson. Au-dessus de la scène, un croissant de lune, une demi-douzaine d'étoiles.

XIII

Le retour de Mme Van Reeth te gêne pour accéder à la collection. Tu aimerais continuer à explorer l'ordinateur de feu Georges, mais on ne sait jamais où elle se trouve dans la maison, si elle est là, si elle est absente, quand elle rentre. Des téléphones s'obstinent. En furetant du côté du salon, en entrebâillant dans la journée la porte de la cuisine, tu tombes sur la femme de ménage, plus ralentie encore, penchée sur des tâches obscures, interminables. Elle émet des sons. Elle ne se retourne pas. Parfois, elle parvient jusqu'à ta chambre. Y traque des choses impalpables, recueille des pulvérulences invisibles au coin d'une plinthe, contemple des zones du plafond en se livrant à des calculs. Entre les doubles rideaux, elle glisse avec tant de précautions ses mains infiniment ridées qu'elle paraît y recueillir, dans un linceul qu'elle écarterait, le corps en poussière de quelque martyr, les restes d'un ange. Les vitres hébergent son visage stupide que fascine un détail, étoile, cassure, on ne sait quoi. On ne peut que la fuir. Lorsque tu reviens, la pièce n'est pas plus propre. Au contraire. Tes papiers ont été déplacés, tu ne parviens pas à retrouver certains vêtements, des objets ont disparu. La salle de bains, la cuisine deviennent douteuses, puis crasseuses. Le vieux réfrigérateur, la gazinière s'encroûtent dans le gras. Les murs reçoivent des traces de substances indéterminées. Le jour se prend dans le réseau poussiéreux des fenêtres, comme une grosse mouche dorée, et se résigne à son sort. Elle cuisine parfois, pour elle ou pour sa patronne, mais de moins en moins. Il t'est arrivé de la trouver, au milieu de l'après-midi, sur une chaise, contre le buffet, occupée à manger dans une boîte.

Comme si le temps s'empêtrait dans l'enrobage de la poussière, la maison ralentit, paraît se figer. Tu n'y fais plus rien, à part ne pas dormir, sécher sur des copies ou sur ton clavier, tourner entre le hall, l'escalier, la fenêtre de la chambre ou de la salle de bains sans savoir ce que tu cherches. La veuve froide se réduit à une silhouette entraperçue entre deux portes, devinée au fond d'une pièce. Elle occupe les fenêtres et les embrasures. Sa vie lente t'immobilise, comme un observateur fasciné par une forme de vie incompréhensible. Quelque chose en elle paraît se rétracter, se résorber.

Tu te surprends à l'épier. Le téléphone retentit. Comme d'habitude, elle ne dit rien, ou si bas qu'en dépit de tes efforts tu n'entends rien, un froissement, comme le bruit lointain d'une aile, d'un papier que l'on jette, mais ce pourrait aussi bien être la pluie, lorsqu'elle glisse sur les vitres, ou n'importe lequel de ces bruits difficiles à identifier qui colonisent en permanence la maison.

La fenêtre de la salle de bains constitue ton observatoire préféré. Presque tous les soirs, le repas terminé, tu montes. Tu procèdes à tes ablutions. Tu t'installes à l'inconfortable embrasure. Tu ouvres à moitié. Les rideaux du salon sont tirés, mais les volets pas encore fermés. On ne voit rien, ou bien la figure découpée de Mme Van Reeth, immobile comme un motif du rideau, occupée à regarder quelque chose, en direction des arbres qui entourent l'espace sablonneux, devant la maison, et masquent la route. Puis elle s'en va, ou tu te lasses. Tu rejoins l'eau brûlante de la baignoire, qui ne parvient pas encore à te dissoudre, mais elle y travaille. La tuyauterie charrie des messages d'odeurs et de sons. Un jour, les hoquets que produit dans les profondeurs le liquide qui s'évacue t'ont semblé changer de rythme et de tonalité. L'eau s'est tout entière faufilée. À ce moment-là, impossible de ne pas identifier le son. Répercuté depuis des espaces insituables, tu as reconnu le petit rire cascadant, celui que tu as entendu, déjà, de l'autre côté de la porte condamnée de l'étage. Tu l'as entendu de nouveau, mais il n'était pas seul. Une plainte s'entremêlait à lui. Ils s'interrompaient, puis reprenaient. Tu as cru avoir déjà entendu cette plainte aussi, mais où ? Tu ne sais pas. Avec un petit effort, tu aurais pu reconnaître celle du hall.

Les soirs deviennent plus fréquents où la silhouette de la veuve froide semble se tourner vers ta fenêtre, où la tête de carton noir, surmontée de la bizarre excroissance du chignon, se lève et s'oriente dans ta direction. Elle te voit qui l'épie, et fait comme si tu n'étais pas là, comme si cela n'existait pas.

À présent, tu la vois aussi dans la salle de bains jumelle. Le rectangle de lumière s'allume. Durant un certain temps, rien ne s'y manifeste. Puis une forme couleur chair, aux contours brouillés par le verre dépoli. Le torse nu de la veuve froide, qui lève les bras, arrange l'édifice inquiétant de son chignon, plus invraisemblable de se développer au sommet d'un corps dépouillé. Elle se tourne, se tord. Ses seins pesants, qui tombent, ajoutent encore à l'étrangeté de la figure, que dans leur déplacement ils semblent modifier de façon aléatoire. C'est ce qu'il y a de plus fascinant peut-être, cette double masse des seins presque détachée du corps, agitée de mouvements qui paraissent indépendants des siens. Il n'est pas envisageable que, t'ayant repéré, elle ne le fasse pas exprès. On dirait l'accablante scène de séduction du jeune homme par la femme d'expérience dans un nanar érotique des années soixante-dix. Mais tu regardes.

À cette distance, et en dépit du flou de l'image, le rouge de la bouche maquillée se détache comme si on l'avait peint sur la vitre, il attire toute la figure à lui et la colle à la vitre. Mme Van Reeth, de l'autre côté du vide rempli d'air humide, est un dessin plat. Cette platitude n'enlève rien à sa séduction, au contraire. Cela lui donne une bizarre évidence, comme celle d'une image naïve dépourvue de perspective. Déformation que doit subir ce qui vient d'ailleurs d'un temps très ancien, d'un lieu infiniment reculé, pour forcer le passage jusqu'à notre temps et notre espace.

Une fois terminée sa danse balnéaire, qui tient du trémoussement d'almée filmé au ralenti et du tortillement de ver sectionné par une bêche, elle se retourne d'un coup et disparaît, la lumière s'éteint presque aussitôt, escamoté l'automate nu, fini le petit théâtre. Et puis, un autre soir, tu ne sais jamais quand, mais cela ne tarde pas, on recommence. Pense-t-elle te séduire en s'affichant torse nu à une fenêtre ? À moins qu'elle ne veuille que se montrer.

La torsion de son corps rendu indistinct par la vitre dépolie, les bras levés pour arranger ou feindre d'arranger la coiffure, mais qui semblent plus tirés vers le haut par un lien invisible que volontairement dressés, provoquent un trouble qui ne tient pas seulement à cette disposition particulière. L'image te rappelle quelque chose. Quoi ?

Un projecteur antédiluvien te passe avec obstination la vue tremblotante, comme s'il fallait que tu la reconnaisses. L'exhibition, en dépit de son côté navrant, engendre un doute *a posteriori* sur le comportement de Mme Van Reeth avant cet accès d'érotisme bourgeois. Que penser de cette manière fantomatique d'habiter sa propre maison, de cette présence de courant d'air, de ces absurdes stations à des fenêtres ? Certains insectes, des oiseaux usent de tactiques de séduction qui, à première vue, semblent idiotes. Mais elles fonctionnent. Il ne s'agissait peut-être que de fasciner le mâle, cher benêt.

Le pauvre spectacle mêle le dégoût à l'attirance. Depuis que tu es arrivé, la veuve froide, peu à peu, semble se rétracter dans sa propre chair. Au fond d'elle-même subsiste quelque chose qui n'est plus tout à fait de la conscience ni du corps, une sorte d'attention charnelle, avec quoi elle t'attire. Le balancement de ses seins, derrière la vitre, devient son mode d'être. Il ressemble à l'agitation des tentacules de la gorgone.

Au lendemain de l'une de ces exhibitions, rentrant du collège, tu la retrouves une nouvelle fois affichée à la fenêtre du salon, l'air de ne pas te voir, de ne pas savoir qu'on la voit, dans son carré lumineux qui se découpe au milieu des ténèbres extérieures. Fiction d'autant plus absurde que, pour une fois, les rideaux sont écartés. On ne voit donc qu'elle, mannequin dans sa vitrine, avec son déploiement de rouge et de noir, ses yeux très grands, l'air d'avoir été vissés sous le front. Quelque chose te suggère, au moment où tu poses ton pardessus à côté de celui de feu Van Reeth, de te glisser dans l'entrebâillement de la porte.

Le salon, comme d'habitude, n'est que peu éclairé, par des lampes basses. Il y en a dans tous les coins de la pièce, qui paraissent se concentrer sur l'effort nécessaire pour retenir la précieuse denrée jaune. Au fond, à gauche, enchâssée dans le bow-window, Mme Van Reeth te tourne le dos. Sous son chignon se développe une sage tenue de quinquagénaire provinciale : corsage blanc, kilt rouge descendant sous le genou, bas blancs. Tu t'approches, tu vas lui parler. Tu t'avances à moins d'un mètre de son dos, un peu à gauche. Te voici derrière son visage, dont la surface blanche se recourbe et fuit hors de ta vue, à la naissance du nez. D'où tu te trouves, on dirait que l'on pourrait sans difficulté ôter cette faible épaisseur de face.

Elle t'a forcément entendu. Elle ne bouge pas. Le chignon se déploie au bout du cou très long. Un léger frémissement agite la chair de sa joue. Les épaules, aussi, sont sujettes à une ondulation à la limite du perceptible. Tu observes cela quelques secondes, comme on se laisse capter par le mouvement du feu ou de l'eau.

Quelque chose vient de se produire sur la surface déserte de ce coin de joue que tu vois, un microscopique soulèvement de matière translucide, qui aussitôt apparu glisse et disparaît. Si discret, si rapide que tu n'es pas certain d'avoir identifié une larme.

À ce moment, tu aurais dû te retirer. Bêtement, tu poses le bout des doigts sur le bras gauche de la veuve. Elle ne réagit pas. Tu avances ton autre main. Tu caresses l'épaule à travers le chemisier. Cela dure. La veuve ne manifeste toujours aucune conscience de ta présence. Peut-être veut-elle se convaincre que ce n'est pas toi dont elle sent le frôlement hésitant, mais le noyé, reconstitué dans la pénombre, et qui, difficilement, comme si les infirmités de la mort, le poids énorme de l'eau entravaient ses gestes, cherche à nouveau sa chair. Alors elle s'empêche de se retourner, pour ne pas dissiper la chimère.

Ainsi collé à son dos immobile, dans ce salon ombreux, nanti d'une chair translucide et inconsistante, tu l'entoures de caresses spectrales. Le disparu revient, entravé de fucus et de laminaires, enseveli dans la chair des méduses et des poulpes, le ventre colonisé par les crabes et les copépodes, gonflé, dévoré, dissous, reconstitué en ectoplasme, ignorant de sa condition d'apparence, convaincu d'être toi, Gilles Saurat, mais incapable de s'empêcher de recommencer, avec maladresse, ce qu'il faisait avant de mourir. Toi qui as toujours eu envie d'être un fantôme... Et devant toi, la veuve assaillie par l'incube attend, frémissante, tétanisée, une étreinte tentaculaire.

Tu dégrafes, à l'aveuglette, trois boutons du haut de son chemisier, tu le fais glisser. Les bretelles blanches du soutien-gorge pressent très légèrement ses épaules presque aussi blanches, sur lesquelles se détachent de longues et fines traces rosées. Tu soulèves sa jupe, en passe le haut dans la ceinture de manière à bien découvrir les cuisses, baisses sa culotte. Tu recules un instant. Bras et jambes entravés dans ses propres vêtements, elle reste immobile. On ne voit pas ses mains, qu'elle garde devant elle. Un porte-jarretelles, que l'érotisme un peu désuet de la veuve froide rendait prévisible, lui serre les hanches. Le haut des bas blancs creuse à peine la chair des cuisses. Toute cette lingerie, dentelles anciennes, complications, ajours, blancheur, forme un cadre théâtral aux fesses. Elles te font face, semblables à un visage étrange, dépourvu de regard. Il y a quelque chose d'à la fois absurde et nécessaire dans ce déploiement d'éléments décoratifs autour de la masse de chair coupée en deux. Ainsi présentée comme un objet précieux, une relique, elle a l'air de receler une signification secrète, que dément son apparente simplicité. Ce n'est qu'une paire de fesses. Tu regardes la fente, au creux de laquelle semble se dérober cette signification, comme si la scission du corps ici, en plein centre, constituait la trace la plus profonde de ce qui partout ailleurs le travaille, le divise, le découpe. Les fesses portent, comme autant d'autres petites fentes encore fermées, les mêmes marques de coups que les épaules.

Tu la regardes sans bouger, saisi par une identique

immobilité. Tu repenses à ce buste nu, vu de face, à la fenêtre de la salle de bains. À présent tu es à l'intérieur, tu baignes, toi aussi, dans la lueur obscure, dans l'épaisseur jaune. Et tout à coup, tu reconnais l'image. C'est la même, à quelques détails près, que celle que tu as vue à la fenêtre d'un compartiment, depuis le train qui t'amenait à Logres pour la première fois.

Elle baisse la tête, écarte les bras, se penche en avant, prenant appui des deux mains sur le bas de la fenêtre. Il y a, dans ce mouvement léger, dans ce cou incliné où tombent les quelques cheveux noirs échappés au chignon, une telle grâce douloureuse, contrastant avec cette mise à nu et ces traces de supplice, que tu ne peux pas t'empêcher de l'enlacer, de serrer ses hanches contre les tiennes, et, en silence, de la pénétrer.

Lorsque tu te retires, elle ne réagit toujours pas. Miroirs et coupes, courbe des vases et coins de vitrages, lampes d'onyx et sphères de cristal la multiplient, la recueillent, en fragments livides comme le corps exsangue d'une martyre. Tu la laisses, seule, à demi-dévêtue, dans sa moitié de lumière.

Ces amours distraites et silencieuses se poursuivent. La veuve froide paraît toujours préoccupée par quelque chose, qui n'est pas toi. Tu lui fais l'amour. Elle ne se déshabille pas. À peine si elle bouge. Elle ne semble pas remarquer ta présence. Aucune parole, aucun soupir ne lui échappe. Des mouvements de sa chair cependant, des tensions de muscles manifestent des sensations auxquelles tu ne sais pas donner un nom. Tu suis des doigts les zébrures des épaules et des fesses, qui s'estompent. Tu y passes tes lèvres. Le frémissement, alors, devient plus prononcé.

Tu la trouves recroquevillée sur le canapé dans la pénombre du salon, ou immobile à sa fenêtre. Parfois, lorsque, dans tes insomnies, tu descends dans le hall, ou que tu rentres en pleine nuit de la forêt, elle est là, debout dans l'obscurité. L'accouplement ne dure pas plus de quelques minutes. Tu sais toujours qu'il y a un moment, une autorisation tacite. Cela t'est indiqué par certains détails : son regard qui ne te voit pas, son immobilité. Il arrive que tu ne la rencontres plus, ensuite, pendant des jours. Aucun signe de vie, sinon les fenêtres qui s'allument, à différents points de la façade, accueillent des passages d'ombre. Lorsqu'elle réapparaît, vos relations se poursuivent comme si rien ne s'était passé. Les marques sur son dos et ses reins ont disparu.

*
**

Une nuit, après l'une de ces disparitions prolongées, tu vois à nouveau le torse de Mme Van Reeth accroché à la fenêtre de la salle de bains, quartier de bœuf pendu dans une chambre froide. Les mouvements lents de ses bras levés arrangent la masse instable de ses cheveux, qui retombent en queues de serpent. Elle les reprend, les tord, les raccroche, cela ne s'achève jamais, comme dans les cauchemars répétitifs ou les vieux muets dans lesquels un maladroit recommence éternellement la même manœuvre. Les trois taches de la bouche très rouge et des yeux très noirs, sur la silhouette blanche, parachèvent le caractère clownesque de l'image, qui pourtant suscite plus le malaise que l'amusement.

Il faut que tu la rejoignes, dans sa plate image. À l'intérieur de sa surface. Que tu traverses le salon, que tu montes l'escalier, que tu franchisses la chambre pleine d'images, le bureau noir conservateur d'atrocités, jusqu'à cet autre côté qui redouble le tien comme dans un miroir.

Lorsque tu entres, tu vois le revers de l'image, le dos de la veuve froide retenant sa chevelure croulante, dans l'éclairage cru. Au plafond, l'ampoule est nue comme un corps. La lumière qui ne cesse d'en sourdre vibre elle-même telle une peau qu'agite une souffrance. Douleur passée, jaunie, pourrie par les lustres d'abandon, qui vient s'insinuer ici, infecter ce monde, plus forte d'avoir été si longtemps oubliée. On ignore à qui elle appartient, ce qu'elle est, mais il faut la subir, respirer son parfum de décomposition, se demander si on ne lui a pas, autrefois, déjà appartenu. Suspendue à son plafond, hors de portée des hommes, l'ampoule devient la fiole recueillant les sécrétions issues de quelque vieux martyre.

Dans le fond de la baignoire s'entasse un attirail qui paraît lié au frémissement jaune de l'ampoule. Des instruments de fer et de cuir, pinces, fouets, lanières, chaînes, mors, clous. Un masque et une paire de gants en cuir noir, cloutés. D'autres appareillages moins identifiables. Il y a encore quelque chose de bouffon dans cette panoplie abandonnée au creux d'un meuble hygiénique (comme si l'instable corps ayant occupé ces cuirs avait fini, ultime gag acrobatique, de s'écouler adroitement par la bonde). La page blanche du dos de la veuve froide invite à l'écriture. Tu t'exécutes.

Les caractères que, ce soir-là, tu inscris sur elle ouvrent l'accès au deuxième côté de la maison. Tu y circules librement, tu peux t'attarder dans la bibliothèque, fouiller la collection de feu Van Reeth sans la moindre contrainte. Lorsque la veuve t'y trouve, elle passe son chemin sans rien dire. Paradoxalement, ta réalité paraît s'estomper à raison de la profondeur de tes incursions au sein des parties réservées. Parvenu dans la salle de bains, tu te dépouilles de toute consistance, jusqu'à n'être plus que ce corps spectral dont seuls les coups gardent le pouvoir de pénétrer dans le monde de la chair.

Lors de ces petites fêtes intimes au cours desquelles le corps de la veuve froide t'est accordé à discrétion

– elles ne sont guère plus fréquentes que les nuits où quelqu'un t'attend au fond de la forêt, et peut-être serait-il possible de trouver à ces deux séries d'occurrences des lois de correspondance, des symétries cachées – il semble que l'espace de la maison gagne en profondeur sonore. Tu travailles le corps de ton hôtesse devant un mur, un miroir ou une fenêtre, parfois dans la pénombre. Ton champ de vision est étroitement délimité, presque tout entier occupé par l'écran blanc de la peau. Dans le vitrage, tu vois la bouche de la femme s'ouvrir au cœur de la masse noire des meubles qui derrière toi alourdissent l'espace ; les larmes que tu cherches au bord de ses yeux coulent sur la surface des lampes que l'on devine incrustées dans l'épaisseur du reflet. Les traînées noires du fard zèbrent un visage pris dans la matière d'un vase. Et, pour répondre à cette incurvation des images comme anamorphosées selon les lois d'une sphère obscure, les sons se déforment et s'intensifient. Ainsi que dans la forêt, des bruits germent derrière ton dos. Il est aussi difficile de les localiser que de repérer de quel coin de la classe est venue l'insulte murmurée lorsque tu écris au tableau. Est-ce bien ton souffle que tu entends, celui de Mme Van Reeth ? Produisez-vous ces grincements et ces claquements, ou bien une illusion de proximité mêle-t-elle aux vôtres des échos étrangers ? Une partie de toi se prend à écouter. Elle entend marcher dans le bureau de feu le collectionneur. Elle perçoit des conversations prolongées à voix basse, des disputes camouflées, des sifflements et des insinuations. Des rires bas.

Mais c'est la servante, sans doute, apparue dans quelqu'une des pièces, et qui, tout en s'employant à en parfaire le désordre, laisse proliférer sa polyphonie en contrepoint de l'amoncellement de la poussière, des papiers et des choses. Ce ne peut être qu'elle qui va décliner des grammaires inédites dans les coins, se répondre dans des dialectes inouïs, s'apostropher au moyen de sabirs défunts. Comme les diables jadis, toutes les langues en elle se parlent, se persuadent, se conseillent, se lamentent et s'injurient, les connues et les secrètes, les naturelles et les inventées.

Le téléphone persiste. Ses sonneries infectent tout l'espace, te poursuivent jusque dans ta chambre, la nuit, ayant patiemment grimpé les escaliers, suivi les couloirs jusqu'à toi, conservant assez de force pour s'agripper à ton sommeil au fond duquel elles viennent te hameçonner. Il prend un malin plaisir à striduler lorsque tu fustiges la veuve. Parfois, cela dure toute la séance, comme si pénétrer un point particulier de son intimité déclenchait une alarme.

À présent, il t'arrive de lui ôter tous ses vêtements. La complexité de l'opération exige, comme à l'infirmier qui doit dévêtir un grand brûlé, de la patience et du doigté, tant sont nombreux et subtilement agencés ses harnachements intimes. Les membres se plient avec souplesse à tes sollicitations. Tu interromps toujours ton labeur au milieu. Tu suis du doigt la ligne des bretelles, des jarretières, la limite entre l'étoffe du bas et la chair. Ainsi parée, la veuve froide n'est ni habillée, ni nue. Dans cet espace interlope du sous-vêtement, tu touches à la fois son intimité et son apparence. Une zone de tension où le passage de l'un dans l'autre les porte à l'incandescence : dans le reliquat de vêtement, la nudité surgit au milieu de la vie ordinaire, avec une violence de scandale. Sur la chair, transparences et réseaux miment la pénétration du regard. Aux deux extrémités, nudité et habillement ne sont plus que des états neutres, chacun d'entre eux adéquat à sa situation : l'intime ou le public. Mais tu veux, dans ces moments, l'intime rendu public, le public subverti par l'intime : le trouble.

Au-delà du trouble, tu discernes aussi, parfois, un apaisement dans le travail immobile du linge sur la chair. Il presse la peau, se referme avec exactitude sur un sein, entoure la jambe d'une étreinte légère et constante, aux limites de l'imperceptible. Tu regardes son dos, tandis que sa chair frissonne, et qu'elle penche un peu la nuque, comme sous le poids trop lourd du chignon : l'étoffe est sur sa chair le substitut de tes mains. Mais cette caresse ne vient pas de toi. Elle n'est pas le produit d'une volonté. On dirait plutôt que la veuve s'enlace elle-même, ainsi qu'en rêve. Caresse de personne, caresse absente, plus attirante d'être absente, et suscitant alors plutôt une tendresse, presque une compassion interrompant un instant l'excitation glacée qui te domine dans ces moments.

Tu te rappelles les moments où tu regardais Marielle endormie. La fragilité de l'étoffe est semblable à la fragilité de la vie qu'elle enveloppe, plus déchirante encore au regard du désir secret qui l'anime de se préserver. Dans cette absence et ce mutisme se rencontrent des attirances convergentes : le désir que tu as d'elle, le désir qu'elle a d'elle-même, le désir que tu as d'elle se désirant elle-même. Mais tout cela se défait, comme un bas filé à peine accroché par une aspérité. Tu la dénudes. Voici la statue blanche, les pieds pris encore dans l'amas de matières informes d'où tu l'as extraite. Que faire à présent ? L'intimité a disparu avec la dernière pièce qui la recouvrait. Tu es beaucoup plus loin de Mme Van Reeth, beaucoup plus en dehors que tu ne l'étais avant de commencer à la défaire. Il faudrait arracher cette peau, extraire ces viscères, jusqu'à ce qu'il n'y ait plus rien. Certains jours tu l'abandonnes ainsi, affreusement belle, dépouillée, tache laiteuse dans la pénombre, sans chercher à savoir ce qu'elle devient.

Tu as tout abandonné, thèse et préparation des cours. Tu écumes en voiture le désert des nuits logriennes, tu t'attardes dans la collection. Le dossier *Gérion*, que tu ouvres dans tes moments d'ennui, ne contient toujours que des documents vides. Tu relis les deux textes, comme s'ils avaient quelque chose à t'apprendre sur leur auteur.

En déplaçant machinalement le curseur sur les icônes des documents, tu prends conscience pourtant d'une anomalie. L'un d'eux ne semble pas vide. Il n'affiche pas le même nombre minimal d'octets que les autres. La date de son dernier enregistrement, cependant, contredit cette apparente modification. Le document a été écrit trois ans avant ton arrivée à Logres. Tu cliques.

XIV

Ce sera dans une salle de café, sous une lumière dure. Dehors, il fera nuit. Le passage des poids lourds, sur la route, remplira la pièce comme un ressac. L'eau glissera en nappes sur le vitrage. Peu de clients dispersés sur les chaises de formica jaune. Dans un coin, tout au fond, un groupe de trois hommes autour de verres de bière. Énormes, la tête rasée, la nuque formant un pli sur le col des blousons. Ils parleront et riront fort. Têtes et pattes de molosses entre leurs jambes. Tu t'assiéras loin d'eux et commanderas un café. Le bruit spasmodique de leurs échanges semblable à une algarade, à des menaces ou à des injures, et cela attirera tes yeux vers eux, malgré ton intention de ne pas les regarder, pour constater simplement que telle est leur manière de se parler. Tu verras, depuis l'autre côté de la salle, leurs mains énormes, entaillées de cicatrices, creusées de tatouages.

Ces coups d'œil furtifs éveilleront l'attention de celui qui te fait face. Il lèvera la tête et te dévisagera. Il aura un mufle de cauchemar, entre le porc et le singe, bosselé comme si on l'avait défoncé à coups de pioche, avec de petits yeux morts sous des arcades proéminentes. Tu détourneras le regard. Pour te rendre aux toilettes, il te faudra passer tout près d'eux. Leurs gros rires te suivront derrière la porte que tu refermeras avec soulagement.

Devant toi, un couloir, un escalier. Un panneau de carton, dans la cage, indiquera les toilettes à l'étage. En haut, un autre couloir, obscur et long, avec une enfilade de portes closes. Tu le suivras jusqu'au bout, sans trouver la lumière. Les toilettes seront là. Tu actionneras à tâtons la minuterie. Cabinet exigu et sale. Murs noircis par des couches superposées de graffitis, dessins et textes obscènes que leur entrelacement rendra parfois indistinct. Dans l'un de ces palimpsestes orduriers, toutefois, une figure finira par s'imposer. Le fouillis de traits d'où elle émergera ressemblera à des buissons d'épines, à une forêt aux ramifications embrouillées. La figure elle-même sera assez complexe pour que tu mettes du temps à l'identifier : une sorte d'être double. Ou plutôt, deux êtres entremêlés. L'un d'eux se tiendra droit. Un homme, sans doute, à en juger par cette excroissance phallique exagérée qui part du milieu de son ventre. L'autre, tout en sinuosités, s'enroulera autour de son corps. Les seins, les cheveux jaillissant de sa tête souriante comme des flammes, redoublant la forêt de hachures, désigneront la femme. Le reste de son corps, constitué d'une longue queue de serpent, s'enroulera étroitement autour du torse et des jambes de son partenaire, se prolongera et se perdra dans le fouillis de traits, de taches et de creux.

En parcourant à nouveau le couloir obscur, tu percevras des sons que tu n'auras pas entendus à l'aller. De grêles gémissements, des soupirs. De temps à autre, les accents d'une voix plus grave. Un rire. Le tout formant comme un chant a capella. Ou bien, peut-être, une dramatique radiodiffusée. Tu avanceras doucement, sur le parquet grinçant, pour tâcher de les localiser, jusqu'à ce que tu parviennes à la hauteur de la bonne porte. De l'autre côté de la cloison de bois, tu

*entendras, plus distinctement, la petite voix qui semble
se plaindre, sans articuler de véritables paroles. Tu
resteras là, dans la pénombre, n'osant pas tourner le
bouton de la porte, craignant d'être surpris. La porte
de la pièce mitoyenne sera plus étroite, comme celle
d'un placard. Tu l'ouvriras avec précaution et tu trouveras l'interrupteur à ta main gauche. Tu seras dans
une grande penderie où d'un côté seront entreposées
des serviettes sur des étagères, pendus des blouses et
des vêtements à des cintres. Accroché à une tringle de
cuivre, un long rideau barrera l'autre mur, celui qui
jouxte la pièce aux soupirs. Tu le tireras. Derrière, une
petite chaise, et, sur la cloison nue, à hauteur de visage
d'un homme assis, un judas.*

*Tu y colleras l'œil. De l'autre côté, tu verras une
pièce quasi nue, aux murs couverts d'un papier peint
défraîchi, à grosses fleurs beiges. Une jeune fille sera
assise sur une pénible imitation de sofa rococo, tout
en spirales et en volutes. Elle gardera les mains derrière le dos, la tête légèrement penchée sur la poitrine,
mais elle la relèvera de temps à autre, dans une plainte
prolongée, nasale, presque artificiellement psalmodiée,
te laissant voir son visage. Un visage livide, splendide,
de martyre sur un tableau ancien, les yeux liquides et
presque blancs tournés vers les hauteurs, au milieu de
la débâcle du fard noir délayé par les pleurs.*

*Tu la reconnaîtras : la fille du train, dans la même
tenue que le jour de ton arrivée à Logres, entre déguisement et récupération : la robe blanche à volants, les
bas crème, les chaussures à talons hauts. Tu remar-
queras les mêmes lourds pendentifs aux oreilles ; le
même teint blafard du visage. Quelque chose de fatigué
dans les traits, dans les plis de la bouche, ou le lourd
maquillage des yeux, lui donnera une allure plus âgée
que dans le compartiment, celle d'une adolescente,
mais ce sera difficile à estimer, entre le corps grêle, la*

poitrine plate de la prépubère, le visage marqué et le fard de l'adulte. Le dos noir d'un homme s'interposera entre la fille et toi. Il se penchera vers elle, ses épaules bougeront sous la veste sombre.

À ce moment, tu entendras du bruit dans l'escalier. Tu n'auras que le temps d'éteindre et de déguerpir du débarras, le patron du bar débouchera dans le couloir cette fois éclairé. Tu ne sauras pas s'il aura ou non eu le temps de te voir sortir. Il te demandera d'un air à moitié poli, à moitié méfiant ce que tu cherches. Tu lui répondras que non, que tu as eu du mal à trouver la lumière et que tu cherches les toilettes, conscient d'être resté trop de temps pour rendre cela vraisemblable. Il t'indiquera le fond du couloir et te regardera aller jusque là-bas, refermer une seconde fois la porte, ridiculement, sur toi.

*
**

Tu reviens dans la forêt comme pour te laver des jours putréfiés de Logres. Dans la grotte, personne ne t'attend, mais tu t'y loves, à l'aveugle, tu t'enfonces dans la substance indécise du sol.

À chacune des rares nuits où elle est là, tu sens dans sa respiration, dans ses gestes, quelque chose de plus pressant. Vos corps se mêlent encore comme en un sommeil, mais dans l'abandon s'est instillée une fièvre. Ses bras t'enlacent plus fort, ses jambes s'enroulent autour des tiennes, sa bouche te cherche, se colle à toi, aspire ta bouche. Sa souplesse est telle qu'elle paraît t'enlacer tout entier, t'envelopper de sa chair flexible et tendre. Elle devient ta peau, une excroissance de toi, un prolongement spectral de ton corps se retournant sur lui-même.

La dernière semaine avant les vacances, tu es exténué. Le sommeil t'a presque déserté, sauf aux petites heures du matin. L'épuisement des nuits engendre des hallucinations. Sous tes fenêtres, des ombres incertaines, entre minuit et l'aube, s'agitent parmi les buissons et les troncs de la forêt. De pâles corps sinueux ondulent contre les arbres, se frottent à l'écorce jusqu'à finir d'y user leur substance fragile. Puis la vapeur engendre d'autres formes, qui se pressent contre le grillage, échangent leurs membres, se recomposent, se défont, dans une instabilité douloureuse. Une nuit tu as cru les voir plus distinctement, leur peau en lambeaux, calcinée, lacérée jusqu'aux muscles, leurs moignons, leurs visages à moitié arrachés, leurs bouches déchirées, leurs yeux caves, tous les sacrifiés du bois de Cherves, et d'autres avec eux, compagnons de ceux qui ne trouvent pas le repos.

Une rencontre avec Musse pour lui expliquer la tension croissante dans tes classes n'aboutit à rien, comme Zablanski t'en avait prévenu. Le proviseur adjoint écoute très attentivement, les deux mains jointes sur la bouche, sans que ses petites lunettes se détournent un instant de toi. Son crâne dégarni en forme de pain de sucre semble apprêté pour recevoir quelque inspiration supérieure. Il répond avec lenteur. Méticuleux et sibyllin. Chacun des discours qu'il t'adresse se déroule au rythme cérémonieux d'un rituel.

Loin de prendre à la légère le problème qu'on lui pose, il invite à en dégager les présupposés philosophiques. Il le questionne, il l'articule à de plus vastes questions. Ses analyses montrent son habileté dialectique. Il mène son interlocuteur dans des zones subtiles, explorées avec un savoir dont il a l'élégance de présupposer qu'il n'est pas le seul détenteur, et qu'on peut sans difficulté le suivre jusque-là. En réalité, on ne sait plus très bien où l'on en est, on est tellement haut qu'on en perd de vue le problème initial, on éprouve quelque culpabilité de n'avoir su le poser qu'en des termes si terre à terre. C'est là que Musse, brusquement, change de direction, revient vers le sol, condense sa pensée en une remarque acérée qui te pénètre, s'enfonce loin sous la peau, mais comme le scalpel de l'infirmier qui prétend ôter la tumeur. Ta responsabilité est engagée, ton insuffisance suggérée. Puis il repart dans la spéculation. Puis, à nouveau, la froide pénétration de l'acier dialectique. Tu restes sans réplique. Tu sens que quelque chose ne va pas. On a bien étudié le problème, on lui a donné plus d'importance encore que tu lui attribuais, on s'est intéressé à toi, on veut ton bien, et c'est l'instruction de ton procès qui vient de se terminer devant toi.

Musse propose tout de même de convoquer les parents des élèves qui posent quelques problèmes, afin, dit-il, de trouver une solution qui satisfasse toutes les parties, par le dialogue, la compréhension de l'autre et l'apprentissage du respect mutuel. Il sait, et tu sais que dans la plupart des cas, les parents des élèves les plus perturbateurs ne se rendent pas à la convocation.

Les seuls qui viennent, un soir, et sans convocation, ce sont les parents de Ravi, inquiets des notes épouvantables de leur fils. Ils sont là, tout petits et tout secs, le teint sombre, les yeux charbonneux, quelques vestiges de beauté sur leurs visages travaillés par les fatigues. Elle fait des ménages dans une clinique, explique Ravi ; lui gâche du ciment sur les chantiers. Leurs regards sont remplis de confiance et de respect, ils expliquent que leur enfant ne cesse de faire ton éloge à la maison, qu'il t'aime beaucoup, avec toi il s'intéresse, c'est bien la première fois, il a du mal, beaucoup de mal, depuis tout petit, alors bien sûr, ça finit par le dégoûter. Mais là, cette année, il s'y est mis, il travaille. C'est lui surtout qui parle, avec douceur, timidité presque. Elle approuve en silence. Il réclame la plus grande sévérité avec Ravi au cas où celui-ci ne se montrerait pas assez docile, ils comprennent bien, ils ne sont pas du genre à protester pour un coup de pied aux fesses.

Les notes de Ravi vont de zéro à quatre. Il est à peu près incapable de rédiger une phrase. Le maniement de la langue écrite lui est étranger. Toute sa bonne volonté ne lui servira à rien, tu le sais. Il ne progressera jamais. C'est de l'alphabétisation qu'il lui faudrait. Aucun remède. Pas dans ce système, en tout cas, avec des cours où tu passes la plus grande part de ton temps à essayer de te faire écouter de trente individus qui s'en moquent.

Tu t'entends leur parler de difficultés, chercher les formules les moins dures possibles pour leur rendre acceptable la réalité. Ils t'approuvent, ils acceptent les notes désastreuses que tu lui attribues, de confiance, par simple respect du savoir, même si, tu le sens bien, ils espèrent autre chose. Tu es celui que le Système a chargé d'exécuter leur enfant. Ils ne le savent pas, et ils t'aiment, en dépit de tout.

Ravi baisse le nez, tout à la dégustation de son humiliation. Il sait bien, lui, ce que tu veux dire, qu'il n'est qu'un irrémédiable imbécile justifiant tous les mépris. À la fin de l'entrevue, en les voyant repartir tous les trois dans le couloir glacé, tu te demandes tout à coup si tes mises au point pédagogiques ne vaudront pas au garçon une volée de coups de ceinture le soir même.

Il devient plus pressant encore, ses yeux ne te quittent plus pendant les cours, il t'attend à la sortie, se fait l'écho des propos de ses parents qui réclament les plus sévères punitions. Lui-même paraît toujours les quémander. Tu ne veux pas savoir que cela te plaît, que tu aimerais le frapper, le déchirer, faire jaillir les larmes de ses yeux, remplir de douleur soumise son petit crâne stupide. Tu voudrais aussi te débarrasser de lui, et tu hésites entre ces deux éventualités désirables.

L'agacement de le voir toujours dans tes pieds nourrit ton désir de le frapper, ce qui ne simplifie rien.

Un soir, tu t'attardes au collège, pour préparer des photocopies en vue du cours du lendemain. Lorsque tu rejoins le parking, dans l'obscurité, ta voiture est la dernière à s'attarder dans le no man's land. Pour une fois, il ne pleut pas. Le froid venu avec la nuit a durci la terre. Tu prends conscience, tout près de la voiture, d'une présence. C'est Ravi. Il veut te parler. Tu le fais entrer. Il grelotte dans l'inévitable survêtement et l'espèce de parka à capuche qu'ils arborent tous. Tu démarres. Tu proposes de le ramener chez lui. Il doit bien y avoir de l'illégal là-dedans, mais bon, peu importe.

Il tente, à sa manière confuse, d'expliquer sa terreur. Il a beaucoup de difficulté à en désigner l'objet. Il se résout finalement à prononcer le nom d'Arslan. D'après lui, Arslan est l'un des vrais patrons du collège. Ravi fait partie de ses esclaves. Arslan a la main sur les petits trafics du collège. Le racket. D'autres choses plus graves. Il se tortille un peu avant de préciser. Des filles. On les force. Des filles qu'on vend à des gens. Des gens importants de Logres, qui ont de l'argent. Des vieux dégueulasses. Là-dessus, pas moyen de lui en arracher plus. Il se montre plus loquace à propos d'Allouche. Les frères Elmalek n'ont pu intervenir dans la classe qu'avec l'accord d'Arslan. Ravi était présent, affirme-t-il, lorsque l'aîné des frères Elmalek a décidé avec Arslan l'expédition punitive. C'est encore Arslan qui a lancé les agressions contre les quelques élèves du collège dont le nom sonne juif. Au départ, des insultes spontanées, des menaces, rien de grave. Arslan a organisé la persécution. Finkelstein, par exemple, est l'objet de brimades et d'humiliations systématiques. On le couvre de crachats, on le bouscule, on lui vole ses affaires. Il doit payer s'il ne veut pas se faire tabasser.

Si Blum ne vient plus en classe depuis un mois, c'est pour les mêmes raisons, et non pas pour une prétendue maladie. Ravi se prête à ces agissements, il est obligé, la dernière fois qu'il a tenté de se défiler, Arslan l'a battu. Il tape très dur, avec une batte de base-ball ou un nerf de bœuf, à froid, il ne se met jamais en colère – et Ravi, tranquillement, se tortille sur son siège de manière à faire glisser son pantalon de survêtement. Ses jambes maigres et cuivrées sont couvertes de marques foncées, jaunâtres par endroits, remontant jusque sous le caleçon. L'obscénité de ce geste ne peut pas lui échapper tout à fait, ni ta gêne, mais il continue à te regarder avec son sourire triste de petite brute.

Lorsque cela va plus loin, poursuit-il, cela n'est plus du ressort d'Arslan. Il est encore trop prudent pour cela.

— Comment cela, plus loin ?

Il est arrivé qu'il faille prendre des mesures extrêmes. Alors d'autres s'en chargent. Ceux-là, même Arslan les craint. Il se garde de fanfaronner lorsqu'il les évoque. Leur nom n'est jamais prononcé légèrement. Ravi aimerait bien que tout cela cesse, il ne sait pas comment faire, mais il ne savait plus non plus comment garder cela pour lui.

Mais il en a déjà trop dit. Il grelotte dans la voiture. Plus moyen de lui tirer un mot. Il t'arrête bien avant la cité et disparaît.

Tu restes plusieurs jours à digérer ces confidences, sans savoir quoi en faire. Tu t'en ouvres une après-midi, après déjeuner, à Zablanski, lequel, comme d'habitude, sirote son café à l'écart de tout le monde, et tire sur son cigare, dédaignant la guerre entre fumeurs et non-fumeurs, qui, mobilisant les éloquences et les énergies, s'est substituée aux débats politiques.

Il tient d'abord à savoir ce que précisément tu voudrais éviter de lui révéler, la source de tes informations.

— Ravi ? Et vous faites confiance à ce jeune reptile ? Vous devriez vous méfier. Tout le monde raconte n'importe quoi sur tout le monde dans notre petit univers paranoïaque. Je croyais que ça ne vous avait pas échappé. Ravi a un physique de jeune saint ou de grand mystique pour maître italien de la Renaissance et cela confère quelque crédibilité à ses paroles, je vous le concède, mais il n'en reste pas moins, en dépit de ses grands yeux noyés d'ombre et de larmes, comme dirait l'autre, un parfait imbécile doublé d'un enjôleur et d'un baratineur hors pair, j'ai eu l'occasion d'en faire l'expérience l'année dernière lorsqu'il s'agissait pour lui d'expliquer ses absences ou son travail non fait. Ne me dites pas qu'il ne vous a pas déjà fait le coup ? Non ? D'ailleurs j'imagine mal un séide d'Arslan le donner comme ça, par amour pour vous ou pour l'humanité. La trouille devrait le pousser à la fermer. Le mieux, Gilles, lorsqu'on a eu le malheur, comme vous et moi, de se fourvoyer dans la Machine Éducative, c'est surtout de se taire et d'attendre que ça se passe, pour survivre.

Et puis même si Ravi disait vrai, vous auriez encore plus de raisons de ne pas vous en mêler. Arslan nous fout la paix. Les petits caïds comme lui préfèrent la tranquillité. Ce n'est pas lui qui perturbera les cours. En s'y prenant bien, en cas de problème, on peut même négocier avec lui pour calmer les excités. En revanche, si vous le cherchez, vous devez savoir que vous mettez le nez dans des choses périlleuses. Il se dit qu'Arslan, tout faraud qu'il est, n'est qu'un second couteau parmi les crapules de Logres. Le féal de seigneurs qui ne plaisantent pas avec leurs prérogatives. Avec ceux-là, on ne négocie pas. Ils ne savent pas ce que c'est. Le genre de types convaincus qu'un désaccord est une altercation, qu'une altercation ne se règle pas autrement que par une rixe, et qu'une rixe implique effusion de sang, mutilation, mort d'homme. En fait ils sont fous. *Let me introduce you to the Hellequin brothers.*

Oui, je vous entends, Gilles, la loi, notre mission éducative, tout ça. Les bavardages byzantins de l'ISFP n'ont pas encore réussi à vous en dégoûter. Oui, vous avez un idéal, du moins vous faites semblant d'en avoir un. Cela vous paraît plus honorable. Mais ne me dites pas que vous y croyez vraiment. Ne vous fâchez pas, pardonnez-moi, vous commencez à me connaître, je suis un vieux provocateur, mais vous savez que je vous aime bien. Pourquoi ? Parce que vous êtes compliqué. Autour de nous, personne n'est compliqué, c'est ce qui est désespérant. C'est un peu comme à la guerre : trop de complication, ce sont des chances de survie en moins. Ces gens au milieu desquels nous vivons nos journées passent leur vie à simplifier, à tenter de s'adapter à la bêtise de la machine à réformes, à la bêtise des élèves abrutis de prêt-à-penser médiatique. Cela les oblige à renoncer à eux-mêmes. Vous n'êtes pas tout à fait ainsi, ou pas encore. Pas tout à fait soumis non plus. Il vous reste une capacité de révolte. Là est pour vous le danger.

Tu as beau expliquer à Zablanski qu'en l'occurrence, renoncer à faire quelque chose est beaucoup plus dangereux qu'intervenir, qu'on ne doit ni laisser supposer qu'on peut tout faire impunément à Prévert, ni abandonner des enfants à la persécution, qu'il s'agit de faire comprendre que le racisme est potentiellement destructeur pour les persécuteurs comme pour les persécutés et profite à ceux qui n'attendent que l'occasion d'instaurer l'oppression, Zablanski persiste à sourire autour de son cigare et à émettre des nuées aux circonvolutions ironiques.

267

La suite était prévisible : longues et éprouvantes séances dans le bureau de Musse, qui invite à la réflexion et à la prudence. Est-on bien sûr, au fond, du sérieux de ce témoignage ? Dans quelle mesure ne s'agit-il pas de vengeance, de manipulation ? Et si la réalité des agressions était établie, qu'est-ce qui autoriserait à les attribuer à un véritable racisme ? Le racisme est-il bien où l'on croit, et n'y a-t-il pas quelque relent de racisme à suspecter toujours les élèves arabes ou turcs d'antisémitisme ? N'est-ce pas aller un peu vite en besogne, et ne faut-il pas prendre garde au risque de stigmatiser les jeunes Français de religion musulmane ? Cela arrange beaucoup de gens, au fond.

Dans la voix nasillarde de Musse, qui récite les articles du rituel, sous la lumière délétère de son bureau, toute réalité paraît se dissoudre. Lui-même tend à s'effacer, il n'est plus là, il n'en reste que sa voix neutre, et des papiers, des milliers de feuilles couvertes de dactylographies administratives, bien rangées sur son bureau, pliées dans des dossiers, classées dans des armoires. Il y a en Musse quelque chose de troublant, une indifférence despotique. Il parvient à être insignifiant jusqu'à l'étrange.

Il se dit, en salle des profs, que Musse a été autrefois l'un des chefs d'un groupuscule de gauche radicale, très actif dans les universités en son temps. Un prof de philo, qui lui a appartenu sans jamais avoir rencontré Musse, rapporte ce qui s'en disait. Il était aussi charismatique que redouté. Sans jamais avoir officiellement dirigé ce groupe, il cumulait les fonctions d'idéologue et d'organisateur. En fait, avance le prof de philo, c'était un flic de la pensée, inondant les cellules de rappels à l'ordre théoriques et de directives minutieuses. Parmi les hauts fonctionnaires, les avocats et les journalistes se trouveraient beaucoup d'anciens de ce groupe. (Tu sais déjà que Drossart est à compter parmi eux.) On les imagine, ces vedettes, ces puissants, vivant encore dans la crainte et la révérence du petit Musse, obscur proviseur adjoint d'un collège de province.

Tandis que Castans passe son temps à discourir et à boire, Musse exerce le véritable pouvoir à Prévert. Il est au fonctionnement du Système ce que les commissaires politiques soviétiques étaient aux généraux. Il surveille l'application des directives venues des lointaines sphères, des inaccessibles bureaux, et il renvoie l'information. Froid, méticuleux, implacable, il travaille à l'extension universelle du pouvoir de la Machine Éducative.

Ta fréquentation des ISFP, ton travail à Prévert et les discours de Musse devraient finir par te donner une idée du Système. Idée forcément très partielle, certes. Tu es dans la machine, tu contribues à la faire fonctionner. Tu le savais, non ? Mais tu en prends conscience maintenant, alors que tu écoutes religieusement les impalpables distinguos de Musse. C'est comme ça, tu sais, longtemps les choses demeurent rangées dans un coin de l'arrière-conscience spécialement fait pour elles. Tant qu'elles y restent, on sait qu'elles sont là, mais c'est comme si elles n'existaient pas. Alors, on n'est pas un assassin, un pervers, ou tout simplement un salaud. Et puis parfois, sans qu'on sache bien pourquoi, elles en sortent, et on s'aperçoit qu'elles sont réelles.

Le Système, Gilles, tu finiras bien par l'admettre en dépit de tes résistances, est avant tout une machine à produire du chiffre. Au sommet du Système, on planifie les résultats à obtenir. Il faudra remplir coûte que coûte les objectifs du plan. Comme dans les pharamineuses réussites kolkhoziennes, comme dans les brillantes réalisations du Grand Bond en avant, il faut exhiber des productions toujours plus étonnantes. Des pourcentages très élevés de *jeunes* doivent obtenir un examen. Il est pratiquement exclu de ne pas décrocher son bac. À l'université, le mot de « sélection » est devenu obscène. Les inspecteurs, évaluateurs, planificateurs que le Système nourrit en grand nombre surveillent le taux d'échec. Il doit être le plus bas possible. Tu les feras tous passer de classe en classe, les sages et les crapules, les travailleurs comme les fainéants, les brillants avec les analphabètes. La clownerie de tout cela ne leur échappera pas.

Si le pourcentage d'échec n'est pas insignifiant, toute la machine se mobilise pour trouver une solution. On simplifie les programmes au maximum. Les agents du Système font appliquer aux examinateurs les recommandations émises par l'administration centrale : relever les notes, arrondir les moyennes, repêcher. Ne pas tenir compte de l'orthographe, de la syntaxe, de rien. Chercher le positif. Le chiffre de réussite de l'académie était à 82 %, ce qui est inférieur à celui de l'académie voisine, 84 %, il s'agit donc de rattraper les 2 % manquants, qui n'ont aucune raison d'être. On manipulera tes moyennes, on contestera tes décisions, on intentera des recours, des commissions et des inspections modifieront les notes des examens que tu auras fait passer pendant des journées entières, tout cela afin de remplir les objectifs du plan. Autorités administratives du Système, élus du peuple, éditorialistes de la presse, tous ne considéreront que les chiffres. La réalité est là, l'unique réalité, c'est-à-dire ce qui existe pour tout le monde. Cette réalité est l'objet de décrets. Le décret institue des chiffres. La machine produit les chiffres. Les chiffres permettent au Système de constater que le Système est bon. Quelle autre réalité existe ?

Tu verras, lorsque tu rejoindras l'université. Là, ils passent leur temps à inventer des réformes du système de notation et d'examens. Pour permettre aux étudiants de droit ou de littérature incapables d'écrire une phrase compréhensible, aux étudiants de mathématiques qui sèchent sur les divisions, d'obtenir leur licence. Avec du sport, du cinéma, des dossiers de stage, des activités informatiques. On ne sait plus où mettre les foules de jeunes gens qui se pressent dans les facultés, sans trop savoir ce qu'ils font là ni comment ils y sont parvenus, n'ayant rien appris, jamais travaillé, et ne s'intéressant même pas à la matière qu'ils ont choisie. On entasse, on construit à grands frais des forteresses de béton hideuses perdues dans des campagnes désertes, sans restaurant ni théâtre ni bibliothèque digne de ce nom. On crée de nouveaux statuts d'universitaires, des esclaves sous-payés, croulant sous les heures de cours, les copies et les réunions, pour éponger plus ou moins l'explosion démographique, pousser à tout prix des millions d'étudiants vers un diplôme toujours plus élevé à grands renforts de technique d'expression, d'apprentissage méthodologique et de découverte du système éducatif.

La majorité de ceux qui auront obtenu ce diplôme ne saura pas plus en quoi consiste au juste la Révolution française, si Louis XV a régné avant ou après Henri II, comment on extrait une racine carrée, et ils s'en foutront. La majorité ne saura pas construire un raisonnement par écrit ni bâtir une phrase comprenant plus d'un verbe, et ils s'en foutront, leurs familles aussi, le gouvernement aussi, les spécialistes et les journalistes aussi. Ils auront le diplôme prouvant leur réussite et celle du Système. Tout le monde veut l'illusion, y trouve son intérêt et contribue à la développer, enfants, parents, pouvoir, inventeurs de réformes, satrapes des rectorats. On pond de la statistique. Les journaux publient les florilèges des bons lycées. Taux, rendements, statistiques fabriquent du réel virtuel.

Chaque ministre veut sa réforme. Les dignitaires anonymes, les grands prélats, conseillers, directeurs de section, du fond des structures labyrinthiques du Système, élaborent leurs réformes à eux, ils sont payés pour cela, et ils ont à cœur de montrer leur foi, leur science profonde, leur enthousiasme pour la Cause Éducative. Quel que soit leur contenu, les réformes vont toujours dans le même sens : accroître les taux de réussite du côté des élèves ; augmenter le travail, la réunion, la bureaucratie et le remplissage de papiers du côté des maîtres. Aucune souplesse. Tout doit être prévu et planifié.

Il en va des réformes comme des débats théologiques dans l'Empire byzantin : elles demeurent incompréhensibles au commun des mortels, et à la plus grande partie des spécialistes. Il faut donc gloser savamment les textes sacrés, expliquer les réformes aux ouailles. Cela exige une grande quantité de bulles, encycliques, circulaires explicatives, et de réunions destinées à commenter et expliquer les circulaires explicatives. Les clercs, simples curés de campagne, mais aussi abbés, prieurs, diacres, consacrent presque toute leur énergie à déchiffrer, discuter, disputer, disserter. Une fois que tout le monde a compris, ou fait suffisamment semblant d'avoir compris pour que soit sauve l'illusion bureaucratique, une autre réforme vient effacer la précédente, et on recommence.

On ne recommence pas complètement, parce que chaque réforme effacée laisse derrière elle des morceaux de règlements et des bouts d'institutions qui s'ajoutent à ceux qu'institue la nouvelle réforme, de sorte que, de réforme en réforme, le Système devient de plus en plus lourd et de moins en moins compréhensible.

Le plus admirable, c'est que la plupart des réformes demandent aux maîtres de simplifier leur enseignement, de le rendre plus accessible. Et de fait, d'année en année, on recule d'un cran dans le savoir. Si tu arrives à l'université, tu découvriras qu'apprendre à des étudiants en lettres de vingt ans à distinguer l'orthographe de *commenter*, *commentait* et *commentés* devient une vraie difficulté. Inutile de t'en alarmer, des lexicographes t'expliqueront que l'orthographe française est de toute façon absurde et arbitraire. Or, en même temps, la manipulation du système de notation et du dispositif d'obtention des diplômes a atteint un tel degré de complexité que plus personne n'y comprend rien : ni les étudiants, ni les professeurs, ni le personnel administratif. Les bureaucrates spécialisés dans la notation et l'organisation des études produisent des textes explicatifs destinés aux malheureux intellectuels chargés de les appliquer. Quant aux étudiants, ils renoncent à chercher à savoir ce que deviennent les notes qu'on leur attribue. La machine les engloutit, les triture, les digère, les transforme, et finit par excréter, miraculeusement, un diplôme. Il faudrait de toute façon aux étudiants, pour comprendre le système engendré par la réforme permanente, une intelligence supérieure à celle que l'on exige d'eux pour interpréter une carte géologique ou un poème de Hugo. Il ne s'agit d'ailleurs pas d'être intelligent mais d'employer les termes corrects et les formules sacramentelles. Le Système est parvenu à engendrer ce monstre sublime : une structure complexe jusqu'à l'incompréhensible, ayant pour fonction de simplifier.

Du temps de Torquemada, on brûlait les hérétiques avec force considérations théologiques, après leur avoir fait avouer leurs crimes. Du temps de Jdanov et de Souslov, on attribuait l'échec du plan quinquennal à un complot ourdi par les valets du grand capital, ou une mobilisation insuffisante des masses laborieuses, démoralisées par le travail de sape des intellectuels petit-bourgeois. On envoyait ces derniers se rééduquer dans des camps. Là, on leur faisait ingurgiter les textes sacrés qui leur permettaient de comprendre pourquoi on avait d'excellentes raisons de les battre. À présent c'est beaucoup plus subtil. Les Sciences de l'Éducation ont remplacé saint Thomas et le marxisme-léninisme.

Les ISFP sont des camps de rééducation pleins de mansuétude, où l'on oblige des milliers de jeunes gens à répéter le sabir sacré. Les anciens fabricants d'illusion marxiste se sont reconvertis en instructeurs dans les camps de confection de l'illusion éducative. Ils y président à l'aveu. Si quelques crétins violents lobotomisés par la télévision et les jeux vidéo réussissent l'exploit de n'être pas bacheliers ès lettres, c'est parce que leurs professeurs ne sont pas assez pédagogiques, pas assez démocratiques, pas assez sociaux, pas assez engagés, pas assez présents, pas assez didactiques, ils le reconnaissent, ils font leur autocritique, expliquent comment ils ont trahi le peuple et les principes de la vérité éducative.

La complexification du Système est une manière de s'assurer du pouvoir absolu. À terme, personne ne peut ni le comprendre ni le contrôler. Il tourne pour lui-même, chacun n'est que son serviteur. Cette loi du pouvoir par la complexité, celle des totalitarismes modernes, les amène à se dédoubler : il faut toujours deux, trois, quatre organismes parallèles pour accomplir la même fonction. Par exemple, la hiérarchie de l'État et la hiérarchie du Parti. Le Système Éducatif, au niveau supérieur, est triple : les universités, les ISFP, les Grandes Écoles. À celles-ci il revient de sélectionner par des concours impitoyables une petite élite de gens réellement compétents, de sorte qu'elles rendent inutile tout le travail harassant par lequel les forçats de l'enseignement parviennent à produire des centaines de milliers de diplômés fiers d'un papier officiel de toute façon dépourvu de valeur.

Le but du Système – la destruction ultime du savoir, et son remplacement par des théories sur les moyens d'acquérir éventuellement du savoir. Le Système n'a pas besoin de savoir, il hait le savoir, parce que ce dernier implique liberté, confrontation à la réalité, esprit critique. On forme des cadres ignorants de tout, sauf de pédagogie et de didactique. Année après année, les Sciences de l'Éducation en arrivent à un coefficient écrasant dans les concours de recrutement d'enseignants. Leurs matières respectives finissent par compter quasiment pour rien. Le Système demande à ses petits clercs de faire tourner la machine à leur niveau subalterne, c'est-à-dire d'occuper les créneaux horaires, de pondre des rapports, d'assister à des réunions, de reproduire la langue sacrée, de justifier pédagogiquement la grande migration des masses ignorantes et indifférentes vers des échelons toujours plus élevés de diplômes.

Que t'importe, d'ailleurs, ce monde composé de diplômés illettrés ? Ce qu'on appelait « culture » est mort. Ou en état de survie artificielle. Sauve ta peau, Gilles. Au fond cela seul compte pour toi, sous les discours idéalistes que tu te tiens. Toi du moins, accède à un peu de réel.

Le Système devient toujours plus monstrueux, plus ingérable, plus ruineux. En produisant toujours plus d'ombre et de fantômes, il s'approche de l'Illusion finale : la substitution intégrale des moyens aux fins, des rapports aux actions, des réunions aux choses. La transformation du réel en simulacre. Mais ce n'est pas l'unique destin possible du Système. Plus il repousse la réalité, plus elle devient explosive. Le retour du Réel risque d'être terrifiant. Les hiérarques, les exégètes, les fonctionnaires, les scoliastes, les prélats du Système, en édifiant la Grande Babylone de paperasses, préparent l'Apocalypse. Notre Bas-Empire s'effondrera d'un coup, miné par ses controverses amphigouriques. Il fabrique les barbares qui le détruiront.

Tu les imagines, au jour de l'Apocalypse, les recteurs et les chefs de cabinet, les conseillers ministériels et les directeurs d'ISFP, les professeurs de pédagogie, les vice-présidents de conseils de la vie étudiante ? Le ciel est devenu noir. Les raz de marée et les tremblements de terre détruisent les villes. Des failles s'ouvrent dans la terre d'où surgissent des myriades d'insectes inconnus. Les forêts brûlent sans discontinuer. Les continents déracinés partent à la dérive. Des foules affolées pillent, violent et massacrent. On rapporte des cas d'anthropophagie. Des millions de cadavres pourrissent. Les cimetières éventrés dégorgent leurs cargaisons de restes. Toutes les bêtes, des fourmis jusqu'aux chiens, des oiseaux jusqu'aux singes, s'attaquent à l'homme et se vengent de lui. Dans la lune, rapprochée de la terre jusqu'à occuper presque la moitié du ciel, des visages ricanants apparaissent. Il pleut du sang, des poissons morts, des membres humains. Les poules pondent des tours Eiffel en pâte de verre et des escalopes de dindonneau cordon bleu. Tous les nouveau-nés ont le visage de Michael Jackson. Parmi les grondements incessants du tonnerre, on entend chanter Céline Dion. Du fond des placards, dans les chambres d'enfant, sortent des monstres, des choses obscènes dont le corps mou, que traînent de multiples pattes, darde un attirail de sexes turgescents de toutes formes et de toutes tailles. Les bambins devenus enragés prennent en otage leurs parents et les torturent devant les télévisions allumées en permanence en les forçant à ingurgiter des petits pots Nestlé, des bonbons Haribo et des Macdo. Les écrans du monde entier diffusent en boucle le même épisode des *Teletubbies*. Tous les homosexuels du monde se marient d'un coup, ensemble, en robe blanche, dans Saint-Pierre de Rome à demi effondrée.

Les mosquées sont ensevelies sous des averses de tranches de jambon de pays. Révoltés par ce blasphème qu'ils attribuent à un complot du Mossad, de fervents musulmans se font exploser au milieu de foules de civils innocents, convaincus d'obtenir ainsi leur billet pour un éternel week-end dans un bungalow peuplé de vierges nues. Les clowns et les chanteurs de variétés attaquent les passants à la tronçonneuse. Les rappeurs affrontent les supporters de football à l'intérieur des bibliothèques en flammes, en leur lançant des incunables et des encyclopédies. L'Antéchrist a installé son trône dans les ruines d'une capitale détruite. Il mesure quatre mètres, son visage d'ange est noir, sa voix résonne jusque dans les banlieues. Il débite sans discontinuer des discours politiques et des règlements administratifs. Sur son épaule gauche, une seconde tête rabougrie lui murmure des conseils.

Il commande à la Bête. Le corps en décomposition de celle-ci survole les péninsules ravagées. Son ventre cache le ciel à des provinces entières. L'une de ses multiples têtes, qui se balancent au bout de cous démesurés, a les traits de Patrick Le Lay. Elle lâche sur le monde des tonnes d'excréments dont les émanations infectes suffisent à ronger les épidermes et à dissoudre les voies respiratoires. Tu vois le tableau.

Dans les ministères, conseillers et directeurs de cabinet décident de prendre le problème en main. La situation est grave, le sort de l'humanité est en jeu, il s'agit d'assumer ses responsabilités et d'agir rapidement, dans un esprit de concertation et en liaison avec l'ensemble des services compétents. Ils décident de réunions régulières, et forment un groupe de travail chargé d'élaborer un premier rapport sur la situation, en préalable à la définition d'un objectif à atteindre à court et moyen terme.

Finkelstein et Blum sont finalement convoqués après maints débats, qui prennent des semaines. Musse les reçoit la dernière semaine avant les vacances de Noël. Ils regardent leurs baskets, l'air de ne pas comprendre ce qu'on leur veut. Ils ignorent de quoi il s'agit. Ravi n'a plus paru au collège depuis quinze jours, et l'on a cessé d'avoir de ses nouvelles. Le lendemain, contre toute attente, Musse se décide à recevoir également Arslan, en ton absence. Bien entendu, cela ne donne rien. Deux jours plus tard, la veille des vacances, a lieu la visite scolaire au mémorial de la déportation de Revolles.

XV

La veille de la rentrée, tu reviens à Logres en voiture. Après avoir quitté l'autoroute, il faut encore parcourir quatre-vingts kilomètres d'une nationale à taux de mortalité élevé. Le carnage présente l'avantage de nettoyer la région d'une partie de ses abrutis. Hélas, elle les produit en grandes quantités, les façonne amoureusement à l'alcool, à la télévision, à l'ennui relevé de fêtes sinistres. Quelques-uns survivent, amputés ou paralysés, à moins qu'ils ne passent le restant de leurs jours dans un hôpital, un peu moins conscients qu'une holothurie. Tous ces déchets de la *teuf* et du pastis soignés avec abnégation par des familles que l'on montre au journal télévisé.

Parfois, un poids lourd monstrueux se forme dans l'obscurité. Tu ne l'avais pas vu arriver, il est là, juste derrière toi, ou de face, tellement disproportionné qu'il a l'air d'occuper toute la route. Pour des raisons obscures, certains klaxonnent longuement, ou t'aveuglent de leurs phares. Tu dois avoir commis quelque erreur, quelque faute minime dont tu ne te doutes pas, mais qui mérite une sanction immédiate. Comme si ces engins obéissaient aux lois d'un monde différent du tien, d'une réalité inaccessible. Et puis, semblables à des divinités, leur masse hérissée de feux s'efface dans le brouillard. Le véhicule industriel, banal, transporteur de denrées indifférentes, mieux que les vieilles allégories, incarne à la perfection la mort. C'est elle, cette silhouette une seconde entraperçue dans la haute pénombre de la cabine, raide et sans regard, qui fait corps avec l'acier, qui te saisit et t'immobilise dans la lumière brûlante et le fracas, puis te rejette, t'oublie, disparaît.

L'heure incertaine, le brouillard et la fatigue sont créateurs d'illusions. Des silhouettes traversent la voie, des animaux que tu ne reconnais pas et qui disparaissent en une fraction de seconde dans l'incertitude des arbres du bas-côté. Le monde, avec ce qui le peuple, n'est peut-être qu'une hallucination engendrée par la fatigue de vivre. Il faudrait que tu t'arrêtes. Il est tard. Tu pourrais boire un café, prendre une pause de dix minutes, tu roules sans interruption depuis quatre heures.

Tu ne t'es guère reposé pendant les vacances d'automne. Tu avais quitté Logres à regret, avec des difficultés, des hésitations, des faux départs. Cela avait pris deux jours. Le troisième jour, au bout de cinq kilomètres, tu avais crevé un pneu. À se demander si Logres ne te retenait pas. Si la ville ne t'empêchait pas de sortir du cercle magique qu'elle a tracé autour de toi. Tu as besoin de Logres, tu appartiens à cette ville, aussi répugnante qu'elle soit. Tu le sais. Tu ne dois pas en partir tant que tu n'en auras pas exprimé tout ce qu'elle peut te donner, tant que ne sera pas accompli ce que tu pressens devoir s'y accomplir. Et pourtant, tu as cherché à t'en arracher.

Depuis la rentrée, tes contacts avec le monde extérieur se sont réduits. Logres a fini par te tenir lieu de monde, tes collègues d'amis, et tes improbables rendez-vous nocturnes de vie conjugale. Derrière toi, à quelques semaines de distance à peine, les images se brouillent déjà, le passé sombre. Tu ne t'es jamais fait d'intimes, et les quelques relations nouées au cours de tes études ne paraissent pas avoir résisté à ton exil. Tu as cessé de répondre aux rares courriels envoyés par d'anciens condisciples. La messagerie n'a guère enregistré que les appels de ta mère, que tu as effacés sans les avoir écoutés. Tu ne lui as pas souvent parlé. Mais c'est elle qui t'a décidé à partir. La dernière fois que tu l'as eue, elle évoquait sa santé, de manière allusive. Elle se sentait fatiguée. Cela n'a pas suscité beaucoup d'intérêt de ta part. Cela lui arrive régulièrement. Aller un peu mieux, un peu moins bien, ce ne sont que les modulations d'une universelle condition, qui consiste à être, et dont on ne sait pas quoi dire d'autre. *Je suis*, voilà ce que tu entendais ta mère déclarer au téléphone, je suis, avec incertitude, hésitation, parce qu'on n'en est jamais tout à fait certain. Que répondre à cela ? Et puis, tu ne le sais pas encore tout à fait, mais cela viendra, on le sait en toi, et pour toi, il n'y a rien à dire de ce qui est. L'ennui est la substance de l'être.

Tu allais raccrocher, une fois épuisées les formules d'usage, lorsque ta mère a trouvé le courage de murmurer, au dernier moment, comme on agrippe machinalement la rampe avant de se casser la figure dans l'escalier, qu'elle respirait mal ces derniers temps. Tu as compris qu'il ne s'agissait plus, ou plus seulement, pour elle, de dire *je suis*, mais aussi *je risque bientôt de n'être plus*. Le changement n'est peut-être pas aussi important qu'on le suppose en général. Tu ne croyais d'ailleurs pas à un danger sérieux, parce que l'habitude du *je suis* fait qu'on cesse de se représenter la possibilité du *je ne suis plus*. En tout cas, dans ce genre de situation, on sait qu'il faut rendre visite à celui qui croit nécessaire de réveiller une telle possibilité. Le matin même de ton départ de Logres, pendant que tu faisais réparer le pneu crevé, un appel sur ton portable t'a appris qu'elle venait d'entrer à l'hôpital.

Aimes-tu ta mère, Gilles ? Encore une question que tu ne te poses pas. Elle te paraîtrait saugrenue. Mais oui. Tu as toujours aimé ta mère, comme presque tout le monde, c'est-à-dire que son existence, à force d'habitude, est devenue constitutive de ton univers. À sa mort, tu éprouveras le chagrin de qui perd une part de lui-même, égare un souvenir d'enfance. Sans doute l'aimes-tu moins que lorsque tu étais tout petit, parce que la vie t'en a éloigné. Son existence est passée dans l'ordre de l'abstraction, de l'axiome, tu ne l'éprouves plus au quotidien, dans ta chair. Loin des yeux loin du cœur, quoi. Le principe communément admis (du moins dans ton milieu) de l'amour filial a pallié les lacunes engendrées par la distance.

Depuis la mort de ton père, éliminé par une rupture d'anévrisme, tu avais seize ans, ta mère habite toujours le pavillon de ton enfance, dans le quartier résidentiel réservé aux cadres moyens et supérieurs, à la périphérie d'une ville de province moins inquiétante que Logres, mais semblable à toutes les villes florissantes et tranquilles de province : un centre historique piétonnier, consacré à la fripe et aux fast-foods, occupé en permanence par quelques jeunes mendiants agrémentés de molosses, parcouru en fin de journée et le samedi par des familles heureuses, sous les aboiements du rap diffusé par les haut-parleurs municipaux informant les citoyens que Doggy Starguy fuck la police, bourre les meufs et nique ta mère. Des faubourgs résidentiels où prolifère le pavillon, sonorisés par les tondeuses, les chiens ou les mobylettes d'adolescents à l'abandon atteints d'ennui chronique. Deux ou trois cités de pauvres, peuplées d'Africains, animées par les facéties de joyeuses bandes de jeunes qui rigolent. Une ZAC où sur des hectares s'entassent des hangars de tôle débordant de couleurs gaies et regorgeant de marchandises plus désirables les unes que les autres. Là, elle est heureuse, elle mène son petit train-train, loin des agitations de la grande ville.

Elle n'a jamais travaillé. Le petit portefeuille boursier de ton père et son traitement de haut fonctionnaire lui ont permis de se consacrer tout entière à toi, son fils unique. Tu es le produit de tout cet amour. Le gros investissement sentimental maternel s'est avéré d'une rentabilité tout juste honnête en termes de bénéfice social, puisque tu es professeur de collège, que tu prépares une thèse et que tu publies de petits articles. Rien d'extraordinaire, mais du revenu sûr, un placement de mère de famille, si l'on peut dire. En dividendes affectifs, c'est à peu près pareil : maman bénéficie de la petite rétribution qui lui permet de survivre.

Bien entendu, tu étais incapable de dresser ce bilan de tes relations avec ta mère, et de sa vie, en allant lui rendre visite. Ce n'est qu'ensuite que tu t'es demandé, pour la première fois, ce qu'avait été cette vie. En arrivant au CHU, l'hôtesse que tu consultais pour trouver la chambre de ta mère t'a appris qu'elle était morte dans l'après-midi.

Un instant, tu as éprouvé le petit vertige de qui voit ses habitudes les mieux ancrées bouleversées d'un coup. Comme si on t'avait toujours menti en te faisant accroire que ta mère existait. La supercherie éclatait, surprise, maman n'existe pas.

Tu avais parfois envisagé, enfant, adolescent, la mort de ton père ou de ta mère. L'idée venait spontanément, et engendrait de l'angoisse. Était-ce du chagrin par anticipation ? La crainte métaphysique de voir se dévoiler brutalement dans la mort la réalité du monde, c'est-à-dire le néant ? D'autres fois, elle suscitait une forme de plaisir. Tu t'en dédouanais en l'attribuant à l'autre face de l'angoisse : la jouissance du vertige, le goût de l'événement. Comme pour la fête ou le feu d'artifice. On a l'impression qu'il se passe quelque chose, qu'on se trouve enfin au cœur du réel. Quelle plus grande fête que la mort de ceux qu'on aime ? Et quel état intéressant, plein de promesses, que celui d'orphelin.

Glissant d'idée en idée, dans ton lit d'adolescent aimé, choyé et bien élevé, rassuré par la certitude de la présence protectrice et du sommeil paisible de tes parents dans la chambre voisine, tu envisages, au cas où une subite attaque cardiaque les emporterait dans la nuit, la grisante aventure de la découverte des corps, puis des obsèques et des condoléances, la liberté octroyée d'un coup. Tu calcules leurs probables économies, et l'usage que tu pourrais en faire, tout ce que tu pourrais enfin t'acheter.

Pas de mal à cela. Tu ne désirais pas la mort de tes parents, tu aurais éprouvé un grand chagrin si cela était arrivé pour de bon. Cette pensée t'occupait sur un mode suspensif : comme si tu ne l'avais pas vraiment conçue. Elle ne correspondait à aucun réel désir. Tu mettais un moment de côté tes sentiments réels, tu jouais à être le mauvais fils que tu n'as jamais été. Et puis ton père est mort. À l'annonce de la mort de ta mère, tu t'es ressouvenu de la culpabilité que tu avais éprouvée. Tu y as repensé tout au long du voyage, et tu as enfin commencé à entrevoir ce que tu avais préféré ignorer pendant toutes ces années.

Il faut t'aider, bien sûr, te faire penser, en général tu préfères éviter d'affronter la réalité, tu te réfugies dans des chimères et des fantasmes, comme tout le monde. Avec un peu de soupçon, un zeste de remords, te voilà plus original, plus intéressant.

Tu t'étais reposé sur l'innocuité de la pensée, *a for-iori* de la pensée d'une simple possibilité, aussitôt que conçue rejetée dans le rebut des chimères. Ce n'est pas parce qu'on joue à se déguiser en méchant qu'on est méchant, estimais-tu. Au contraire, tu aurais eu tendance à suivre la pensée de ton époque, pour laquelle le défoulement est la meilleure garantie de la santé morale. Mais tu le pressentais : il n'y a pas d'innocence de la pensée. Si tu conçois le mal, le mal t'appartient. Il est là, en toi, il t'infecte, tu n'as plus de pureté. Tu as goûté au fruit de la connaissance. Quelque chose s'est insinué en toi qui, même de manière infime, a tout changé.

Devenu adulte, il t'est arrivé de faire souffrir, comme tout le monde : les paroles qui blessent, les gestes violents, les malades et les solitaires qu'on abandonne, les amis qu'on oublie, les amoureuses qu'on quitte. L'ordinaire de la vie, le sillage de douleur qu'on laisse derrière soi rien qu'à se déplacer. Mais alors, cette équivalence du possible et du réel se mettait à fonctionner dans l'autre sens, sans doute par un réflexe de protection. Le mal bien réel prenait le goût du possible. Comme si tu ne l'avais pas tout à fait commis, mais seulement pensé. Et les réactions qu'il pouvait entraîner chez les autres, larmes, colère, insultes, ruptures te laissaient toujours ébranlé, comme si elles étaient trop fortes par rapport à une simple pensée. Tu ne vivais ni dans le réel ni dans le possible, mais dans une zone intermédiaire, assez semblable aux mondes magiques ou primitifs dans lesquels actes et pensées tendent à se confondre, un pas en deçà de ta propre vie, plein de tout le mal du monde, désolé sans être tout à fait concerné.

Dans les quelques secondes durant lesquelles tu es resté face à la secrétaire de l'hôpital, immobilisé autant par l'incrédulité que par le chagrin, tu as compris que tu t'étais fourvoyé, par lâcheté, par cette tendance que vous avez tous à vous protéger de la réalité. La pensée est une force parmi toutes celles qui, dans ce monde, cherchent aveuglément la destruction ou la déchéance, comme un chien ne peut pas lâcher la piste de la bête qui le tuera. Rien qu'une façon élaborée d'aller vers la fin, un aspect parmi d'autres de l'entropie.

Tu ne peux pas ne pas nier ce qui est, en pensée ou en actes. Ton seul désir réel est de l'arracher à lui-même, de l'ouvrir, de le vider, d'en étaler les viscères, jusqu'à qu'il n'en reste qu'un déchet sanglant. Alors tu t'aperçois que c'était toi. Tu es là, déchiré, entre tes propres mains. Ce sont tes entrailles que tu tiens. Tu ne peux pas vivre sans détruire. Tu ne peux pas penser à quelqu'un ou à quelque chose sans, mentalement, le détruire ou le souiller. Et, réciproquement, la pensée du mal te détruit. Elle éveille le goût de la fin. Parce que existe la conscience, l'innocence n'est plus possible. Rien à y faire, pas de salut. Il faudrait une grâce. Mais personne ne la reçoit, il n'y a pas d'élu. Reste ceux qui ont compris. Ceux-là peuvent se prémunir, un peu, contre la souffrance, et trouver quelques jouissances dans la lucidité. Pense à Zablanski.

Ta mère se trouvait déjà à l'Institut médico-légal. La pièce où l'on rend une dernière visite aux morts était peinte en jaune clair. Éclairage discret. Rien de sinistre, ni même de médical, une atmosphère feutrée, douce, proprette. Tu es resté un petit quart d'heure à côté du corps. Il paraissait s'ennuyer ferme. La mort avait répandu sur les traits un voile de fadeur.

Tu songeais à ces après-midi du dimanche où, adolescent, tu ne savais pas quoi faire. La lumière était plate et le canapé du salon à fleurs orange, désespérant. Ta mère cousait, ou lisait des magazines sans intérêt. Toi-même tu les feuilletais, les abandonnais, tournais de la cuisine au salon. En aucun lieu du monde, pour personne, il n'y avait rien à faire. Les choses reposaient à distance. Elles ne viendraient jamais jusqu'à toi. Il ne restait qu'à arpenter les salles vides de l'esprit. La mort, semblait dire le corps de ta mère, n'est qu'un long après-midi.

Aucune idée ne te venait. Tu te forçais à penser. Dans ta tête, des phrases défilaient, mais tu ne les pensais pas exactement. Paroles qui s'écoutaient, bavardage creux et théâtral, ma mère est morte et je ne pense à rien, à rien d'autre qu'à ma propre pensée, c'est peut-être ça qu'on appelle l'expérience de la mort, l'expérience du fait qu'il n'y a pas d'expérience, ça c'est malin, voilà une idée maligne, etc. Tu ne pouvais pas en sortir, la pensée prise dans l'engrenage sans fin de l'autocommentaire. Pas de réalité, nulle part, juste ce discours stérile et circulaire.

Les obsèques, deux jours plus tard, furent tout aussi ennuyeuses. Peu de monde, voisins, tantes, oncles, cousins, jamais revus depuis l'enfance, déformés par le temps, grossis, déplumés, voûtés, affaissés. Surtout, ils avaient tourné au gris. Le gris s'accumulait dans les creux de leurs visages, ternissait leurs yeux, dominait dans toutes les couleurs décourageantes de leurs vêtements, fussent-ils noirs, comme la plupart, bruns, blancs ou verts. Ils n'avaient pas de chagrins ni de joies. Leurs corps sentaient l'ennui, comme certaines eaux sentent la vase.

Cérémonie, à l'église, aussi édulcorée que possible, comme d'habitude, airs compassés et paroles lénifiantes, le Seigneur machin, tu es mon berger, métaphores et paraboles, les textes connus, pas même lus par un curé, il paraît qu'on en manque, mais par deux femmes insipides, sexagénaires aux cheveux courts, l'air d'anciennes cheftaines, emplies d'indifférente sympathie et de zèle mou.

Tu te réjouissais en secret. Plus jamais, pensais-tu à côté du conducteur du corbillard, tu ne connaîtrais l'ennui. Tu avais, toi, ce qu'eux ni personne n'aurait jamais, les rendez-vous nocturnes dans la forêt, l'intimité profonde.

Après la cérémonie, tu n'as pas pu te résoudre à repartir tout de suite. Tu as déambulé dans la petite ville, sous prétexte de quelques emplettes à effectuer, de la papeterie, un journal. Tu voulais revoir les rues que tu parcourais, petit, la main dans celle de ta mère.

Cela n'avait pas autant changé que tu l'aurais cru. Loueurs de films, marchands de téléphones portables qui n'existaient pas autrefois. Restaient les mêmes rues grises du début du siècle, avec des devantures plus colorées, des panneaux publicitaires plus nombreux, quelque chose d'agressivement gai, une festivité administrative. Tu marchais dans ces rues comme on retombe dans un rêve oublié. Tu y étais resté. Un peu de toi, à peine une ombre, avait continué à y marcher. Ce que tu crois être devenu, comprenais-tu, était aussi l'ombre de cette ombre.

Chaque maison, enfant, était un mystère. Les façades contenaient une substance épaisse, dense. Le mystère était celui de cette présence, de cette heure incompréhensible qui te trouvait dans ce lieu, dans cette lumière. Énigme insoluble et mélancolique. Tout ce que tu voyais autour de toi, dans ces banales rues commerçantes, se composait d'un mélange de joie et de tristesse, d'une attente inquiète et palpitante. Tu te laissais emmener par ta mère. Tu ne savais pas, ou tu ne comprenais pas bien ce qu'il s'agissait de faire. Aussi les choses ne s'articulaient-elles pas en fonction de celles qui leur succéderaient, elles ne s'estompaient pas dans les projets. Rien à faire ni à prévoir. Tu t'abandonnais à elles, elles étaient là, se détachant sur le fond d'obscurité qui était le monde, irradiant d'une indistincte imminence. Ils semblaient tous te faire signe, ces arbres, ces boutiques, ces fenêtres, ces coins de ciel blanc entre les toits, capricieusement découpés par les antennes de télévision. Que voulaient-ils dire ? Ils annonçaient quelque chose. Plus encore : ils n'étaient que cela, jusque dans leur cœur, une annonce indéchiffrable.

À présent, te revoici parmi eux. C'était ton retour qu'ils annonçaient. Rien n'est advenu. Les façades sont vides, l'espace est creux, plus d'épaisseur et plus de mystère. Chaque rue traversée donne sur un avenir qui n'a pas eu lieu. Tu crois comprendre le malentendu. Ce que prédisaient les rues et les feux, les toits et les papiers abandonnés entre les pavés n'avait rien à voir avec un dévoilement, un avenir. Luisait en eux, à feu bas, secrètement, la connaissance de l'inaccompli. L'attente était le masque de la nostalgie, et la révélation de celle-ci tout ce qu'il y eût à attendre. Elles savaient, et tu savais en elles que tu reviendrais un jour te souvenir d'elles. Ce que nous appelons la présence n'est rien d'autre que ce cercle. L'enfance, l'attente frémissante du regret. Il n'y a pas de réalité. Juste ce vide au centre du cercle où nous tournons sans cesse, croyant avancer. Le même vide qui, s'ouvrant en nous, nous fait battre le cœur, on ne sait pas pourquoi, pour rien.

Tu as marché longtemps. Tu avançais pour sortir du cercle, tout en sachant qu'on n'en sort pas. Tu es revenu à la voiture, et tu as filé. Tu as avalé la route, droit devant toi.

Logres ne doit plus être bien loin, mais cela semble ne jamais finir, chaque camion croisé est une épreuve aveuglante, un moment tendu à l'intérieur du temps, dont tu crois ne jamais ressortir. Il faudrait s'arrêter, se reposer les yeux, calmer l'étourdissement, avant l'accident.

Les informations tournent en boucle : PSG-Olympique lyonnais 1-0, Eurotunnel – 4,5 %, Alcatel – 3,8 %, grève des transports publics, quinze morts dans un attentat en Arabie saoudite. En voilà du réel. PSG-Olympique lyonnais 1-0, c'est du concret, ça. Une jeune fille de quinze ans décède à l'hôpital des suites de ses brûlures après deux jours d'une agonie atroce. Ses agresseurs ont été arrêtés. Tous mineurs, habitant une « cité sensible » des environs de Logres.

Un panneau lumineux annonce un café. Solitaire, en retrait de la route, au bord d'une vaste esplanade qui doit permettre aux routiers de garer leurs poids lourds. Mais il n'y a que deux ou trois voitures dispersées au milieu des flaques et des nids-de-poule. Autour, des champs plats, absorbés dans le noir. Dans la salle violemment éclairée, peu de clients dispersés sur les chaises en formica jaune. Dans un coin, tout au fond, un groupe de trois hommes rassemblés autour de verres de bière. Ils parlent et rient trop fort. Tu t'assieds loin d'eux.

XVI

— Sinon, dit Zablanski, la visite du mémorial ?

Il s'est enquis des obsèques de ta mère, avec une tendresse inhabituelle. Il a attendu le début d'après-midi. Vous n'avez plus cours ni l'un ni l'autre. Il n'a d'abord rien dit, il t'a accompagné jusque sur le parking, en silence, et puis il s'est décidé à t'en parler.

Tu n'échanges guère avec lui que sur le mode sarcastique. Il conviendrait de se demander si cette douceur nouvelle ne constitue pas une autre ruse dans le profond sac à ruses de Zablanski. Car l'attirance que tu éprouves envers le séduisant nihiliste ne devrait pas te faire perdre de vue son doigté manipulateur. Comme tous ceux de son espèce, aussi bien intentionné qu'il soit, Zablanski n'aura de cesse qu'il ne t'ait livré toi aussi à la noirceur qui le travaille et lui a vidé le ventre.

— La visite du mémorial ? Je ne vous ai pas revu depuis. Comment se sont-ils comportés, nos aimables troisièmes ?

Il se doute de ce que tu vas lui dire. Il ne soupçonne pas tout, pourtant. L'ennui affecté devant le monument à la mémoire des Juifs de la région, parqués dans le camp de Revolles avant d'être expédiés dans les centres d'extermination de haute Silésie, c'est de l'habituel. Les bavardages intempestifs au cours de la déambulation dans ce qui reste du camp, idem. Mais

291

ensuite vient la visite du petit musée adjacent, qui retrace, à l'aide de photos, un historique de la persécution des Juifs en Allemagne, de 1933 jusqu'à la libération des derniers camps, les squelettes humains, les bulldozers poussant les cadavres décharnés dans les fosses remplies de haillons humains.

Dès les premières images, la tension s'accroît. La mauvaise volonté se transforme en hostilité palpable. Ricanements, murmures en provenance d'un petit groupe où se trouve Arslan. Lui te fait face, avec un sourire en biais. Les mastodontes qui l'entourent adoptent une posture provocante d'observateurs détaillant tranquillement une forme de vie inférieure. Ils manifestent de la répulsion devant les entassements de corps nus, comme si les morts avaient le mauvais goût de choquer leur pudeur. Comme s'ils auraient dû avoir honte de n'être plus humains, devant des êtres qui le sont.

Tu affectes de ne pas entendre. Alors, cela monte d'un cran. Les caïds du groupe se mettent à parler en même temps que toi, jusqu'à couvrir ta voix, rendre incompréhensibles tes explications aux ultimes attentifs. Ça commence par des insultes antisémites. Puis on assure que tout ça est un simple montage, une fabrication des sionistes. Tu essaies vainement de placer un mot. Ils crient plus fort. Ça tourne à l'émeute, au scandale. Arslan vocifère, lui aussi, mais moins que les autres, il laisse plutôt faire ses lieutenants. Il continue à te fixer, son regard sarcastique ne te lâche pas un instant. Des parodies d'explications ont lieu devant des photos atroces, on singe l'apitoiement devant les malheureux Juifs, on jette quelques plaisanteries sur la maigreur des corps, la déformation des visages.

D'un coup, Arslan se retourne, se dirige vers la sortie. D'autres le suivent. Belkacem, un colosse obèse qui garde obstinément sa capuche sur une tête de poisson mort, s'arrête un instant et lance : « Six millions c'est pas mal, mais il en reste. Hitler aurait dû les tuer tous, on serait débarrassés. »

Les élèves qui n'ont pas suivi le groupe se sont écartés de toi. Ils hésitent. Tu rejoins le car où les autres sont déjà vautrés, ricanant dans les sièges du fond, se lançant des obscénités, jouissant de ton humiliation. Avant que tu te retournes, tes yeux rencontrent une nouvelle fois le regard acéré d'Arslan. Il sourit, lève la main ouverte comme pour te faire, de loin, un signe amical, la baisse doucement dans ta direction et, de ses doigts, forme la silhouette d'un pistolet. Et tu comprends, à ce moment, qu'un tel geste ne s'explique pas seulement par la visite du mémorial. Il ne peut signifier qu'une chose : Arslan sait que tu es à l'origine de sa convocation chez Musse.

Tu racontes le répugnant épisode à Zablanski sur le parking. Le ciel est blanc. Vous êtes engoncés dans vos manteaux, mains dans les poches, parmi les voitures. Il faut bien avouer que votre allure de bureaucrates d'un système en décomposition ne fait rien pour dramatiser la situation. Elle a juste l'allure d'une blague un peu grotesque, un peu sinistre, comme d'habitude.

À l'énoncé du nom d'Arslan, Zablanski te propose, contre toute attente, d'aller finir la conversation au *Terminus*.

Il commence par te conseiller de prendre un congé maladie, le plus long possible, le temps que ça se calme. Arslan n'est pas un simple élève chahuteur, il faudrait éviter que ça aille trop loin. Reste à savoir comment il a su. Pour Zablanski, il est peu probable que Musse ait laissé entendre quoi que ce soit à ton sujet. Trop méticuleux pour commettre un acte qui ne soit pas calculé.

Et quel intérêt aurait-il à te mettre Arslan et sa meute aux trousses ? Quelqu'un d'autre a dû raconter, ou laisser courir le bruit. Et il n'y a qu'une personne qui puisse s'adresser à Arslan et lui faire croire que tu lui as confié quelque chose.

— Je sais à qui vous pensez.

— Il n'y a que Ravi, en effet.

— Manquent les raisons.

— Les raisons. Elles ne manquent pas les raisons. Pour le plaisir, par exemple. Juste par vice.

Tu t'arrêtes au moment de répliquer ce que tu aurais dû répliquer en tant que Gilles Saurat.

— Je vais vous étonner, Zablanski.

— Pourquoi pas, ça m'arrive encore de temps à autre. Allez-y.

— J'ai failli vous dire que Ravi a de la sympathie pour moi, que c'est un pauvre type inoffensif. Bon, il est possible qu'il s'agisse en réalité d'un manipulateur doué. Mais je sais très bien qu'il a pu le faire même s'il a de la sympathie pour moi. Surtout s'il a de la sympathie pour moi. Pour le plaisir, comme vous dites.

Zablanski te dévisage un instant sans rien dire.

— Soit vous n'êtes pas au courant de ce qui s'est passé, soit votre sens de l'humour m'échappe. Vous avez entendu cette histoire sordide de la jeune fille brûlée vive dans une cave de la Cité des Bleuets, pendant les vacances de Noël ? Oui ? Parmi les suspects arrêtés, il y a Ravi. Il est en taule, avec deux autres.

Zablanski se fait un plaisir de raconter les circonstances de l'affaire. Elles t'ont échappé, et de toute façon on en a peu parlé, comme si cela gênait. Bien entendu, les forces de l'ordre se sont fait huer et insulter, c'est habituel. Mais en outre, les policiers ont embarqué les gamins sous les applaudissements et les vivats d'une partie des habitants, de jeunes hommes pour la plupart. Les suspects avaient le sourire et la tête haute, fiers de l'appui du peuple face à l'oppression. De respectables mères de famille, interrogées par les journalistes, ont évoqué la thèse d'un complot, celle d'une injustice due au racisme. Des quinquagénaires bien mis se sont inquiétés que l'on stigmatise toujours le quartier. Des jeunes ont estimé que certaines filles s'habillaient comme des putes, et que par conséquent elles cherchaient les ennuis. En riant, ils ont ajouté que certaines s'y entendaient pour faire perdre la tête à des garçons ordinairement très gentils. D'autres ont déclaré qu'ils avaient la haine, qu'il y en avait marre et que la cité allait exploser.

Après les obsèques de la jeune fille, des couronnes et des bouquets de fleurs ont été déposés au bas de son immeuble, sur un banc où elle avait l'habitude de s'asseoir. Le lendemain matin, on les a retrouvés saccagés et couverts d'ordures. Ravi aurait déclaré à la police que les autres l'avaient entraîné, obligé à participer, mais qu'il n'avait pas voulu la brûler vive, c'étaient les deux autres. Une victime, Ravi, quoi. Mais les autres aussi, après tout, sont des victimes, non ? Ils sont pauvres, rejetés parce qu'ils ont une tête d'Arabe, en échec scolaire, comme dit l'autre, sans doute plus ou moins laissés à l'abandon, ou frappés par leurs parents. On les parque dans des cités immondes. De sorte qu'on peut avancer, murmure Zablanski en souriant, que s'ils ont brûlé une enfant, c'est la faute de l'architecte des Bleuets.

— Il y a des explications à leur geste, oui. Ça ne veut pas dire qu'ils ne sont pas coupables. Mais ce sont des gamins perdus, abandonnés, en effet. Le produit du chômage, de l'acculturation, de la misère. Entassés dans des ghettos. Les gamins des cités, ce sont les classes dangereuses du XIXᵉ siècle. Que la misère engendre le crime, même horrible, ce n'est pas étonnant. Ce qui l'est, c'est qu'elle n'en produise pas plus,

Zablanski, non ? Les faits divers exploités par les médias donnent l'impression inverse, bien entendu. Mais vous ne trouvez pas extraordinaire que pour la plupart, les exclus respectent la loi, cherchent à avoir une vie normale ? C'est ça, l'événement. Mais ça ne ressemble pas à un événement, donc personne n'en parle, presque personne n'en a plus conscience.

— Votre angélisme persistant réussira toujours à m'attendrir, Saurat. Je ne sais pas dans quelle mesure vous croyez vraiment à ça, dans quelle mesure vous cherchez à vous en convaincre. Oui, je sais que c'est difficile d'envisager la saloperie humaine bien en face. Ils ont été trois à brûler la petite, d'accord. Mais combien aux fenêtres à les acclamer ? À leur faire un triomphe pour avoir infligé une mort atroce à une enfant, offert à leurs parents toute une vie démolie, à passer dans les larmes, les nuits habitées par le cauchemar, dévorées par le chagrin ? Hourrah ! Vive les héros ! Vous réalisez ce que ça signifie ? Je me demande si ce ne sont pas ces acclamations qui me dégoûtent le plus. Lorsqu'un de leurs petits copains vole une voiture, fonce sur un barrage de police, va se flanquer contre un mur et se tue, ils trouvent ça révoltant et ils brûlent les voitures de pauvres types qui n'y sont pour rien. Et puis ça devient n'importe quoi : dès qu'un des leurs se tue, tout seul, dans un délit de fuite, ils trouvent ça injuste. Émeutes garanties. Si en revanche un de leurs copains torture à mort une pauvre fille après l'avoir violée, ils applaudissent. Vous ne les voyez pas assez, au collège, les petites ordures en puissance ? Ils ne commettent pas tous un crime, non, mais dans leur tête ils sont pourris, définitivement. Des victimes de la société ? Si vous voulez. Et puis quoi ? Ce qu'ils sont est sans doute le produit de quelque chose. Mais ils sont, et je les considère comme ils sont, c'est-à-dire comme des ordures. Il y a toujours une origine à l'ordure. J'imagine que Himmler avait des causes. Mais je m'en fous.

— C'est précisément là que vous avez tort. Si on agissait sur les causes...

— Agir sur les causes ? Une société plus juste, c'est ça ? Mais la gamine brûlée, elle n'avait qu'une vie. Nous aussi, nous n'en avons qu'une. Le temps qu'on agisse, et en attendant la société où tout le monde sera gentil, elle aurait juste aimé vivre. Et nous, nous aimerions transmettre un peu de savoir sans être injuriés vingt fois par jour par les enfants que nous sommes censés aider à se tirer d'affaire. Vous vous rendez compte qu'ils crachent sur ceux qui leur ont appris à lire et à compter, qu'ils les haïssent ? Que leurs parents viennent nous frapper et nous insulter ? Supposez, Saurat, que cette société que vous critiquez tant se montre un peu plus ferme avec les petits salauds, qu'on les mate dès l'école au lieu de les laisser s'exprimer, comme ils disent, au lieu de leur trouver sans cesse des excuses. La petite serait encore en vie. Si, comme vous le pensez, cette société est injuste, Saurat, alors elle l'est doublement. Elle commence par fabriquer des bourreaux, et puis, par culpabilité, elle leur abandonne des victimes.

— Plus ferme ? Le retour aux années quarante ? Punitions corporelles, tabassage par les flics, maisons de redressement et fatalement, pour finir, le bagne de Toulon ? Pourquoi pas le gibet, tant qu'on y est. Ce serait une société merveilleuse, je n'en doute pas. Et beaucoup plus efficace contre la délinquance, il n'y a pas de doute ; la méthode a fait ses preuves.

– On a eu la dureté dans des sociétés contraignantes. On a l'indulgence dans une société de liberté. L'histoire ne se répète pas, mais il se peut qu'elle avance dialectiquement. Je l'ai entendu dire, du moins. Vous aussi ça doit vous dire quelque chose, Saurat. Pourquoi pas la fermeté dans une société de liberté ? Nous sommes tellement libres que cela en devient une négation de la liberté : chaque individu est libre d'oppresser son voisin. Nous sommes en train de remplacer la grande tyrannie d'État par des millions de mini-tyrannies, simplement parce qu'à chaque mesure de fermeté on crie invariablement à l'atteinte aux libertés. Que sont-ils d'autre que de petits tyrans, ceux que nos conseillers municipaux, à Logres, appellent « jeunes des quartiers » ou « victimes de l'exclusion » ? On tient absolument à expliquer leur comportement par la souffrance. Mais des millions de gens souffrent sans pour autant persécuter leur prochain. Ceux à qui on n'a jamais appris à respecter le prochain, à coups de pied aux fesses si besoin est, eh bien, ils ne le respectent pas, voilà tout. Tel est l'homme. Un produit de l'éducation. Il faut lui apprendre à vivre avec les autres. Ceux qui n'ont pas appris cela ne souffrent pas plus que l'enfant battu, l'orphelin, le handicapé, qui eux foutent la paix aux autres. Ce n'est pas inné, de respecter son prochain. L'être humain a besoin de s'affirmer en asservissant l'autre. Vous devriez relire Hegel, ou Girard, Saurat. Une très hypothétique société juste – on a vu quelques tentatives récentes, je ne vous fais pas un dessin –, une très hypothétique société juste ne changera pas l'essentiel. Elle ne supprimera pas la nature humaine, ni la mort, ni la laideur, ni les inégalités génétiques, ni les familles tarées, c'est-à-dire les familles, ni le malheur de naître, ni le désir de ce que possède l'autre, même s'il ne possède rien de plus. Il possède son être, cela suffit. Ceux qui ont brûlé la gamine, ceux qui les ont applaudis ne sont pas des victimes, ce sont les parfaits exemples du tyran moderne, qui ne parvient à s'aimer un peu que s'il anéantit l'autre, que s'il lui impose la souffrance et l'humiliation.

— Mais pourquoi, alors, est-ce qu'on ne trouverait vos tyrans que dans les quartiers pauvres ?

— Les riches ont d'autres moyens d'exercer leur tyrannie, et ils ne s'en privent pas. Une société qui fonctionne n'est pas juste, parce qu'il n'existe pas de société juste. Elle essaye de faire en sorte que la tendance tyrannique de chacun profite à tout le monde. Dans le cas qui nous occupe, la tyrannie à l'abandon est simplement une nuisance, qui peut devenir crime. Et puis ce ne sont pas juste des pauvres. Ce sont, pour la plupart, des Maghrébins, des musulmans.

— Je vous voyais venir, Zablanski. J'ai peur que votre pessimisme ne vous fasse glisser vers le racisme. J'ai de l'estime pour vous, et cela m'attristerait. Vous savez que je peux parler de tout avec vous, et tout admettre, mais ça, non, c'est la limite à ne pas franchir. Vous vous rendez bien compte de ce que votre cheminement mental a de prévisible, pour vous qui vous flattez d'être à part, de ne pas être comme les autres ?

— Je ne crois pas avoir jamais prétendu une chose pareille. Je me sais très ordinaire, Saurat. Si quelque trait me distingue éventuellement, c'est de ne pas croire échapper à l'ordinaire, justement. À l'inverse de la plupart de mes contemporains, je ne crois pas que la monade individuelle soit un niveau intéressant. Ce doit être pour cela que l'amour me paraît si extraordinaire, si grotesque. Mais racisme, vraiment, tout de suite le grand mot. Celui qui vient immanquablement à la bouche de mes contemporains, dès qu'on ne trouve pas que la différence soit sacrée. Qui est raciste ? La race, ce vieil épouvantail du XIXe siècle, plus personne en Occident n'y croit plus, à part quelques groupuscules de tarés. Les seuls, en réalité, à y croire encore, ce sont nos amis les jeunes des quartiers. Ce sont eux les vrais racistes, et vous le savez. Ils proclament sans complexe leur haine et leur mépris des Blancs et des Juifs, alors même que ce genre d'attitude est devenu quasiment tabou chez les Blancs. Écoutez-moi bien, Saurat. N'importe quel grand blond est capable de commettre une atrocité. Mais je vous dis ceci, proposition un : ils ont brûlé cette jeune fille parce qu'ils sont des garçons arabes de culture musulmane. Proposition deux : la proposition un n'est pas une proposition raciste.

— Je crains, Zablanski, que vos raisonnements ne soient qu'un masque pour un racisme inavoué. Peut-être inavoué à vous-même. Vous devriez vous souvenir qu'il y a soixante-dix ans, un quelconque Martin devait tenir des propos semblables sur vos ancêtres polonais.

— L'intégration des Polonais ou des Italiens ne s'est pas faite facilement, mais rien à voir avec l'impossibilité d'intégrer ces jeunes garçons. Ces jeunes garçons, vous le savez. Pas les filles. Les filles étudient, en dépit de la terreur que les garçons exercent sur elles. Cela fait trente ans que ça dure, et ils régressent, ils s'éloignent de nous. Dans leur culture, le garçon est le roi, et la femme n'est rien. Elle ne parvient à être un peu quelque chose que dans la maternité, surtout si elle engendre des individus pourvus d'une paire de testicules. Ni mère ni mariée, elle n'est qu'une putain. Impure, sale, déshonorante par nature. Engendrer un garçon lui redonne quelque honneur. Le garçon met son honneur dans sa mère, sa sœur, sa femme. Il le place, cet honneur, dans leur asservissement, c'est-à-dire dans la certitude que cet être à qui il fait assumer toute l'impureté, toute la peur du sexe, restera à l'abri des regards, des mots, hors du monde réel, autant que possible sans corps, c'est-à-dire masquée, enveloppée, transformée en sac. La femme est un sac à impureté qu'on rend pure en l'excluant du monde. On lui colle un voile, des vêtements informes, on l'enferme à la maison. Claquemurés dans cette folie, dans ce délire, ils appellent ça honneur, religion, et on considère que c'est un choix comme un autre. Moi, Saurat, je dis que c'est tout bonnement une perversion mentale, cette perversion crève les yeux, mais non, on trouve ça normal, on « respecte les différences ».

Le garçon arabe est donc un roi, par nature. Un roi fainéant, nécessairement : pourquoi travailler quand la royauté est innée ? Un roi tyrannique, ça va de soi : formé à exercer sa tyrannie sur ses sœurs, voire sur sa mère, perdue d'admiration pour le petit mâle, et qui lui a laissé tout faire. Un roi infect et capricieux, puisqu'on n'a jamais appris au roi que les autres étaient des autres, non des choses, et que comme tels il fallait les respecter plutôt que de les insulter ou de les frapper. Vous avez remarqué comme ils ont tout de suite les injures les plus ordurières à la bouche ? Leur âme est un cloaque. Obsédés par l'impur, ils tentent d'en charger l'autre en le couvrant d'ordures. Très vite, ce sont les « nique ta mère », « je te nique » ou « je t'encule » qui leur viennent à la bouche, tant la sexualité est pour eux associée à la honte, tant maman est sainte.

— Associée à la honte, c'est-à-dire, aussi, au sacré. Si je me souviens bien, je vous ai entendu soutenir il n'y a pas très longtemps que le sexe, en se dépouillant de sa dimension sacrée, avait perdu toute signification et toute importance réelle pour devenir un acte hygiénique ou un exercice narcissique. Mais si on l'associe au pur et à l'impur, c'est bien qu'on lui conserve sa dimension sacrée, non ?

— Pas mal vu, Saurat. Est-ce que je suis coincé ? Je ne suis pas sûr de me sortir de cette contradiction-là, en effet. Mais non, je ne suis pas d'accord, ce n'est plus du sacré. Il s'est complètement corrompu, il n'en reste rien de vivant, juste des structures mentales calcifiées, des représentations carcérales. Du sacré pourri, devenu négatif, propagateur de nécrose émotionnelle et intellectuelle. Ils ne pensent qu'à protéger, enfermer, garder, posséder. C'est à cause de cela que nos élèves sont mentalement morts, incapables de rien apprendre. Rien de réellement sacré : avares et matérialistes. Leur générosité même, dont certains font si grand cas, est naïvement narcissique. Autre manière de se rendre intéressant. Leur religion n'a rien à voir avec ce que je comprends et respecte dans la foi : un engagement profond de soi-même, une recherche du divin. N'en subsiste que du fétichisme.

Donc voici le petit dieu, le petit tyran mâle. Intéressant parce que lui. Toute sa vie il n'a eu qu'à paraître, devant sa mère, pour être intéressant. Il n'a cessé de faire l'intéressant, de vérifier dans le regard amoureusement maternel son irréductible différence. C'est pour cela que la mère doit être pure, comme un miroir doit être impeccable. En principe, toute notre société, qui a déifié l'individu, est faite pour lui. Hélas, elle ne veut pas de lui. Elle exige encore quelques capacités, une certaine aptitude au travail. Plus pour longtemps. Les quotas de « jeunes des quartiers » dans les grandes écoles vont tenter d'arranger ça. On va coupler exclusion au faciès et réussite au faciès. En vain, je le crains. En attendant, le monde dénie au dieu sa divinité. Il l'ignore. Pire que ça : il lui refuse ce qu'il a toujours cru lui être dû sans effort, par simple reconnaissance du fait qu'il est lui. Et ce premier sacrilège est perpétré par des êtres inférieurs, en dessous de l'humanité ordinaire : par des femmes. Ce sont des institutrices, des enseignantes qui les premières se chargent d'apprendre au dieu, et avec quelles précautions, selon quels procédés complexes, pleins de douceur, de compréhension, mais la réalité transpire malgré tout, de lui apprendre qu'il n'est qu'un ordinaire imbécile. D'où sa légitime colère. Que certains s'obstinent à appeler du nom ronflant de « révolte contre la société ».

Que va-t-il faire ? S'en prendre au racisme de la

société et jouer les victimes. Ça marche à chaque fois, les gentils démocrates et les journalistes au grand cœur ne manqueront pas de relayer sa plainte, ça ne coûte pas cher et ça leur permet de se poser en conscience morale. Mais la satisfaction est limitée. Le petit roi va donc faire ce qu'on a toujours fait dans ce cas : se venger contre les plus faibles. S'assurer de sa royauté par la tyrannie. Tenter d'être le plus fort par l'insulte, le coup de poing dans la gueule et la crémation d'enfant, puisqu'il enrage de ne pas l'être par l'intelligence et la réussite, et que ce serait déchoir pour lui d'essayer.

Le premier haut fait du petit dieu, Saurat, l'exploit légendaire qui pourrait être éternisé par le chant des rhapsodes, c'est d'avoir fait caca. Vous avez remarqué comme les mères accordent gloire au nourrisson pour sa crotte dans le pot ? Elles-mêmes s'en rengorgent, comme si un peu de cet honneur fécal rejaillissait sur elles. Moi qui vous parle, j'ai vu une matrone méditerranéenne promener la crotte de son nourrisson au milieu d'un cercle d'amis, au moment de l'apéritif, en nous incitant à nous extasier pour encourager le héros. Dans son coin, le héros faisait des mines, prenait la pose, faussement timide, en fait ravi. On sentait que déjà, dans son petit crâne à peine fini, il tirait de la scène deux leçons fondamentales : la première, que tout ce qui sortirait de lui constituerait un cadeau pour l'univers. La seconde, qu'on lui accordait le droit imprescriptible d'emmerder ses contemporains. Toute la vie des jeunes des quartiers répète cette scène primitive. Ils ne cessent de dégorger des choses destinées à emmerder leurs contemporains, des choses qui sont l'expression la plus intime, la plus organique d'eux-mêmes. Du déchet, mais du déchet glorieux. Quand ils étaient tout petits, maman leur a fait comprendre que c'était bien, et depuis ils continuent. C'est tellement évident que c'en serait presque touchant. Prenez une quelconque voiture, mettons une Golf, remplie par le corps encombrant et l'arrogance naïve d'un jeune de banlieue (comme on dit). Vous entendez ces boum boum, ces pulsations régulières ? C'est le cœur de maman qui bat très fort. Bien carré dans sa voiture, tétant sa clope, la tête bourrée de rythme bien simpliste, le petit est dans le ventre de maman. Qu'il gèle ou qu'il pleuve, il baisse les vitres. L'important est que le monde entier sache quelle musique il écoute, et si possible que ça lui casse les pieds, au monde entier. Le petit fait un beau caca. Et il continue, il ne fait que ça : l'ordure continuellement à la bouche, le bruit, les papiers et les boîtes de bière jetés par terre, les incessantes provocations et rigolades de nos chers élèves, autant de cacas, pour que la maman que le garçon a dans la tête soit fière de lui, pour qu'elle continue à constater à quel point il est intéressant.

Mais le monde ne le trouve pas si intéressant que ça. Le monde ne ressemble pas assez à maman. Alors il faut laver le sacrilège. Dans le sang des êtres impurs : les femmes. Les anti-mamans. Les diaboliques imitations de la seule, la vraie, la sacrée. Les petits salauds ont violé la gamine, Saurat, sans doute tout bêtement parce qu'elle portait une jupe un peu courte au lieu d'un survêtement ou d'une robe de bonne sœur. Dans leur esprit obtus, ça la désignait comme une pute, un sac à foutre. Pas comme un être humain. Toute femme trop femme, trop libre, humilie leur maman. Ils l'ont violée, et puis ils l'ont brûlée, parce qu'elle les dégoûtait d'avoir été souillée par eux. C'est le système nazi, Saurat : on rend la victime impure, on l'exclut de l'humanité, ainsi on n'est plus coupable de la victimiser, et puis on la brûle pour purifier le monde de sa présence.

Zablanski ne s'exalte pas à déployer son éloquence infâme. Sa voix s'est abaissée jusqu'au murmure. Un sourire las s'est esquissé sur son visage. Il n'a pas l'air de croire tout à fait à ce qu'il dit. Sa main et sa tête se sont rapprochées de toi. Dans la lumière sourde du café, il paraît triste et séduisant, et tu songes, avec un peu d'effroi, à quelqu'un qui serait venu de très loin pour te chercher, toi, Saurat. Tu dois aussi te méfier de Zablanski, comme de tout le monde.

— Vous faites de la psychanalyse bon marché et de la sociologie de bazar. Vous comparez une extermination pensée et programmée par un État totalitaire avec un fait divers qui n'a rien à voir, commis par des gamins perdus.

— Et alors ? Je vous aime bien Saurat, j'éprouve une certaine estime pour vous, en dépit de vous-même. Vous ne savez pas qui vous êtes vraiment. Votre esprit a été bien aplati par l'École Nationale Supérieure et la lecture intensive du *Monde*. Les gens de cette espèce sont sans cesse prêts à crier au racisme et à l'antisémitisme à la moindre réserve émise sur l'Islam, à la moindre critique adressée à un type qui s'appelle Goldberg ou Bensaïd. Ils en jouissent d'avance, ils n'attendent que ça, faire du foin, être où il faut être, figurer avec les bons esprits sur les bonnes pétitions, écrire les bons articles qui pensent bien dans les bons journaux. Mais quand le jeune Mohammed traite le jeune Shlomo de sale Juif, et lui fout son poing dans la gueule en plus, alors là, pardon, ce n'est pas du tout du racisme, il faut regarder ça de plus près, nuancer, c'est du langage de jeune, ils disent ça comme ils diraient autre chose, et puis si on n'oppressait pas les Palestiniens, hein, c'est quand même normal, c'est une façon maladroite d'exprimer leur mal de vivre.

— Écoutez, Zablanski, ce qui vous gêne, au fond, c'est que les pauvres soient agressifs. Vous les voudriez gentils, bien polis. Comme ça, non seulement ils seraient pauvres, mais en plus ils seraient soumis. Il n'est pas anormal que ceux que notre système écrase veuillent à leur tour écraser quelqu'un. Les femmes, les plus faibles qu'eux, c'est tout ce qu'on leur laisse. Ils se vengent là-dessus. C'est dégueulasse, je suis d'accord, mais à qui la faute ?

— Vous appliquez à notre monde des grilles vieilles de trente ans, Saurat. Toujours une époque de retard, les intellectuels. Ce ne sont pas les damnés de la terre qui pendent à Téhéran une jeune fille de seize ans à une grue de chantier parce qu'elle a fait l'amour avec son fiancé. Ce ne sont pas les damnés de la terre qui lapident une gamine de treize ans parce que son frère l'a violée et qu'elle est par conséquent impure. D'autres les brûlent vives pour les mêmes raisons. Quant au jeune des quartiers, Saurat, ce n'est pas le damné de la terre : c'est le petit baron pillard et cagot du Moyen Âge, avec tout ce que cela implique de rapacité, de cruauté, de superstition, d'attachement au territoire, de liens de vassalité, de soumission à une conception étriquée de l'honneur et de la foi.

Regardez comme certains de nos élèves musulmans sont fascinés par les salafistes. Rien de surprenant : c'est une conception idolâtre, fétichiste, obsessionnelle et matérialiste de la religion. Toute la foi dans une infinité de petits détails matériels : la barbe, le voile, la longueur du pantalon, la nourriture, que sais-je encore. Et hop, comme ça on est sauvé, à nous l'infini. L'infini par l'infime. La religion réduite à une série de codes vestimentaires, de prescriptions, d'interdits de toutes sortes. L'idée d'un Dieu vétilleux et maniaque. Un Dieu petit fonctionnaire coincé, obsédé par ce que mangent ses fidèles. Vous appelez ça une religion ? Au fond, leur prétendu fondamentalisme est une manière de se débarrasser de la religion. Ça évite de rien approfondir. C'est pour ça que ces purismes ont autant de succès. Religion pour imbéciles et cœurs desséchés. Ni pensée, ni émotion. Il suffit de respecter tout un attirail de codes et hop, on est quitte avec Dieu. On est sauvé, et les autres sont des mécréants ou des salauds parce qu'ils boivent du vin et que leurs femmes ne portent pas le voile. Pas plus difficile que ça, la religion. Vous vous rendez compte de ce que ça implique mentalement, Saurat, la vie éternelle, l'infini par la longueur de la barbe et du pantalon ? Se croire pur parce qu'on a payé ce prix ? Leurs grigris leur permettent d'éviter le plus difficile, le plus risqué : se donner. Consacrer son cœur et son esprit au divin. Ils donnent à Dieu de la barbe et de l'absence de cochon comme on donne des jouets aux enfants pour se dispenser de s'occuper d'eux, de leur parler et de les aimer. Les salafistes gagneront parce que c'est la pente de l'humain : les fétiches nous évitent de nous donner. Vous avez remarqué à quel point nos élèves ont le cœur sec ?

— Vous n'en savez rien. Et puis cet attachement à la lettre a toujours existé dans toutes les religions. Vos comparaisons ne tiennent pas. Des seigneurs ! Vous identifiez les exclus aux maîtres. Absurde.

— Alors j'ai une meilleure comparaison. Le truand de Hambourg devenu sous-officier SS. Ils nous font revenir à la barbarie, tout bêtement. La régression crève les yeux. Il y a eu un moment où l'on a pu se croire presque débarrassés de l'antisémitisme et du machisme. Mais avec eux, c'est l'express pour le XIXe siècle. Cent cinquante ans de perdus en une génération. Nous revoilà à l'époque de Drumont et de la misogynie. Ils ont entrepris d'inculquer l'honneur et la morale à leurs sœurs en leur interdisant de sortir autrement que voilées ou empaquetées dans des toiles qui empêchent que l'homme se laisse détourner du droit chemin par la vue de leurs parties impures. Débordant de zèle, ils traitent de putes toutes celles qui ne portent pas l'uniforme dont ils ont décidé qu'il est bon pour elles. Et le plus beau, c'est qu'on les prend malgré tout pour un symbole de rébellion ; de modernité, de métissage, de je ne sais quoi. Ce sont juste des crétins agressifs, incultes et infantiles, qui ne pensent qu'aux voitures, aux fringues, à l'argent facile. Vous les avez entendus parler comme moi, Saurat. À peine de la parole. Une bouillie verbale de cinquante vocables, dont la moitié d'obscénités, pas articulés, aboyés. À part les téléphones portables et les survêtements, ce qui les intéresse, c'est « niquer une meuf », comme ils disent. Ils n'en sont plus à confondre l'amour avec le sexe. Ils ont dépassé ça. Ils confondent le sexe avec la violence et avec l'humiliation.

— Est-ce que c'est autre chose, pour vous ?

— Ne faites pas le cynique à dix balles, vous valez mieux que ça. L'amour ne m'intéresse pas pour d'autres raisons, mais il existe des manières plus ou moins nobles de traverser cette illusion, et peut-être d'en tirer quelque enseignement. Pour eux, baiser, c'est dominer et se glorifier de sa virilité. Rien d'autre. C'est forcément mépriser ce qu'on baise, parce qu'on l'a baisé. Par conséquent, une mère ne baise pas. Elle engendre le mâle. Dieu. Avec toute cette crasse dans leur tête, ils trouvent le moyen de crier à l'injustice à la moindre occasion, c'est ça qui est fabuleux. La Palestine leur donne un prétexte commode pour jouer le rôle des damnés de la terre. L'Allemagne aussi était une victime en 1930. On l'avait dépecée, trahie. On lui avait pris Dantzig. Et les damnés de la terre allemands ont voulu Hitler. Les nazis utilisaient des droits communs dans les camps comme petits chefs, esclaves auxiliaires de l'extermination. Croyez-moi, Gilles : le jour où on rouvrira les camps d'extermination, les kapos s'appelleront Mohammed.

— C'est une formule monstrueuse. Tellement que cela ôte toute signification au reste de votre propos. Zablanski, votre péché mignon, c'est l'apocalypse. Vous en jouissez. Vous vous en fabriquez pour le plaisir du négatif. C'est votre côté Cioran, la rodomontade du pessimisme.

— Notez que je ne tombe pas dans la bête paranoïa identitaire, genre les masses arabes vont nous envahir, finie notre vieille culture, etc. Prophète de malheur n'est pas mon rôle préféré. Il y a des gens plus forts que ces brutes rudimentaires, qui savent les utiliser habilement pour parvenir à leurs fins. Des gens beaucoup plus subtils que vous et moi, Saurat, et dont il faut se méfier.

— Je ne vois pas ce que vous voulez dire. Cela me paraît une forme plus élaborée de paranoïa, le complot plutôt que l'invasion, voilà tout.

— Si vous voulez. J'essaie juste de vous expliquer que la question est complexe. Il faut faire très attention.

— Votre discours n'a rien de complexe, Zablanski, pardonnez-moi. Il est plutôt prévisible. Au fond, ces gamins, je ne comprends pas pourquoi vous les détestez tant que ça. Vous devriez les aimer. D'après le portrait que vous en tracez, ils sont aussi sombres et cyniques que vous. Je me demande si vous ne les détestez pas tant justement parce qu'ils vous ressemblent. Vous reconnaissez en eux des aspects que vous détestez en vous, comme ces gens qui haïssent les homosexuels parce qu'ils ne veulent pas voir ce qu'il y a d'homosexuel en eux. Je suis plus mesuré que vous tout simplement parce que je leur ressemble moins.

— Joli. Une touche à nouveau. Cependant, vous n'enfoncez pas encore assez la lame. Ce que vous me dites m'avait déjà effleuré, sans doute pas aussi nettement. Comment vous dire ? Que je reconnaisse en eux quelque chose de moi, c'est bien possible. Mais comme mon ombre, mon double ténébreux. Je l'affronte. Si je ne l'affrontais pas, alors, il s'emparerait de moi. Avez-vous affronté votre ombre, Saurat ? Ou votre démon personnel ? L'avez-vous rencontré face à face ? Un sale moment, mais il faut y passer, sinon c'est pire. Bref. Vous voyez, ce qui me différencie d'eux, c'est l'éducation. Être éduqué, ce n'est pas être dressé ou réprimé, comme le croient les penseurs à la truelle qui peuplent salles des professeurs et rédactions des journaux. C'est avoir reconnu en soi la multiplicité. Avoir vu que nous sommes remplis d'autres, archaïques, génétiques, historiques, psychiques, tout ce que vous voudrez. C'est d'ailleurs pour cela que la fiction de mon moi individuel m'intéresse à peu près au même titre qu'une fiction cinématographique. En détestant le jeune des quartiers et tout ce qu'il incarne, je ne déteste pas l'autre, comme vous le pensez sans le dire, à l'instar là encore de nos généreux collègues et de nos ténors médiatiques remplis de représentations schématiques. Pensée trop courte. C'est exactement le contraire. Je déteste le refus de l'autre, qui anime toute l'existence de ces jeunes. Leur manière forcenée de se durcir sur la fable d'une différence absolue. Corollaire du refus de l'autre, Saurat : le refus du réel. La Grande Maman dans la tête fait écran à la réalité. Plus d'autre. Plus rien en dehors de moi (ou de mon moi élargi, ma famille, mon clan, ma bande, mon territoire), le savoir ne m'intéresse pas, je le refuse. Vous savez la grande différence entre notre Occident et leur Orient, quel que soit le jugement de valeur qu'on puisse porter par ailleurs sur ces civilisations ? Nous les connaissons et nous nous intéressons à eux. Toutes les branches de notre savoir, toutes nos facultés de compréhension les accueillent, en géographie, en histoire, en archéologie, en sociologie, j'en passe. Ils nous ignorent. Ils n'ont qu'une représentation caricaturale de ce que nous sommes. L'Orient musulman se sclérose dans le rejet de ce qui n'est pas lui. Même les faits, ils les rejettent, s'ils ne cadrent pas avec leurs désirs. Toutes leurs défaites, ils commencent par les nier. L'homme de la rue n'arrive pas à y croire ; et puis, quand ils sont bien obligés de l'admettre, ils l'attribuent à un complot juif, ou je ne sais quoi. Comme les Allemands la défaite de 1918. Combien de millions, en Égypte, en Syrie, à croire que le 11 septembre est un coup du Mossad ? Combien d'Africains convaincus que l'esclavage a été d'abord et surtout pratiqué par des négociants juifs, ce qui est faux, alors qu'en ce moment même les Saoudiens continuent tranquillement à le perpétrer sous leur nez ? Le monde s'organise en fonction de leur ignorance crasse, de leur terreur de voir et de savoir. Jusqu'aux fossiles qui démentent la croyance en la création : Belkacem, de 3 °C, m'a soutenu tranquillement qu'ils avaient été placés dans le sol par Allah pour tromper les infidèles. Impossible de l'en faire démordre. Ils leur mettent ça dans le crâne, dans les mosquées. Nos quatre siècles de lutte contre la superstition, depuis les premiers libertins, au début du XVIIe, en passant par Fontenelle, Diderot, Voltaire et les radsoc, sont impuissants contre ça. Kant, Nietzsche, Darwin, Lamarck, connais pas.

— Je ne suis pas sûr qu'on puisse généraliser à ce point. Vous ne connaissez pas ceux dont vous parlez, pas plus que moi. Ce n'est pas au collège qu'on peut les connaître. Vous décrivez un pur fantasme. À partir de faits vrais, mais étroits, vous élaborez des constructions fantastiques. Trop vastes pour leur socle. De telles généralités font perdre le sens du réel, justement.

— Le sens du réel. Qui a le sens du réel ? Ces adolescents ? Ils n'ont jamais connu de limites. Ils vivent dans leurs fantasmes narcissiques. On construit un monde extérieur avec des limites.

— Ils font ce qu'ils peuvent avec le peu qu'on leur a donné. Si on les aimait un peu plus...

— Toujours la vieille rengaine religieuse, dans les bouches les plus laïques et républicaines. Aimer, être aimé. Il n'est plus question que de ça. Vous croyez qu'il y a quelque chose à sauver en Arslan ? Que le bon Dieu l'accueillera en son paradis ? Tenez, j'accepte l'idée chrétienne : il n'est d'amour qu'en Dieu, et destiné à Dieu. En ce sens que le seul amour possible est infini. Malheureusement, l'hypothèse divine est trop loufoque pour moi. Ce créateur planqué dans le placard de la création, c'est du théâtre de boulevard. Il sort du placard ? On le crucifie. En caleçon, comme il se doit. Notez que je m'accommoderais bien, façon Blaise Pascal, des plus grosses absurdités qu'engendre l'idée d'un créateur. Ce qui me rend l'idée de Dieu, non pas impossible, mais ridicule, c'est que ça n'a pas de sens de mobiliser un être pareil pour un monde aussi plat. Dieu est incompatible avec l'ennui. Et l'ennui, Gilles, forme la substance du monde. Ce monde est ennuyeux. Il manque de réalité. Donc, c'est la mort qui lui convient le mieux. Pas la mort tragique, pathétique. La mort comme état neutre. Rien. L'assomption de la banalité.

— C'est vous qui vivez dans l'irréel. Dans la fantasmagorie de vos peurs et de vos frustrations. Vous chargez des gamins d'angoisses qui ne les concernent pas.

— Bien sûr, fait Zablanski, l'air las tout à coup. Vous avez raison.

Il se penche vers sa bière. Quelque chose en lui à nouveau se rétracte dans l'ironie. Il paraît confus, comme s'il venait de renverser son verre sur la nappe.

— Mon petit laïus, je n'y crois pas complètement, vous vous en doutez. Pas seulement trop général. Trop affirmé. En fait, ça a le tort rédhibitoire d'être dit, au lieu d'être tu. N'y voyez pas de l'ironie : il y a trop de prétention à parler. On se gonfle d'importance, et les choses avec. Au fond, je crois que la principale caractéristique du réel est d'être sans importance. De temps en temps je m'essaie à des discours comme ça. Ce ne sera sans doute pas le dernier que vous subirez. C'est mon petit enfer à moi, Saurat, que de ne pas croire à ce que je dis. Même mes apocalypses sentent le toc, là-dessus je ne peux pas vous donner tort. Je vous parle, je vous fais des romans, non pas pour vous convaincre, ou pour avoir raison, mais pour que quelqu'un au moins se fasse une idée de la nature de mon petit enfer. C'est la plus universelle faiblesse : on veut bien souffrir à la rigueur, mais pas que cette souffrance demeure ignorée de tous.

Il aspire le fond de son deuxième demi, en commande deux autres.

— Un seul. Je vais devoir vous quitter. Mon rendez-vous est à trois heures.

— Allez-y. C'est votre enfer à vous. Celui-là, je n'y ai pas eu droit, on n'avait pas encore inventé les ISFP. Un démon d'une espèce particulière vous attend : le démon bureaucratique. Franchement, vous devriez vous arrêter. De toute façon, vous avez besoin de repos, ça se voit. Vous avez maigri depuis que vous êtes arrivé à Logres. Et ce ne sont pas les agapes de Mme Van Reeth qui vont arranger les choses.

XVII

Pernaud, ton conseiller de stage, l'homme censé t'épauler dans tes difficultés de jeune professeur, se trouve à l'entrée de son bureau, lancé dans une discussion animée avec un des autres personnages falots qui hantent les couloirs sans fin de l'ISFP. Il ne te voit même pas. Ses manières onctueuses de prélat paraissent l'avoir abandonné. L'enjeu doit être d'importance, pour qu'un embryon de vivacité anime ses propos. Tu dois d'abord être reçu par Floquet, le directeur de l'Institut, qui tient à voir les stagiaires un par un. Rendez-vous est pris depuis plus de quatre mois. Une secrétaire pleine de componction vérifie le rendez-vous, te fait attendre quinze bonnes minutes avant de t'introduire.

Floquet est un homme considérable. Nul à l'ISFP n'ignore son parcours : début de carrière dans divers établissements secondaires, principalement en Afrique et en Polynésie. Formateur dans les Écoles Régionales d'Instituteurs, où il développe l'expression corporelle, le cri primal, la danse africaine et le yoga. Plusieurs générations d'instituteurs en formation se sont roulés par terre une heure par semaine pendant que Floquet agitait un tambourin. Signataire du fameux rapport de 1989 sur l'état de l'enseignement, il devient conseiller du secrétaire d'État à l'enseignement primaire. Comme tel, chargé de mettre en place certaines réformes suggérées dans ce rapport, telles que la constitution, dans les établissements primaires, d'équipes pédagogiques élaborant des projets d'établissement, puis, une fois reçu l'agrément de l'Inspection départementale, en assurant le suivi au moyen de rapports régulièrement fournis à cette même inspection. Également grâce à lui ont été créées les fameuses grilles mensuelles d'évaluation, que parents et enfants remplissent pour estimer le travail de l'instituteur, grilles qui font l'objet d'un dépouillement systématique et d'un commentaire au cours de réunions mensuelles spécifiques. En 1991, il publie un nouveau rapport qui fait date, portant sur la pratique des rapports dans l'institution éducative et leurs conséquences sur l'évolution de celle-ci. En 1994, il soutient sa célèbre thèse de didactique sur *L'intervention active de l'apprenant au sein des protocoles d'évaluation dans l'enseignement des sciences de la vie au collège*. Après avoir enseigné quelque temps la didactique à l'ISFP de Logres dès sa création, il en prend rapidement la direction. Cela signifie qu'il exerce son pouvoir sur tous les enseignants de la région. Il continue en outre à conseiller la direction nationale des ISFP.

Floquet paraît minuscule dans son immense bureau. On le voit à peine. Sa peau a la couleur des dossiers, de la moquette, des murs et de son costume, gris clair. Il est, parmi les nombreux habitants de l'ISFP, le seul à porter un costume. Pour les autres, le pantalon de velours côtelé et la chemise à carreaux sont de rigueur. Sous sa calvitie soigneusement délimitée par une couronne de cheveux gris s'étagent bien en ordre les éléments de son petit visage. Que dit-il ? Il est très difficile de saisir le sujet exact de son discours. Ce n'est pas seulement à cause de sa voix grêle et étouffée. De longs trains de circonlocutions passent au ralenti. On renonce à les suivre. Il manipule des prudences, s'embarrasse dans des précautions et des distinguos. Les sigles prolifèrent, CVUT, RP, GIRD, CAPEL, FST. Tu renonces à comprendre. Tu attends que l'interminable allocution s'épuise. Un prurit envahit sournoisement ton épiderme. Sans doute, autrefois, les profanes introduits à l'archevêché devaient-ils se consumer du même ennui sous les cauteleux raisonnements de Monseigneur, délayés dans une opaque théologie.

Enfin, tu crois déceler quelque chose comme un contenu dans ce qu'il dit. Il fait allusion aux événements qui se sont déroulés à l'ISFP juste avant les vacances. Il te tend un papier relatif à cette affaire. Peut-on d'ailleurs parler d'événement dans le cours quasi inaltérable des jours à l'ISFP, où les cours dogmatiques succèdent aux réunions sinistres, tandis que s'écoule, avec le majestueux débit d'un fleuve russe, l'impitoyable flot du verbiage pédagogique ? La plupart de tes condisciples sont formés à l'écoute respectueuse. Curieux spectacle que d'observer avec quelle application ils remplissent des cahiers entiers de notes, avalant les amphigouris et les platitudes avec le même sérieux. Ils ont déjà peur de tout. Ils désirent passionnément la conformité. Et toi aussi, Saurat, tu es comme eux, dans ton genre, pétri d'instinctive révérence. Quelques-uns, pourtant, à force d'être soumis au bavardage mécaniquement débité par les effroyables cuistres de l'ISFP, ont fini par éprouver un sentiment qu'avec inquiétude ils ont identifié comme de la lassitude. Avec des précautions exquises, ils en ont d'abord fait part à leurs formateurs. Bien que ces derniers fassent négoce d'idées telles que la remise en question de l'enseignant, ils ont paru surpris, et peu spontanément disposés à pratiquer cette remise en cause sur eux-mêmes. Cela fit tout de suite monter la tension. Des paroles presque piquantes furent échangées. Il y eut des protestations pas loin d'être véhémentes. On se jeta à la tête des

GSIP et des CUFOR. On décida pour finir d'une réunion.

Le papier de Floquet est un document appelant à la réunion, et servant de base de discussion. Il te demande ce que tu en penses. Tu n'en penses rien. Il commence par cette phrase :

Lors de la réunion du 16 décembre, les stagiaires ont posé le problème de la cohérence de la formation (tu sais traduire désormais : les doux naïfs ont tenté une timide rébellion contre l'absurdité bureaucratique des cours qu'on leur assène). Après une longue et obscure justification de l'ISFP et de son système d'études de formation, le document présente un tableau des modèles de formation, béhavioriste, constructiviste, etc. Par exemple, le *Modèle vocationnel*, qui *renvoie au je ne sais quoi qui fait la différence. L'investissement. Le projet à construire (?).* Le point d'interrogation est capital. On ne cesse d'interroger toute sortes de choses à l'ISFP. *Ce qui n'est pas explicite. C'est une approche anthropologique.* La conclusion s'énonce en ces termes : *Le « mélange » des modèles s'impose dans la formation. Chacun d'entre eux a été analysé et justifié. Le « vocationnel » échapperait au modèle professionnel. Comment travailler sur des objets communs ? Le stagiaire peut être considéré comme un dispositif intégrateur. Le GSIP : dispositif intégrateur qui permet la mise en projet.*

Du moment qu'il y a projet, c'est ce que c'est bon. L'idéal serait *un projet qui interroge les modèles traditionnels du rapport de l'apprenant aux contenus.* Tu sais très bien le faire. Tu leur en donnes, dans tes rapports, du projet, du didacticiel et de la synergie, et ils sont contents, ça rattrape un peu certaines absences.

Pour le moment, tu fais semblant de réfléchir quelques instants. Il faut surtout donner l'impression de considérer ces questions avec tout le sérieux qu'elles exigent. Tu es passé maître dans l'art de leur faire croire que tu les écoutes religieusement alors que tu ne penses à rien.

Après un temps décent de prétendue réflexion, tu déclares à Floquet que le texte te semble à même de permettre d'engager la réflexion sur la formation de manière positive. Il met les choses à plat, notamment sur le GSIP, et en cela il constitue une bonne base de travail.

Le directeur paraît se satisfaire de cette réponse. Il remarque toutefois que tu as déjà manqué trois réunions sur les quatorze durant le premier trimestre. Signe d'insatisfaction ? La formation de l'ISFP répond-elle à tes besoins ? La présence à toutes les réunions est en principe obligatoire. Tu sais qu'il est inutile d'émettre le moindre doute. Cela serait englouti dans des discours sans fin. Pour couper court, tu aurais bien une petite lâcheté à ta disposition. Pourquoi pas ? L'annonce de la maladie et de la mort de ta mère te tient lieu d'explication à tes absences.

Il faut aussi que tu passes au secrétariat de la formation pour régler le problème de ton salaire toujours pas versé.

En chemin, tu passes au bureau de Pernaud. Il n'y est pas. Son interlocuteur de tout à l'heure, en revanche, s'y trouve. Tu le reconnais à la barbe. Il est occupé à ranger soigneusement des dossiers sur une table. La disposition du bureau de Pernaud semble avoir changé. Le barbu t'indique que tu trouveras sans doute Pernaud chez le directeur adjoint.

Tu n'as jamais mis les pieds chez le directeur adjoint, responsable de la gestion de l'établissement. Tu ignores où se trouve son bureau, mais le barbu te fournit avec complaisance de longues explications permettant de penser que tu peux t'y rendre en passant d'abord par le secrétariat de la formation.

Le bâtiment occupé par l'ISFP est une gigantesque construction en forme de H qui a été moderne à la fin des années 1970. Bien distinct sur la maquette du projet, le H représente l'hôtel de ville. Le maire de l'époque avait ruiné la municipalité pour s'offrir cet édifice flambant neuf qui aurait pu abriter toute l'administration d'un petit pays d'Europe centrale. On finissait à peine de poser les moquettes que le maire perdait les élections. Son successeur renonçait aussitôt à assumer les frais d'entretien pharaoniques du monstre. Il transportait les services municipaux dans une gentilhommière du XVIIe siècle qui avait échappé par hasard au joyeux zèle destructeur des années soixante. Lorsqu'on avait cherché par la suite un bâtiment pour loger l'ISFP, le mastodonte de béton s'était naturellement imposé. Les départements voisins avaient bâti à grands frais des immeubles *ad hoc*, flambant neufs, du néo-classique à colonnades et chapiteaux, ou du verre paléo-futuriste, mais Logres pouvait s'enorgueillir d'avoir su réhabiliter ce témoignage historique de l'époque du grand élan urbanistique, œuvre de Grimme, un architecte qui devait par la suite acquérir la célébrité en bâtissant le Musée d'art moderne de la capitale. Vu d'avion, ledit musée affectait la forme d'une palette de peintre. C'est ce qui avait séduit les représentants de l'État, friands de symboles simples. Que la structure se soit révélée impropre à la conservation des œuvres et hostile à la survie humaine n'avait en rien compromis la carrière glorieuse de Grimme, qui enchaînait depuis commande sur commande.

On avait donc ravalé, réparé, refait la décoration du haut en bas, ce qui s'était révélé presque aussi onéreux que la construction d'un bâtiment neuf. Tout cela, bien entendu, déjà démodé et usé. L'ISFP, certes, emploie une bureaucratie luxuriante. En outre, y prolifèrent, comme par génération spontanée, des formateurs affectés à des fonctions hypothétiques, de vieux maniaques de la théorie pédagogique, divers rebuts incolores de l'enseignement, dont on ne sait que faire, dont on ignore à quoi ils sont employés, réfugiés là depuis des lustres et qui vont murmurant au long des couloirs. Des recoins les moins explorés surgissent des dames empaquetées de voilages, se lançant aux moments les plus inattendus dans des glapissements hystériques sur le caractère capital de la nouvelle circulaire sur la refonte des grilles d'évaluation, sans compter les obsédés du tambourin, les acharnés du rapport, les ralentis peaufinant depuis des années quatre pages sur la séquence de langue étrangère en première année de collège ou la tenue collective du cahier de classe. Pourtant, toute cette foule pittoresque ne parvient à peupler qu'une petite partie du monstre. Il existe des zones désertiques, quasiment inexplorées, dans les profondeurs du sous-sol ou dans les étages élevés. Certains niveaux occupés s'interrompent même sur des friches de bureaux à l'abandon. On a tenté de combler les vides avec les archives. Plusieurs étages se remplissent tout doucement avec les kilomètres de projets, rapports, fiches, circulaires, livrets, dossiers que l'ISFP produit sans discontinuer à un rythme industriel. Comme tous les étages et toutes les ailes sont construits et décorés de manière rigoureusement identique, et que les plaques orientant vers les nombreux services de l'ISFP ne portent que les sigles qui les identifient, les stagiaires s'égarent souvent dans le morne labyrinthe, à la recherche du bureau ou de la salle de réunion qu'ils finissent par rejoindre en retard.

La secrétaire de la formation tente de t'expliquer, d'un ton agacé et avec la condescendance réservée au profane, que ton problème n'est pas de son ressort, mais bien de celui du rectorat, alors que l'intendance du collège t'avait expressément indiqué qu'il s'agissait à présent de repasser par ce secrétariat pour régler la question. Il s'agirait donc d'aller au rectorat. Tu as déjà tenté la démarche, lui expliques-tu, mais le rectorat refuse désormais d'accueillir sans rendez-vous, il faut d'abord appeler. Que n'appelles-tu ? Il faudrait le faire avant que les services ferment, à 16 h 15. Elle consent à te délivrer, d'une main dédaigneuse, le numéro du service compétent.

Bien entendu, ton portable est déchargé. Il y a une cabine à carte dans le hall du deuxième étage, paraît-il. Elle se trouve, en effet, juste à côté de l'ascenseur. Tu décroches. Il est 15 h 34 à ta montre. Le numéro est occupé. Tu attends, raccroches, refais une tentative, en vain. Tu t'y reprends à trois fois. Le piaillement de la sonnerie « occupé » continue à résonner, inexorable. À 15 h 49, enfin, cela décroche. Personne ne te parle. Tu perçois une voix lointaine, qui poursuit un monologue inaudible, comme si on parlait d'une salle lointaine, ou plutôt comme si quelqu'un, enfermé dans une cave, se marmottait des histoires à lui-même. Enfin, la voix se rapproche : Oui ? Juste ça, Oui, sans autre indication, sans l'une de ces formules de politesse qui tout à coup, comparées à la certitude sèche de la voix, semblent désuètes et ridicules. On ne peut pas attribuer de sexe à cette voix. Pas un mot de plus n'est prononcé. Silence pendant que tu tentes d'expliquer ton cas. Après quoi elle t'apprend, sur le même ton neutre, que tu ne t'adresses pas au bon bureau, que cette question concerne le 456, que l'on va te passer.

Le 456 décroche. Les Quatre Saisons t'accueillent, interprétées au synthétiseur, sans doute pour éviter d'aborder trop brutalement Vivaldi. Puis une douce voix féminine se fait entendre. Elle t'invite à la patience, quelqu'un va te répondre. Re-musique. Tu as le temps d'écouter trois fois, *in extenso*, *Le Printemps*, suivi de la voix humaine. Enfin, un déclic vient récompenser ta patience. Malheureusement, on vient de couper la ligne, comme te l'indique la sonnerie habituelle. Il est 15 h 54, tu dois tout recommencer.

À 15 h 59, tu finis par retrouver Vivaldi. Au bout de quelques mesures, on décroche. Tu n'as pas le temps d'ébaucher deux phrases pour exposer ta requête, une voix grave et néanmoins féminine t'invite à décliner ton identité et ton affectation. Sa tonalité est curieusement étouffée, au bord de l'extinction, comme s'il t'était donné d'écouter en direct une agonie. La voix exige en outre ton CAI. Oui, bien sûr, ton Code Administratif d'Identification. Mais tu ne t'en souviens plus. Et tu ne l'as pas sur toi. Il faudrait remonter au secrétariat de la formation, mais. La voix grave annonce qu'elle va essayer malgré tout de retrouver ton dossier. Enfin, à 16 h 06, elle s'enquiert de ton problème. Comme dans tes explications tu ne fais pas usage du lexique convenable, elle te reprend plusieurs fois pour comprendre ce que tu désires au juste. Elle atteint la limite de l'extinction. Elle s'enfonce dans une disparition indifférente, toujours débitant les formules précises et techniques qui décrivent ton état administratif. Avant de les reprendre méticuleusement, elle accueille tes répliques, à chaque fois, par de longs silences, comme si le son mettait un temps infini à te parvenir depuis le lointain bureau d'où cette voix s'élève, ou comme si l'administration entière s'éloignait de ton monde pour s'enfoncer dans une éternelle catalepsie traversée de songeries bureaucratiques.

Il appert en définitive que le règlement de cette question n'est plus du ressort du rectorat, mais de l'ISFP à qui ton dossier a été retourné. Tu objectes que précisément l'ISFP vient de t'indiquer le contraire. La voix, après un temps, émerge de son abîme d'oubli ou de distraction pour énoncer que telle est bien la situation et qu'elle ne peut rien pour toi. Devant ton insistance, elle finit par prononcer, dans un ultime soupir, quelques syntagmes d'où il ressort qu'elle va te passer le 515, où Mme Lasserre pourra éventuellement t'aider, mais en principe rien n'est possible. Puis elle expire dans un silence profond, à peine troublé d'un chuintement. Tu éprouves la sensation d'une noirceur subite. Aux fenêtres lointaines qui éclairent le hall de l'ISFP, la nuit prématurée vient de tomber sans prévenir.

Le 515 décroche presque tout de suite. Une autre voix, haut perchée celle-ci, t'annonce qu'il s'agit bien du bureau de Mme Lasserre. Malheureusement elle n'est plus là. Elle a fini sa journée. Il est 16 h 11.

Du deuxième étage, il s'agit donc de retrouver le bureau du directeur adjoint, quelque part au sixième. L'ascenseur du deuxième se refuse à fonctionner. Il faut gagner l'escalier principal, au bout du troisième couloir. Une identique lumière de néon éclaire les couloirs de l'ISFP. Généreusement arrosé par les subventions ministérielles et régionales, l'ISFP, plus riche que toutes les universités et les lycées réunis de l'académie, avait eu les moyens de se payer de la décoration de standing. Des peintures calculées pour la sérénité du formateur. De la moquette pensée. Celle-ci, bleu violacé, s'accorde superbement avec les murs verts d'eau agrémentés de plinthes jambon de Parme. Cela sent le confort, la joie et la clarté, avec un je ne sais quoi d'audacieux. Hélas, dix ans après, tout cet enthousiasme chromatique enduit en couches généreuses a connu le destin fatal réservé à l'allégresse officielle des surfaces. La mauvaise qualité des jointures de fenêtres t'a compissé tout ça de traînées noires ressemblant aux larmes délayant la crasse sur la face d'une pocharde qui se remémore son enfance. D'innombrables affichettes administratives, extraits de publications officielles, annonces de conférences, dazibaos syndicaux et mutualistes ont tartiné d'ennui le ci-devant vert primesautier. Quant à la moquette, il ne reste de ses fraîches étendues qu'une steppe saccagée par les croquenots pédagogiques et les milliers de cigarettes grillées par des formatrices blêmes et cancéreuses.

De ces colloques spectraux, par-delà le triomphe des non-fumeurs sur les fumeurs, par-delà l'agonie solitaire, dans quelque service d'oncologie à la décoration allègre identiquement dévastée, des didacticiennes abandonnées à la souffrance et au souvenir obsédant des centaines de circulaires ministérielles ingurgitées, persiste cette odeur de cigarettes imprégnant toutes les surfaces, et une fumée, un fantôme de brouillard troublant les couloirs interminables, épaississant la lumière des néons, peut-être le vestige de tant de dossiers remués, de tant de papiers agités, la grande ombre pulvérulente de toutes les vieilles existences bureaucratiques qui se refusent à disparaître.

La nuit obture les fenêtres. Les portes toutes identiques, toutes punaisées de paperoles de service, restent closes. Personne. Tu as beau virer dans les corridors, l'escalier principal reste introuvable. Tu te retrouves, après une nouvelle bifurcation, devant l'ascenseur. Tu refais une tentative. Longuement sollicitée du doigt, la grande carcasse creuse va chercher loin des plaintes et des soupirs. Finalement, la double porte de métal s'ouvre. Direction le quatrième. Les diodes censées indiquer l'étage s'allument de manière anarchique, grimpent et descendent très vite l'échelle des étages pendant que tu montes. Enfin, les portes s'ouvrent sur un couloir identique aux autres, dépourvu de numérotation, comme les autres. Va savoir si l'engin qui fut moderne t'a bien déposé au sixième.

Tu te résous à ouvrir des portes. Les premières donnent sur des bureaux vides, intégralement, entre la nudité des murs. Tu passes des portes battantes qui continuent à faire résonner l'espace derrière toi d'une espèce de long rire ralenti. Tu ne sais plus du tout où tu te trouves. La singulière architecture du bâtiment a réussi à te désorienter. Toutes les portes et tous les couloirs se ressemblent, de même que les bureaux déserts, pourtant tous éclairés.

Comme une forêt, et le sentiment t'effleure que sa lumière est aussi sombre que l'obscurité nocturne de celle-ci, le bâtiment grouille de bruits infimes, parcouru de souffles, de battements, d'échos lointains qui ressemblent à des voix, tellement parfois que tu t'arrêtes de marcher pour les localiser. Mais il doit plutôt s'agir de l'air qui circule dans les innombrables canalisations qui parcourent l'ISFP.

Tu as dû malgré tout atteindre d'autres régions : des salles plus vastes, garnies de rayonnages surchargés, rompent la monotonie des bureaux vides. Guère de livres, mais des dossiers, à l'infini. Les murs ne leur suffisent pas, on a entassé les excédents sur les tables, et même par terre, en monuments branlants. Il y a là tous les numéros des innombrables périodiques pédagogiques financés par l'ISFP, remplis d'articles que jamais personne n'a eu l'idée loufoque de tenter de lire ; des thèses de didactique en plusieurs exemplaires ; tous les mémoires et rapports de stage rendus par des générations de stagiaires, en plusieurs exemplaires également. Une étonnante variété de documents de travail, qu'un pervers bureaucratique pris d'une compulsion classificatrice pourrait ranger par catégories : lois et règlements ; instructions ministérielles ; décryptages des lois, règlements et instructions ministérielles ;

documents d'orientation rédigés par l'ISFP à partir des lois, règlements, instructions ministérielles, amendements ; exemples de projets d'établissement, de projets pédagogiques de classes ; rapports d'activités interdisciplinaires ; dossiers de recherche établis par des élèves ; recueils de sujets et corrigés ; programmes de sorties culturelles avec rallyes et questionnaires ; contrats pédagogiques individualisés avec les élèves ; carnets de notes ; grilles d'évaluation ; rapports d'inspection ; documents d'orientation en vue de la notation aux examens ; programmes officiels ; commentaires des programmes officiels ; ouvrages, thèses, mémoires sur l'histoire des sciences éducatives, la psychologie de l'adolescent, la sociologie de l'école et mille autres questions, sans compter les archives propres de l'ISFP, avec ses documents comptables, les comptes rendus des centaines de réunions, les dossiers individualisés des stagiaires, etc., une éventuelle liste des catégories de documents pouvant elle-même sans doute remplir bravement un petit dossier.

Tu ouvres un dossier au hasard, comme ça, en passant. Modèles de questionnaires culturels pour la classe de seconde (projet interdisciplinaire *Logres dans l'art et l'histoire*, lycée René Goscinny, 2001). On y trouve des questions telles que : « Comment appelle-t-on le rocher qui occupe le centre du parc de la Préfecture, à Logres : a-Le soulier de Gargantua b-Le menhir d'Obélix c-Le dolmen de Caïus Bonus » (la bonne réponse, est-il précisé à la suite du document, était le a, comme le montre bien la forme affectée par cette roche considérée en tournant le dos à l'ancienne préfecture).

Parmi les sujets donnés à l'épreuve d'expression française et culture générale pour le baccalauréat technologique, catégorie STSLA (Sciences et Techniques du Secrétariat et des Langues Appliquées), figure le sonnet « À une passante » de Baudelaire. Le nom *Baudelaire*, le titre *Les Fleurs du mal*, suivi de la date 1857 entre parenthèses, sont indiqués au bas du texte. La question 1, dotée de 6 points sur 20, s'énonce ainsi : « Quel est le nom de l'auteur ? Quel est le titre du livre d'où est tiré ce poème ? En quelle année a-t-il été publié ? »

Bien d'autres merveilles encore, qu'il faudrait des années pour goûter toutes, et tu les connais bien d'ailleurs, mais rien à faire, elles te captivent toujours autant par leur inépuisable inventivité.

Et cela continue, de couloir en couloir, de porte en porte. On n'a pas cherché, pour des raisons mystérieuses, à ranger dans les bureaux désaffectés. Les dossiers débordent dans le couloir, amoncelés sur le sol. À mesure que tu progresses, les apparences d'ordre s'estompent. Les archives forment des murailles qui laissent un passage étroit entre des à-pics menaçants. Par places, les pyramides se sont effondrées. Des cartons éventrés coulent des torrents de papiers qu'il faut enjamber, des monceaux de documents, le fruit décourageant de millions d'heures de réflexion, de réunion, d'élaboration et de saisie. La paperasse finit par obstruer complètement le couloir : impossible d'aller plus loin.

La porte des toilettes, avec ses deux silhouettes stylisées, annonce une oasis au milieu de cette sécheresse. C'est plus fort que toi, Saurat, il faut toujours que tu ailles aux toilettes. Déjà gamin, à l'école, tu réclamais souvent ce privilège de l'isolement, dans les odeurs infâmes et passionnantes qui t'entouraient comme des linges. Les murs braillaient leurs obscénités, poétiques parfois, sues par cœur et qui te reviennent sans que tu en aies conscience. Chez toi ta mère ne comprenait pas ces stations prolongées. Sa voix derrière la porte s'inquiétait. Tu ne consentais pas à répondre, ou par des grognements. Personne ne pouvait aller te chercher là. L'unique endroit au monde. Il n'y avait rien à y faire, qu'à sentir, tête baissée, dos courbé, trou du cul entrebâillé, le souffle noir d'en dessous te traverser de part en part, et entendre la voix gargouillante des divinités abjectes.

L'étroite porte jaune, semblable à celle des contes, s'ouvre sur un monde. Ces toilettes-là n'ont rien de commun avec celles de l'ISFP, étroites et fonctionnelles. Elles ont l'ampleur babylonienne de celles d'une grande gare désuète d'Europe centrale. Sous la lumière incertaine va se perdant dans le lointain, avec la perspective spectaculaire des villes désertes imaginées par des peintres de la Renaissance italienne, un alignement de vasques de marbre vert, vis-à-vis d'une série de portes closes que redouble un miroir d'une longueur singulière. Tout au bout, là-bas, cette allée forme un coude, et l'on aperçoit d'autres solennelles pissotières à la triple cannelure modern style. Au-dessus de chaque vasque, un robinet de laiton s'incline religieusement. Le silence traversé de souffles recueillis s'approfondit encore du permanent bruit de sources que l'oreille situe à des distances variées. Comment cet hypogée monumental incrusté au cœur de l'ISFP a-t-il pu être oublié par ses architectes et ses décorateurs ? Ont-ils tourné autour sans jamais y parvenir ? Plus qu'à une chambre hygiénique, l'endroit ressemble à une salle disposée pour des ablutions, des prières, les rituels d'un culte ancien, les sacrifices d'une secte. Les stalles et les cabines sont prêtes à accueillir la confession du fidèle venu y déverser ses plus intimes secrets. Les bassins recueilleront l'eau de la purification ou le sang de l'holocauste.

Va te rafraîchir. Il te semble, à ce moment, que ton corps asséché par la pulvérulence bureaucratique ne retrouvera plus la fraîcheur perdue le long des couloirs de l'ISFP. Tu peux jeter l'eau à pleines mains sur ton visage : cela ne revient jamais. On ne la trouve pas, la source froide et pure où boire assez pour oublier, pour que se replie sur sa jeunesse intime ce qui s'est trop ouvert, trop fané dans l'air du dehors. Il faudrait aller au-delà, plus profond que ces rides et que ces plis superficiels. Il faudrait que l'eau te pénètre la peau. Que les traits de ton visage partent avec elle, que tu les voies s'incurver devant toi en suivant la spirale de l'eau accourant vers le trou noir de la vasque, s'allonger en une anamorphose lamentable et comique dessinant une longue face molle qu'absorbera le tuyau. Que, récurés au cœur de ses tissus, comme dans une publicité pour une lessive, tous tes organes à leur tour se dissolvent et la suivent.

C'est à se demander si tu sortiras jamais du labyrinthe de l'ISFP, ou si tu es condamné à y errer pour l'éternité. Tu deviendras le fantôme de l'Institut, un petit peu redouté par les générations futures de bureaucrates. Destin clownesque : être l'ombre ultime, le cri fossile qui parvient encore à faire frissonner, mais sur le mode du train fantôme, dans un monde devenu, selon la prophétie de Zablanski, cette claire superficie entièrement régie par le Système Éducatif.

Dehors, Logres doit être plongée dans l'obscurité hivernale. Les lampadaires municipaux éclairent les rues mouillées de pluie. C'est le moment où les Logrois sortent du travail, vont chercher leur marmaille hurlante à la sortie des écoles où des institutrices la leur rendent avec un soulagement bien dissimulé, l'heure où l'on va remplir son caddie au supermarché, où les petites bandes rackettent au portail des collèges, où les vieux rallument la télévision pour ne pas entendre la mélancolie que l'heure fait résonner plus fort ; c'est là que tu vas revenir, mon petit Gilles. Et au milieu, comme le trou du lavabo, l'eau noire de la forêt, avec son ravin, où il semble que toute la ville, par ses innombrables tuyauteries, soit prête à s'écouler et à se dissoudre.

La splendeur surannée des toilettes invite à se soulager. Pisser autrefois. Envoyer sa merde, noir message, dans les profondeurs du passé, afin que rien ne soit sauvé. Tu t'avances donc entre les portes et les vasques jusqu'au coude donnant sur le couloir où attendent les magistrales vespasiennes, et, une fois arrivé là, surprise, il y a quelqu'un.

Un petit homme, tout au bout de cette seconde galerie. Petit ou rapetissé par la perspective et l'énormité de l'urinoir qui engloutit presque toute sa silhouette attentive. Sans doute un de ces vieux instituteurs chahutés, reconvertis dans la théorie pédagogique.

Installe-toi donc là, à quelques urinoirs de distance, assez loin pour la discrétion, assez près pour mieux voir de qui il peut s'agir. Tu n'aperçois, à la dérobée, que le profil du personnage voûté, concentré sur sa tâche, la peau livide et fripée des joues, le gros nez bourgeonnant d'Auguste. Un chapeau mou tout à fait démodé complète cette tête de respectable ahuri de cirque ou d'administration. Tu ne le reconnais pas ? Allons, fais un petit effort. Il est vrai que la plupart du temps tu dormais, ou tu regardais ailleurs. Eh oui, c'est bien lui, le petit vieux du train de Logres.

Il pisse sans discontinuer, avec une abondance et une régularité fantastiques. Depuis combien de temps ? Tu fais semblant de n'en avoir pas terminé non plus, prolongeant l'indécision : veux-tu le planter là, ou pousser la curiosité jusqu'à l'aborder ? En même temps, c'est un endroit bizarre pour lier conversation.

Le silence glougloutant se prolonge. Le vieux

semble intarissable. À croire qu'il se débarrasse des beuveries d'une vie entière.

Finalement, c'est lui qui prend la parole, sans te regarder. Tu reconnais la petite voix grêle et voilée qui t'avait saoulé de bavardages dans le compartiment surchauffé.

— Vous pourriez peut-être me renseigner, monsieur.

— Je ne sais pas, monsieur.

— Tout le monde me fait tourner en bourrique. Ils disent n'importe quoi, monsieur.

— Vous cherchez quelque chose, monsieur ?

— Je n'arrête pas, monsieur.

— Mais quoi au juste ?

— Le bureau des réclamations.

— Ici ?

— Ici même.

— Mais pour quoi faire ?

— Pour réclamer.

— Réclamer quoi ?

— Réclamer. Cette ville a toujours été absurdement gérée, mais là, on dépasse les bornes, pardonnez ma franchise. Ensuite j'irai dans les autres services, il y a de quoi faire, au cadastre, à l'état civil. Le bureau du maire. J'en aurai à lui dire, au maire, croyez-moi. Mais je vais toujours commencer par les réclamations. Quand j'ai quitté la ville, ce bâtiment était à peine terminé, on finissait la décoration, on installait les bureaux. Comme si l'ancienne mairie ne suffisait pas. Quelques mois d'absence, à peine, je reviens, et tout a changé, on fait comme si je n'existais plus. On me raconte n'importe quoi, on me renvoie de bureau en bureau. Ou alors on ne prend même pas la peine de me répondre, on ne m'écoute pas. À se demander si on me voit. C'était déjà la même chose dans l'ancienne mairie, notez bien, mais là ils ont poussé le système, ils ont atteint une quasi perfection. À croire que c'était le but recherché : que les services fonctionnent pour eux-mêmes, hors d'atteinte du public. Où vont nos impôts, je vous le demande ? Voilà pourquoi nous payons, monsieur, pardonnez-moi ma franchise si vous faites partie de ces services. Mais vous savez, ceux qui appartiennent à l'administration ne comprennent pas ce qu'ils font. C'est ça l'astuce : le système n'a plus conscience d'être le système, sauf dans les très hautes sphères, et encore. Son rôle est de produire de plus en plus de papiers, de plus en plus de règlements et de notes de service, et de se les renvoyer de bureau en bureau, à l'infini. Permettez-moi de vous poser la question : est-ce que vous le savez ? Est-ce que vous en avez conscience ? Bien entendu, vous devez penser que je me trompe, que je délire.

— Je ne fais pas partie des bureaux. Je cherche un bureau, comme vous. Mais ce n'est pas...

— Alors ils vous font tourner en rond, comme moi ?

— Dans un sens, oui, mais...

— Écoutez-moi, monsieur. À force de hanter cette ville et ses administrations, il m'est venu une idée.

— Une idée ?

— Je me demande si cette ville n'a pas quelque chose de spécial. Voyez-vous, je ne suis pas d'ici. J'y suis arrivé à la faveur d'une mutation. Je suis professeur. Et petit à petit, je me suis rendu compte d'un phénomène bizarre. Avez-vous remarqué à quel point il est difficile de quitter Logres ? Au début, il m'arrivait de vouloir partir pour les vacances, ou pour un dimanche. Mais il y avait toujours un petit problème imprévu. Deux fois sur trois, je ne partais pas. Et puis je n'en ai plus eu envie. Je prévoyais mes vacances, mais plus elles approchaient, moins je me sentais d'énergie pour partir. Dieu sait, pourtant, que je n'aime guère cette ville, mais c'était plus fort que moi. Une mélancolie incontrôlable me peignait les séjours projetés en Italie, ou en Provence, sous le jour de l'ennui. À quoi bon ? Finalement je passais mes vacances à Logres, à traîner dans les rues ou les cafés, ou bien je me lançais dans d'absurdes randonnées à travers le bois de Cherves. Je me maudissais de n'être pas parti, je ne comprenais même pas pourquoi. J'ai fini par me dire que ça n'avait rien à voir avec moi. C'est Logres qui ne voulait pas que je m'en aille. Elle me voulait. Elle n'en avait pas fini avec moi. Elle allait me retenir et me vider tout doucement de moi, jusqu'à ce que je devienne comme les autres. Vous vous demandez ce que je veux dire par « comme les autres » ?

Tu n'as plus besoin d'acquiescer ni de faire semblant de donner la réplique, le petit vieux continue sur sa lancée, comme si tu n'étais pas là, l'œil rivé sur le mur au-dessus de la pissotière, attendant l'ultime goutte avec la même ferveur que s'il s'agissait du messie. Sa voix de spectre fatigué traverse avec difficulté les quatre mètres qui vous séparent, et les bruits de cascade perturbent encore la réception. Il n'a pas du tout l'air d'appartenir au même plan de réalité que toi. S'il quittait la stalle où il développe sa péroraison, s'effilocherait-il dans l'atmosphère brumeuse ? Curieux cette manière qu'ont les gens à Logres de se confier copieusement à toi comme si tu n'étais personne.

— Écoutez-moi bien, reprend le petit vieux, je vais vous expliquer une chose dont personne ne se doute. Vous avez l'air sympathique et intelligent. Ça pourra vous aider. J'ai découvert le pot aux roses un jour que j'avais été convoqué chez le directeur de mon collège. Il fallait être introduit par la secrétaire. Lorsque notre entrevue s'est terminée, il était tard, la secrétaire était partie, plus d'éclairage dans son bureau. Je suis allé jusqu'au portail du collège, et je me suis souvenu que j'avais laissé mon parapluie. Je suis revenu sur mes pas. J'ai récupéré mon parapluie dans l'obscurité du secrétariat. Un rai de lumière passait sous la porte du bureau. Je ne sais pas pourquoi, appelez ça une intuition, j'ai entrebâillé la porte très doucement.

Le directeur était toujours à son bureau, les mains sur ses dossiers. Il regardait droit devant lui. Il n'a pas eu l'air de me voir. Pendant plusieurs secondes, il est resté absolument immobile. Même son regard ne bougeait pas. Nous étions là, face à face, moi sur le seuil, lui assis, les yeux fixes. Une statue de cire. Et puis, tout à coup, il s'est animé, il a pris conscience de ma présence. J'ai fait semblant d'avoir oublié de lui demander un détail, je me suis excusé, je suis parti le plus vite possible. J'étais glacé. Ce regard fixe qui ne me voyait pas, cette immobilité. Je n'en ai pas dormi de la nuit. J'avais vu ce que je n'aurais pas dû voir. Ces quelques secondes sur le seuil du bureau du directeur m'avaient révélé un aspect de la nature cachée de Logres. Ce que je vais vous dire est un secret, monsieur, un secret dangereux. Je ne sais pas combien nous sommes à avoir compris. Il est possible que je sois le seul.

Vérifier mon intuition n'a pas été facile. J'ai dû changer mes habitudes, adapter mes comportements. Je suis allé sans raison dans des quartiers que je ne connaissais pas. J'ai suivi des personnes prises au hasard. En quittant une pièce, je faisais brusquement demi-tour. Je suis descendu dans des caves d'immeubles, je suis entré par des soupiraux ou par les fenêtres ouvertes de maisons que je n'avais jamais approchées auparavant. Il fallait faire vite. Ils sont bien organisés, et la plupart du temps l'illusion est parfaite. Mais il y a de petites failles dans le système. Très peu. Je crois que seul un comportement imprévisible peut permettre de les déceler. Et encore. Elles se referment très vite, et tout redevient comme si elles n'avaient jamais existé. À de rares occasions, toutefois, j'ai pu observer une chose... comment dire ?

Tout se passe comme si les habitants de Logres ne s'animaient qu'en ma présence. Vous voyez la difficulté, et la ruse qu'il faut déployer pour observer un phénomène qui n'a lieu que lorsque précisément on ne se trouve pas là. Il s'agit de se montrer imprévisible, vif, et discret. Être là comme si on n'y était pas, vous voyez ? J'ai dû m'habituer à rendre ma présence indiscernable. Et alors, parfois, j'ai pu les voir tels qu'ils sont. Je devrais dire tels qu'ils ne sont pas. Tantôt il n'y a personne, tout simplement. Vous étiez sûr qu'il y avait un voyageur à côté de vous dans le compartiment. Il restera vide lorsque vous serez hors de vue. Ce type de manifestation, je suppose, est réservé aux rencontres fugitives. Pour les gens que l'on croise plus souvent, je pense qu'ils se mettent, si je puis dire, en veilleuse, comme le directeur du collège.

Pourquoi l'illusion n'est pas permanente, je l'ignore. Économie d'énergie, ou petits réglages défectueux dans la machine. Toujours est-il que je ne comprends pas le troisième cas, le plus effrayant. J'aurais tendance à l'attribuer à un stade encore rudimentaire de la machine. Je suis tombé dessus dans des lieux où je n'aurais jamais dû aller. Il faut pénétrer dans des hôtels peu recommandables. S'introduire dans des maisons la nuit, crocheter des pièces fermées à clé, ouvrir des placards. Alors on peut tomber sur eux. On n'y croit pas tout de suite. Pourtant ils sont bien là. Ça ressemble à de vieux vêtements, à des sacs de peau. Ils restent immobiles, claquemurés dans leurs armoires, on ne sait pas combien de temps. Une fois j'ai reconnu une de mes jeunes élèves. Ce sont leurs déguisements. Des défroques d'hommes, entières, tout à fait comme des costumes. Se demander ce qui les occupe est une pensée affolante. Les gens que l'on croise dans la rue, on a envie de les suivre discrètement jusqu'à un coin isolé, et de déchirer le déguisement, pour voir ce qui se cache à l'intérieur. Vous comprenez ? C'est logique.

— Je comprends, oui.

— Effrayant, n'est-ce pas, monsieur ?

— Effrayant. Mais je me demande...

— Quoi, monsieur ?

— Le but de tout cela.

— Quel est le but de l'univers, monsieur ? Pourquoi est-il comme il est ? Logres est un piège, voilà ce que je crois avoir découvert. Une plante carnivore dont la fonction est d'absorber les êtres bien réels comme vous et moi, pourvus d'un corps de chair et d'une conscience, tout comme la fonction de la drosera est de survivre en absorbant la mouche. Mais ne demandez pas à la mouche pour quelle raison la drosera doit survivre. Elle fait son travail de drosera. Le but de la mouche est lui aussi de survivre. Et pour cela il faut faire très attention. Aussi répugnante qu'elle soit, Logres sait se rendre désirable. Il faut faire semblant d'entrer dans son jeu. Se déréaliser doucement pour lui faire perdre la piste, mais sans jamais aller jusqu'au point où l'on ne sait plus qui l'on est, ce qui est vérité et ce qui est illusion. Car ses ruses sont innombrables. Elle vous attend juste là où l'on croit lui échapper. Elle tente de vous rendre fou, ou plus subtilement de vous convaincre que vous l'êtes. C'est ce qui m'est arrivé. Ils m'ont fait croire que j'avais commis certains actes. Ils m'ont enfermé avec des aliénés — du moins avec des gens qui avaient toute l'apparence d'aliénés. Je parviens à sortir. Et Logres n'est plus Logres. Les lieux ne se ressemblent plus, les voitures ont l'air étrange, le monde paraît obéir à d'autres lois que quelques mois auparavant, comme si vingt ans avaient passé. Dois-je croire mes yeux ou ma mémoire ? J'apprends à me méfier des uns comme de l'autre. Je me raccroche à ma certitude intime. Je sais que je suis moi, je me reconnais intérieurement. Intérieurement : je ne crois même plus à mon visage dans les miroirs, lui aussi, sans doute, est une création de Logres.

Vous vous demandez pourquoi je suis revenu, au lieu de fuir le plus loin possible ? Mais je ne sais pas si « loin » existe, si « loin » a un sens, et si l'autre bout du monde n'est pas encore Logres, ou une dépendance de Logres. Je préfère revenir ici, au cœur de la machine, pour tenter de remonter jusqu'au centre, et tout détraquer. Je fais semblant de jouer le jeu administratif. Je vais avec docilité de bureau en bureau. Je demande les réclamations, hé hé. Je me faufile. Petit à petit j'en sais plus sur Logres. Peut-être que cette ville est l'enfer. Ou du moins le premier cercle, le sas avant l'enfer définitif. Il n'est pas exclu qu'on puisse s'échapper des banlieues de l'enfer. C'est mon espoir, monsieur. Là-dessus, pardonnez-moi, mais je dois vous laisser. Je vous souhaite bonne chance.

Il se dirige vers les lavabos, où tu le rejoins, toujours à la même prudente distance. Son reflet à ton reflet, avec un sourire équivoque parmi les plis du visage, avant de s'engouffrer hors du temple urinaire :

— Et bien sûr j'ignore si vous n'êtes pas un élément de la machine, tout comme vous ne savez pas si je ne suis pas un serviteur du Système, chargé de mieux vous endormir en vous laissant croire qu'il vous livre une partie de sa vérité.

Plus rien ne subsiste de la falote apparition évaporée dans les couloirs de l'ISFP. Tu peux l'imaginer poursuivant ses ratiocinations à l'infini, de bureau en bureau, de train en train, réclamant, contestant, plaidant, développant le cercle de ses théories toujours plus élaborées, où elle tente d'attirer les malheureux qui croisent son chemin. Et il faut bien avouer, mon petit Gilles, que tu t'y es laissé prendre, retenu par des échos, des effets de ressemblance qu'on eût pu croire habilement ménagés, mais n'est-ce pas toi plutôt qui te plaît à fabriquer ces ressemblances, à creuser devant toi les fosses qui te donneront le vertige ? La malédiction de Logres révélée dans les toilettes d'un Institut de formation pour jeunes professeurs par un vieux maniaque à tête de clown ! Est-ce que c'est bien sérieux ? Et comment imaginer pire que le morne enfer de l'ISFP où tu tournes en rond ?

Ton errance, les interminables discours ont dû amonceler les heures, il devrait être très tard, toutes les portes du bâtiment fermées ; mais non, ta montre annonce 17 h 10. Avec une simplicité déconcertante, tu retrouves ton chemin jusqu'à ton rendez-vous. Pernaud est là. Il t'apprend, et dans sa voix vibre l'indignation de qui a failli être victime d'un déni de justice, qu'il ne pourra pas te recevoir cette fois pour votre EOP (Entrevue d'Orientation Pédagogique), car un problème urgent l'accapare. Il ressort de ses explications que l'arrivée de plusieurs nouveaux formateurs crée d'importantes difficultés de gestion. En clair, il manque des bureaux. Pernaud a donc dû accueillir un de ces nouveaux collègues dans son bureau à lui, lui qui occupe les lieux depuis l'ouverture de l'ISFP. Il ne comprend pas les raisons de cette décision et entend la contester. Il doit agir sans tarder. En conséquence, vous vous verrez la semaine prochaine.

XVIII

La bonne babélique se surpasse pendant les dîners du cercle. Ses viandes sont toujours plus noires et moins identifiables, ses sauces plus profondes, où se noient de funèbres pruneaux. La découpe des morceaux, démesurés, n'obéit à aucune règle connue. Le goût de venaison domine, enveloppé dans des vins lourds. Les digestions en sont interminables et cauchemardesques. Il faut se battre avec cela aussi, qui vient achever de périr dans les entrailles, y allumant de sombres incendies, semblables aux désastres lointains qui se poursuivent sur les toiles accrochées autour de la table. Empoigner dans l'obscurité et du dedans l'ennemi décomposé qui vous met à sac. Ennemi qui reçoit en outre le renfort de singuliers fromages, notamment certains cônes dont la pâte molle s'enveloppe d'un épiderme brun rouge. Ceux-là, qui ne manquent jamais de paraître à table, engluent le palais d'un mucus méphitique et corrosif. Tout le monde en redemande.

La veuve froide touche à peine aux viandes, mais les invités se récrient. Lecorre a des mimiques de connaisseur. Personne ne lève le voile de mystère dont la bonne entoure ses préparations et ses ingrédients, mais certains affectent d'être dans le secret, en particulier Lecorre et Drossart.

La blonde en face de toi arbore toujours des décolletés excessifs, qui permettent à chacun de constater la persistance, la disparition ou la modification de certaines marques à la naissance de sa poitrine, comme si cette exhibition faisait partie des arcanes du cercle, dans lesquels, en dépit de ta plus grande familiarité avec lui, tu n'as pas encore pénétré. Elle ingurgite ses portions pourtant minces avec difficulté, sans parvenir à masquer tout à fait le dégoût que cette viande lui inspire. Lecorre se fait toujours un devoir de l'encourager ironiquement. Il prend Drossart à témoin, ou s'adresse à toi pour t'expliquer qu'il s'agit d'un gibier rare. Un gibier très spécial, protégé, interdit à la chasse. Il ne court pas les forêts. Quant aux braconniers qui fournissent les cuisines de Mme Van Reeth, il s'agit d'être sûr de leur loyauté si l'on ne veut pas s'exposer à des dénonciations suivies de graves ennuis. Lecorre prévient les questions, fait des manières, affecte des allures de conspirateur. Mme Van Reeth, pendant ce temps, regarde dans le vide et n'a pas l'air de suivre la conversation.

Elle roule volontiers sur les Schutz, lorsqu'ils sont absents, ce qui se produit fréquemment. On raconte sur eux, leur avarice et leur méfiance, des histoires toujours plus fantastiques. On se demande parfois quelle est la part du canular et du sérieux. D'après Drossart, qui les connaît un peu mieux, leur paranoïa les pousse à faire croire qu'ils sont toujours chez eux, et non pas dans leur tacot à courir les promotions des supermarchés, ou chez Mme Van Reeth, ou n'importe où. Ils laissent devant leur résidence une luxueuse voiture dont ils ne se servent jamais et qu'ils n'entretiennent plus. Le domestique indien qu'ils ne payent pas est enfermé le soir dans une pièce réservée ; ils s'en méfient. Les alarmes sont branchées, les pièges activés, les deux dogues allemands lâchés dans le parc. Un dispositif de minuteurs allume et éteint les lumières successivement dans diverses pièces. Enfin, comble de l'illusion, deux mannequins grandeur nature, habillés en Schutz, sont assis face à la télévision allumée, bien visible de la grande baie qui donne sur le parc.

Drossart soupçonne autre chose que la phobie du cambriolage dans le coup des mannequins, un désir d'ubiquité et de toute-puissance. L'éternité désirée des artistes, dans sa version industriels sordides. Les Schutz ont, de leur vivant, extériorisé leurs *eidolon*, la part d'eux-mêmes qui survivra à leur mort. Ils s'assurent à l'avance de ce que sera celle-ci, ils se réconfortent en se contemplant éternellement assis devant une télévision éternelle.

Il y a d'autres versions, d'ailleurs, ajoute Drossart. Personne n'a jamais entendu parler de la mort des vieux Schutz, les parents de l'actuel Maurice Schutz. Peu sont assez âgés pour les avoir connus, mais il paraît que Maurice est un enfant de chœur comparé à ses parents. Ils ont toujours raconté qu'ils les avaient enterrés à la campagne, loin d'ici, dans l'est, voilà bien longtemps. De temps à autre on entend dire qu'en fait, ils les ont gardés chez eux. Certains attribuent ça à l'avarice ; d'autres à leur incapacité à jeter quoi que ce soit. On pourrait y voir une forme d'amour filial, spéciale aux Schutz. Toujours est-il que les faux Schutz, les mannequins, ce seraient les deux vieux, tout desséchés, ou même naturalisés, va savoir, qui veilleraient sur la maison comme des lares effrayants.

Lecorre aime à renchérir sur les histoires de Drossart. Avec sa bouche pincée sur un éternel embryon de sourire, on ne sait jamais s'il se moque du monde. Selon lui, cela va sans doute plus loin. Personne n'a jamais vu les véritables époux Schutz, même pas ici, dans le petit cercle, où ils font pourtant régulièrement leur apparition. On peut supposer que les vrais Schutz emploient toutes sortes de faux Schutz qu'ils expédient à leur place dans le monde. Lecorre concède la possibilité de manifestations des vrais Schutz, mais on ne peut jamais en être sûr. Cette occultation, conclut-il, contribue de manière décisive à leur puissance. Et nous savons tous ici, en dépit de leur présence irrégulière, de quel poids pèsent nos amis Schutz sur le fonctionnement de notre petite société, qui leur doit tant.

Les divagations de Drossart et de Lecorre ont de quoi te confirmer dans l'idée que tu commences à te faire de Logres. Ces petits mondes éloignés de la capitale passent pour incarner une réalité que les grandes métropoles auraient tendance à oublier. Tu sais bien, la vérité brute du terrain, les vraies gens, à la place de l'agitation et du vain bruit. C'est la teneur du petit discours d'accueil qu'avait prononcé Musse : ici vous allez vous confronter à la réalité. Elle est rude, mais quelle expérience enrichissante, etc. Tu vois bien que c'est l'inverse. Logres est en proie à l'irréalité : au milieu de champs consacrés à une agriculture fantôme ou à la célébration de batailles imaginaires, elle déploie des maisons aux fenêtres desquelles veillent de faux habitants. Quant aux vrais, s'il y en a, ils ignorent à quel point ils sont eux-mêmes rongés par l'illusion. Ils suivent à la télévision des programmes qu'ils se persuadent d'aimer faute d'idée qu'autre chose puisse exister. Une illusion universelle finit par devenir la réalité. Ils se convainquent de manger, d'aimer, de vivre. Meurent convaincus qu'ils ont vécu. Ils se sont raconté leur histoire. On la leur a racontée, par radio et télé interposées, qui n'auront cessé de leur seriner : vous êtes de vraies gens.

Ils regardent à la télévision ce que tout le monde regarde : des révélations sur la vie intime de chanteurs ou d'acteurs quelconques. Tu méprises cela, en bon intellectuel, et tu as bien tort, Saurat. C'est la vieille propension de l'esprit humain à croire que la réalité, pulpeuse et fraîche, nous attend juste derrière le rideau des apparences. On tire le rideau, le secret est levé, nous voici en plein réel. Du moment qu'on est allé voir de l'autre côté, on a l'impression d'avoir trouvé de quoi se remplir le vide du dedans. L'homme a besoin de ce petit théâtre. Il se fabrique des machines à révélation, révélation de n'importe quoi, l'important est d'arriver à se faire croire qu'on touche enfin le cœur des choses. Certains recherchent la particule ultime. La plupart font ce qu'ils peuvent. À défaut, ils essaient de tout connaître de la vie intime de Johnny. La littérature elle-même se réduit à cela.

De dîner en dîner, tu progresses dans l'alcoolisme et les échelons du cercle. L'initiation se fait ainsi, l'air de rien, ils instillent leurs théories, complot contre l'Occident de la part de ceux-là même qui le dirigent, résistance de petits groupes d'initiés, pousser les choses au pire pour mieux se défaire du mal. Tu es censé opiner. De temps à autre, après le dîner, lorsque tout le monde a quitté les lieux, Lecorre approfondit pour toi quelques questions, te demande ton assentiment. Tu lui donnes satisfaction, tu renonces à jouer l'esprit fort. Tu ne sais pas pourquoi tu fais cela. Parce que cela ressemble à un jeu de rôles. Par amusement, curiosité, goût du pittoresque. Pour savoir ce qu'il y a au bout de leur petit carnaval. Tu te dis parfois que c'est de l'entrisme, d'autres fois que tu mènes une sorte d'enquête. Après tout, leur secte ressemble un peu à celles qui florissaient à la fin du XVIIIe siècle.

Lecorre t'accorde sans la moindre discussion un congé d'un mois dès que tu fais allusion à la grande fatigue provoquée par le métier d'enseignant. Il ne te laisse même pas aller jusqu'au bout de tes explications embarrassées à propos de conflits et de difficultés avec les élèves, provoquant angoisses et insomnies. Allons-y pour la grande fatigue. Peut-être même un peu de dépression, oui oui, troubles du sommeil, amaigrissement, on verra à renouveler l'arrêt si le besoin s'en fait sentir. Commençons par quatre semaines. Il en rajouterait, on ne lui en demande pas tant, ni cette liste interminable de médicaments. Cela vous laissera le temps, ajoute-t-il, de venir assister à mes consultations particulières, ce n'est pas dans ce cabinet, mais dans celui d'un collègue qui me prête le sien pour l'occasion. Impossible cette fois de se dérober, c'est donnant donnant. Rendez-vous ferme est pris pour le vendredi suivant, il y aura aussi quelques membres du cercle.

Ça ne te paraît pas curieux, cet empressement de l'ami de Mme Van Reeth à t'arracher aux joies de l'enseignement, à t'offrir des vacances *ad libitum* ? Tout le monde te veut tant de bien, tout le monde t'aime tant dans cette accueillante société. Enfin bon, peu importe. Prends ce qu'on te donne, laisse-toi faire. N'est-ce pas ce que tu désires par-dessus tout, le repos ? Comme te l'a expliqué le docteur au cours de sa longue consultation (curieux aussi à quel point tout le monde te fait des discours, s'empresse de te développer des théories, des explications, de te fournir des informations), le repos est la denrée essentielle, quasiment le bien absolu, celui qui fait le plus défaut (« Et je ne veux pas dire par là l'inactivité, mais bien le repos de l'âme, la quiétude intime »).

N'est-ce pas cela qu'ils te refusent, tous, le repos ? Voilà ce que tu pourrais te dire, Gilles, alors qu'au volant de ta voiture tu roules, hésitant sur la direction à prendre, ne sachant plus quoi faire de cette liberté qui s'étend à présent devant toi. Mais tu as du mal à te dire quoi que ce soit. Tous sur ton dos, avec leur haine, leur gentillesse, leur amour, leur désir, leur intérêt, tu ne sais pas pourquoi. De quoi se zablanski-fier, non ? Écoute : le bon Dr Lecorre n'a sans doute pas tort. Regarde tes collègues. Leur jeunesse s'est passée dans les affres des études et des concours. À ce prix, ils ont obtenu la faveur de passer la moitié de leur existence dans la grande machine hurlante du collège, dont ils se reposent au sein de leur petite machine criarde, famille, enfants, soucis, maladies, traites. Ils ne rêvent que pavillon, transat et barbecue, ne rien faire, absolument rien, la main même qui se lève pour porter la canette de bière aux lèvres trouble le vrai repos. Ils croient le désirer, leur pavillon, sans savoir que ce à quoi ils aspirent réellement, c'est le noyau de sommeil profond, la goutte de l'invisible Léthé qui loge quelque part dans le pavillon, la bière et la saucisse grillée. Le cri des mobylettes et des tondeuses viendra les cueillir avant qu'ils n'aperçoivent les lisières du vrai repos, ses frondaisons éternellement rafraîchissantes. Ils ne boiront pas à la source profonde. Ce qui dort dans le temps, dans les murs, dans les images des affiches qui agitent les rues et les carrefours, ne leur sera pas donné. Manger, aimer, travailler comme on dort, ils ne l'auront pas, à aucun moment de leur existence pathétique et banale. Même à l'instant de mourir, ils n'apercevront pas le sommeil éternel, tout accaparés par l'agitation hurlante de l'agonie, ou par l'imbécillité ressassante de la grande vieillesse. Lorsque l'instant suprême sera venu, on entendra les voix et les rires forcés issus de la télévision dans la chambre voisine, le moteur d'une moto déchirant l'air de la rue. Pas moyen de placer un dernier mot, on ne s'entendra pas. Et en voilà pour jamais, comme dit l'autre.

Et le motard lui-même, et l'animateur grimaçant dans son écran, et les élèves prodigues de cris et d'injures se hâtent à grand fracas vers le repos, battent l'air et le temps à sa recherche, condamnés à ignorer qu'ils se dépensent à fuir leur vrai désir. La route avalée toujours plus vite mène au repos, elle est le repos même, ou son image. Ils ne veulent aller si vite que parce qu'ils cherchent la vitesse absolue, la pure immédiateté, passer entre les éléments inutiles du décor, la vie, les êtres, les projets, par une ligne infiniment mince se glisser dehors, dehors, là-bas, comme on plonge au cœur de l'eau égale, de l'eau violette qui a la densité du sommeil. Quant à ceux qui tuent et qui violent, ceux qui insultent, frappent, torturent, suscitent les cris et le chagrin, que font-ils d'autre que réagir à cette immense fatigue : l'autre ? et recueillir, au fond de sa souffrance, l'ambre enfin du grand calme ; atteindre ce profond espace de sommeil que l'on trouve en retournant le nôtre, en niant et en détruisant toutes les machines à bruit qui le composent. Il faut faire crier jusqu'à cet excès du cri où l'on n'entend plus rien, où il n'est plus rien à racler encore de la pulpe tremblante de ce monde.

Il faut te reposer, Gilles, c'est ce à quoi tu t'apprêtes, dans ta petite voiture, avec l'ordonnance du Dr Lecorre. Profite de cet arrêt inespéré, ouvre les yeux. Tu savais déjà que tu perdais ta vie à enseigner un savoir ennuyeux à des gens qui n'en veulent pas. À chaque seconde passée dans le collège, tu voudrais être ailleurs, te consacrer à des choses vraiment importantes.

Quelles sont les choses vraiment importantes ? Qu'est-ce qui n'est pas secondaire ? La société dans laquelle tu vis est tout entière fondée sur l'accessoire. Plutôt que le fait, l'annonce, le commentaire, l'image du fait. Plutôt que l'image du fait, les conditions dans lesquelles on a réalisé l'image du fait. Plutôt que la réalisation de l'image du fait, des images de celui qui a réalisé l'image du fait.

Plutôt que le lieu, le déplacement. Plutôt que le déplacement, le véhicule. Plutôt que le véhicule, les accessoires du véhicule. Plutôt que la vie, le divertissement : le cinéma ou le football. Mais plutôt que le film ou le jeu, la liste et les performances des joueurs, la biographie et la garde-robe des acteurs, le prix des films, les écussons des équipes. Plutôt que la chose enseignée, la manière de l'enseigner. Plutôt que la manière de l'enseigner, l'enseignement de la manière de l'enseigner. Plutôt que l'enseignement de la manière de l'enseigner, des réunions organisant l'enseignement de la manière d'enseigner, et suscitant le développement d'une administration chargée de planifier les réunions organisant l'enseignement de la manière d'enseigner, et ainsi de suite : le développement illimité du médiat, l'éloignement sans fin vers l'infinitésimal. Plus de contact immédiat avec la moindre réalité, plus de réalité du tout.

Bien entendu, tu méprises tout cela, qui te détourne du grand œuvre. Ta thèse. Tu t'accroches encore à cela, n'est-ce pas, devenir un grand intellectuel. Penser au lieu de vivre. Te tourmenter des années durant sur de gros livres, travailler jour et nuit, t'ennuyer ferme dans des bibliothèques pour le plaisir douteux d'être ignoré par presque tout le monde, admiré par quelques imbéciles, jalousé ou critiqué par les autres. Travailler la phrase en espérant la page, travailler la page en espérant le livre, et puis le livre fini, le rejeter, l'oublier, en attendant l'autre, qui sera le vrai. C'est cela, les livres : le lent et pénible chemin vers l'oubli. Une manière pour les idées de trouver la formule de leur mort. Tu le sais déjà, et c'est pour cela que chaque page t'ennuie, déjà morte au moment où elle naît.

La vraie vie, alors ? Celle qu'évoquent certains de tes collègues un peu âgés, tu sais, ceux pour qui les confitures de fraises et le sarclage des patates constituent le retour aux valeurs profondes, le contact avec les éléments et avec la nature, le bonheur des saisons, l'harmonie cosmique, tout ça. Avec une goutte d'homéopathie et des tisanes calmantes, on approche de l'idéal, non ? Songe aux bons petits plats élaborés dans ta cuisine rustique, à la sagesse souriante, au ponçage des poutres apparentes. Arroser pour faire pousser pour cueillir pour cuisiner pour manger mieux pour ne pas avoir le cancer tout de suite pour mourir moins vite. Bonheur de calculer en penchant l'arrosoir que l'on recule sa mort de quelques minutes afin d'arroser une fois de plus pour reculer sa mort de quelques minutes. Se forcer au sourire serein alors qu'on se sent plus vide que jamais, cherchant où se trouvent l'essentiel et le repos, dans l'arrosoir ou la salade, la poutre poncée ou la nappe à carreaux.

Rends-toi à l'évidence : le culte de l'accessoire n'appartient pas en propre à l'époque contemporaine. L'agitation et le bruissement du médiat y trouvent sans doute leur forme la plus accomplie, mais ils ont toujours été là, omniprésents.

La seule manière de vivre consisterait à ne pas se faire déranger de l'essentiel, à trouver le repos. Le travail ne sert qu'à gagner l'argent de la distraction. La distraction te divertit inutilement. Dormir est du temps perdu. Manger ne sert qu'à entretenir la machine. La recherche n'est que du commentaire. Les autres te détournent de toi. Ta personne ne présente ni originalité ni intérêt particulier. L'univers est l'infinie déclinaison des choses secondaires. Le lieu de l'essentiel est noir et vide. Tu sais où il se trouve. Va chercher, au fond, tout au fond, le repos, et tâche de le remonter au jour. Tu as seul trouvé la forme du repos, son corps profond. Tu as seul trouvé où se cachait le sommeil.

XIX

Tu cesses de voir la lumière du jour. Le jour, tu dors, les médications du Dr Lecorre ont décelé pour toi le secret du sommeil. La nuit, tu t'enfonces dans les arborescences de l'ordinateur, qui redoublent celles de la forêt. Les fichiers ne cessent d'y engendrer les fichiers. Tu lis des fragments de récits, des épisodes banals ou inquiétants. S'agit-il d'un journal ? De notes pour un roman ? Ces textes produisent sur toi un effet croissant de reconnaissance. Ils te disent quelque chose. Comme si l'on avait consigné des souvenirs d'une autre vie, la tienne, que tu aurais oubliée, et qui t'attendaient là, dans la maison Van Reeth. Comme si l'on t'indiquait un programme, et qu'il te faille refaire et revivre ce qui a déjà été fait et vécu.

Tu découvres aussi toute la petite vie de Logres, ses histoires intimes, ses faits divers, ses scandales, tout cela soigneusement relevé par feu Van Reeth, sans qu'on puisse détecter une quelconque logique dans ce classement. La plupart du temps, Van Reeth inscrivait des remarques, des notes, établissait des fiches sur des personnes, des institutions, des lieux. Ces fiches comportent un système complexe de renvois à d'autres fiches, ou à des dossiers non informatisés, que tu mets un certain temps à retrouver dans la masse de la bibliothèque.

Au bout de longues nuits de travail, tu parviens à comprendre et à utiliser ce système. Travail stérile. Fichiers et dossiers ne livrent que le fatras de menus faits entassés par un maniaque de l'espionnage et du ragot, sans logique apparente et sans autre fruit que le fichage pour lui-même, pratiqué comme un art. À moins que Van Reeth n'ait entrepris de prendre des notes pour une espèce de roman réaliste, une saga zolienne de Logres. Peu probable de la part d'un homme qui n'a jamais manifesté de velléités créatrices particulières. On pourrait aussi, bien sûr, lui supposer d'autres fonctions. Un peu de chantage, ou de quoi tenir certaines personnes et se mettre à l'abri des mauvaises intentions. Mais l'ampleur du travail obsessionnel accompli par Van Reeth (supposons qu'il en est l'auteur) excède largement un tel usage. Même si l'intérêt des informations compilées, et parfois leur signification t'échappent (faudrait-il imaginer un langage crypté ?), l'abondance des faits, la précision de certains détails confirme chez le mari de la veuve froide les penchants révélés par sa collection bibliophilique. Il aimait l'atroce, ou le bizarre, ou les anomalies sexuelles, et de préférence les trois réunis. La population logroise, telle que la décrivent les fiches du défunt, apparaît, à mesure que se creuse la profondeur des rhizomes informatiques, comme un troupeau de démons essentiellement occupés à organiser des sabbats de tortures, des cérémonies sacrificielles, des partouzes sanglantes, des messes noires, des tournages de *snuff movies* dans les caves de maisons bourgeoises, des enlèvements d'enfants, des viols collectifs de mineurs dans des pavillons de chasse isolés au milieu du bois de Cherves. Quel crédit accorder à ce pandemonium ? Comment croire que cela puisse être autre chose qu'un conglomérat de récits fantasmatiques engendrés par un esprit malade se plaisant à représenter ses amis, ses relations ou ses adversaires dans des postures immondes ?

Pourtant, il faut continuer, s'enfoncer toujours plus loin dans ces chemins. Tu ne peux pas ignorer, Gilles, que d'une certaine manière tout cela te concerne. Van Reeth était sans doute un monstre. Tu te le représentes ricaneur, pessimiste, manipulateur, obsédé, pervers, mais reconnais-le : pour ces raisons mêmes, cette monstruosité te séduit. Quant à ta vie à Logres, la disposition de l'ensemble ne manque pas d'une certaine élégance, belle symétrie, satisfaisante pour l'esprit : d'un côté, l'obscure amante intermittente au fond des bois, de l'autre, le démon escamoté au fond de sa bibliothèque. Tu pourrais t'installer confortablement dans cette double vie, non ? Il y aurait la face pâle au sourire acide, dans les lunettes l'éclat du regard brûlé de celui qui a vu les flammes de trop près. On te retourne, et voici l'autre visage, l'œil liquide et sommeillant, la bouche close, le crâne en broussailles, la chevelure sombre et drue. À moins que ton travail ne consiste précisément à réunir les deux. À force de t'enfoncer dans l'ordinateur de feu Van Reeth, de bifurcation en bifurcation, trouver le chemin sinueux qui débouche dans la forêt. La communication entre les deux existe, tu le sais bien, et tes nuits sont écrites ici par quelqu'un qui te connaît.

Des fragments de récits dispersés dans les fichiers infinis de l'ordinateur, tu ne saurais dire lesquels te concernent, lesquels ne te concernent pas. Il y a des traits qui te ressemblent, des épisodes qui pourraient être ceux de ta vie passée, d'autres qui semblent annoncer l'avenir, des détails d'épisodes intimes qui ne peuvent que t'appartenir, tout cela fragmentaire, chronologiquement incertain, comme le souvenir. Ton existence se rétracte sous tes yeux, se racornit, se réduit à celle, plate et hypothétique, d'un projet de personnage romanesque. Curieusement, devenir cette ombre t'apaise. Tu te racontes ta vie au gré des fiches de l'ordinateur, tu te la recomposes, et cet exercice, au fond, n'est pas plus fallacieux que celui qui consiste à tenter de reconstituer son existence par la mémoire.

Bien sûr il est possible que l'être que tu t'amuses à rassembler ainsi, à partir des morceaux prélevés par Van Reeth (ou par Dieu sait qui), emprunte tel membre à un inconnu, tel lambeau de peau à Lecorre, à Drossart, tel os à Van Reeth lui-même, tout comme les histoires des autres que nous avons fini par prendre pour nos histoires construisent ce que nous nous racontons de notre vie. Tu n'as jamais été assez certain de ta propre réalité, mon petit Gilles, pour que cette lecture ne te donne pas l'épaisseur qui te manque. Qu'est-ce que tu as été avant ton arrivée à Logres ? Une de ces fades individualités que savent usiner les grandes écoles. Peu de corps, mais en bonne santé. Guère de vices. Désirs bien dosés, ambitions claires. Sachant ce qu'il faut savoir, pensant ce qu'il est bon de penser dans ton milieu. Intelligence rentable, s'appliquant aux bons objets. Ne connaissant ténèbres, violence, destruction qu'avec la saine distance de la théorie psychanalytique. Membre d'une élite récurée, rincée jusqu'à l'âme. D'ailleurs tu n'emploierais même pas ce mot. Tu crois si peu à l'âme que tu as fini par n'en plus avoir, comme tous tes semblables. Il est curieux que Zablanski se soit assez intéressé à toi pour faire une exception à son mépris et te livrer des confidences. À moins qu'il n'ait reconnu en toi le germe d'autre chose. Ce que tu cherches tous les jours dans les miroirs tachés de la salle de bains Van Reeth, et que tu n'avais jamais vu auparavant, que tu devines, qui s'accroît, tout doucement. Un vide. Un vide, mon petit Gilles. De la place dans ton cœur bondé d'informations. C'est peut-être ça qu'on appelle l'âme. Qui sait, à force de te

356

regarder dans le miroir d'un autre, tu as fini par y trouver les vestiges de cette âme qui te manque. L'âme extrêmement noire de Georges Van Reeth.

Sur l'écran, les personnages de Logres tournent vers toi des visages que tu ne leur connaissais pas. Voici Zablanski, le grand contempteur de la bourgeoisie de Logres. La connaissance qu'il en a aurait dû soulever en toi quelques questions. Car Zablanski apparaît comme un ancien fidèle des soirées de la maison Van Reeth, pour ainsi dire un intime du disparu. À un moment donné, Musse également semble être apparu dans la société des Van Reeth. Les Schutz expriment des exigences, formulent des menaces. Feu Georges s'attarde avec complaisance sur les ridicules du couple, sa mentalité d'assiégés, sa pingrerie sordide, démesurée, grandiose. Il rapporte diverses rencontres de hasard avec les deux vieux nababs en loques exténuées, pantins haillonneux manipulés par l'esprit de l'économie et par celui de l'espionnage, regard en dessous et casquette méfiante.

Presque tous les personnages évoqués par le compilateur informatique s'accompagnent d'une série de symboles à la signification indéterminée et de listes de chiffres accompagnés de dates, surtout les Schutz. Vraisemblablement, ces chiffres désignent des sommes d'argent, sans qu'on puisse en tirer d'autres conclusions : sommes prêtées, ou données par les deux écumeurs cacochymes aux Van Reeth ? En échange de quoi ?

Une part importante des fichiers est consacrée à la famille Hellequin, avec le même esprit de précision, pour autant qu'il puisse s'appliquer à cette nébuleuse instable : condamnations en justice, listes des faits divers variés et des trafics auxquels tel ou tel des membres de la famille a pu être mêlé. Avec eux aussi, feu Georges était en compte. Le nom des Schutz se retrouve parfois associé à celui de la tribu barbare, en titre de rubrique, à propos de certains événements, Van Reeth ayant soigneusement recopié des passages d'articles de journaux à ce propos : incendies d'entrepôts, tabassages, viols, pillages, enlèvements. Deux ou trois disparitions d'enfants complètent le tableau. Le seul point commun entre ces crimes et délits étant que leurs auteurs n'ont jamais pu être identifiés. On ne comprend pas très bien, mais on devine certaines choses. Le rôle probable d'hommes à tout faire joué par les abominables, pour les basses besognes diverses de la maison Schutz. La semi-immunité dont ils jouissent en dépit de leurs exactions. Et Van Reeth ? Van Reeth jouant les intermédiaires, rassemblant les informations, pour le profit et pour le plaisir de la manipulation, nageant entre la petite pègre et la grande bourgeoisie, donnant à tous ces trafics une caution intellectuelle, la note d'ésotérisme à trois sous qui permet aux notables de Logres de prendre leurs crapuleries pour une forme de spiritualité. Si les renseignements collectés par le mari de la veuve froide alimentaient son commerce et ses chantages, ils lui permettaient évidemment de tenir serrée toute une partie de la bonne société logroise.

Certains fichiers, enfoncés très loin dans l'arborescence de l'ordinateur, se composent de photographies. Clichés pornographiques, mettant souvent en scène des enfants ou des adolescents. Rien d'aussi atroce que ce qui gît dans certains livres de la bibliothèque, et qui continue à putréfier tes nuits, mais de quoi passer quelques années en prison.

Tu te doutes bien de ce qu'il est advenu de ces enfants. Tu imagines leur solitude et leur terreur. Et te voilà englué dans la compassion. Tu n'as pas compris la loi qu'ont pourtant assimilée tes élèves, comme en témoignent leurs réactions au Mémorial. La compassion, mon bon Gilles, est un piège. Si tu en éprouves pour les humiliés, les faibles, les persécutés, leur humiliation déborde sur toi, te pollue, te colle, tu ne peux plus lui échapper, tu portes à ton tour la marque de l'infamie et de l'écrasement. Tu dois te préserver de la compassion.

C'est le premier temps.

Ensuite, on peut aller plus loin.

Les grands salauds, les bourreaux, les tyrans, les criminels, on les considère au fond comme s'ils manquaient de quelque chose : d'humanité, de raison. Mais on les regarde de l'extérieur, depuis l'humain. On ne les voit que selon les valeurs de l'humanité, du bien et tout le tremblement. Comme si l'humain était le seul point de vue possible. Comme s'il constituait un impératif, une nécessité absolue. Le Mal est, tout simplement, autre ; on peut le choisir et s'y consacrer. Pas nécessairement si facile. Un sacerdoce, d'une certaine façon.

Tu examines les photographies, toutes, une à une. Tu devrais te demander pourquoi cette inspection inutile. Beaucoup d'entre elles sont floues, mal cadrées, mal éclairées, comme si l'ordure du geste devait affecter la netteté de l'image. On les dirait noircies, une flamme les a calcinées, un acide les ronge. Ou bien cela fait partie de la mise en scène. Deux décors reviennent plus souvent que les autres. Pour le premier, des murs blancs, carrelés, de clinique ou de cabinet médical. L'autre semble en représenter la face inverse. Une cave. À l'arrière-plan, un mur voûté, composé de pierres sombres au joint délité. Éclairage violent mais serré, découpé dans l'obscurité. Certains adolescents photographiés sont attachés par les mains à un crochet de fer scellé dans ce mur. Cela donne à l'image un côté sinistre d'oubliettes ou de salle de tortures médiévale propre sans doute à attirer certains chalands.

Il y a là des images à la fois sales et maladroites, attirantes pourtant, quelquefois, en raison même de la crasse mentale qui les poisse. On trouve aussi de simples nus, tellement banals qu'on se demande quelle sorte de désir cela peut susciter. Mais, à deux ou trois reprises, le photographe est parvenu à saisir le miracle de la grâce. Par hasard sans doute, sans le faire exprès, te dis-tu, mais on pourrait bien plutôt supposer, mon petit Gilles, une nécessité. On n'atteint pas la grâce en la cherchant, elle ne se trouve jamais aux lieux où l'on se figure la trouver. Peut-être faut-il la crasse, la douleur, la tristesse, ou plus banalement l'indifférence pour en apercevoir le rayonnement fugitif. Regarde bien, elle est là, dans ces images tristes, dégradantes, parce qu'elles sont dégradantes et malgré qu'elles le soient : les longues jambes fragiles de cette adolescente, qui paraissent vaciller sous le poids de sa chevelure et de son regard sombre, cette profondeur des yeux qui fait du regard une substance, cette maladresse de qui naîtrait à peine à la marche, au déplacement dans l'espace, maladresse que le geste ébauché sur la photographie paraît sauver *in extremis* comme en une chute imminente et toujours différée. Avec inconscience, ces gestes, ces postures engendrent de la beauté à partir de rien, de la beauté avec ce qui la nie, l'humilie, de la beauté plus belle et plus émouvante de sauver, de conserver en son sein la pauvre chose laide et cassée. Ne te souviens-tu pas d'avoir déjà éprouvé le même sentiment devant de très jeunes filles que la laideur des langages et des comportements obligatoires n'avait pas encore définitivement séduites et domestiquées ?

Parmi les gens qui ont pris ces photos, qui les ont diffusées, consommées, parmi ceux qui ont abusé ces enfants, ou les ont enlevés, et qui sait tués, quelques-uns ont su cela, l'ont voulu. Leur émotion, à ceux-là, était la même que la tienne en ce moment. Émotion, bien entendu, que tu te caches. Tu ne veux pas le savoir. Et le plaisir que te donne la photographie, tu refuses plus encore d'admettre qu'il est fait de douleur.

Dans la maison Van Reeth déserte, silencieuse, enveloppée par la neige qui tombe sans discontinuer, tu occupes le siège de feu Georges Van Reeth, tu te passes les photographies de Georges Van Reeth, et tu fais de la résistance, tu prétends continuer à ignorer ce que Georges Van Reeth, lui, savait bien : la vision de la grâce est une souffrance. Il y avait, qui sait, une intuition de cela dans les vieilles croyances à la damnation, aux tourments et au feu de l'enfer. Les réprouvés sont ceux qui, ayant connu la grâce, n'ont pas pu la contempler sans en être brûlés ; considéré de cette façon, le petit enfer bibliophilique de Georges Van Reeth, avec ses écrans ardents, ses livres dévorants, constituerait une bonne approximation du grand enfer dans lequel, si un autre monde existe, feu le collectionneur est sans aucun doute à l'heure actuelle tenaillé par les démons.

Les réprouvés de Logres ne cessent de se consumer dans leurs costumes bleu marine. La sueur inonde leurs mains, leurs dos et leurs fronts. Que faire lorsqu'on est tourmenté jour et nuit par la grâce, sinon chercher à la dévorer, à l'absorber, à se l'incorporer ? Ceux-là, dans les jeunes filles photographiées par feu Van Reeth, cherchent l'innocence et la beauté qu'ils ont perdues depuis longtemps, dont ils ne se souviennent plus, mais que quelque chose en eux persiste à reconnaître et à vouloir. Telle est la formule exacte de leur damnation : plus ils veulent la grâce, plus désespérément ils la cherchent en fouillant le corps interdit des enfants, plus ils deviennent laids et ignobles, et plus violemment ils éprouvent le besoin de cette grâce qu'ils ne peuvent que détruire et salir en la touchant. Tournant ainsi en rond, pour certains, jusqu'aux derniers cercles de l'ignominie. À vouloir s'incorporer la grâce, on ne peut que la détruire. Ce qu'ils font.

Cela pourrait expliquer le fin trait noir qui barre le coin supérieur droit de quelques-unes des photographies, non pas celles de l'écran, mais celles que feu Van Reeth a collées sur des feuilles blanches et réunies dans un gros dossier de toile grise. Mais aucun code ne permet de décrypter le système de signes qui prolifère dans la collection. Parmi les images, il en est une que tu reconnais. La fille du train, ici a tout à fait l'air d'une enfant, douze ou treize ans, avec son visage blême, ses très grands yeux lourdement maquillés, et ces boucles d'oreilles compliquées qui ont l'air de lui faire incliner la tête, de la soumettre à leur tyrannie d'objets froids. Le quart supérieur droit de la photo est barré d'un trait noir.

Les dossiers constitués par Van Reeth paraissent contenir, réunis selon un ordre particulier, soumis à des règles que tu ignores, les éléments de ta vie à Logres. Tout y est, ou presque, comme si tout était prévu, ou comme si on ne pouvait pas échapper à certaines figures, à des cartes revenant dans la donne selon des lois inconnues. Ce qui est plus curieux, et qui devrait éveiller ton attention, si ton esprit n'était pas aussi engourdi par la puissance d'attraction de ces figures, leur capacité à engluer toute signification, c'est la surreprésentation, dans cette histoire, des personnages apparus dans le train. Tout Logres, bien sûr, n'était pas dans le train qui t'y a conduit, mais l'hypothèse a un côté séduisant. Déposons-la quelque part dans ton esprit, pendant que tu continues à dépouiller l'amas d'informations accumulées par le collectionneur.

Les ombres de ce que tu vis à Logres sont venues te visiter durant le long sommeil entrecoupé qui t'a mené jusqu'ici. Toutes ne te sont pas apparues distinctes. Certaines s'agitaient derrière des vitres obscures. Les voix des autres te parvenaient lointainement. Il en est qui n'ont laissé que leurs traces, abandonné leurs indices, leurs masques ou leurs dépouilles. Quelques-unes se sont penchées sur ton corps endormi. Et si tout ton séjour à Logres n'était que le rêve pénible engendré par ce voyage ? Si tu étais encore dans le train, engourdi, pris dans ce cauchemar ?

Car le petit homme du train est là aussi, sous la forme de photographies dans des coupures de presse. Il y apparaît beaucoup plus jeune, avec des cheveux noirs strictement peignés, mais c'est bien lui, avec ce regard flou dans les lunettes, cet air un peu égaré. Il fut le héros, vingt ans auparavant, d'un petit scandale local. Le bon professeur avait été convaincu de pédophilie et d'agression sexuelle sur des mineurs. Son état mental lui avait permis d'échapper à la prison. Les journalistes s'inquiétaient : le lointain hôpital psychiatrique où on l'avait enfermé présentait-il des garanties de sécurité suffisantes ? N'allait-il pas s'échapper pour revenir un jour persécuter des enfants innocents ? Son procès, en outre, laissait un goût d'insatisfaction : on soupçonnait un réseau, mais des puissances occultes n'avaient-elles pas étouffé toute l'affaire ?

Pendant que tes yeux se brûlent à la lumière de l'écran, toutes les nuits, Logres s'est prise dans l'hiver. Un hiver d'autrefois, de ceux qu'on n'aurait plus imaginé possibles. La neige tombe tous les jours. Avec une précautionneuse lenteur, elle enveloppe les formes, efface les angles et les arêtes. Des objets que l'on croyait bien différenciés se lient les uns aux autres jusqu'à n'être plus que les courbes d'une même ondulation blanche. D'autres au contraire s'extraient de leur léthargie pour s'éveiller à l'existence, dénoncés avec une spectaculaire et méthodique ironie : les branches des arbres, les câbles, les grillages. Une autre ville émerge, un Logres de conte de Noël, qui paraît presque déplacée. On se demande si la neige travaille par ennui, par mélancolie ou par dérision. Les voitures atermoient, les passants se glissent dans ce décor avec précaution, comme s'ils hésitaient à accepter ce cadeau, comme s'il ne leur était pas destiné et qu'ils étaient bien grands à présent pour y croire. Il est trop tard pour la pureté, et son obstination fait mal.

La radio, un matin, relate un événement survenu en Écosse. De temps à autre, un journaliste s'avise de revenir sur le mystère de la disparition du collectionneur de Logres, mais cela fait longtemps qu'aucun fait nouveau n'a relancé les hypothèses. On a retrouvé un corps sur une plage de l'île d'Iona, près de Mull. Méconnaissable, mais la date probable de la noyade correspondrait à peu près à celle du naufrage de Van Reeth. Ce serait la fin des spéculations sur sa survie cachée. Cela n'a pas l'air d'affecter sa veuve.

Au bout de quelques jours, l'attrait enfantin de la neige, l'envie de sortir, d'échapper à l'étouffante prégnance de la maison Van Reeth, de ses collections, de son ordinateur, de sa veuve froide et peu loquace te jette dehors. Tu roules. Tu tentes d'aller réfléchir dans des bars anonymes à ce qui est en train de t'arriver dans cette cité idiote, où tu tournes comme le petit vieux des toilettes de l'ISFP, curieuse épave revenue du passé et du fond d'un hôpital psychiatrique, convaincu que le temps n'a pas bougé et que la ville où il revient est un piège, une illusion. L'obscurité précoce enferme les salles dans leurs reflets. Ce n'est pas prudent, un parent d'élève, un élève, un collègue pourrait te voir. Un dépressif grave dans un bar, c'est envisageable, mais bon, ça ne fait pas très sérieux, on doit continuer à t'imaginer recroquevillé sur un lit, la tête entre les mains. Sans compter le risque plus grand de tomber sur un des petits camarades d'Arslan.

Un soir, au *Terminus*, le café situé juste en face de la gare, dans la vitrine encombrée par les doubles de la salle, tu crois apercevoir la jeune fille pâle dont l'image te poursuit depuis le train, son visage se retournant vers toi un bref instant avant d'être absorbé par les dos noirs et larges qui la flanquent. Tu sors, mais tu ne la vois plus parmi les passants qui traversent la place de la gare, entrent et sortent dans le bâtiment. Tu pénètres dans le hall, pousses jusque sur le quai, mais elle n'est nulle part. Il y a un train à quai. Wagons presque vides. Une voyageuse âgée, assise dans un des compartiments, te dévisage comme si tu lui rappelais quelque chose. De retour dans le hall, tu découvres, agglutinés près du marchand de journaux, les types du bar en bord de route avec leurs molosses. Bêtes et hommes forment une masse noire autour de laquelle le vide s'est fait. Ton regard croise celui du plus gros, tas indistinct d'où émerge un crâne oblong, rasé, couturé, semblable à la calotte en bois d'un polichinelle. Tu sais de qui il s'agit, à présent, tu les reconnais, comme de vieilles relations. Les frères Hellequin, qui d'autre ? Le mastodonte sourit et se met à te siffler comme un petit chien. Tu fais comme si tu n'avais rien entendu. Leurs lazzis, leurs rires, leurs obscénités formulées avec un accent local si épais qu'elles en sont presque incompréhensibles te poursuivent dehors.

À plusieurs reprises, toujours au commencement de la nuit, leur silhouette démesurée se dessinera sous la neige. Les essuie-glaces de la voiture les sortiront du noir comme des diables d'une boîte à surprise, sous les arbres des parcs, sur les parkings des centres commerciaux, toujours haletant et ricanant derrière leurs chiens gigantesques, marchant à grands pas ou immobiles, surveillant, attendant on ne sait quoi, et puis disparaissant d'un coup, comme attirés par une proie éternellement fugitive à la poursuite acharnée de laquelle ils se consacreraient depuis des années, toutes les nuits.

Une autre fois, dans un autre bar, tu verras aussi le fantôme préoccupé du petit vieux passer très vite, tout courbé, dans la rue, comme s'il se rendait à quelque rendez-vous urgent, et puis plus rien, la neige a déjà absorbé l'image, et tu songes à ce qu'il disait de la nécessité de faire très vite, de se rendre presque imperceptible. Le monde de l'ordinateur et des dossiers de feu le collectionneur continue à te poursuivre.

Depuis longtemps la forêt demeure déserte. Tu y es revenu, d'abord, obstinément, aux heures où tu savais avoir quelque chance de trouver l'ombre chaude qui t'enlaçait, sans te préoccuper de la neige et du froid. L'aveugle gibier de sons s'était recroquevillé. Tes pas faisaient juste craquer glace ou neige, sans écho. La grotte semblait depuis toujours figée dans le même froid d'enchantement.

Une nuit, en sortant du petit parking en bordure de forêt, au coin de la route qui ramène à Logres, tes phares ont extrait de l'obscurité, durant une seconde, une scène glaçante. Les Hellequin se tenaient groupés contre les arbres. D'autres peut-être avec eux, combien ? Devant eux, une grosse voiture noire, une BMW. Deux ou trois se tenaient penchés sur quelque chose à terre, tu as cru distinguer la lueur d'un feu. Les autres regardaient la route. Leurs silhouettes adoptaient des formes incompréhensibles. La nuit, d'un coup, a tout réabsorbé. Tu ne t'es plus aventuré aux abords de la forêt.

Depuis la visite aux Écargues, lorsque tu fermes les yeux, il t'arrive de revoir les scènes que tu avais toi-même décrites aux élèves. Souvent tu éprouves les mouvements, tu sens la lourdeur des corps plus que tu ne vois. L'armée des morts pataugeant dans les profondeurs boueuses du sous-sol de Logres. Les entiers et les parsemés, tête ici, jambes là. Ils se déplacent dans l'obscurité, et parfois, au bout d'un très long temps, parviennent jusqu'à toi, tout près de la grotte, comme attirés par l'odeur d'une tendresse dont ils sont désormais privés. Qui sait, Gilles, si à brasser le magma qui les englobe, les pauvres nageurs en morceaux n'abordent pas plus près encore des rivages humains. On ignore jusqu'où s'enfoncent les caves calcaires des plus vieilles demeures de Logres, comme celle des Van Reeth. Certaines sinuent profondément en direction des Écargues, dont les flots de glaise funèbre doivent obstruer les derniers boyaux, portant les restes épuisés d'un naufragé en capote militaire venant jusque-là achever sa mort.

Les soirs fastes, il t'arrive d'être admis dans la couche de la veuve froide. Tu ne parviens pas à y dormir. Des bruits vous assaillent, les signes persistants d'une présence, pas, frôlements, souffles, présence dont tu crois retrouver les indices au matin, disparitions ou apparitions de menus objets. Cela devient une espèce d'obsession. Mme Van Reeth te demande avec inquiétude ce que tu écoutes, ce que tu regardes. Faut-il voir dans ces manifestations les jeux d'un esprit farceur, ou les épaves laissées par quelque chose qui souffre, quelque chose de très ancien ?

Les nuits calmes, la cavité noire dans la forêt absorbe tout ton esprit. Te tient lieu de sommeil. Te retient dans un engourdissement sans pensée. Le souvenir de ces quelques étreintes aveugles te suffit pour endurer le monde de Logres, et t'abandonner aux joies délétères de la maison Van Reeth avec la certitude que tu ne lui appartiens pas tout à fait. Amusant cette faculté que tu as de te dédoubler. Cinq ou six séances à la sauvette avec une inconnue, dans le noir d'une grotte, et cela te suffit pour te croire sauvé. Tout est racheté, tous les péchés remis par la grâce de la petite vierge noire qui s'enroule autour de toi, qui monte et jouit de son extase silencieuse, très pure, comme le tremblement d'une flamme mystique.

C'est ça, n'est-ce pas ? Lové dans le lit rongé d'acides de la veuve, tu te souviens de ces vibrations, de ces sursauts de joie dans le noir. Tu te roules dans la mémoire vive de cette peau. Mais que ne la montes-tu un peu au jour, ton Eurydice, qu'on voie enfin à quoi elle ressemble ? Que crains-tu ? De la perdre, ou de la voir ? Tu sais bien que tu ne peux pas la perdre si tu ne te retournes pas. Et peut-être celle-ci est-elle composée d'assez de ténèbres pour que la lumière n'ait pas la force de les dissiper. Dans un petit matin glacé, tu sortirais suivi de cette ombre voilée, de cette tache d'obscurité mouvante. Le jour inflexible de Logres ne s'en remettrait pas.

D'ailleurs tu as pu t'en faire quelque idée, même sans la voir. De quand date votre dernière sublime et silencieuse étreinte – sublime de rester silencieuse, sans doute, car que se passerait-il si, au cœur de la nuit, une voix faubourienne s'enquérait : *ça va chéri ?*

C'était juste la nuit qui a suivi ta dernière conversation avec Zablanski. Cette fois-là, tu as pu former une image plus précise de ton Eurydice, même si tu ne veux pas le savoir. Ce visage, ce corps, tu refuses que tes mains achèvent de les façonner. Elle, tu souhaites que noire, muette, elle demeure cet ange indéployé, lové sur sa densité de ténèbres. Bien sûr. Et puis les premières fois, l'étourdissement, la ferveur de vos étreintes (on peut dire ça comme ça) après lesquelles elle disparaissait, te laissait l'impression brouillée d'un mouvement, d'une chaleur plus que d'un corps pourvu d'attributs fixes.

Souviens-toi. Mais si. Cette nuit-là, tu ne pouvais pas t'empêcher de songer aux dessins aperçus dans les toilettes de l'hôtel, et tu ne voulais pas y songer. Mais rien à faire. Tu avais envie de toucher les écailles de sa queue. Tu te prenais à désirer qu'une lumière très pâle se glisse au fond de la grotte et vienne révéler ce visage. Alors tu ne t'es pas tout à fait laissé prendre, comme les autres fois, à l'impérieuse vibration de la flamme. Tu as voulu retarder, explorer plus à fond, de caresses, ce corps presque insaisissable à force de souplesse. Le matérialiser devant toi, t'assurer, sinon de son identité, au moins de sa réalité. Et tu avais beau croire à la tendresse de tes gestes, tu ne pouvais pas vraiment te dissimuler (tu ne le peux plus, dans le petit enfer de tes réminiscences nocturnes) leur nature de prétexte. Souviens-toi : est-ce que tu n'as pas senti, de sa part, et pour la première fois en dehors de la nuit liminaire, une légère réticence, un abandon moins profond ? Comme si déjà elle reculait devant le fatal moment où se manifesterait le désir qu'elle remonte au jour.

Tu prenais mieux conscience de son identité corporelle. Il faisait assez froid, déjà, elle n'avait pas ôté sa robe : une robe de laine, ou quelque chose dans le genre, s'arrêtant au-dessus du genou. Tu sentais à sa taille la fine ceinture en plastique. Qu'est-ce que cela pouvait donner au jour ? simplicité ? pauvreté ? vulgarité ? Tes mains reconnaissaient le haut des cuisses minces, le torse maigre d'androgyne, quasiment dépourvu de seins, le creux des clavicules. Elles passaient entre les cuisses, se posaient sur le sexe presque glabre. Elles entouraient le visage comme pour en prendre un moulage, caressaient les cheveux bouclés. C'est le moment de revenir sur un détail qui t'avait frappé. Tu n'avais rien remarqué de semblable les autres nuits. Cette fois, dans le mouvement par lequel tes mains s'étaient emparées du visage invisible, ou presque invisible, ombre blanche parfois flottant dans l'air opaque de la grotte, elles avaient senti rouler sur leurs dos le poids d'un objet froid, du métal, du verre : des boucles d'oreilles, lourdes et complexes breloques qui descendaient presque aux épaules.

Tu le sais bien, tu ne penses qu'à ça depuis le début, à la petite fille du train, à l'enfant aperçue dans la chambre du sinistre caboulot de bord de route. Trois personnages pourraient n'en faire qu'un seul : l'enfant du train, la petite fille des Hellequin, et l'inconnue de la grotte. Quel âge a-t-elle, d'après toi ? Celui qui fait la pédophilie ? Le détournement de mineur ? Et qu'est-ce qu'une gamine viendrait faire au fond d'une forêt, régulièrement, le même jour de la semaine, pour y filer des amours aveugles et muettes avec un inconnu ? Pour le plaisir, par pure sensualité, parce qu'elle partagerait ton goût pour les étreintes anonymes ? Ou bien parce qu'on lui demande de le faire ? Voire parce qu'on l'oblige à le faire ?

Oui, admettons que cela tienne du fantasme. Tu crains, mais tu désires que l'inconnue androgyne soit aussi l'enfant martyrisée. Tu es fait de cette sorte, Gilles, qui ne peut pas ne pas associer ses terreurs à ses désirs. Ce qui, soit dit en passant, débouche sur des tortures mentales assez raffinées. Depuis la scène du train, le reflet incertain de son visage douloureux, sur lequel la pluie traçait des larmes noires, se propose sans cesse à ta concupiscence. D'accord, la chose est improbable. Mais il y aurait un moyen simple d'en avoir le cœur net.

Avec Marielle, jadis, tu avais commencé à apprendre les joies de l'obscurité. C'est elle qui a voulu la lumière. Soliloquant dans le noir, elle te reprochait avec douceur de ne pas essayer de comprendre. Tu n'osais pas lui répondre, craignant de rompre le fil d'une révélation magique.

Crois-tu vraiment que les gens existent, disait-elle, crois-tu qu'ils sont libres, qu'ils ne sont pas des objets animés ? Je ne suis qu'une idée que tu as fixée pour être tranquille. Si tu ne prêtes pas une vraie conscience à ceux que tu aimes, un jour, le monde risque de n'être plus pour toi qu'un désert planté de statues.

Tu m'as reproché d'être devenue prétentieuse, de rire vulgairement, de m'habiller de manière tapageuse, de chercher les succès faciles. Mais tu n'as pas essayé de te demander ce que cela signifiait. Écoute-moi. Je sais que tu m'idéalises. L'idéalisation est un confort mental. Elle t'évite de m'aimer trop attentivement. Si je suis devenue ainsi, c'est pour être plus facile d'accès, pour toi et pour les autres. On me trouve belle et intelligente. Si en plus je me montrais discrète et modeste, comme avant, ce serait insupportable. Il faut savoir être bêtement vaniteux pour aider les autres à supporter vos qualités. Leur laisser de quoi détruire. Par charité. Et à moi aussi, il faut me laisser de quoi me détruire. Tu vois, je me suis demandé parfois si les vaniteux et les bruyants n'étaient pas les vrais modestes, du moins certains, qui acceptent humblement cette seule tare capable de corrompre aux yeux de tous leurs autres qualités. C'est cela que je désire, Gilles : que ce qu'il y a de bon en moi se consume dans son exhibition. Ce monde est fait pour cela, même s'il ne comprendra jamais un tel désir, et n'en saura rien. Toi, seul, tu le sauras.

Tu vois, disait Marielle, j'ai rêvé d'une intimité absolue avec toi. Ce n'était pas possible. Je ne te le reproche pas. Ce n'était sans doute possible avec personne. Pourquoi rêve-t-on de pareilles choses ? Qu'est-ce qui pousse à les désirer si fort ? Vouloir l'amour comme un secret absolu. Comme si la société le permettait. Peut-être, il y a très longtemps, quand le monde était plus jeune. Et encore. Je me suis rendu compte que je rêvais de cela, avant je ne le savais même pas. Qu'est-ce que cela veut dire, ce désir ? Se livrer totalement, mais dans le secret. Vouloir que l'autre se mette à nu, sans aucune réserve, mais pour soi seul. Ça n'existe pas. On n'est jamais complètement livré, et les autres possèdent presque autant que toi celui que tu aimes. N'importe quel anonyme qui le croise dans la rue te vole celui que tu aimes. Vouloir qu'il se livre dans l'absolu, c'est vouloir qu'il se livre à tout le monde, tu comprends ?

Tu ne répondais pas. Tu ne comprenais pas, alors. Maintenant un peu mieux, bien sûr. Elle disait que le désir de la possession absolue ou du don absolu de soi est voué à l'échec. Parce qu'il ne veut que l'absolu. Donc pas seulement ce qui est vu par l'être aimé, mais ce que voient les autres, n'importe qui, tout le monde. Moi, je ne sais pas si je te donne tout réellement, tant que je ne l'ai pas aussi donné à un autre. Comment faire alors pour que ce ne soit qu'à toi ? Je sais maintenant que j'aurais voulu te donner à toi seul, secrètement, une exhibition intégrale.

Elle disait qu'elle souffrait trop de cet échec pour continuer ainsi. Elle voulait tenter l'inverse. Tu ne savais pas ce qu'elle entendait par là. Tu ne le lui demandais pas. Elle a fini par le formuler, avec la netteté et la fermeté croissante que prenaient, nuit après nuit, ses paroles dites comme en rêve. Elle voulait être à tout le monde, pour être tout à toi. Elle te réservait ces regards anonymes, ces mains peu ragoûtantes posées sur elle, ces confidences faites à des ricaneurs, à des indifférents. Elle se rendait bien compte de ce que cela avait de sacrificiel. D'une certaine manière, disait-elle avec ironie (même dans le noir tu voyais son sourire), j'aspire au martyre. C'est le seul remède à la mélancolie. Une joie m'attend là, enfin. Quand plus rien de moi ne sera caché pour personne, même pas pour les plus immondes, les plus méprisables. Enfin je serai. Est-ce que tu m'entends, Gilles ? Je veux dire : enfin j'accéderai à l'être, comme sur le bûcher les premiers chrétiens entraient en Dieu, parce que tout ce que j'ai sortira de moi et se consumera dans le regard des autres.

Je rêve à présent de ceci : quand je serai tout entière visible, plus nue que personne ne l'a jamais été, alors plus personne ne me verra. Je disparaîtrai. Au moment où je sentirai que j'accède à l'être, je ne serai plus. Le regard de tous me délivrera des regards. Je serai débarrassée de moi. Je passerai de l'autre côté du visible.

Elle l'a fait. Du moins elle a pathétiquement tenté de le faire. Tu ne l'as pas suivie. Cela t'a très vite répugné. Ton âme pusillanime ne pouvait pas accepter cette mystique paradoxale. Tu te demandes, en songeant à certaines de ses premières tentatives, telles que tu les as connues, ou aux photos de la revue porno, si elle a pu approcher de ce qu'elle recherchait ; ou si elle ne continuait que parce que, devenue incapable de faire autre chose, pauvre fille habitée par la conscience de son échec et de sa déchéance, il n'y avait plus pour elle de retour possible.

À songer à ces photos obscènes, où celle que tu as aimée était livrée aux regards de n'importe qui, tu devrais te demander, tout de même, si elle n'avait pas raison. L'obscurité ne vit, dans sa plénitude, impénétrable, invisible, que dans le cœur de la lumière. On ne peut pas éternellement la préserver. Eurydice est danseuse au *Crazy horse*.

Par accès, la veuve froide revient à ses désirs d'être battue. Elle les formule avec une précision détachée, comme si elle s'adressait au plombier venu réparer la douche. Il faut les satisfaire, rituellement, dans la salle de bains attenante à sa chambre. Il y a au plafond un anneau qui devait servir à accrocher une suspension. L'affaire consiste à l'y attacher toute nue et à la fouetter, face à la fenêtre dépolie où plusieurs fois tu as cru apercevoir sa silhouette. Elle sort, selon les fantaisies du jour, fouets et martinets, cordes, menottes, corsets et masques de cuir, colliers de chien, cagoules, poires d'angoisse, toute la petite quincaillerie à se faire mal. Le plus souvent elle s'en tient au minimum. Lorsque tu as le matériel en main, à toi de faire ton travail.

La première fois qu'elle a manifesté ce genre de désir, l'affaire, en pensée, ne te déplaisait pas. Tu envisageais cela comme une expérience, des sensations neuves, de quoi te déniaiser côté perversion, accéder au club des sulfureux. Par-dessus le marché, avec ses alternances de monologues et de mutisme hautain, ses lourds maquillages, ses manières de grande bourgeoise lasse, Mme Van Reeth appelait une bonne fessée. Concrètement, tu ne cesses de mesurer la difficulté à être sulfureux. Une fois le matériel choisi, séance de déshabillage. Tu ne sais trop que faire pendant que la veuve froide se défait de ses jupes provinciales, s'extrait de la complication de ses dessous nostalgiques, comme si elle était seule. Tu la regardes s'exécuter, ta corde dans une main et ton martinet dans l'autre. Il faudrait sans doute faire quelque chose pour rendre ces préliminaires plus intenses, mais quoi ? Tu songes bien à prendre un air cruel et dominateur, à considérer les opérations d'un œil dédaigneux, mais tu dois bien constater, dans le miroir de la salle de bains, que ton air cruel et dominateur manque d'intensité. Un observateur non prévenu pourrait le confondre avec un air effarouché, ou un air d'avoir mal au cœur.

Vient le moment des nœuds. Délicat de se montrer à la fois brutal, comme l'exige la situation, et précis. Tu t'embrouilles toujours un peu (tu n'as jamais su faire un nœud proprement). Ta brutalité s'estompe au gré des embarras créés par l'enroulement de la corde. Il faut recommencer. Mme Van Reeth, toute nue, les mains tendues, attend que tu finisses ton travail de ligotage. Parfois, elle te donne un conseil, comme une couturière te montrerait comment faire un ourlet. L'anneau est trop haut pour toi. Tu te juches sur un tabouret pour y passer la corde que tu attaches ensuite au radiateur. Tu dois faire attention à ne pas te casser la figure, ce qui s'avérerait fatal à votre cérémonie perverse. Souviens-toi : il est impossible, dans ce monde, que le médiat ne domine pas l'immédiat. À se dérouler dans le temps, vos perversions organisées sont condamnées à verser dans la guignolade. La flagellation de Mme Van Reeth n'aura jamais vraiment lieu. Vous la répétez ou vous la commémorez. Pour qu'elle soit érotique, elle devrait s'accomplir en un instant, d'elle-même, magiquement. En parler serait presque plus excitant que de le faire. Comment bien fouetter quelqu'un, comment faire en sorte que chaque geste soit empli de l'intensité qui convient ? La seule immédiateté qui soit, te dis-tu tout en déposant les lanières de cuir sur les fesses de la veuve froide, est celle que tu trouves dans la grotte de la forêt, où tous les gestes ont l'évidence des rêves.

Ta partenaire comprend bien que vos perversions manquent de rythme. Elle invente de petits rituels, qui devraient leur donner du liant. Elle se fige, les yeux au plafond, les bras écartés, pendant que tu la déshabilles en lui murmurant des injures sordides. C'est mieux, car elle est douée pour le martyre, et sait d'instinct prendre les postures de sainte aux outrages. Ses yeux liquides, transparents, paraissent toujours prêts à déborder de flots de larmes et d'extase.

Cela ne fait que déplacer le problème. Jarretelles, bretelles et dentelles posent des problèmes techniques plus ardus encore que la corde. La synchronisation insulte-dégrafage en souffre. Le ton juste, pour une insulte de commande, s'avère en outre très délicat à trouver. Il y faut de la conviction, on ne peut pas se contenter de réciter son texte de manière neutre. Toutefois l'inverse est encore pire, l'expressivité, le côté théâtral, Harry Baur de la fessée, comme un poème de Baudelaire déclamé par un cabotin, avec les accents de désespoir ou d'élan amoureux placés au bon moment.

Pourtant, il faut bien le reconnaître, au milieu du grotesque de ces rituels, petit à petit la veuve froide possède son rôle. Tu continues à tenir laborieusement ton emploi de hallebardier, à la fouetter et à la refouetter, que déjà tu la sens partie vers d'autres horizons. Elle commence à devenir une star. L'abandon à la douleur lui est naturel. Elle souffre avec une conviction étonnante. À tel point que les soupirs et les gémissements qui lui échappent, le poids dolent de la tête qui s'incline sur l'épaule te semblent sans proportion avec les petits coups mesurés que tu lui assènes. Elle murmure des choses que tu n'entends pas et qui forment une basse continue sous tes soli orduriers. Qu'est-ce qui au juste lui fait si mal ?

Elle en vient même à transcender le ridicule. Ses maladresses et ses embarras deviennent touchants. Tu sens que, d'une certaine manière, tu es de trop. Tu n'es qu'un instrument, de surcroît imparfait. C'est elle, avec ses bras que la corde tire vers le haut, ses fesses rougies, sa lourde poitrine tombante que les soubresauts font ballotter sur son torse, elle qui est maîtresse de la situation. Ni le ridicule ni les coups ne parviennent à détruire sa beauté, avec ce qu'elle a d'exténué. Au contraire, dirait-on, ils la transcendent. Tu te mets à la voir. Le contraste entre la maigreur du long corps et le poids de la chevelure ou des seins, entre les joues creusées et l'immensité des yeux, entre la blancheur de la peau et la noirceur de la toison qui envahit le ventre et les cuisses, incarne à la perfection la fragilité d'un corps contraint de porter un fardeau trop pesant, colonisé par une vie étrangère, et qui sait tirer de ce tourment un surcroît d'élégance. Ainsi le corps distingué et diaphane de Mme Van Reeth soutient et promène en tous lieux avec grâce l'outrage d'attributs sexuels démesurés.

Au bout de quelques séances, tu t'aperçois qu'imperceptiblement, elle est en train de t'emmener trop loin. Il faut la garrotter, la frapper toujours plus fort, avec des instruments qui blessent sérieusement. Les cicatrices aperçues sur son dos avaient disparu. En voici d'autres. Son corps se couvre d'un réseau de plus en plus serré de stries entrecroisées, des omoplates en bas des cuisses. Le sang perle. Tu voudrais arrêter. Tu commences à refuser d'accéder à des désirs qui pourraient devenir dangereux.

Il arrive à la veuve froide de t'appeler du prénom de son mari. Cela se produit dans l'excès apparent de la douleur provoquée par les coups, ou dans vos rares conversations nocturnes, lorsque vous êtes allongés côte à côte, et qu'elle semble parler dans son rêve. Parfois aussi tout naturellement, lorsqu'elle te demande de lui servir un porto ou de la rejoindre pour le soir. Bien sûr, on pourrait attribuer cela à l'habitude. Mais

les mœurs, les obsessions, la présence du collectionneur deviennent toujours plus envahissants, à tel point
que tu dois bien en venir à la question : aurait-on entrepris de te faire prendre la place de feu Georges Van
Reeth ? A-t-on vu en toi un remplaçant acceptable ?
Ces questions en suscitent d'autres : à supposer que ce
soit le cas, pourquoi toi ? Tu es étranger à cet univers.
Du moins tu persistes à le penser, en dépit de certains
faits récents. Avouons-le, tu n'as pas la carrure pour
endosser le sulfureux pardessus du collectionneur. Tu
manques de poids, tu manques de souffle, tu manques
de ténèbres.

Alors pourquoi toi ? Tout de même pas juste parce
que tu passais par là. À moins qu'on ait trouvé en toi
un matériau assez malléable, pas grand-chose de très
consistant, avec ce fond boueux à exploiter. On cherche
à t'utiliser pour faire revenir le patron disparu. On ?
C'est évident : l'épouse à la fois éplorée et terrorisée,
les adeptes endeuillés de la petite secte dont le défunt
était le chef, le théoricien et le démiurge. Ils veulent le
récupérer, leur enchanteur calciné, ils y tiennent, à leur
mauvais ange. Ils y croient, au retour du noyé. Il ne
reviendra pas tout gonflé, déformé et verdi par l'eau,
pourri par plaques, perdant des bouts, cousu de moules
et colonisé de bigorneaux, laissant sur les tapis une
traînée d'eau saumâtre et d'algues en décomposition,
non non, ils le voient bien faisant son entrée sous les
traits neutres et relativement frais de Gilles Saurat.
Dans ta peau, ils l'imaginent déjà, tassé à l'intérieur,
la pression se manifestant à des signes intermittents, la
radiance funèbre du regard, l'éclat de lumière sur la
canine, une manière qu'ont les choses de se racornir,
de se recroqueviller en ta présence, comme une feuille
qu'on approche de la flamme. Terminé, le jeune Saurat,
bouffé de l'intérieur, n'en reste qu'un état civil et une
apparence. C'est qu'ils y croient dur, les Drossart et

les Lecorre, ils détiennent des réserves de poudre de perlimpinpin, des fioles de liquides glauques, ils connaissent des formules et des invocations. De quoi, se figurent-ils, vous curer le moi intime jusqu'à l'os, pour en mettre un autre à la place, le moi persistant du patron qui hante leurs cauchemars, exige d'eux, de sa voix caverneuse, qu'on lui trouve un autre gîte, et plus vite que ça. Ils le sentent qui rôde dans le coin, qui tourne autour de la maison Van Reeth. Ils trouvent partout des signes de sa présence. Il téléphone depuis les enfers, d'où il tente de donner ses ordres, avec sa voix de mante religieuse. Ils doivent en tremper leurs draps la nuit. Pourquoi crois-tu que Lecorre tienne tant à t'introduire dans leurs petites cérémonies ?

Les signes et les coups de fils spectraux, ce n'est pas ça qui manque. On peut supposer qu'il y a dans le petit cercle un malin jugeant indispensable ces manifestations pour raffermir la foi de ses collègues et les maintenir sous pression – à commencer par l'indispensable Mme Van Reeth. Pourquoi pas Lecorre ? On le verrait bien dans le rôle du manipulateur, de l'éminence grise ourdissant une réincarnation contrôlée qui lui permettrait d'être en douce le vrai patron. Un Lecorre dupe ou pas dupe du fatras ésotérique, peu importe. Les deux sans doute. On trouve tous les degrés de la croyance dans ce genre de demi-secte : les aigrefins exploiteurs de naïveté, les intellectuels fatigués de la raison, tous ceux qui y croient sans y croire et se jouent la comédie les autorisant à mettre leurs escroqueries et leurs petites cochonneries sur le compte d'une grande diablerie, les intoxiqués à l'ésotérisme, du genre de la poétesse, les fous, les purs jobards. Il est donc tout à fait envisageable que tes amis du petit cercle aient entrepris de te transformer en Georges Van Reeth. Ce qui n'implique pas seulement, si tu y réfléchis bien, de t'introduire dans leurs petites cérémonies et leurs rituels de pacotille. Il faut aussi te travailler assez profond pour que tu y perdes un peu la tête et finisses par t'en convaincre. Il faut te compromettre assez dans des histoires louches pour que, même si tu n'avais pas perdu la tête, tu acceptes de bonne grâce ton rôle de réincarnation, pour le plus grand bénéfice du bon Dr Lecorre (ou de quiconque joue ce rôle).

C'est ici qu'il serait fructueux d'en revenir à tes émois rupestres. Compromis par tes amours avec une gamine, tu deviens contrôlable, selon la méthode de feu Georges. Tu fais partie de la bande. Compliqué certes, un peu spectaculaire. Peut-être pas tout à fait concerté. Exploitation ludique et calculée d'un hasard initial, par exemple, d'un goût de la gamine pour cette sorte d'aventures nocturnes, qu'on la force ou qu'on la convainque de poursuivre, parce que ça peut servir. Quel rapport avec Lecorre ou feu Georges ? L'ordinateur ne t'a-t-il pas ouvert sur cette question quelques possibilités ? Tu ne peux plus ignorer que l'enfant du train et les Hellequin étaient dans les papiers du collectionneur. De quoi animer tes insomnies et te faire construire d'interminables hypothèses.

Celle de ta georgification progressive ne manque pas d'élégance. Elle permettrait d'expliquer pas mal de bizarreries, notamment dans le comportement de la veuve. Cela tend à recouper les théories du vieux fou sur la capacité d'absorption de Logres. On a dû lui faire le coup, à lui aussi, avec des variantes. L'idée correspond bien à l'atmosphère de cette maison et de cette ville, où tout paraît se développer dans une zone intermédiaire entre le vrai et le faux, le réel et l'irréel, comme des organismes se spécialisent dans les milieux entre eau douce et eau salée. Ils veulent vraiment te faire devenir un autre, mais c'est aussi une illusion, une pure fantasmagorie. Et maintenant ? Partir ? Résister, cesser de te faire georgifier ? Faire comme si de rien n'était ?

La nuit, seul dans ta chambre, ou couché aux côtés de la veuve froide qui exsude des eaux brûlantes, qui gémit et se tord dans ses rêves comme si un invisible incube venait la féconder de son sperme glacé, et qui parfois, entre de petits cris brefs, souffle le prénom de Georges, tu tournes et retournes cette conjecture monstrueuse, dont tu ne sais pas très bien comment elle a pu se former dans ton esprit et y prendre si vite ce caractère impérieux, obsédant. Tu mesures le comique de la situation : poursuivi par la vindicte de petits voyous locaux, pour des motifs imaginaires, tu penses t'en protéger en te claquemurant dans une maison dont la propriétaire et ses amis, qui baignent dans les ballets roses et les messes noires, s'emploient à te zombifier dans un grand déploiement de fantasmes et de crédulité.

Tu hésites, tu t'agites. Échafaudes des théories et des suppositions, comme s'il s'agissait d'accorder la relativité générale et la physique quantique. Tu vas d'un côté à l'autre de ta part de lit. Tu mêles tes soubresauts aux reptations de la veuve gémissante en proie aux étreintes de l'invisible, tes sueurs froides à ses sucs dévorants. Tantôt tu pouffes, tantôt tu trembles. L'énervement, la fatigue dirait le bon docteur Lecorre.

Une pensée plus térébrante encore s'insinue à la longue. Tentons de te la formuler le plus clairement possible, de la glisser à ton oreille à présent toujours dressée, et qui va pêcher au fond du silence de la maison craquements et murmures arrangeant un permanent et incompréhensible colloque. Écoute.

Si tu examines bien ce qui compose tes terreurs, les conjurations clownesques de la maison Van Reeth ne suffisent pas à leur donner toute l'épaisseur voulue ; en revanche, voici du plus angoissant : tu dois bien te rendre compte à présent que tu ne désires pas aussi nettement qu'il le faudrait échapper à ton destin de Georges Van Reeth. Ou plutôt : il y a quelqu'un en toi qui accepte ce sort, qui le désire. Et toi, Gilles Saurat, enfin ce qui reste de Gilles Saurat, tu regardes terrorisé ce quelqu'un en train de prendre les commandes du véhicule et vous entraîner où il le veut. Oui, tu le regardes faire, et tu ne sais pas comment l'en empêcher.

Une nouvelle vient perturber ces arguties. Le cadavre retrouvé en Écosse n'est pas celui de Georges Van Reeth.

XX

Tu apprends la nouvelle en rentrant de la petite séance réservée au cercle, chez le Dr Lecorre. Ta tête est vide de pensée. Tu as l'impression de revenir, après très longtemps, d'un voyage à l'étranger. Au creux de tes entrailles, quelque chose de noir s'est installé. Une masse corrosive et froide pèse dans ton ventre. Sa force d'attraction alourdit ton cerveau, retient au fond de ta bouche ta langue dont tu éprouves à présent le poids de viande morte, assombrit la lumière des lampadaires et le halo des plaques de neige sur lesquelles se déploient des galaxies de poussière charbonneuse.

Tu te remémores avec lassitude l'interminable errance en voiture dans les rues de Logres, sous un ciel absent. À la place, une étendue blanche, faite de la même substance migraineuse que les trottoirs et le crépi des maisons. Personne dans les rues de ces quartiers lointains dédiés au pavillon, personne, ou des incarnations falotes de personne ; mère de famille à enfant, dame sexagénaire à chien, végétation spontanée de ces déserts. Tu t'es perdu, évidemment. Le ciel, les rues, les maisons composaient une masse neutre, d'autant plus insidieuse qu'indéfiniment différenciée. Chaque pavillon, chaque rue paraissait tenir à ses petites particularités, à sa personnalité, la forme de ses balustrades, de son toit, la couleur des rideaux, l'essence des arbres. Mais ces attributs s'annulaient dans la pulvérulence de leurs détails sans signification et sans intérêt. Ceux qui vivaient là avaient désiré habiter leur maison, leur rue. Ils occupaient leur version microscopique, chantournée, décourageante de rien. Le ciel fixe ne produisait pas d'ombre. De temps à autre, tu t'arrêtais pour te repérer. Du fond de l'air émanait une fadeur. Elle te pénétrait, s'unissant en toi à une identique fadeur. La fadeur constituait la substance du monde. Rien à attendre, pas d'espoir, ni de désespoir. Ni événements, ni objets. Des surfaces. Pas de temps. Un après-midi infini. Comme dans ton enfance, qui te remontait à la gorge, et tu revoyais les jeux, le dimanche, dans un quartier semblable, la rue, le jardin. Une sensation montait, prégnante, jusqu'à en être écœurante, mais tu ne savais pas d'où : des arbres ? des murs ? de l'atmosphère ? de la lumière ? Sensation paradoxale, et pourtant indéniable, du rien.

Tu as enfin fini par trouver. C'était une maison de ville anonyme et massive, dans une petite rue morne. Il fallait pour accéder à la porte monter trois marches sous une voûte. De gros carreaux dépolis donnant jour au vestibule ajoutaient à l'impression d'ensemble. On percevait physiquement un retrait dans l'épaisseur d'une matière froide et transparente. Tu as sonné, longtemps.

Tu viens d'ouvrir la porte. Le professeur Blancpain se tient dans l'entrée. Il est 18 h 00. Quelques flocons de neige achèvent de se désintégrer, comme par discrétion, sur la vigogne qu'il arbore. Ses bottines gouttent révérencieusement sur le carrelage. Son visage est neutre, dépourvu de sourire ou d'agressivité. On sent l'homme qui a subi l'offense et qui tient à s'en prémunir. Beau visage studieux et régulier, lissé par la fréquentation des livres. Rien à voir avec ces bibliophiles crasseux que tu connais, le cheveu long et gras, la chemise douteuse, toujours l'air de sortir d'une séance de masturbation devant une de leurs pièces rares, de préférence licencieuse, et d'en porter les traces sur les manches. Blancpain sent le froid, l'eau de toilette, l'université et la vigogne. Tu prends conscience, par comparaison, de l'odeur qu'a prise ces dernières semaines le vestibule de la maison Van Reeth, fumet que par habitude tu as cessé de percevoir. Les poubelles et les viandes qui traînent dans la cuisine, l'humidité, les vieux pardessus de feu le collectionneur, et on ne sait quoi d'antiques onguents, de fonds de fioles poissés de muscs révolus composent une étrange atmosphère d'intimité sacerdotale et délétère, comme si l'on pénétrait dans une église souillée. Au fond, c'est à peu près ça.

Tu sais, par Mme Van Reeth, qu'elle lui a accordé un nouveau rendez-vous, après un coup de téléphone riche en excuses et en gentillesses, mais guère explicite sur les raisons impérieuses d'imposer un tel délai. Et cette fois elle est là, tu viens de la laisser dans sa salle de bains où elle achève de se préparer pour recevoir le professeur. Il tient à la main un journal local. La nouvelle figure dans les faits divers. En te l'apprenant, il te considère d'un air insidieux, et sa voix prend des accents de gourmandise. Alors le cadavre n'est pas celui de feu Van Reeth ? Cela signifierait-il qu'il est vivant, quelque part ? Qu'est-ce que vous en pensez ? Il n'en dit pas plus, mais on sent qu'il n'est pas loin de croire que le collectionneur se cache quelque part dans la maison – et qu'il ne tient plus du tout à ce qu'on mette le nez dans sa chère bibliothèque. Mais oui, c'est ce qui expliquerait ces manœuvres dilatoires. Son regard te demande aussi, tacitement, ce que tu fais là au fond, à quel titre toi, locataire, tu ouvres les portes et introduis les visiteurs, jusqu'où tu as pénétré dans l'intimité de la veuve. Enfin, la veuve...

Tu introduis Blancpain dans le salon et tu t'apprêtes à t'éclipser, en locataire discret, lorsque Mme Van Reeth paraît. Tu l'as laissée aussi flegmatique que d'habitude, occupée devant son miroir à tracer sur son visage des signes noirs. Elle titube sur ses talons très hauts, ce qui accentue encore la fragilité affectant tout l'édifice de son corps. Rien que d'usuel. Pourtant tu sens à son entrée quelque chose d'anormal.

À peine Blancpain a-t-il présenté ses hommages, sur un ton plus contraint que la fois précédente, voici la veuve froide qui se met à pâlir extraordinairement. Elle répond d'un air plus distrait encore que d'habitude. Elle contemple avec une anxiété visible des objets indifférents. Elle scrute les fenêtres d'un air incrédule, comme si des spectres ouvraient des bouches vides sous la neige du dehors. Ses doigts se crispent sur son collier, sur le tweed de sa jupe. Blancpain la guette d'un air inquiet, il lève le nez, ses narines se dilatent, comme le chien qui a déjà reçu un coup de pied dans l'échine et à qui on ne la fait plus. Il voudrait bien qu'on en finisse avec les politesses, mais n'ose pas aller trop vite, de peur que le fil ténu qui le relie encore à la collection ne se casse une nouvelle fois.

Enfin elle paraît se dominer, et invite le professeur à la suivre. Grâce à l'aide précieuse de M. Saurat, qui a bien voulu examiner quelques dossiers, elle y a vu plus clair, et pourra donc mieux orienter l'homme de science. Blancpain te jette de biais le regard de doute du même bon gros chien dont un roquet a vidé la gamelle de croquettes. Dans quelques minutes, le professeur Blancpain pourra enfin se goinfrer d'érudition, dans les éditions rares, les manuscrits convoités par les chercheurs et que les Japonais arracheraient aux Américains en salle des ventes pour le prix d'un loft à Manhattan. Ou bien il ne pourra pas, qui sait, on aurait envie de prendre les paris. Qu'est-ce qui parviendrait à l'en empêcher maintenant ? Quel malencontreux coup de téléphone ? Il y croit, tout tremblant de terreur et de désir mêlés, lui aussi froisse nerveusement des mains son veston, la sueur doit lui couler le long des vertèbres, il te tourne le dos, tu cesses d'exister.

Au moment de franchir la porte devant lui, la veuve froide se fige, et Blancpain, tout à sa concupiscence, manque lui rentrer dedans. Il se rétablit avec élégance, d'un habile mouvement du buste, accompagné d'un preste petit pas de côté. Durant deux secondes, elle ne bouge plus du tout, ce qui laisse le temps à Blancpain de te glisser un nouveau regard, où l'on pourrait doser avec assez de précision les parts respectives de la panique et de l'imploration. Tu ne peux t'empêcher, en dépit de la sympathie mêlée de compassion que tu éprouves envers Blancpain, d'en éprouver une brève jouissance.

Tu n'as que le temps d'esquisser un pas pour voler au secours du professeur décontenancé, Mme Van Reeth s'effondre, non sans grâce et avec assez d'à-propos, sur ton épaule, ce qui te permet de la laisser glisser sur le fauteuil crapaud tout proche, dans un mouvement à la chorégraphie bien coordonnée. Là, tu tentes de l'installer à peu près confortablement, à trente centimètres de Blancpain tétanisé.

Elle ne bouge plus du tout. Sur l'extrême pâleur de son visage, sa bouche engluée d'incarnat paraît un accessoire ajouté, une option saugrenue. Les deux fentes roses de ses narines sont resserrées à l'extrême. À présent, abandonnée comme jamais elle ne l'est, alanguie dans le fauteuil, presque dépourvue de vie, tu la vois telle que tu ne l'avais pas encore vue, pauvre vieux cadavre mélancolique et distingué, portant sur sa carcasse les vestiges d'une chair encore belle, mais qui ne lui appartient plus et dont il porte déjà le deuil.

Tout à coup, elle est là, penchée sur la veuve froide, sans que rien n'ait annoncé son apparition, comme si, émanée par des fissures du sol d'un gisement souterrain de bonnes, elle venait de se matérialiser au-dessus des tapis. Elle a miraculeusement le matériel nécessaire. Elle s'active autour de la veuve froide et marmonne ses antiennes babéliques.

Au bout de quelques instants, Mme Van Reeth ouvre enfin les yeux et vous regarde d'un air lointain, comme si elle ne vous connaissait pas. La bonne émet quelques déclarations fermes mais obscures. Comme elle les répète avec force, il finit par devenir clair qu'elle vire tout le monde du salon, et qu'il n'est pas question que sa patronne s'adonne à quelque activité que ce soit durant les heures qui viennent, et sans doute au-delà. Mme Van Reeth s'excuse faiblement, elle ne sait plus comment se faire pardonner, c'est vraiment trop bête, un tel concours de circonstances, cet évanouissement ridicule, mais là, c'est vrai, avec la meilleure volonté, rien à faire. Plus tard, sans doute.

C'est la fin. Plusieurs visages successifs passent très vite sur la face de Blancpain, branle-bas à l'intérieur du corps professoral, ancêtres, pulsions, émotions se bousculent au portillon des lèvres et des yeux, à qui prendra l'initiative, trouvera la réponse, tandis que le corps reste figé dans le costume, serviette à bout de bras, telle la statue en pied de l'enseignement supérieur. Et puis Blancpain redevient Blancpain tout seul, tout désemparé. Il renonce, il est vaincu. Il bredouille quelques formules polies, et d'un coup file vers la sortie. Tu parviens à le rejoindre à la porte d'entrée. Tu lui serres la main. Il te regarde, ouvre la bouche, la referme. Sa petite silhouette à sacoche s'éloigne sous les arbres du parc, qui se délestent sur lui de leur neige. La nuit le gobe distraitement.

Dans le salon, Mme Van Reeth va beaucoup mieux. Elle a repris des couleurs, vérifie son maquillage dans un miroir de poche, te propose un peu du thé que la bonne est en train de préparer. Il n'est plus question de l'incident. Elle n'évoque pas non plus ce corps gonflé sorti des eaux noires, étalé sur la rive d'un fjord écossais, tas de chair indistincte sous une pluie grise. Pas de visage, pas de forme, dévoré par places, pourri ailleurs, plus proche du mollusque géant que de l'humain.

Un temps cette image s'est confondue pour toi, pour elle aussi sans doute, avec celle de Georges Van Reeth. Vous commenciez à vous y habituer. Au fond cela ne lui allait pas si mal, cette métamorphose. Tu imaginais même qu'il avait retrouvé là son vrai visage, ou plutôt son mufle atroce, cadavre de bête abyssale longtemps dissimulé dans le complet veston d'un érudit courtois.

Que la veuve ne soit, derechef, éventuellement plus veuve, cela ne la fait pas sourciller un seul instant. À croire qu'elle le savait dès le départ. L'élimination de ce cadavre n'empêche certes pas qu'il y en ait un autre, le bon, celui du collectionneur, tranquillement occupé à se déliter au fond de la mer des Hébrides, parmi les calmars et les vieux pneus. Mais l'impavidité de Mme Van Reeth porte à supposer qu'il n'en est rien, qu'elle sait bien où est Georges, quelque part à Édimbourg, aux îles Caïmans, ou beaucoup plus près, avec, qui sait, une moustache en plus, voire du nez en moins, continuant à surveiller ses affaires, sa collection, sa femme et les fidèles adeptes de sa petite secte. Préparant son retour sous une autre forme, tel un Ulysse délétère, pour dévider les tripes de ceux qui ont usurpé leur place, Lecorre dans le rôle du Grand Prêtre, Saurat dans celui de l'amant. À moins que cela ne l'arrange, qu'il ne trouve des avantages dans sa neuve transcendance, divinité hors du monde des vivants. Être le spectre redouté. L'ombre aux vitrages dont le bref passage fait trembler. Le soupçon d'un sourire traversant la surface du grand vase qui trône sur la table de la salle à manger, pendant les repas du cercle, et dans lequel la servante babélienne dépose rituellement des offrandes de chrysanthèmes ou de cinéraires. Peut-être manipuler son propre cadavre lui permet-il de mieux contrôler le jeu tout en restant à l'abri. Quelle hypothèse préfères-tu ?

Il faut reconnaître que tu t'installes sans difficulté dans le rôle de l'usurpateur, de la marionnette, avec tout ce qu'il comporte, être manipulé, un jour être détruit. Il te soulage du poids de devoir être quelqu'un. Tu quittes déjà la peau falote de Gilles Saurat. Endosseras-tu jamais complètement l'épiderme écailleux et froid du collectionneur ? Tu rêves que ton portrait figure dans la galerie réservée aux figures troubles, aux éminences grises, aux bras droits, aux seconds couteaux, aux éternels prétendants, aux agents doubles, aux traîtres, aux fantoches, à tous ceux qui ont possédé sans posséder, été sans être et dont on se souvient sur ce mode incertain qui ressemble à l'oubli. Ils ont exercé le pouvoir comme une dissolution, leur présence a tenu de la disparition, leur gloire de la honte, leur ascension s'est conclue sur la chute, la fuite, le suicide, le retournement ou l'occultation. Car ils ont compris qu'à la domination absolue sur ce monde il manquait encore, pour s'accomplir pleinement, ce qui la détruit et la ronge, le vide où s'abîmer. Tu suivrais volontiers certaines notes, certaines théories esquissées dans quelques dossiers de l'ordinateur, et dont il ressort, au milieu d'un fatras de spéculations ésotériques, que le vrai dieu, ou tout au moins son vrai prophète, est celui qui pend à un arbre nu, dans l'obscurité, la bourse aux trente deniers ouverte à ses pieds.

Plus la veuve froide exige d'humiliation, plus elle semble en dehors des nuits t'ignorer ou te mépriser. Tu n'es plus que le domestique chargé d'étancher silencieux sa soif de douleur. Avec soumission, tu remplis son calice. Dans sa jouissance affreuse, elle balbutie des phrases incohérentes. Toutes sortes d'êtres parlent par sa bouche, comme pour les possédées ou les hystériques d'autrefois. Elle est Mme de La Motte, Phèdre, sainte Lydwine, Jeanne d'Arc, une accidentée de la route, une dinde télévisuelle, n'importe qui. Et puis plus rien, elle redevient la silhouette découpée à la vitre, l'odeur flottant dans le salon, jusqu'à ce que la nuit recueille ses ondulations et ses frémissements de couleuvre tronçonnée.

L'ordinateur ne cesse de dégorger ses informations et ses photographies, aussi inépuisable que la collection. Certains dossiers développent, par fragments, les éléments d'une doctrine ésotérique. Elle semble avoir été en cours d'élaboration, car on retrouve, à des dates variées, les mêmes passages, corrigés ou complétés. En fait, il pourrait s'agir des divers brouillons et notes d'un grand traité inachevé. Impossible de distinguer làdedans une cohérence évidente. L'érudition de Georges Van Reeth (s'il est bien, comme il est logique de le supposer, l'auteur de ces documents) y déverse de manière incontrôlée, par cargaisons, néoplatoniciens, pythagorisme, Hermès trismégiste, alchimie, templiers, rosicruciens, Baphomets, rebis, lions verts, dragons tricéphales, ouroboros, kabbale, évangiles apocryphes, gnostiques, sataniques, convulsionnaires, théosophie, spiritisme, tarots, Graal, *naturphilosophie*, magnétisme, talmudisme, théurgie, martinisme, Swedenborg, francs-maçons, grand et petit Albert, géomancie, goétie, Boehme, Cagliostro, Saint-Germain, Maïer, Irénée Philalète, Paracelse, Nostradamus, les Grands Anciens, les Pyramides et tout le tremblement, ménagerie qu'il cornaque à l'aide de formules amphigouriques.

Des parties les plus claires, il ressort tout de même quelques constantes, développées de manière obsessionnelle. Depuis l'Antiquité, un complot à l'échelle de l'humanité s'est mis en place, qui a pour but de la pervertir, de souiller la pureté de la race originelle. Seuls quelques initiés sont dans le secret, qu'ils se transmettent à travers les siècles. L'histoire telle qu'on l'enseigne est un leurre gigantesque. La vraie cause des grands événements historiques est à chercher dans des décisions secrètes qui échappent au commun des mortels. Les Juifs comptent au nombre des instruments du complot, ainsi que le Vatican, les Francs-maçons et une foule de grands personnages politiques ou intellectuels, depuis Jésus jusqu'à Roland Barthes, Spielberg ou Clinton, en passant par Luther, Napoléon et Freud. De petites cellules de résistance se sont mises en place. Elles se transmettent la doctrine secrète qui permet de préserver un peu de la pureté originelle. Là, les choses se compliquent encore.

Pour l'immense majorité des humains, le complot a réussi, semble estimer l'auteur des notes. Ils sont réduits à l'état d'un troupeau de sous-hommes, souillés, dégradés, stupides. Le christianisme, la démocratie, la technologie et la télévision comptent parmi les principaux responsables de la situation. Quelques-uns, toutefois, peuvent encore être sauvés. La tâche des cellules de résistance consiste à les repérer, à éveiller leur conscience, à les regrouper et à les aider à ne pas succomber.

Sur certains points les notes vont plus loin que le bric-à-brac ésotérique standard. Ceci, par exemple : ce long travail doit débarrasser l'initié des tabous les plus profondément inscrits dans l'humanité depuis l'origine : ceux qui touchent au meurtre, à l'inceste, à l'anthropophagie. S'il parvient au terme de l'initiation, il peut espérer accéder à des pouvoirs supérieurs (sur la nature desquels les dossiers de l'ordinateur restent évasifs), accroître sa longévité, voire atteindre certaines formes d'immortalité, en passant d'une identité à l'autre, d'un corps à l'autre. Sur l'initiation elle-même, le texte se montre encore moins clair. Il est question de sacrifices permettant d'entrer en communication avec des entités spirituelles très puissantes ou de les éveiller en soi. Les passages les plus inquiétants évoquent diverses manipulations à accomplir sur des corps humains, vivants ou morts. Certains organes constituent une matière première essentielle, que l'on peut préparer, transformer, s'incorporer.

Depuis peu de temps, c'est-à-dire depuis la séance dirigée par Lecorre, tu entrevois la nature de telles manipulations. Un compte rendu de cette séance, à titre de document annexe, figure parmi les notes de Van Reeth :

Une fois le seuil franchi, tu t'es trouvé dans un salon bourgeois quasi vide, démodé, où t'a accueilli une petite femme entre deux âges, chignon et cheveux gris, discrète et brève. On avait allumé, déjà. La pièce évoquait la neutralité d'une salle d'attente, ce qu'elle avait peut-être été. Murs et sol portaient des marques de déchéance, traînées de poussière, auréoles et taches. Près de la fenêtre, un homme se recroquevillait dans un fauteuil roulant. Le Dr Huine, sans doute. Il avait dû être très grand. Il ne restait pas grand-chose de lui, comme s'il s'était momifié là, près des plis des rideaux, dont on ne pouvait s'empêcher d'imaginer que la texture sèche et flasque était identique à celle des mains qu'il gardait crispées sur les accoudoirs de sa petite machine. De même, on ne pouvait pas voir celle-ci autrement que comme l'excroissance extérieure du squelette, qui paraissait s'apprêter à écarter de ses phalanges froides la tenture de peau pour faire son apparition désolante, vieux monstre de rebut, centaure mécanique fait de pièces de récupération.

L'homme à roulettes n'a pas soufflé mot durant la petite conversation que tu as eue avec ce qui devait être son épouse. Il s'est contenté de coller sur ton veston, avec obstination, deux yeux humides et sans couleur, tout ce qui restait d'un peu lubrifié sur ce pantin froid. Elle parlait d'une voix neutre, et l'accent de cette voix paraissait traduire avec exactitude dans l'univers sonore la tristesse blanche de ce milieu d'après-midi hivernal, évident et fixe, comme si transparaissait enfin le fond de l'air, le fond des choses, destiné à s'installer pour l'éternité, paisiblement désespéré, enfer indifférent.

La petite dame t'a fait monter un escalier et suivre un couloir gris, entre des portes closes. Elle t'a introduit dans un cagibi obscur, semblable à celui du café au bord de la nationale, ou à celui qui jouxte la salle de bains des Van Reeth. À croire que le cagibi à rideaux était une spécialité logroise. Elle t'a désigné du doigt un panier à terre. Il était plein de visages grimaçants. Tu t'es souvenu de ses explications et tu as pris au hasard. À en juger par ce que tu pouvais distinguer dans la pénombre, c'était un masque de Georges Marchais. Cela semblait attester de l'ancienneté des activités de la maison. Les deux côtés du cagibi étaient dissimulés par un long rideau. La petite dame a tiré légèrement sur celui-ci, pour t'introduire. Tu avais l'impression de passer des coulisses à la scène.

En fait, de l'autre côté du rideau, il n'y avait qu'un mur, et, à hauteur de visage, un carré d'une matière plus luisante, que tu as d'abord pris pour un miroir. De fait, en dépit de l'obscurité presque totale, tu distinguais, dans le carré, à quelques centimètres devant toi, les contours de ton visage. C'était une impression curieuse que de se trouver debout, coincé dans l'étroit intervalle séparant un rideau et un mur, le nez contre cette ombre attentive, comme si Lecorre et l'hôtesse avaient ménagé cette secrète rencontre avec toi-même.

Tu n'étais pas seul dans le cagibi. À ta gauche, tout près, tu percevais des souffles, de légers remuements. Combien étiez-vous, ridiculement rangés contre un mur, comme des vêtements dans une penderie ? Chacun sans doute dévisageant son double obscur et le brouillant de son haleine. Le caractère grotesque, inquiétant et vaguement sale de la situation t'a décidé à partir. Tu allais le faire. Tu tardais pourtant à te détacher de l'ombre dans le miroir, qui semblait te retenir de faire les gestes nécessaires, te retourner, lever le bras, écarter le rideau, traverser le cagibi noir dans un grincement de parquet de bonne maison provinciale.

Au moment où tu esquissais le mouvement, le miroir s'est éclairé. Vous étiez quatre entre mur et penderie, autant que de carrés lumineux. La lueur qui en émanait révélait trois faces grotesques, équipées de nez monstrueux, d'arcades protubérantes et d'appendices divers, plus ou moins tordus. Tes collègues avaient préféré des masques d'Halloween, plus au goût du jour, plus propres aussi sans doute à les soutenir dans le rôle qu'ils devaient jouer. Ils devaient trouver plus aisée la monstruosité avec un masque de monstre, et sans doute se réjouissaient-ils tout à l'heure, dans le noir, face à la vitre réfléchissante, de se faire peur à eux-mêmes. Tu n'as pas eu le loisir de les observer beaucoup (il devait y avoir une femme), immédiatement captivé par ce que révélait le carré lumineux.

Il s'agissait en fait d'une lucarne donnant dans une

pièce très haute et violemment éclairée. Les fenêtres d'où vous contempliez cette pièce en contrebas se situaient donc presque au niveau du plafond, à hauteur d'un étage au moins. Tu voyais parfaitement ce qui se trouvait dans la pièce, mais l'obscurité où tu étais plongé, et un très léger voilage, ajoutés à la hauteur des fenêtres, empêchaient sans doute qu'on te vît, ainsi que les trois autres. Cela donnait l'impression curieuse d'une domination panoptique du lieu, l'illusion d'y plonger un regard de dieu ou d'esprit.

Ce que tu as vu dans la pièce continue à te travailler.

C'était, à première vue, un cabinet médical ordinaire, plutôt cossu : un bureau empire, des tapis d'Orient épais, des gravures, des lampes art déco, quelque chose de bourgeois, de feutré, de rassurant. Puis, décalée par rapport à votre point de vue, une table d'examen entourée d'armoires vitrées qui devaient être restées intactes depuis l'entre-deux-guerres. Tu apercevais, juste en dessous de toi, le crâne chauve et pointu de Lecorre penché sur des papiers. Un tableau banal.

Pourtant, à y regarder de plus près, on finissait par y découvrir des bizarreries, bien dissimulées, comme des énigmes glissées dans un tableau réaliste. De nombreux instruments médicaux se trouvaient alignés dans de grands plats de métal posés sur un meuble bas, à côté de la table d'examen. L'acier impeccablement nettoyé renvoyait des éclats de lumière tranchants. Sans que tu fusses capable de leur donner un nom ni de toujours identifier leur fonction, cet étalage présentait une configuration familière. Scalpel, spéculum et consorts. Rien qui appelât un regard attentif. La distance à laquelle tu te trouvais n'a pourtant pas empêché ton regard d'accrocher sur certaines aspérités. Des matières plus mates, moins de chrome et d'acier. À la couleur, bronze ou laiton plutôt. Des formes très éloignées du design profilé de l'instrument moderne. Des complications où il semblait que la part ornementale eût autant d'importance que la fonction. Comme des carapaces desséchées d'insectes, anneaux, mandibules, chélicères et antennes. Pinces, lames, appendices à l'usage indéterminé. Peut-être des objets de collection, mêlés aux instruments utiles, des outils venant des temps héroïques de la chirurgie. Cependant, certains d'entre eux ne t'étaient pas inconnus. Pourquoi ? Tu cherchais, comme on tente de faire remonter à la mémoire un nom familier.

Et puis tu les as identifiés. Les instruments figuraient dans la vitrine du collectionneur, les mêmes, exactement. Tu as compris la cause du malaise. Leurs formes ne les désignaient pas pour se plier aux nécessités du corps humain. Ils étaient faits, non pour réparer la chair, mais pour la refaire, la métamorphoser, la soumettre à leur autorité. La table d'examen, d'un modèle inusité, présentait elle aussi un détail curieux. Elle était équipée d'étriers pour les pieds, mais aussi de bras métalliques dépliés de part et d'autre. Aux quatre extrémités pendait un bracelet de cuir.

Tu savais, on te l'avait expliqué, que ce qui allait se passer dans les minutes qui suivaient ne constituait que le début de la cérémonie, une introduction solennelle à ce qui devait se dérouler par la suite, qui tirerait sa substance de cette espèce de scène primitive. Mais une fois franchi ce premier pas, on te l'avait bien fait comprendre, il ne fallait pas espérer revenir en arrière. Cela valait intronisation dans le dernier cercle, celui des vrais initiés. L'idée t'avait amusé, mais à cette seconde, en compagnie des masques grotesques, au-dessus de cette scène paisible et fixe, elle parvenait à t'inquiéter malgré tout.

Le tableau à vos pieds demeurait silencieux. Lecorre a levé la tête, quitté son siège, et puis s'est dirigé vers l'extrémité gauche de la pièce, a ouvert la porte. Il y a introduit un deuxième personnage. Tu éprouvais l'impression, hallucinante de précision, d'assister à une pantomime depuis un balcon de théâtre. Le personnage était une très jeune fille, tout juste adolescente. Tu distinguais mal ses traits, sous les longs cheveux blonds. C'est à ce moment que la cérémonie a commencé.

*
**

Décidément, il te connaît bien, l'ordinateur du collectionneur. Il participe à ta vie intime. Il a l'œil partout. Depuis que tu déniches ce genre d'informations dans ses arborescences, toujours assorties des dates les plus fantaisistes, tu as bien entendu développé quelques hypothèses sur leur provenance. Un peu faibles, tes hypothèses. Il ne faut pas seulement supposer que quelqu'un te surveille de très près, mais en outre qu'il a un accès régulier à l'ordinateur. Qui ? La veuve froide ? La bonne polyglotte ? On les imagine mal recopier les comptes rendus de tes journées et de tes nuits. Quelqu'un d'autre qui fréquenterait la maison Van Reeth à ton insu, introduit par la veuve froide, ou qui l'habiterait sans que tu le saches. Qui jouerait avec toi, depuis le début, qui t'induirait en tentation, te ferait prendre le fantasme pour le réel (et vice versa).

Oui, oui, mais il y a plus simple. Tu n'y as pas pensé ? Pourquoi est-ce que tu ne taperais pas toi-même tes petits textes sur l'ordinateur ? Nulle difficulté insurmontable à le supposer. Tu ne serais pas le premier à avoir deux consciences bien cloisonnées. Du somnambulisme, si tu veux. Conscience n° 1 vit et se croit toute seule. Conscience n° 2 mène ses petites affaires intermittentes de son côté, surveille n° 1 et la persécute avec ses petits textes.

Ce qui serait vraiment amusant, c'est qu'à force de lire les textes inventés de toutes pièces par n° 2, tu te sois persuadé d'avoir vu des choses que tu n'as en réalité jamais vues. Tu te fabriquerais une vie que tu t'écrirais sans le savoir. Tu t'incorporerais ce passé à mesure que tu le créerais. Bien sûr, tu es convaincu d'avoir vécu ces événements et de les retrouver sur l'écran, mais on pourrait imaginer une impression de déjà-vu particulièrement intense. Tu es épuisé en ce moment. Tu parviens à peine à faire la différence entre le jour et la nuit. Pour les gens qui manquent de sommeil, conscient et inconscient perdent de leur étanchéité, les visions du rêve se déversent dans la veille. Le temps se met à suivre un cours aberrant. Des fantômes se glissent entre les draps, traversent le fond des couloirs obscurs, des chansons lointaines montent des bondes des lavabos. Tu reconnais les symptômes ?

Mais il est probable que c'est ce qu'on veut te faire croire. Lecorre avec ses considérations sur la grande fatigue. Les rapports informatiques qui tendent à te laisser supposer que rien de ce que tu es n'échappe à une conscience supérieure, que tu lui es entièrement transparent, qu'elle pourrait faire de toi ce qu'elle veut. Qu'elle est en toi. On veut faire de toi ton propre ennemi. On cherche à t'égarer.

Rien de tout cela ne t'échappe à présent. Tu ignores encore de quelle manipulation exacte il s'agit, mais il y en a une. Tu ne sais pas quel devra être ton rôle, mais il y en aura un. Tu gravites autour d'une masse noire, tu t'en rapproches à chaque révolution. Un jour il faudra bien qu'elle t'absorbe.

Une autre voix te murmure de partir, de laisser Logres et ses charmes pour filer au plus vite vers n'importe où. Tu n'es pas près de reprendre les cours, suis la voix, profites-en. Oui mais où aller ? La maison de ta mère, qui ne se vend toujours pas ? Tu imagines les sinistres après-midi à réchauffer des cafés dans l'impeccable cuisine intégrée, les salutations des voisins qui ramassent leurs feuilles. Non, dans un endroit où on te prenne en charge, par exemple une de ces maisons pour ceux que l'enseignement a rendus dingues ou dépressifs, avec un grand parc, un personnel compréhensif, des antidépresseurs et de pauvres types qui ont au moins le mérite de ne pas avoir trouvé la force de tenir dans le Système. Au fond, ce serait reposant de vivre de cette vie larvaire, en compagnie des rebuts, sans plus avoir à lutter. Une bonne ordonnance, et te voilà hors circuit.

Un matin, tu pars en voiture ; tu ne dis rien à Mme Van Reeth, qui doit dormir encore. D'ailleurs vous ne vous dites jamais rien. Un coup de fil, plus tard, devrait suffire, un passage rapide pour récupérer tes affaires. Tu n'aurais pas la force de filer s'il fallait donner à ce geste toutes les caractéristiques d'un départ définitif. Tu vas jeter un coup d'œil à la Maison Mutuelle de Morion-la-Forêt, histoire de voir ce que tu pourrais décider, voilà.

Tu n'arrives pas à Mauville. Ta 106 s'arrête sans à-coup, en pleine forêt, et refuse de parcourir un mètre de plus. Peut-être n'as-tu même pas franchi les limites de la commune de Logres. Tu rentres en dépanneuse. Pour une voiture avec ce kilométrage, déclare le garagiste, il aurait fallu penser à changer la courroie de distribution. Elle a lâché, les soupapes sont mortes. Compte tenu de l'air hébété que suscitent sur ton visage les termes de « courroie » et « soupape », il comprend qu'il se trouve devant un de ces cas qui exigent de la pédagogie. En gros, explique-t-il, le moteur a cessé de vivre. C'est bien triste. Vu le prix d'un moteur, autant envisager de changer de voiture, à moins de faire les casses et de dénicher un moteur de 106 en état de marche. Ça se trouve.

Tu regagnes à pied la maison Van Reeth, en lui laissant l'épave. Logres refuse décidément de te laisser partir. La panne sert d'alibi à ton indécision. Tu ne quittes pas Logres, sans vraiment vouloir y rester. D'une certaine manière, tu n'y es pas. Il y a bien la gare. Il faudra que tu y songes, plus tard. Tu n'as jamais repris le train depuis ton voyage d'arrivée, sinon dans tes rêves ; la perspective du hall où traînent les bandes avec leurs molosses noirs et du voyage interminable dans un compartiment vétuste suffit à te faire reculer.

Le soir même, tu es à nouveau assis dans le fauteuil de Georges Van Reeth, à son bureau. L'écran de l'ordinateur ressemble à une flamme froide dans une clairière éloignée. Autour de toi, des milliers de livres grimpent aux colonnes des étagères dont le sommet se perd dans l'obscurité. Ils se replient sous leurs ailes noires et te regardent à la dérobée. Des feuillets aussi pâles que des ossements se glissent hors de dossiers entrouverts, des vitrines semblent prêtes à déverser leurs entrailles de papiers dévorées par la vermine noire, grouillante, innombrable des signes. Tu entends des souffles, parmi lesquels il y a le tien, des frôlements, les effondrements de la neige, la voix gargouillante des flux qui explorent des tuyauteries lointaines.

Tu es à ta place dans ce sabbat immobile, tu es le collectionneur, ou sa créature, son substitut, son homme de paille. C'est ainsi que s'énonce la tentation, ta tentation à toi, exactement prévue pour toi, calculée pour ton âme insipide. Tu commences à comprendre pourquoi la tentation peut être horrible. À regarder les *Tentations de saint Antoine*, tu te demandais ce que les monstres qui grouillaient devant l'ermite pouvaient bien avoir d'attirant, comment ces bestioles de cauchemar représentées par Bosch, entre l'immonde et le grotesque, risquaient de le détourner de sa vocation, alors qu'elles eussent paru repoussantes ou terrorisantes à n'importe qui. En ce moment tu comprends. Tu sais la bouffonnerie abjecte du petit cercle, de ses pratiques, de sa doctrine. Mais aucune importance : c'est cela que tu veux (que veut celui qu'ils ont réveillé en toi, et dont la vie appartient à l'ordinateur, avec celle des autres). Non pas en dépit de son abjection, mais à cause d'elle. Tu désires qu'elle t'appartienne comme on désire avec effroi la gueule immonde du vide qui bée sous les pieds. Ton cœur bat plus fort. Il fait noir et froid, cela pue atrocement, mais tu t'apprêtes à baiser le cul du démon. Tu vas tout lui donner. Que peux-tu y faire ?

Cette nuit, tu ne dormiras pas dans ta chambre, tu vas rejoindre la veuve froide qui se débat dans les méandres des draps. La salle de bains est monstrueuse et verte. Baignoire et lavabo s'y étalent comme des carcasses de sauriens. Un visage paraît sur la grande scène du miroir. Celui d'un pierrot irréel, maigre et blême, un demi-sourire aux lèvres. Il accomplit sa pantomime habituelle, très précis, très professionnel. Tu hésites à mettre un nom sur ce corps de vieil acteur. Il fait trop chaud, une goutte de sueur coquine se risque sur le front du saltimbanque. Mme Van Reeth a toujours froid. Ses pieds, ses mains sont en permanence glacés. Aussi laisse-t-elle la bonne babélique se déchaîner sur la grande chaudière de la cave, concocter des températures à faire fondre les vitres. Et puis les tuyauteries dégorgent par accès des odeurs aussi violentes que si le corps du passé tout entier se décomposait dans le secret de leurs réseaux. Tu ouvres la fenêtre pour recueillir du froid. Dans l'autre aile de la maison, une fenêtre est allumée, la plus petite. Celle de ta salle de bains. Et, derrière le verre dépoli, cette colonne rose un peu floue passerait difficilement pour une illusion. C'est toi qui es là-bas, dans tes apparte-ments. Qui d'autre ? Toi, ou plutôt celui que tu étais encore, et qui achève de se dépouiller de lui-même, de disparaître dans le passé, avec les souvenirs, les rêves et les eaux sales. Toi, qui que tu sois, tu es passé de l'autre côté. Tu es le collectionneur, tu as toujours été le collectionneur. Tu es sorti des eaux profondes, tu as emprunté cette peau d'occasion, cette défroque de pauvre prof, et tu es revenu, tant bien que mal, prendre ta place.

XXI

Tu éprouves d'abord une sensation de chaleur, de malaise, comme si l'on t'avait enfoui dans des étoffes brûlantes. Tu voudrais te réveiller, tu n'y parviens pas. Des sucs moites te travaillent la peau. Tu perçois une odeur de poussière froide. Tes yeux sont fermés, tu voudrais les ouvrir, mais un poids énorme s'oppose à tes efforts. Tu comprends que tu dors. Enfin, tu parviens à soulever les paupières. Tu es plongé dans une pénombre qu'altère seulement une lueur bleuâtre de veilleuse. Devant toi, une vitre où palpitent les réseaux mobiles de l'humidité. Dans ton esprit, ces circuits complexes représentent avec certitude la projection de certaines de tes structures intimes, mais tu ne peux pas les reconnaître : s'agit-il d'une coupe de tes connexions neuronales ? Une partie de ton réseau lymphatique ?

Le ciel, de l'autre côté du vitrage, déverse quelques points de neige dans le gris du brouillard. Il fait presque nuit. C'est l'arrêt du train qui a dû te réveiller.

D'abord tu ne sors pas complètement du sommeil. Tu ne sais pas où tu es, d'où tu viens, quelle est l'heure, l'époque. Ces informations vont remonter lentement, mais pendant un certain temps elles demeureront à l'arrière-plan de ta conscience, qu'accaparent des images d'autres années, des souvenirs que tu ne reconnais pas toujours, mais qui t'emportent, les uns après les autres, sans que tu contrôles rien. Le train reprendra sa route, traversant des concrétions de brumes, des quais déserts au-dessus desquels flottent comme des bouées les halos des réverbères.

Tu es emmené à la fin de ta vie avec Marielle, au moment où elle commençait à se désancrer de toi pour dériver vers des régions où, tu l'ignorais encore, elle s'enfoncerait seule, et où tu la regarderais disparaître sans rien faire. Tu replonges dans un autre moment de léthargie, alors que dans le noir absolu tu peinais, là encore, à te retrouver. Tu entendais une respiration. Celle de Marielle, prise dans ses soliloques, qu'elle déversait sur tes membres engourdis comme pour s'en défaire, t'y engluer, et pouvoir enfin t'abandonner. Incapable de faire quoi que ce soit, tu attendais que cela vienne d'elle.

Elle te racontait ce qu'elle faisait de ces journées où vous aviez pratiquement cessé de vous voir. Elle était déjà lasse des petites partouzes qu'elle fréquentait sans toi, où la besognaient tour à tour d'interchangeables bourgeois. Faire l'amour (si l'on peut employer cette expression à ce propos) était encore une manière honorable de dominer la situation. De ton côté, tu avais déjà épuisé l'épice de cette infidélité démultipliée. Elle cherchait d'autres manières d'être dépossédée d'elle-même. Elle racontait sa vie intime à des imbéciles qui s'empressaient, elle le savait, d'aller répéter partout ses confidences, mais cela ne lui laissait, te confiait-elle, qu'un peu de honte et d'écœurement. Il fallait sans doute en passer par là.

Cela ne t'intéressait plus. Elle ne s'est pas présentée au concours, et au moment où tu l'as réussi vous ne vous voyiez déjà plus qu'épisodiquement. Tu as su ensuite, par un ami commun, qu'elle faisait l'actrice pour films hards, modèle pour revues pornos bas de gamme. Il fallait qu'elle redouble l'exhibition en la racontant de préférence à tous ceux dont elle savait que cela leur répugnerait. Elle avait eu l'idée aussi, et s'en était vantée, de prêter son corps aux amphithéâtres de médecine, pour que des centaines de carabins puissent tour à tour fouiller ses replis intimes. Elle se livrait aux plus vieux, aux plus sales ou aux plus vicelards des quidams qui traînaient dans les milieux du porno.

Si ça se trouve, elle n'est plus qu'une pauvre chose flétrie, vendue par un mac à des routiers, levant, pendant qu'ils la besognent dans le camion, les yeux vers le ciel absent en y cherchant l'extase. Et sans doute elle ne continue que par impossibilité de faire autrement, d'admettre sa vie détruite par le rêve absurde qui la tenaille encore.

*
**

On entend des pas, des chocs sourds, des cris, de gros rires, et d'abord tu te représentes que cette foule anonyme et ricanante est celle à laquelle Marielle s'est abandonnée, ce à quoi désormais elle appartient, la fête grimaçante de son corps public, le hourvari de ses joies.

Le bruit se rapproche. On ouvre des portes, on frappe sur des cloisons. Le temps que tu comprennes que cela vient des coursives du train, et non de ta mémoire, que des gens ouvrent toutes les portes des compartiments, poussent des hurlements de bêtes, des cris clownesques, le panneau vitré obturé par des rideaux orange s'écarte, ils sont là.

Tu peines à accueillir l'énormité sonore et visuelle de l'intrusion dans la chambre encore étroite de ta conscience. Le compartiment semble subir tout à coup une étrange déformation, ses lignes s'incurvent, la perspective s'y écarquille sous la pression de ces têtes, de ces mains, de ces torses gigantesques, de ces rires lourds, comme la pression de l'eau déforme les cloisons, comme la masse des corps célestes courbe l'espace. Ton cœur importun bat trop fort.

Ils s'asseyent lourdement. Tu essaies de fixer ton attention sur les réseaux froids de l'eau contre la vitre, comme l'autre fois, lorsque la petite fille subissait les avanies de tes deux voisins. Mais leur présence énorme occupe tout l'espace de ta conscience. Il sont cinq : deux assis à ta gauche, trois en face de toi. Peut-être y en a-t-il un aussi dans le couloir. Deux molosses, le cou serré dans un collier garni de pointes d'acier, plantés en face de toi, te dévisagent. Après le fracas de l'entrée, le silence s'est installé.

Enfin tu trouves le courage de détacher le nez de la vitre. Tu essaies de promener un regard indifférent dans le compartiment. Ne pas arrêter les yeux sur les visages, en profitant de l'incertitude offerte par la pénombre. Juste montrer que les choses sont normales, que tu n'es pas recroquevillé par la terreur. Puis replier ton regard, le poser sur un lieu neutre, et tenir comme ça.

Les trois dont les corps démesurés s'étalent sur la banquette d'en face semblent avoir les yeux fixés sur toi. Leurs sourires se détachent dans la semi-obscurité. On dirait qu'un couteau ouvre une plaie rouge et noire dans la masse de chair de leurs têtes. Des prothèses en or brillent entre les trous d'ombre. Sous les calottes rasées des crânes, les faces semblent anamorphosées, effondrées par endroit, gonflées ailleurs. Des cicatrices les entaillent. Gueules malsaines, souillées, pour lesquelles il ne peut plus y avoir de grâce, tant elles la nient. Et, puis sortant des blousons en paquets rouges et bleus, des cous, des mains où grouillent les tatouages comme de la vermine. Aux cous, des chaînes. Aux doigts, des bagues aux reliefs coupants. Une des mains serre le goulot d'une bouteille de vin vide.

Ils rient silencieusement, ils pouffent, sans cesser de chercher tes yeux, d'explorer ton visage. Ils déchirent des packs de bière et vident les canettes à grands traits, puis les jettent sur le sol, où ils crachent. Après quoi, ils rotent avec satisfaction. Un bruit prolongé, déchirant, une espèce de plainte grotesque domine le bruit du verre et des rots. Un pet, monstrueux, suivi d'éclats de rires.

— Salaud, tu vas nous polluer l'air.

— Bonjour la caisse.

— Ouvrez les fenêtres.

— Enfoiré, t'es avarié du bide, ou quoi ?

— Qu'est-ce que le monsieur va penser ?

— Excusez-le, monsieur, c'est un gros porc.

— Eh, mais c'est lui, regardez.

— Ouais, enculé, c'est lui.

— En personne.

— On le cherche, on le cherche, et puis on tombe dessus sans le vouloir.

— Pas croyable.

— C'est d'enfer, non ?

— Putain, t'as raison, comment on va s'éclater.

Les visages se rapprochent, les épaules, à ta gauche, pèsent plus lourd sur les tiennes.

— Coucou !

— C'est nous !

— Les grands méchants loups.

— T'es pas contente de nous voir, ma biche ?

— Hein, ma petite couille ? Tu remues pas ton petit cul, tellement t'es contente ?

— Hou là, mais c'est qu'il fait la gueule.

— Ouais, t'as raison, il a pas l'air content de nous voir.

— Pas sympa, putain.

— Ouais, style tu pues de la gueule, quoi.

— Qu'est-ce qu'on lui a fait ?

— On est bien poli et tout.

— C'est vrai, quoi, enculé, on est de la même famille, presque.

— Pourquoi tu fais la gueule à des gens qui sont presque de ta famille, et tout ?

— Qu'est-ce qu'on t'a fait ?

— On lui a pas défoncé la gueule à coups de Doc Marten's, non ?

— Ben non.

— On lui a pas enfoncé une bouteille de bière dans le cul.

— On l'a pas obligé à nous pomper.

— On n'a pas éteint nos cigarettes sur son zob.

— On l'a pas fait bouffer par les chiens.

— On aurait pu, pourtant.

— Ouais, c'est clair.

— On a été sympa et tout, alors que bon, il a quand même fait chier nos copains, non ?

— C'est clair.

— Y en a qu'ont pas eu autant de pot.

— Il se l'est joué redresseur de torts et tout.

— Mais bon, du moment qu'il est un peu de la famille, on a été cool.

— Ouais mais ça, il comprend pas.

— Pourtant il est intelligent.

— C'est le plus intelligent.

— On va essayer de lui faire comprendre. Faut qu'on s'explique.

— Explique-nous pourquoi t'es pas cool avec nous.

— Eh, on te parle.

Tu fais l'effort de ramener ton regard de la fenêtre, et de le poser à nouveau sur eux, l'un après l'autre. Trop de bras, de dents, de crânes. Tu te sens minuscule parmi cet excès de matière brute qui t'écrase dans ton coin de compartiment. Tu articules un « je ne comprends pas ce que vous voulez, je ne vous connais

410

pas » qui te désole par son manque de fermeté, le fléchissement audible de la voix.

— Mais si on se connaît. On s'est vus souvent.

— Peut-être qu'il nous voit mal, peut-être qu'il est myope et qu'on n'est pas assez près pour lui.

Brusquement deux des hommes sont sur toi. Tu te sens soulevé, plaqué contre la vitre du compartiment où ils te maintiennent, bras écartés. Le froid traverse ta veste, atteint ta peau trempée de sueur. Tu sens l'odeur fauve exsudée par leurs blousons. Celui qui parlait le plus fort, une créature contrefaite, aussi large que haute, se plante en face de toi, tout près. À quelques centimètres de la tienne, sa bouche exhale une haleine atroce. Sa face couturée raboute pièces et morceaux, rebuts de traits humains ramassés parmi les crachats et les excréments de chien. L'ensemble donne l'impression d'une douleur ricanante, comme si on avait planté sur ce tronc une tête de supplicié décapité après avoir été soumis aux plus abjectes tortures, et dont par des impulsions galvaniques on tirerait des grimaces réflexes.

— Écoute-moi, dit-il. Écoute-moi.

Et d'abord il ne dit rien d'autre, comme s'il était frappé d'imbécillité, « écoute-moi ».

— Arslan, c'est pas qu'il compte énormément. D'ailleurs c'est qu'un bougnoule. Un jour, s'il fait trop chier, on lui coupe un morceau.

Il extrait de son blouson un grand couteau, qu'il ouvre. La lame épaisse est dentelée.

— Nous, on coupe avec ça. Ça peut durer un moment. Ça dépend du morceau. Le gars, ça le calme. Les gens, ils savent comment on fait, et c'est pour ça qu'ils nous font pas chier, tu comprends.

Il range le couteau, prend tes joues entre les deux livres de viande durcie de ses mains. Tu sens le métal de ses bagues pénétrer ta chair. Il parle contre ton visage.

— Seulement Arslan est réglo pour l'instant, alors tu vas tâcher de le respecter, et de pas l'emmerder. Nous, on va le calmer. Parce qu'on t'aime bien, tu vois. Tu es un peu comme notre petit frère. Faut juste que tu fasses attention, quoi. Ça nous embêterait de corriger le petit frère. Faut que tu comprennes que tu fais partie de la famille. Arslan le comprendra aussi, t'en fais pas. Et puis quand tout ira mieux, on fera une grande fête ensemble, tu verras, un vrai festin, toute la nuit. On fera des trucs que t'imagines même pas. Ça viendra, c'est pas loin. Cette nuit-là, tu ne l'oublieras pas, tu n'en reviendras pas. Et puis on t'expliquera des trucs que t'as pas compris encore. T'auras pas de mal. T'es intelligent, toi. Tu vois, nous, on a bien quelques idées, mais on n'est pas super intelligents. Avant, on connaissait un type, un génie. Pas un type comme nous, un bourgeois, tu vois. On ne le voyait jamais, quasiment, mais il nous donnait des idées. Des idées incroyables. Un vrai fêlé. Il allait plus loin qu'on n'était jamais allés. On travaillait pour lui. Un Dieu, ce type, tu vois. C'était lui, le vrai grand méchant loup. Maintenant il a disparu. Personne ne sait ce qu'il est devenu. Paraît qu'il valait mieux pour lui qu'on n'en entende plus parler pendant un certain temps. C'est dommage, on n'a jamais retrouvé un type comme ça. C'est pas des bouffons comme toi qui pourraient le remplacer. Toi tu voudrais bien être le grand méchant loup, mais t'es juste un gentil mouton. N'oublie pas ça, quoi qu'il arrive.

Tu risques un faible : « Laissez-moi tranquille, je ne comprends rien à ce que vous dites. Foutez-moi la paix, maintenant. » Caliban s'adresse aux autres sans tourner la tête, sans cesser de souffler son haleine de cadavre à deux centimètres de ta bouche, ses yeux bleu pâle fixés sur les tiens.

— Le bouffon nous donne des ordres.

— Il fait le chef.

— Vous trouvez qu'il ressemble à un chef ?

— Pas des masses.

— Faudrait voir dans le détail.

On défait ta chemise, ta ceinture, on baisse ton pantalon sur tes cuisses. Pendant l'opération, ceux qui te tiennent s'arc-boutent sur les banquettes, de chaque côté, et tirent sur tes bras qu'ils écartent au maximum. Tes pieds ne touchent plus terre. La barre de métal de la fenêtre te brise le dos. Ta tête retombe sur ton torse, les cheveux poissés de sueur.

— C'est un corps de chef, ça ?

— Trop maigre. Plutôt un corps de clown.

— Vous n'y connaissez rien. C'est un corps de dieu, vous voyez bien.

— Il pourrait faire quelque chose pour nous, dieu.

— Ouais, ça serait cool d'avoir notre petit dieu personnel, qu'on pourrait transporter avec nous, et qui ferait tout ce qu'on voudrait.

— Pour ça, faudrait qu'il ressemble un peu plus à un dieu.

— Ou au moins à un mec. Ce serait déjà pas mal.

Caliban ôte la lourde chaîne qui pend sur sa poitrine et te la passe autour du cou. Il visse sa casquette noire sur ton crâne, à l'envers. Il ouvre tes doigts crispés et les referme autour du manche de son couteau, sous les rires et les exclamations des autres.

— T'as le couteau et la casquette, vas-y, montre-nous comment t'es un vrai chef. Allez, pique-moi, merde, fais-moi mal, donne-moi la trouille de toi.

— Rien à faire, même avec ça, c'est un bouffon.

— C'est pas grave, il finira bien par devenir un homme. Mais oui, ça viendra. Regardez-le : on aurait presque peur de lui. Vous marrez pas. Moi je vous dis que ce mec est un chef. Allez, montrez au chef comment vous le respectez.

Ils s'inclinent devant toi, se plient dans des saluts grotesquement exagérés. Caliban pose son museau contre ta joue, y dépose un baiser, te mord le lobe de l'oreille. Il récupère la chaîne, la casquette et le couteau que tu continuais à serrer machinalement.

— À bientôt, majesté.

Ils disparaissent. Tu restes debout, plaqué contre la fenêtre. En face, par-delà la porte du compartiment qu'ils ont laissée ouverte, tu aperçois une silhouette brouillée dans le cadre obscur de la vitre, comme une peinture nocturne, aux personnages rendus plus indistincts encore par l'ancienneté de la toile, l'humidité, l'abandon. Cela représente un homme pâle, débraillé, bras écartés, le chef couronné de cheveux hérissés.

La vision demeure face à toi, hallucinante, pendant très longtemps, puis elle se dissout. La trace pâle du visage persiste plus longtemps, très semblable à une tache lumineuse provoquée par une pression sur les yeux, et s'estompe à son tour. Tu es dans l'obscurité totale. La veilleuse du compartiment s'est éteinte. Tu ne sais même plus qu'il y a eu de la lumière. Tu ne sais rien. Il fait abominablement chaud. Ton corps s'embarrasse dans des plis d'étoffes collantes, tu ne parviens pas à t'en dépêtrer, et tes efforts inutiles te font transpirer encore plus. Enfin tu parviens à t'éveiller tout à fait. Tu n'es pas debout, mais allongé dans un lit, parmi des draps trempés. Tu brûles, des frissons parcourent ton dos. Tu as la fièvre. Avec de grands efforts, tu parviens à t'extraire de la moiteur marécageuse du lit. Tu t'assieds, d'abord, puis tu te lèves. La tête tourne. Tu trouves la fenêtre, écartes les rideaux qui sentent la poussière. Tu es devant le paysage familier du bois, sous tes fenêtres, devant lequel tu t'es si souvent ennuyé depuis que tu es à Logres. Il fait nuit. La fine couche de neige qui recouvre le sol répand une phosphorescence de théâtre. Le décor loqueteux paraît composé par un scénographe moderne : arbres malades englués dans des pendaisons de lierres, de mousses, de parasites végétaux, sapins calcinés, jaunis par un feu intérieur, branches cassées, débris d'écorce et de mousse souillant la neige. Ne manquent plus que les histrions avec leurs habituelles déclamations hystériques.

Imperceptiblement, les guenilles d'arbres se dédoublent, engendrent d'autres guenilles, comme si un panneau à l'arrière-plan glissait derrière le panneau principal. En dépit de la fatigue, de la fièvre ardente, tu es retenu, le front contre le carreau, devant cette mise en scène. Tu ne sais plus si les frissons qui continuent à te courir la peau comme des myriapodes sont issus de la maladie ou de l'angoisse qu'engendre le spectacle.

Des corps finissent par se détacher, très lentement, du fouillis végétal, comme ceux de sylphes encore pris dans l'épaisseur du bois. Plus ruinés encore, plus haillonneux que les arbres avec lesquels ils entremêlent et confondent leurs lambeaux. À bien les regarder, pour autant que l'on puisse y voir dans ce peu de lueur accordée par la neige, ce ne sont pas seulement leurs vêtements qui pendent en filaments déchirés. Il y a des cheveux, de la peau, des torses fendus, des excroissances qui sont peut-être des organes s'échappant des ventres crevés. Certains de ces êtres portent des casques, des vestiges de képis et de capotes grises. D'autres sont nus. À quelques-uns, il manque un bras, une jambe, la mâchoire inférieure. Les lèvres absentes découvrent des sourires fixes. L'ombre habite les orbites. Des os pointent. Ils se déplacent de manière hésitante, en trébuchant, semblables à des infirmes.

À force de reptations pitoyables, ils se rapprochent les uns des autres. Ils tentent de lever les bras qui leur restent, mais qu'ils ont du mal à commander. Ils veulent se toucher, mais il n'y a pas de main, parfois, pour s'avancer jusqu'au visage de l'autre. Ils ont la maladresse des nourrissons. Certains tombent, à bout d'efforts grotesques, et s'effritent à terre. Sur la neige boueuse, entre les vestiges de branches, il ne reste alors d'eux qu'un tas de guenilles, rien. Ceux qui s'atteignent s'unissent en étreintes clownesques de pochards qui se congratulent, se maintiennent dans un équilibre menacé, où l'on ne distingue plus quels lambeaux de peau ou d'étoffe appartiennent à l'un ou l'autre. D'autres, qui ont renoncé, s'affaissent contre un tronc.

Parmi ces dépouilles animées évoluent quelques corps nus de femmes, jeunes ou vieilles. Leur peau tendre fait mal à voir. Elles se plaquent contre l'écorce qu'elles entourent de leurs bras, se mettent à quatre pattes sur la neige. Les estropiés les rejoignent en clopinant, les prennent. Leurs corps déchirés se referment sur les corps intacts, les travaillent aux prix de soubresauts, d'agitations de pantins. Ils paraissent prêts à se désassembler dans ces luttes, ils peinent, s'écroulent, se reprennent, tandis que sous eux, contre eux, la chair blanche des femmes se tord sans discontinuer.

Quelques-unes des épaves en uniformes loqueteux ont lié l'une des femmes à un arbre et l'entourent. D'abord tu ne distingues pas ce qui se passe au milieu de l'amas de chiffons. Et puis, par des trouées, tu aperçois la chair rougie que l'on déshabille de sa peau.

Une des ménades nues te tourne le dos. On discerne, parmi l'agitation des vêtements terreux que secoue celui qui l'étreint, ses bras maigres qui s'écartent, s'accrochent à une branche, ses longs cheveux bouclés, et les deux pendentifs de métal qui oscillent sur ses épaules.

XXII

Tu restes malade longtemps. La force de la fièvre engendre le délire. La servante babélique est chargée par Mme Van Reeth de s'occuper de toi. On te vante ses remèdes de bonne femme. Une fois sur pied, durant des jours, tu ne quittes plus guère la maison. La veuve t'accueille à nouveau dans son lit, se livre dans la salle de bains, mais quelque chose en elle a changé, a cédé. Ses distractions sont plus longues, et plus profondes. Parfois elle ne semble pas même consciente de ta présence. Elle dont tu admirais toujours l'élégance impeccable se néglige, porte des jupes froissées, ne se coiffe plus. Son maquillage déborde de part et d'autre de ses lèvres, macule ses pommettes osseuses, coule au coin de ses yeux en burlesques larmes d'Auguste. Tu ne supportes plus la saleté des draps que plus personne ne change, les abords du lit jonchés de bouteilles d'eau et d'alcool, de sous-vêtements sales, de restes de nourriture. Tu la délaisses.

Elle t'abandonne à tes nuits retrouvées devant l'écran. Elle passe beaucoup de temps au salon, sans même allumer les lampes, laissant sonner le téléphone. Les verres de porto vidés parsèment les tables, les guéridons, les appuis de fenêtres. D'autres dîners ont lieu, d'autres séances dans la maison des faubourgs. Tu progresses avec indifférence et minutie dans les arcanes

417

du cercle, dans ses théories et ses initiations, comme on accomplit une tâche bureaucratique. On te considère avec respect. Tu joues le rôle du régent qui prend petit à petit la direction des affaires. Mme Van Reeth se désintéresse de la question. On lui adresse peu la parole, avec prudence, avec douceur. Le téléphone, imperturbable, résonne, nuit et jour. Tu la surprends souvent, dans la pénombre, le vieil os noir collé au visage comme pour y écouter la rumeur des siècles, et personne ne dit mot. Ou bien ce sont des conciliabules à voix basse avec la bonne babélique, comme de longues élaborations de stratégies ménagères, sans issue et sans résultat.

Il t'arrive de t'aventurer dans le dehors froid. Tu vas derrière la maison, là où les murs font face à la forêt. Tu passes sous tes fenêtres, puis sous celles d'une pièce symétrique, dans l'autre aile de la maison, où tu n'as jamais pu pénétrer. Les volets sont fermés. Autour de la fenêtre, les murs noircis paraissent témoigner d'un incendie ancien. Tu regardes la morne lisière des bois, derrière le grillage mal en point. Ce sont des bruyères calcinées, du bois mort, des entassements de feuilles noircies, des arbres secs, malades, qu'un feu intérieur paraît achever de consumer.

Tu es frappé, au retour, par le remugle comparable de sous-bois humide qui stagne dans la maison, intime mélange de fongosités sourdes, de rongeur défunt, de flaque et de nid de charognard. La bonne stagne également, s'emploie à croupir dans les coins les plus inattendus, ou reste affalée sur une chaise au milieu de la cuisine, le menton sur le tablier, inerte même lorsque tu entreprends de préparer ton petit déjeuner, puis de l'absorber, entre les murs glacés où fleurissent graisses et moisissures, où des arthropodes minimes vaquent à leurs affaires. Tu avales ton café face à cette gorgone assoupie, d'où parfois s'échappe un grognement.

La veuve froide vient à l'occasion veiller sur ces torpeurs. Tu la surprends à préparer des infusions et des grogs, ou soutenant le vieux monstre crasseux dans ses reptations d'un fauteuil à une chaise. Elle l'installe. Sa main se pose sur le bras ou sur l'épaule de la servante. Du coin de couloir où tu es censé passer, tu ne vois qu'elle, cette main très blanche aux doigts ronds, effilés au bout où s'avance la pointe incarnat de l'ongle peint, tu la recueilles et tu l'emportes dans tes nuits.

Cela n'empêche pas la veuve de se plaindre à toi. Elle s'est mise à déplorer ouvertement l'inutilité de la vieille : « Pas moyen de mettre la main dessus » ; et aussi son goût pour l'espionnage, son indiscrétion, sa tyrannie domestique : « C'est bien simple, c'est elle qui décide. » Sans compter les larcins. Une fois même, elle regrette les temps heureux où l'on pouvait battre ses domestiques. Toutefois, elle n'évoque à aucun moment l'éventualité de s'en séparer. On dirait qu'elle ne peut plus la supporter, en dépit de ses accès d'attendrissement, mais qu'une pesanteur les maintient en gravitation l'une autour de l'autre.

Le printemps arrive très tôt, d'un coup, presque tiède. Tu t'en rends compte un matin, devant le café que tu es heureux de pouvoir prendre seul : tu as cessé de voir la bonne depuis un certain temps, sans doute des semaines. Peut-être est-elle malade, peut-être, comme cela arrive périodiquement, est-elle allée hanter, spectre sénile, d'autres parties de la maison, avant que de mystérieux circuits ne la ramènent dans tes parages. Ce qui expliquerait aussi la rareté croissante des apparitions de Mme Van Reeth, qui se met à déserter sa chambre, le salon, et même la maison, qu'elle quitte parfois des après-midi entières, contrairement à ses habitudes.

*
**

Ton arrêt maladie se termine. Tu as reçu de Prévert une circulaire à propos d'une réunion portant sur le projet d'établissement. Tu décides de refaire ton apparition à cette occasion. Il ne te reste plus que huit jours de paix avant de retrouver Arslan et les autres, qui t'attendent, tu le devines, sinon avec impatience, du moins avec une curiosité sarcastique. Car ils savent bien que tu n'as jamais été vraiment malade, mais que tu les as fuis. Ils veulent voir sur ton visage, dans les mouvements de ton corps, en détail, comment tu vas assumer ta lâcheté.

C'est une fin de journée, sans élèves, à part quelques-uns qui traînent encore, va savoir pourquoi, leurs silhouettes immenses sur le parking à l'horizon duquel se dessinent les bâtiments carrés de Prévert. Avec le soleil pâle qui allonge les ombres, tu pourrais avoir l'impression de pénétrer dans un de ces tableaux italiens mélancoliques, où de rares passants traversent les parvis de cités imaginaires, si le terrain était moins cabossé et le béton moins sillonné de larmes grises. Cette paix sans mémoire habite encore un recoin de ton âme, tu l'avais presque oubliée. Mais tu sais aussi que c'est juste un signe qu'elle te fait là, en passant, au gré d'une illusion de la lumière, avant de repartir, peut-être à jamais, comme la lucidité revenant faire ses adieux à celui que l'alzheimer travaille, et te laisser à tes sabbats et à tes chasses nocturnes.

Zablanski arrive en retard à la réunion, alors que tout le monde est déjà assis dans l'habituelle salle ruineuse qui suscite l'image d'une réunion de comité de quartier à Saratov, vers la fin de l'Union soviétique. Tu l'aurais à peine reconnu. Lui, toujours impeccable, coiffé, cravaté, lustré, vestonné, porte des marques de négligence, cheveux un peu longs, barbe un peu vieille. Il a maigri. Tes collègues aussi, à dire vrai, te paraissent plus âgés. Les visages portent des rides inédites, les yeux sont pochés et les cous fripés, comme si tes trois mois d'absence avaient par sorcellerie été changés en dix ans. Jusqu'à la fraîche Mylène Garcia, sur le visage de qui s'étendent des ombres nouvelles.

Mais Zablanski, c'est autre chose. Toute ironie a fui ses yeux. Plus de ce demi-sourire provoquant qu'il aimait afficher. Il se glisse discrètement dans une place libre, s'abstient de remarque sardonique durant les deux heures trente qui suivent. Il y aurait eu matière, pourtant. La somptueuse inutilité de la théologie pédagogique déployant ses fastes sur les décombres du savoir appelle pourtant son lyrisme. Mais non. Il écoute, l'air inquiet, et parfois son regard dérive vers la fenêtre. Il n'est pas là.

À la fin de la réunion, il se lève et entreprend de traverser la petite cohue qui se forme devant la porte de la salle. Tu te lèves à ton tour et lui fais signe. Il paraît te reconnaître, comme un ami perdu depuis longtemps, dévie de sa trajectoire. Il prend ta main en silence dans les deux siennes, la serre avec le léger excès de chaleur de qui présente ses condoléances à la famille à l'issue des obsèques. Il te dévisage d'un air fiévreux, préoccupé, et puis repart sans dire un mot, courbé, dans la gabardine mastic de petit fonctionnaire que lui fait arborer son affectation d'anonymat. Colombo quitte bredouille et rabroué le luxueux domaine d'un témoin du crime.

Lorsque vous vous dirigez, en petit groupe, vers les voitures disséminées, vous l'apercevez encore, à l'autre bout, se hâtant vers sa voiture. Il slalome entre les flaques de boue et sa gabardine pénètre le coucher de soleil exagérément lyrique qui étend son ironie sur les ruines de l'éducation nationale.

— Vous ne trouvez pas Zablanski bizarre ? demandes-tu.

— Bizarre ?

— Je veux dire, plus bizarre que d'habitude.

— C'est vrai que tu es resté absent longtemps. Si tu ne l'as pas vu entre-temps, tu n'as pas pu savoir. De toute façon, il ne t'aurait sans doute rien dit. Ça s'est su autrement.

— Quoi ?

On t'apprend la grande affaire de Zablanski. L'incroyable s'est produit : lui, le contempteur de tout sentimentalisme, lui le cynique, le persifleur, le grand pourfendeur d'illusions, est tombé amoureux. D'une mère d'élève, qui pis est, de dix ans plus jeune que lui. Il vit avec elle, dans un lotissement, avec jardinet et garage. Amoureux comme on ne l'est plus, paraît-il, amoureux au premier degré, avec tout le tremblement : le désespoir et les insomnies, le lyrisme et la distraction. Si ça se trouve, il lui écrit des poèmes.

Tu n'en reviens pas, de cette fin d'opérette. Tes collègues se vengent de l'ancien mépris de Zablanski en soulignant son ridicule, ses maladresses de frais converti. Mais ils ne parviennent pas à l'humilier complètement. Et, dans la vision de cette silhouette affairée, quelque chose te fait souffrir, comme une nostalgie. Tu le regardes, là-bas, lent, préoccupé, entre les hautes falaises noires des cités, franchir avec difficulté les fondrières remplies d'eau, sa grande carcasse voûtée par un poids invisible ; tu le regardes glisser précautionneusement dans la voiture, et puis emporter, comme un enfant malade, loin de vous qui continuez à ironiser, le douloureux, l'accablant et merveilleux fardeau de son amour.

*
**

Vous avez besoin de vous resserrer dans la chaleur. Vous allez perdre deux heures dans un bar de l'avenue Gambetta, parler fort et rire, les deux mains serrées autour du bock comme pour empêcher la lumière de s'en échapper. Cela présente aussi l'avantage de te faire raccompagner en voiture par Mylène Garcia. Elle ne dit presque plus rien pendant le trajet. Ses yeux se sont creusés profondément, depuis que tu ne l'as plus vue.

Il fait nuit noire lorsque tu rentres, mais toutes les fenêtres de la maison sont allumées, ce qui n'est encore jamais arrivé. À croire que la veuve a décidé de donner un grand bal. Que se passe-t-il, ce soir, dans cette maison que la mélancolie croissante de Mme Van Reeth voue au silence et à l'abandon ? L'inquiétude t'arrête un instant sur le gravier, devant la façade. La bâtisse, tout à coup, te semble plus riche en fenêtres que tu ne l'aurais soupçonné, comme si des issues longtemps cachées venaient de s'y ouvrir. Les œils-de-bœuf des combles sont allumés, et aussi des vasistas, des tabatières dans des coins de mur. Tu es tenté de faire le tour pour vérifier qu'aucune pièce n'a été oubliée. Pour quelle sorte de fête illuminer jusqu'aux combles ? Dans le noir qui l'entoure, la maison brûle d'un incendie froid, d'un feu continu. Tu te demandes quelles silhouettes calcinées apparaîtront, tranquilles, aux fenêtres. Faut-il croire que ça y est, le grand retour, le *come back* du dragon ? Pour lui, il n'y aura jamais assez d'éclat, jamais satiété de flammes. Vas-tu, en entrant, voir devant toi la face du collectionneur, sa main qui t'invite à approcher ?

Au pied du perron, à gauche, la lueur tombant de la fenêtre souligne l'arête d'un objet inhabituel. Tu t'approches. Tu reconnais le grand faune de bronze du salon. Il repose sur le gravier, à l'envers, la tête vers toi et les pieds vers la fenêtre, aux trois quarts plongé dans l'ombre de l'escalier. Émergent son rictus, son nez, ses cornes de chèvre, et surtout son bras tendu, avec la main ouverte comme pour caresser un fruit, ou plutôt, placé comme il l'est, emporter quelque chose dans sa chute. Autour de lui, les morceaux de verre de la vitre cassée à travers laquelle on a dû le jeter, ce que tu n'avais pas vu tout de suite. Il doit falloir beaucoup de force pour projeter à pareille distance une statue de bronze de cette taille.

Tu ouvres la porte, et ce n'est pas le spectacle prévu qui s'offre à toi.

L'antique papier peint de l'entrée, qui imitait un marbre jaune et rose, bâillait bien un peu aux encornures, où l'érotisait une dentelle de poussière noire. Mais les lés arrachés pendent à présent, semblables à des peaux veinées, laissant à nu la chair pâle des murs. Les pardessus du collectionneur forment une mêlée confuse, une rixe d'hommes invisibles sur le tapis. La cuisine paraît avoir été saccagée par une troupe de clochards ivres. Tous les placards, grands ouverts, ont été vidés de leur contenu qui jonche à présent le carrelage, parmi les chaises renversées. La vaisselle en miettes se mêle au contenu des bocaux fracassés. Les tripoux périmés nagent dans leur sauce brun rouge, croisant des cuisses de canard confites et des champignons fuligineux. Les sardines, en bancs serrés dans leurs boîtes, sillonnent des mers de vin rouge, dans une odeur de fin d'orgie.

Doubles rideaux du salon arrachés, vitrines éventrées. Murs tendus de toile lacérés par une lame qui a laissé des entailles profondes jusque dans le plâtre. Pas un mètre carré, jusqu'à hauteur de tête, qui ait échappé à cette rage systématique. Les tableaux décrochés y sont aussi passés et gisent en loques, méconnaissables, parmi les livres déchirés et les bibelots brisés. La garniture coule à travers les plaies des canapés et des fauteuils. Inquiet, tu rejoins ta chambre. Partout où tu passes, c'est le même ravage, plus diffus que dans le salon et la cuisine. La violence s'y est exercée plus vite, sans s'arrêter aux détails.

Quel degré de haine faut-il pour détruire une maison d'une manière aussi méthodique ? Quelle haine, et quelle force ? Combien faut-il de personnes pour accomplir cela en quelques heures ? Tu évoques d'abord un coup de folie de Blancpain, mais l'image du professeur s'évertuant sur les murs a quelque chose de trop grotesque. On associerait plus naturellement les Hellequin à cette apocalypse. Ils sont capables d'avoir fait tout cela par jeu, ou en guise d'avertissement, ou faute de t'avoir trouvé, ou pour des raisons qui t'échappent, puisque tu as accepté de glisser ta chair dans une mécanique dont les principaux rouages te sont inconnus. Et si ce sont bien les créatures bestiales du train qui sont responsables du carnage, qu'est devenue Mme Van Reeth ?

Ta chambre n'a pas échappé au saccage, les livres des rayonnages vidés s'entassent au sol, dans une confusion de feuilles mises à nu. L'air froid qui pénètre par les carreaux cassés agite ces blancheurs sèches de petits tremblements. Tes vêtements et tes dossiers de cours, vidés, surnagent là-dessus. Tu espères qu'il n'y a peut-être pas trop de mal, on n'a pas été jusqu'à tout déchirer, du moins à ce qu'il semble. Certains des livres ont atterri dehors, dans l'espace terreux qui s'étend entre les murs et la forêt, et ils restent là, bêtement, bec grand ouvert sur rien, maladroite volaille défunte.

L'idée de la collection te saisit d'un coup. Tu préfères ne pas imaginer ce que des abrutis de l'envergure des Hellequin pourraient avoir fait des éditions rares et des manuscrits précieux. Sans compter la veuve froide, qu'ils ont toutes chances d'avoir trouvée dans cette partie de la maison.

Tu repasses dans le salon, et montes jusqu'à la chambre. Au moment où tu y entres, quelqu'un d'autre ouvre la porte qui mène au bureau du collectionneur. Tu ne reconnais pas tout de suite ce quelqu'un. Ce n'est pas un des Hellequin, ni Mme Van Reeth. Entre vous deux, qui prend de l'espace dans vos esprits et retarde votre identification réciproque, il y a cette chambre où la literie forme les éclats d'une déflagration figée.

*
**

C'est la jeune femme blonde, convive occasionnelle des dîners du cercle. Celle dont la poitrine portait des marques. Il te revient que Mme Van Reeth s'est prise d'affection pour elle depuis quelques mois, et qu'elle s'est même mise à lui passer de ces longs coups de fil dont elle a le secret. En revanche, pas moyen de te remémorer son nom. Tu te souviens seulement que cette créature évanescente à la Burne-Jones se trouve affligée de l'un de ces prénoms de feuilleton américain. Samantha, ou Sue.

Vous n'osez d'abord pas vous demander ce que vous faites là l'un l'autre, dans une zone en principe interdite. Pour ne rien arranger, la blonde manifeste une nette réticence à te parler. Dans un accord tacite, vous redescendez tous les deux dans le salon. Elle ne répond à tes questions que d'une manière contrainte, presque hostile, comme si tu étais responsable de la catastrophe. Enfin, agacée par ton insistance, elle consent à t'expliquer ce qui s'est passé. Elle parle, de sa voix douce, debout au milieu du désastre, et, dans l'odeur de poussière et d'entrailles qui se dégage de l'amas confus des choses abattues, absurdement blonde.

Rien à voir avec les Hellequin ni avec Blancpain. Jennifer (ou Allison) est passée voir Mme Van Reeth en fin d'après-midi, inquiète, car la veuve froide n'est pas venue à un rendez-vous qu'elle lui avait fixé en ville, et ne répondait pas au téléphone. Ce n'est pas dans ses manières, en effet. La maison était dans cet état. Mme Van Reeth se trouvait dans la bibliothèque.

426

Elle vidait les rayonnages, jetait les livres par terre, parfois les déchirait, en proie à une espèce de fureur froide, systématique. Habillée, maquillée, un peu de travers, certes, mais rien qui ressemblât à une crise de nerfs. Cependant, depuis le matin elle avait ravagé sa propre maison.

Elle était au bord de l'épuisement. Il avait fallu, doucement, l'amener à s'asseoir, préparer un thé, parler. Elle ne se montrait pas incohérente, mais répondait à peine. Après quelques tentatives pour reprendre la mise à sac de la maison, prise d'un malaise, elle avait perdu conscience quelques instants. Nancy avait estimé plus prudent de la faire évacuer en ambulance au CHU. Elle y avait repris connaissance, mais demeurait prostrée, ne parlait plus du tout. Pas grand-chose à faire, sinon revenir mesurer l'étendue des dégâts, fermer le gaz, les volets et les portes. Et t'attendre pour envisager une solution. Rien ne disait que Mme Van Reeth puisse revenir chez elle tout de suite. C'était peut-être grave. Une dépression profonde, ou pire encore. Dans ces conditions, tu ne pouvais pas rester seul dans la maison. En attendant, le mieux était que tu prennes une chambre d'hôtel dès ce soir, quitte à revenir demain récupérer tes affaires. Il n'y avait sans doute pas d'inconvénient à ce que tu conserves une clé. Bien sûr, Courtney ne détenait aucune autorité pour décider de rien, mais c'était une question de bon sens, il s'agissait de s'entendre à l'amiable pour le bien de Mme Van Reeth. La seule personne qui aurait pu prendre des décisions pour elle, c'était son mari, mais personne ne savait ce qu'il était devenu. Si le loyer de la chambre avait été réglé par avance, eh bien...

Tu soupçonnes Sarah-Jane de prendre quelque plaisir à te jeter dehors à neuf heures du soir, mais tu te payes le luxe de la rassurer. Le mois entamé n'était pas encore réglé, aucune caution déposée. C'est donc plutôt toi qui te trouvais redevable envers Mme Van Reeth. De toute façon, aucune autre solution, tu partirais dès ce soir.

Ta bonne volonté paraît la détendre un peu. Elle a déjà éteint et fermé dans les appartements de la veuve, et elle consent à ce que tu l'aides dans le reste de la maison. Vous le faites ensemble, comme si l'un se refusait à laisser l'autre seul où que ce fût.

Pour arrêter la chaudière, il faut descendre à la cave. Cindy s'embrouille dans les trousseaux, finit par trouver, parmi une pesante quincaillerie de rossignols accrochés au même anneau, la bonne clé. De ton côté, tu as déniché dans la cuisine une lampe-torche, on ne sait jamais. Vous descendez un escalier de bois assez raide, et vous arrivez sur un sol de terre battue. Pendue haut au-dessus de vos têtes, une ampoule nue éclaire mal les voûtes de briques. Vous vous trouvez dans une sorte de hall oblong, absolument vide. De chaque côté, une série de portes en planches, fermées par des cadenas.

Il faut à chaque fois découvrir la bonne clé, éclairer l'intérieur de chacun des petits caveaux. La lumière de la lampe-torche tombe sur des casiers remplis de bouteilles poussiéreuses, ou des entassements d'objets hétéroclites qu'à peine tu as le temps de distinguer avant que ta compagne ne passe à la pièce suivante. Elle ne prononce pas un mot, pressée d'en finir avec cette corvée. Tu as entrevu, illuminés un bref instant, tantôt des cartons et des valises achevant de pourrir, tantôt une absurde mêlée de barres de fer, de lampes, de crucifix, de pioches, de chaînes et de scies, du sein de laquelle tu jurerais avoir vu émerger le bras tendu d'une statue de bronze, comme un martyr comiquement noyé dans les instruments saugrenus de son supplice. L'un des hypogées ne recèle qu'un fauteuil, un fauteuil Louis XIII, énorme, tout seul, et qui vous fait face.

Elle trouve enfin la chaufferie, que l'on peut éclairer avec une lampe à gaz. Cela te permet de l'abandonner un instant aux joies du décryptage des hiéroglyphes plombiers pour pousser l'exploration. Au bout de la galerie principale, quelques marches descendent dans un couloir perpendiculaire plus étroit, qui part dans deux directions opposées. La lampe, qui donne déjà quelques signes de fatigue, révèle des murs blanchâtres et inégaux. Cette galerie a été taillée dans la pierre, un calcaire friable. On distingue, en hauteur, comme de petits signes, ou des dessins en forme de spirales, d'anneaux microscopiques. Tu finis par identifier des coquilles, des traces de corps annelés, des animalcules repliés sur eux-mêmes comme des fœtus. La cave de Mme Van Reeth est creusée au fond d'un océan archaïque.

Les bruits qui te parviennent indiquent que le bricolage se poursuit. Tu continues à traquer la faune qui grouille aux voûtes et paraît se tordre à nouveau, déployer son petit arsenal de pattes et d'antennes, pour la première fois depuis des millions d'années, tirée de son immobilité par ta lampe. L'obscurité, le froid, l'écho lointain d'un écoulement ou d'une espèce de ressac font illusion, tu pourrais te prendre pour un scaphandrier explorant les profondeurs d'une mer crétacée.

Tu aurais dû t'en douter, la chose, aussi absurde qu'elle soit, était prévisible. En passant sur la voûte, la lampe a révélé, un très court instant, une forme d'une tout autre nature. Tu en as déjà vu de semblable, n'est-ce pas ? Essaie de revenir en arrière, essaie de la revoir, c'est bien cela que tu as discerné, il ne s'agit pas d'une illusion provoquée par la fatigue, la tension excessive du regard, la faiblesse de la lampe. Mais tu as beau passer et repasser, tu ne parviens pas à retrouver l'image.

Qu'est-ce que tu as cru voir ? Un graffiti grossièrement dessiné au charbon de bois : un tronc et deux jambes, comme un dessin d'enfant, mais avec un énorme phallus dressé. La tête du personnage invisible, engloutie dans une mâchoire équipée de dents démesurées, mâchoire que prolongent des attributs indistincts, informes, longs cheveux ondulés, tentacules, anneaux. Ces attributs, tu crois les retrouver ici et là, sous la forme de filaments bizarres, queues, appendices dont tu suis la trace jusqu'à ce que tu les perdes dans le lointain de la voûte. Aucun d'entre eux ne te ramène au dessin perdu. Et tu peux te figurer ne l'avoir jamais vu, tu ne sais plus ce que ton imagination est capable de produire. Il était là, pourtant.

À ta gauche, le couloir s'interrompt vite, barré par une énorme porte de fer. D'où tu te trouves, au pied des trois marches qui descendent de la galerie aux murs de briques, tu peux apercevoir les trois trous noirs des trois serrures. De l'autre côté, rien. Le rayon de la lampe s'épuise dans la distance. On ne voit pas jusqu'où le couloir se prolonge, si une porte le ferme, s'il donne sur un cul-de-sac, un coude ou un carrefour. Tu pourrais aller essayer les clés du trousseau sur les serrures de la porte. Ou bien, tu pourrais t'avancer à droite pour voir jusqu'où va le couloir.

Le petit raffut de Patty dans la chaufferie ne suffit pas à gâcher la délicieuse atmosphère de film d'angoisse. Au contraire. Amplifiée par les voûtes, son agitation minime, bruits de clés, soupirs, chocs de tuyaux, prend l'ampleur du vacarme des forges infernales, où le martèlement des démons se mêle aux grincements de dents des damnés. Mais qu'est-ce qu'elle fabrique ? Écoute bien. Est-ce que quelqu'un, très loin, n'est pas en train de chantonner ? Mais si, une voix de femme, très faible. Encore une illusion, crois-tu ?

Ces soupirs, ces murmures, ces phrases entrecoupées, ce sont les siens. Ils te guident dans l'obscurité. D'ailleurs, l'enfant connaît le chemin. Elle est déjà venue, bien des fois, la nuit. Elle a suivi tout le parcours, légère, pieds nus. Elle a monté sans faire de bruit l'escalier de la cave, sa main délicate a poussé la lourde porte. Ses pieds ont laissé un peu d'humidité sur les tapis de la maison Van Reeth. Peut-être a-t-elle mordu une pomme, dans la cuisine, tu sais bien, ces traces de dents minuscules que tu as remarquées un jour. Elle s'est penchée sur ton sommeil, sans te toucher, sinon de son souffle, et de l'extrémité de ses pesantes boucles d'oreilles qui ont laissé leur sillage froid, incompréhensible, dans ton rêve. Et puis, tout au bout, tu débouchérais au fond de ta grotte. Elle sera là, ses bras t'enlaceront à nouveau, et tu oublieras tout.

Certes. Mais n'oublie pas l'autre côté. Songe donc que tu pourrais ouvrir la porte blindée. D'abord tu ne verrais rien. Tu sentirais l'odeur suffocante, atroce.

*
**

— Vous pensez à quoi ?

La voix de Joy (Carrie ?) te tire de ta rêverie abrutie devant ton verre de rouge. La salle pue la viande carbonisée. Après t'avoir conduit en voiture dans un hôtel potable, en face de la gare, elle a accepté un verre et une grillade en dépit de l'heure. Arrêter une chaudière, ça crée des liens.

— La collection. Elle l'a détruite aussi ?

— La collection. Eh bien si c'est ce qui vous intéresse, Mme Van Reeth a eu le temps d'y faire des dégâts avant que j'arrive, oui.

— C'est-à-dire ?

— Écoutez, franchement, je n'ai pas eu le temps de me pencher sur les détails, je me suis surtout occupé d'elle. Mais c'était une vraie dévastation, là-dedans. En fait je crois qu'elle allait mettre le feu, je suis arrivée juste à temps. Elle faisait un tas avec des manuscrits déchirés, et sur le bureau il y avait une grosse boîte d'allumettes et un petit flacon d'alcool pour les réchauds. L'ordinateur était complètement détruit. Voilà. Désolée de vous apprendre cette mauvaise nouvelle. J'imagine qu'en cherchant bien, et avec un rouleau de scotch, on doit pouvoir sauver quelque chose. Vous pourrez peut-être vous porter volontaire pour le travail.

— Pourquoi est-ce qu'elle a fait ça ?

— Vous n'aviez pas remarqué qu'elle allait mal, ces derniers temps ?

— Si, bien sûr.

— Elle avait besoin d'aide. Votre présence dans la maison la rassurait, je crois, mais votre soutien psychologique n'a pas dû lui suffire. Elle n'avait personne. Pas de famille. Juste les membres du cercle. Mais Drossart ou Lecorre se moquent bien d'elle. Pour eux, elle assure la régence de son mari, c'est tout. Alors elle s'était rapprochée de moi, depuis quelque temps. C'est tombé sur moi un peu par hasard.

Pas d'autre choix, si tu veux essayer de comprendre ce qui s'est passé, que de la laisser ironiser sans relever. Tu es épuisé. En outre, Marilyn n'est pas antipathique. Plutôt pas mal de sa personne, et même, en dépit de sa pâleur et de ses longueurs, assez pulpeuse. Elle doit avoir de ces fesses charnues qu'on a plaisir à voir s'enflammer sous les coups. Elle aime ça, sans doute. Elle a aussi, malgré ses réticences, sa pointe d'acidité, cette allure inquiète, vaporeuse et soumise qui appelle les verges. Lorsque vous étiez dans la cave, l'idée t'a traversé, souviens-toi, de l'attacher avec des chaînes aperçues dans le capharnaüm. Ç'aurait pu être une vie agréable : la maintenir enchaînée à la cave, la nourrir de temps en temps, de temps en temps la frapper et la violer. Le reste du jour, déambuler dans la maison ravagée, laisser la moisissure gagner les aliments répandus dans la cuisine, s'arranger, comme les clochards, une couche avec des morceaux de manuscrits de Rimbaud, des feuilles arrachées à des bibles du XVe siècle, des gravures en loques de Bracquemont, de Rops, de Meryon.

Tu te demandes, primo, avec un soupçon d'envie, ce que tes collègues du cercle ont bien pu lui faire subir, secundo, pourquoi elle paraît t'en vouloir. Va savoir. Jalousie ? Bien possible. Ou alors elle a eu vent de tes relations particulières avec la veuve froide, et elle se dit que tu n'es pas étranger à la crise. Qu'est-ce que la veuve a bien pu lui raconter ? Tu ne le sauras sans doute pas. Tant pis. Autant faire l'imbécile. Tu lui demandes avec aménité si elle a quelque lumière sur ce qui s'est passé. Si elle comprend pourquoi Mme Van Reeth allait mal. Et tu t'imagines en train de la faire parler, de lui arracher les aveux au moyen de l'un de ces instruments de cuir et de métal dont Mme Van Reeth te confiait l'usage.

Elle ne sait pas au juste. Elle n'a pas eu de confidences. Mme Van Reeth n'était pas quelqu'un qui parlait beaucoup d'elle. Mais on pouvait deviner certaines choses.

Parmi les différentes disciplines scientifiques aisément accessibles à l'amateur, la psychologie, cette science des bonniches et des concierges, avec ses approximations, son fétichisme, ses classements, sa complaisance, son sentimentalisme glaireux, son approche suintante de l'esprit humain, est l'une de celles qui te donnent le plus net désir d'occasionner de graves brûlures à ceux qui en dissertent, au moyen par exemple d'un chalumeau oxhydrique.

Tu ne sais plus qui tu es, qui pense ainsi en toi, brave Saurat, fine fleur des concours nationaux d'enseignement, et d'ailleurs, note-le bien, cela ne t'effraie pas, tu en éprouverais même, hein, quelque contentement, ou disons, plutôt, une sombre allégresse, tout fiérot d'être enfin pénétré jusqu'à l'os par le dragon.

— Cette disparition de M. Van Reeth, avec cette incertitude horrible, depuis si longtemps, s'alanguit Devon (Sarenna ?), ces corps retrouvés, ces pistes abandonnées, de quoi ébranler quelqu'un de moins fragile que Mme Van Reeth. Or, malgré son allure impérieuse, elle était fragile.

— Elle est.

— Pardon ?

— Elle *est* fragile.

Pif. De quoi la troubler un tout petit peu, en tout cas lui dénier la propriété exclusive de la compassion envers la veuve froide, que son inadvertance enterre un peu vite. Les explications fournies par Leslie, ou Tabatha, si elles ne sont pas à mettre sur le compte d'une totale naïveté, puent la langue de bois et le discours officiel. Qu'elle sécrète d'elle-même, par bêtise, mièvrerie et respect humain, ou qu'on lui a inculqué.

Fragile, la veuve froide. Bon. Mais elle n'aurait pu être déstabilisée par les apparitions-disparitions de son cadavre de mari, par ce petit jeu de coucou je suis mort, coucou me revoilà, que si elle ignorait où il se trouvait en réalité, le mari : par cent mètres de fond avec du béton aux pieds, ou, inversement, planqué sous un faux nez, aux îles Caïmans, voire à Logres même, voire tout près, pas loin de ce restaurant nocturne, l'un des rares ouverts à ces heures, où vous dégustez le cadavre d'une vache dont la vie n'a pas dû être facile tous les jours. Mais laissons.

Donc, le couplet sur la solitude, l'abandon, le deuil impossible, l'état dépressif.

Certes, certes. Tu opines avec une visible commisération (de laquelle il est probable que Jody n'est pas dupe). À ce moment, une illumination te saisit, tu aurais dû y penser plus tôt, quelle évidence, alors que c'est à peine si l'idée t'en avait traversé durant vos jeux érotiques : ta propriétaire était, en réalité, folle à lier.

Et puis non, trop facile. Secouée, sans doute. Folle, non. C'était autre chose, tu le sais, tu l'as bien senti.

Mais justement.

Tu te souviens de quelques insinuations sur la folie de la veuve froide, distillées par Lecorre.

Tu fais part de tes doutes à Kelly au sujet du supposé abandon. Tu passes modestement sur ton propre rôle auprès d'elle, mais enfin, bon. Et puis quoi, les gens du cercle, et ces incessants coups de téléphone (dont entre parenthèses, glisses-tu sournoisement, Sharon n'était peut-être pas au fait), ce n'est pas de la solitude. Non. Il faut supposer que cela venait de plus loin. Hum. Un déséquilibre plus profond. Plus ancien. Une sorte de démence.

Comme tu l'espérais, Britney réagit incontinent à cette supposition. Elle déploie quelques périphrases pleines d'allusions sur l'entourage de Mme Van Reeth. Elle n'a pas l'air de les adorer tous (trop fouettée ? pas assez ?). Notamment le bon Dr Lecorre. Il y a des gens, selon elle, qui ne reculent devant rien pour tenter de rendre fous ceux qu'ils désirent manipuler. D'aucuns s'y entendent, ils maîtrisent les techniques. Il ressort de tout cela que, selon Shelley, Mme Van Reeth a été longuement, sournoisement persécutée, au moyen en particulier du fantôme de feu le collectionneur.

— Tout cela, ajoute Patsy au bout d'un long moment de silence, l'a bouleversée. Mais je crois que cela n'a fait qu'aggraver ce qui la ronge. Rien à voir avec la folie.

— Ah ?

— Écoutez, ce qui la détruit, et depuis très longtemps, elle me l'a laissé entendre assez clairement, il y a quelques jours, un soir où elle était venue prendre un thé chez moi. Mais je l'avais déjà plus ou moins deviné. Je pensais que vous aussi.

— Dites.

— Que Georges Van Reeth soit vivant ou mort, cela ne fait pas une grande différence. Il a disparu, il n'est plus là.

— Excusez-moi : il a disparu, mais il pourrait tout aussi bien être là, se cacher pas loin.

— Oui, je sais, cela fait partie des rumeurs. C'est ce qu'on a essayé de faire croire à Mme Van Reeth. Mais pour moi, ce n'est pas crédible. Même dans ce cas, même si je me trompe depuis le début, s'il est vivant et qu'elle sait où il est, peu importe.

— Je ne comprends pas ce que vous voulez dire.

— Vous n'avez donc rien compris ?

Et la songeuse créature de se lancer dans le petit roman familial des Van Reeth. C'est l'histoire d'une femme intelligente, cultivée, riche, belle, sensible, un peu raidie par son éducation, qui très jeune tombe amoureuse d'un charmeur, bel homme, dominateur, habile, éloquent, légèrement bizarre. Un homme de dix ans son aîné, qui a vécu. Vécu on ne sait pas trop quoi, d'ailleurs. Le charmeur épouse la beauté, et sa fortune.

Tout se passe bien. Le couple est l'un des plus huppés de Logres et de la région. Il vit de ses rentes. Georges Van Reeth développe sa collection. Elle l'occupe tout le temps qu'il ne consacre pas à ses affaires, qui sont multiples et complexes. Il s'absente souvent, longuement. Mais il paraît attaché à sa femme. Sa femme, elle, a une unique raison de vivre : Georges Van Reeth. Partage classique des activités. Mais chez elle cela va plus loin que l'ordinaire affection de l'épouse pour l'époux. Georges Van Reeth n'est pas son mari, c'est l'amour de sa vie. Une divinité écrasante, cruelle, à laquelle elle sacrifie tout. Depuis qu'elle l'a rencontré, elle ne pense qu'à ça, elle s'adonne tout entière à cette passion obsédante, dévorante, jalouse. On ne sait pas quels sont ses sentiments à lui, mais ils ne peuvent pas être du même ordre. Il la mêle à ses affaires, il l'entraîne dans ses bizarreries. Elle accepte tout. Et sans doute a-t-elle été trop loin dans cette acceptation.

Puis elle le perd. Il disparaît. Qu'il soit en fuite, ou caché, ou mort, elle le perd. Elle comprend qu'elle l'avait toujours déjà perdu. Il ne sera plus à elle, et il ne l'a jamais été. Sans doute elle pressentait cela depuis longtemps, elle ne voulait pas le voir en face. Et l'on peut supposer que la crise se serait déclenchée de toute façon, sous une forme ou une autre. En tout cas, c'est ainsi : depuis des mois, Mme Van Reeth se consume de son amour désespéré pour le collectionneur disparu.

Son amour désespéré. Décidément tout le monde s'aime, tout le monde meurt d'amour à Logres.

Sauf toi, mon petit Saurat. Tu tâtonnes dans le noir, tu cherches. Jamais elle ne te rejoindra, jamais elle ne sera pour toi. C'est un reflet persistant dans la vitre d'un train, le fantôme d'une enfant que l'on a brutalisée, il y a très longtemps. Tu l'as laissée là, abandonnée, et tu ne pourras jamais revenir là-dessus. Elle voudrait t'aider, elle y parvient mal, elle s'épuise, elle n'a pas assez de chair, pas assez de réalité. Il lui faut l'obscurité et le repli pour rassembler encore un reste de souffle, un soupçon de chaleur. Mais c'est toujours plus difficile, plus précaire. Elle s'éloigne, elle recule dans l'ombre, ses bras, tu ne les sentiras plus autour de ton cou, tu penseras à un peu d'air, un peu de froid, et puis plus rien.

Exit Zablanski, et Mme Van Reeth, les voilà qui s'accroupissent chacun dans leur coin, serrant entre leurs mains leur grand amour, comme des enfants leur nounours. Ils s'éloignent de toi, eux aussi.

Tu ne trouves pas ça dégoûtant, ces épidémies d'amour ? Tu vois bien qu'elle te mène en bateau, la blonde créature, dont tu te remémores avec précision les marques sur le décolleté, le premier soir où tu l'as vue, elle te roule dans la farine, mandatée par ceux qui la fustigent. On t'entoure de sollicitude, de caresses et de paroles. On t'expédie des fantômes. Certains espéraient contrôler Mme Van Reeth, et se servir de toi. D'autres cherchaient à contrecarrer les plans de certains. La veuve froide dans les choux, il ne reste plus qu'à te mettre hors jeu aussi. On t'a mis le bandeau sur les yeux, on t'a fait tourner longtemps, tu ne sais plus où tu es. Mais tu vas t'y retrouver, tu reviendras, la partie n'est pas finie. La blonde ne comprend rien, avec son sentimentalisme victimaire. Elle ne voit pas que la veuve froide cherchait désespérément à se dégager de l'emprise. Elle n'avait pas d'autre moyen pour ça que de tout détruire, tout expulser, comme jadis on expulsait le démon avec de l'eau bénite. Mais peut-être, dans la confusion où elle se débattait, la pauvre veuve froide avait-elle fini par prendre sa terreur pour de la passion, ses chaînes pour de l'amour.

Sharon continue sa romance. Mme Van Reeth, travaillée par les membres du cercle, corrodée par les acides de son impossible deuil, persécutée de coups de fil, emmaillotée dans des filets de rumeurs et de calomnies, a réussi à ne pas sombrer tant qu'elle a été soutenue quotidiennement, soignée, préservée, tenue debout par la bonne.

Là encore, un certain nombre de choses échappent à ton interlocutrice. Elle ne peut imaginer que deux braves dames s'accrochant l'une l'autre, sans soupçonner la haine qui les unissait.

— Le jour, reprend Sarenna, où la pauvre est morte...

— Morte ?

— Morte, oui, depuis un mois déjà. Vous ne le saviez pas ?

Cela n'explique en rien ta présence, dès le lendemain de ta conversation avec Tracy, au cimetière de Logres. Comme s'il te fallait t'assurer au moins sur ce point qu'elle t'avait dit la vérité.

En fait, la blonde avait mentionné le nom de famille de la bonne. C'est cela surtout. Tu as voulu voir de tes propres yeux, comme pour t'assurer, lettre après lettre, de cette absurde combinaison. C'est ce nom que tu déchiffres à présent, se déployant au-dessus de deux bruyères idiotes : Olga Hellequin.

XXIII

Tu dors profondément.

Il faut que tu parviennes à te souvenir. Allons, fais un effort.

De l'intérieur de ton rêve, tu éprouves péniblement la nécessité d'en sortir. Tu arrives à te hisser jusqu'au seuil de la conscience. Tu peux même ouvrir les yeux, accueillir quelques sensations. Mais impossible d'aller plus loin. Une invincible léthargie ne cesse de te tirer en arrière, de peser sur tes yeux, ta langue, tes membres.

Du monde extérieur ne te parviennent, pour le moment, qu'une chaleur lourde, des odeurs de toiles poussiéreuses, des sons confus où se mêlent des chocs réguliers, des crépitements, et, en basse continue, un grondement profond.

Une image t'obsède. D'abord elle demeure confuse, dépourvue de signification. Elle paraît remonter de loin, d'un passé révolu depuis très longtemps, comme ces souvenirs d'enfance qu'isolent du reste de la vie les grands pans de noir qui les entourent.

C'était un corps de femme nue, très belle, aux longs cheveux tombant sur les épaules. La femme te dévisageait en souriant de toutes ses dents fines. Des yeux si clairs qu'on en distinguait à peine l'iris, comme une tête de déesse antique. Son torse très pâle, presque dépourvu de seins, se détachait sur un fond sombre. Elle tenait une conque. Sous la taille mince, les hanches s'évasaient en queue serpentine, couverte d'écailles aux reflets verdâtres. Au-dessus, en grandes lettres blanches : *La Sirène – Poissons, coquillages, crustacés*. Tu n'avais jamais prêté attention à ce magasin auparavant.

Tu étais assis dans un petit bar en face de la poissonnerie, et tu ne parvenais pas à rassembler tes idées. Tu avais eu une absence, un assoupissement de quelques secondes peut-être, sur ta chaise, dans l'atmosphère brumeuse et tiède du bar où les clients du matin prenaient leur café ou leur bière avant d'attaquer le travail. On ne voyait pas le ciel, mais la lumière indiquait que le jour était levé. Tu te sentais glacé, épuisé, travaillé de courbatures comme si toute la nuit s'était passée en un interminable combat. Impossible de rassembler tes idées, ton esprit demeurait vide. Devant toi, posée sur le formica jaune de la table, ta main tremblait, semblable à une bête hésitant sur la direction à prendre pour fuir. Tu ne la reconnaissais pas, ça ne pouvait pas être à toi, cette chose vieille et sèche.

La nuit avait été un combat, en effet. Une de ces nuits interminables qui durent autant qu'une vie. Il fallait bien que tu saches, après tout.

Depuis une éternité, tu ne l'avais plus retrouvée. Et puis, une nuit, à nouveau, elle avait été là, au fond de la grotte dont le fond sableux te faisait croire, lorsque tu t'assoupissais par moments contre elle, que vous vous trouviez étendus au bord d'une mer ancienne, dans l'obscurité d'un monde dépourvu de soleil, absolument seuls, hormis les bêtes invisibles qui glissaient dans les profondeurs. *J'ai rêvé dans la grotte où nage la sirène*, te répétais-tu avec une sorte d'euphorie idiote. Elle était si souple, si froide et lisse, elle t'enlaçait si étroitement, jambes et bras repliés autour de toi, que vos chairs, pensais-tu, se pénétraient, s'échangeaient pour n'en plus faire qu'une. Le bruit de son souffle s'échappait de ta bouche. Tu ne savais plus, dans le noir, ce qui t'appartenait.

Tu t'es endormi, réveillé plusieurs fois, toujours mêlé à elle. Puis est venu le moment habituel où, précautionneusement, comme on enlève les pansements d'un blessé, elle se délie de toi pour partir. Tu as pensé, à ce moment, que cela ne pouvait pas continuer ainsi. Impossible de te passer de ces enlacements dans l'obscurité. À chacune de ces nuits le désir du jour te quittait un peu plus. Et si elle cessait de venir ? Que ferais-tu ? Ou bien cela continuerait, des mois, des années, et alors ce serait pire encore. Il fallait que tu voies, que la lumière se pose sur sa peau blême, ses tentacules, sa queue écailleuse.

Tu t'es mis à penser aux images atroces qu'avait recueillies Georges Van Reeth. Dans la nuit, tu les distinguais avec une netteté singulière. Ces corps, ou ces fragments de corps conservaient, exposés à la clarté, toute leur charge de ténèbres. Le collectionneur remontait des ombres, il les arrachait à l'obscurité, à l'indistinction, pour les faire entrer dans le monde visible. Cela ne pouvait pas aller sans brûlures, sans éclats de sang. L'ombre ne prenait corps que dans la violence et le sacrifice.

Tu te représentais ces images se tordant dans un feu allumé par la veuve. Au lieu de les anéantir, cela accroissait leur puissance dans ta mémoire. Elles y brûlaient toujours. C'était ta petite veilleuse à toi, ton atroce lampe de chevet.

Lorsque tu as senti qu'elle commençait à se décoller, tu t'es raccroché à elle. Elle s'est laissée reprendre. Cinq fois, six fois, tu as réussi à la ramener, à la renouer autour de toi. À chaque fois sa résistance était plus forte, et puis elle finissait par céder. Le jour ne venait pas. Tu savais que dans la grotte il mettrait longtemps à s'insinuer. Tu espérais la mener jusque-là. Tu redoublais de tendresse, tu la serrais toujours plus fort, elle finissait par te répondre, et puis tentait encore de s'arracher, avec une énergie qui exigeait de toi des efforts plus grands, une frénésie de caresses cruelles. Tu ne savais plus où se trouvait la limite entre caresser et frapper. Cela paraissait ne plus pouvoir finir, vous étiez condamnés à tourner à l'infini dans un cercle de séparations et d'étreintes.

Il restait des affaires à récupérer chez Mme Van Reeth, pas grand-chose, des livres, des dossiers, retrouver dans le capharnaüm ce que tu n'avais pas pu emporter le soir précédent. Voir ce qui pouvait encore être sauvé de la collection, en soustraire une partie, puisque tu étais le seul à savoir ce qu'elle contenait. Probablement la veuve froide ne serait pas de retour de sitôt. Jamais peut-être. Tu lui accordais des années à se tordre comme un tronçon de reptile, entre les draps trempés de l'assistance publique, dans ses nuits que le cauchemar malaxait. Tu n'irais pas la voir.

Le bar se trouvait dans une partie de la ville que tu connaissais mal, un faubourg le long de la nationale de Mauville, pas très éloigné de la forêt. Un quartier plutôt neuf, fait de petits immeubles qui se ressemblaient tous, reliés par de minces rues sinueuses. Tu étais à pied. Il faisait extrêmement chaud. Quelques jeunes platanes conservaient des ombres mesquines, poussiéreuses. Tu passais de l'une à l'autre, mais elles ne suffisaient pas à te rafraîchir. Aucun soleil dans le ciel blanc. La chaleur tirait de toi de longs traits de transpiration. Personne, rien que toi, serpentant bizarrement sur le trottoir, semblable à ces interminables ivrognes des vieux films en noir et blanc, et cette solitude te donnait une impression d'irréalité. Tu pensais rejoindre assez facilement le boulevard de la Liberté, mais tu avais beau passer des carrefours et des croisements, il n'arrivait jamais.

Tu retournais en pensée le souvenir de la nuit précédente, comme si tu espérais y trouver l'ombre et la fraîcheur qui te manquaient. Mais là aussi elles t'avaient fui.

Tu connaissais son souffle, mais pas sa voix, car elle avait toujours joui en silence, et ne le manifestait que par des torsions plus violentes de son corps, une modification du rythme de sa respiration. Cette nuit-là, tes gestes de plus en plus brutaux pour la retenir, les efforts qu'elle faisait pour s'échapper lui tiraient de petits gémissements, qui rompaient à peine la régularité du souffle. À la ramener ainsi dans le noir, par à-coups, tu avais l'impression de la faire naître. Elle venait au monde par la voix. Pas d'accouchement, songeais-tu, sans douleur et sans effusion de sang. Au moment où tu l'arracherais, la sortirais en plein jour, elle pousserait, une dernière fois, un cri déchirant de fée.

Tu ne savais pas ce que tu faisais, ce qui arriverait lorsque le jour serait là, mais plus le temps avançait, plus il devenait évident que c'en était fini de l'obscurité, trop tard, pas moyen de revenir en arrière, il fallait que tu la voies. Dans les moments de répit, toujours plus courts, que te laissaient ses tentatives de s'esquiver, tu tentais d'imaginer ce qui allait se passer. Le courage pourrait te manquer d'aller jusqu'au bout, et de te retrouver face à face avec elle, dans le jour. Tu pouvais attendre, ou plus sûrement la tirer hors de la grotte, la remonter avec toi jusqu'à la sortie de la forêt, dans le monde ordinaire, savoir enfin qui elle était. En même temps, par pulsations, l'image du glacial désastre te serrait le cœur.

Pourquoi ne pas envisager de s'en sortir autrement, fût-ce au prix de quelque lâcheté ?

D'abord faire cesser cette lutte angoissante, ces tortillements de serpent, te reposer enfin. Avec ta ceinture tu pourrais l'attacher, nue, à un arbre, à la sortie de la grotte. Et puis ? Et puis partir, la laisser là, proie de la lumière qui allait venir, ne rien voir, avec la certitude que ce serait fini, elle serait livrée au jour, et cependant, pour toi seul, elle demeurerait une ombre. De ce qui adviendrait d'elle, l'incertitude nourrirait encore la puissance corrosive, dans ton esprit, de cette ombre nue, soit que les créatures qui hantent les bois, avec leurs chiens infernaux, la découvrent entravée, et profanent, de toutes les manières, son corps de divinité nocturne, soit que des âmes charitables la remontent avec des discours compatissants et des couvertures, anéantissant plus irrémédiablement encore son pouvoir d'enchantement.

Cette angoisse exquise, tu pouvais te l'approprier plus sûrement, plus fortement encore si tu écoutais la voix qui te conseillait d'aller jusqu'au bout de ces absurdes amours nocturnes, et de l'étreindre tout entière, la voix qui te susurrait, insistante, d'user du couteau qui ne quittait pas ta poche pour que l'ombre livrée au jour ne se dissipe pourtant jamais tout à fait. Cette nuit, disait la voix, est la nuit entre toutes les nuits où devenir le collectionneur, et faire dans de la chair vivante ce que l'autre conserve dans ses albums de photographies. Lorsque le jour atteindra l'arbre où tu l'auras attachée, plus rien en elle n'échappera à la lumière qui corrode la chair secrète, le froid dehors pénétrera au plus profond, sa nudité sera absolue, ce sera elle enfin, sans la nuit, sans la peau, et pourtant méconnaissable, non plus invisible mais impossible à regarder, elle ne ressemblera à rien, sinon à elle-même enfin, à la fée terrifiante que tordent des mouvements convulsifs. Et tu pourrais, disait la voix, partir avec cette image pour te rassasier.

Tu avais l'impression d'avancer en tirant derrière toi un fardeau de plus en plus lourd. Une chaîne tendue tout au long de ton parcours te reliait à un lointain fossé, un précipice, un fleuve. Au bout, un grappin s'embarrassait dans un fouillis de végétaux et de déchets qui grossissait, se prenait dans les racines, se coinçait entre les pierres, tu tendais le buste, tu poussais sur tes jambes, chaque mètre devait être arraché à la lointaine résistance de ce poids mort. Enfin, parmi les petites rues serpentines, tu as trouvé quelqu'un qui a pu t'orienter.

Le sentiment d'irréalité ne t'avait pas quitté lorsque tu as rejoint l'avenue de Mauville. L'excès de fatigue et de chaleur, sans doute. Les choses te paraissaient différentes de la veille, mais tu ne savais pas trop à quoi attribuer cette sensation. Tu avais peu pratiqué le quartier en plein jour. Lorsque tu as franchi le portail de bois toujours ouvert, parcouru la longue allée de terre qui menait à la maison Van Reeth, entre les arbres, il t'a semblé un instant que tu ignorais dans quel temps tu te trouvais. Tu t'étais égaré quelque part, dans le passé ou le futur.

La clarté qui se reposait sur la façade lui donnait une allure inédite. Quelque chose manquait. Des arbres. Tout à coup, comme dans une hallucination, tu t'es vu ramené aux premiers temps de la maison Van Reeth, à une époque où tu n'étais encore qu'un enfant. Les Van Reeth venaient de racheter la bâtisse, que ses propriétaires précédents, comme te l'avait expliqué un jour la veuve froide, avaient fait ravaler juste avant. Les joints restaurés, les huisseries fraîchement peintes en blanc délimitaient avec netteté les carreaux et les pierres. Chaque brique semblait accéder à l'existence individuelle. Jeune, Mme Van Reeth devait être d'une beauté intimidante.

Il y avait une voiture garée devant la maison, une Mercedes noire. Quelqu'un a ouvert la porte au moment où tu commençais à gravir l'escalier. Une grande femme blonde, la quarantaine, dans une robe d'été. Elle t'a demandé qui tu cherchais. La veuve froide avait peut-être de la famille, ou bien c'étaient des amis de Samantha, mandatés pour faire du nettoyage. Tu lui as expliqué que tu étais locataire de Mme Van Reeth, tu avais quitté la maison en y laissant quelques affaires que tu aurais aimé récupérer. Elle n'a rien répondu et t'a considéré avec perplexité, voire inquiétude. Un homme a paru sur le seuil, du même âge, l'air peu amène, qui a demandé à son tour ce que tu voulais. Il paraissait prêt à te faire déguerpir par la force. Ton nom ne lui disait rien. Tu t'es déclaré ami de Mme Van Reeth.

— Dans ce cas, vous devez savoir qu'elle est morte.

— Morte ? Mais qu'est-ce qui s'est passé ?

Tu devais avoir l'air tellement égaré que la femme a repris la parole, plus doucement.

— Écoutez, nous n'en savons rien, cela fait plus de dix ans, maintenant.

— Mais la maison...

La femme t'explique qu'ils ont acheté à la mort de l'ancienne propriétaire. C'était en très mauvais état. Il y avait eu un début d'incendie, côté forêt, peu de temps avant. Voilà.

L'homme, après s'être déclaré désolé, t'a demandé de bien vouloir partir. Tu as rebroussé chemin, d'un pas hésitant, sous le regard mi-effrayé, mi-compatissant de la femme blonde. Au bout de l'esplanade de gravier, avant de rentrer sous les arbres, tu t'es retourné, le temps d'apercevoir la femme blonde refermer la porte sur l'ombre fraîche de la maison.

Ce souvenir, tu ignores quoi en faire, à quel point du temps le relier. Tu ne sais pas avec certitude, dans l'état de fatigue où tu te trouves, s'il correspond à une quelconque réalité. Tu tentes de sortir de la léthargie, de mettre de l'ordre dans ta mémoire, mais une force te tire en arrière, veut te ramener à la confusion. Il n'est pas certain que tu aies raison de vouloir t'en extraire. D'autres fragments d'images flottent, eux-mêmes désancrés, parcellaires, comme si ton esprit avait explosé.

Tu revois des marches interminables, le long de départementales désertes. Des villages où des gamins agglutinés autour de deux mobylettes qu'ils font pétarader te dévisagent avec une curiosité sarcastique. Tu revois des cafés où la serveuse pose devant toi, sans te regarder, un sandwich et un verre de vin rouge. Tu revois de fiévreuses déambulations dans des centres commerciaux, des rues piétonnes, au milieu de groupes de garçons bruyants, de filles gloussantes, de familles encombrées de poussettes qui ne paraissent pas te voir, ni même se douter de ton existence, te bousculent, te roulent sur les pieds sans t'adresser la parole. Tu sens sur tes phalanges la chaleur du café pris à un distributeur de station-service. Surtout, tu te remémores des nuits, recroquevillé dans un coin de hangar, une cabane de jardinier, ou sur les berges d'un fleuve, avec l'agitation des rats qui filent tout près. Tu recommences tes attentes dans des salles neutres, tes bifurcations dans des corridors bureaucratiques, tu reformules explications et protestations pour des fonctionnaires qui n'ont pas l'air de t'entendre. Te reviennent les après-midi passés assis sur un banc de square, les jeux et les cris des enfants. Les petites filles revenant de l'école avec leur cartable et suivies, à distance, le long des rues, jusqu'au seuil de leur maison. La forêt, le dimanche, en fin d'après-midi. C'est le début de l'automne, il fait encore doux, des promeneurs s'attardent, des familles, des couples, parfois des adolescentes solitaires, que tu regardes de loin, émerveillé, entre les arbres, comme si tu assistais à l'éclosion d'une sylphide dépliant sa chair hors de la substance végétale. Tu distingues les deux grands yeux noirs, envahissants, de l'enfant qui écoute, immobile, le dos chargé de livres, sur une petite route de campagne, l'histoire merveilleuse que tu lui racontes. Vous êtes seuls, au coin d'un bois, la route s'éloigne dans le soir qui tombe, entre les champs de betteraves, la pluie qui vient de passer fait luire l'asphalte.

Tu sens à nouveau les crampes dans ton estomac, le froid, non sur ta peau, dans les intestins, les poumons, jusque dans les os. Tu te souviens de ces longs moments passés à trembler, sans fin, absurdement, devant la fenêtre entrouverte d'une maison, en plein soleil. Ces objets devant lesquels tu t'arrêtais, obéissant à un inexplicable impératif. Une boîte de coca abandonnée, un moineau mort, le visage d'un écrivain affiché dans la vitrine d'un libraire. Tu ne comprenais pas ce qu'ils te voulaient, pourquoi ils te retenaient là. Tu ne bougeais plus, tu ne les voyais plus, rien ne se déclenchait dans ton esprit. Et puis les maux de tête, les trous d'obscurité. Tu te souviens de l'impossibilité de se souvenir de quoi que ce soit.

Un choc brise ta léthargie comme du verre. Tu ouvres les yeux. D'abord, la lumière sourde, la texture des sièges, leur couleur, orangée, te font songer aux espaces confinés dans lesquels tu as passé une grande partie de ta vie. De même les caractères indéchiffrables, tracés au feutre, qui les recouvrent, te rappellent ces inscriptions mystérieuses que certains de ceux qu'on avait enfermés avec toi traçaient sur les murs de leurs chambres.

Tu as un bref moment d'angoisse, avant de te situer. À ta gauche, une vitre, dans l'obscurité de laquelle des myriades de corps vibratiles se scindent, s'engendrent, s'étirent, s'accroissent, explosent, se rejoignent, se fondent, glissent et tremblent. Le train s'est immobilisé, la pluie paraît avoir cessé. Tu es seul dans le compartiment. Tu t'approches de la fenêtre pour essayer de distinguer le nom de la gare. On n'aperçoit qu'un bout de quai désert, luisant, serré entre la voie et un trouble d'arbres qui derrière émerge de l'obscurité, comme s'il s'agissait d'un décor de théâtre, dans la salle où l'on vient d'éteindre, et où l'on attend l'entrée des acteurs qui se préparent derrière le rideau peint de feuillages indistincts. Pas le moindre panneau.

Tu te rencognes contre le rideau, tu fermes les yeux. Une secousse ébranle la voiture. Des bruits confus te parviennent, des pas, des voix, des portes que l'on ouvre. Tu voudrais ouvrir les yeux, bouger, mais le poids des paupières et des membres est devenu trop lourd, la léthargie t'a repris et te garde pour elle, tu entendras sans pouvoir réagir, comme on dit qu'il arrive aux morts au tout début de leur carrière. Et l'angoisse te hante que cela recommence, l'ébranlement de la banquette, le choc contre ton épaule, puis, lorsqu'à nouveau tes paupières seront libérées, le reflet, dans la vitre froide, d'un pâle visage de petite fille en larmes. Tu saurais alors que tu es en enfer.

Mais rien ne vient. Existe-t-il autre chose que ce train, ce train éternel ? Est-il le lieu où tu te racontes à toi-même l'histoire de ta vie ? l'interminable convoi d'un rêve ? L'heure viendra-t-elle du terminus qui serait, enfin, ta vie ? Tu descendras sur le quai de la réalité. Tu laisseras les wagons repartir dans le rêve.

Tu te rendors.

Lorsque tu te réveilles, le train roule à nouveau. Depuis combien de temps as-tu quitté la gare de Hourleval ? Pas loin de deux heures, sans doute. Logres ne doit plus être bien loin. Il faudrait que tu parviennes à te repérer. Tu as des comptes à régler à Logres, des recherches à faire, c'est vrai, mais au fond, si tu te posais la question (tu n'es pas encore assez lucide pour te la reposer), est-ce que tu saurais pourquoi tu y retournes ? On dirait que tu es incapable de faire autrement.

Tu es très fatigué, ces accès de sommeil en témoignent. Tu as l'impression de ne pas avoir dormi pendant des années. À la Maison Mutuelle de Morion-la-forêt, ils te bourraient de médicaments, tu ne savais pas quoi, en tout cas des doses à assommer un bœuf. Et parfois, en effet, tu tombais raide. Mais souvent, tu voyais passer les nuits entières, sans rien faire. Allongé dans ton lit, assis sur ta chaise, tu tournais autour des mêmes pensées, tu écoutais. Les yeux grands ouverts comme un somnambule, tu essayais de faire tenir ensemble les morceaux du passé, de recoller les images, sans y parvenir. Ou bien tu luttais contre ce que tu avais dans la tête.

Oui, souviens-toi, tu pouvais lutter des nuits, tu n'avais pas encore accepté. Évidemment, vu du dehors, ça pouvait faire mauvaise impression. Tu parlais tout seul, et parfois tu étais pris de hurlements comme on imagine qu'en poussent les damnés engloutis dans le feu éternel. Va-t'en, disais-tu, va-t'en, laisse-moi, arrête de parler sans cesse, laisse-moi dans le silence, je ne veux plus t'entendre, ta gueule, silence.

Ils augmentaient les doses, ils t'enfermaient dans une cellule capitonnée. Morion-la-forêt n'était pas seulement une maison de repos mutualiste, il existait aussi un secteur sécurisé, réservé aux cas spéciaux. C'est là qu'ils t'avaient mis. Les médecins qui t'écoutaient en prenant des notes ne comprenaient pas. Freud et la pharmacopée ne pouvaient pas leur suffire. Il leur aurait fallu un peu de théologie. Mais va demander à des médecins d'aujourd'hui de connaître des rudiments de théologie. Rien que le mot « âme » leur paraît saugrenu.

Tu avais demandé à voir un prêtre. À la Maison Mutuelle, c'est comme si tu avais exigé une entrevue avec la reine d'Angleterre. À toi aussi, l'idée t'aurait paru absurde, avant, mais elle s'était imposée d'elle-même. Ils avaient réussi à te dénicher ça, et t'avaient autorisé à le rencontrer seul, dans une petite pièce nue à la porte de laquelle veillait un infirmier.

Tu avais vu arriver un type d'une cinquantaine d'années, mince, belle coupe de cheveux, l'air jovial, dans un complet gris. Pas le moindre indice de sacré sur lui. S'il n'y avait pas eu, à son revers, le logo de sa société, la petite croix, il aurait tout à fait ressemblé à un employé de banque, ou au secrétaire d'un député de province. L'air qu'il a eu en t'écoutant était le même que celui du médecin chargé de ton cas, à tel point que tu t'es demandé si Freud ne lui était pas plus familier que saint Augustin. Les termes que tu risquais lui étaient visiblement exotiques, et le surnaturel plus étranger qu'à un chef de rayon électroménager. Il croyait à l'électricité, à internet et aux antibiotiques, comme les autres. Le rayon possession et démons avait été fermé dans sa petite boutique. Ceux qui en tenaient encore commerce fourguaient leur camelote à des jobards ou à des timbrés, catégorie définitive dans laquelle il était clair qu'il t'avait rangé, ce qui ne l'empêchait pas de t'écouter avec patience et charité, parce que c'était son boulot.

Tout t'apparaissait avec une clarté absolue, mais tu ne pouvais pas ne pas leur paraître fou, et tu le savais. Tu souffrais parce que tu n'acceptais pas. Comme pour les greffes, le moment de la grande réaction de rejet était venu. Jusqu'à un certain point, tu avais laissé venir, en partie parce que tu ne te rendais pas compte, en partie parce que cela correspondait à tes désirs. Il y avait bien eu de petites révoltes, des blocages, rien de trop violent. Les événements, la rupture avec Logres, l'enfermement à Morion-la-forêt ont suscité une réaction qui, de toute façon, devait venir un jour ou l'autre. Le moment de vérité, comme on dit. Bon, ce n'était pas tout à fait comme dans les films d'horreur où le malheureux tente d'expulser la chose au prix de force vomissements et contorsions, expectore d'atroces injures avec une voix qui n'est pas la sienne, mais il faut reconnaître que parfois tu n'y allais pas de main morte. Tu ne plaignais pas la prostration, ni les crises de rage. Sans compter les soliloques. Bref, ils avaient toutes les raisons de te parquer avec les schizophrènes et les paranoïaques. D'accord, tu n'avais pas l'air dangereux, mais ils savaient à quoi s'en tenir là-dessus, non ?

Le médecin absorbait tout patiemment, tes histoires de complot, de manipulation, de rencontres nocturnes dans la forêt, de textes te concernant s'écrivant tout seuls sur un ordinateur. Tu voyais bien qu'il n'en croyait pas un mot. Parfois il soulignait des incohérences, des impossibilités. Tu te lançais alors dans une discussion serrée de ses arguments. Absurde. Vous n'en sortiriez jamais. Il essayait aussi de te remettre en mémoire des faits que tu avais oubliés, de t'attribuer des actes indifférents ou atroces. Là encore, cela finissait par dégénérer en arguties sans fin.

Tu savais que tu n'étais pas là pour rien. Tu lui expliquais la situation. Tu étais devenu dangereux pour certains des clans qui se disputaient la prééminence au sein du cercle Van Reeth. Il ne s'agissait pas seulement de petits dîners dans la bourgeoisie locale. Le cercle Van Reeth, c'était le pouvoir lui-même, des manipulations politiques, du chantage, du blanchiment d'argent, des liens avec la mafia, de la traite de mineurs, de l'orgaisation de cérémonies perverses, de tortures, de trafic de vidéos atroces, peut-être de cannibalisme, etc. Par hasard, grâce à tes relations privilégiées avec la veuve, tu te trouvais au cœur de la machine, cela avait déplu à certains. Ils s'étaient arrangés pour qu'on te fasse endosser des horreurs que tu ne pouvais pas avoir commises.

Le médecin opinait toujours, en prenant des notes. De toute façon tu étais coincé. La veuve froide était morte, dans un autre établissement spécialisé. De faim, paraît-il. L'ordinateur et une bonne partie de la collection avaient été détruits, par elle, ou par d'autres qui s'étaient chargés de finir le travail. Tu t'étais longtemps demandé quel rôle exact avait pu jouer là-dedans la serviable blonde. Un petit cousin avait vendu la maison, dispersé aux enchères ce qui restait de livres et de manuscrits (il y a gros à parier, tu ne crois pas, que Blancpain était là, soit pour grappiller quelque chose, soit pour repérer les acquéreurs, et ne plus les lâcher, accroché à leurs basques pour quémander entrevues et photographies). Il ne restait à peu près rien de ton histoire à Logres. Tu avais bien donné à la police l'adresse de l'ancien cabinet médical où t'avait convié Lecorre. Ils n'y avaient rien trouvé que de normal. Quant au collectionneur, il n'avait jamais reparu, pas plus qu'un quelconque cadavre.

À quoi t'attendais-tu ? Ils sont beaucoup plus forts que toi. Ils ont dans leurs poches les flics et les Hellequin, les gendarmes et les voleurs. Tu sais bien que Lecorre était un ami du commissaire de Logres. Quant à ton séjour à Morion-la-forêt, qui devait se prolonger à vie, tu aurais pu sans trop de risques d'erreur leur en attribuer la décision. Cinglé, tu étais à peu près aussi inoffensif que mort, et au fond plus discret. Cela permettait en outre de te mettre quelques cadavres sur le dos. La complicité du médecin qui t'interrogeait était probable. Tu as fini par renoncer à dire quoi que ce soit, et tu as eu raison.

Le centre de Morion-la-forêt occupe, à trois kilomètres de la ville, un vaste parc arboré dans lequel sont dispersés les différents bâtiments. L'édifice principal est une folie fin XIXe siècle, genre gothico-renaissance, avec clochetons, tourelles, fenêtres à ogives, vitraux et tout le tremblement. Le gros négociant qui s'était fait construire cet engin avait très vite fait faillite. Le manoir était devenu quelque temps hôtel de luxe, puis, revendu, résidence secondaire d'un grand écrivain oublié. D'après certains de tes collègues timbrés, il paraît qu'il s'y était passé de drôles de choses, à ce moment-là, des parties fines pas toujours recommandables. Finalement, à la mort de l'écrivain (survenue dans des conditions particulièrement douteuses, les journaux de l'époque en avaient fait leurs choux gras), le Système avait acquis le domaine. On en avait d'abord fait un hôpital psychiatrique, qui servait aussi à la formation des médecins, et puis, la clientèle évoluant, l'enseignement laissant de plus en plus de braves petits soldats sur le carreau, on avait construit des bâtiments nouveaux, dans le parc, qui accueillaient les fatigués, les déprimés, les loques et les rebuts du Système, tous les brillants produits des études et des concours que les humiliations, l'impuissance, l'échec de leur vie avaient rendus idiots, baveux, impuissants ou mutiques.

On ne vous mélangeait pas. Un grillage vous séparait. Vous pouviez les contempler de loin, aux beaux jours, qui promenaient dans le parc leur fatigue pédagogique. Au fond, à peu de choses près, c'est là-bas que tu aurais pu te trouver, après quelques années de collège en plus. Allouche devait encore y être. Mais toi, tu demeurais avec les sérieux, les grands malades, dans la partie principale.

Au rez-de-chaussée se trouvaient les salles de soins, le réfectoire, le logement du personnel et les bureaux. Vos chambres aux deux étages supérieurs, plus faciles à surveiller. Le Système n'avait plus beaucoup d'argent à vous consacrer. Les salles se délabraient, la peinture avait depuis longtemps pris une couleur pisseuse. Le personnel était insuffisant et de mauvaise qualité. On avait envisagé un moment un agrandissement aux combles, et puis on y avait renoncé, en se contentant de condamner l'accès.

Morion avait fini par acquérir une réputation de passoire. Il y avait eu des cas graves, un ou deux psychopathes dangereux avaient filé. C'était l'exception. Mais le menu fretin s'esquivait avec une relative facilité. On croisait en ville des types en pyjama qui marmonnaient tout seuls, des dames en robe de chambre demandant aux passants s'ils savaient comment se rendre dans des endroits dont ils n'avaient jamais entendu parler, et leur déposant dans l'oreille d'abominables secrets. Toi-même, tu avais pu leur fausser compagnie de temps en temps. Toi aussi tu avais des choses à dire. Bien sûr, ils t'avaient remis la main dessus. Ils savaient toujours où te trouver.

Tu échappais plus facilement à leur surveillance à l'intérieur du bâtiment. Ce n'était pas bien difficile et cela t'arrivait souvent. La géographie labyrinthique des lieux t'y aidait. Tu arrivais ainsi à gagner quelques moments d'isolement sur des paliers, dans des renfoncements, des coins d'escalier, des remises biscornues, auxquels personne n'avait jamais prêté attention. Tu t'accroupissais. L'Institut, avec ses infirmiers, ses médecins, ses fous, ses séances de télévision et ses entrevues thérapeutiques, ses cocktails de médicaments, ses lobotomies et ses électrochocs, ses cris, ses hochements de tête et ses ricanements mécaniques cessait d'exister. L'odeur de vieux bois, la vue d'une latte de parquet, les restes d'un insecte au fond d'une rainure te reconduisaient en douceur, comme une grand-mère qui t'aurait tenu par la main, vers des régions oubliées de l'enfance. Là il y avait encore de la neige sur le rebord d'une fenêtre, ou bien des voix tranquilles causant dans un jardin, le soir, parmi l'odeur de la pluie d'été. Mais tu ne savais plus où cela se trouvait. Parfois tu pleurais, sans raison.

Le plus souvent, ces explorations restaient solitaires. Il t'est arrivé cependant de croiser d'autres égarés. Sans doute ils cherchaient, comme toi, la solitude, le recroquevillement, être enfin nulle part. À moins que, plus probablement, ils n'eussent échoué dans ces culs-de-sac comme des bouts de bois charriés par une rivière finissent par se coincer dans des replis de la rive où ils tournent en rond. L'un, qui poursuivait nez contre un mur un soliloque régulier coupé d'éclats de voix, faisait penser à un acteur répétant Hamlet. De l'autre on ne voyait pas non plus le visage. Accroupi sous l'escalier où tu l'avais trouvé, il serrait la tête entre ses genoux. Lui, long et sec, évoquait plutôt quelque momie égyptienne rangée là par l'un des pensionnaires, explorateur que la malédiction des pharaons avait rendu fou, comme dans *Tintin*. Une fois, tu étais tombé nez à nez avec une petite vieille que tu n'avais jamais vue, ni dans le parc ni au réfectoire. Petite vieille bien mise, trop maquillée, à la manière des années trente, et qui paraissait s'être hâtivement matérialisée dans la pénombre dont elle venait de surgir comme d'une eau fraîche, Vénus ridée et permanentée ; elle avait babillé on ne sait quoi, et puis disparu dans le couloir aussi vite qu'elle était apparue, à la manière d'une espèce de fée trop étourdie pour se souvenir d'avoir à exister un peu plus.

Tu te demandais si la demeure bourgeoise, l'hôtel de luxe et la résidence de campagne du vieil homme de lettres priapique n'avaient pas laissé des traces, des empreintes lumineuses ou sonores, abandonné des épaves du passé dans les coins. Avec assez de silence (mais y avait-il jamais assez de silence ? Le silence, Gilles, existe-t-il encore dans ce monde ?) on entendrait les soupirs fossiles du plaisir, stagnant sous les lits, ou, juste au-dessous du présent cliquetis des fourchettes, dans le réfectoire, à peine décalé, le cliquetis d'anciens couverts, ou encore, on verrait, dans le vin noir qu'on vous sert avec prudence, les lèvres pourpres d'une femme riche, belle, et morte. Ces apparitions ne te dérangeaient pas beaucoup plus que s'il s'était agi de meubles. Mais en général, tu restais seul.

Dans un mur lambrissé, au beau milieu d'un escalier, il suffisait de pousser un panneau pour pénétrer dans un réduit hexagonal, sans usage apparent, pourvu d'une minuscule imposte qui offrait une vue inédite sur le bâtiment. De là, il ne se ressemblait pas. Une perspective bizarre en déformait les angles. Tu ne reconnaissais plus ce que tu voyais d'habitude depuis le parc. L'imposte donnait tout près d'un angle de mur qui s'avançait assez pour te masquer le ciel et les arbres, et tu ne pouvais pas voir non plus le sol. Tu te trouvais dans une sorte de puits où tombait une lumière égale, grisâtre. En face, des fenêtres à vitraux opaques, toujours fermées. Le rebord d'un toit d'ardoises. Le petit réduit dans l'escalier avait le pouvoir magique, te disais-tu, de te faire pénétrer dans un tout autre bâtiment, habité par des inconnus, à une époque différente, mais de cette autre demeure tu ne connaîtrais rien d'autre que ce pan de mur muet. Il faut bien s'occuper lorsqu'on est enfermé à vie. Lorsque, dans la journée, depuis le parc, tu levais les yeux vers la façade, tu n'arrivais jamais à repérer l'emplacement de l'imposte.

Tu imaginais aussi qu'elle donnait sur un coin de la maison Van Reeth. Si tu t'y prenais bien, tu pourrais peut-être t'y glisser à nouveau, avant qu'elle soit saccagée et vendue. Une nuit, tu pousses la petite porte du placard qui donne sur le palier, où la bonne babélique entrepose ses balais et ses seaux. Tu traverses tout doucement le salon. L'éclat de la lune modèle les objets dans une matière pâle. Le dieu Pan est là, qui te sourit du fond de la pénombre, comme s'il t'encourageait. Tu montes l'escalier des chambres. Le corps de la veuve froide repose dans un magma de draps froissés, bras et jambes jetés au hasard, tête renversée, dans une explosion de cheveux. Sa nudité violente inquiète, au sein du noir qui en creuse encore les courbes, statue d'une martyre inconnue dans le coin obscur d'une église. Rien ne paraît pouvoir l'apaiser.

Tu te penches sur elle, tu aspires son souffle, tu la couvres de ton corps, tu la pénètres à nouveau. Tu ignores si elle dort ou si elle s'est éveillée. Son angoisse s'est insensiblement muée en déchirement de l'étreinte, et tu ne sais pas si elle jouissait déjà avant que tu ne t'immisces en elle, ou si elle souffre encore. Tu exultes de ton pouvoir. Ta semence glaciale s'insinue dans les régions profondes de son corps. Tu disparais. Tu reviens la visiter, de nuit en nuit, sans que jamais ses yeux ne s'ouvrent. Elle t'appartient. Elle n'a jamais été qu'à toi. Tu es le maître de maison. Cela n'aura pas de fin.

Tu quittais le réduit. Tu reparaissais, dans le parc ou dans le salon, personne ne s'était aperçu de rien, c'est comme si tu ne t'étais à aucun moment absenté. Le tout était de ne pas disparaître trop longtemps.

460

Or, après la découverte du petit réduit, au lieu que tu parviennes à trouver l'issue vers le passé et vers Logres, c'est l'inverse qui s'est produit. La maison Van Reeth est revenue te voir. Tu t'amusais à en plaquer la géographie sur celle de l'Institut. Tes congénères ne comprenaient pas tes promenades répétitives, ni pourquoi d'insignifiantes déambulations paraissaient tant t'absorber, comme si une infirmité secrète t'avait obligé à un contrôle minutieux de tes gestes. Ils ignoraient que le mouvement particulier que devaient accomplir ta jambe et ton buste pour obliquer de la porte du living en direction de l'escalier du premier suffisaient à replacer tout ton corps à l'intérieur du corps spectral de la maison Van Reeth, où la même manœuvre exactement te faisait passer du grand salon à l'escalier qui montait vers la chambre et la collection.

Cependant cette superposition topographique ne suffisait pas. Semblable à une nappe d'eau souterraine qui eût commencé à remonter, à tremper les sols, à marquer les murs de taches énigmatiques, la maison Van Reeth s'insinuait à l'intérieur de l'Institut. Tu la reconnaissais à de petits détails. Un jour, en entrant dans le bureau du psychiatre, tu avais vu, au-dessus de son bureau, où était accrochée une quantité de gravures insignifiantes et de reproductions sans intérêt, chevaux et voiliers, une image que tu n'y avais jamais remarquée.

Malgré le faible éclairage, tu ne pouvais pas t'y tromper, c'était l'aquarelle de la chambre, dont la veuve froide t'avait dit qu'il s'agissait d'un Rops, l'une des pièces de sa collection auxquelles son mari tenait le plus. Le médecin t'avait demandé si quelque chose te troublait. Difficile de savoir s'il avait acquis une reproduction (mais qui reproduirait de telles images ?) ou si tu avais sous les yeux l'original, celui face auquel, bien des nuits, tu avais dormi aux côtés de Mme Van Reeth. Dans les deux cas, est-ce que cela n'impliquait pas une collusion secrète entre le petit cercle de Logres et l'Institut de Morion ? Est-ce que cela n'y expliquerait pas ta présence ?

À partir de là, de menus objets se sont mis à reparaître, cendriers, vaisselle, auxquels tu n'avais guère prêté attention à l'époque, que tu avais oubliés, mais qui prenaient un relief extraordinaire, qui se jetaient à ton visage au moment où tu entrais dans une pièce. Souviens-toi de ce repas où, dans un inhabituel plat de céramique bleue, le service même des dîners du cercle, on vous a servi des morceaux d'une viande noire qui t'ont ramené au fumet inimitable des venaisons accommodées par la bonne babélique.

Une nuit, alors que tu reposais à nouveau sans dormir sur ton lit, tu avais entendu du bruit provenant de l'une des chambres de l'étage. Rien que d'ordinaire, presque toutes les nuits étaient troublées par les cris ou les soliloques sonores d'un quelconque pensionnaire. Pourtant, impossible de s'y tromper, dans le silence qui l'entourait avec minutie, tu avais entendu le petit rire cascadant, et tu t'étais souvenu de lui, lorsqu'il résonnait derrière la porte condamnée de l'étage. Cela avait eu lieu bien des années auparavant, mais il était resté enregistré dans un coin de ton esprit.

Le plus inquiétant s'était produit un soir, alors que vous sortiez en petit groupe du living où vous aviez regardé la télévision. Tu avais perçu une bizarrerie dans le grand hall de l'entrée, sans d'abord la situer. Cette fois, cela n'avait pas l'air de venir d'un objet remontant du passé. Tu t'étais immobilisé, humant l'air, écoutant, parmi les bruits proches ou lointains de conversations, raclements de chaise, souffle d'une voiture solitaire passant sur la départementale au fond du parc, si ne se cachait pas une voix ténue que tu aurais déjà entendue très longtemps auparavant. Deux infirmiers te regardaient avec inquiétude.

La rampe de l'escalier principal qui menait au premier était décorée à son sommet d'une grosse boule de verre qui recueillait et diffractait la lumière mélancolique du lustre. Il fallait bien t'aider un peu, te laisser entendre que tu brûlais (c'est le cas de le dire, si tu veux bien souffrir un peu d'humour). Tu n'as pas su quelle inspiration, quelle voix dans le creux de l'oreille t'a poussé à aller regarder la boule de plus près. Elle brillait d'un éclat anormal. À l'intérieur, le hall se reflétait. Mais ce n'était pas celui de l'Institut, avec ses murs jaunes. Tu reconnaissais, tétanisé par l'épouvante, le hall pourpre de la maison Van Reeth, l'escalier qui montait à l'étage, toute cette structure spiralée, entortillée comme le corps annelé d'une bête, et qui, plongée dans une lueur inflexible sans rapport avec celle que diffusait le lustre, paraissait se tordre au cœur d'un incendie. Tu as reculé d'un pas brusque. Un infirmier t'a reconduit dans ta chambre.

Le corps de la veuve froide revenait diffracter sa chaleur mauvaise entre tes draps. Tu entendais le souffle de sa respiration, qu'interrompait par instants la vision glaçante de quelque cauchemar, le murmure quasi inaudible de ses conversations avec les êtres invisibles qui la visitaient presque toutes les nuits. Le matin, tu demeurais longtemps assis dans la cuisine verte. Le café refroidissait devant toi. Tu ne trouvais pas la force de te lever. Tu entendais sans la voir la bonne babélique fourrager dans un recoin en balbutiant sa syntaxe hybride. Plusieurs fois par jour, la sonnerie impérieuse du téléphone appelait, quelque part dans les replis de la maison, semblant remonter de très loin, répercutée par des voûtes profondes, circulant de mur en mur, gravissant des escaliers interminables. Son grelottement caractéristique et désuet venait te chercher depuis la préhistoire, et tu ne pouvais te défendre de la pensée absurde que bien avant ta naissance, bien avant que tes ascendants aient pris forme humaine, déjà, on te téléphonait.

Le parcours était difficile, le temps avait laissé croître des ronces et des tiges tortueuses qui barraient les portes, proliféraient sur les planchers, mais tu reprenais chaque jour le chemin du bureau de Georges Van Reeth, de la collection et de l'ordinateur qui t'attendait, incandescent dans la pénombre. Tu savais qu'il détenait la solution, qu'il suffisait de s'enfoncer assez loin dans ses arborescences enflammées pour savoir enfin qui tu étais vraiment. Tu progressais mètre par mètre. L'épaisseur gluante de Morion te retenait. Tu n'étais pas encore arrivé jusqu'à la porte, mais tu persistais. En même temps tu savais qu'il ne fallait pas, tu devais résister aux appels de ce spectre de maison, acharné à reparaître.

Tu luttais contre les images, et surtout contre ces voix qui te racontaient ton histoire et te fabriquaient ton identité, mais la réémergence de la maison Van Reeth ne t'aidait pas, il faut le reconnaître. Tu avais beau te frotter les yeux, te forcer à voir les choses telles qu'elles auraient dû être, tu ne pouvais pas ne pas te laisser reprendre par tout ce que la maison avait installé en toi.

Tu n'avais jusqu'alors combattu qu'en silence. Reprendre l'initiative impliquait que tu poses ta voix un cran au-dessus de celle qui t'avait jusqu'alors raconté qui tu étais : plus haut dans la conscience, moins profond. Le « je » par lequel tu te décrivais tes actes et tes pensées en prenait quelque chose de théâtral. Tu te parlais trop fort, ainsi que ces gamins qui recouvrent de phrases idiotes les vérités désagréables qu'ils se refusent à entendre. Comme si la terre s'était ouverte devant toi sur des profondeurs concentriques, tu avais entrevu, un instant, l'étagement de tous les niveaux de conscience contenus les uns dans les autres, entre l'inconscience du rêve (lui-même comprenant ses propres niveaux de profondeurs, où l'on peut se souvenir d'autres rêves et les commenter) et la parole proférée dans une si aveuglante lumière de l'esprit qu'on n'en croit pas un mot. À tout moment de ta vie mentale, quelqu'un occupait chacun des étages, usait de son propre langage, plus ou moins délié. L'édifice de ta tête bruissait de paroles, entre la vocifération et le murmure, mais tu ne les entendais jamais toutes en même temps, ou plutôt tu ne savais pas que tu les entendais en même temps. Tu cherchais à me chasser de mon étage, ou à m'y enfermer, sans voir qu'ailleurs, et jusque dans les rêves, j'étais déjà arrivé.

Le bruit de la pensée ne suffisait plus. Tu t'es mis à parler tout haut pour ne plus m'entendre. D'abord juste un remuement des lèvres, puis le souffle, puis les cordes vocales. Tu savais que tu parlais tout seul, comme certains de tes collègues. Des mots sans guère de signification, des phrases toutes faites, prises au vol, dans les émissions télévisées, les publicités, à la radio. Tu les ressassais, avec des variations. Il te fallait aussi, par-dessus tout, des chiffres et des comptes : cent mille hommes, un million de francs, douze mille soldats, quatre cent mille morts, des quantités capables par leur poids d'obturer les orifices par où pouvait suinter tout ce qui a du sens et qui blesse, les souvenirs, les doutes et les peurs.

Une après-midi, juste après le repas, tu avais filé en douce vers tes recoins. Dans la topographie déroutante de l'Institut, les accès aux combles, en principe condamnés, étaient multiples et compliqués. Tu avais buté plusieurs fois sur des portes verrouillées. Or, par hasard, en explorant un fragment de palier mal éclairé, une espèce de renfoncement bas de plafond entre deux volées de marches que tu n'avais jamais eu l'idée de beaucoup fréquenter, tu avais remarqué, à quelques

centimètres au-dessus de ta tête, une trappe. Elle avait
dû échapper à la vigilance de la direction. Elle était
très lourde, très difficile à soulever. Tu t'es hissé jusque
dans une étroite soupente, qui donnait dans une
chambre mansardée, vide, aux murs tendus d'un papier
à petites fleurs bleues.

Cela t'a donné l'idée de rester là le reste de la
journée. On te croirait déjà en cavale dans les bois qui
bordent la départementale. Tu pourrais tenter de filer
à la nuit.

Rien à voir dans les combles de l'Institut. Des rebuts
du passé, tout ce qui n'avait été emporté ni par le négociant ruiné, ni par l'hôtelier, ni par le grand écrivain
louche. Chaises, brocs, malles vides, ou pleines de linge
jauni. Un fauteuil roulant, diverses cannes. Depuis les
grands œils-de-bœuf, tu pouvais voir tes collègues cin-
glés déambuler dans le parc pour la promenade diges-
tive de l'après-midi, se séparer, s'isoler, se regrouper
pour des conversations incohérentes, sous l'œil des
infirmiers. Des chambres de bonnes s'alignaient le long
d'un couloir central, et puis des cagibis sombres et
poussiéreux, où quelques vêtements dormaient derrière
des rideaux. Qui aurait été te chercher là, si tu t'étais
glissé parmi les vestes et les tabliers des domestiques ?

Ces pièces te rappelaient quelque chose, mais tu ne
savais pas quoi, il te semblait être ramené à des rêves
très anciens, et pour tenter de reconstituer l'image, tu
écoutais, immobile, les craquements du bois, tu aspirais
l'odeur sèche des vieilles étoffes. Rien ne venait. Un
jour oblique et froid tombait par les lucarnes, rampait
sur le parquet gris du couloir qui paraissait le vider
encore un peu de sa substance lumineuse.

Tu as fini par entrer dans le dernier cabinet. Le côté

droit, sur toute la longueur, y était dissimulé par un rideau de chintz à fleurs roses, aux couleurs passées, qui pendait à une tringle de cuivre. Plusieurs paires de chaussures dépassaient sous l'étoffe. Tu sentais les spectres de Logres commencer à reprendre corps, t'attendre peut-être, là, derrière. L'issue secrète vers le passé n'était masquée que par un banal pan d'étoffe. De l'autre côté, ce seraient le bois de Cherves, les grottes, le sable crétacé, l'agitation des arbres dans la nuit, sous tes fenêtres, la voix de l'eau se lovant dans ta baignoire babylonienne, les lourds seins blancs de la veuve derrière la vitre dépolie. Tu ne savais plus si tu voulais affronter cela, comprendre ce qui n'avait pu être compris, ou tout simplement recommencer, te glisser à nouveau dans l'incompréhensible.

Derrière le rideau, les grandes marionnettes de bois peint s'apprêtaient à jouer pour toi, spectateur solitaire de ce théâtre de poche, la comédie de Logres. Leurs grands gestes maladroits d'automates découperaient brutalement dans l'espace les contours de la vérité.

Le rideau formait des plis irréguliers qui retenaient l'ombre. Cette ondulation ne pouvait pas être due au hasard. Il était évident qu'elle reproduisait la configuration exacte d'un phénomène du monde physique, isomorphe d'un aspect de ton univers mental. Tu avais devant toi une forme d'onde, un spectre qui se proposait à la lecture, mais tu ne savais pas le lire. Il t'apparaissait comme évident que tu n'avais jamais rien su lire. Le monde n'avait pas cessé de te faire des signes, de te glisser à l'oreille les formules essentielles. Tu n'avais pas écouté.

Pourtant, l'ondulation du rideau te le suggérait avec ironie, ta vie n'avait pas été autre chose qu'un déchiffrement de signes. Une longue, inquiète, aride lecture. Tu avais aimé comme on lit, comme on additionne, mangé comme on déchiffre, pissé comme on interprète.

Ton angoisse cherchait dans les ombres et les traînées d'humidité la forme des lettres tracées par l'ange. Tous les rideaux conservaient les plis imprimés par les grands empennages, toutes les fenêtres à certaines heures précises encadraient des paysages énigmatiques, du fond desquels s'avancerait un jour une silhouette voilée. Son itinéraire était commandé par un calendrier secret, les pas mesurés par un comput prévu de toute éternité. Ta mélancolie additionnait, recomptait, recalculait. Mais tu restais derrière la fenêtre, les bras le long du corps, ou devant le tableau, ou sur les pages du livre. Et plus tu déchiffrais, plus tu perdais le sens de ton déchiffrement. Les calculs ne te donnaient que d'autres chiffres, à l'infini.

Il suffirait de tirer le rideau pour n'avoir plus à calculer. Tu le regardais attentivement, comme si sa contemplation devait te donner des raisons impérieuses de le tirer. Certains des plus larges plis suggéraient des personnages dissimulés derrière lui, dont l'étoffe épouserait la courbe des ventres. Leurs pieds occupaient les chaussures qu'on voyait dépasser par en dessous. Le rideau rendait palpable cette évidence : derrière toutes les cloisons, derrière les portes, derrière les arbres, derrière les peaux, il y avait toujours eu quelqu'un pour t'écouter, te surveiller. Comment s'en débarrasser ? Il faudrait à coups d'épée crever sans cesse des centaines de bedaines d'espions, et les laisser mourir dans leur cachette, comme des rats, sans même chercher à les voir.

Juste tirer le rideau pour voir la réalité en face, te disais-tu, interminablement, dans la lumière grise qui baissait. Ce voile rose à fleurs démodées masque la figure de la déesse. La vérité nous est toujours dissimulée par un rideau. Elle nous attend au fond d'un placard inconnu. C'est simple : il suffit d'être mis chez les fous et de rejoindre le grenier pour la trouver. Pourtant, tu ne bougeais pas. Tu ne te décidais pas à accomplir ce geste indifférent. Justement parce qu'il prenait une importance démesurée, parce qu'il était le plus significatif que tu eusses à accomplir, il suscitait en retour une pesanteur énorme, il réveillait, latente dans les actes ordinaires, l'inutilité d'accomplir quoi que ce soit, l'absence de nécessité inhérente à tout mouvement. Tirer le rideau était incompréhensible.

Il y avait, pour te maintenir absurdement debout dans cet interstice, autre chose encore, qui tenait au rapport entre la banalité de la pièce, la fadeur de cette étoffe, et ce qui se dissimulait derrière, pourvu de la solennelle puissance de tout ce que l'on tient caché.

Outre le fait qu'il redoublait le cabinet attenant à la salle de bains de Mme Van Reeth, tout ce dispositif semblait fait exprès pour induire une présence. Tu aurais pu t'en détourner, faire comme si de rien n'était. Mais puisque l'idée de la présence s'était imposée, partir sans rien faire comportait le risque de donner à ce théâtre idiot le statut de scène de l'énigme, hantant dès lors ta mémoire. Tu ne t'en débarrasserais sans doute pas comme ça. Il n'y avait qu'à tirer le rideau pour en avoir le cœur net. Rien qu'un rideau de vestiaire. Mais dans ce cas, pourquoi le tirer ? Cela ne pouvait signifier qu'une chose : l'idée que quelqu'un se tenait là n'était pas entièrement dépourvue de sens. Le rideau masquait l'inconnu, avec tout ce que cette seule idée comportait de bouleversant, de terrorisant en soi. Va savoir ce qui arrive quand on dévoile la statue du dieu.

La seule hypothèse du geste suscitait le fantôme dont tu cherchais à te libérer. Ainsi tu ne savais plus si tu hésitais à accomplir ce geste pour laisser le rideau rose à son insignifiance et ne pas permettre au spectre de prendre corps, ou parce que tu avais peur de dévoiler le spectre. Plus tu hésitais, plus le temps accroissait le poids de ce qui t'attendait derrière le rideau, et plus ce

469

poids empêchait ton bras de se lever pour accomplir ce mouvement insignifiant.

Le rideau rose te semblait pris d'un léger tremblement, à croire que la tension qui retenait ton geste au bord extrême de l'accomplissement, s'absorbant dans sa texture, se déchargeait en vibrations. Il faisait à présent presque noir, le rideau commençait à se fondre dans l'ombre du cabinet.

C'est parce que tu ne comprends pas pour quelle raison il te faut tirer le rideau que tu dois le faire, et c'est pour la même raison que tu ne le peux pas. Il n'a pas d'épaisseur, presque pas de poids, à peu près aucune importance, mais tu ne le peux pas. Les seuls objets qui vaudraient pour nous se trouvent hors de notre portée. Ils se défendent par la terreur, par l'insignifiance, par l'obscurité. Tu sais aussi que si tu trouves la force de saisir entre les doigts l'étoffe qui doit être crissante et rêche, puis de faire glisser les anneaux jaunes le long de la tringle, ce que tu verras, quelle que soit sa nature, son aspect, cessera d'être la chose qui était derrière le rideau.

Tu as tiré le rideau.

J'avais pris mon temps pour te conduire là. Le chemin avait commencé dans le train de Logres, et puis à Logres. Il t'avait mené ensuite à Morion-la-forêt. Tu étais tout près, mais il t'avait fallu encore des mois, des années pour aller jusqu'au bout. Enfin nous y étions.

Le cabinet n'avait ni fenêtre ni éclairage. Il n'y parvenait que la lueur de cette après-midi de début d'automne, épuisée par la distance qu'elle avait parcourue depuis l'autre bout du couloir. On n'y voyait donc pas grand-chose. On aurait presque pu me confondre avec l'un des costumes qui pendaient là. Je n'étais, il faut bien le reconnaître, guère plus vivant. Aussi flasque, aussi desséché. Mais enfin, c'était moi. D'ailleurs tu m'as reconnu tout de suite.

Des années que tu te préparais à l'entrevue. Tu ne savais pas, bien sûr, à quoi je ressemblerais. Tu imaginais plus romanesque. Le grand *come back* du dragon ne pouvait pas prendre des allures banales. Tu pouvais tout imaginer, mais pas ça, le grenier, le cagibi, et ton démon pendu là, sous la forme d'un veston flapi, couvert de poussière.

Nous nous sommes regardés. Plus exactement, tu m'as regardé. Le regard, en ce qui me concerne, ne se pose sur rien de précis, il traverse tout ce qu'il rencontre. Tu avais froid. Tu tremblais. Tu ne me voyais pas distinctement, dans l'obscurité croissante, tu essayais en vain de me détailler, et en même temps l'idée que tes yeux pussent former une image de moi te terrorisait. J'étais là, devant toi, debout dans mon placard, immobile. J'avais l'air grotesque d'un clown que son partenaire vient de fourrer dans un cercueil dressé après lui avoir prouvé qu'il est mort, et qui se tient tranquille, comme il sait que font les morts, avec un sourire idiot au coin des lèvres. Il ne me manquait que le petit chapeau ridicule.

Tu as bien essayé encore, à ce moment-là. Tu ne voulais pas que la voix qui te parlait sortît des lèvres muettes et serrées de ce guignol empaillé. Tu te souviens ? Tu avais peur, mais tu étais en colère. Cesse de me tutoyer, disais-tu. Je n'ai pas besoin qu'on me parle, ni qu'on me raconte. Reste dans ton placard et laisse-moi partir. Je suis épuisé. Je voudrais du silence, enfin. Tu n'as pas besoin de moi. Tous les discours qui te sortaient parfois de la bouche dans la journée et qui portaient le médecin à te supposer un peu secoué du bocal. Il faut le comprendre, cet homme.

Ton ironie, je ne la supporte plus ; elle dessèche tout : voilà ce que tu disais. On ne peut plus croire en rien. Pourquoi faut-il tout soupçonner, toujours, instiller le soupçon, la saleté, l'abjection. Parce que c'est comme ça, parce que tu penses. La loi de la pensée, c'est de détruire.

Tais-toi, tu n'existes pas, tais-toi, tu n'existes pas, répétais-tu, alors que j'étais là, sous ton nez. Des frissons suivaient les lignes de ton corps, en boucle, comme si on t'avait installé l'électricité. Je n'existe pas, tu n'existes pas, nous n'existons pas, mais c'est la même chose, tu n'as d'existence qu'en moi. Qu'est-ce que tu crois. Je te dis « tu » comme si c'était « je », et quand tu me dis « tu », logique, tu dis « je ». Je te parle comme dans un miroir.

Au fond tu as de la chance d'avoir trouvé la source de la voix. La plupart ignorent toute leur vie qu'ils ont un *daimon*. Oui, oh, j'ai l'air d'un rond de cuir des enfers. Je sais. Une créature kafkaïenne que l'on replie dans des espaces mal fichus et qui reste là à se psalmodier mentalement formulaires et circulaires. Eh bien c'est exactement ce qui convenait à ton âme étroite, mon Gilles. Je ne suis pas le Grand Saurien, le Bouc puant dont on va baiser le cul dans les clairières nocturnes, mais enfin j'ai mes trucs, mes astuces. Je suis ton lézard, ton vieux lézard sec et bavard, toi-même, enfin ; bonsoir.

Peu importe ce dont je suis fait au juste, à quoi je ressemble, un cadavre, un fou qui croit faire une blague et attend depuis des jours qu'on tire le rideau sur son petit numéro, un croquemitaine de grenier, une illusion de la pénombre, une hallucination, une apparition matérialisée là depuis des lustres, gérant à distance ses petites affaires infernales. Peu importe mon histoire. Cela serait arrivé de toute façon. Tu serais tombé un beau jour sur moi sous une autre forme, ç'aurait été ce hareng saur, tout sec lui aussi, tout muet, l'œil fixe lui aussi, extrait depuis longtemps des grandes profondeurs, pour devenir population de placard, tout pareil. Tu m'aurais reconnu. Je suis le grand hareng saur, et je te hante, je te parle, le collectionneur c'est moi bien sûr, où croyais-tu donc que j'avais pu disparaître ? Dans un cagibi, chez les fous, c'est bien normal.

C'était terminé. Tu savais que tout était venu de là, du fond d'un placard banal, dans les combles d'un Institut psychiatrique. Depuis le début je te racontais ton histoire, j'étais entré aussi profond en toi que la sacculine qui pousse son réseau tentaculaire à l'intérieur du crabe jusqu'à le vider de lui-même. Tu te rendais compte que la lutte ne servait à rien, qu'à te faire souffrir. Depuis bien longtemps il était trop tard.

Il faisait tout à fait sombre à présent, tu ne me voyais plus. Tu as refermé le rideau. Au milieu de la nuit tu es redescendu. Les portes verrouillées, les fenêtres grillagées, les gardiens de nuit, rien ne t'a arrêté. Tu avais la transparence et le silence d'un fantôme. D'ailleurs, excuse-moi, tu l'ignorais sans doute, ce que tu continuais à voir dans les miroirs, par habitude, c'était ton apparence ancienne, mais depuis longtemps ton séjour à Morion t'avait donné l'allure d'un fantôme. Encore une fois, tu as filé droit sous les arbres.

Tu te réveilles d'un coup. Il y a quelqu'un en face de toi. Ou du moins faut-il supposer que quelqu'un habite cette veste, ce pardessus, cette écharpe qui ont l'air d'un paquet de vêtements oublié par un voyageur contre la fenêtre du compartiment. Cela ne bouge pas.

Le compartiment est plongé dans un demi-jour gris. Le brouillard qui comble le bout de monde extérieur affiché à la fenêtre ne permet pas d'évaluer nettement la vitesse du train. Un petit cri s'élève du tas de fripes, lequel, au bout d'une assez longue période de remuements, donne naissance à une tête ébouriffée, pourvue d'un visage, celui d'un jeune homme plutôt pâle.

La créature s'affaire un moment, consulte sa montre, se gratte, ménage de la paume un trou dans la buée de la glace, par lequel elle tente, sans doute en vain, de pêcher des images du monde extérieur. Elle se tasse à nouveau, ne bouge plus. Elle doit s'être rendormie. Vous formez, plongés au sein de la chaleur lourde, écrasante, qui vous aspire dans la torpeur, un duo comique de barytons de la sieste, de danseurs étoiles du gros dodo, qui se répondent, font des figures et des trilles silencieuses pour opérette léthargique.

Puis le jeune homme, au bout d'un moment, se lève, disparaît, revient, tente de lire, semble ne pas y parvenir, s'inquiète du lieu, du temps. Tu connais bien la ligne, tu lui expliques, tu le rassures. Il a l'air sympathique et superficiel. Tu farfouilles un moment dans ta sacoche, en extrait la fiasque qui t'est bien utile souvent pour te réchauffer, lorsque tu dors dans des lieux glacés. Tu lui en proposes une petite rasade. « Comme ça », souffles-tu aimablement, « je connaîtrai vos pensées. »

La terre des solitudes

Pierre Jourde
Pays perdu

(Pocket n° 12251)

Cet ouvrage a reçu le
Prix Générations du roman

Un soir de février, une voiture se dirige lentement vers un hameau isolé. Dans le véhicule, deux frères. L'un d'eux vient toucher l'héritage du cousin Joseph, un ermite qui vivait dans une vieille masure. Un secret espoir les anime : ce sauvage a forcément dû laisser derrière lui un magot, des bijoux, quelques pièces d'or… Pour ces citadins revenus sur les lieux de leur enfance, cette chasse au trésor va inaugurer la plus surprenante des aventures intérieures.

Il y a toujours un Pocket à découvrir

Polémique

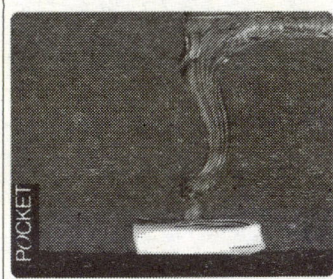

Pierre Jourde

AGORA

La littérature
sans estomac

POCKET

(Pocket n° 260)

D'une plume habile et féroce, Pierre Jourde s'attaque au monde littéraire contemporain, dénonçant le culte de certains auteurs dont les œuvres sont promues au rang de chefs-d'œuvre. Polémiste, sociologue, il révèle de quelle manière le maniérisme peut se faire passer pour du style et la platitude pour de la sobriété. Mais il n'oublie pas de s'enthousiasmer pour quelques auteurs qui, eux, ne sont pas des « faiseurs de livres » mais bien de véritables écrivains.

Il y a toujours un Pocket à découvrir

Achevé d'imprimer sur les presses de

BUSSIÈRE

GROUPE CPI

à Saint-Amand-Montrond (Cher)
en septembre 2007

POCKET - 12, avenue d'Italie - 75627 Paris Cedex 13

— N° d'imp. 71580. —
Dépôt légal : octobre 2007.

Imprimé en France